Tracey Mathias

Assalay – Das geheimnisvolle Amulett

Tracey Mathias studierte Geschichte und reiste zunächst lange durch die ganze Welt, bevor sie anfing, als Lehrerin zu arbeiten. Sie lebt mit ihrem Ehemann und ihren drei Kindern in London. *Assalay* ist ihr Debüt als Autorin.

Tracey Mathias

Assalay

Das geheimnisvolle Amulett

Aus dem Englischen
von Anne Braun

Klopp · Hamburg

Mix
Produktgruppe aus vorbildlich bewirtschafteten Wäldern und anderen kontrollierten Herkünften
www.fsc.org Zert.-Nr. SGS-COC-1940
© 1996 Forest Stewardship Council
FSC

Published by Arrangement with Tracey Mathias
Dieses Werk wurde vermittelt durch die
Literarische Agentur Thomas Schlück GmbH, 30827 Garbsen
Aus dem Englischen von Anne Braun
Einband von HAUPTMANN & KOMPANIE Werbeagentur,
München – Zürich, Hanna Hörl
Illustration von Ferenc B. Regös
Satz: UMP GmbH, Hamburg
Reproduktion: Die Litho, Hamburg
Druck und Bindung: GGP Media GmbH, Pößneck
Printed in Germany 2009
ISBN 978-3-7817-1327-7

www.erika-klopp.de

Inhalt

1. Kapitel

Das Dorf über den Wolken

»Gaia! *Gaia!*«

Der Junge, der so aufgeregt rief, rannte Hals über Kopf den steilen Bergpfad hinunter. Mit einem Satz sprang er über eine enge Biegung hinweg, verlor das Gleichgewicht, weil ein lockerer, flacher Schieferstein unter ihm wegrutschte, und landete auf dem Boden. Doch das konnte ihn nicht aufhalten. Er war mit einem Satz wieder auf den Beinen und rannte weiter.

»Gaia!«, brüllte er erneut.

Er war ungefähr elf, klein für sein Alter, dünn und drahtig. Sein Gesicht und seine Gliedmaßen waren gebräunt von Sonne und Wind; er hatte zerzauste dunkle Haare und braune Augen, die in diesem Moment vor Aufregung blitzten und weit aufgerissen waren. Halb springend, halb rutschend brachte er die letzte Biegung des Pfads hinter sich und rannte dann weiter über einen felsigen Untergrund, vorbei an einem Dutzend Ziegen, die friedlich an niedrigen, stacheligen Büschen herumknabberten. Hinter der Ziegenherde war eine freie Fläche, begrenzt durch eine lang gezogene Felsmauer, auf deren höchstem Punkt ein Mädchen saß, das ihm den Rücken zugewandt hatte. Er wollte gerade zu ihr laufen, als eine Stimme, etwa auf halber Höhe des steilen Pfads hinter ihm, ihn rief.

»Tal!« Ein zweiter Junge, dünner und schmutziger als der erste, kam ebenfalls den Pfad heruntergerannt und trieb dabei zwei verwahrloste Ziegen vor sich her. »Tal!« Er rutschte den letzten Teil des Pfads herunter und kam keuchend neben dem ersten Jungen zum Stehen. »Hast du ihn auch gesehen?«

»Ja.« Tal blickte nach oben. Über der Kuppe des steilen Abhangs ragten weiß schimmernde, schneebedeckte Gipfel und Höhenzüge in den klaren blauen Himmel, doch ihr Glanz wurde durch zwei graue Rauchsäulen getrübt, die aus einem nahe gelegenen, aber vor Blicken versteckten Tal aufstiegen.

»Normalerweise kommen sie doch nicht so früh im Jahr«, sagte Tal.

»Nie«, bestätigte der andere Junge. »Wir müssen so schnell wie möglich von hier verschwinden.«

Tal nickte, öffnete dann den Mund und rief erneut: »Gaia!« Seine Silben waren klar und tönend, und sein Ruf hallte von der Felswand hinter ihnen wider: »Gi-ya, Gi-ya, Gi-ya!«

Das Mädchen rührte sich noch immer nicht. Tal gab auf und rannte entschlossen über den felsigen Untergrund zu ihr hin. Helle und braune Ziegen hoben ob seiner Eile überrascht die Köpfe. Bei den großen Steinen angekommen, kletterte er behände zu dem hohen Ausguck hinauf, auf dem seine Schwester saß.

Sie hatte die Arme um ihre angezogenen Knie geschlungen. Hier oben in den Bergen war es eisig, obwohl es Sommer war und die Sonne bereits mit einiger Kraft vom klaren blauen Himmel schien. Den Rücken den Berggipfeln zugewandt, schaute Gaia hinab auf das unbekannte Land tief unter sich, das verbotene Land, das sie nie zu sehen bekommen würde.

»Was ist da unten?«, hatte sie ihre Mutter gefragt, als sie noch klein war.

»Die Tiefebene.«

»Aber was für ein *Land* ist es?«

»Immer noch Assalay«, hatte ihre Mutter ihr erklärt. »Aber eben ein anderer Teil des Landes. Wir gehen nie dorthin.«

»Und wie sieht es dort unten aus?«, hatte Gaia nachgehakt.

»Das weiß ich nicht.« Mit einem letzten »Wir gehen nie dorthin« war das Thema für ihre Mutter abgeschlossen gewesen.

Dennoch konnte Gaia es nicht lassen, auch weiterhin immer wieder einen Blick auf das Land dort unten erhaschen zu wollen. Für den Großteil des Jahres war es hoffnungslos, denn die Tiefebene lag meist unter einer dichten Wolkendecke verborgen, die wie ein Schleier um die Schultern des Gebirges hing. Nur im Sommer, wenn sich die Wolkendecke unter der starken Sonneneinstrahlung zu einem wabernden Nebel lichtete, konnte man hoffen, überhaupt etwas zu sehen. Dann verbrachte Gaia jede freie Minute hier oben und versuchte, die unter den dahinschwebenden weißen Wolkenfetzen schimmernden Umrisse und Farben auszumachen, staunte über die ungewöhnlich intensiven Grün- und Brauntöne und ein langes, gewundenes, silbern glitzerndes Band. Doch zu ihrer Enttäuschung war es in diesem Sommer ganz anders. Die Wolkendecke hatte sich kaum je aufgelöst. Und wenn, dann nur für wenige Augenblicke, sodass sie nie mehr als einen flüchtigen Blick hinunterwerfen konnte.

Da! Gespannt beugte Gaia sich vor, als sich die Wolken teilten und sie in der Tiefe etwas Grünes und Silbernes aufblitzen sah. Doch da wurde sie von Tal an der Schulter gepackt und geschüttelt. »Gaia!« Er klang ungewöhnlich barsch. »Ich brülle mir fast die Seele aus dem Leib …«

Sie drehte sich zu ihm um. Sie sah ihm sehr ähnlich, hatte die gleiche dunkle Haut und die gleichen zerzausten Haare. Doch ihr

Gesicht war spitzer und schmaler als seines und ihre Augen waren ruheloser.

»Was ist denn?«, fragte sie unwirsch.

»Schau!« Er drehte sie so, dass sie auf die Berge blicken musste. Die schmutzigen Rauchsäulen stiegen noch immer in die ansonsten klare Luft empor. »Du musst nach *oben*, auf die Berge schauen, Gaia, sonst nützt es nichts.«

Ungläubig starrte sie auf die emporsteigenden grauen Linien. »Und was kann ich dafür? Es ist *Sommer*. Sie kommen nie im Sommer. Erst im Winter. Woher soll ich wissen, dass ich *jetzt schon* nach ihnen Ausschau halten muss ...?«

»Na ja, du könntest ja vielleicht ...« Er biss sich auf die Lippe. »Nein, du hast recht. Vergiss es.« Nach einem weiteren besorgten Blick nach oben streckte er ihr beide Hände entgegen. »Schauen wir, dass wir sicher nach Hause kommen, einverstanden?«

»Ja.« Sie war nun ängstlich, nicht mehr böse, und ließ sich bereitwillig von ihm auf die Füße ziehen. Sie rutschten an den schroffen Steinen hinunter und rannten über den felsigen Boden, während sie in aller Eile ihre Ziegen zusammentrieben und zu der Stelle führten, wo der andere Junge auf sie wartete, der je eine Hand auf seinen beiden Ziegen liegen hatte.

»Hallo, Jason«, sagte Gaia.

»Hallo«, entgegnete er, ohne die Augen von den Rauchsäulen abzuwenden.

»Was *machen* sie hier?« Gaias Stimme bebte.

»Keine Ahnung ...«

»Gaia!« Tal, der in aller Eile die Ziegen gezählt hatte, unterbrach sie aufgeregt. »Gaia! Eine fehlt.«

Sie überflog ihre Herde mit einem Blick. »Schneeflocke!« Erschrocken suchte sie die felsige Hochfläche und den darüberliegenden Berghang ab und streckte dann den Arm aus. Etwa in halber Höhe des steilen Abhangs, etwas abseits vom Weg, stand die kleine weiße Ziege auf den Hinterbeinen und knabberte zufrieden an einem der überhängenden Büsche. Tal murmelte ein Schimpfwort und sagte dann: »Verflixtes Vieh! Tja, Pech für sie!«

»Nein!«, protestierte Gaia. »Nein! Wir können sie nicht hierlassen!« Schnell rannte sie wieder den Pfad hinauf, ohne auf Tals verzweifelte Rufe zu hören: »Gaia! Nein! Warte!« Sie erreichte die erste Haarnadelkurve, wo der Pfad wieder scharf nach links führte. Schneeflocke befand sich nun direkt über ihr. Doch um sie zu erreichen, musste Gaia ein steiles, fast senkrechtes Stück hinaufklettern, an dem es nur ein paar lockere Steine und kümmerliche Grasbüschel gab, an denen sie sich festhalten konnte. Und über ihr stiegen die grauen Rauchsäulen weiter bedrohlich in den klaren Himmel.

Sie griff nach einem dürren Grasbüschel, tastete mit den Füßen nach einem Halt, zog sich hoch und arbeitete sich Schritt für Schritt höher und noch höher, bis sie ein gutes Stück oberhalb des Wegs war. Plötzlich gab ein Stein unter ihrem Gewicht nach. Ihre Füße kamen ins Rutschen, sie verlor den Halt und drohte zu fallen und sah sich im Geiste schon an der steilen Böschung hinunterschlittern und auf den steinigen Weg stürzen …

Doch da spürte sie Tals Hand in ihrem Kreuz.

»Überlass es mir«, sagte er. »Geh du mit Jason schon mal vor und bring die anderen nach Hause.«

»Nein …« Sie wollte widersprechen, doch er sagte: »Wir haben jetzt wirklich keine Zeit zum Streiten, Gaia. Sieh zu, dass du nach Hause kommst und in Sicherheit bist. Ich kümmere mich um die Ziege.«

Kleinlaut rutschte sie auf den Pfad zurück und rannte zu Jason. »Er sagt, wir sollen vorgehen.«

»Klingt vernünftig«, sagte Jason. »Wir können ihm sowieso nicht helfen, falls sie kommen. Zu dritt können wir auch nicht mehr gegen sie ausrichten als ein Einzelner. Am besten, wir versuchen, die übrigen Tiere in Sicherheit zu bringen.« Sie musste ihm notgedrungen recht geben und ging hinter ihm über den Weg, der zum Dorf führte. Die Rauchsäulen stiegen noch immer bedrohlich und grau in den Himmel.

»Wenigstens sind sie nicht näher gekommen«, sagte Jason.

»Nein.« Gaias Mund war zu trocken, um noch etwas hinzuzufügen, und so gingen sie schweigend weiter. Die Ziegen waren schreckhaft und nervös und zuckten bei jedem Schatten und jedem Geräusch zusammen. Gaia fragte sich, ob sie ihre Angst spürten oder ob sie, im Gegensatz zu ihr, den fernen Brandgeruch riechen konnten. An der ersten Wegbiegung erlaubte sich Gaia einen weiteren Blick auf die Rauchsäulen. Waren sie tatsächlich näher gekommen oder bildete sie es sich nur ein?

»Jason …?«, sagte sie zögernd, und seine finstere Miene verriet ihr, dass er es auch gesehen hatte. Da hörten sie ein Trampeln hinter sich und sahen Tal, der hinter ihnen den Weg heruntergerannt kam und Schneeflocke vor sich hertrieb. Doch er war noch nicht bei ihnen angelangt, als plötzlich ein Schatten über den Weg hinwegglitt, der einen widerlichen, ekelerregenden Gestank von verbranntem Fleisch hinter sich herzog.

Die Ziegen erstarrten vor Schreck. Sie drängten sich dicht zusammen, drückten ihre schwitzenden und zitternden, hellen und braunen Flanken aneinander, und Jason und Gaia waren zwischen ihnen eingekeilt. Auch Tal, der sich noch ein Stück weiter oben auf dem

Weg befand, war rutschend zum Stehen gekommen. Unfähig, etwas zu tun, musste er mit ansehen, wie der große, graugrüne Drache träge über seine Schwester hinwegflog. Die breiten Flügel trugen ihn von der Steilwand weg, er ging in einen Kurvenflug über, wendete und flog wieder zurück. Diesmal war er tiefer, erschreckend dicht über Gaias Kopf. Tal konnte die fingerähnliche Klaue an jedem Flügel sehen, die gelben Augen über der langen Schnauze. Gleich würde sich die Bestie herabstürzen und angreifen, der rot glühende Atem würde aufzischen … Doch erstaunlicherweise schwang sich das Tier wieder in die Höhe und landete auf einem hoch über dem Weg gelegenen Felsvorsprung.

Anfangs war das Monster unruhig, schwang seinen hässlichen Kopf und den Schwanz hin und her und hob erst den einen, dann den anderen Fuß. Sein Blick war feindselig, aber auch verwirrt, fast ratlos. Vor Entsetzen wie gelähmt stand Tal da und beobachtete das Tier mit angehaltenem Atem, bis es schließlich ruhiger wurde. Es ließ sich auf seine riesigen Hinterbacken nieder, der Schwanz lag ruhig da, der Kopf sank auf die schuppige Brust. Dann blinzelte es langsam, dann noch einmal, gähnte genüsslich und stieß eine große graue Rauchwolke aus. Tal packte die verschreckte Schneeflocke im Genick und schob sie vorsichtig bergab zu den anderen. Schrittweise bewegte er sich vorwärts, so dicht im Schutz der Felswand wie möglich und in der Hoffnung, dass die Bestie ihn vom Felsvorsprung aus nicht sehen konnte.

»Er wird sicher gleich einschlafen«, raunte er Gaia lautlos zu.

»Vermutlich«, wisperte Gaia naserümpfend zurück. »So wie er stinkt, dürfte er sich den Bauch schon vollgeschlagen haben.«

»Gut, gehen wir jetzt nach Hause. Aber *langsam*! Und so unauffällig wie möglich.«

Gaia versuchte, eine ihrer Ziegen weiterzuzerren, und Jason mühte sich mit seinen beiden struppigen Tieren ab. Doch sie waren starr vor Angst und wollten sich nicht von der Stelle rühren. Erst Tal schaffte es schließlich, die Herde zum Weitergehen zu bewegen, indem er leise etwas flüsterte, das er normalerweise laut und kräftig über die abschüssigen Weideplätze rief, um die Herde am Ende eines Tages wieder zusammenzurufen. »Auf geht's, auf geht's, auf geht's!« – eine Melodie aus zwei Tönen, die er mehrmals hintereinander wiederholte. »Auf geht's, auf geht's, auf geht's«, flüsterte er drängend, und da erst bequemten sich die Ziegen, ihren Abstieg fortzusetzen.

Sie waren aber noch immer verstört. Nervös rempelten sie sich auf dem schmalen Weg an, schubsten einander und jede wollte sich vordrängen. Dann begannen sie zu rennen, und Jason und Gaia, die zwischen ihnen eingekeilt waren, mussten wohl oder übel mitrennen.

»Langsamer!«, zischte Tal. Doch es war sinnlos. Die Ziegen waren nicht mehr zu bremsen. Auch Schneeflocke war losgestürmt, und Tal blieb nichts anderes übrig, als ebenfalls zu rennen. Schon an der nächsten Biegung trampelte die ganze Herde so hektisch bergab, dass Gaia sich sicher war, dass der Lärm den Drachen wecken würde. Sie schielte mehrmals besorgt nach oben, doch die Kreatur saß noch da, wo sie gelandet war, blies ihren rauchigen Atem in die Luft, breitete träge die riesigen Flügel aus und faltete sie wieder zusammen.

Rutschend und schlitternd brachten sie auch die nächste Biegung hinter sich. Danach wurde der Pfad weniger steil, führte seitlich am Berg vorbei und zu der breiten Hochfläche oberhalb des Dorfes. Erst hier blieben die Kinder stehen und die Ziegen ebenfalls, keuchend und zitternd. Tal legte sich auf den Boden und schaute in den leeren Himmel. Gaia kauerte sich neben ihn und schlug sich die Hände vors Gesicht.

»Tal …«, sagte sie. Ihre Stimme war so leise, dass er sich auf einen Ellenbogen aufstützte, um sie anzuschauen.

»Hey«, sagte er, »alles in Ordnung mit dir?«

»Nur dank dir«, sagte sie. »Als ich zu Schneeflocke hinaufklettern wollte … da wäre ich um ein Haar gefallen, und zwar sehr tief, nicht wahr? Wenn du mich nicht gestützt hättest.« Mit Schaudern stellte sie sich vor, wie sie hilflos an der glatten Felswand hinuntergerutscht und donnernd auf dem Boden aufgeschlagen wäre, wo sie schwer verletzt liegen geblieben wäre, unfähig wegzurennen, während der Drache über ihr am Himmel entlangflog …

Tal sagte nur: »Schon gut. Du hättest für mich dasselbe getan.«

»Stimmt.« Sie musste lachen. »Versucht hätte ich es schon. Aber ich hätte dich vermutlich *fallen* lassen.«

»Das ist mir klar.« Er bedachte sie mit einem breiten, fast selbstzufriedenen Grinsen, und einen Moment lang wusste Gaia nicht, ob sie ihn lieber umarmt oder geschlagen hätte.

Jason stand ein Stück abseits und schaute auf das Dorf hinab. Auf dem Marktplatz rannten Kinder, Erwachsene und Ziegen durcheinander, weil offenbar jeder jemanden oder etwas suchte. Eines der Mädchen fiel ihm besonders auf, weil es weinte und ein tränenüberströmtes Gesicht hatte: Selene. Er beobachtete, wie sie ihre Mutter fand: Sie fielen einander um den Hals und gingen dann eng umschlungen nach Hause. Sein Blick wanderte weiter. Noch eine besorgte Gestalt kämpfte sich durch die Menschenmenge, konnte nicht finden, wonach sie suchte, und kam dann ein Stück weit den steinigen Weg heraufgerannt, allem Anschein nach wild entschlossen, in die Berge hinaufzulaufen. Als die Gestalt ihn erblickte, rief sie: »Jason! Hast du sie gesehen?«

»Tal, Gaia, da kommt Mai«, sagte Jason schnell und wandte sich dann wieder der Frau zu. »Alles in Ordnung«, rief er. »Sie sind hier!«

»Hal-lo!« Tal sprang auf und rannte seiner Mutter entgegen.

»Tal!« Sie breitete die Arme aus und fing ihn auf. »Alles in Ordnung, wirklich? Wo ist Gaia? Es sind *Drachen* hier! Ich dachte mir schon heute Morgen, ich hätte hinter dem Gipfel Rauch gesehen, und jetzt ist er sehr viel näher, gleich hinter dem Höhenzug ... Was ist mit den Ziegen?«

»Mutter, alles in bester Ordnung.« Er löste sich aus ihrer Umklammerung und lächelte sie an. »Glaub mir, uns geht es gut. Gaia ist da oben.« Er winkte seiner Schwester zu. »Es war nur ein einzelner Drache und er flog über uns ...«

»*Über* euch?« Die Stimme seiner Mutter überschlug sich fast vor Schreck.

Jason und Gaia waren inzwischen zu ihnen getreten, und Tal verzog das Gesicht zu einer Grimasse, aber so, dass nur Gaia es sah. »Keine Angst, Mutter. Wirklich. Er war nicht sehr nah.« Das ist gelogen, dachte er bei sich. Der Drache war verflixt dicht über Gaias Kopf hinweggeflogen. Doch er verscheuchte diesen Gedanken rasch wieder und fuhr fort: »Du brauchst dir wirklich keine Sorgen zu machen. Er hat sich sowieso nicht für uns interessiert. Ich glaube, er hatte schon gefressen ...«

»Ich weiß.« Seine Mutter machte ein grimmiges Gesicht. »Er hat eine von Selenes Ziegen gerissen.«

Betroffen schwiegen die Kinder.

»So ein Pech!«, sagte Tal leise. Gaia sagte nichts. Sie war noch mit den grässlichen Bildern in ihrem Kopf beschäftigt: der überraschende Angriff, wie aus heiterem Himmel, an einem friedlichen Sommertag, der sengende Atem, die gierigen Klauen und das panische Meckern der verschreckten Ziegen. Sie erschauerte.

»Schon gut.« Mai legte ihr einen Arm um die Schultern. »Niemand wurde verletzt oder ... Das Dorf hat nur eine Ziege verloren. Es hätte schlimmer kommen können.«

»Trotzdem, es ist noch viel zu früh für Drachen«, sagte Gaia. »Ich verstehe nicht, warum er überhaupt hier war.«

»Das versteht niemand«, sagte ihre Mutter. »Und jetzt bringt die Ziegen nach Hause. Ihr geht heute nicht mehr in die Berge.«

Aber was ist mit morgen, dachte Gaia, und übermorgen und den Tagen danach? Wenn der Drache noch in der Nähe ist und wir die Ziegen nicht weiden lassen können, was dann?

Mai sah ihre besorgte Miene und lächelte sie aufmunternd an. »Kommt Zeit, kommt Rat, Gaia. Morgen ist auch noch ein Tag. Hattet ihr schon etwas gegessen, als die Drachen kamen?«

»Nein«, jammerte Tal. »Ich bin am Verhungern.«

Mai lachte. »Gut, dann bekommt ihr erst mal etwas zu essen.« Sie wollte schon auf das Dorf zueilen, blieb dann aber noch einmal stehen und rief: »Was ist mit dir, Jason? Hast *du* schon etwas gegessen?«

Er deutete auf die felsigen Berghänge. »Ich wollte mir eigentlich gerade ein paar Beeren suchen ...«

»Na, dann kommst du besser mit zu uns.«

Das Durcheinander aus Menschen und Ziegen auf dem Marktplatz hatte sich aufgelöst. Der viereckige Platz lag fast verlassen da, als sie ihn überquerten, abgesehen von einem Grüppchen von vier älteren Männern, die sich unter einer der Arkaden angeregt unterhielten.

»Niemals«, sagte gerade einer von ihnen. »Nie zu dieser Jahreszeit! Das hab ich mein Lebtag noch nicht gesehen!«

Als die Kinder an ihnen vorbeigingen, drehte der Mann, der gerade gesprochen hatte, den Kopf nach ihnen um. Er war weißhaarig und lehnte sich auf einen Stock, doch seine braunen Augen blickten hell und wachsam und seine Stimme war erstaunlich kräftig. »Alles in Ordnung mit euch drei?«

»Ja, danke, Ambrose.« Tal lächelte seinen Großonkel an.

»Und was ist mit dir, Jason?« Besorgt wollte Ambrose nach dem Arm des Jungen greifen. Doch dieser sagte nur hastig: »Alles in Ordnung«, und eilte den anderen hinterher.

Der Weg zu ihrem Heim führte sie über die Hauptstraße des Dorfes, einen zerfurchten, steinigen Weg, der sich an ungefähr zwei Dutzend Steinhäusern vorbeischlängelte. Die Häuser sahen alle gleich aus. Von außen führten Steinstufen zu einem einzigen Raum, der zum Essen und Schlafen diente. Unter diesem Wohn- und Schlafraum lag ein weiterer, kahler, ebenerdiger Raum. Ambrose hatte ihnen erzählt, dass die Häuser so gebaut worden waren, weil die Leute früher glaubten, dass sich direkt über dem Erdboden Geister tummelten. Der kahle, ebenerdige Raum war also für die Geister gedacht gewesen, damit sie die Lebenden in Ruhe ließen. Inzwischen aber mussten sich die Geister (sofern es sie überhaupt gab) den Platz mit den Leibern und dem Gestank der Ziegen teilen, die nachts aus Sicherheitsgründen in den unteren Raum eingesperrt wurden. Gaia wusste nicht recht, ob sie Ambrose glauben sollte, da er manchmal gern Geschichten erzählte. Doch die Häuser waren schon vor vielen,

vielen Jahren gebaut worden, als die Menschen vermutlich noch an solche Dinge glaubten. Die Mauersteine hatten sich im Laufe der Zeit dunkel verfärbt und derart verschoben, dass die Häuser inzwischen allesamt schief und krumm waren.

Ihr eigenes Haus stand am unteren Ende des Dorfes. Dahinter erstreckte sich eine freie Fläche, hinter der dann nichts mehr kam, weil das Dorf auf einer Klippe lag, die fast senkrecht in schwindelerregende Tiefen abfiel, ehe sie in der Wolkendecke verschwand. Am Klippenrand war zum Schutz eine niedrige, baufällige Steinmauer errichtet worden. Diese Mauer hatte an zwei Stellen eine Lücke, wo die Holme der langen, klapperigen Holzleitern befestigt waren: die einzige Verbindung zum Tiefland.

Letzten Sommer hatte Jason Gaia zu einer unerhörten Mutprobe herausgefordert. »Weißt du was? Wir könnten doch mal ein Stück hinunterklettern. Wenn du dich traust, komme ich mit.«

Doch Ambrose hatte sie erwischt, als sie schon auf der obersten Sprosse der Leiter saßen und unsicher in die unvorstellbare Tiefe hinabblickten. Er hatte sie wieder auf sicheren Boden gewinkt und ihnen dann gehörig die Leviten gelesen. »*Wir verlassen unseren Berg nicht!* Das wisst ihr! Ihr kennt Lorkans' Geschichte«, hatte er getobt. »Was im Namen des Mondscheins habt ihr euch nur dabei gedacht?«

Gaia hatte sich geschämt und richtig Angst bekommen, denn so zornig hatte sie ihren normalerweise sanftmütigen Großonkel noch nie erlebt. Selbst Jason – der wilde, waghalsige Jason – hatte beschämt auf den Boden gestarrt.

Auch Mai war wütend geworden, als Ambrose es ihr erzählte, aber sie war auch so erschrocken und außer sich gewesen, dass Gaia sich selbst jetzt, bei der Erinnerung daran, noch innerlich wand. Entschlossen drehte Gaia der Klippe den Rücken zu und folgte ihrer Mutter über die unebenen Stufen ins Innere des Hauses.

»Kann ich dir helfen, Mutter?«

Stirnrunzelnd starrte Mai in den mehrfach gesprungenen Tontopf, in dem sie die kleinen flachen Brotlaibe aufbewahrte, die sie mehrmals pro Mond in einer flachen Pfanne über dem offenen Feuer buk. »Du und Tal habt euer Mittagessen noch, oder?«

»Tal ja«, antwortete Gaia. »Zumindest glaube ich es. Wir mussten so überstürzt den Berg hinunterrennen …« Sie blickte auf Tal, der mit Jason auf der untersten Stufe saß. »Hast du dein Mittagessen noch?«

Mit einem breiten Grinsen hielt er den abgewetzten Lederbeutel hoch, den er ständig über der Schulter hängen hatte.

»Ja, hat er«, sagte Gaia zu ihrer Mutter.

»Oh, gut.« Mai war sichtlich erleichtert. Sie nahm zwei Brotlaibe aus dem Topf, dachte kurz nach, legte einen zurück und setzte den Deckel wieder darauf. »Dann gib den hier Jason.«

Gaia rührte sich nicht. »Und was ist mit dir?«

»Ach, ich bin nicht hungrig. Ich esse erst heute Abend«, antwortete Mai mit einer abfälligen Handbewegung.

»Mutter …« Gaia hob den Deckel wieder und schaute in den Tontopf, in dem sie ihre wertvollen Brote aufbewahrten. Es war nur noch eine Handvoll übrig sowie ein paar einzelne Körner und Mehlstaub.

»Es sind im Moment nicht mehr viele da«, bestätigte Mai. »Ich hatte gehofft, sie würden etwas länger reichen. Aber das macht nichts: Bei Vollmond kommen die Händler wieder.«

»Du kannst nicht *nichts* essen.« Gaia griff in den Topf, holte einen Laib heraus und drückte ihn ihrer Mutter in die Hand. »Hier!«

»Wir haben nicht …«, begann Mai, doch Gaia ließ sie nicht ausreden. »Kommt Zeit, kommt Rat, Mutter. Morgen ist auch noch ein Tag.«

Eine seltsam unbeschwerte Stimmung lag über diesem Nachmittag. Sie ließen die Ziegen zwischen den kümmerlichen Büschen unterhalb des Dorfes grasen, setzten sich zum Essen auf die Stufen ihres Hauses und ließen sich die Sonne ins Gesicht scheinen. Anschließend holte Mai ihr Spinnrad ins Freie, um in der Nähe der Kinder zu arbeiten. Tal nahm das Holzstück, das er zu einem neuen Bein für den wackeligen alten Melkschemel umarbeiten wollte, und summte beim Schnitzen vor sich hin. Jason scharrte ein grobes Gitter in den staubigen Boden und suchte ein paar Steinchen zusammen, graue und braune. Dann schnipste er einen der kleinen Steine auf Gaia, die mit geschlossenen Augen auf dem Rücken lag. »Hey, du Faulpelz. Sollen wir eine Partie *Ziegen und Drachen* spielen?«

Gaia schlug die Augen auf und lachte. »Klar, warum nicht?«, sagte sie. »Darf ich die Ziegen sein?« Sie musste versuchen, ihre Stein-Ziegen über das Spielfeld zu bewegen, während Jasons Stein-Drachen sie zu schnappen versuchten. Sie spielten zwei lange, erbitterte Runden. Einmal machte Jason einen ungewöhnlichen Zug und sie gerieten sich in die Haare. Mitten in ihrem kleinen Streit fing Gaia Jasons Blick auf und musste lachen. Wie albern, sich zu streiten, welcher Stein-Drache was tun durfte, nachdem sie gerade erst mit knapper Not einem echten leibhaftigen Exemplar entkommen waren! Jason lachte mit und sie spielten unter viel Gelächter zu Ende.

Gegen Abend ballten sich Wolken um die Berggipfel zusammen und ein paar dicke Regentropfen fielen herab. Jason sprang auf. »Ich muss los.«

»Du kannst gern bleiben«, sagte Mai. »Du weißt, dass du bei uns immer willkommen bist.«

»Danke, aber …« Er pfiff seine beiden Ziegen zu sich, legte beschützend eine Hand auf jedes Tier und machte sich auf den Weg zu dem kleinen baufälligen Häuschen, das er mutterseelenallein bewohnte.

Gaia blickte der einsamen Gestalt nach, bis sie zwischen den alten Häusern verschwunden war. Die Steine der Häuser waren vom Regen ganz dunkel geworden und unter den schweren Wolken und den steil aufragenden Bergwänden sah das kleine Dorf verlassen und traurig aus.

»Komm, du Träumerin, hilf mir.« Tal berührte Gaias Arm. Zu zweit trieben sie die Ziegen zusammen, molken sie und brachten sie schließlich in ihren Stall, den unteren Teil des Hauses. Dann gingen sie nach oben und schlossen die Tür hinter dem regnerischen Abend. Im Inneren war es düster, kalt und feucht. Sie schauderten und wickelten sich rasch in eine raue Decke.

Tal gähnte. »Erzählst du uns eine Geschichte, Mutter?«

»Welche?«

»Egal, entscheide du.«

Mai griff nach ihrer Spindel und einer Handvoll Wolle. Und während sie einen Faden herauszog und ihre Spindel in Gang setzte, um die Wolle zu einem glatten Faden zu verarbeiten, dachte sie nach.

»Gut«, sagte sie nach einer Weile. »Dann erzähle ich euch jetzt die Geschichte von Lorkans und den Kindern.«

Die Geschichte von Lorkans und den Kindern

»Vor langer Zeit …«

»Vor *wie* langer Zeit?«

Tal kickte Gaia ans Schienbein. »Psst, Gaia. Hör einfach zu!«

Doch Mai sagte: »Eine gute Frage. Doch leider kenne ich die Antwort nicht. Niemand kennt sie. In der Geschichte wird nicht gesagt, *wann* sie spielt, nur *wo*. Es geschah hier, auf unserem Berg. Die Menschen, die damals hier lebten, waren in vieler Hinsicht wie wir. Auch sie hielten Ziegen, und diese Ziegen waren ihre Lebensgrundlage, genau wie für uns. Die Tiere gaben ihnen Milch und Fleisch sowie Wolle und Felle, die sie warm hielten, und Mist, um das Feuer zu nähren. In jenen Tagen wohnten die Menschen allerdings nicht in Häusern, sondern in den Höhlen am Fuße der Klippen. Es war ein hartes Leben. Schwerer als unseres bisher war, aber vielleicht nicht schwerer, als es sein wird.« Sie verstummte, und einen Moment lang fragten sich die Kinder, ob sie den Faden verloren hatte. Doch dann redete Mai weiter.

»Gut. Aber ihr Leben war nicht nur hart, sondern auch friedlich. Die Dorfbewohner beobachteten die Monde und die Abfolge der Jahreszeiten und alles blieb immer beim Alten. Es gab keine Veränderungen und keine Überraschungen. Doch dann, eines Tages, passierte etwas, das ihr Leben völlig auf den Kopf stellte.

Es war gegen Ende des Winters, im letzten Viertel von Arctos. Die Tage waren noch kurz und sehr kalt und es herrschte grimmiges Wetter. Die Berggipfel waren völlig zugeschneit und auch in den tieferen Lagen hatte der Schnee gerade erst angefangen zu schmelzen. Die Ziegenhirten konnten ihre Herden nur in den tiefer gelegenen Tälern weiden lassen. Um sich vor den rauen Winden zu schützen, kauerten sie sich eng zusammen und wärmten sich gegenseitig. Als sie eines Tages wieder einmal unterwegs waren, mit den Füßen stampften und sich die Finger warm pusteten, sahen sie plötzlich, dass sich über ihnen am Berg etwas bewegte. Es war eine Schar kleiner Gestalten, die sich dunkel gegen den Schnee abzeichneten. Sie kamen näher und näher, und irgendwann konnten die Hirten erkennen, dass es sich um eine Gruppe von Fremden handelte, die offenbar über den Gebirgspass gekommen waren und nun die rutschigen, felsigen Abhänge heruntertaumelten.

Nach einer Weile sahen die Ziegenhirten, dass es sich bei den Wanderern um Kinder handelte – mit Ausnahme eines hageren Mannes, der die Gruppe anführte. Er konnte sich vor Erschöpfung kaum noch auf den Beinen halten, trug aber dennoch das kleinste der Kinder auf seinem Rücken. Es waren etwa zehn Kinder, das älteste ein dreizehnjähriges Mädchen – also kaum älter als du, Gaia. Sie waren halb erfroren und halb verhungert; geschwächt und ausgemergelt von ihrer unglaublichen Wanderung durch das Gebirge. Und sie waren auch völlig verängstigt. Panik lag in ihren Augen, und sie sahen aus wie Kinder, die Schreckliches gesehen und Ängste ausgestanden hatten, die kein Kind jemals kennen oder befürchten sollte. Sie hatten nur raue Fetzen am Leib, genau solche, wie auch die Kinder der Ziegenhirten sie trugen. Doch darüber trugen sie edle Pelze, die ihnen in dem kalten Winter vermutlich das Leben gerettet hatten.

Die Ziegenhirten gingen ihnen entgegen. Der hagere Fremde bat sie um Hilfe, und einer der Dorfbewohner nahm ihm das Kind ab, das er trug. Sobald er das Kind loslassen konnte, brach der Mann vor Erschöpfung zusammen. Die Ziegenhirten hoben ihn wieder auf und brachten ihn und die Kinder in ihre Höhlen. Sie setzten sie neben ein Feuer und gaben ihnen etwas zu essen. Die Kinder aßen gierig, doch der Mann, der sie begleitet hatte, winkte ab. ›Lasst mich zuerst sprechen‹, bat er. Seine Stimme war so schwach, dass sich die Dorfbewohner dicht um ihn scharen mussten, um ihn zu verstehen. ›Ich bin Lorkans‹, sagte er. ›Ich kann euch nicht sagen, wer diese Kinder sind, noch woher sie kommen. Auch sie werden euch niemals etwas sagen. Sie wissen nur zu gut, dass sie sich damit in größte Gefahr bringen würden. Ich denke, dass sie hier bei euch in Sicherheit sind. Wir haben einen langen Weg hinter uns, mit sehr vielen Umwegen, immer auf der Flucht, seit wir aufgebrochen sind. In den letzten Tagen haben wir niemanden mehr getroffen, sodass zumindest die letzte Etappe unserer Wanderung geheim bleiben wird. Bitte, nehmt die Kinder auf! Ich flehe euch an: Habt Erbarmen, und sorgt für sie, als wären sie euer eigen Fleisch und Blut. Wenn ihr dazu bereit seid und sie niemals euren Berg verlassen, sind sie eventuell in Sicherheit.‹

›Und was gibst du uns als Gegenleistung?‹, fragte einer der Hirten.

›Ich habe euch nichts anzubieten‹, sagte Lorkans bedauernd. ›Wir haben nichts außer der Kleidung, die wir am Leibe tragen. Nur die Pelze sind von Wert, aber sie sollten besser verbrannt werden, damit niemand sie wiedererkennt. Wir haben nichts zu geben, nur unsere Erschöpfung und unsere Not.‹

›Und Bedrohung‹, sagte der Mann, der vorhin schon gesprochen hatte. ›Es hört sich an, als wäre es gefährlich für uns, wenn die Kinder jemals hier entdeckt werden.‹

›Das kann ich nicht bestreiten‹, sagte Lorkans. ›Doch wenn ihr uns abweist, schickt ihr uns in den sicheren Tod. Die Berge sind grausam und wir sind am Ende unserer Kraft. Wir würden elendiglich umkommen, selbst wenn unsere Feinde uns nicht finden würden. Nur wenn ihr euch der Kinder annehmt, haben sie eine Chance zu überleben.‹ Er zögerte einen Moment, ehe er weitersprach. Seine Stimme war heiser vor Kummer: ›Tut es mir zuliebe, ich flehe euch an! Rettet sie um meinetwillen. Ich habe etwas Böses getan, das Schlimmste, was man sich vorstellen kann. Und die einzige Möglichkeit, es wiedergutzumachen, war, diese Kinder hier in Sicherheit zu bringen. Rettet sie und ihr habt mich gerettet. Rettet sie und vielleicht werden sie eines Tages euch retten.‹

Die Dorfbewohner beratschlagten lange, was sie tun sollten. Dennoch waren sie sehr freundlich zu den Kindern, wickelten sie in Decken und wiegten sie in den Schlaf. Lorkans saß da und hörte der Diskussion schweigend zu. Er war zu erschöpft, um noch etwas zu sagen. Er schaute auf die schlafenden Kinder, schloss die Augen und starb an Ort und Stelle.

Sechs Männer trugen seinen leblosen Körper am nächsten Morgen ins Freie. Wie es der Brauch wollte, legten sie ihn auf einen ungeschützten Felsvorsprung, damit die Adler und Drachen sein Fleisch bis auf die Knochen abfressen konnten. Beim Herunterklettern stritten sich die Männer noch immer, ob sie die Kinder bei sich behalten sollten, und in der hitzigen Diskussion rutschte einer von ihnen kurz vor dem Fuß des Berges aus. Im Fallen suchte er Halt an einem Stein, der sich löste und auf dem Boden zerschellte. Die Bruchstücke glitzerten in der Wintersonne. Auf diese Weise wurde unser Gold entdeckt.

Damit hatten alle Streitereien ein Ende. Lorkans und seine Kinder hatten dem Dorf Glück gebracht und das Glück weist man nicht ab. Im nächsten Frühjahr kam ein reisender Händler aus dem Tiefland ins Dorf. Und nach ihm kamen weitere und weitere, und sie hatten nur Augen für das Glitzern des Goldes, sodass sie nichts anderes mehr sahen. Die Kinder, die inzwischen so zerlumpt und schmutzig waren wie die Kinder der Dorfbewohner, würdigten sie jedenfalls keines Blickes.

Und damit fingen die goldenen Jahre an. Wir konnten uns schöne Dinge leisten: gutes Essen, Möbel und Kleider, feste Häuser. Die Menschen aus dem Tiefland bauten die Leitern, um besser mit uns Handel treiben zu können, doch die Dorfbewohner haben Lorkans' Warnung bis heute nicht vergessen. Sehr viele Menschen sind schon zu uns heraufgekommen, doch keiner von uns ist jemals nach unten geklettert oder wird es jemals tun.«

Das trübe Licht war beinahe erloschen. Mai nahm eine weitere Handvoll Wolle aus ihrem Korb und ließ das Garn durch ihre geschickten Finger gleiten. »So, die Geschichte ist zu Ende«, sagte sie. »Legt euch schlafen!«

Nein, die Geschichte ist noch nicht zu Ende, sagte sich Gaia, trotzig und traurig zugleich, nicht wirklich. Denn wenn die Geschichte damit zu Ende gewesen wäre, wenn sie tatsächlich an der Stelle geendet hätte, an der ihre Mutter sie immer abbrach, dann wäre alles noch in bester Ordnung.

Gaia hatte ihrer Mutter und Tal eine gute Nacht gewünscht, sich in ihre Decke gewickelt und schlafen gelegt. Und in der Dunkelheit erzählte sie sich das wahre Ende der Geschichte: Im Laufe der Zeit war es immer schwieriger und gefährlicher geworden, weiteres Gold zu finden. Die wundersame Goldquelle am Fuße des Berges war versiegt. Die Goldgräber hatten sich immer tiefer und tiefer in den Berg hineinwagen müssen, um das Gold aus den Felswänden der dunklen Höhlen und Tunnel herauszugraben oder herauszuschlagen. Aber noch vor Gaias Geburt waren auch diese schwer zugänglichen Quellen erschöpft und die Goldgräber suchten verzweifelt nach weiteren Möglichkeiten. Gaia konnte sich vage daran erinnern, dass in ihrer frühen Kindheit Männer mit Spitzhacken und Schaufeln im Morgengrauen in die Berge aufbrachen und bei Sonnenuntergang mit leeren Händen wieder zurückkehrten und grimmige Scherze über herunterfallende Felsbrocken machten, denen sie nur mit knapper Not entkommen waren. Und dann hatte es den großen Bergrutsch gegeben und der goldene Traum war endgültig ausgeträumt.

So viel zu dem Glück, das Lorkans ihnen versprochen hatte. Lorkans' Glück war zu Staub und Unglück zerschellt und endete mit vielen Toten. Jasons Vater war beim Einsturz des Berges ums Leben gekommen, und wenig später starb auch seine Mutter, die sanfte, traurige Penelope, die eines Tages voller Gram eingeschlafen war und nie mehr aufwachen sollte. Auch Selenes Vater war bei dem Unglück umgekommen, ebenso wie der von Phil und Daria, Cassie, Alex und Lal ... Jeder im Dorf hatte jemanden verloren, der ihm nahestand; nur wenige Kinder hatten noch einen Vater. Gaia schloss die Augen und versuchte, sich an ihren eigenen Vater zu erinnern, Athanasius, doch wie üblich kamen ihr nur ein paar flüchtige Bilder in den Kopf. Es war, als hätte jemand eine Tür geöffnet und sie einen kurzen Blick hindurchwerfen lassen, die Tür einen Augenblick später aber wieder zugeschlagen. Und in jedem Erinnerungsfetzen war ihr Vater entweder am Lachen oder zornig. Sein Gesicht konnte sie nie vor sich sehen, es blieb ein weißer Fleck. Doch sie wusste, dass er wie sie ausgesehen hatte, während Tal auf unglaubliche Weise seiner Mutter ähnelte. »Du bist deinem Vater wie aus dem Gesicht geschnitten.« Das sagten die Leute oft, gerührt und bekümmert. Manchmal fing Gaia den Blick ihrer Mutter auf, die sie mit einer merkwürdigen Eindringlichkeit anstarrte, und dann fragte sie sich, ob Mai sie oder den Mann sah, der nie mehr aus der eingestürzten Mine unter den Klippen zurückkehren würde.

Gaia seufzte und rutschte unbehaglich unter ihrer kratzigen Decke hin und her.

»Gaia? Kannst du nicht schlafen? Was ist los?« Mais Stimme klang hohl und traurig in der Dunkelheit. Vielleicht hatte auch sie sich im Stillen die Tragödie erzählt, die auf die glücklichen Tage folgte.

»Ach, nichts«, log Gaia.

Der Mond schob sich hinter einer Wolke hervor und ein hellgelber Lichtstrahl fiel durch das hoch in der Wand angebrachte kleine Fenster herein. Melisto, der helle, warme Mond, der Überbringer angenehmer Dinge, der Mondgott des Spätsommers. In wenigen Tagen würde man sein volles Gesicht sehen können. Und am Tag darauf würde Gaia dreizehn werden, genauso alt wie das älteste Mädchen in der Geschichte, und genau wie sie würde Gaia niemals irgendwohin gehen, sondern immer auf dem schmalen Felsvorsprung bleiben müssen, auf dem das kleine Dorf lag. Wieder rutschte sie unruhig unter ihrer Decke hin und her.

»Versuch zu schlafen«, sagte Mai. Sie kehrte zu ihrem Hocker vor der leeren Feuerstelle zurück und begann leise vor sich hin zu singen.

Hoch über den Weideplätzen des Sommers,
vor der sinkenden Sonne in all ihrer Pracht,
fliegen die Vögel, die dir sagen, mein Herz,
ich kehre heim, wenn das Tagwerk vollbracht.

Hoch über den verschneiten Bergen des Winters,
am grenzenlosen Himmel, der den Herbst tut kund,
steht bleich der Mond, der dir sagt, mein Herz,
ich kehre heim zur Abendstund'.

Tal bewegte sich und lächelte im Schlaf. Doch Gaia fand, dass sie noch nie etwas so Trauriges gehört hatte, dass es nichts Traurigeres auf der Welt geben konnte als Mai, die einsam im Dunkeln saß und dieses kleine Lied sang.

2. Kapitel

Das Amulett

Der Sommerdrache verschwand genauso plötzlich und unerwartet, wie er gekommen war. Und genau wie alle anderen blieben die Kinder am nächsten Tag in der Nähe des Dorfes und schauten immer wieder ängstlich zum Himmel. Doch der Drache war und blieb verschwunden, und am darauffolgenden Tag waren sie schon wieder so mutig, sich an die höher gelegenen Hänge zu wagen. Dort hatten die Ziegen bessere Weideplätze und die Kinder konnten Beeren und Pilze sammeln und in den vor Schneewasser fast über die Ufer tretenden Bächen Fische fangen.

»Außerdem«, sagte Jason, »kann man Selene hier oben besser aus dem Weg gehen. Ich habe mir ihr Drachenabenteuer schon ungefähr dreiundsiebzig Mal anhören müssen! Und ehrlich gesagt hat mir *ein* Mal schon gereicht!« Er riss die Augen auf und äffte Selene nach: »Ich hatte ja *solche* Angst … dieses riesige Monster … das sich auf mich stürzen wollte …«

Er machte ihre leise, atemlose Stimme täuschend ähnlich nach und Tal musste lachen.

»Seid nicht so gemein, ihr zwei«, sagte Gaia kopfschüttelnd. »Sie muss wirklich eine Heidenangst gehabt haben.« Nachdenklich beobachtete sie die friedlich grasenden Ziegen. »Und wann erleben wir schon mal etwas derart Aufregendes?«

Jasons Augen blitzten. »Sieh mal, Gaia.« Grinsend deutete er mit dem Kopf nach oben, auf den Abhang. »Du hast Glück. Du darfst dir die Geschichte gleich noch mal anhören.«

»Was?« Gaia folgte seinem Blick und sah Selene den steilen Pfad herunterkommen. »Hallo, ihr drei«, rief sie schon von Weitem. »Hab ich euch schon von meiner Begegnung mit dem Drachen erzählt?«

»Och, höchstens fünf oder sechs Mal.« Jason strahlte sie unschuldig an und das Mädchen lächelte unsicher zurück. Jason zog Tal auf die Füße. »Entschuldige, Selene, wir wollten gerade fischen gehen. Aber ich glaube, Gaia hat deine Geschichte noch nicht ganz gehört …«

»Du Miststück«, sagte Gaia später zu Jason. »Und du auch!«, fuhr sie in Tals Richtung fort. »Wie konntet ihr mich einfach mit ihr sitzen lassen?«

»Na, hast du endlich die ganze Geschichte gehört?«, fragte Jason grinsend. »In all ihren haarsträubenden Einzelheiten?«

»Nein«, gestand Gaia verlegen.

»Wie – nein? Wie hast du das angestellt?«

»Ich musste lachen«, sagte Gaia. »Sie hat nur ›ein riesiges Monster‹ gesagt und schon musste ich … Oh, hört auf, ihr zwei! Das ist nicht *lustig*.«

Doch auch sie musste kichern und schließlich rannten alle drei lachend den Berg hinunter. Alles war wieder normal. Der furchtbare Drache war weg, Jason machte sich über Selene lustig … Es war ein ganz normaler Sommernachmittag, an dem die große, metallisch funkelnde, fast schon kreisrunde Scheibe des Melisto über den dunstigen Himmel wanderte.

Am nächsten Morgen, dem Morgen des Vollmonds, schlief Gaia lange. Als sie aufwachte, war das Haus leer. Sie konnte Tal draußen singen hören, das Lied, zu dem er im Schlaf gelächelt hatte:

Hoch über dir, der du selig schläfst,
in der endlosen, tiefblauen Nacht
hängt ein einsamer kleiner Stern …

Er verstummte abrupt. »Lass das, du Frechdachs! Nein, das darfst du nicht fressen!«

Gaia schälte sich aus ihrer Decke, durchquerte den Raum und öffnete die Tür einen Spaltbreit. Ein heller Sonnenstrahl fiel herein. »Wer darf was nicht fressen?«

»Die Taube«, erklärte Tal grinsend, »will meinen Beutel zerkauen. Hier, fang!« Er warf Gaia seinen alten Lederbeutel zu. Gaia streckte die Arme aus, griff jedoch daneben und der Beutel landete auf dem Boden. Tal schob sich zwischen den Ziegen hindurch und kam die Stufen zum Haus herauf. Behutsam stellte er den Melkeimer auf den Tisch. »Ich gebe den Ziegen jetzt zu trinken«, erklärte er. »Mutter hat gesagt, du sollst hierbleiben. Sie braucht dich, weil sie noch irgendetwas für den Markt fertig machen muss.«

Gaia nickte. »Wo ist sie?«

»Sie wollte Ambrose und Alma bei etwas helfen. Dürfte aber nicht lange dauern.«

Er warf sich seinen Beutel über die Schulter und lief wieder aus dem Haus. Gaia blieb unter der Tür stehen und schaute ihm zu, als er die Ziegen zusammentrieb und sie dann in Richtung des Bachs unterhalb des Dorfes führte. »Auf geht's, auf geht's, auf geht's!« Sein Ruf vibrierte in der klaren Luft.

Als Gaia allein war, spürte sie, dass sie immer unruhiger wurde. Sie trank ein paar Schlucke der noch warmen Ziegenmilch, strich die Betten glatt, wischte den Tisch ab und setzte sich dann auf die oberste Stufe, um auf ihre Mutter zu warten. Die Luft wurde wärmer und die Schatten wurden kürzer, doch Mai kam und kam nicht. Nach langem Warten ging Gaia ins Haus zurück und strich durch das kleine Zimmer wie eine nervöse Katze.

Mais alter Webstuhl stand an seinem üblichen Platz an der Wand, ein halb fertiges Webstück war eingespannt. Gaia betrachtete es nachdenklich. Ihre Mutter gab sich offenbar große Mühe mit dieser Decke. Sie hatte braune und helle Fäden zu gleichmäßig breiten Streifen gewebt, was bedeutete, dass sie das Stück offenbar auf dem Markt verkaufen wollte. Doch der Markt war schon *heute*, gegen Mittag, und Mai war noch nicht zurück. Wenn die Decke nicht rechtzeitig fertig war, hatten sie noch weniger, um es gegen wertvolle Dinge einzutauschen – Getreide, Feuerholz und Winterfutter für die Ziegen – Dinge, die man nur einmal pro Jahreszeit bekam, wenn die Händler ins Dorf heraufkamen. Gaia spähte noch einmal ins Freie, doch Mai kam und kam nicht und die Schatten waren inzwischen noch kürzer geworden.

Gaia ging wieder ins Innere und stellte sich unschlüssig vor den Webstuhl. Das Weben war Mais Aufgabe, doch Gaia hatte ihrer Mutter schon oft zugeschaut und wusste, wie es ging. Sie nahm das Schiffchen mit dem Schussfaden, spürte das Gewicht in ihren Händen und zögerte, ehe sie die hölzernen Schäfte bewegte, die Kettfäden voneinander abhoben. Mit zusammengebissenen Lippen führte sie das Schiffchen hindurch und schon war eine weitere Reihe entstanden. Gaia schob sie nach hinten auf das bereits auf der Walze vorhandene Gewebe und trat einen Schritt zurück, um ihr Werk zu begutachten. Entschlossen wischte sie sich dann ihre verschwitzten Hände am Rock ab, bewegte die Schäfte gegeneinander und machte einen weiteren Durchschuss; dann noch einen und noch einen.

Sie arbeitete weiter, die Stirn vor Konzentration gefurcht, bis sie Mais Stimme hörte, ungewöhnlich streng und erschrocken: »Gaia, was auf Erden machst du da?«

Gaia ließ das Schiffchen sinken. »Ich hab mir gedacht … ich dachte, du hast vielleicht keine Zeit mehr, um die Decke hier fertig zu weben …« Ihre Stimme stockte, als sie ihr Werk genauer betrachtete und sah, was auch ihre Mutter sah: Es war erschreckend deutlich zu erkennen, an welcher Stelle sie weitergewebt hatte. Mais Arbeit war sauber und gleichmäßig, ihre dagegen absolut unregelmäßig: hier zu straff, dort zu locker; die Fäden waren verfilzt, knollig und schmuddelig an den Stellen, wo sie eine Reihe wieder aufgemacht und neu gewebt hatte.

»Was auf Erden hast du dir dabei gedacht?«, wiederholte Mai. »Die Decke ist ruiniert! So kann ich sie nicht verkaufen!« Hektisch begann sie, das Gewebte wieder aufzutrennen, und zerrte nervös an den Fäden, während Gaia hilflos danebenstand, betreten und zornig zugleich.

»Ich bin mit den Ziegen fertig!« Tal streckte seinen Kopf zur Tür herein und sah sofort, dass etwas nicht stimmte. »Was ist los?«

»Gaia«, sagte Mai kurz angebunden, »hielt es für eine gute Idee, meine Webarbeit fertig zu machen, und jetzt schau dir *das* an!« Ihr Gesicht war angespannt, doch hinter ihrem Zorn lauerte noch etwas anderes, so etwas wie Angst. Gaia sah es zwar, doch ihr eigener Zorn überwältigte sie.

»Ich wollte doch nur *helfen*!«, fauchte sie. Und mit tränenblinden Augen stürmte sie an ihrem Bruder vorbei aus dem Haus.

Sie rannte über das unebene Gelände unterhalb des Dorfes, dann neben den Häusern die Böschung hinauf, die zu den Klippen führte, in denen die Eingänge zu den alten Grabungsschächten klafften und wie leere Augen aus dem Gestein blickten. Hier blieb sie stehen, weil sie nicht weiterkam. Sie wäre gern zu den Berghängen hinter dem Dorf hinaufgerannt, aber das ging nicht, weil sie ihrer Mutter gleich helfen musste, die Waren vom Markt nach Hause zu tragen. Und sich in die dunklen Minenschächte zu flüchten, war undenkbar. Diese Gänge waren verboten, gefährlich und heilig, der Zufluchtsort der Toten. Sie setzte sich vor einem der Schachteingänge auf einen Stein, starrte nach unten, auf das Dorf und die dichte Wolkendecke darunter, und weinte vor Wut und Enttäuschung.

Sie erinnerte sich daran, wie Tal einmal einen Vogel gefangen hatte und versucht hatte, ihn in einer Kiste zu halten. Doch das arme Tier hatte so ungestüm mit seinen Flügeln an die Holzstäbe geschlagen, dass Tal es bald schon wieder fliegen ließ. Dieser kleine Vogel hatte so voller Kraft gesteckt, so voller Lust zu fliegen, doch alle seine Fluchtversuche waren hoffnungslos. Er war eingesperrt gewesen, genau wie sie, nur dass es in ihrem Fall die Felswände waren, die ihren Weg auf allen Seiten blockierten. Und an diesem beengten Ort, an dem sie leben musste, schien alles, was sie berührte, zu Staub zu zerfallen.

»Gaia?« Tals Stimme riss sie aus ihren Gedanken. »Alles in Ordnung mit dir?«

Ungerechtfertigterweise wurde sie nun auch noch wütend auf ihn, den ruhigen, tüchtigen Tal, der niemals auf die Idee gekommen wäre, an Mutters Webarbeit herumzupfuschen, und wenn doch, dann hätte er es besser hinbekommen. Sie blieb stumm und schaute ihn auch nicht an.

Er setzte sich neben sie. »Mutter hat sich wieder ein bisschen beruhigt. Sie weiß, dass du es gut gemeint hast.«

Zornig funkelte Gaia ihren Bruder an. »Gut gemeint! Typisch für mich, nicht wahr? Die ungeschickte Gaia – bekommt einfach nichts hin. Im Gegensatz zu *dir*.« Ihre Stimme klang schroff und verbittert. Tal blinzelte verdutzt, und Gaias Zorn erlosch ebenso schnell, wie er aufgelodert war. »Entschuldige, Tal. Das war dumm von mir. Du kannst nichts dafür.« Mit den Zehen ritzte sie ein Muster in den Staub. »Manchmal habe ich das Gefühl, es keine Minute länger hier auszuhalten«, sagte sie. »Geht es dir nicht auch so?«

Noch ehe Tal antworten konnte, drang vom Klippenrand ein durchdringendes Scheppern herüber. Sichtlich erleichtert sprang Tal auf. »Er ist da.« Er reichte Gaia seine Hand und sie ließ sich von ihm auf die Füße ziehen. Sie rannten zum Mäuerchen am Klippenrand, wo Ambrose bereits mit einer Schar von Kindern wartete.

Jason löste sich aus einer kleinen Gruppe, die sich um Selene gebildet hatte, und kam Gaia und Tal entgegen. »Schon wieder dieser Drache! Wenn ich es mir noch einmal anhören muss ...« Er verstummte. »Was ist los, Gaia?«

»Lass sie in Ruhe«, raunte Tal ihm zu, doch Jason fragte noch einmal. »Was ist denn?«

Sie murmelte nur: »Nichts«, aber er berührte trotzdem kurz ihre Hand und zwinkerte ihr zu. Sie fühlte sich sofort besser und war froh, dass es Jason gab. Sie rang sich ein Lächeln ab und setzte sich zwischen die Jungen auf die Mauer.

Nach langem Warten begannen die Holme der Leiter zu schaukeln und zu wackeln und einer der Händler kam in Sicht. Es war ein dicker Mann in einem weiten, weißen Hemd, das mit Dreck und Schweiß verschmiert war. Keuchend kletterte er von der obersten

Sprosse, lehnte sich an die Mauer und wischte sich den Schweiß von der Stirn. Ambrose hieß ihn lächelnd willkommen und sagte herzlich: »Mr Rackin, seid gegrüßt! Wie geht es Euch?« Er wollte ihm die Hand reichen, doch Rackin machte nur eine unwillige Handbewegung und erwiderte den Gruß mit einem kurzen Nicken.

»Entschuldigt mich«, sagte er knapp. Er schob sich an Ambrose vorbei und griff nach dem alten, ausgefransten Seil, das neben der Leiter hing. Aus großer Tiefe, unterhalb der Wolkendecke, ertönte eine Glocke, und wenig später begannen sich die am Klippenrand angebrachten gewaltigen Rollen zu bewegen, langsam und mit einem ohrenbetäubenden Knirschen und Quietschen, sodass Tal sich erschrocken die Ohren zuhielt.

»Um der Liebe der Monde und der süßen Sterne willen, fettet ihr diese Dinger denn nie ein?«, knurrte Rackin. Er hielt sich am oberen Teil der Leiter fest und spähte über den Rand, wo bald schon die ersten schweren Säcke hin und her schaukelnd in Sicht kamen. Wortlos machte er sich an die Arbeit, nahm die Säcke Stück für Stück von ihrem Haken und stapelte sie neben der Mauer übereinander. Als er damit fertig war, setzte er sich auf die Mauer, um sich auszuruhen; und starrte wortlos und verdrießlich vor sich hin. Die Dorfkinder beäugten ihn beklommen. Er war noch nie sehr gesprächig gewesen, dieser Rackin, aber doch recht freundlich, auf eine eher schroffe und lässige Art, und mit Sicherheit netter als sein Partner, Mr Murrow, der heute am Fuß der Klippe die Säcke an die Haken gehängt hatte. An diesem Morgen war Rackin jedoch genauso mürrisch wie Murrow – oder noch schlimmer, denn er schien zudem auch noch wütend zu sein –, und die Kinder fühlten sich eingeschüchtert, weil sie nicht recht wussten, was sie von seiner grimmigen Miene halten sollten. So standen sie nur da und wagten nicht, etwas zu sagen. Sie waren erleichtert, als Rackin sich endlich wieder erholt hatte und sagte: »Gut, dann macht euch mal nützlich. Das alles muss hoch zum Markplatz.«

»Was ist denn in *den* gefahren?«, flüsterte Tal Gaia zu, als sie einen schweren Sack Brennholz den Hang hinaufschleppten.

Sie schüttelte den Kopf. »Keine Ahnung.«

Sie ließen ihre Last fallen und liefen zu Mai unter das Marktdach.

Der Marktplatz musste vor langer Zeit einmal sehr imposant ausgesehen haben. Dicke Holzpfosten, in die das Zwillingssymbol des Schicksals geschnitzt war – Adler für das Glück und Schlangen für Reichtum –, stützten ein Schindeldach. Der Fußboden bestand aus schwarzen Schieferplatten, und in der Mitte stand ein großes, gemeißeltes Marmorbecken, in das frisches, klares Wasser plätscherte. Wie immer, wenn Gaia hier war, versuchte sie sich vorzustellen, wie es früher hier ausgesehen haben mochte, als die Holzbalken noch nicht so verwittert gewesen waren, dass man die Schnitzereien fast nicht mehr erkennen konnte, als das Dach noch nicht leckte und die Bodenplatten noch nicht zerbrochen waren, und als – und das konnte sie sich am schwersten vorstellen – die Dorfbewohner, die sich hier einfanden, noch stolze und selbstsichere Minenarbeiter gewesen waren, die Gold zu verkaufen hatten, und keine ärmlichen Ziegenhirten, die ängstlich darauf warteten, dass ein schlecht gelaunter Händler ihnen seine Preise diktierte.

»Gut, Leute«, rief Rackin. »Hört her! Für einen Käselaib gibt's einen halben Sack Getreide, für eine Decke oder ein Fell einen ganzen Sack. Für ein Bündel Brennholz …«

Seine Worte gingen in einem Chor ungläubigen Protests unter. »Das ist nicht möglich … Das ist ja die Hälfte von letztem Mal …«

Mai wurde blass, als sie auf das kleine Bündel zu ihren Füßen schaute. Die Webdecke, die Gaia ruiniert hatte, lag nicht dabei, und Gaia blickte beschämt zu Boden, als sie den erschrockenen Blick ihrer Mutter sah.

Ambrose hob die Hand, um wieder für Ruhe zu sorgen. »Mr Rackin, bitte, hört …«

»Nein.« Rackin war in die Mitte des Platzes getreten und seine Stimme hallte von der Decke wider. »Nein. Ihr hört zu! *Ihr!* Die letzte Ernte war schon mehr als schlecht, doch die diesjährige ist eine Katastrophe. Das Wetter spielt verrückt. Es war trocken, als wir Regen gebraucht hätten, und kalt und feucht im Hochsommer. Das Getreide ist auf den Feldern zuerst verdorrt und hat dann zu lange im Wasser gestanden.« Sein finsterer Blick schweifte von Ambrose über die anderen Dorfbewohner. »Ihr hier oben habt von all dem keine Ahnung. Ihr wisst einfach nicht, wie es ist. Es kostet mich schon im Normalfall genug Mühe, eure stinkenden Käselaibe und eure kratzigen Decken unter die Leute zu bringen. In der derzeitigen Situation interessiert sich kein Mensch dafür. Die Leute sind schon froh, wenn sie sich *Brot* kaufen können!« Sein Blick wanderte über die entgeisterten, ausgemergelten Gesichter. »Ich tue euch einen Gefallen, wenn ich euch euer Zeug abkaufe. Entweder ihr seid einverstanden oder wir lassen es bleiben!«

Mit einer hilflosen Geste sagte Ambrose. »Was bleibt uns anderes übrig?«

»Gut«, knurrte Rackin. »Dann können wir ja anfangen!«

Gaia sah zu, wie Rackin von einem Dorfbewohner zum nächsten ging. Er arbeitete fast wortlos, nickte kurz zur Begrüßung, musterte die Waren mit Kennerblick und sagte nur, was er dafür bot.

»Zwei Säcke Getreide, zwei Bündel Brennholz, einen Sack Futter.«

Cassies Mutter schnappte nach Luft. »Mehr nicht?«

»Ich handle nicht.« Rackin wandte sich ab und ging zum nächsten Dorfbewohner weiter.

»Nein, halt!« Sie rief ihn zurück. »Ich bin einverstanden.« Mit zitternden Händen raffte sie ihre zwei gewebten Decken und ein paar Käselaibe zusammen und folgte ihm über den Platz. Wortlos nahm er ihr die Waren ab und legte dafür drei Säcke und zwei Bündel Zweige und Stroh vor ihr auf den Boden.

Für vier Monde, dachte Gaia beklommen. Sie sah, wie Cassie und ihre Mutter ihre kümmerliche Last schulterten, sich langsam durch die Menge schoben und auf den Heimweg machten. Das muss ihnen vier Monde lang reichen. Wie soll das gehen?

»Gaia!« Jason berührte sie sachte am Arm und sie zuckte zusammen.

»Was machst *du* hier?«, wisperte sie. Jason beteiligte sich nie an diesen Tauschgeschäften. Seine zwei Ziegen gaben gerade genügend Milch für seinen eigenen Bedarf, doch zum Käsemachen reichte es dann nicht mehr. Spinnen oder weben hatte er auch nie gelernt, und deshalb begnügte er sich damit, seine Ziegenwolle bei den anderen Dorfbewohnern gegen Brot oder Brennholz einzutauschen.

»Ich wollte nur mal vorbeischauen«, sagte Jason. Doch dann zwinkerte er ihr zu und winkte sie zur Seite. Sie gingen an eine Stelle, an der sie außer Hörweite waren. Geheimnistuerisch drehte Jason sich mit dem Rücken zum Markt und ließ Gaia in den alten Lederbeutel schauen, den er immer bei sich trug. Er war bis zum Rand angefüllt mit dicken, goldenen Weizenkörnern! Gaia schnappte nach Luft und griff in den Beutel, um die harten Körner zu berühren, als könne sie noch nicht so recht glauben, dass sie nicht träumte.

»Wo hast du die her?«

»Was denkst du?«

»Ich meine *wie*? Hat Rackin sie dir gegeben?«

»Rackin?« Jason stieß ein freudloses Lachen aus. »Das glaubst du doch selbst nicht.«

»Dann ...«

»Ich hab sie stibitzt, klar, du Dummkopf.« Stolz und selbstzufrieden grinste er sie an.

Erschrocken riss Gaia den Mund auf, doch Jason ließ sie erst gar nicht zu Wort kommen. »Hör mal«, sagte er aufgebracht. »Ich würde niemals einen von uns beklauen, das weißt du. Doch einen fetten Miesepeter wie Rackin, der weitaus mehr hat, als er braucht? Wer lebt denn davon, dass er arme Leute erpresst? Leute wie dich und Mai?« Er schüttelte den Kopf. »Glaub mir, ich habe mit dem, was ich getan habe, kein Problem.«

Zögernd sagte sie: »Und wenn er dich erwischt hätte?«

»Hat er aber nicht«, antwortete er, »oder?« Wieder grinste er.

Seine Schadenfreude war so ansteckend, dass sie mitgrinste. »Du traust dich echt was, Jason.« Ihre Worte klangen bewundernd und kein bisschen vorwurfsvoll.

»Stimmt«, sagte er nur und sie musste lachen. Doch da rief Mai nach ihr, und sie ging schnell zum Marktplatz zurück, drehte sich aber noch einmal um und winkte Jason lachend zu.

Mai kniete unter dem Marktdach und faltete ihre gewebten Stoffe, während Tal Käselaibe in einen Beutel packte. Rackin stand mit verschränkten Armen da und wartete.

»Mutter?«, sagte Gaia.

Mai schaute sie nicht an. »Faltest du bitte die anderen Tücher, Gaia?« Ihre Stimme war leise und so angespannt, als würden hundert unausgesprochene andere Dinge darin mitschwingen. Gaias gute Laune verflog auf einen Schlag. Sie ging in die Hocke und faltete die langen Tücher fein säuberlich zusammen. Dann klemmte sie sich die Stoffe unter den Arm und folgte Rackin zur anderen Seite des Marktplatzes. Er legte zwei Säcke mit Getreide und zwei Bündel Brennholz auf den Boden.

»Das ist alles?« Gaia konnte es nicht glauben. Tal stieß sie warnend an und warf einen Blick auf Mai, die mit verschlossener Miene nach den Getreidesäcken griff. Sie klemmte sich je einen unter den Arm und wartete, bis ihre Kinder das Brennholz geschultert hatten.

Im Haus schüttete Mai die Getreidekörner in das Holzfass und anschließend schauten sie hinein. Es war nicht einmal halb voll.

»Mutter«, sagte Gaia bestürzt, »wie sollen wir damit auskommen?« Die Frage war halb herausfordernd, halb Trost suchend gemeint.

Mai machte den Deckel zu. »Wir werden es schon schaffen.« Nach kurzem Überlegen sagte sie mit neuer Entschlossenheit: »Ihr zwei könnt ja auch mithelfen. Ihr müsst schauen, dass ihr möglichst viel aus den Bergen mitbringt: Fische, Vögel, Beeren, solange es noch welche gibt …«

Tal nickte begeistert. »Wir werden sicher *massenhaft* Sachen finden. Zumindest noch in den nächsten Monden.«

»Ganz bestimmt«, sagte Mai mit einem traurigen Lächeln. »Und der nächste Markt ist im Aquilon. Bis dahin webe ich, so viel ich kann.«

»Mutter«, sagte Gaia leise. »Das mit der Decke tut mir leid.«

»Ach, Gaia«, sagte Mai. »Mach dir keine Vorwürfe. Eine Decke mehr hätte keinen großen Unterschied gemacht.« Sie legte ihrer Tochter einen Arm um die Schultern. »Wir werden schon durchkommen.« Auf Gaias zweifelnden Blick hin fügte sie hinzu: »*Im Ernst*. Mach dir keine Sorgen. Und schlimmstenfalls … haben wir ja noch das hier.« Sie kniete sich vor die leere Feuerstelle und zog einen losen Stein aus der Rückseite des Kamins. Dann griff sie in die Öffnung, und als sie sich wieder erhob, hielt sie etwas in der Hand: etwas Kleines, das in ein schmutziges Ledertuch eingeschlagen war.

»Was ist das?« Tal beugte sich vor, um besser sehen zu können.

Mai schlug das Ledertuch auseinander und zwei kleine Goldbarren kamen zum Vorschein. Sie funkelten im Licht der Spätnachmittagssonne, die schräg zur offenen Tür hereinfiel, und der düstere kleine Raum war plötzlich in ein warmes Licht getaucht.

»Die habe ich aufbewahrt. Und eigentlich wollte ich mich nie von ihnen trennen.« Betrübt fuhr sie mit den Fingerspitzen über die glatten Barren und Gaia begriff: Ihr Vater hatte dieses Gold geschürft und die Barren angefertigt. Und ihre Mutter hing an ihnen, weil ihr Vater sie schon in der Hand gehalten hatte.

»Ich glaube, dass nun jedoch die Zeit gekommen ist, sie einzutauschen.« Resolut legte Mai das Gold auf den Tisch. »Damit können wir kaufen, was wir für den Winter und den Frühling brauchen. Nächstes Jahr werden wir neue Zicklein haben und viele Käselaibe und Tücher machen. Ich bringe dir das Weben bei, Gaia.« Sie lächelte voller Zuversicht. »Wir kommen schon durch.«

Gaia lächelte zurück, doch insgeheim dachte sie: Was, wenn die nächste Ernte wieder schlecht ausfällt und wir kein Gold mehr haben? Was ist dann?

Behutsam wickelte Mai die Goldbarren wieder ein und kniete sich vor die Feuerstelle, um sie zu verstecken.

»Da ist noch etwas.« Sie blickte zu Gaia. »Morgen ist dein Geburtstag.«

»Ja«, sagte Gaia irritiert. Was hatte das mit dem Versteck im Kamin zu tun?

Mai seufzte. »Dreizehn – ein ganz besonderes Alter. In früheren Zeiten hätten wir ein großes Fest für dich gemacht, mit einem Festessen und vielen Geschenken und Tanz. Aber jetzt …«

»Das macht mir nichts aus«, sagte Gaia hastig. »Besonders das mit dem Tanzen.«

Mai lachte, erhob sich wieder und wischte sich Aschespuren vom Rock. In der anderen Hand hielt sie etwas.

»Mehr kann ich dir leider nicht schenken. Aber ich wünsche dir trotzdem einen schönen Geburtstag.«

Sie übergab Gaia einen Lederbeutel. Er war klein, nicht größer als ihre Hand, und offenbar sehr alt. Die Oberfläche des Leders war rau und schon bröckelig. Der Beutel war mit einer langen Kordel zugebunden, die so lang war, dass man ihn sich um den Hals hängen konnte.

»Mach schon«, sagte Mai. »Schau hinein! Aber vorsichtig, es ist schon sehr alt.«

Gaia zog an der Kordel und griff in den Beutel. Sie ertastete einen flachen Gegenstand und ließ ihn behutsam auf die offene Hand gleiten.

Es war ein viereckiges Stück Elfenbein, abgewetzt und schon ziemlich angelaufen. Auf der einen Seite war es ganz glatt, auf der anderen Seite waren merkwürdige Zeichen eingeritzt. Gaia studierte sie im Licht des späten Nachmittags und fuhr die Einkerbungen mit der Fingerspitze nach. Die Oberfläche fühlte sich kühl, aber nicht kalt an, fast so, als strahle das Innere eine schwache Wärme ab. Nach einer Weile hob Gaia den Kopf und blickte ihre Mutter an. »Was ist das?«

»Ein Amulett.« Als Mai Gaias verwunderten Blick sah, erklärte sie ihr: »Es ist eine Art Talisman. Es soll seinem Träger Schutz bieten und Glück bringen. Seit Menschengedenken ist es im Besitz der Familie deines Vaters. Und es soll auch eine Geschichte haben: Es soll eine große Macht besitzen und der Familie Ruhm, Ehre und Wohlstand bringen.«

Tal schnaubte. »Bis jetzt hat es aber noch nicht so richtig funktioniert, oder?«

»Tal!«, sagte Mai tadelnd, musste dann aber lachen. »Stimmt. Du hast recht.« Sie lächelte Gaia an. »Ehrlich gesagt glaube ich, dass es einfach nur ein hübscher, alter Gegenstand ist, um den sich eine nette kleine Geschichte rankt.«

»Kann sein«, sagte Gaia. Sie tastete noch einmal über die eingeritzten Zeichen. »Es ist einfach wunderschön. Und es gehört jetzt wirklich mir?«

»Ja«, sagte Mai. »Ah, das hab ich vergessen: Da gibt es noch etwas. Das Amulett wird immer dem jeweils ältesten Kind jeder Generation übergeben. Es ist eine Art Erstgeburtsrecht und kein Geschenk. Es war für dich bestimmt, vom Tag deiner Geburt an.«

»Wirklich?« Behutsam legte Gaia das Amulett in seinen Beutel zurück, zog die Schnur zu und hängte ihn sich um den Hals. Der Beutel war nicht schwer und schmiegte sich sonderbar tröstend an ihren Körper. Sie dachte kurz nach. »Woher kommt es? Ich meine, was bedeuten die merkwürdigen Zeichen?«

»Das weiß ich nicht. Ich habe dir alles erzählt, was ich über das Amulett weiß. Alles Übrige …« Mai schüttelte den Kopf. »Ich denke, die Antwort auf deine Fragen weiß seit Langem niemand mehr.«

3. Kapitel
Parhelion

Gaia schreckte aus einem tiefen, traumlosen Schlaf, als ein Schrei die nächtliche Stille durchbrach: ein schriller Schrei des Entsetzens, wortlos und eindeutig nicht menschlich. Sofort war sie hellwach und voller Panik. Ihr Herz klopfte, als sei sie gerannt. Ihr Mund war trocken. Angestrengt wartete sie auf einen weiteren Schrei und starrte mit großen Augen in die Dunkelheit. Ein schwacher Lichtschein fiel zum Fenster herein. Mit einem Schlag wurde ihr klar, dass es nicht das beruhigende, sanfte Silber des Mondlichts war, sondern ein unheilvolles, flackerndes Orangerot.

Mai und Tal waren ebenfalls aufgewacht.

»Was ist los?«

»Was war das für ein Geräusch?«

Da kam der schreckliche Schrei wieder, und diesmal folgte gleich darauf ein weiterer Schrei, dann noch einer und noch einer …

»Die Ziegen!«, rief Tal. Er stürmte zur Tür und riss sie auf, Gaia und Mai rannten ihm nach. Die Ziegen waren draußen – nicht in ihrem Stall unter dem Haus, sondern im Freien. Trotz ihrer Panik hatte Gaia noch Zeit zu denken: Ist es meine Schuld? Vielleicht hatte sie die Tür nicht richtig verriegelt, vielleicht hatte sie sogar vergessen, die Tiere einzusperren, und sie stattdessen an den Berghängen grasen lassen, wo sie allen möglichen Gefahren ausgesetzt waren?

Nachdem ihr diese Gedanken durch den Kopf geschossen waren, hielt sie es keine Sekunde länger im Haus aus. Sie stürmte ins Freie, mitten unter die Ziegen, und trieb sie vor sich her, als plötzlich große fliegende Bestien – fünf, sechs oder sogar noch mehr – mit lederartigen Flügeln zum Überraschungsangriff aus der Dunkelheit ansetzten. Gaia rannte und rannte völlig hilflos durch die Flammen. Um sie herum wurde eine Ziege nach der anderen gepackt und in den Himmel hinaufgeschleppt …

Gaia erwachte erneut, richtig diesmal, und der Albtraum war vorüber. Der große Herbstmond schien durch das viereckige kleine Fenster hoch über ihrem Bett und tauchte den Raum in sein besänftigendes Silber. Kein Laut war zu hören, nur ihr eigenes, heftiges Herzklopfen. Gaia setzte sich auf, holte ein paarmal tief Luft, um sich zu beruhigen, und blickte zu dem göttlichen Licht am dunklen Himmel hinauf.

»Der Mond wacht über dich.« Mit diesen Worten hatte Mai sie immer getröstet, wenn sie als kleines Mädchen schlecht geträumt hatte, und damit sie wieder einschlief, hatte ihre Mutter sie mit einem Vers wieder in den Schlaf gewiegt, den Gaia nun vor sich hin murmelte.

»Solange mein Körper Atem hat,
hält jemand im Himmel über mich Wacht,
wo immer ich bin,
meine Augen ihn seh'n,
Den Herrscher des Himmels, der mich bewacht.«

Doch die Erinnerungen an ihren Traum schoben sich sofort wieder in den Vordergrund, und irgendwann wusste Gaia, dass sie in dieser Nacht sicher nicht mehr einschlafen würde. Es war bitterkalt und sie konnte in dem silbernen Licht ihren eigenen Atem sehen. Dabei hatte sie unter der Decke bereits all ihre Kleidungsstücke an, und folglich konnte sie nichts weiter gegen die Kälte tun; ebenso wenig wie gegen die schmerzhaft nagende Leere in ihrem Magen. Zitternd und hungrig stellte sie sich innerlich darauf ein, auf die Morgendämmerung warten zu müssen.

Er war seltsam eindringlich und quälend gewesen, dieser Traum, und selbst am nächsten Morgen saß ihr der Schreck noch in allen Gliedern. Doch über ihn zu sprechen, war ihr ebenso unmöglich wie ein peinliches Geheimnis preiszugeben, und als Mai sie fragte, was sie denn hätte, murmelte sie nur: »Ach, ich habe bloß schlecht geträumt.«

»Was?«, wollte Tal sofort wissen.

»Weiß nicht mehr«, sagte sie. Sie schaute ihn an und sah plötzlich wieder die schrecklichen Flammen in seinen Augen.

Sie blieb auch stumm und bedrückt, als sie gemeinsam den steilen Pfad zu den Berghängen hinaufgingen, wo sie erst kürzlich vor dem Sommerdrachen geflüchtet waren. Jetzt, in der Mitte des Herbstmonds Brumas, war der steile Berghang steif gefroren und verharscht, und die hohen Gipfel in der Ferne verloren sich in Sturmwolken. Nach der ersten Hälfte des Aufstiegs bot ein Einschnitt zwischen zwei Felswänden einen gewissen Schutz vor dem Wind und hier machten sie halt und ließen ihre Ziegen grasen. Ganz in der Nähe plätscherte ein Gebirgsbach über glatte Steine und am Fuß eines kleinen Wasserfalls sammelte sich das Wasser in einem tiefen, braunen Tümpel.

»Ich könnte fischen.« Tal kniete sich neben den Tümpel, rollte seinen Ärmel hoch und tauchte seinen Arm bis zur Schulter ins eisige Wasser. »Ist das kalt!«, keuchte er.

»Soll ich dir helfen?«, fragte Gaia.

»Nein.« Er grinste sie mit klappernden Zähnen an. »Geh lieber Beeren pflücken. Wenn ich erfroren bin, kannst du mich ja ablösen.«

Jetzt musste sie doch lachen und er zwinkerte ihr erleichtert zu. Sie nahm ihren Beutel und kauerte sich zwischen die stacheligen, dürren Sträucher, um nach Garbeeren Ausschau zu halten, den knallroten kleinen Beeren, die hier wuchsen. Sie sahen hübsch aus – so intensiv rot, dass sie an ihren grüngrauen Stängeln förmlich zu glühen schienen –, waren aber sehr hart und schmeckten bitter. Sie ging von Busch zu Busch, ganz in ihr Tun vertieft, als Tal plötzlich rief: »Gaia, schau mal!«

Er deutete weg von den Bergen, an den Himmel in der Ferne. Gaia richtete sich auf, blinzelte zur Wolkendecke hoch und eilte dann an den kratzigen Büschen vorbei zu Tal.

»Was ist? Ich sehe nichts. Nur Wolken.«

»Jetzt ist es weg. Aber warte! Schau, da ist es wieder.«

Weit, weit weg, winzig und unscharf, schwebte ein fliegender Gegenstand kurz oberhalb der Wolken, verschwand aber gleich darauf wieder. Die Kinder warteten noch eine Weile, doch er tauchte nicht mehr auf.

»Was war denn *das*?«, fragte Tal.

»Ich weiß nicht. Ein Drache?«

Tal schüttelte den Kopf. »Es sah nicht wie ein Drache aus.«

»Stimmt«, musste sie zugeben. »Und eigentlich ist es ja auch noch viel zu früh im Jahr. Aber was war es dann?«

»Keine Ahnung.« Tal starrte noch eine Weile in die Ferne, wo das Ding nicht mehr zu sehen war, und zuckte dann die Achseln: »Jetzt ist es sowieso verschwunden. Wir sollten besser weitergehen.«

Sie nickte. »Hast du einen Fisch gefangen?«

»Zwei sogar!« Triumphierend hielt er seine Ausbeute hoch. »Und einen erfrorenen Arm habe ich auch.« Er schob seine Hand ihren Rücken hinauf. Gaia schrie auf und versuchte, nach ihm zu schlagen, doch er wich ihr lachend aus.

»Und du? Wie sieht es mit Beeren aus?«

»Ach, fast nichts«, sagte sie und zeigte ihm die klägliche Handvoll der kleinen roten Kügelchen, die wie Edelsteine aussahen, auf dem Boden ihres Beutels. »Gestern waren noch viel mehr da. Jemand muss uns zuvorgekommen sein.«

»Sieht ganz so aus«, sagte Tal. »Und dieser Jemand muss ganz schön früh aufgestanden sein.« Er streckte den Arm aus und deutete auf Jason, der gerade den steilen Pfad herunter auf sie zukam, wie üblich begleitet von seinen übermütig herumtollenden Ziegen.

»Jason«, sagte Gaia, sobald er bei ihnen angekommen war. »Was ist aus den Beeren geworden, die hier gestern noch überall hingen?«

Jason grinste verschmitzt und öffnete seinen Beutel. Er war zur Hälfte mit Garbeeren gefüllt, die in dem trüben Morgenlicht wie kleine Feuerpunkte glitzerten.

»Ich hab's geahnt«, sagte Gaia und grinste ebenfalls. »Na schön, dann brauche ich ja nicht weiterzusuchen, sondern kann mich ausruhen.« Sie ließ sich im Schutz der überhängenden Felsen auf den Boden fallen. Jason setzte sich neben sie, und Tal ging zum Tümpel zurück, um zu sehen, ob er noch mehr Fische fangen konnte.

»Ich hatte einen schrecklichen Traum letzte Nacht«, sagte Gaia zu Jason. Sie erzählte ihm alles und er hörte ihr aufmerksam zu.

»Wie schrecklich«, sagte er, »aber zum Glück nur ein Traum.«

»Ich weiß«, sagte sie und fühlte sich gleich besser.

Sie lehnte sich mit dem Rücken an den Felsen und holte ihr Amulett aus dem kleinen Lederbeutel. Seit ihrem Geburtstag hatte sie es fast jeden freien Augenblick in allen Einzelheiten studiert: Mit gesenktem Kopf saß sie darübergebeugt, wiegte es in ihrer Hand, betastete seine Größe und sein Gewicht und fuhr mit den Fingerspitzen über die eingeritzten Zeichen. Ihre Hände kannten es inzwischen ebenso gut wie ihre Augen. Sie hätte es auch blind wiedererkannt. Doch sie konnte es betrachten, so lange sie wollte, es gab nichts preis: weder was es war noch woher es kam oder wozu es gut war. Die Versprechungen von Wohlstand und Ruhm, die sich um das Amulett rankten, erschienen ihr wie Hohn in diesen mageren Tagen, wo sie in den Bergen nach Beeren suchte und froh war, wenn ihr Bruder einen Fisch fangen konnte, und wo sie mit ansehen musste, wie erschreckend schnell ihre Getreidevorräte schrumpften. *Was kannst du? Wofür bist du gut?*, fragte sie das Amulett stumm, doch es lag nur träge und schön anzusehen in ihrer Hand.

»Ist das dein Amulett, Gaia?«, fragte Jason. »Darf ich es mal sehen?«

Widerwillig reichte sie es ihm. »Aber sei vorsichtig!«

»Klar.« Behutsam drehte er es in seinen langen Fingern hin und her. »Hübsch«, sagte er dann. »Hast du schon herausgefunden, was es kann?«

»Nein.« Sie nahm es ihm aus der Hand und ließ es wieder in dem Beutel verschwinden, den sie unter ihrer Tunika um den Hals trug. »Ich weiß ja nicht einmal, ob ...«

»Gaia!« Tal war neben dem Tümpel aufgesprungen und rief aufgeregt: »Schau! Schnell! Jason, schau! Da ist es wieder!«

Das sonderbare fliegende Ding hatte sich aus der Wolkendecke erhoben. Es war nun näher; so nah, dass die drei Kinder unzählige

Flügel und darunter eine silberne Sichel erkennen konnten, wie ein Neumond, der auf dem Rücken lag. Es flog offenbar direkt auf die Berge zu und somit auf *sie*. Wenig später begann die Luft um sie herum zu vibrieren und ein tiefes, grollendes, unheilvolles Dröhnen stieg vom Dorf herauf und hallte an den Felsen hinter ihnen wider. Das Geräusch kam wieder und wieder und wieder, es erfüllte die Luft mit ruckartigen Erschütterungen. Gaia wurde eiskalt, und eine Erinnerung, die sie völlig vergessen hatte, stieg plötzlich wieder in ihr hoch: die Erinnerung an das einzige Mal, als sie diese Geräusche schon einmal gehört hatte. Sie war damals noch sehr klein gewesen – viel zu klein, um zu begreifen, was sie bedeuteten –, aber sie wusste plötzlich wieder, wie Mai mit angsterfüllter Stimme gerufen hatte: »Komm, Gaia, schnell!«, und da war sie ihr nachgetapst. Tal war noch ganz klein gewesen und musste von seiner Mutter getragen werden. Zusammen mit allen anderen waren sie zum Marktplatz geeilt. Mai hatte geweint und auch alle anderen Erwachsenen hatten ängstlich und verzweifelt geschluchzt. Dann hatten sie sehr, sehr lange gewartet, bis tief in die Nacht, auf Rettung und eine Wiederkehr, die niemals stattfand.

»*Gaia!*« Tal zupfte sie am Ärmel. Gaia merkte, dass sie die Augen geschlossen hatte und unbewusst den Kopf schüttelte.

»Gaia«, wiederholte er ungeduldig, »das war der Gong. Wir müssen hinuntergehen!«

Sie rannten los und trieben dabei die Ziegen vor sich her, stolperten auf dem steilen Pfad über lockere Steine. Kurz oberhalb des Dorfes stießen sie auf Selene und Cassie, die mit ihren Ziegen ebenfalls den Berg hinuntereilten. »Was ist passiert?«, rief Tal ihnen zu. »Was war das für ein Ding in der Luft?«

»Ich weiß nicht. Schnell! Lauft!«

Gemeinsam rannten sie zum Marktplatz und blieben kurz davor verblüfft stehen.

Der viereckige Platz war voller Farben. Das war Gaias erster Eindruck. Erstaunliche, aufregende Farben. Sie war inmitten dumpfer Braun- und Grautöne aufgewachsen, die nur durch das helle Beige der Steine und Ziegen aufgelockert wurden. Strahlende Farben waren etwas, das sie nur vereinzelt aus der Ferne infolge von Lichtspiegelungen gesehen hatte. Nun aber kam es ihr so vor, als hätte sich diese strahlende Farbenpracht auf dem schäbigen kleinen Marktplatz ihres Dorfs versammelt. Mit Staunen sah sie reines, glitzerndes Weiß, so strahlend wie jenes der Schneefelder hoch oben in den Bergen, wenn sie von der Sonne beschienen wurden. Sie sah Indigoblau, violett-bläulich wie die Farbe am Rand eines Regenbogens – doch bei einem Regenbogen war diese Farbe schwach und flüchtig, während sie hier kräftig und stark war, eine tiefe, satte, fast Angst einflößende Farbe. Und Silber, so schimmernd wie das Mondlicht – als hätten die Götter Lichtfäden auf die Erde regnen lassen.

»Wer sind diese Leute?« Tals Stimme war nur ein Flüstern.

Es waren an die fünfzig Fremde, die sich unter den verfallenen Arkaden nebeneinander aufgereiht hatten. Sie waren alle gleich gekleidet: gepuderte, silberne Perücken, im Nacken mit einem schwarzen Seidenband zusammengebunden, Seidenmäntel aus tiefstem Indigoblau mit silbernen Tressen und Knöpfen, silberne Kniehosen, weiße Strümpfe und glänzende schwarze Schuhe mit silbernen Schnallen. Ihre prachtvolle Kleidung hatte allerdings unter dem langen Aufstieg an den Leitern gelitten. Die Fremden waren verschwitzt, ihre Perücken verrutscht, die weißen Strümpfe schmutzig, die glänzenden Schuhe voller Dreck. Man sah ihnen an, dass sie sich hier alles andere als wohlfühlten. Ihre Gesichter verrieten Unbehagen – oder vielmehr Entsetzen darüber, sich auf diesem schäbigen Dorfplatz wiederzufinden.

»Wer um alles in der Welt …«, stammelte Tal erneut.

Ratlos schüttelte Gaia den Kopf. Ambrose würde es wissen, und da erblickte sie ihn auch schon, mitten auf dem Dorfplatz, wo er sich mit einem der Fremden unterhielt. Sie konnte nicht hören, worüber sie sprachen, doch sie beobachtete die stumme Szene mit einem Gefühl wachsender Beklemmung. Der Fremde sagte etwas, und Ambrose' Gesicht verfinsterte sich wie eine Bergwand, auf die der Schatten von Sturmwolken fiel. Ambrose schien den Mann um etwas zu bitten, er deutete auf die baufälligen Hütten und die schäbig gekleideten Dorfbewohner. Doch der Fremde schüttelte nur unwillig den Kopf, wandte sich an seine Männer und bellte einen Befehl.

»Bereitet einen Landeplatz vor, in der Nähe der Klippen!«

Die aufgereihten Männer machten alle gleichzeitig eine Vierteldrehung und marschierten dann in Zweierreihen auf die Hochfläche zwischen dem Dorf und der Felskuppe zu. Nach kurzem Zögern folgten ihnen die Dorfbewohner, neugierig und ängstlich zugleich. Gaia dagegen blieb wie angewurzelt stehen und ließ Ambrose nicht aus den Augen. Er hatte kerzengerade dagestanden, als die Fremden an ihm vorbeimarschiert waren, doch sobald sie verschwunden waren, ließ er sich auf den Rand des Marmorbeckens fallen und begrub das Gesicht in den Händen.

Gaia setzte sich zu ihm. »Ambrose?«, sagte sie leise und merkte, dass ihre Stimme bebte. »Was ist los? Was sind das für Männer?«

»Ach, Gaia.« Er hob den Kopf und rang sich ein schwaches Lächeln ab. Dann nahm er ihre Hände in die seinen und sie betrachtete seine knotigen, alten, welken Finger. »Ich hatte so gehofft, es bliebe uns erspart. Aber ich habe es natürlich befürchtet. Es ist Parhelion.«

»Was?«

Als er Gaias erstaunten Blick sah, musste er schmunzeln.

»Nicht was«, sagte er, »sondern *wer*. Das waren seine Soldaten und ...« Er schaute an den Himmel, in Richtung der Felskuppe. »Da kommt er auch schon.« Jetzt war das Ding, das sie den ganzen Morgen näher fliegen sahen, deutlich zu sehen. Es handelte sich um eine Gondel aus silbernem Korbgeflecht, getragen von mindestens einhundert aufgezäumten Adlern, die nun zielgerichtet die Felskuppe ansteuerten. Ambrose erhob sich mit einem tiefen Seufzer.

»Ich muss gehen und ihn empfangen«, sagte er müde. »Kommst du mit?« Hand in Hand gingen sie auf den Kreis der Soldaten zu, die eifrig damit beschäftigt waren, ein riesiges Seidentuch zu entfalten, auszubreiten und glatt zu streichen, um damit den Landeplatz zu markieren. Es war ein rundes Tuch aus silberner Seide, das den Eindruck vermittelte, der Vollmond wäre auf die Erde gefallen.

»Wie heißt er, hast du gesagt? Und wer ist er überhaupt? Was macht er hier?«, fragte Gaia, während sie eilends über den felsigen Untergrund gingen.

»Parhelion. Peregrin Paraffle Parhelion, Lord der Arimaspianischen Berge. Ihm gehört dieses Land und deshalb kann er von uns Tribut einfordern.«

»Tribut?«

»Eine Art Steuer, eine Abgabe für das Recht, hier auf seinem Land leben zu dürfen.« Sein Blick schweifte über die kargen Berghänge oberhalb des Dorfes und er verzog spöttisch das Gesicht.

»Ich habe ihn noch nie gesehen«, sagte Gaia.

»Nein, früher einmal, in den guten alten Tagen, haben wir an seinen Vater Abgaben bezahlt, doch nachdem wir die Minen schließen mussten, ließ er uns in Ruhe … Unser Dorf ist sehr abgelegen, und nachdem wir kein Gold mehr zu bieten hatten, waren wir die lange Anreise nicht mehr wert.« Niedergeschlagen blickte er dem näher kommenden Luftgefährt entgegen. »Jedenfalls ist der alte Lord – sein Vater – vor einigen Jahren gestorben und Peregrin erbte seinen Titel und sein Vermögen. Aber angeblich hat er dieses Vermögen schneller durchgebracht, als sich ein Feuer durch Stroh frisst.« Ambrose seufzte. »Und das bedeutet leider, Gaia, dass er dringend Geld auftreiben muss, egal wo.«

Sie waren inzwischen bei der Menschenmenge oben auf der Felskuppe angekommen. Die Dorfbewohner drängten sich am Rand zusammen, während Parhelions Bedienstete sich um das Seidentuch herum im Kreis aufstellten. Die Luft bebte und vibrierte, von mindestens einhundert schlagenden Flügelpaaren in Bewegung gesetzt. Das Luftgefährt schwebte tief über ihre Köpfe hinweg und ging kurz vor der steil aufragenden Felswand in einen scharfen Kurvenflug über. Dann verharrte es einen Moment lang reglos über dem wartenden Kreis. Genau in diesem Augenblick kämpfte sich plötzlich ein Sonnenstrahl durch die schweren Wolken und alle waren vom Glanz der silbernen Kutsche geblendet. Dann setzte die Kutsche sachte genau in der Mitte des Seidentuchs auf. Zehn Männer rannten auf sie zu, um sie mit dicken Tauen auf dem Boden zu verankern. Die großen Vögel landeten zu beiden Seiten und schüttelten ihr Gefieder. Ein Mann sprang aus der Kutsche und klappte ein paar vergoldete Stufen herunter.

»Alles bereit, Euer Lordschaft!«, rief er dann.

Ein großer, stämmiger Mann erhob sich im Inneren des Luftgefährts, betrat die oberste Stufe, blieb dort stehen und schaute sich um. Er trug eine wallende, gepuderte Perücke, die ihm bis auf die Schultern fiel, und einen langen Mantel aus indigoblauer Seide, mit Silberfäden bestickt. Die Falten seines Mantels bauschten sich in der Brise und die silbernen Stickereien glitzerten in den schräg herabfallenden Sonnenstrahlen. Der Mann hatte ein rundes Gesicht mit derben Zügen. Gaia kam unwillkürlich zu dem Schluss, dass sie sich zwar vorstellen konnte, ihn lachen, nicht aber lächeln zu sehen. Dieser Mann konnte sich vielleicht amüsieren, aber nicht freundlich sein.

»Warte hier!«, flüsterte Ambrose ihr ins Ohr, ehe er auf die Kutsche zuging und den Kopf neigte. Parhelions Männer schauten sich betreten an. Da erst schien Ambrose sich an etwas zu erinnern und er fiel vor Parhelion auf die Knie.

»Euer Lordschaft«, sagte er mit fester, klarer Stimme. »Ich darf mir erlauben, Euch im Namen Eurer treu ergebenen Untertanen willkommen zu heißen. Ich kannte Euren Vater, Euer Lordschaft ... und heute nun seinen Sohn an seiner Stelle zu sehen ...« Er hob den Kopf und alle weiteren Worte erstarben auf seinen Lippen. Er hatte sich schon eine Liste schmeichelhafter Vergleiche zwischen Vater und Sohn ausgedacht. Doch er war ein ehrlicher Mensch, und als er Parhelion nun ins Gesicht schaute, fühlte er sich außerstande, auch nur einen dieser Punkte auszusprechen.

Parhelion hatte Ambrose ohnehin kaum zugehört und deshalb fiel ihm auch dessen betretenes Schweigen nicht weiter auf. Er schaute lieber dabei zu, wie seine Adler gefüttert wurden: ein Schauspiel, das er stets genoss. Das Futter für die Adler war an einem Flaschenzug die Klippen heraufgewinscht worden, und ein kleiner Trupp von Männern war losgeschickt worden, um die schweren Säcke auf die Felskuppe zu schleppen. Sobald sie mit den Säcken ankamen, begannen die Adler aufgeregt herumzuhüpfen und an ihrem Geschirr zu zerren. Sie zankten sich um die toten Hasen, die die Männer zwischen sie warfen, und kaum hatte einer ein Exemplar ergattert, sonderte er sich etwas ab und machte sich mit seinem spitzen Schnabel und seinen scharfen Krallen über das Fleisch her. Parhelion schaute ihnen amüsiert beim Fressen zu, und erst als die Adler satt waren, bequemte er sich die Stufen hinunter.

»Ach ja, du, du kannst dich erheben«, sagte er zu Ambrose.

Ambrose richtete sich mühsam auf. Mit einer höflichen Handbewegung gab er Parhelion zu verstehen, dass dieser vor ihm her ins Dorf gehen solle, doch noch ehe sie den ersten Schritt gemacht hatten, ertönte plötzlich ein wütender Schrei: »He, du! Du räuberisches Balg!«

Zwei der Adlerfütterer schleppten einen dürren Jungen die Böschung herauf und warfen ihn vor Parhelions Füße. Der Beutel, den der Junge über der Schulter hängen hatte, ging auf und winzige rote Beeren rieselten heraus. Kleine leuchtende Sprenkel hüpften und rollten über den felsigen Untergrund in alle Richtungen. Gaia, die diese Szene mit großen Augen beobachtet hatte, kam es so vor, als würden die Beeren unglaublich langsam rollen, wie in einem Traum.

»Der Kerl wollte Hasen klauen, Euer Lordschaft!«, erklärte einer der Adlerfütterer empört.

Parhelion würdigte den Jungen, der vor ihm im Dreck lag, nur eines kurzen Blickes. »Anketten und nachher mitnehmen.« Dann gab er Ambrose zu verstehen, dass er ihm den Weg zeigen solle.

»Nein!« Gaia schüttelte Tals Hand ab und löste sich aus der kleinen Gruppe der Dorfbewohner. Unerschrocken stellte sie sich Parhelion in den Weg. »Ihr dürft ihn nicht mitnehmen!«

»Er hat gestohlen«, entgegnete der Angesprochene frostig. »Und Stehlen wird bekanntlich mit Versklavung bestraft.« Er wollte an ihr vorbeigehen, doch sie versperrte ihm erneut den Weg. Wütend und auch irritiert schaute er auf sie herab: ein schmuddeliges Bauernmädchen in abgetragener Kleidung, das es wagte, ihm unverfroren ins Gesicht zu starren und seinen Blick mit zornigen Augen zu erwidern.

»Es wäre ungerecht!«, protestierte das Mädchen. »Es war doch nur ein toter Hase. Ihr habt Hunderte von Hasen und er ist *hungrig*.« Sie zögerte kurz. »Bitte, lasst ihn gehen!«

»Gaia.« Ambrose nahm sie am Arm und zog sie beiseite, um sich selbst vor Parhelion zu stellen. »Euer Lordschaft.« Unterwürfig senkte er den Kopf, doch seine Stimme klang klar und deutlich. »Ich bitte Euch, lasst den Jungen laufen. Euer Vater war ein gütiger Mensch. Euer Lordschaft, zeigt Gnade, allein schon um Eures Vaters willen. Die Zeiten sind hart, Euer Lordschaft. Unsere Kinder haben Hunger …«

»Du kennst die Strafen, Ambrose, und willst doch hoffentlich nicht vorschlagen, ich solle gegen die Gesetze der Republik verstoßen, oder?« Parhelion stieß ein kurzes, hartes Lachen aus. »Gut, ich will Gnade vor Recht ergehen lassen. Ich könnte ihn auf eine Sklavengaleere schicken, aber ich bin so gütig und verkaufe ihn nur auf dem Markt. Und natürlich lasse ich ihn auch gern laufen, falls seine Familie seine Freiheit erkaufen kann.«

Ambrose schloss für einen Moment die Augen. »Seine Eltern sind beide tot.«

»Dann vielleicht das Dorf?«, schlug Parhelion vor. »Nein? Na ja, dachte ich mir.« Ohne einen weiteren Blick auf Jason stolzierte er den Hang hinauf.

Parhelions Männer hatten sämtliche Dorfbewohner auf dem Marktplatz zusammengetrommelt, doch Gaia und Tal stahlen sich unbemerkt davon und rannten zu den Klippen zurück. Jason kauerte auf dem Boden, die Knie an die Brust gezogen. Seine Hand- und Fußgelenke waren mit schweren Ketten zusammengebunden. Er zitterte in dem eisig kalten Wind, der von den Schneefeldern herunterwehte. Einer der Adlerführer stand neben ihm, um ihn zu bewachen. Er empfing die beiden Kinder mit strengem Blick.

»Was wollt ihr?«, bellte er sie an.

»Er ist unser Freund«, sagte Gaia.

»Na und?«, fragte er. Seine Stimme klang aber nicht sehr unfreundlich und deshalb nahm Gaia all ihren Mut zusammen und fragte: »Können wir … ich meine, dürfen wir vielleicht bei ihm bleiben, bis …«

Der Mann schien kurz zu überlegen, schaute den Hang hinauf in Richtung des Dorfes und zuckte dann mit den Schultern. »Meinetwegen.« Gaia und Tal setzten sich neben Jason auf den Boden, jeder auf eine Seite, um ihn vor dem eisigen Wind zu schützen. Jason zwinkerte Gaia kurz zu und verzog das Gesicht zu einem schiefen Grinsen. Doch sein Gesicht war aschfahl, und sie saßen schweigend da, während der Adlerführer mit dem spitzen Ende einer Feder zwischen seinen Zähnen herumstocherte.

Parhelion saß im Zentrum des Marktplatzes, zog angewidert den Saum seines Seidenmantels aus dem Staub und stellte mit Missfallen fest, dass seine glänzenden Stiefel schmutzig geworden waren. Im ersten Moment war er bestürzt über den Anblick der alten, halb verfallenen Hütten, die ihn umgaben. Vielleicht hatte sein Schatzmeister doch recht gehabt. Vielleicht war es tatsächlich eine sinnlose

Reise, die ihn wahrscheinlich mehr kostete, als sie ihm einbringen würde. Er blickte über das Dorf hinweg auf die schroffen Granitfelsen und die trostlosen Schneefelder über ihnen. Das waren die Felsen, in denen diese Leute früher einmal Gold gefunden hatten, Gold, das das Vermögen seines Vaters beträchtlich hatte anwachsen lassen, ebenso wie das Vermögen zahlloser Parhelion-Generationen vor ihm. Ehe er zu dieser Reise aufgebrochen war, hatte er davon geträumt und gehofft, dass die Dorfbewohner wieder auf Gold gestoßen wären und er nachträglich für mehrere Jahre Tribut verlangen könnte, um so die Löcher im väterlichen Erbe zu stopfen, das er so leichtsinnig verschwendet hatte. Bei der Erinnerung an seine Illusionen lachte er kurz und bitter auf. Tja, aber nun war er hier und wild entschlossen, das Beste daraus zu machen. Da war schon mal dieser Junge, den er auf dem Sklavenmarkt verkaufen konnte, und vielleicht bekam er noch ein paar weitere dazu. Er erhob sich und nickte resigniert seinem Schatzmeister zu, einem kleinen Mann mit spitzen Gesichtszügen und wachen Augen, der mit einer Schreibfeder und einem dicken Buch in einiger Entfernung stand. Der Mann eilte zu ihm.

»Euer Lordschaft?«

»Fangen wir an, Scrimp!«, sagte Parhelion mit einem Seufzer. »Bringen wir die Sache hinter uns und sehen wir zu, dass wir schnell wieder wegkommen.«

Der Schatzmeister ließ seinen Blick über den verfallenen Marktplatz und die schäbigen Hütten schweifen, verkniff sich aber jeden Kommentar.

»Sehr wohl, Euer Lordschaft.« Er klemmte sich das Buch unter den Arm und wartete, was kommen würde.

»Gaia! Tal!« Mai rannte die Böschung hinunter und rief ihre Kinder mit schriller, ängstlicher Stimme. »Da seid ihr ja! Wir müssen sofort nach Hause … alle müssen in ihre Häuser gehen.« Bei Jasons Anblick wurde ihre Stimme sofort sanfter. »Es tut mir leid«, sagte sie, »aber ihr müsst jetzt wirklich mitkommen!«

Widerwillig erhoben sich Gaia und Tal, doch Jason hielt immer noch Gaias Hand fest. »Gaia!«

Sie kauerte sich noch einmal neben ihn und drückte ihn zitternd an sich, bis er sich behutsam von ihr löste. »Hey«, sagte er, »wird schon nicht so schlimm werden.«

»Bestimmt nicht«, flüsterte sie, obwohl sie es nicht wirklich glaubte und er auch nicht, wie sie sah.

»Kümmerst du dich bitte um meine Ziegen?«

Sie brachte kein Wort mehr über die Lippen und deshalb nickte sie nur. Ohne ihn aus den Augen zu lassen, machte sie ein paar Schritte rückwärts. Doch dann schossen ihr die Tränen in die Augen und sie drehte sich schnell um und hastete hinter Mai und Tal die Böschung hinauf.

Bedrückt gingen sie die ausgetretenen Stufen hoch und in den kleinen, schäbigen Raum ihres Hauses, in dem es an diesem grauen Herbstnachmittag dämmerig und kalt war.

»Was jetzt?«, fragte Tal.

»Nun, wir bezahlen unseren Tribut.« Mai versuchte, ganz gelassen zu klingen, doch Gaia merkte, wie verängstigt sie war. »Uns bleibt nichts anderes übrig.«

»Und womit?«

Mai schluckte. »Mit Gold oder Ziegen. Eine andere Möglichkeit haben wir nicht.«

»Was ist mit dem Amulett?«, fragte Tal.

»Nein!« Gaia stieß spontan einen Protestschrei aus.

»Ach, komm schon, Gaia, was nützt es dir schon?«, sagte er und blickte Hilfe suchend zu Mai. »Du willst doch nicht im Ernst sagen, dass du lieber das Amulett als das Gold oder die Ziegen behältst, oder?«

Geknickt ließ Gaia sich auf einen Stuhl fallen. Sie legte ihr Amulett auf den Tisch, stützte ihren Kopf auf eine Hand und fuhr mit dem Zeigefinger der anderen Hand zärtlich über das kleine Viereck aus Elfenbein. »Ich weiß, dass es keinen Nutzen hat«, sagte sie betrübt. »Ich *weiß* es. Aber irgendwie habe ich das Gefühl, es sei ein Teil von mir.«

Ungeduldig schüttelte Tal den Kopf, doch Mai setzte sich neben Gaia und legte ihre Hand auf die ihre. »Dein Vater dachte dasselbe.« Sie lächelte traurig. »Ich gebe es auch nicht gern her, Gaia, glaub mir. Es kommt mir so vor, als würde ich damit auch einen Teil deines Vaters hergeben. Aber es ist nun mal so …«, ihre Stimme bebte leicht, »... dass Tal recht hat. Mit dem Amulett können wir uns nichts zu essen kaufen, mit dem Gold schon. Und die Ziegen geben uns Milch.«

»Ich weiß.« Gaia hatte Mühe, ihre Tränen zurückzuhalten. »Gut, soll er es haben.«

Es klopfte ungeduldig an der Tür, und als Mai öffnete, standen Parhelion und sein Schatzmeister vor ihr. Parhelion kam in den Raum wie ein dicker Kater, der leicht angewidert durch verschüttete Milch stolzierte. Er setzte sich erst, nachdem er sein seidenes Taschentuch übertrieben pingelig auf der Holzbank ausgebreitet hatte, und rümpfte die Nase über den Geruch der Ziegen, der vom Keller heraufdrang. Scrimp stellte sich neben ihn und blätterte so lange in seinem vergilbten Kassenbuch mit den Eselsohren, bis er die Seite gefunden hatte, die er suchte.

»Der Familienvorstand hier heißt Athanasius, Euer Lordschaft.«

»Athanasius ist tot«, sagte Mai.

»*Noch* einer!« Parhelion sagte es so irritiert, als empfände er diese Tatsache als persönliche Beleidigung.

Scrimp seufzte. »Und du bist …?«, fragte er Mai.

»Seine Witwe. Mai Athanasius.«

Der Schatzmeister kritzelte eine Korrektur in sein dickes Buch und räusperte sich. »Nun«, sagte er dann. »Was hast du uns zu geben?«

»Gaia?«, sagte Mai. Sie wollte ihr offenbar eine letzte Chance geben, Nein zu sagen. Doch Gaia nahm wortlos das Amulett vom Tisch und reichte es Scrimp, mit der glatten Seite nach oben. Er beäugte es argwöhnisch und drehte es um. Ein seltsamer Ausdruck – Erschrecken, Angst, Ungläubigkeit? – huschte über sein schmales Gesicht. Fragend blickte er Gaia an. »Wo …?«

»Kann *ich* mal sehen?«, fragte Parhelion. Etwas widerwillig reichte Scrimp das Amulett weiter. Parhelion drehte es in den Fingern und verzog das Gesicht: ein schäbiges, verfärbtes altes Ding. Verärgert kniff er die Augen zusammen.

»Wollt ihr mich zum Narren halten?«

Erschrocken schüttelte Mai den Kopf. »Es ist sehr alt, Euer Lordschaft, es …«

»… es ist alt und wertlos; unnützer Plunder!« Zornig schleuderte er das Amulett durch den Raum und es schlitterte ein Stück über den Boden. Gaia sprang nach vorne, hob es wieder auf und umklammerte es so fest, dass sie die eingemeißelten Zeichen auf ihrer Handfläche spürte. Vor Erleichterung wurde ihr ganz warm. Doch leider war das Problem mit dem Tribut damit noch nicht gelöst. Parhelion sprang auf und schritt ungehalten durch den Raum.

»Und?«, fragte er drohend.

»Wir könnten Euch eine Ziege geben, Euer Lordschaft.« Mais Stimme bebte.

»Ziegen!« Parhelion spuckte das Wort förmlich aus. »*Ziegen!* Hast du eine Ahnung, wie viele magere Ziegen mir heute schon angeboten wurden? Ich will mein Lebtag keine Ziege mehr sehen!« Seine Augen huschten durch den Raum. »Das Einzige, was hier drin etwas wert ist, sind deine Kinder«, sagte er mit Entschiedenheit. »Die kann man wenigstens verkaufen.«

»Nein!« Mai fiel vor der Feuerstelle auf die Knie und zog mit zittrigen Fingern den losen Stein heraus. Sie griff in die Nische, und als sie sich wieder aufrichtete, hatte sie das kleine Lederpäckchen in der Hand.

»Bitte«, sagte sie flehentlich. »Nehmt dies. Nicht die Kinder, bitte!« Sie holte die beiden Goldbarren aus dem Ledertuch und sie fielen mit einem schweren Plumps auf den Tisch.

Parhelions Augen blitzten auf vor Gier. Er griff nach dem Gold, betastete es und ließ die beiden Barren hastig in einer Innentasche seines Mantels verschwinden. Ohne ein weiteres Wort stapfte er zur Tür, blieb auf der Schwelle stehen und schauderte. Das Tageslicht war fast verschwunden, ertränkt in den grauen Sturmwolken, die die Berggipfel einhüllten, und an dem sich verdunkelnden Himmel bot sich ihm ein seltenes Schauspiel. Erschrocken riss er die Augen auf, als er die gewaltigen Flügel und die orangeroten Flammen sah …

»Drachen!« Hastig schlug er die Tür wieder zu, wirbelte herum und funkelte Gaia an. »Du bist schuld!«, fauchte er. »Du mit deinen Hexenaugen. *Du* hast die Drachen herbeibeschworen!«

Gaia blinzelte ihn hilflos an.

»Oder willst du es etwa abstreiten?«, fuhr er empört fort.

Doch Scrimp sagte besänftigend: »Euer Lordschaft, bitte! Lasst das Mädchen! Ihr habt bekommen, weswegen Ihr hergekommen seid. Sehen wir zu, dass wir von hier verschwinden, ehe die Drachen angreifen.«

Alle Würde vergessend, rannten die beiden durch das Dorf, und Parhelion rief währenddessen seine Männer zusammen. Mit wehendem Mantel hastete er weiter, obwohl seine Schuhe und Strümpfe immer schmutziger wurden vom Matsch und ihm sogar die Perücke vom Kopf fiel. Plötzlich öffnete der Himmel seine Schleusen, und es begann so heftig zu regnen, dass ihre feinen Kleider im Handumdrehen tropfnass waren und die Männer kaum noch etwas sehen konnten. Parhelion rutschte aus, richtete sich mühsam wieder auf und torkelte weiter, völlig durchnässt und verdreckt, halb fluchend und halb schluchzend vor Angst. Am Rand der Klippen angekommen, flüchtete er sich erleichtert in seine Kutsche.

»Los! Auf! Sofort losfliegen!«, kreischte er. Die Adler schwangen sich taumelnd in die Luft, die Gondel schaukelte unter ihnen beängstigend hin und her. Als die Kutsche vom Berg wegflog, konnte er durch den Vorhang aus Regentropfen sehen, wie seine Männer fieberhaft damit beschäftigt waren, die Einnahmen des heutigen Tages zu versorgen: Einige verluden die aufgeregt meckernden Ziegen in die Körbe am Flaschenzug, während andere ein halbes Dutzend schäbiger, verschreckter Kinder zu den Leitern führten.

4. Kapitel
Pech beim Kartenspiel

Gaia stand mit Mai und Tal unter der Tür und schaute dem flüchtenden Parhelion nach: eine wankende Gestalt im peitschenden Regen. Sie sahen, wie die Kutsche abhob und in den Sturm hineinflog, wie die Adler gegen die heftigen Böen ankämpften und wie die Gondel, die sie trugen, heftig hin und her schaukelte. Sie waren noch auf dem Weg nach oben, als ein Blitz über den Himmel zuckte. Die silbernen Wände der Kutsche leuchteten am dunklen Himmel auf, und in dem grellen, weißen Lichtschein konnten sie einen flüchtigen Blick auf Parhelion werfen, der sich ängstlich an den Arm seines Schatzmeisters klammerte. Die Adler kämpften sich tapfer höher und bald schon waren sie samt Kutsche hinter der dichten Regenwand verschwunden. Die Drachen, wegen des Sturms merklich nervös, jagten hintereinander an den Berggipfeln vorbei und der stürmische Himmel oberhalb des Dorfes war angefüllt von einem orangefarbenen Leuchten und weißem Licht.

»Gehen wir wieder hinein«, sagte Tal. »Es ist bitterkalt und wir werden tropfnass.« Sie zogen sich ins Haus zurück und er schloss die Tür vor dem Sturm.

Mai hatte bisher kein Wort gesagt. Tal führte sie zu ihrem Hocker neben dem Kamin und legte ihr eine Decke um die Schultern. Sie zog ihn näher und drückte ihn an sich. »Tal! Ich dachte …«

»Schon gut, Mutter.« Behutsam befreite er sich aus ihrer Umarmung, kniete sich vor den Kamin, um ein Feuer zu machen, und pustete so lange, bis Funken zu glühen begannen und schließlich die ersten schwachen Flämmchen loderten.

»Machst du uns etwas zu essen, Gaia?«, fragte er.

»Was ist mit den Fischen?«, erwiderte Gaia.

»Oh, die hatte ich ganz vergessen.« Er holte sie aus seinem Beutel, schlitzte sie auf und warf die Innereien ins Feuer. Die Flammen zischten, loderten kurz auf und wurden dann wieder kleiner.

»Gut, dass du dich daran erinnert hast«, sagte er. »Hast du auch etwas gefunden?«

Sie öffnete ihren Beutel und ließ die Garbeeren, die sie gesammelt hatte, auf den Tisch kullern. Sie nahm eine in die Hand, rollte sie zwischen Zeigefinger und Daumen hin und her und dachte an die zertrampelten Beeren im Schlamm und Jasons kalte Hand in der ihren.

»Ich sollte Jasons Ziegen holen«, sagte sie mit erstickter Stimme.

»Meinst du wirklich?«, fragte Tal. »Du wirst nass werden.«

»Ich muss, ich habe es ihm versprochen.«

Sie wickelte sich ihren Schal um den Kopf und sagte zu Mai: »Ich schaue kurz nach den Ziegen. Ich bin gleich wieder da.« Sie schlüpfte zur Tür hinaus in die Abenddämmerung. Der Sturm war weitergezogen. Die Blitze spiegelten sich an den hoch gelegenen Schneefeldern und das Donnern war nur noch ein entferntes Grollen. Doch es regnete noch immer in Strömen, und der Wind war so stark, dass er sie beinahe umriss, als sie seitlich ums Haus bog. Sie wickelte ihren Schal noch enger um sich, zog den Kopf ein und stapfte durch den Regen zu Jasons Hütte. Dort angekommen, ging sie die glitschigen Steinstufen hinauf und stieß die Tür auf.

Das düstere Abendlicht drang kaum durch das einzige Fenster und ihre Augen mussten sich zuerst an die Dunkelheit gewöhnen. Im ersten Moment blieb sie zögernd auf der Schwelle stehen und stellte sich vor, Jason würde gleich aus einer der dunklen Ecken treten. Doch über dem kleinen, schmalen Raum lag die Trostlosigkeit eines Orts, der schon vor langer, langer Zeit verlassen worden war.

Sie seufzte und betrat unsicheren Schrittes das Innere. Sie kannte diese Hütte kaum, auch ihr gegenüber war Jason immer äußerst zurückhaltend gewesen, was sein Heim betraf. Sie tastete sich vorwärts, fand einen Tisch und einen Stuhl, den leeren Kamin und eine zerknüllte Decke auf dem Boden. Sie hob die Decke auf und hielt sie an die Nase. Die Decke war dünn und kalt, und der schwache Duft von Jason, der noch an ihr haftete, war wie eine uralte Erinnerung. Neben dem Tisch entdeckte sie einen Getreidebehälter aus Holz. Sie hob den Deckel, griff hinein und ließ die noch übrig gebliebenen Getreidekörner, die er von Rackin gestohlen hatte, durch ihre Finger gleiten. Plötzlich schossen ihr Tränen in die Augen, denn sie sah ihn wieder vor sich, so großspurig und stolz, weil er den dicken Händler überlistet hatte. Und sie hatte mitgelacht. Aber nun hatte er diesen Trick erneut versucht, bei Parhelion, und das war äußerst *dumm* von ihm gewesen, denn die toten Hasen wurden gut bewacht, und Parhelion war ein Mann ohne einen Funken Barmherzigkeit.

Wenn ich neulich zu ihm gesagt hätte, er sei ein Schwachkopf, weil er Rackin bestohlen hatte, hätte er sich dann vielleicht gar nicht an Parhelions Hasen gewagt? Diese Frage kam ihr jetzt in den Sinn und voller Bedauern und Angst flüsterte sie den Namen »Jason!« in den leeren Raum.

Doch er war weg, und es hätte nichts genützt, Dinge herumliegen zu lassen, die man brauchen konnte. Aber sie verabscheute sich richtig, als sie seine Decke nahm, das Getreide hineinschüttete, die Decke zusammenwickelte und sie sich über die Schulter hängte. Dann machte sie leise die Tür hinter sich zu und ging die rutschigen Stufen hinunter.

Jasons zwei Ziegen standen im Keller unter dem Haus eng aneinandergeschmiegt. Sie wollten sich nicht vom Fleck rühren und Gaia musste sie förmlich durch den Regen zerren. Zu Hause angekommen, sperrte sie sie zu ihren eigenen Ziegen und molk dann alle. Als sie mit ihrem bis zum Rand gefüllten Melkeimer aus dem Ziegenstall kam, sah sie Ambrose zögernd am Fuß der Stufen stehen.

»Ambrose?«, rief sie.

Er drehte sich zu ihr und blinzelte in die Dunkelheit. »Gaia? Bist du es?«

»Ja.« In dem schwachen Licht sah sie Erleichterung in seinen Augen aufblitzen.

»Gaia. Oh, Gaia. Ich hatte schon Angst … Ist Tal …?«

Sie begriff sofort, von was für einer Angst er sprach und warum er gekommen war, es aber nicht gewagt hatte, das Haus zu betreten. »Es ist alles in Ordnung«, versicherte sie ihm. »Er ist ebenfalls noch hier.«

Erleichtert und voller Dankbarkeit schloss er die Augen. »Wie um alles in der Welt hat deine Mutter es geschafft?«

»Sie hatte noch etwas Gold, nur zwei Barren, und ich dachte schon, es würde nicht reichen …« Gaias Stimme bebte, als sie an die Angst dachte, die sie ausgestanden hatte, und Ambrose legte ihr tröstend eine Hand auf den Arm.

»Dann ist ja alles in Ordnung«, sagte er.

Doch sie dachte trotzig: Nein, ist es nicht. Es war nicht alles in Ordnung. Dieses Gold hatte Mai für den nächsten Markt aufgehoben, mit diesem Gold wollte sie alles Nötige kaufen, damit sie über den Winter kamen. Und nun? Wie sollten sie jetzt durchkommen?

Doch sie sagte nur: »Eigentlich wollte sie mit dem Gold Nahrungsmittel kaufen.«

Ambrose seufzte. »Ja, es wird ein harter Winter werden.« Er schauderte.

»Ambrose«, sagte Gaia besorgt, »du frierst ja. Warst du etwa die ganze Zeit im Freien?«

»Ich habe ein paar Leute besucht.« Seine Stimme klang alt und gebrochen, und sie stellte sich vor, wie er in dem Sturm müde von einem Haus der Trauer zum nächsten gestapft war, außer Mitgefühl aber nichts anzubieten hatte.

»Komm mit ins Haus!«, sagte sie spontan. »Komm und iss mit uns.«

Er nickte dankbar. Sie gingen zusammen zur Haustür hinauf, wandten dem Wind und dem Regen den Rücken zu und flüchteten sich in den Schutz des Hauses.

Tal kniete vor dem Feuer, blickte auf und lächelte sie durch Rauchschwaden von Fischdüften an. »Hallo, Ambrose.«

»Ich habe ihn zum Essen eingeladen«, sagte Gaia und zog den Gast zur Feuerstelle. Er legte Mai eine Hand auf die Schulter, drückte ihr einen Kuss aufs Haar, setzte sich und streckte dankbar seine Hände in die Wärme.

Mai lächelte ihn mit tränenverschmiertem Gesicht an. »Ambrose, ich dachte …« Sie schluckte. »Ich dachte, ich würde sie verlieren.«

»Ich weiß.«

»Haben sie viele Kinder mitgenommen?«

Er starrte ins Feuer. »Ein halbes Dutzend«, sagte er schließlich. Seine normalerweise klare Stimme war rau vor Zorn und Trauer.

»Jason natürlich, dann Cassie, Lal und Alex. Und auch Idas Zwillinge.«

»Oh, Ambrose! Die armen Kinder! Und ihre armen *Familien*!« Sie versuchte, ein Schluchzen zu unterdrücken.

Ambrose nahm ihre Hand. »Ich weiß, ich weiß«, sagte er erneut. Dann schwiegen beide. Mai weinte leise vor sich hin, Ambrose saß nur da und starrte mit hängenden Schultern ins Feuer.

Tal schaute verlegen auf Gaia, räusperte sich und sagte: »Ähm … der Fisch wäre fertig …«

Ambrose hob den Kopf und völlig unerwartet huschte ein Lächeln über sein Gesicht. »Gut gemacht, Tal. Vergessen wir die Lords und die Traurigkeit, die sie mit sich bringen, für kurze Zeit zumindest. Schau, Mai, deine Kinder haben ein Festessen zubereitet.« Er half ihr auf die Füße und führte sie zum Tisch. Gaia und Tal setzten sich ebenfalls.

»Wir haben sogar Mondlicht als Beleuchtung«, sagte Ambrose. Es stimmte. Der Sturm war vorübergezogen und der Himmel wieder klar. Brumas, der traurige, nebelige Gott der Herbstmitte, stand fast voll am Himmel und ein Strahl seines Lichts fiel zu dem hoch gelegenen Fenster herein. Ambrose schaute auf den Mond, schluckte den ersten Bissen hinunter und sagte: »Was für ein Sturm das war! Und wie seltsam, dass auch diese Drachen da waren.« Er nahm einen weiteren Bissen. »Das war viel zu früh. Sie müssten eigentlich noch schlafen. Diese Drachen heute und dann noch der Drache im Sommer … man könnte fast meinen, dass etwas Seltsames auf der Welt vor sich geht.«

Gaia runzelte die Stirn. »Parhelion sagte …« Sie verstummte kurz, ehe sie fortfuhr: »Er hat etwas gesagt, das ich nicht verstanden habe. Er sagte, *ich* sei schuld, dass die Drachen kommen. Und er sagte etwas wie … dass ich die Augen einer Hexe hätte. Was ist eine Hexe? Was hat er damit gemeint?«

Ambrose schloss die Augen und seufzte. Ein schrecklicher Zorn auf Parhelion packte ihn, der ihnen ihre Kinder und ihre Nahrungsmittel weggenommen und sie voller Gram zurückgelassen hatte. Und nicht nur voller Gram, wie er jetzt merkte, sondern auch mit der Ahnung eines Wissens, das er diesen Kindern lieber erspart hätte. Er schaute auf Gaia und hätte ihr gern etwas Beruhigendes gesagt. Dass sie sich keine Sorgen zu machen brauche und dass alles keine Bedeutung habe. Doch er kannte seine Großnichte. Sie würde sich damit nicht zufriedengeben. Er seufzte erneut, als er in ihre fragenden Augen blickte.

»Im Rest von Assalay, vielleicht sogar im Rest der Welt, ich weiß nicht, glauben die Leute …« Er verstummte und fuhr sich über die Stirn. »Weißt du, was ich dir jetzt sage, klingt vermutlich sehr sonderbar. Die Leute glauben, dass es Menschen gibt – nicht viele, sondern nur ganz, ganz wenige –, die die Energie der Monde durch Magie auf sich lenken können. Also Dinge kontrollieren können, die andere nicht kontrollieren können, und Macht über das Wetter, Krankheit oder Gesundheit, sogar Leben und Tod und das Verhalten anderer Lebewesen haben. Und wer das kann, wird als Hexe bezeichnet. Eine Hexe ist also jemand, der angeblich solche Kräfte besitzt.«

»Wie seltsam …«, sagte Gaia.

»Stell dir vor!«, sagte Tal und seine Augen strahlten. »Stell dir mal vor, du könntest das alles. Wäre das nicht wunderbar?«

»Glaubt ihr wirklich, dass jemand solche Kräfte haben könnte?« Ambrose' Stimme klang trocken, fast spöttisch.

Gaia schüttelte den Kopf. »Nein, wahrscheinlich nicht.«

Doch Tal gab nicht so schnell auf. »Aber es könnte doch sein«, sagte er trotzig. »Warum auch nicht?«

Ambrose schmunzelte. »Na ja, wer weiß das schon, Tal? Vielleicht stimmt es ja.« Bedächtig fuhr er dann fort: »Das Problem ist, dass es alles andere als wunderbar wäre, als Hexer oder Hexe zu gelten. Denn alle haben Angst vor ihnen und vor dem, was sie ihnen zutrauen. Ich kenne keine einzige belegte Geschichte von Hexen, die töten, heilen, Wesen herbeibeschwören oder verbannen könnten. Aber ich kenne mehr als genügend wahre Geschichten von Menschen, die zum Tode verurteilt wurden, weil ihre Mitmenschen sie solcher Dinge für fähig hielten.«

Gaia bekam eine Gänsehaut. »Das ist ja schrecklich.«

»Oh ja«, bestätigte Ambrose.

Kleinlaut sagte Gaia: »Parhelion hat aber gesagt, ich hätte Hexenaugen. Ist da vielleicht etwas Wahres dran? Sehe ich aus wie eine Hexe?«

»Soweit ich weiß«, sagte Ambrose, »spielt das Äußere keine Rolle. Ich glaube, Parhelion hat es einfach nicht gefallen, wie du ihn angeschaut hast.«

»Ich habe ihn gehasst«, sagte Gaia. »Ich habe ihn wirklich gehasst. Wegen Jason …« Ihre Stimme klang brüchig. »Wegen allem.« Ihre Augen blitzten plötzlich auf. »Hätte ich die Drachen auf ihn hetzen können, dann hätte ich es getan!«

»Verstehe«, sagte Ambrose. »Doch ich bezweifle, dass du das kannst. Ich vermute, die Drachen witterten einfach einen Artgenossen und kamen herbei, um ihn zu begrüßen.«

»Einen Artgenossen?«

»Parhelion. Ein Drache in Menschengestalt, so wahr ich jemals einen sah.«

Über diesen kleinen Scherz musste Gaia lächeln, doch Tal ließ das Thema Hexen offenbar keine Ruhe, denn er sagte: »Vielleicht hat dein Amulett früher mal einer Hexe gehört. Vielleicht ist das das Besondere daran.«

»Das Amulett?«, sagte Ambrose überrascht. »Das alte Ding? Du hast ihnen davon erzählt, Mai?«

»Ich habe es Gaia geschenkt«, sagte Mai. »Sie ist dreizehn geworden, du weißt doch.«

»Ach ja«, sagte Ambrose. »Ich habe seit Jahren nicht mehr an das Amulett gedacht. Kann ich es mal sehen, Gaia? Ich würde es mir gern mal wieder anschauen.«

Sie holte das flache Viereck aus altem Elfenbein aus ihrem Beutel und gab es ihm. Das Elfenbein schimmerte matt auf seiner Handfläche. Ambrose fuhr die merkwürdigen Symbole mit seiner Fingerspitze nach, genau wie Gaia es auch schon oft getan hatte.

»So, so«, sagte er. »Ein seltsames Gefühl, es wieder einmal in der Hand zu halten. Mai, du hast also daran gedacht, es ihr zu geben. Das freut mich.« Erneut ließ er seinen Finger über die eingeritzten Zeichen gleiten. »Ich weiß noch gut, wie mein Vater es meinem Bruder gab, Philip, vor über sechzig Jahren. Es hat mich immer fasziniert … ein bisschen neidisch war ich auch, dass er es bekam, weil er der Älteste war. *Und* ich erinnere mich auch noch an das Fest, das wir an Athanasius' dreizehntem Geburtstag gefeiert haben – das weißt du sicher auch noch, Mai. Philip überreichte ihm dieses Amulett am Ende des Abends.« Er lachte. »Der arme Athanasius, er fiel aus allen Wolken. ›Was soll das sein?‹, fragte er immer wieder.«

»Ich wusste nicht, dass du von dem Amulett weißt«, sagte Gaia.

»Aber sicher. Das Amulett ist etwas Besonderes, aber es war nie ein Geheimnis.«

Tal sagte zögernd: »Ähm … könnte es vielleicht so ein Hexending sein? Ich meine, Mutter hat doch gesagt, es besitze große Kräfte, vielleicht auch magische Kräfte …«

»Bestimmt nicht«, sagte Gaia kopfschüttelnd. »Es ist nicht magisch.«

»Woher willst du das wissen?«, fragte Tal.

»Ich spüre es einfach … wenn ich es in der Hand halte.« Das Amulett war zwar ungewöhnlich und geheimnisvoll, aber sie hatte nie das Gefühl gehabt, ihm würden irgendwelche Kräfte innewohnen, mit Sicherheit nicht die gewaltigen Kräfte, die nötig wären, um die Dinge zu verändern, die von den Monden beherrscht werden.

»Ich weiß es einfach«, wiederholte sie trotzig.

Ambrose nickte nachdenklich. »Was hat Mai dir genau erzählt?«

»Nun«, antwortete Gaia, »dass es alt ist und seit langer Zeit im Besitz unserer Familie ist. Dann noch … dass es in jeder Generation immer auf das älteste Kind übergeht und dass es große Kräfte besitzt und unserer Familie Glück und Wohlstand bringt. Stimmt das?«

»Ja«, sagte Ambrose. »Aber da ist noch mehr. Ich bin mir sicher, Gaia, dass du seine Magie im Moment nicht spüren kannst. Doch das bedeutet nicht, dass es sie nicht gibt. Weißt du, das hier ist nicht der rechte Ort.« Er lächelte, als er ihr verständnisloses Gesicht sah und fuhr fort: »Mein Vater hat zu Philip dasselbe gesagt wie Mai zu dir. Das Amulett ist etwas ganz Besonderes, Machtvolles, und diese Macht steht im Dienste unserer Familie und wird ihr Wohlstand, Ehre und Glück bringen – was immer das auch genau bedeuten mag. Er sagte aber auch, dass es nicht an jedem beliebigen Ort wirkt: Es entfaltet seine Kräfte erst, wenn es *am rechten Ort gelesen wird.*«

»Gelesen?«, wiederholte Gaia verblüfft. »Diese Kritzel und Kringel sind also Wörter?«

»So wurde es mir gesagt.«

»Und was bedeuten sie?«, fragte sie gespannt, doch Ambrose schüttelte den Kopf. »Das weiß ich nicht. Vielleicht war es früher mal bekannt, doch selbst wenn, ist dieser Teil der Geschichte inzwischen verloren gegangen. Und was den rechten Ort betrifft … wer weiß? Inzwischen wissen wir nicht einmal mehr annähernd, was das für ein Ort sein könnte.« Er erhob sich vom Tisch und streckte seine steifen Gliedmaßen. »Ich muss jetzt gehen«, sagte er. »Begleitet mich einer von euch noch ein kurzes Stück?«

»Ja, ich!« Gaia sprang auf und wickelte sich ihren Schal um die Schultern, ehe sie und Ambrose hinaus ins Mondlicht traten.

»Mai kam mir heute Abend sehr erschöpft vor«, sagte Ambrose.

»Sie macht sich immer solche Sorgen. Und nach dem heutigen Tag wird sie sich bestimmt noch mehr Sorgen machen.«

»Das fürchte ich auch.« Ambrose blieb stehen, lehnte sich auf seinen Stock und blickte betrübt auf das Dorf. Der Mondschein verlieh seinen grauen Haaren einen silbernen Glanz und vertiefte die Falten in seinem Gesicht.

»Vielleicht wirst du das Geheimnis des Amuletts eines Tages enträtseln, Gaia. Bei allen gütigen Monden, wir könnten wirklich etwas Glück brauchen, jetzt mehr denn je. Gute Nacht, mein Kind. Weiter brauchst du nicht mitzukommen.«

Sie schaute ihm nach, als er mit langsamen, schweren Schritten über den Pfad ging, dann nahm sie ihr Amulett heraus und umschloss es zärtlich. Es kam ihr so vor, als könne sie die Wärme der Finger ihres Vaters noch darauf spüren, ebenso die seines Vaters und Großvaters und … Wie weit diese Kette wohl zurückreichte? Es war ein tröstliches Gefühl, das jedoch schnell wieder in Hoffnungslosigkeit umschlug.

»Wie sollte ich es jemals am rechten Ort *lesen* können, wenn ich überhaupt nicht lesen kann?«

An einer Stelle, wo drei Täler zusammenstoßen, unter den langen Schatten der Arimaspianischen Berge, liegt die Kleinstadt Trebburn Parva am östlichen Ufer des Flusses Lethy, eines breiten Stroms, der bis nach Freehaven fließt und dann ins Meer mündet. In jenen Tagen war Trebburn ein Labyrinth aus engen, schmutzigen Gassen, die sich an hohen, schiefen Häusern vorbeischlängelten und im Zentrum zu einem großen Marktplatz führten. Die Stadt war alt und heruntergekommen, doch am gegenüberliegenden Ufer des Flusses stand ein großes, recht neu aussehendes Haus, das von einer sehr gepflegten Gartenanlage umgeben war. An diesem Abend lagen die Straßen der Stadt dunkel im Mondschein, nur in dem großen Haus war hinter gut einem Dutzend großer Fenster Licht zu sehen, das sich auf der Wasseroberfläche spiegelte.

Parhelions Adler kämpften sich wacker durch den Sturm, obwohl sie von heftigen Windböen ständig hin und her geworfen wurden. Mehr als einmal bat der Adlerführer Seine Lordschaft, irgendwo landen zu dürfen, egal wo, nur um darauf zu warten, dass die Wetterbedingungen etwas erträglicher wurden. Parhelion hatte zwar Angst vor dem Sturm, mehr noch aber vor den Drachen. Er stellte sich vor, dass sie ihm dicht auf den Fersen waren, verborgen hinter der dicken Regenwand. Immer und immer wieder trieb er den Adlerführer zu noch größerer Eile an. Dann endlich, als es schon dunkel geworden war, ließ der Sturm nach und legte sich schließlich ganz. Sie flogen unter einem friedvollen, mondbeschienenen Himmel dahin, bis sie irgendwann in der Ferne undeutlich die Lichter von Trebburn Parva funkeln sahen.

Parhelion klopfte dem Adlerführer auf die Schulter. »Ist das Trebburn?«, rief er. Der Wind hatte sich zwar gelegt, doch wegen des Rauschens der Adlerflügel musste er trotzdem brüllen.

»Jawohl, Euer Lordschaft«, brüllte der Mann zurück.

»Ist das nicht die Stadt, wo der große Sklaven- und Ziegenmarkt stattfindet?«, wandte sich Parhelion an Scrimp. Sein Schatzmeister saß bis zu den Augenbrauen in seinen dicken Mantel eingehüllt da, doch das Wenige, das von seinem Gesicht zu sehen war, war aschfahl vor Angst und Übelkeit. Er nickte beklommen.

»Dann landen wir hier!«, brüllte Parhelion.

»Sehr gut, Euer Lordschaft!«, rief der Adlerführer erleichtert. Er ließ die Adler wenden und das Luftgefährt ging in einen Kurvenflug über und setzte zum Anflug auf die Stadt an. Es landete mit einem dumpfen Platschen im matschigen Vorgarten einer Taverne am Flussufer. Auf wackligen Beinen und sichtlich mitgenommen stieg Parhelion aus seiner Kutsche und wankte hinter Scrimp zur Hintertür. Sie gelangten in einem kurzen, niedrigen Gang. Die Tür am anderen Ende des Ganges war geschlossen, aber dennoch konnte man laute Stimmen und Gelächter hören.

»Scheint kein guter Ort zu sein«, raunte Parhelion Scrimp zu.

»Aber wenigstens ein Unterschlupf für die Nacht, Euer Lordschaft.« Scrimp, der vor Parhelion herging, machte dabei ein so grimmiges Gesicht, dass die blonde junge Frau, die gerade aus einer Tür auf der rechten Seite des Ganges kam, erschrocken zusammenzuckte. Sie blieb abrupt stehen, hauchte überrascht »Oh!« und konnte nur einen ungeschickten Knicks andeuten, da sie etliche Teller in den Händen hatte. Danach wusste sie offenbar nicht, was sie als Nächstes tun sollte. Sie beäugte Parhelion verstohlen, wie Scrimp bemerkte, und er konnte ihre Verwirrung nachvollziehen. Das prachtvolle, tiefe Indigoblau von Parhelions Umhang glänzte unter der Schmutzschicht und verriet, dass er ein Lord war. Sie hatte es gesehen und wusste auch, was es bedeutete, aber vermutlich konnte sie sich nicht so recht vorstellen, dass ein Lord derart schmutzig und unordentlich aussehen konnte wie Parhelion im Moment: Weil er gestürzt war, waren sein Gesicht und sein Umhang schmutzverkrustet, und seine Perücke saß schief.

Damit sie ja nichts Falsches sagen konnte, erklärte ihr Scrimp hastig: »Seine Lordschaft und ich wurden vom Sturm überrascht und brauchen einen Unterschlupf für die Nacht.«

»Oh«, sagte sie erneut und machte eine weitere respektvolle Verbeugung in Parhelions Richtung. »Da solltet Ihr besser mit Gus persönlich sprechen.« Sie gab den beiden Fremden zu verstehen, ihr in den Schankraum zu folgen, ehe sie die Tür mit der Schulter aufdrückte.

Eine Wolke von Rauch, verschüttetem Wein und heißem Essen schlug ihnen entgegen, ebenso heiseres Gelächter, lautes Gebrüll und Streitgespräche. Die Hitze eines großen Feuers und vieler Menschen quoll in Schwaden in den Gang, als das Mädchen die Tür öffnete. Angewidert hielt sich Parhelion sein schmutziges Taschentuch vor die Nase und drückte sich an Scrimp, als sie dem Mädchen durch den überfüllten Raum folgten. Hinter ihrem Rücken wurde getuschelt. »Meinst du?« – »Ach was, bestimmt nicht.« – »Aber da schimmert Silber in seinem Umhang, so sicher wie das Mondlicht!«

Am anderen Ende des Schankraums stellte das Mädchen die Teller auf dem Tresen ab. Der Wirt, Gustav Casker, ein hochgewachsener Mann, der gebückt dastand, weil er sich sonst den Kopf an den niedrigen Deckenbalken angestoßen hätte, versuchte gerade einen Streit zwischen zwei seiner Gäste zu schlichten, die aussahen, als wollten sie sich gegenseitig an die Gurgel springen. Ohne auf Scrimp und Parhelion zu achten, warf er dem Mädchen nur einen kurzen Blick zu und sagte: »Danke, Tipsy. Ist noch Suppe da?«, ehe er sich wieder den beiden Streithähnen widmete.

»Gus!«, zischte die junge Frau.

»Was ist?« Unwillig wandte er ihr noch einmal den Kopf zu.

»Diese Herren da brauchen ein Bett für die Nacht.«

»*Herren?* Ha!« Casker lachte. »Seit wann verkehren bei uns im *Brüllenden Drachen* Herren?«

Das Mädchen lehnte sich über den Tresen, zog ihn am Revers seiner Jacke zu sich und flüsterte ihm aufgeregt etwas ins Ohr. Sein überhebliches Grinsen erlosch auf einen Schlag, und als er sich dann endlich zu Scrimp und Parhelion umdrehte, war sein Gesicht bleich und nervös.

»Euer Lordschaft«, stammelte er. Blinzelnd betrachtete er Parhelion in dem dämmerigen Licht und versuchte zu erraten, welche Farbe sein Umhang hatte. »Euer Lordschaft …«

Scrimp rettete ihn aus seiner Verlegenheit. »Lord Parhelion und ich wurden vom Sturm überrascht«, erklärte er. »Wir brauchen ein Bett für die Nacht sowie einen Privatraum, um das Abendessen einzunehmen, wenn's recht ist.«

»Aber natürlich, Sir! Euer Lordschaft …«, stammelte Casker erneut. »Ich werde umgehend veranlassen, dass die nötigen Räumlichkeiten hergerichtet werden.« (Seine Gästezimmer waren allesamt belegt, weil heute Markttag gewesen war, aber er wusste, dass niemand protestieren würde, wenn er angesichts eines derartigen Notfalls an die Luft gesetzt wurde. Falls doch, würde er den Betreffenden auffordern, es Lord Parhelion doch bitte persönlich zu sagen. Damit dürfte das Problem aus der Welt geschafft sein.)

»Aber … aber …«, fuhr er fort, »das ist unser einziger Schankraum … Ich … ähm, mal sehen … ähm, ich mache gleich einen Tisch für die Herrschaften frei.« Unerwartet behände schwang er sich plötzlich über seinen Tresen und machte den Gästen an dem besten Tisch neben dem Kamin klar, dass sie das Feld zu räumen hätten.

»Macht Platz hier!«, befahl er.

Unwilliges Murren: »Wie?« – »Was soll das?« – »Lass uns in Ruhe!«

Doch Casker zischte nur »Parhelion!« und das hatte dieselbe ernüchternde Wirkung wie ein Kübel Eiswasser. Lammfromm rutschten sie zur Seite und beobachteten respektvoll, wie Parhelion und Scrimp Platz nahmen. »Glotzt nicht hin!«, raunte Casker ihnen zu, ehe er an seinen Tresen zurückeilte. Die Stammgäste drehten unterwürfig die Köpfe zur Seite und nahmen ihre Unterhaltung in gedämpfterem Ton wieder auf. Caskers Mundwinkel kräuselten sich zu einem spöttischen Grinsen. »Schön, schön«, brummte er vor sich hin. »So höflich ging es hier drin bisher nie zu. Hoffen wir, dass es bis morgen früh anhält.«

»Wirt, kann man hier einen anständigen Wein bekommen?« Parhelions verdrießliche Stimme drang durch den Raum.

»Oh, Euer Lordschaft, Sir … selbstverständlich. Mal sehen …« Hektisch inspizierte Casker die Flaschen unter dem Tresen.

»Gib ihm den Castelan, Casker; die einzig genießbare Marke, die du führst«, rief da eine selbstsichere, laute, sonore Stimme. Sie kam von einem kräftigen Mann, der ganz gut ausgesehen hätte, wenn seine Wange nicht durch eine Narbe entstellt gewesen wäre. Seine Kleidung bestand aus feinem Tuch und zeugte von einem guten Schneider, ein breiter Goldring zierte seinen kleinen Finger.

»Darf ich mich vorstellen, Euer Lordschaft? Mein Name ist Braggley, Sim Braggley. Ich bin Mitglied der Zunft der Händler.« Er verbeugte sich, allerdings nicht unterwürfig genug für Parhelions Geschmack. »Ich wohne auf der anderen Seite des Flusses«, fuhr Braggley fort. Parhelion erinnerte sich an das schöne, hell erleuchtete Haus am anderen Ufer, zog leicht die Augenbrauen hoch und bedachte den Mann mit einem zurückhaltenden Nicken.

»Erlaubt mir, Euch eine Flasche Wein zu spendieren, Euer Lordschaft. Casker kauft den Castelan de Brulemel eigens für mich ein. Der Rest seines Weinkellers … na, ich verschweige Euch besser, wonach *der* schmeckt.«

»Besten Dank«, antwortete Parhelion frostig. »Wir nehmen Euer Angebot an.«

»Freut mich sehr. Und vielleicht seid Ihr auch geneigt, die Nacht unter meinem Dach zu verbringen? Ich habe einen Gästeflügel, in dem Ihr ungestört seid, wenn Ihr wollt.«

Hörbar erleichtert stieß Parhelion die Luft aus. »Danke«, sagte er, nun schon wesentlich freundlicher. »Besten Dank. Ich wäre Euch sehr verbunden.«

»Gut. Ah, hier kommt ja der Castelan. Sehr gut, Casker.« Er nahm dem Wirt die Flasche aus der Hand, setzte sich Parhelion gegenüber und füllte drei große, alte Gläser bis an den Rand mit dem schweren, berauschenden Rotwein.

»Für mich nicht, danke«, sagte Scrimp abwehrend. Braggley zuckte nur mit den Schultern, lachte und stellte das dritte Glas zur Seite. »Kein Problem. Das schaffen wir beide auch alleine, nicht wahr, Euer Lordschaft?« Er zwinkerte Parhelion zu, hob sein Glas und sagte: »Auf Euer Wohl!« Parhelion nahm zögernd einen ersten Schluck und blickte Braggley dann angenehm überrascht an. Der Wein war wirklich ausgezeichnet. So gut, dass er sich nicht gewundert hätte, ihn auch in den besten Häusern in Freehaven vorzufinden. Braggley beobachtete ihn mit einem leicht spöttischen Lächeln.

»Ein gutes Tröpfchen, nicht wahr?« Parhelion nickte, genehmigte sich einen weiteren Schluck und begann, sich zu entspannen. Als Tipsy ihnen ihr Abendessen servierte und eine zweite Weinflasche brachte, wurde er immer gesprächiger. Dann, bei der dritten Flasche, zog Braggley wie zufällig Spielkarten aus der Tasche, mischte sie und fragte: »Ihr spielt doch, oder?«

»Euer Lordschaft!«, murmelte Scrimp warnend.

»Ach, sei kein Spielverderber, Scrimp!«, lallte Parhelion. Mit einer unwilligen Handbewegung scheuchte er seinen Schatzmeister weg. Scrimp erhob sich widerwillig, doch erst nachdem er seinem Herrn und Gebieter den Rücken zugewandt hatte, erlaubte er sich eine missmutige Miene.

»Ich spiele schon hin und wieder«, sagte Parhelion.

»Shemmy?« Braggley legte fünf Goldseraffen auf den Tisch.

»Ah«, sagte Parhelion betreten, »ich habe leider kein Bargeld bei mir.«

Dacht ich's mir, sagte sich Braggley, doch sein Gesicht verriet keine Regung.

»Ich könnte …« Parhelion durchwühlte die Taschen seines langen Mantels. »Ich könnte das hier einsetzen.« Er legte einen von Mais Goldbarren auf den Tisch.

Braggley pfiff durch die Zähne. »Nicht schlecht«, sagte er. »Darf ich mal?«

Parhelion reichte ihm das Gold und Braggley drehte es im Feuerschein hin und her. »Woher habt Ihr es?«, erkundigte er sich.

»Aus den Bergen. Aus dem alten Goldgräberdorf.«

»Tatsächlich?« Braggley starrte ihn überrascht an. »Graben sie etwa wieder? Ich dachte, sie hätten schon seit Jahren nichts mehr gefunden.«

»Ja, ganz recht, die Minen sind geschlossen. Einer meiner Vasallen hatte aber noch eine kleine Reserve. Leider war es das Einzige an Gold«, knurrte er. »Den Großteil des Tributs musste ich in Form von Ziegen und Sklaven eintreiben.«

»Sklaven?«, hakte Braggley wie beiläufig nach.

»Ja, Kinder«, erklärte Parhelion. »Dürre Dinger, aber ganz zäh. In ein paar Tagen könnt Ihr sie auf dem Markt sehen.«

»Freue mich schon darauf. Sollen wir anfangen?«

Ein zögerndes Klopfen an der Tür weckte Parhelion auf. »Euer Lordschaft?« Scrimps leise Stimme kratzte an seinem Trommelfell.

»Verschwinde!«

»Es ist schon spät, Euer Lordschaft. Wenn ich richtig informiert bin, wolltet Ihr Mister Braggley heute Morgen zur Jagd begleiten.«

Parhelion ächzte und ihm wurde übel beim Gedanken an feuchte Federn, Fell und Blut. »Ja, schon gut. Ich komme.« Widerwillig rollte er sich aus dem weichen Bett mit den glatten Satintüchern und den vielen Kissen, trat ans Fenster und zog die schweren Vorhänge einen Spaltbreit auf. Ein Strahl des blassen Herbstlichts durchstach ihm die Augen. Blinzelnd schaute er über den Fluss auf den verwahrlosten Garten des *Brüllenden Drachen* und eine eisige Erinnerung durchfuhr ihn … Das Gold! Hatte er es wirklich verloren? Beide Barren? Er stöhnte und presste die Stirn an die kalte Scheibe. Verdammt! Er freute sich wahrlich nicht darauf, es Scrimp erzählen zu müssen …

Elegant gekleidet (Braggleys Dienstboten hatten seine Sachen über

Nacht gewaschen) schleppte sich Parhelion die geschwungene Marmortreppe hinunter – und wurde am Fuß von einem äußerst gewöhnlich aussehenden Menschen angepöbelt, der »Na, Perry!« rief und ihm plump-vertraulich auf die Schulter klopfte. »Was für eine Nacht! Kommst du mit zum Frühstücken, alter Kumpel?«

Parhelion schüttelte sich.

»Noch etwas wacklig auf den Beinen, was?« Braggley wollte sich ausschütten vor Lachen. »Kein Wunder …«

Während des Frühstücks saß Parhelion stocksteif da und begnügte sich mit einer trockenen Scheibe Toast. Braggley dagegen verschlang Unmengen von Wurst und Eiern, redete fortwährend beim Essen und spuckte Krümel auf das Damast-Tischtuch. Schließlich schob er seinen Teller zurück, rülpste laut und vernehmlich und fuhr sich mit dem Ärmel über den Mund. »Bereit zur Jagd, Perry?«

Parhelion zuckte zusammen. Wie hatte er diesen Mann letzte Nacht nur für seinen neuen besten Freund halten können? Hatte er diesem Braggley nicht sogar versprochen, ihn seiner Mutter vorzustellen – ein Gedanke, der ihn jetzt geradezu in Panik versetzte. Hilfe suchend blickte er zu Scrimp.

Der Schatzmeister erwiderte seinen Blick nüchtern, aber verständnisvoll. »Erwarten Euch in Freehaven nicht dringliche Geschäfte, Euer Lordschaft?«

Parhelion bezeugte seinen Untergebenen gegenüber niemals Dankbarkeit, doch in dem Blick, den er Scrimp nun zuwarf, blitzte tatsächlich etwas Ähnliches auf. »Ach ja, richtig«, sagte er und heuchelte Bedauern.

»Kannst du wirklich nicht noch einen Tag bleiben, Perry?«, fragte Braggley. »Wir könnten doch noch mal Karten spielen.«

»Nein, nein. Nein!«

Scrimp bedachte seinen Herrn mit einem peinlichen, fragenden Blick und Parhelion fuhr hastig fort: »Wirklich, ich muss gehen. Lass die Kutsche herkommen, Scrimp!«

»Ist bereits erledigt, Euer Lordschaft.« Er deutete mit dem Kinn zum Fenster. Die Kutsche kam gerade im Tiefflug über den Fluss und setzte elegant auf Braggleys Rasen auf.

»Hübsch«, kommentierte Braggley anerkennend. »Gehe ich recht in der Annahme, dass das Privileg, ein solches Gefährt zu besitzen, auf den Monarchenbund beschränkt ist?«

»Ganz recht.« Scrimp lächelte schmallippig und hielt Parhelion die Tür zum Garten auf. Seine Lordschaft nickte Braggley zum Abschied kühl und herablassend zu, ehe er seinem Schatzmeister über das feuchte Gras zur Kutsche folgte.

»Auf Wiedersehen!«, rief Braggley, als sich das Gefährt in die Lüfte erhob. Dann brummte er »Eingebildeter Schnösel« vor sich hin, musste aber grinsen, als er an die beiden Goldbarren auf seinem Schreibtisch dachte. »Kartenspielen kann er auch nicht.«

Einige Tage später verließ Braggley sein vornehmes Haus und schlenderte durch die engen Gassen der Stadt in Richtung des Marktplatzes. Parhelions Männer waren auf den ersten Blick an ihrer Livree erkennbar und standen neben zwei Verschlägen, in denen sich ein paar dürre Ziegen und ein halbes Dutzend dunkelhaariger Kinder in Ketten befanden. Braggley kniff die Augen zusammen und musterte die Kinder prüfend. »Ganz nett«, sagte er sich. »Wirklich nicht übel.« Da er an diesem Morgen weiter nichts vorhatte, schlenderte er noch ein Weilchen durch die Stadt und schaute hin und wieder nachdenklich zu den Bergen hinauf.

5. Kapitel
Eine Katastrophe

Tal war früh aufgestanden, um die Ziegen zu melken. Zitternd ging er durch die frostige Morgenluft, die seine Hände und sein Gesicht brennen ließ. Er war froh, als er im Stall war und sich unter die Ziegen mit ihren warmen Körpern mischen konnte. Während des Melkens versuchte er sich eine neue Melodie auszudenken und summte leise vor sich hin, bis ihn laute Stimmen von oben verstummen ließen. Er seufzte. Mutter und Gaia stritten wieder einmal.

»Was meinst du mit: Es wird schon gut gehen … *Nichts* geht gut … Schon jetzt nicht!« Das war die Stimme seiner Schwester, schrill vor unterdrücktem Zorn. Mais Antwort konnte er nicht verstehen. Ihre Stimme klang ruhiger, aber eindeutig angespannt, und man konnte heraushören, welch große Anstrengung es sie kostete, sich zu beherrschen.

»Ich meine, wir haben *jetzt* schon nicht genügend zu essen«, schrie Gaia weiter. »Ständig haben wir Hunger … andauernd. Tal weint manchmal sogar vor Hunger, aber ich vermute, dass du es gar nicht bemerkst.«

Tal richtete sich auf. Wieder konnte er nicht verstehen, was Mai sagte, und dann brüllte Gaia wieder.

»Oh doch, Mutter, es stimmt. Du willst es nur nicht wahrhaben.

Du kannst nicht für uns sorgen, Mutter. Du schaffst es nicht.« Sie weinte inzwischen vor Wut. »Ich wünschte, Vater würde noch leben … Wenn Vater noch hier wäre, wäre alles besser. Ihm würde bestimmt etwas einfallen. Vater würde nicht dasitzen und zuschauen, wie wir verhungern. Er würde nicht sagen: ›Oh nein, wir dürfen die Berge nicht verlassen, es ist verboten …‹«

Tal hatte genug gehört. Entschlossen stürmte er an den Ziegen vorbei, rannte die Stufen hinauf und riss die Tür auf. Mit zwei Schritten war er bei Gaia, holte aus und gab ihr eine Ohrfeige. »Halt die Klappe!«, fauchte er sie an. »Sei endlich still!«

Gaia hielt sich die Hand an die Wange, auf die er sie geschlagen hatte, und in ihren Augen schimmerten Tränen, doch ihre Stimme war plötzlich eiskalt. »Sieh den Tatsachen ins Auge, Tal. Sie bekommt uns nicht durch diesen Winter. Nicht, wenn sie nicht endlich mal von diesem Stuhl aufsteht und etwas *tut*. Und wann hat sie je irgendwelche Anstalten dazu gemacht?«

Sie schob sich an ihm vorbei und schlug die Tür hinter sich zu. Tal ballte die Hände zu Fäusten, er zitterte am ganzen Leib. Er kniete sich vor seine Mutter, die zusammengekauert auf ihrem Stuhl saß und sich die Hände vors Gesicht hielt. Vorsichtig berührte er sie.

»Mutter?«, sagte er.

Sie hob nicht einmal den Kopf. »Tut mir leid«, sagte sie mehrmals hintereinander. »Tut mir leid. Es tut mir ja so leid.«

»Nein. Nein, Mutter. Dir braucht nichts leidzutun. Gaia sollte es leidtun. Sie hat kein Recht, so etwas zu sagen.«

»Schau dich doch mal an.« Sie umfasste sein dünnes Handgelenk. »Ich kann all deine Knochen spüren.« Sie zögerte. »Stimmt es, dass du manchmal vor Hunger weinst?«

Wenn Gaia noch da gewesen wäre, hätte er sie noch einmal geohrfeigt. »Ach, nur ein Mal«, murmelte er. »Da waren wir bis spät unterwegs … aber wirklich nur dieses eine Mal. Alles ist gut. Es ist nun mal Winter. Wir haben schon so manchen harten Winter erlebt. Wir werden auch diesen überstehen.«

Sie lächelte matt. »Mein lieber, guter Tal«, sagte sie und drückte ihn an sich. Dann gab sie ihm einen zärtlichen Schubs. »Geh schon«, sagte sie. »Bring die Ziegen nach draußen, solange es hell ist.«

Gaia saß, mit dem Rücken zum Haus, auf der Mauer an den Klippen. Er rannte zu ihr hinunter, packte sie und zwang sie, ihn anzuschauen. Da sah er, dass sie weinte.

»Wage es ja nicht mehr, so mit Mutter zu sprechen!« Er war so wütend, dass er kaum Luft bekam. Rasch rannte er wieder die Böschung hinauf und verschwand hinter dem Haus.

Kurz darauf sah Gaia ihn mit den Ziegen weggehen. Seufzend erhob sie sich und folgte ihm.

Aquilon, der erste der Wintermonde, stand gespenstisch weiß und fast rund am blassblauen Himmel. Er hatte Stürme und eine bittere Kälte mit sich gebracht, und die Bergwiesen, auf denen die Kinder im Sommer und Frühherbst die Ziegen grasen ließen, waren schneebedeckt. Tal legte raschen Schrittes ihre übliche Winterstrecke zurück: durch das Dorf, an den alten Schächten vorbei und dann einen steilen Pfad hinauf, der an einem Bach entlangführte, der den steinernen Brunnen auf dem Marktplatz speiste. Das Wasser hatte sich inzwischen zu einem kleinen Wasserfall aus Eis geformt. Am Ende des Pfads blieb er stehen, um Luft zu holen.

Gaia holte ihn ein und sagte leise: »Tut mir leid.«

Er war noch immer wütend. Deshalb sagte er nur: »Du musst dich nicht bei *mir* entschuldigen.«

Das Dorf, das nun weit unter ihnen lag, wirkte winzig und schutzlos inmitten der endlosen Bergketten und unter dem weiten Winterhimmel. Sie sahen Mai aus dem Haus treten, und Gaia hatte den Eindruck, dass sie kurz zu ihnen heraufschaute, ehe sie die Stufen wieder hinaufging und im Haus verschwand. »Ich weiß«, sagte sie. »Soll ich gleich zu ihr gehen?« Sie wollte nicht warten. Auf einmal erschien ihr nichts dringlicher, als sich sofort bei ihrer Mutter zu entschuldigen.

»Keine Zeit«, sagte Tal.

Sie war sichtlich geknickt und Tal dachte sich: Geschieht ihr ganz recht. Soll sie ruhig noch warten müssen! Schweigend legten sie den langen Weg zurück, der in ein abgelegenes Tal knapp unterhalb der Schneegrenze führte. Dieses Tal war vollkommen von Felsen umschlossen: Man konnte nur den Himmel sehen, stürmisch und klar vor Kälte, sowie die weißen Berggipfel. Tal gefiel es hier, er schaute gern zum Himmel hinauf und beobachtete die sich ständig verändernden Wolken oder die großen Schwärme der Zugvögel, die sich hier durch heftige Winde kämpfen mussten, die um die Berggipfel brausten. Gaia hingegen war nervös, fühlte sich eingesperrt, besonders heute, als sie am liebsten sofort nach Hause gerannt wäre, um sich mit ihrer Mutter zu versöhnen.

Ganz allmählich verfärbte sich der Himmel zu einem blassen, fast weißlichen Blau, ehe er sich ebenso allmählich wieder verdunkelte. Gaia zitterte und wickelte Jasons Decke noch enger um ihre Schultern. Tal, der leise vor sich hin gesummt hatte, verstummte und schaute sie fragend an.

»Kalt?«

»Und wie!«

»Es wird auch langsam dunkel. Komm, gehen wir nach Hause!« Dann rief er den Ziegen wie üblich zu: »Auf geht's, auf geht's, auf geht's!« Sie trieben ihre kleine Herde aus dem Tal, über die schneebedeckte Hochfläche und wieder abwärts, in das letzte Tal vor dem Dorf. Nun stand ihnen noch ein steiler Anstieg bevor, dann ein Abstieg auf dem rutschigen Pfad am gefrorenen Wasserfall entlang und schließlich der Weg durch das Dorf.

»Laufen wir um die Wette?«, rief Tal und rannte auch schon halb stolpernd die Böschung hinauf.

»Das ist nicht fair …«, rief Gaia, begann aber ebenfalls zu rennen und lief ihrem Bruder inmitten der aufgeregt herumhüpfenden Ziegen nach. Etwa auf halber Höhe kam ein Abschnitt, der so steil war, dass er nur auf allen vieren zu bewältigen war. Sie ging ihn viel zu schnell an, sodass sie nach wenigen Minuten anhalten musste, um Luft zu holen, vornübergebeugt und schwer keuchend. Kaum hatte sie sich wieder einigermaßen erholt, richtete sie sich auf und schaute nach unten, um zu sehen, wie weit Tal inzwischen war. Da schwappte eine Welle der Angst über sie herein, kälter als der bitterkalte Abend oder der Wind und der Schnee.

Sie sah einen Fleck am Himmel, eine schwarze Rauchwolke, die in den klaren, blauen Himmel emporstieg.

»Tal!«, rief sie voller Panik, und er drehte sich zu ihr, weil er dachte, sie hätte sich verletzt. Doch sie zeigte nach oben. »Nein, da! Schau!«

Er drehte sich wieder um, und sie hörte ihn »Nein!« keuchen, ehe er erneut zu laufen begann und gegen die steile Böschung ankämpfte. Sie kletterte ihm hinterher und rang verzweifelt nach Luft, während sie sich mit zitterigen Fingern an spitzen Steinen und Dornengestrüpp festhielt. Nur vage bekam sie mit, dass Tal inzwischen oben angekommen war und erneut »Nein!« rief. Sie kämpfte sich weiter, rannte die letzten paar Schritte auf wackligen Beinen.

Unter ihnen, im Dorf, stand der Markt in Flammen. Orangerote Flammen, in ihrem Inneren glühend weiß vor Hitze, fraßen sich durch die hölzernen Stützsäulen und Decken. Vor ihren Augen begann eine Seite des Gebäudes zu wanken und brach dann in sich zusammen. Ein Funkenregen stob in die Dämmerung.

»Warum ist niemand da, der es löscht?«, flüsterte Gaia. Das war das Schlimmste daran, das Schrecklichste an dem, was sie sahen, denn der Markt war das wichtigste Gebäude im Dorf, und keiner der Dorfbewohner würde tatenlos zuschauen, wie er niederbrannte.

»Keine Ahnung …«

»Warum? Wo sind denn alle?«

»Ich weiß nicht. Komm, Gaia!«

Rutschend und taumelnd rannten sie den steilen, vereisten Weg neben dem Wasserfall hinunter und dann in halsbrecherischem Tempo weiter auf dem Pfad, der am Bach entlangführte, und auf das Dorf zu. Achtlos liefen sie am ersten Haus vorbei, doch schon nach wenigen Schritten fiel Gaia auf, dass etwas nicht gestimmt hatte. Abrupt blieb sie stehen und schaute zu der ärmlichen Hütte zurück. »Tal!«, rief sie entgeistert. »Sieh doch! Schau!«

Das Haus lag in Trümmern, aus den schwarz verfärbten Steinen und Holzbalken stiegen Rauchwolken auf.

»*Mutter*«, stammelte Gaia. »Tal, was ist mit *Mutter*?« Voller Entsetzen schauten sie sich kurz an und rannten dann weiter. Sie stolperten über Steine und über Furchen, rannten an dem lodernden Marktplatz vorbei und über den Hauptweg des Dorfes. Zu beiden Seiten schwelte das Feuer in den zerstörten, verlassenen Hütten. »Nein«, stammelte Gaia immer und immer wieder, während sie weiterhetzte. »Bitte, nein, nein, nein, nein, bitte nicht!« Doch als sie bei ihrem Haus ankamen, sahen sie, dass es ebenfalls abgebrannt war. Das Dach war halb eingestürzt, und zwischen den verkohlten Balken waren große Lücken, durch die das letzte Abendlicht fiel. »Nein!«, schluchzte Gaia, und diesmal war es fast ein Schrei. »Nein, nein, nein!«

Tal rannte zu den Stufen. »Mutter!« Er rief, so laut er konnte, und seine Stimme hallte an den Klippen wider. Doch aus dem Haus kam keine Antwort; nur ein leises Zischen und das Murmeln von erlöschendem Feuer war zu hören. »Mutter!«, rief er erneut. Aber wieder kam keine Antwort.

Gaia schob sich an ihm vorbei und rannte die Stufen zur offenen Haustür hinauf. »Vielleicht ist sie ja drin … verletzt …« Die beiden Kinder schauten sich an. Vielleicht war ihre Mutter mehr als nur verletzt. Davor hatte Gaia die meiste Angst, ebenso wie Tal, und sie wussten beide, was der andere befürchtete, konnten es aber nicht über die Lippen bringen.

»Sie könnte verletzt sein«, wiederholte Gaia. »Wir müssen nachsehen.«

Im Inneren des Hauses war es fast komplett dunkel, nur dank des erlöschenden Flackerns des orangefarbenen Feuers und des grauen Abends, der zum zerbrochenen Dach hereinfiel, konnte man in dem kleinen Raum überhaupt etwas sehen. Die Fußbodenbretter und die starken Balken, die sie gestützt hatten, waren verbrannt und in den Kellerraum gestürzt. Auf einmal gab einer der brennenden Dachbalken nach, fiel krachend in die übrigen Trümmer und riss eine Menge Schieferplatten mit sich.

»Weg hier, Gaia!«, rief Tal. »Es ist zu gefährlich.«

Sie taumelten die Stufen hinunter und Gaia rannte hinter Tal zur

Seitenwand des Hauses. An der Kellertür blieb er kurz stehen, blinzelte in die Dunkelheit und wagte sich dann einen Schritt hinein. Doch abgesehen von geschwärzten und schwelenden Balken und zerbrochenen Schieferplatten war nichts zu sehen. Auch hier war ihre Mutter nicht, und deshalb drehte er sich rasch wieder um und rannte eilends bergauf, wieder ins Dorf zurück. Gaia rannte ihm hinterher und packte ihn am Arm. »Wo willst du hin?«

»Sie suchen. Irgendwo muss sie doch sein …« Er riss sich los und wollte weiterrennen, doch Gaia packte ihn erneut am Arm und zwang ihn, stehen zu bleiben.

»Wo willst du denn suchen?«

In der rasch zunehmenden Dämmerung bot das Dorf einen desolaten Anblick. In den Häusern, die den Hauptweg säumten, flackerten noch einzelne, letzte Flammen auf und die geisterhafte Stille wurde nur hier und da von herabstürzenden Steinen und Schieferplatten durchbrochen. »Tal, sie *kann* hier nirgends sein. Sie ist nicht da. Sie ist fort …« Gaia begann zu weinen.

»Nein!«, rief Tal trotzig und verzweifelt. »Nein!« Er rannte weiter, während er ununterbrochen »Mutter! Mutter!« rief. Gaia folgte ihm. Am Markt blieb Tal stehen, legte die Hände als Trichter vor seinen Mund und rief, so laut er konnte: »Mutter!«, doch sein Ruf verhallte in der endlosen Dunkelheit.

»Tal? Gaia! Seid ihr es?« Von weiter oben kam eine Stimme, die ihnen vertraut war. Doch es war nicht *ihre*.

»Das ist Ambrose.« Gaia fuhr sich mit dem Handrücken über das Gesicht. Der Feuerschein auf dem Marktplatz ließ die um sie herum anbrechende Nacht noch dunkler erscheinen und sie konnte ihn kaum sehen: eine gebückte Gestalt, die den Hügel heruntergeeilt kam. Sie liefen ihm entgegen.

»Ambrose, was ist passiert?«, rief Gaia ihm schon von Weitem zu. »Wo ist Mutter?«

Er legte jedem von ihnen einen Arm um die Schultern. »Gehen wir, ihr müsst aus der Kälte heraus. Sind das eure Ziegen?« Die Kinder hatten gar nicht gemerkt, dass die Ziegen ihnen die ganze Zeit gefolgt waren. Tal musterte die Tiere halb überrascht und nickte dann geistesabwesend.

»Ambrose!« Gaia entwand sich seinem schützenden Arm. »Wo ist Mutter?« Ambrose' Körper wirkte steifer als sonst, bestimmt war etwas ganz Schlimmes passiert. »Sie ist tot, nicht wahr?«

»Nein, Gaia!«, sagte er. »Nein, nein, sie ist nicht tot.« Doch er klang so niedergeschlagen, dass seine Worte sie keineswegs beruhigten. »Kommt mit, ins Warme«, wiederholte er. »Dann erzähle ich euch, was passiert ist.«

Er führte sie vom Dorf weg und blieb dann vor einer der niedrigen Öffnungen am Fuß der Klippen stehen.

»Das ist das *Bergwerk*!« Gaia war entsetzt. Die Mine war ein verbotener und heiliger Ort. Wenn Ambrose wirklich wollte, dass sie ihn betraten, dann musste die Welt, die sie bisher gekannt hatten, tatsächlich in Scherben liegen.

»Ist schon in Ordnung«, versicherte ihr Ambrose. Aber vielleicht hatte er gar nicht begriffen, warum sie so entsetzt war, denn er erwähnte nicht, dass sie gegen ein heiliges Verbot verstießen. Er sagte nur: »Wir halten uns unweit des Eingangs auf. Du brauchst dir keine Sorgen zu machen. Der Mond kann uns dort noch sehen, aber wir sind dennoch geschützt. Etwas weiter hinten gibt es auch einen Raum für die Ziegen, einen niedrigen Tunnel, der aber nicht lang ist. Sie können sich nicht im Berg verlaufen.«

Gaia hielt Tals Hand, als sie Ambrose durch die dunkle Öffnung ins

Innere des Berges folgten. Dann standen sie in einem niedrigen, viereckigen, in die Klippen gehauenen Raum. Vor dem Wind war man hier tatsächlich geschützt, doch dafür war es kühl und feucht: Wassertropfen sickerten aus dem Gestein und liefen an den Wänden herunter. Ein kümmerliches Feuer flackerte, das aber so viel Rauch erzeugte, dass einem sofort die Augen brannten. In dem spärlichen Licht konnte Gaia ein paar zusammengekauerte Gestalten erkennen, die um das Feuer herumsaßen. Der alte Dot und Thea waren da, auch Ambrose' Frau Alma. Und außerdem drei Kinder: Phil und seine Schwester Daria und deren Freundin Chloe. Aber sonst niemand.

»Ambrose?« Alma spähte in das Dunkel. »Wen hast du da mitgebracht?«

»Gaia und Tal.«

»Keine Spur von Selene?«, fragte sie.

»Nein«, antwortete er bedrückt. »Aber ich gehe nachher noch einmal los, obwohl … ich bezweifle, dass ich noch jemanden finden werde.«

»Ambrose«, nahm Gaia einen neuen Anlauf. Sie zitterte am ganzen Leib. »*Bitte*, sag es endlich. Was ist mit den anderen passiert? Wo ist Mutter?«

»Sie wurden mitgenommen«, sagte er. »Wir wurden überfallen – Dutzende von Kerlen kamen die Leitern herauf, so überraschend, dass wir gar nicht reagieren konnten. Wir konnten niemanden mehr warnen … sie zündeten unsere Häuser an und packten jeden, der aus den Flammen gelaufen kam.«

»*Wer* hat sie mitgenommen? *Warum? Wohin?*«

Erschöpft griff sich Ambrose an die Stirn. »Wenn ich das wüsste … Sie wurden die Leitern hinuntergetrieben, aber wohin, weiß ich nicht …«

»Und *wer?*«

»Sklavenhändler«, erwiderte Ambrose. »Sie hatten es eindeutig auf Sklaven abgesehen, die sie verkaufen können. Deshalb haben sie Alma und mich, Thea und Dot auch verschont: Wir waren ihnen zu alt. Aber eure Mutter haben sie mitgenommen und auch die anderen Männer und Frauen und alle Kinder, die ihnen in die Finger kamen. Es tut mir leid …« In seiner Stimme schwangen Tränen mit. Ambrose, der *weinte*: Das war das Schlimmste und Schrecklichste, was Gaia jemals gesehen hatte. »Ich konnte sie nicht beschützen. Es tut mir ja so leid.«

Alma stand auf, legte ihm eine Decke über die Schultern und versuchte, ihn näher ans Feuer zu ziehen, doch er sagte: »Ich muss weiter nach Selene suchen.« Er zog den Kopf ein und schlüpfte durch den niedrigen Höhleneingang wieder nach draußen.

Alma schaute ihm traurig nach und wandte sich dann an die Kinder: »Kommt näher ans Feuer und wärmt euch«, sagte sie.

Benommen setzte Gaia sich zu den anderen ans Feuer und aß dann auch etwas, ohne jedoch etwas zu schmecken. Dann streckte sie sich neben Tal auf der nackten Erde aus und schlang die Arme um ihn. Er war eiskalt. Aber schließlich schlief er in ihren Armen ein, während sie selbst noch lange wach lag und auf die Schatten starrte, die im Mondschein über den Boden wanderten, unfähig, etwas anderes zu denken als immer wieder: *Ich habe mich nicht bei ihr entschuldigt.*

Am nächsten Morgen glitt sie nur langsam vom Traum in die Wirklichkeit und brauchte eine Weile, bis sie merkte, dass sie nicht zu Hause war: Sie spürte den harten Felsboden unter sich, der Lichtstrahl, der über ihre Augenlider tanzte, kam aus der falschen Richtung, und das leise Gemurmel kam weder von Tal noch von Mai.

Doch als sie die Augen öffnete, wusste sie auf einen Schlag, wo sie war, und auch, warum sie hier war. Tal war bereits wach, er saß da, den Kopf auf den Knien, und starrte vor sich hin. »Tal?«, sagte sie zögernd, doch es kam keine Antwort.

»Dann gehe ich mal die Ziegen melken«, sagte Gaia.

»Nein, nein, ich mach das«, sagte er, stand auf und ging an ihr vorbei in den hinteren Teil der Höhle, wo er zwischen den Ziegen verschwand. Wenn Tal melkte, pflegte er immer, wirklich *immer*, vor sich hin zu singen oder zu pfeifen, doch an diesem Tag blieb er stumm, und sein Schweigen klang in Gaias Ohren schlimmer als jedes Gebrüll. Hilflos schaute sie ihm eine Zeit lang zu, doch sie konnte nichts für ihn tun. Sie stolperte zum Höhleneingang und hinaus ins Freie. Der Himmel hing voller Schnee, schwer und gelblich, und als sie dort im Schutz der steil über ihr aufragenden Felskuppe stand, trieben einige vereinzelte Schneeflocken durch die Luft.

Ambrose kam langsam den Weg vom Dorf herauf und trieb ein paar beigefarbene und schwarze Ziegen vor sich her. Sie zitterten vor Kälte und waren sichtlich verstört, denn sie scheuten und zuckten andauernd zusammen. Plötzlich glitt ein Drache hoch über ihren Köpfen hinweg und die kleine Herde lief in heller Panik auseinander. Gaia rannte zu Ambrose, der hilflos wirkte und offenbar nicht wusste, wie er die verschreckten Tiere wieder zusammentreiben sollte.

»Soll ich dir helfen?«

Erleichtert blickte er sie an. »Danke, Gaia.«

»Wo ist Selene? Es sind ihre Ziegen, nicht wahr?«

Er nickte. »Sie waren die ganze Nacht über allein auf dem Berg. Ein oder zwei Tiere fehlen, ich denke, sie wurden von Drachen geholt. Deshalb sind diese hier auch so durcheinander.« Er schaute

Gaia in die Augen. »Selene habe ich nicht gefunden. Ich fürchte, die Sklavenhändler haben auch sie mitgenommen.«

Es kam nicht infrage, die Ziegen an diesem Tag auf den Bergwiesen grasen zu lassen. Sie blieben alle in der Nähe der Mine, suchten darin Zuflucht, wenn es zu heftig schneite, und gingen danach schnell wieder nach draußen, um frische Luft zu schnappen, sobald das Wetter sich etwas beruhigte.

Gegen Mittag saßen Gaia und Ambrose zusammen auf dem breiten Stein neben dem Höhleneingang. Gaia schwieg. Sie musste daran denken, wie sie damals hier gesessen und geweint hatte, an dem Tag, als ihr größtes Problem darin bestanden hatte, dass sie die Webarbeit ihrer Mutter verpfuscht hatte. Auch Ambrose brütete in einem dumpfen Schweigen vor sich hin, das ihn seit dem Vorabend befallen hatte. So saßen sie da, bis auf einmal ein lautes Gebimmel ertönte. Es war die Glocke, die neben den Leitern hing. Erschrocken zuckten sie zusammen. Gaia packte Ambrose am Arm.

»Sie kommen doch nicht noch einmal, oder?«, stieß sie hervor.

»Sie … sie würden sicher nicht läuten …«, stammelte er verwirrt. »Herrje«, knurrte er dann. »Heute ist Vollmond: Markttag! Komm mit, Gaia. Wir müssen Rackin erklären, was passiert ist, oder Murrow … wer immer auch gekommen ist.«

Es war Rackin. Er stand auf dem Marktplatz und starrte entsetzt auf das Chaos aus heruntergefallenen Schieferplatten und Holzbalken, die noch vor sich hin schwelten. Rackin trug einen dicken Pelzmantel, der ihn noch stämmiger aussehen ließ als sonst, und sein Gesicht war gerötet und verschwitzt von der Anstrengung des Heraufkletterns. Als sie auf ihn zugingen, schüttelte er fassungslos den

Kopf. »Drachenzahn und Elfenwahn! Ambrose, was habt ihr hier gemacht?«

Gaia funkelte ihn empört an, doch Ambrose sagte nur leise: »Das waren nicht wir.«

»Was ist geschehen?«

»Sklavenhändler waren hier«, erklärte Ambrose. »Gestern. Sie haben alle arbeitstauglichen Männer und Frauen und Kinder fortgeschleppt, die sie finden konnten. Sie haben sämtliche Hütten angezündet und auch den Marktplatz. Nur ein paar wenige von uns ließen sie zurück, die Alten und eine Handvoll Kinder.« Er schaute Rackin an. »Ich fürchte, heute seid Ihr vergebens gekommen, Mr Rackin. Bedaure ...«

Mit hängenden Schultern drehte er sich um und machte Anstalten, wieder die Böschung hinaufzugehen, als Rackin ihm nachrief: »Moment, Ambrose, wartet mal. Was waren es für Leute?«

»Das weiß ich nicht.« Ambrose schüttelte den Kopf. »Einer war ein stämmiger Mann, größer als Ihr, und sehr kräftig, mit dunklem Haar ...«

»Hatte er eine Narbe auf der Wange?«

»Ja.«

Rackin nickte und stieß langsam die Luft aus. Seine Atemwolke kräuselte sich in der Luft wie gefrierender Rauch.

»Ihr kennt ihn?«, fragte Ambrose.

»Leider ja. Ich komme nicht umhin, ihm hin und wieder über den Weg zu laufen. Braggley. Gütiger Himmel, das tut mir leid, Ambrose. Ihr seid ein stures Völkchen hier oben, aber das habt ihr wahrlich nicht verdient.« Er ließ seinen Blick noch einmal über die Ruinen des Marktplatzes schweifen und über das zerstörte Dorf dahinter. »Was werdet ihr jetzt tun? Ihr könnt unmöglich hierbleiben.«

»Wir gehören hierher«, sagte Ambrose leise. »Wir gehen nicht fort.«

Rackin schnaubte. »Das ist doch verrückt, Ambrose! Wenn ich im Frühjahr wiederkomme, werdet ihr steif gefroren und verhungert sein. Euch bleibt gar nichts anderes übrig, als …«

Ambrose schüttelte den Kopf. »Nein. Ihr habt doch selbst gesagt, dass unten im Flachland ebenfalls Hunger und Verzweiflung herrschen. Glaubt Ihr, die Menschen würden uns helfen? Uns, einem Haufen bedürftiger Fremder, die nichts zu bieten haben? Glaubt Ihr das wirklich? Und außerdem – was ist, wenn es einigen der Verschleppten gelingt, zurückzukommen? Nein, ich kann nicht fortgehen. Ich muss hier warten, falls sie wiederkommen.«

»Braggley entkommt niemand, Ambrose«, sagte Rackin und seine Stimme klang plötzlich bedrückt. »Und Sklaven werden nur selten freigelassen. Wenn Ihr darauf wartet, einen von Euren Leuten wiederzusehen, dann müsst Ihr verdammt viel Geduld haben.« Er seufzte. »Was die Flachlandbewohner betrifft, so habt Ihr vermutlich recht. Heutzutage ist es mit der Nächstenliebe nicht weit her. Aber trotzdem … besser, als hierzubleiben, ist es allemal. Hier oben ist bereits alles gefroren und ihr habt keine Hütten mehr …«

»Unsere Vorfahren lebten in Höhlen, ehe sie das Dorf bauten. Das können wir auch. Wir werden schauen, was wir noch aus unseren Hütten bergen können, wir haben unsere Ziegen …«

»Und was ist mit Futter? Oder Korn und Brennmaterial?«, gab Rackin zu bedenken.

»Wir müssen eben noch einsammeln, was wir können, bevor der große Schnee kommt.«

Rackin blickte in den bleiernen, gelblichen Himmel. »Viel Zeit bleibt euch aber nicht mehr.«

»Das stimmt«, sagte Ambrose. »Deshalb verzeiht mir, dass ich Euch jetzt stehen lasse und mich an die Arbeit mache. Einen schönen Tag noch, Mr Rackin.« Er verbeugte sich und wandte sich ab.

»Wartet, Ambrose. Ihr seid ein Narr, aber Ihr seid ein guter Mensch, und Braggley ist ein übler …« Rackin spuckte abfällig in die Glut. »Ich will nicht, dass ihr seinetwegen leidet. Ich will niemanden seinetwegen untergehen sehen.« Er schaute auf Gaia, die blass und niedergeschlagen neben Ambrose stand. »Wurde deine Mutter auch …?«

»Verschleppt.« Ihre Kehle war wie zugeschnürt. »Ja.«

»Armes Kind. Und was ist mit deinem Bruder?«

Sie wischte sich über das Gesicht. »Nein. Er ist noch da.«

»Gut.« Rackin richtete sich auf und rieb sich entschlossen die Hände. »Also, Gaia, du holst jetzt ihn und die übrigen Kinder. Ihr geht zur Klippe und holt alle Säcke ab. Bringt sie in eure Höhle oder wo immer ihr auch haust.« Er wandte sich an Ambrose. »Ich habe Weizen, Stroh und Brennholz mitgebracht. Es dürfte ausreichen, um ein paar wenige Leute wie euch bis zum Frühjahr durchzubringen, wenn ihr Maß haltet.«

»Aber wir können …«, begann Ambrose.

»Ich weiß, dass ihr nicht bezahlen könnt. Bezahlt mich, wenn ihr wieder dazu in der Lage seid. Zum Beispiel, wenn ihr wieder auf Gold stoßt.« Er grinste. »Also, und falls ihr ein paar Dinge aus den Hütten bergen wollt, könnt ihr sicher Hilfe gebrauchen, nicht wahr?«

»Aber, Mr Rackin …«

»John. Nennt mich John. Aber jetzt an die Arbeit!«

Sie arbeiteten den ganzen Nachmittag über hart und wühlten zwischen den Trümmern der Hütten, um alles noch einigermaßen

Brauchbare zu finden. Rackin war wie ein Riesenbär in ihrer Mitte: Er trieb die Leute an, ermunterte sie zum Weitermachen und schleppte die schwersten Lasten. Gegen Abend, als sich der Vollmond hin und wieder zwischen den stürmischen Wolken zeigte, sah der Höhlenraum völlig verändert aus. Aus einigen noch intakten Mauersteinen und Holzbalken hatten sie ein paar schiefe Regale gebaut, auf denen alle Gefäße und Behälter standen, die sie aufgetrieben hatten, gefüllt mit dem Getreide, das Rackin mitgebracht hatte. An der gegenüberliegenden Wand waren die Strohballen und das Brennholz aufgestapelt. Die leeren Säcke hatten sie mit Heidekraut gefüllt, um aus ihnen eine Art grobe Matratzen zu machen – sie waren zwar dünn und klumpig, boten aber immerhin einen gewissen Schutz vor dem kalten, nackten Steinboden. Ein helles Feuer brannte in der Mitte des Raums. Als Rackin gebückt durch die niedrige Öffnung kam, schaute er sich um, betrachtete die kleine Gruppe, die sich um die Feuerstelle geschart hatte, und nickte zufrieden. »Könnte schlimmer sein«, sagte er. »Jetzt habt ihr zumindest eine Chance, durch den Winter zu kommen.«

»Danke, John«, sagte Ambrose. Etwas zögernd fuhr er dann fort: »Es ist schon zu spät, um jetzt noch nach unten zu klettern. Wir haben nicht das zu bieten, was sich für ein anständiges Vollmondfest gehören würde, aber … du bist herzlich eingeladen, über Nacht bei uns zu bleiben.«

»Gerne«, sagte Rackin und lächelte. »Eine angenehme Gesellschaft und eine spannende Geschichte, mehr braucht es in meinen Augen nicht für eine gelungene Vollmondfeier. Rück mal ein Stück«, sagte er zu Tal und machte es sich bei den anderen am Feuer gemütlich.

Schweigend verzehrten sie ein einfaches, aber schmackhaftes Mahl. Und weil es Brauch war, dass ein Gast die Vollmondgeschichte erzählte, räusperte sich Rackin nach dem Essen und begann: »Ihr hört nun die Geschichte von Aquilon und der Ankunft des Winters: Vor langer, langer Zeit, ganz zu Anbeginn aller Zeiten, gab es weder Winter noch Sommer, sondern nur warmes Licht bei Tag und kaltes Licht bei Nacht, das ganze Jahr über. Doch dann wurde der stolze Aquilon, der Drachengott, neidisch auf die Sonne und sprach: ›Ich habe nur kaltes Licht, während die Sonne Licht *und* Wärme hat, und was sie hat, möchte ich auch haben.‹ Also rief er seine Drachen zusammen, die kalten Geschöpfe der Nacht, und befahl ihnen, durch die weiten Himmel bis zur Sonne zu fliegen. Und die Drachen verschluckten die Hitze der Sonne und kehrten mit Feuer in ihren Bäuchen zu ihrem Gott zurück. Aquilon triumphierte und sagte: ›Jetzt wird es keine Wärme mehr auf der Erde geben, außer jener, die meine Drachen ausatmen.‹ Da wurde es auf der ganzen Erde bitterkalt und die Drachen kamen angeflogen. Die Menschen flehten Aquilon an: ›Du mächtiger Gott, schick die Drachen wieder fort und gib uns die warme Sonne zurück!‹ Doch er antwortete: ›Nicht, solange ich ein Gott bin.‹ Und seit damals müssen wir unter seiner Kälte und dem Feuer seiner Drachen leiden und frierend auf die freundlicheren Monde des Frühjahrs warten.«

»Vielen Dank, John«, sagte Ambrose und wandte sich dann an Tal. »Willst du uns nicht etwas vorsingen, Tal?« Doch Tal schüttelte nur den Kopf, und deshalb erzählte Alma dann die Geschichte von Lorkans und den Kindern.

»Jetzt verstehe ich«, sagte Rackin, nachdem sie geendet hatte. »Deshalb also wollt ihr unbedingt bleiben.« Er schaute sich um und dachte sich, dass wahrlich nicht viele von Lorkans' Leuten und gar nichts von Lorkans' Reichtümern übrig geblieben waren. Und was Lorkans' Glück betraf … Es war so tot und vergangen wie der Mann selbst, falls es ihn überhaupt jemals gegeben hatte. Aber er war hier Gast, und es stand ihm nicht zu, Fragen zu stellen. Deshalb wiederholte er nur: »Ich verstehe.«

Schweigen trat ein. Gaia fiel vor Erschöpfung fast sofort in einen tiefen Schlaf, doch nur, um von Mai zu träumen, genau so, wie sie ihre Mutter zuletzt gesehen hatte: verstört und in Tränen aufgelöst nach ihrem erbitterten und unverzeihlichen Streit. Der Traum war so unerträglich, dass sie sich zwang, aufzuwachen. Da merkte sie, dass Ambrose und Rackin noch in der Hocke vor der Glut des erlöschenden Feuers saßen und sich leise unterhielten.

»Wo wird er sie wohl hingebracht haben, John?«

»Braggley wohnt in Trebburn Parva. Ich bin mir sicher, dass er sie dort auf dem Markt anbieten wird.«

»Und dann? Ich weiß nichts über diese Dinge ...«

»Er wird sie so schnell wie möglich verkaufen wollen. Wenn ich morgen in aller Frühe aufbreche, komme ich vielleicht noch rechtzeitig an, um dabei zu sein.« In Rackins Stimme klang nur mühsam unterdrückter Zorn mit. »Dabei dürfte er sie gar nicht verkaufen. Durch Überfälle Menschen zu erbeuten und zu versklaven, ist verboten – zumindest theoretisch. Aber die Nachfrage nach Sklaven ist groß. Da schaut keiner so genau hin, woher sie kommen. Und wenn ich ihm öffentlich vorwerfen würde, er hätte sie gestohlen, würde er einfach behaupten, er hätte sie zur Begleichung einer Schuld bekommen oder was weiß ich. Dann würde sein Wort gegen meines stehen und er ist ein einflussreicher Mann. Das Beste wäre natürlich, sie freizukaufen, aber ...« Er ließ seinen Blick durch den düsteren Höhlenraum schweifen. »Ich fürchte, ihr besitzt nichts, das so viel Wert hätte, um auch nur einen der Verschleppten freizukaufen.«

»Dann haben wir sie also verloren«, sagte Ambrose und begrub das Gesicht in den Händen.

Gaia dagegen setzte sich auf und lehnte sich vor. »Und was ist mit meinem Amulett?«

»Was für ein Amulett?«, fragte Rackin.

»Schlaf weiter, Gaia«, sagte Ambrose mit einem leichten Tadel in der Stimme. Doch sie ignorierte ihn, holte ihr Elfenbeinviereck aus dem Beutel und zeigte es Rackin.

»Hier!«, sagte sie. »Es ist sehr alt. Ich weiß nicht genau, *wie* alt, aber es ist schon seit Generationen in meiner Familie, nicht wahr, Ambrose? Es gibt auch eine Geschichte darüber, die besagt, dass es sehr wertvoll ist ... Na ja, nicht direkt wertvoll. Bedeutend. Dass es besondere Macht hat. Könnte ich es nicht verkaufen? Könnte es nicht so wertvoll sein, dass ich Mutters Freiheit damit erkaufen könnte?«

»Ihr und eure Geschichten«, murmelte Rackin. »Lass mal sehen.« Er drehte das Amulett in seinen großen, kräftigen Händen hin und her und versuchte, in dem Halbdunkel etwas zu erkennen.

»Komisches kleines Ding. Sind da so eine Art Schriftzeichen eingeritzt?«

»Ich glaube schon«, sagte Ambrose und Gaia fragte voller Eifer: »Kannst du lesen, was sie bedeuten?«

Rackin schüttelte den Kopf. »Nein, ganz und gar nicht; es sind komische Buchstaben. Vielleicht ausländische.« Er runzelte die Stirn. »Ist nicht mein Metier. Käse, Getreide, Stoff: Das ist meine Welt. Bei den Sachen kann ich im Handumdrehen den Preis nennen. Aber das hier – davon verstehe ich nichts. Ich habe nicht die leiseste Ahnung. Es könnte wirklich wertvoll sein, vielleicht aber auch völlig wertlos. Und ich fürchte, es gibt in Trebburn niemanden, der mit solchen Sachen handelt. Der einzige Ort, an dem man vielleicht mehr erfahren und es verkaufen könnte, wäre Freehaven. Tut mir leid.«

Er gab ihr das Amulett zurück und Ambrose sagte: »Lass den Kopf nicht hängen, Gaia. Es war lieb gemeint von dir. Aber jetzt leg dich wieder schlafen.«

Sie hielt John erneut das Amulett hin. »Könntest *du* es nicht nach Freehaven bringen?«

»Da komme ich nie hin, bedaure«, sagte John. »Ich habe keine Genehmigung, so weit weg Handel zu treiben.«

»Kann *ich* vielleicht dorthin gehen?«

»Ausgeschlossen, Gaia!«, sagte Ambrose mit Bestimmtheit. »Du verlässt den Berg nicht!«

Zornig fuhr sie ihn an: »Weil es irgendein längst toter Mann vor Hunderten von Jahren mal so gewollt hat? Weil er uns früher irgendwann mal Glück gebracht hat? Schau uns doch an, Ambrose! *Schau uns doch mal an!*« Ihre Stimme bebte – aber nicht nur vor Zorn, sondern auch, weil sie es wagte, diese Worte überhaupt auszusprechen. »Wo ist sein Glück jetzt? Wo?«

Ambrose blieb ihr die Antwort schuldig, und deshalb wandte sie sich an Rackin: »Was meinst *du* dazu?«

»Du meinst diesen –, wie hieß er noch gleich – diesen Lorkans?« Er zögerte, ehe er fortfuhr: »Ich denke, du hast recht. – Entschuldige, Ambrose«, fügte er hastig hinzu. »Ich bin nur Gast hier und weiß, dass es mir nicht zusteht, mich dazu zu äußern … aber sie hat recht, nicht wahr? Sein Verbot zu beachten, hat euch kein Glück gebracht, schon seit ewigen Zeiten nicht mehr.« Er schaute wieder auf Gaia. »Was aber Freehaven betrifft und wie du dort hinkommen willst … ich weiß nicht, Gaia. Da gibt es so viele Wenns: *wenn* du herausfindst, wer deine Mutter gekauft hat, *wenn* du es schaffst, den langen, weiten Weg nach Freehaven zurückzulegen, *wenn* das Amulett tatsächlich etwas wert ist, *wenn* du es verkaufen kannst, *wenn* die Leute, die Mai kaufen, bereit sind, sie wieder zu verkaufen … Die Chancen sind verschwindend gering.«

»Aber es *besteht* eine Chance«, sagte sie. »Oder?«

»Nun ja«, musste er zugeben. »Zumindest ist es die einzige Möglichkeit, die ich sehe.«

»Gut, dann gehe ich«, sagte Gaia entschlossen. »Mit dir, John, wenn du mich bitte bis nach Trebburn mitnimmst, und mit deinem Segen, Ambrose, falls du ihn mir gibst. Aber gehen werde ich auf alle Fälle!«

6. Kapitel
Die einzige Chance

»Gaia! Gaia, wach auf! Wir müssen los!«

In dieser Nacht war sie immer wieder aufgewacht und hatte geglaubt, es sei an der Zeit aufzubrechen, doch da war alles noch still und dunkel gewesen. Aber nun wurde es ernst. Vor dem Höhleneingang begann sich der dunkle Himmel allmählich grau zu färben. Rackin stand über sie gebeugt, und hinter ihm sah sie Ambrose, der sich am Feuer zu schaffen machte. Hastig schlug Gaia ihre Decke zurück und erhob sich. Es war die kälteste Stunde des Tages, kurz vor Tagesanbruch, und ihr war bitterkalt. Sie fröstelte.

»Hier, nimm!«, flüsterte Ambrose. »Das wird dich wärmen.« Er reichte ihr eine Schale mit heißem Haferbrei, gekocht aus frischer Milch und einer Handvoll des Getreides, das John am Vortag heraufgebracht hatte. Ambrose musste schon sehr viel früher aufgestanden sein, weil er diesen Brei gekocht hatte, und sie verschlang ihn mit Heißhunger und voller Dankbarkeit und spürte, wie er sie von innen her wärmte. »Danke, Ambrose.«

Er nickte nur. Er sah besorgt aus, schien sich aber damit abgefunden zu haben, dass sie weggehen wollte. Gaia bekam leichte Gewissensbisse, weil sie sich gegen seinen Willen durchgesetzt hatte. Sie erhob sich und schlang ihre Arme um ihn. »Du verstehst mich doch, Onkel, nicht wahr?«

»Aber natürlich«, sagte er leise und drückte sie an sich. »Du hast meinen Segen. Ich werde zu den Monden beten, dass sie über dich wachen und dass du deine Mutter finden wirst. Aber vergiss uns nicht, hast du gehört?«

Überrascht blinzelte sie ihn an. »Ich werde ganz bestimmt zurückkommen«, versprach sie ihm.

Doch Ambrose lächelte nur und wiederholte: »Vergiss uns nicht.«

Rackin, der sich taktvoll ein paar Schritte entfernt hatte, schaute immer wieder zu dem beständig heller werdenden Höhlenausgang und sagte nun: »Ich will nicht drängen. Aber wenn wir rechtzeitig in Trebburn sein wollen, müssen wir jetzt aufbrechen. Wir dürften schneller sein als sie, aber dafür haben sie zwei Tage Vorsprung.«

Ambrose ließ Gaia los. »Ich bin bereit«, sagte sie, obwohl sie sich gar nicht so sicher war. Ihr Mund war wie ausgetrocknet und übel war ihr auch. Sie schluckte und warf sich ihren wollenen Umhang über die Schultern. Tal schlief noch und sie kauerte sich neben ihn und betrachtete ihn zärtlich. Wie friedlich und zufrieden er aussah im Schlaf! Sollte sie ihn wirklich wecken? Als sie zögerte, sagte Ambrose: »Weck ihn! Was glaubst du, wie er sich fühlen wird, wenn er aufwacht und feststellen muss, dass du weg bist? Weck ihn auf und verabschiede dich ordentlich von ihm.«

Ambrose hatte natürlich recht. Sie berührte Tals Schulter und schüttelte ihn sachte. Erschrocken riss er die Augen auf und sie sah sofort wieder Kummer und Trauer darin aufblitzen. Gaia begriff, dass sie ihn aus einem Traum geholt hatte, in dem seine Welt noch in Ordnung gewesen war.

»Was ist?« Schlaftrunken rieb er sich die Augen und blinzelte in das fahle Licht des frühen Morgens. »Ist doch noch viel zu früh zum Aufstehen«, brummte er.

»Ich weiß«, sagte sie. »Aber …« Sie brach ab. Es war nicht leicht. »Tal, ich gehe fort.« Mit einem Schlag war er hellwach. Er setzte sich auf und starrte sie ungläubig an.

»Was?«

»Ja, ich gehe mit John nach Trebburn.« Ihre Stimme verriet, dass sie es selbst noch kaum fassen konnte. »Mit etwas Glück kann ich Mutter finden … oder zumindest herausfinden, wer sie gekauft hat. Und dann …« Sie holte tief Luft. »Dann gehe ich nach Freehaven. John meint, das Amulett könne eventuell wertvoll sein; wertvoll genug, um Mutter damit freizukaufen.«

»Gaia, was redest du da?«, sagte er entsetzt. »Du darfst nicht weggehen. Was ist mit Lorkans?«

»Lorkans ist doch nur eine alte Geschichte, Tal«, sagte Gaia leise.

Tal wartete darauf, dass Ambrose widersprechen würde. Doch Ambrose blieb stumm, und Tal begriff, dass Gaia und Ambrose sich gestritten hatten und Ambrose verloren hatte. Tal wickelte sich aus seinen Decken und schlüpfte in seine Stiefel. Weil er sich vorbeugte, um sie zuzuschnüren, klang seine Stimme gedämpft – und auch etwas unsicher, wie Gaia fand. Sie konnte ihn trotzdem genau verstehen. »Gut. Wann brechen wir auf?« Entsetzt und schuldbewusst schaute sie auf Ambrose, doch der lächelte nur. Wortlos reichte er Tal sein Frühstück, und Gaia begriff, dass er Tals Reaktion vorhergesehen hatte und auch billigte.

»Oh nein!«, stöhnte Tal. Er wich einen Schritt von den Klippen zurück, aschfahl im Gesicht. »Oh nein! Das kann ich nicht!«

»Du hast keine andere Wahl«, sagte Rackin. »Es gibt natürlich noch einen anderen Weg ins Flachland, doch der führt durchs Gebirge. Das dauert einen ganzen Mond lang und in dieser Jahreszeit würdest du unterwegs garantiert erfrieren.«

Gaia, die zitternd am Klippenrand saß, sagte: »Auf, Tal, du wirst es schaffen! Du bist ein geschickter Kletterer ...« Sie versuchte, ihm Mut zuzusprechen, obwohl es ihr selbst nicht möglich war, die Angst in ihrer Stimme zu unterdrücken.

»Tatsächlich? Dann wird das Ganze ein Kinderspiel für dich sein, im Ernst«, sagte Rackin zuversichtlich. »Wenn man erst einmal angefangen hat, ist es gar nicht mehr so schlimm, wie es aussieht. Hin und wieder gibt es eine Plattform, auf der man sich ausruhen kann. Und ich gehe voraus, dann kann ich euch wahrscheinlich auffangen, falls einer von euch ausrutscht ...«

»Wahrscheinlich«, murmelte Tal. »Danke, das klingt ja beruhigend.«

Ängstlich beugte er sich über den Klippenrand und starrte hinunter. Die beiden nebeneinander liegenden Holzleitern führten senkrecht an der flachen Felswand hinunter, tiefer und immer tiefer, bis sie schließlich in der dichten Wolkendecke verschwanden.

»Wie weit ist es noch, wenn man erst mal in den Wolken ist?«

»Noch einmal etwa genauso weit«, sagte Rackin. »Das heißt, das Schlimmste ist dann vorbei. Und wenn wir unten sind, brauchen wir noch ungefähr anderthalb Tage, bis wir in Trebburn sind.«

»Tja, dann sollten wir wohl besser los.« Tal biss die Zähne zusammen. »Sonst holen wir sie nicht mehr ein.«

»Ich zeige euch, wie man anfängt«, sagte Rackin mit einem aufmunternden Lächeln. Er drehte sich mit dem Rücken zum schroff abfallenden Abgrund, hielt sich an den überstehenden Holmen der Leiter fest und tastete dann seitlich mit einem Fuß nach der ersten Sprosse. Dann zog er den zweiten Fuß nach, setzte ihn eine Sprosse tiefer und begann mit dem Abstieg, bis nur noch sein Kopf über den Klippenrand ragte.

»Seht ihr?«, sagte er. »Es ist ein Kinderspiel. Und wenn ein großer, dicker Kerl wie ich es schafft, dann ist es ein Klacks für zwei flinke Bergziegen wie euch. Auf, Gaia, du machst den Anfang!«

Sie schluckte. Dann gab sie sich einen Ruck und tat genau das, was sie bei Rackin gesehen hatte. Sie kniete sich direkt oberhalb der Leiter hin, mit dem Rücken zur schwindelerregenden Leere, vor sich ihre vertraute Bergwelt. Das war sicher der schlimmste Schritt: Man hatte nichts mehr hinter sich als leere Luft und vor sich die steil abfallende Felswand, die irgendwann in den Wolken verschwand. Verzweifelt klammerte sie sich an die Holme, bis ihre Fingerknöchel schneeweiß hervortraten, und tastete mit dem ersten Fuß nach einem Halt. Rackin umfasste ihren Knöchel und stellte ihren Fuß sicher auf einer Sprosse ab.

»Gut«, rief er nach oben. »Gut gemacht. Jetzt hast du das Schlimmste hinter dir, glaub mir. Aber jetzt komm ein Stück tiefer, damit dein Bruder Platz hat. Also, Tal!«, rief er nach oben. »Auf geht's! Du bist an der Reihe!« Verzweifelt versuchte Gaia, den Kloß in ihrem Hals hinunterzuschlucken, ehe sie zögernd ein paar Sprossen nach unten kletterte und dann eine kleine Pause einlegte, während Rackin behände auf die benachbarte Leiter wechselte und wieder ein Stück hinaufkletterte, um Tal beim Besteigen der Leiter zu helfen.

»Wunderbar!«, rief er dann, kletterte flink wieder ein Stück tiefer und wechselte erneut auf die Leiter, auf der die Kinder standen. »So, es kann losgehen! Aber denkt immer daran: nur keine Hektik! Ich weiß, wir haben es eilig, aber ihr dürft jeweils nur eine Hand oder einen Fuß bewegen. Und noch eins: Schaut ja nicht nach unten, sondern immer schön auf die Felswand. Verstanden?«

Brav setzte Gaia zuerst einen Fuß nach unten, dann eine Hand, den anderen Fuß, die andere Hand. So, eine Sprosse wäre bewältigt … wie viele waren es noch? Sie bewegte sich weiter, konzentrierte sich darauf, Füße und Hände immer nur abwechselnd zu bewegen, während sie wie hypnotisiert auf die feuchte, dunkle Felswand dicht vor ihrem Gesicht starrte. Ihre Hände waren so bitterkalt, als bestünden die alten Holzsprossen der Leiter aus massivem Eis. Über ihr zählte Tal jede Bewegung mit: »Eins (Fuß), zwei (Hand), drei (Fuß), vier (Hand), eins (Fuß) …« Und unter ihr redete Rackin aufmunternd auf sie ein: »Das klappt ja ganz wunderbar! Weiter so, bald sind wir bei der ersten Plattform …« Gaia kletterte weiter abwärts, immer tiefer und tiefer, sie schaute nur auf die Felswand und konzentrierte sich auf die Bewegung, die sie gerade machte. Deshalb war sie richtig überrascht, als sie Rackins Hände spürte, der ihr und dann auch Tal auf die erste Plattform half. »Zeit für eine Pause«, sagte er.

»Ich brauche keine Pause«, sagte Gaia hastig, doch Rackin bestand darauf.

»Wir machen, so schnell wir können«, sagte er. »Aber Sicherheit ist das Wichtigste. Verstanden?«

Sie zuckte nur mit den Schultern, und dann standen sie wortlos dicht nebeneinander, denn die Plattform war kaum größer als eine Tischplatte. Sie war an allen drei offenen Seiten mit einem Holzgeländer versehen, und neugierig, wie sie war, stützte Gaia die Hände auf und beugte sich darüber.

»Vorsicht, Gaia!«, sagte Rackin warnend. »Das Holz ist sicher schon morsch, lehn dich nicht an!« Erschrocken ließ sie wieder los und er erklärte: »Diese Leitern werden seit Jahren nicht mehr ausgebessert. Seit damals, als eure Goldvorräte zur Neige gingen. Wer weiß, wie lange sie noch halten.«

Gaia stellte sich vor, wie es wäre, wenn eine morsche Sprosse splittern würde. Dann würden die Holzsplitter aus gewaltiger Höhe herunterfallen und im Nichts zerschellen. Ihr Dorf wäre noch isolierter als jetzt schon. Nur der lange, gefährliche Höhenweg durch das Gebirge, den Lorkans einst mitten im Winter zurückgelegt hatte, würde es noch mit der Außenwelt verbinden. Schade, dachte sie grimmig, dass die Leitern nicht kaputtgegangen waren, ehe Braggley an ihnen heraufgeklettert war …

»So, weiter geht's!«, sagte Rackin nach einer Weile. »Aber seid jetzt noch vorsichtiger. Wir kommen bald in die Wolkendecke und ab da werden die Sprossen ziemlich rutschig. Ihr müsst immer zusehen, dass ihr einen sicheren Halt habt. Und versucht ja nicht, zu schnell zu sein!«

Sie nahmen den weiteren Abstieg in Angriff: Abwärts, abwärts, abwärts, Fuß, Hand, Fuß, Hand. Gaia hörte, dass Tal über ihr wieder begonnen hatte, leise vor sich hin zu zählen, während Rackin unter ihr ihnen gut zuredete. Die feuchte Felswand glänzte vor ihren Augen. Auf einmal schob sich ein Wolkenfetzen zwischen sie und die Klippe. Die Sprossen der Leiter fühlten sich feuchter und kälter an als bisher und überhaupt war um sie herum auf einmal alles nur noch feucht und kalt. »John!«, rief sie ängstlich und verharrte inmitten dieses weißen Nebels.

Seine Stimme drang ermutigend aus der blendenden Helligkeit zu ihr herauf. »Ich bin hier, Gaia, direkt unter dir. Klettere weiter, immer schön langsam. Es passiert schon nichts.«

»Gaia, du bist mir im Weg!« Tal war nun direkt über ihr.

»Schon gut, schon gut«, sagte sie. Sie holte tief Luft und bewegte sich dann wieder abwärts, vorsichtiger und langsamer als bisher, und ihre fast tauben Finger griffen von Sprosse zu Sprosse. Alles, selbst die Felswand, die höchstens eine Handbreit von ihrem Gesicht entfernt war, lag hinter diesem hellen Wolkenschleier. Die Kälte wurde immer unerträglicher. Die sie umgebende Luft war voller kleiner Eispartikel, die ihr ins Gesicht und an die Finger peitschten und ihr Tränen in die Augen trieben. Doch sie stieg tiefer und tiefer, wie in Trance, bis sich irgendwann im Nebel undeutlich die nächste Plattform abzeichnete. Dort angekommen, schmiegten sich Gaia und Tal schutzsuchend an Rackins bärenhaften Körper, pusteten an ihre Finger und zitterten wie Espenlaub. Doch diesmal war er es, der sie zu neuer Eile antrieb.

»Wenn man zu lange in der Wolkendecke bleibt, erfriert man. Das hat mir mein Vater schon eingeschärft.« Deshalb sahen sie zu, dass sie rasch wieder auf der Leiter waren, und es ging weiter: tiefer, tiefer, tiefer, und weiter: eins, zwei, drei, vier. Dann endlich wurde der Nebel etwas dünner und eine Spur heller, wurde wieder dichter und dann wieder heller, und Gaia konnte sich nicht beherrschen und warf einen Blick nach unten. Um ein Haar wäre sie ausgerutscht: Die satten, üppigen Grün- und Blautöne tief unter ihr brachten sie fast aus dem Gleichgewicht. Rasch zwang sie sich, den Kopf wieder zu heben und auf die Felswand vor ihrer Nase zu starren, und sie versuchte verbissen, in den Rhythmus ihres Abstiegs zurückzufinden.

»Gut gemacht, Gaia!« Rackin packte zuerst sie, dann Tal um den Bauch und setzte sie auf der sicheren Erde ab. »Ihr wart großartig«, sagte er. »Beim ersten Mal ist es immer etwas unheimlich, nicht wahr?« Tal lehnte sich an die Felswand und rang nach Luft. Gaias Knie gaben unter ihr nach und sie sank am Fuß der Klippen in sich zusammen und hielt sich die Hände an die brennenden Ohren. Jetzt, wo alles vorbei war, wurde ihr erst bewusst, wie entsetzlich der Abstieg gewesen war – und dabei waren sie und Tal von einem Freund begleitet worden. Wie schlimm erst musste der Abstieg für Mai und die anderen gewesen sein, die von den brutalen Kerlen nach unten getrieben wurden, die ihr Dorf in Brand gesteckt hatten!

»So, jetzt ruht euch erst einmal aus«, sagte Rackin, doch Gaia richtete sich entschlossen wieder auf. »Nein«, sagte sie. »Nein, bitte! Wir müssen weiter.«

Sie befanden sich in einer tiefen Schlucht, von steilen Felswänden umgeben. Hinter ihnen ragten die Klippen und die Leitern empor, so weit das Auge reichte. Auf der anderen Seite, gegenüber von ihnen, war ebenfalls eine Klippe, die jedoch sehr viel niedriger war, sodass man den bleiernen Himmel darüber sehen konnte. Ein rasch fließender Strom plätscherte grünlich weiß schimmernd an ihnen vorbei. An seinem Ufer entlang führte ein Weg, dessen Kopfsteinpflaster jedoch lädiert und mit Moos und Gras überwuchert war.

»Diesen Weg müssen sie genommen haben«, sagte Rackin, deutete dann aber ans gegenüberliegende Ufer. »Wir nehmen den anderen!«

Sie folgten ihm über ein paar breite Trittsteine ans andere Ufer, wo ein weiterer gepflasterter Weg verlief, der jedoch um einiges schmaler war. Doch genau wie der breitere Weg wirkte auch dieser wenig benutzt und war ziemlich verwildert. Rackin, der vorausging, erzählte ihnen unterwegs über die Schulter hinweg alles Wichtige.

»Diese Wege wurden angelegt, als eure Minen noch offen waren«, erklärte er. »Ich wünschte, ich hätte das alles noch mit eigenen Augen sehen können. Die alten, goldenen Tage! Mein Vater hat mir erzählt, dass Tag und Nacht Schleppkähne auf dem Fluss unterwegs waren, pausenlos Karren hin- und herfuhren und auf den Leitern ständig Betrieb herrschte. Inzwischen sind Murrow und ich die Einzigen, die noch herkommen.«

Ein sterbender Ort, dachte sich Gaia: wie beklemmend.

Still und düster lag der Weg zwischen den aufragenden Klippen, feucht vom langsamen Tröpfeln des Wassers von überhängenden Felsen und Ästen. Doch da war auch das üppige, glänzende Grün einer Pflanze – war es Moos? Dann die herrlich grünen Wedel, die neben ihr aus den Felsspalten wuchsen: filigrane, elegante Pflanzen mit langen Blättern. Um wie viel kräftiger und farbenfroher sie waren als die armen, tristen, dürren, graugrünen Pflanzen oben im Gebirge! Trotz ihrer Eile blieb Gaia hin und wieder stehen, um mit den Fingern über einen dieser hellgrünen Wedel zu streichen. Er war weicher und kräftiger, als sie erwartet hatte: Die Blätter waren zart und biegsam, der dünne Stängel war hingegen überraschend hart.

»Komm weiter, Gaia!«, rief Tal ungeduldig. Sie ließ den Wedel los und eilte ihm nach. Ein Stück weiter vorn wurde die Schlucht etwas breiter. Hier befand sich ein künstlich angelegter See, aus dem ein Kanal weiterfloss, der gemächlich neben dem tosenden Fluss einherströmte. Ein langes, flaches Boot, in verblassten und bereits abblätternden Rot- und Goldtönen bemalt, war am Ufer vertäut. Daneben standen zwei kräftig gebaute, graue Tiere, größer und dicker als Ziegen, mit komischen langen Ohren. Geduldig standen sie da, die Köpfe gesenkt, und in ihrem dichten Fell schimmerten winzige, silberne Wassertröpfchen.

»Mein Boot«, erklärte Rackin nicht ohne Stolz. »Und das da sind Mabel und Josephine.« Er tätschelte die Tiere zärtlich. »Es sind Esel«, erklärte er, als er die verdutzten Mienen der Kinder sah. »Sie ziehen das Boot. Ich muss sie nur schnell füttern, dann können wir los. Geht ihr schon mal an Bord!«

Sie kletterten in den hinteren Teil des Bootes. Vor ihnen versperrte das Kabinendach zum Teil den Blick auf das lange, etwas tiefer gelegene Vorderdeck, wo Rackin gerade einen Sack Stroh und das schwere Zaumzeug der Esel unter einer Plane hervorzog. »Kann ich helfen?«, rief Tal.

»Klar, warum nicht?«, meinte Rackin. »Dann lernst du gleich, wie man die Esel aufzäumt.« Tal sprang noch einmal an Land, um zu Rackin zu gehen. Gaia schaute zu, wie Rackin Anweisungen gab, zeigte und erklärte, während Tal nickte. Sie entrollten Taue und legten den Eseln die schweren Joche an. Nach einer Weile blickte Gaia nach oben, wo die Winterwolken alles verschleierten, was sie kannte. Weil ihr alles hier so sonderbar und fremd vorkam, verkrampfte sich ihr Magen, fast so, als hätte sie Angst, allen Halt zu verlieren. Nur verschwommen sah sie Rackin wieder aufs Boot zurückkommen. Er machte das dicke Verankerungstau los und lächelte ihr aufmunternd zu.

»Wir haben da vorn noch ein bisschen zu tun – stell du dich schon mal ans Ruder und steuere das Boot immer schön geradeaus. Ist gar nicht schwer.« Er stellte sich ans Ruder und zeigte es ihr: »Du musst nach rechts drehen, wenn du das Boot nach links lenken willst, und nach links, wenn du nach rechts willst. Du musst nur darauf achten, dass wir nicht ans Ufer stoßen oder zu weit in die Flussmitte kommen.«

Gaia wollte protestieren, doch er zwinkerte ihr nur zu und kehrte aufs Vorderdeck zurück. Sie biss die Zähne zusammen und griff nach dem Ruder. Zuerst steuerte sie viel zu hektisch, und das Boot drehte sich von links nach rechts, doch nach den ersten Fehlern hatte sie begriffen, wie es ging, entspannte sich und stellte fest, dass es wirklich recht einfach war. Als Rackin und Tal wieder zu ihr aufs Achterdeck kamen, machte sie ihre Sache schon ganz gut. Sie trat sofort zur Seite, um Rackin Platz zu machen, doch er schüttelte den Kopf.

»Mach ruhig weiter, wenn du willst. Du machst es sehr gut. Zeig Tal, wie es geht. Schadet nie, wenn man ein Boot steuern kann.« Er öffnete die Kabinentür und verschwand gebückt dahinter, um gleich darauf mit zwei dicken Felljacken wieder aufzutauchen. »Hier, zieht die an, es ist bitterkalt. Und gebt rechtzeitig Bescheid, wenn wir zu den Schleusen kommen.« Schon war er wieder im Inneren verschwunden, und wenig später stieg eine blassblaue Rauchfahne aus dem Schornstein der Kabine auf, gefolgt von einem leckeren Duft, bei dem den Kindern das Wasser im Munde zusammenlief.

»Schleusen?«, wiederholte Gaia und sah Tal fragend an.

Tal, der das Boot mit einer Leichtigkeit steuerte, um die Gaia ihn nur beneiden konnte, zuckte die Schultern. »Das werden wir schon sehen, wenn wir erst dort sind.«

Mit großen Augen sahen sie die ungewohnte Landschaft an sich vorübergleiten. Anfangs flossen der Fluss und der Kanal Seite an Seite, doch nach einer Weile fiel der Untergrund der Schlucht steil ab und der Fluss rauschte über mehrere Wasserfälle nach unten. Ab hier hatten die alten Baumeister etliche steinerne Bögen gebaut, um den Kanal auf seinem ursprünglichen Niveau zu halten – eine Art lang gezogene Brücke, die parallel zu den Klippen verlief. Bald schon befanden sie sich in schwindelerregender Höhe auf einem schmalen Kanal, etwa auf halber Höhe der Klippen, und konnten auf den schäumenden, tosenden Fluss schauen, der tief unter ihnen am Grund der Schlucht entlangströmte. Auf der anderen Seite der Schlucht ragte das Gebirge empor – *ihr* Gebirge –, steil und unerbittlich, während die Felswand auf ihrer Seite flacher und flacher wurde, bis sie schließlich auf gleicher Höhe waren und sich neben ihnen ein Hochmoor ausbreitete. Sie wickelten sich noch enger in ihre Jacken, als sie den beißenden Hochlandwind spürten.

Rackin stieß die Kabinentür auf, hochrot im Gesicht und lächelnd, und hinter ihm strömte eine Wolke köstlichen Bratendufts in die eisige Luft. »Gut«, sagte er. »Wir sind bald da.« Er reichte jedem einen Becher mit leckerer Suppe und etwas Brot und ließ die Esel anhalten.

»Müssen wir unbedingt halten?«, fragte Gaia. »Wir können doch essen, während wir weiterfahren.«

Doch Rackin wollte nichts davon wissen.

»Die Esel brauchen eine Pause«, sagte er. »Ihr steht schließlich nur herum, während sie uns alle ziehen müssen, und das ist wahrlich keine leichte Aufgabe, wenn ein dicker Kerl wie ich an Bord ist.«

Die Esel machten sich über das störrische Gras neben dem Treidelpfad her. Gaia und Tal pusteten in den Dampf, der aus ihren Bechern aufstieg, und nippten vorsichtig an der heißen Suppe. Sie schmeckte herrlich und nach unbekannten Gewürzen. Während des Essens begann Rackin wieder zu erzählen. »Der breitere Weg, der am Fluss entlangführt, ist die alte Straße nach Trebburn, die allerdings einen großen Bogen um die Hügelkette dort machen muss.« Er deutete hinter sie, an eine Stelle, wo der Fluss noch unterhalb der Klippen entlangfloss. »Doch dann hatte jemand die schlaue Idee, dass man sich diesen Abschnitt ersparen und das Gold in der halben Zeit nach Trebburn bringen konnte, wenn man quer durch die Hügel ging. Deshalb wurde der Kanal gebaut. Muss ein Vermögen gekostet haben, aber das hat sich damals natürlich gelohnt. Und jetzt können wir dank des Kanals Braggleys zweitägigen Vorsprung hoffentlich wettmachen, und ihr könnt eure Mutter noch einmal sehen, bevor sie verkauft wird.«

Dieser Gedanke tat Gaia fast körperlich weh und sie schloss für einen Moment die Augen. »Können wir bitte weiterfahren, John?«, sagte sie.

»Natürlich.« Er lächelte sie an. »Auf, ihr Faulpelze, ihr habt genug gemampft!«, rief er dann in Richtung Ufer. Die Esel hoben ihre Köpfe und trotteten brav, obschon gemächlich, los. Rackin brachte das Geschirr in die Kabine und kam wenig später mit einem Korb zurück. »Hier«, sagte er. »Nehmt euch einen.«

Gaia griff in den Korb und nahm etwas heraus, das glatt und rund war und rot und grün glänzte. »Was ist das?«, fragte sie.

»Ein Apfel natürlich. Hast du etwa noch nie ...?« Rackin lachte, während er gleichzeitig die Stirn in Falten legte. »Auf, koste mal!«

Gaia biss hinein und war verblüfft über den kühlen, süßen Saft und das knackige Fruchtfleisch. Rackin beobachtete sie, amüsiert und sichtlich erfreut über das andächtige Gesicht, das sie während des Kauens machte. Doch gleichzeitig wurde ihm auch mit Schrecken klar, wie wenig diese Kinder von der Welt wussten. Gaia schien etwas Ähnliches durch den Kopf zu gehen, denn sie fragte plötzlich: »John, kannst du uns nicht bitte den ganzen Weg bis nach Freehaven bringen?«

»Ich habe euch doch schon gesagt, dass ich keine Lizenz habe.«

»Das verstehe ich nicht. Was ist eine Lizenz?«

»Alle Händler müssen eine Lizenz kaufen, jedes Jahr von Neuem. In je weiterem Umkreis man Handel treiben will, desto teurer ist diese Lizenz. Ich arbeite in den Bergen und bis hinunter nach Trebburn. Mehr konnte ich mir nie leisten. – Halt, warte, das Kerngehäuse solltest du nicht essen.« Er nahm Gaia den Rest des Apfels aus der Hand. »Das Innere schmeckt nicht so gut«, erklärte er ihr. »Gib es einem der Esel, die mögen es.«

»Oh.« Sie lächelte verlegen und dabei trafen sich ihre und Tals Augen. Sein Gesichtsausdruck spiegelte ihre eigenen Gefühle wider, Verwirrung und auch etwas Angst: Wenn schon das *Essen* so kompliziert war, wie würden sie dann je ohne John zurechtkommen?

Auf dem restlichen Weg durch das windige Moorland blieb Gaia stumm und in sich gekehrt, bis sie oben auf einem langen, abwärtsführenden Hang ankamen. An dessen Fuß erstreckte sich ein weites Tal, das in der Ferne von einer flachen Hügelkette gesäumt war.

»Dahinten liegt Trebburn!« Rackin zeigte auf die andere Seite des Tals. »Unter den Hügeln dort. Wenn wir erst einmal unten sind, ist es noch etwa eine Tagesreise, aber *bis* wir unten sind, dauert es noch ganz schön lange.«

Direkt vor ihnen floss der Kanal nun den Hügel hinunter, und Gaia starrte verdutzt auf etwas, das wie große Stufen aussah.

»Die Schleusen«, erklärte Rackin.

Sie kletterten vom Boot und gingen zum Tor an der obersten Schleuse. »Wie funktioniert es?«, wollte Tal wissen.

»Ganz einfach«, sagte John. »Man schließt die Tore dort hinten und die Kammer füllt sich mit Wasser. Dann steuert man das Boot hinein und öffnet die Schleusentore. Wenn sich die Schleuse leert, senkt sich das Boot und gelangt auf die tiefer liegende Ebene. Es ist einfach, braucht aber seine Zeit. Bis wir unten sind, ist der Nachmittag vorbei. Komm, Tal, ich zeige dir, wie man die Tore dahinten schließt.«

Sie begleiteten John zum ersten Schleusentor, wo er das schwere Rad drehte, um die alten, durchnässten Holztore zu schließen. Dann traten sie einen Schritt zurück und schauten zu, wie das dunkle Wasser in die schmale Kammer rauschte und langsam an den glitschigen Wänden hinaufstieg.

»John«, sagte Gaia. »Du hast vorhin gesagt, dass man diese Handelslizenzen kaufen muss. Warum eigentlich? Und von wem?«

»Warum? Weiß der Kuckuck. Ist einfach so. Und von wem? Natürlich vom Monarchenbund. Und jetzt los, die Kammer ist gleich voll, wir können aufs Boot zurückgehen.«

Er ging am Ufer entlang, und Gaia hatte Mühe, mit ihm Schritt zu halten. »Was ist dieser Monarchenbund?«

Er blieb abrupt stehen und starrte sie mit offenem Mund an. Verwundert blickte er von Gaia auf Tal, die ihn beide fragend anblinzelten.

»Ihr wollt doch nicht im Ernst …« Auf seinem eben noch verdutzten Gesicht zeigte sich ein breites Grinsen. »Ah, ich verstehe. Das sollte ein Witz sein, nicht wahr? Ha, ich wäre beinahe darauf hereingefallen …« Sein Grinsen erlosch wieder. »Ähm, es war kein Witz, richtig? Ihr wisst wirklich nicht … Ihr habt wirklich noch nie von ihnen gehört?«

Die Kinder wechselten einen betroffenen Blick und schüttelten dann den Kopf.

»Ich fasse es nicht.« Er stieß laut hörbar die Luft aus. »Ich fasse es nicht«, wiederholte er. »Moment, lasst mich kurz überlegen. Es ist nicht ganz einfach … es zu erklären. Bringen wir die erste Kammer hinter uns, während ich mir die Antwort überlege.« Sichtlich froh, dass er sich einen kleinen Aufschub verschafft hatte, schickte er Gaia wieder an Bord, trieb die Esel an und schaute zu, wie Gaia das Boot vorsichtig in die Schleusenkammer lenkte. »Gut. Tal, du kommst mit mir …« Er zeigte ihm, wie man die oberen Tore wieder schloss, und dann, wie man die Schleusentore am anderen Ende der Kammer öffnete, sodass das Wasser langsam abfließen konnte. Rackin und Tal setzten sich neben die Schleuse und beobachteten, wie das Boot mit dem abfließenden Wasser tiefer sank. Währenddessen begann Rackin mit seinen Erklärungen, so laut, dass auch Gaia, die am Ruder stand, ihn trotz des Wasserrauschens hören konnte.

»Der Monarchenbund ... habt ihr wirklich noch nie von ihm gehört?«

»Ich kann mich nicht erinnern«, sagte Gaia, während Tal den Kopf schüttelte.

»Das würdest du, wenn du jemals von ihnen gehört hättest«, sagte Rackin mit grimmiger Miene. »Der Monarchenbund der Lords der Freiheit. So lautet ihr voller Titel, aber das Volk nennt sie meist nur den Monarchenbund. Sie ... nun ja, sie herrschen über Assalay. Dreizehn Lords. Jedem von ihnen gehört ein anderer Teil des Landes und sie treiben Steuern ein und Tribute und ...«

»Parhelion«, sagte Gaia, mehr zu sich selbst.

»Was?«

»Parhelion«, rief sie hinauf, denn das Boot war inzwischen ein gutes Stück tiefer gesunken. »Er ist in der Mitte von Brumas zu uns gekommen und hat von jedem Tribut verlangt. Wir mussten ihm unser letztes Gold geben und er hat auch Ziegen und Sklaven mitgenommen. Unseren besten Freund nahm er auch mit. Ist *er* einer dieser Lords?«

Rackin nickte. »Ja. Und wenn ihr *ihn* kennt, könnt ihr euch auch die anderen vorstellen.« Er blickte sich nervös um, als habe er etwas Verbotenes gesagt und befürchte, er sei belauscht worden. Doch die winterlichen Hügel mit den struppigen, dürren Grashalmen und den wenigen verkümmerten Bäumen lagen einsam und verlassen da. »Sagt es ja nicht weiter, verstanden?« Er erhob sich. »Komm, Tal, wir müssen die unteren Tore öffnen, dann haben wir die erste Hürde geschafft. Es kommen aber noch zwanzig weitere ...«

Schleuse um Schleuse arbeiteten sie sich so von einem Niveau zum nächsten, immer tiefer und tiefer. Der Winternachmittag zog sich um sie zusammen, der Himmel hinter den Wolken, die hin und wieder einen leichten Schneeregen durch das Tal peitschten, verdunkelte sich. Während Rackin sich mit den großen, eingerosteten Rädern abmühte, mit denen die Schleusentore geöffnet und geschlossen wurden, und sie darauf warteten, dass das Wasser in die Kammern strömte und wieder abfloss, erzählte er den Kindern alles, was er über den Monarchenbund wusste. »Wie lange die Lords schon regieren? Na, schon immer, denke ich. Seit mehreren hundert Jahren bestimmt. Ich habe noch nie gehört, dass Assalay jemals andere Herrscher gehabt hätte … Außer Parhelion? Nun, da sind …« – er nahm seine Finger zu Hilfe und zählte die Namen so mühelos auf, als hätte er eine Liste im Kopf, die er niemals vergessen würde – »Teredo, Lanneret, Helminth, Malander, Sallender, Philemot, Demersal, Baladin und Querimon, Hallion, Anserin und Filarion. Aber das Wichtigste ist, und es ist wirklich sehr, sehr wichtig …« Er vergaß einen Moment lang, das Rad weiterzudrehen, und schaute sie ernst an. »Lasst euch niemals, wirklich niemals, dabei erwischen, dass ihr etwas Schlechtes über einen der Lords sagt. Auch wenn ihr felsenfest davon überzeugt seid, dass Parhelion ein Feigling oder ein Stutzer oder ein Tyrann ist, sagt es ja zu niemandem – selbst wenn ihr glaubt, eurem Gegenüber vertrauen zu können. Der Monarchenbund bezahlt jeden gut, der ihnen einen Verräter meldet –, und in ihren Augen gilt es schon als Verrat, sich über sie lustig zu machen.«

Es begann bereits zu dämmern, als sie endlich am Fuß des Hügels ankamen. »So, das reicht für heute«, sagte Rackin. Er ließ die Esel anhalten und sprang ans Ufer, um das Boot zu vertäuen.

»Oh, nein, bitte, lass uns weiterfahren!«, protestierte Gaia.

»Die Esel brauchen eine Pause«, sagte Rackin. »Und ihr auch. Schau dir Tal an; ihm fallen gleich die Augen zu.«

Auf Gaias vorwurfsvollen Blick hin rieb ihr Bruder sich sofort die Augen und sagte tapfer: »Nein, alles in Ordnung. Meinetwegen können wir weiterfahren.«

»Bitte, John!«, sagte Gaia flehentlich.

Er blieb am Ufer stehen, das schwere Tau in der Hand, und seufzte. »Na schön, noch ein Stück. Aber nicht sehr weit, lasst es euch gesagt sein. Und wer nicht am Ruder steht, muss zu Fuß gehen. Ich möchte nicht, dass die beiden da …«, er deutete mit dem Kinn auf Mabel und Josephine, »... mehr Gewicht ziehen müssen als unbedingt nötig.«

»Gut, ich gehe zu Fuß«, sagte Gaia. In der dichter werdenden Dunkelheit ging sie tapfer auf dem Treidelpfad neben Rackin her und war froh, dass seine massige Gestalt sie halbwegs vor dem Wind und dem Schneeregen schützte. Erst als es ganz dunkel wurde und der Mond von den Schneewolken verdeckt wurde, zündete Rackin die Laterne am Bug an. Es war fast ein hypnotisierender Anblick, wie das Licht auf dem Wasser und auf den silbergrauen Rücken der beiden Esel glänzte.

Gaia hätte nicht sagen können, wie spät es war, als sie sich einem unbeleuchteten Farmhaus näherten, das sich vor ihnen in der Dunkelheit abzeichnete. »Hier halten wir an«, sagte John mit Bestimmtheit und diesmal widersprach Gaia nicht. Mit einem Seufzer der Erleichterung nahm Tal seine halb erfrorenen Finger vom Ruder. In der stickigen kleinen Kabine legten sie ihre eiskalten Hände um Tassen mit süßem, heißem Tee mit Honig und Gewürzen. Zu müde, um noch viel zu essen, wickelten sie sich in dicke Decken und legten sich auf den Kabinenboden. John löschte die Laterne, und Gaia konnte durch das kleine Fenster sehen, dass sich die Wolken verzogen hatten. Der Mond schien von einem klaren Himmel auf sie herab. Doch es war Aquilon, der grausame Gott des Winters, und sie war sich nicht sicher, ob von seinem strengen Blick viel Trost oder gar Hoffnung zu erwarten war.

Als sie im grauen Licht des Morgens erwachte, fragte Tal eifrig: »Wo ist John? Meinst du, wir bekommen ein Frühstück? Ich bin am Verhungern.«

»Weiß nicht.« Sie schälte sich aus ihrer Decke und öffnete die Kabinentür. John stand am Ufer des Kanals und schaute zu dem Haus hinüber, das sie am Vorabend im Dunkeln schon gesehen hatten. Es lag noch immer wie tot und verlassen da, auch jetzt, am frühen Morgen: Die Fensterläden waren geschlossen und eine fast unheimliche Stille umgab es.

»Kit!«, rief John. Als keine Antwort kam, schüttelte er den Kopf und verzog das Gesicht. Gaia und Tal kletterten vom Boot und gingen zu ihm. Er streifte sie nur mit einem kurzen Blick und rief erneut: »Kit!« Als wieder keine Antwort kam, brummte er: »Verdammt!«, und ging um das Haus herum. Hinter dem Farmhaus lag ein kalter, leerer Hof, von einer großen Scheune überschattet und einer niedrigen Steinmauer umgeben. In der Steinmauer war ein Tor, das auf trostlose, unter Wasser stehende Felder führte. Rackin hämmerte an die Hintertür und rief erneut: »Kit? Mercy?« Aber wieder verhallte sein Rufen ungehört. Außer den Wassertropfen, die mit einem beständigen Tröpfeln von dem Dachvorsprung in den Schlamm platschten, war nichts zu hören. Er stieß die Scheunentür auf, doch dahinter sah man nichts als einen düsteren, hohen, komplett leeren Raum. »Verdammt!«, sagte Rackin nun schon zum zweiten Mal. Er machte die Tür wieder zu und wandte sich an die Kinder. »Kommt«, sagte er, »wir gehen. Sie sind nicht mehr da.« Sie folgten ihm über den matschigen Untergrund wieder zum Kanal. Als das Boot ablegte, warf er einen letzten Blick auf das Haus.

»John«, sagte Gaia zögernd. »Was ist los?«

»Sie sind gute Freunde von mir, Kit und Mercy«, erklärte er. »Sie haben diese Farm seit Jahren bewirtschaftet, Kit hat sie von seinem Vater geerbt. Reich wurden sie nicht dadurch, aber sie konnten einigermaßen gut leben. Doch dann, dieses Jahr – ihr werdet es oben im Gebirge nicht gemerkt haben, aber hier unten war das Wetter scheußlich. Mehr noch, komisch. Bizarr. So schlimm, wie wir es noch nie erlebt haben.«

»Die Drachen kamen dieses Jahr sehr viel früher als sonst von den Gipfeln«, sagte Tal.

»Und im Sommer war es so gut wie immer bewölkt«, fügte Gaia hinzu. »Ich konnte fast nie nach unten, ins Flachland, schauen.«

»Sie hat ständig nach unten geschaut«, erklärte Tal. »Gaia wollte schon immer wissen, wie es hier unten aussieht.«

Rackin stieß ein kurzes, bitteres Lachen aus. »Na, dann kannst du dich jetzt ja freuen. Für die Farmer war dieser Sommer jedenfalls eine Katastrophe – es gab nichts zu ernten.«

»Das hast du uns gesagt, als du damals zum Melisto-Markt gekommen bist.«

»Ja, ich war ziemlich schlechter Laune an jenem Tag«, erinnnerte sich Rackin. »Ich kam gerade von hier, wisst ihr. Ich war bei Kit und Mercy, um Getreide zu kaufen, das ich bei euch oben verkaufen wollte. Und als ich hier ankam, musste ich erfahren, dass sie gerade Besuch von ihrem Lord gehabt hatten …«

»Parhelion?«, wollte Gaia wissen.

»Lanneret.« Er machte ein finsteres Gesicht. »Kein bisschen besser. Er hatte ihnen natürlich die üblichen Steuern abverlangt, ohne Rücksicht darauf, dass ihre Ernte wesentlich geringer ausgefallen war als sonst.« Er warf einen letzten, traurigen Blick auf die verlassene Farm. »Ich war seither noch einige Male bei Kit und Mercy. Ich wusste, dass es nicht gut um sie stand, aber dass sie *so* verzweifelt waren, habe ich nicht geahnt …«

»Wo sind sie hingegangen?«, fragte Tal.

Rackin zuckte mit den Schultern. »Keine Ahnung, in die Stadt vermutlich. Entweder nach Trebburn oder noch weiter weg, wie alle Farmer, die aufgeben müssen.« Er schwieg kurz, ehe er hinzufügte: »Ich hätte etwas tun sollen …«

»Du hast es doch gar nicht gewusst«, versuchte Gaia ihn zu trösten, doch er erwiderte: »Ich wusste genug. Ich hätte es verhindern sollen.« Er steuerte das Boot etwas näher ans Ufer. »Übernimmst du das Ruder? Ich muss ein Stück zu Fuß gehen.« Er kletterte an Land und die Kinder sahen seine massige Bärengestalt mit gesenktem Kopf unter dem gefrorenen Himmel vor ihnen herstapfen.

Nach einer Weile drehte er ihnen den Kopf zu und rief: »Ich hab ganz vergessen, euch ein Frühstück zu machen, stimmt's?«

»Ja«, rief Tal. »Ich hab so einen Hunger!«

»Tut mir leid«, sagte Rackin lachend. Er kam wieder an Bord und servierte ihnen ein verspätetes Frühstück, bestehend aus Tee und Brot. Sie fuhren inzwischen durch eine ausgedehnte Ebene und konnten im Norden eine Straße und den Fluss sehen. Gaia schaute sich fast die Augen aus, doch die Straße war menschenleer. Welche Enttäuschung! Insgeheim hatte sie gehofft, die Sklavenhändler seien noch mit den Gefangenen unterwegs.

Als habe er ihre Gedanken erraten, sagte Rackin: »Sie sind inzwischen sicher längst in Trebburn, Gaia. Ihr Vorsprung war einfach zu groß. Jetzt können wir nur noch hoffen, dass wir rechtzeitig ankommen, bevor sie verkauft werden.«

Das Boot schob sich quälend langsam durch die Ebene. Tal war so nervös, dass er den ganzen Nachmittag zu Fuß ging: Weil er schneller als das Boot war, musste er immer wieder ungeduldig auf dem Treidelweg warten, bis die anderen ihn endlich eingeholt hatten, um dann schnell weiterzumarschieren. An Bord stützte sich Gaia mit den Händen auf das Kabinendach und schaukelte ungeduldig hin und her, als könnte sie das Boot mit diesen Bewegungen schneller machen. Doch es nützte nichts.

Dann, als das Nachmittagslicht allmählich zu verblassen begann, sah sie, dass die Hügel inzwischen sehr viel näher waren und ihre kalten Schatten auf sie warfen. Der Kanal floss hier nach Süden, an den Hügeln vorbei, und die Straße und der Fluss näherten sich von Norden her und führten dann am Kanal entlang. Sie fuhren unter den Mauern einer verlassenen Stadt vorbei, die oberhalb des Flusses auf einem Felsvorsprung lag.

»Das ist Trebburn Magna«, erklärte John. »Hier fand früher der Goldhandel statt, aber das ist schon viele Jahre her. Inzwischen ist die Stadt verlassen.« Er deutete stromabwärts. Vor ihnen in der Ferne waren die dicht zusammengedrängten Dächer und Mauern einer kleineren Stadt zu sehen. »Und das dort ist Trebburn Parva. Wenn wir uns beeilen, schaffen wir es noch vor Einbruch der Dunkelheit.« Auf einmal kam wieder Leben in ihn. Er sprang vom Boot, rannte zu den Eseln und trieb die Tiere an, die widerwillig zu traben begannen. »Auf, bewegt euch, ihr Faulpelze!«

Das Boot glitt nun etwas schneller durchs Wasser und Rackin lief den ganzen Weg nach Trebburn voraus und zog die Esel mit sich. Kurz vor der Stadt kamen ihnen einige Karren mit geschlossenem Verdeck entgegen, und Tal, der neben Rackin herlief, sah, dass sich dessen Gesicht verfinsterte. Doch er war zu schüchtern und atemlos, um nach dem Grund zu fragen. Es war schon spät am Nachmittag, als sie an einem Landungssteg in der Stadtmitte ankamen. Rackin vertäute das Boot in aller Eile, warf den Eseln einen Armvoll Stroh hin und nahm die Kinder dann an der Hand.

»Kommt!«, sagte er. Sie rannten durch ein Labyrinth aus engen Gassen, verdreckt unter ihren Füßen und dunkel über ihren Köpfen, weil die Häuser so dicht aneinandergebaut waren. Nachdem sie um mehrere Ecken gebogen waren, gelangten sie zu einem großen Marktplatz im Zentrum der Stadt. Hier erst blieben sie stehen und die Kinder schauten sich mit großen Augen um. Rackin ließ ihre Hände los, sank in sich zusammen und schüttelte den Kopf.

7. Kapitel
Trebburn Parva

Es tut mir leid«, sagte er. »Wir kommen zu spät. Es tut mir ja so leid.« Wütend schlug er mit der Faust an den morschen Holzbalken eines alten Hauses.

Gaia trat einen Schritt vor. Der Platz hatte die Form eines großen Ovals und war von alten Häusern umgeben, die so schief standen, als wären sie zusammengesackt und müssten sich nun gegenseitig stützen. Während Gaia sich noch umschaute, kamen einige Leute, die sich angeregt und lachend unterhielten, aus einer Seitenstraße und überquerten den Platz. Ein paar andere standen herum, in dicke Mäntel eingepackt und dicht beieinander, um sich vor den Schneegestöbern zu schützen, die hin und wieder über den Platz fegten. Am anderen Ende des Platzes hatte sich eine kleine Gruppe vor einer hölzernen Plattform versammelt. Es herrschte noch so viel Betrieb, dass Gaia Rackin fragte: »Woher weißt du das? Woher willst du wissen, dass wir zu spät kommen?«

»Dort ist der Marktbereich.« Er deutete auf einen abgezäunten Bereich, der durch Trennwände in etwa ein Dutzend kleinere Verschläge unterteilt war. Gaias Herz sank. Im Gegensatz zum Rest des Platzes war der Marktbereich vollkommen leer, die Verschläge lagen verlassen da. Enttäuscht ging sie darauf zu, Rackin und Tal folgten ihr. Gaia lehnte sich an den Zaun und starrte auf die Abtrennungen.

»Es tut mir leid, Gaia«, wiederholte Rackin.

Gaia klammerte sich an den letzten Strohhalm, der ihr noch blieb. »Vielleicht sind sie irgendwo in der Nähe. Vielleicht wurden sie noch gar nicht verkauft.«

Er seufzte. »Kann sein«, sagte er, doch sie spürte, dass er das nicht glaubte. Er deutete auf eine grüne Flagge, die über dem Marktbereich wehte. »Allerdings hängt diese Fahne nur an Markttagen. Das bedeutet, dass heute definitiv ein Markt abgehalten wurde. Und ich wette, dass Braggley seine Gefangenen keinen Tag länger als nötig behält.«

Gaia fuhr mit dem Finger über eine der Zaunlatten, über das feuchte, kühle, morsche Holz. Erst jetzt wurde ihr bewusst, wie verzweifelt sie sich an die Hoffnung geklammert hatte, ihre Mutter hier zu finden. Sie war sich so sicher gewesen, sich bei ihr entschuldigen und sie ein letztes Mal umarmen zu können. Enttäuscht schloss sie die Augen, ließ ihre Hand über die oberste Latte eines Verschlags gleiten und stellte sich ihre Mutter vor, wie sie über den groben Stoff ihres Schals strich, ihr warmes Handgelenk anfasste.

»Dann war alles umsonst. Da können wir gleich wieder nach Hause gehen.« Tals Stimme klang resigniert, und Gaia öffnete die Augen wieder, um ihn anzuschauen. Er wirkte so klein und verloren. Auch er hatte offenbar fest damit gerechnet, seine Mutter noch einmal sehen zu können. Tröstend legte sie ihm einen Arm um die Schultern.

»Nun ja«, sagte Rackin. »Das macht die Sache natürlich schwieriger.« Er blickte sich um und seine Miene hellte sich auf. »Wartet mal kurz!« Entschlossen ging er auf die Mitte des Platzes zu, drehte sich noch einmal zu ihnen um und rief: »Bleibt ja da stehen!« Die Kinder sahen, dass er auf eine der Gruppen zuging und einen Mann am Arm fasste. Angeregt unterhielten sich die beiden und drehten dabei hin und wieder die Köpfe, um zu Gaia und Tal herüberzuschauen, doch es war unmöglich zu erraten, worüber sie redeten.

»Was hat er vor?«, fragte Tal.

»Woher soll ich das wissen«, sagte Gaia unwirsch, fügte dann aber seufzend hinzu: »Entschuldige …«

Die Dunkelheit nahm zu, nur vier helle Lichtpunkte erstrahlten: An den vier Zugängen zum Platz – Norden, Süden, Osten und Westen – hingen runde Laternen, die wie kleine Monde leuchteten. Darüber flatterten lange, smaragdgrüne Banner, deren Farbe in der zunehmenden Dunkelheit im Schein der Laternen zu glühen schien.

Die erhöhte Plattform, vor der sich eine Menschenmenge eingefunden hatte, befand sich unter der Laterne in der Nähe des nördlichen Eingangs. Dort schien etwas vor sich zu gehen, denn Gaia sah plötzlich zwei Gestalten auf die Bühne klettern. Sie trugen lange, fließende Gewänder, weiß und silbrig, und schwere silberne Kronen. Ihre Gesichter waren hinter grausam aussehenden Masken verborgen, mit brutalen Augen und blutigen Mündern. Reglos standen sie da, nachdem sie ihren Platz auf der Bühne eingenommen hatten. Ein leiser Trommelwirbel setzte ein, untermalt von einer langsamen, schwermütigen Melodie, schnarrend und klagend.

Tal hob den Kopf. »Was ist das?« Er ging der Musik entgegen und Gaia folgte ihm über den Platz. Sie schlängelten sich an den Umstehenden vorbei, bis sie direkt vor der Bühne standen. Tals Aufmerksamkeit galt den Musikanten: einem Trommler, einem Flötenspieler und einem Geiger. Solche Instrumente hatte er noch nie gesehen und deshalb stand er fasziniert da und sperrte Mund und Augen auf.

Gaia hatte für die Musikanten nur einen kurzen Blick übrig, denn das, was nun auf der Bühne geschah, fand sie sehr viel spannender.

Gleich nachdem die Musik eingesetzt hatte, hatten die beiden Gestalten begonnen, sich mit bedrohlich aussehenden Gesten zu bewegen. Tanzend umkreisten sie einander, die Gesichter den Zuschauern zugewandt, und ließen die hölzernen Schwerter, die sie in jeder Hand hielten, durch die Luft sausen. Sie wirbelten ihre Waffen immer schneller und wilder herum, und die bemalten Klingen flogen zwischen ihnen aneinander vorbei, ohne sich auch nur ein einziges Mal zu berühren. Auf einmal spritzte Blut durch die Gegend: Nein, es war natürlich kein Blut, es waren dünne Bänder, blutrote, wehende Bänder, die durch die Luft, über die Bühne und über den Rand bis zu den Zuschauern flatterten.

Die Tänzer hielten sich fest und hoben triumphierend ihre Schwerter, doch nicht für lange. Von allen Seiten kamen nun weitere Tänzer auf die Bühne. Sie trugen orangefarbene, rote und gelbe Kleidung und schwenkten fließende Tücher in den jeweils passenden Farben, die wie Flammen wogten. Die beiden Tänzer mit der Krone umklammerten sich voller Verzweiflung und drehten sich hierhin und dorthin. Sie versuchten zu fliehen, und obwohl das ganze Schauspiel ohne Worte ablief, wusste Gaia, dass es für sie keinen Ausweg gab, und tatsächlich sanken sie wie leblos zu Boden, während die roten, orangefarbenen und gelben Flammentücher über ihren Köpfen wogten …

»He, was macht ihr da?« Rackins Stimme klang ungewohnt barsch. Er legte Gaia eine Hand auf die Schulter und packte Tal am Arm.

»Entschuldige, John.« Gaia merkte, dass er eher besorgt als wütend war. »Wir wollten nur sehen …« Sie deutete hinter sich zur Bühne. Tal starrte noch immer wie gebannt auf die Musikanten. Ihre Musik hatte sich inzwischen verändert, von bedrohlich zu triumphierend.

»Ich hatte euch doch gesagt, dass ihr euch nicht vom Fleck rühren dürft«, sagte Rackin. »Es ist zu gefährlich für euch, auf eigene Faust unterwegs zu sein. Sklavenhändler schnappen sich jedes Kind, das sie kriegen können. Ihr bleibt ab jetzt immer bei mir, verstanden?«

Gaia nickte und stupste Tal an, der seinen Blick nur widerwillig von den Musikanten löste und geistesabwesend sagte: »Ja, gut. Entschuldigung.«

Sie blieben stehen und schauten sich auch das Ende an. Die Musik schwoll zu einem siegreichen Crescendo an; neue Bänder in allen Farben wehten nun über den roten und gelben: Blau, Grün, Purpurrot, Schwarz, Scharlachrot und Gold. Danach nahmen die Gestalten mit der Krone ihre Masken ab und verbeugten sich vor dem Publikum. Sie sprangen von der Bühne, die Banner, Tücher und Bänder wurden weggeräumt, und plötzlich war alles verschwunden.

»Was war das?«, fragte Gaia.

»Ach, nur eine Art Tanz«, erklärte ihr Rackin.

»Ja, aber was sollte er bedeuten? Wer waren diese Leute mit den Masken? Und sollten die Bänder am Ende ein Feuer darstellen?«

»Keine Ahnung. Ich glaube nicht, dass das Ganze irgendeine Bedeutung hatte.« Er führte die Kinder durch die Menschenmenge.

»Wohin gehen wir?«, fragte Gaia.

»Etwas essen. Und hoffentlich kann ich auch ein paar Erkundigungen einholen.«

Gaia blickte sich um. Inzwischen war es Abend geworden und der große Platz lag im Dunkeln. Nur die prächtigen grünen Fahnen hingen noch da, blähten sich im Wind, den der Schneeregen mit sich gebracht hatte, und glänzten im Schein der Laternen.

»Wofür sind diese Fahnen da?«, fragte sie.

»Es ist Lannerets Stadt«, antwortete Rackin. »Das ist seine Standarte.«

Als er sah, dass Gaia fröstelte, sagte er: »Wir müssen schauen, dass wir aus der Kälte herauskommen.« Er führte sie durch das Labyrinth der verwinkelten Gassen, zurück in die Richtung, aus der sie gekommen waren. Tal summte auf dem ganzen Weg eine Melodie vor sich hin, die die Musikanten vorhin gespielt hatten.

Ein Lächeln huschte über Rackins Gesicht. »Ah, das singt ihr oben im Gebirge auch, nicht wahr?«

»Nein.« Tal hörte auf zu summen. »Ich habe diese Melodie noch nie zuvor gehört.«

»Dann musst du sehr musikalisch sein«, sagte Rackin und blieb vor einem hell erleuchteten Haus stehen. Die anderen Gebäude, an denen sie vorbeigekommen waren, waren nur spärlich erleuchtet gewesen, im Inneren hatte höchstens eine Kerze oder eine einzelne Lampe gebrannt. Doch aus diesem Gebäude hier strömte das Licht aus allen Fenstern auf die schmutzige Straße und auch lautes Gelächter und angeregte Gesprächsfetzen drangen heraus. Über der Tür schaukelte quietschend ein verblasstes Schild, auf das ein Drache gemalt war.

Bevor sie das Haus betraten, wandte sich Rackin noch einmal an die Kinder.

»Ich nehme an, dass wir Braggley hier finden. Mal sehen, was ich ihm aus der Nase ziehen kann. Falls jemand fragt – ihr gehört zu mir. Das ist wichtig. Verstanden?«

Sie nickten beklommen. Rackin stieß die Tür auf und ließ seinen Blick durch den überfüllten Raum schweifen.

»Er ist da. Ich werde Tipsy bitten, euch in der Küche etwas zu essen zu geben, während ich mich mit ihm unterhalte.« Mit Schultern und Ellbogen schob er sich durch die laute Gästeschar. Gaia und Tal blieben immer dicht hinter ihm, auch als er in einen Flur ging und von dort aus in die Küche, einen niedrigen, heißen Raum, in dem ein riesiger Herd stand. Auf diesem Herd waren mehrere Töpfe, aus denen die köstlichsten Düfte und Dämpfe strömten, die einem das Wasser im Munde zusammenlaufen ließen. Eine junge Frau mit blonden, unordentlich gekämmten Haaren, die ihr verschwitzt ins Gesicht hingen, ging von Topf zu Topf, um hektisch umzurühren.

»Tipsy!«, rief Rackin. Die junge Frau zuckte zusammen, doch als sie ihn erblickte, lächelte sie erfreut. »Hallo, Mister R.«

Er lächelte zurück. »Kannst du dich bitte um meine beiden kleinen Freunde hier kümmern? Wir haben eine lange Reise hinter uns. Ich bin mir sicher, dass sie schrecklich gern etwas zu essen hätten und sich ans Feuer setzen würden.«

»Kein Problem.« Sie strahlte ihn an. »Geht klar, Mister R. Ich kümmere mich um sie. Setzt euch hier an den Herd, Kinder, und wärmt euch auf. Es ist bitterkalt da draußen, nicht wahr? Wie heißt ihr? – Wie? Tal … und Gaia.« Sie sprach die ungewohnten Silben nach. »Lustige Namen.«

»Tatsächlich?« Gaia und Tal blickten sich überrascht an.

»Mhmm.« Die junge Frau dachte kurz nach, dann lächelte sie wieder. »Aber egal. Namen sind schließlich nur Schall und Rauch, nicht wahr?« Gleich zu Beginn des Gesprächs hatte sie nach zwei Tellern gegriffen und Brot und Butter auf den Tisch gestellt. Dann häufte sie dunkelgrüne Blätter auf die Teller und je eine Scheibe Fleisch. Zögernd begannen die Kinder zu essen, überrascht über den ungewohnten Geschmack. Die junge Frau setzte sich ihnen gegenüber, stützte das Kinn auf die Hand und lachte sie an.

»Habt ihr etwa noch nie *Speck* gegessen? Hier, probiert das mal!« Und schon überhäufte sie sie mit Speisen, die sie noch nie gegessen hatten, sodass ihnen vor lauter Neuem fast schwindelig wurde.

Die junge Frau wandte sich gerade von der Anrichte ab, mit kleinen roten Früchten in der Hand, als sich ihr Gesicht plötzlich bewölkte und das belustigte Funkeln in ihren Augen auf einen Schlag erlosch. Ein stämmiger, vornehm gekleideter Mann mit einer tiefen Narbe auf der Wange stand unter der Tür. Schwankend betrat er die Küche, ließ sich gegenüber von Gaia und Tal auf einen Stuhl fallen, lehnte sich zurück und vergrub die Hände in den Taschen.

»Abend, Tipsy«, sagte er lässig.

»Abend, Sir … Mr Braggley«, stammelte Tipsy.

Braggley? Gaia spürte eine unbändige Wut in sich aufsteigen, und sie merkte, dass Tal neben ihr unter dem Tisch die Fäuste ballte. Als sie den Kopf hob, sah sie Braggleys Blick auf sich ruhen und begann innerlich zu zittern. Er musterte sie und Tal mit einem schwachen, amüsierten Interesse.

»Wer sind deine kleinen Freunde da, Tipsy?«, fragte er.

Die Angesprochene begann wieder zu stammeln: »Sie … ähm, sie …«

Kopfschüttelnd wandte er sich direkt an Gaia: »Erzähl, wer seid ihr?« Mit einem Blick auf Tal fügte er hinzu: »Du da erinnerst mich an jemanden …«

»Sie gehören zu mir.« Rackin war zurück, stand unter der Tür, und Gaia spürte, wie sich ihre Gliedmaßen vor Erleichterung entkrampften. Rackin durchquerte die Küche und legte jedem Kind beschützend eine Hand auf die Schulter. Braggley beäugte ihn misstrauisch.

»Wo hast du sie her?«

»Bekam ich als Bezahlung«, erklärte Rackin knapp und wandte sich an Gaia und Tal. »Schon gegessen, Kinder?« Gaia nickte, noch immer mit trockenem Mund, und er sagte: »Gut, dann können wir gehen.«

Braggley erhob sich ebenfalls, lehnte sich an den Türrahmen und versperrte ihnen den Weg.

»Willst du sie nicht verkaufen, Rackin? Ist schließlich nicht gerade …«, er lachte, »… dein Geschäftszweig.«

Rackin schüttelte nur den Kopf und machte einen Schritt auf die Tür zu, doch Braggley rührte sich nicht von der Stelle.

»Komm, ich nehme sie dir ab. Ich bezahle dir auch einen guten Preis.«

»Nein.«

»Hab dich nicht so, John«, sagte Braggley und legte eine Hand auf Rackins Arm. »Es ist kein Geheimnis, dass du ein schlechtes Jahr hast. Für die beiden da bekämst du ein hübsches Sümmchen.«

Rackin schüttelte die Hand ab, als habe ihr Besitzer eine ansteckende Krankheit. »Braggley«, sagte er, »dir würde ich selbst in einem schlechten Winter nicht mal eine Kanalratte verkaufen. Und jetzt geh mir aus dem Weg.« Sein Ton war so herausfordernd, dass Braggley sich nach einem letzten, zornigen Blick auf ihn und die Kinder schließlich abrupt umdrehte und die Küchentür hinter sich zuschlug.

Rackin ging durch die Küche und nahm einen langen Schluck aus dem Wasserkrug, der auf dem Tisch stand. »Hab einen schlechten Geschmack im Mund«, erklärte er. Während er sich am Herd die Hände wärmte, sagte er: »Er hat heute definitiv Sklaven verkauft, Dutzende sogar. Deshalb ist im Lokal auch so viel los: Er hat seine Freunde auf einen Umtrunk geladen, um seine guten Geschäfte zu feiern.« Mit einer Grimasse nahm er einen weiteren, langen Schluck aus dem Wasserkrug.

»War es Mutter?«, fragte Gaia. »Mutter und die anderen?«

»Ich denke schon«, sagte Rackin. »Kein Mensch weiß, wo er sie herhatte, aber sie waren dunkelhaarig. Das ist ziemlich ungewöhnlich in unseren Breiten und deshalb ist es allen aufgefallen.« Er ging wieder zur Küchentür und führte die Kinder vor sich her, durch die Hintertür des Gasthauses und in den verwahrlosten Ufergarten. Spiegelbilder des prachtvoll beleuchteten Hauses am gegenüberliegenden Ufer tanzten auf dem Wasser. Nach einem düsteren Blick darauf spuckte Rackin in den Schlamm.

»Und wo ist sie jetzt?«, wollte Tal wissen. »Hast du das erfahren?«

Rackin lachte auf. »Nein«, sagte er. »So weit treibt Braggley es mit seiner Prahlerei nun doch nicht. Manche Sachen behält er lieber für sich und beruft sich auf seine Schweigepflicht. Hier lang!« Matsch spritzte auf, als sie an der Rückseite einiger Häuser vorbei den feuchten Uferweg entlanggingen und den Fluss dann hinter sich ließen, um in eine enge, düstere Gasse einzubiegen.

»Aber …«, stammelte Gaia. »Wie sollen wir sie dann je finden?«

»Keine Angst, es gibt noch andere Möglichkeiten. Hier hinauf!« Rackin verschwand in einem schmalen Durchgang, den Gaia in der Dunkelheit fast übersehen hätte, und rannte im Laufschritt ein paar Stufen hinauf. Oben angekommen, hetzte er die Kinder durch einen Torbogen und dann über einen Hof zu einem breiten Portal. Ungeduldig zog er am eisernen Klingelzug, einmal, zweimal. Im Inneren hörte man jemanden herbeieilen und eine gereizte Stimme rufen: »Immer mit der Ruhe. Ich komme ja schon. Wer will denn mitten in der Nacht …« Die Tür öffnete sich und ein Mann spähte heraus, in der einen Hand ein Buch, in der anderen eine Laterne. Ihr Lichtschein tanzte über die feuchten Pflastersteine.

»Es ist doch erst drei Stunden nach Einbruch der Dunkelheit. Nennst du das wirklich mitten in der Nacht?«, sagte Rackin grinsend.

»John!«, rief der Fremde erfreut aus. »Tritt ein, tritt ein! Und …« Fragend blickte er auf die Kinder.

»Freunde von mir«, erklärte John. »Gaia und Tal.«

Der kleine Mann runzelte die Stirn. »Wie heißen sie?«

»Gaia und Tal«, wiederholte Rackin und legte jedem beschützend eine Hand auf die Schulter. »Und das ist mein alter Freund Penn Scrivers, seines Zeichens Marktaufseher.«

Scrivers begrüßte sie mit einem verwunderten Lächeln und führte sie durch die Diele in einen kleinen Raum, in dem zwei Stühle standen und ein ausgefranster Vorleger vor dem lodernden Kaminfeuer lag. Er winkte die Kinder ans Feuer und schaute dann fragend auf Rackin: »Was kann ich für dich tun, John?«

»Na, etwas zu trinken wäre schon mal nicht schlecht. Und dann bräuchte ich noch … ein, zwei Informationen.«

»Verstehe«, sagte Scrivers. »Was zuerst? Etwas zu trinken oder Informationen?«

»Informationen, würde ich sagen«, antwortete Rackin. Er nahm einen der Stühle und die Kinder ließen sich auf dem Kaminvorleger nieder. »Braggley hat heute Nachmittag ein paar Sklaven verkauft, nicht wahr?«

Scrivers nickte.

Rackin deutete mit dem Kinn auf die Kinder. »Eine der Frauen war ihre Mutter.«

Scrivers musterte Tal und nickte dann erneut. »Stimmt, die Ähnlichkeit ist nicht zu übersehen.«

Rackin wurde wütend. »Er hat sie illegal erworben. Hat sie einfach aus ihrem Dorf verschleppt. Ich wette, er hat sich eine überzeugende Geschichte ausgedacht – die Sache mit den alten Schulden scheint seine Lieblingsversion zu sein. Doch es steht fest, dass er ein Dorf überfallen hat und die Leute mit Gewalt verschleppt hat. Es war ein gemeiner, hinterhältiger Überfall.«

Scrivers schlug sich die Hand vor den Mund und schloss kurz die Augen. »Und was erwartest du jetzt von mir, John?« Er schüttelte den Kopf. »Du hast recht, er hatte tatsächlich eine plausibel klingende Geschichte parat. Er sagte, er hätte sie beim Kartenspielen gewonnen.«

»Und das hast du ihm geglaubt? Jetzt sag bloß nicht, du hast ihm das abgenommen, Penn.«

»Ähm …«, sagte Scrivers verlegen. »Wann kann man Braggley schon etwas glauben? Bei ihm bin ich immer misstrauisch. Aber ich kann nichts beweisen. Und die Nachfrage nach Sklaven ist groß. Wenn ich zu viele Fragen stelle, würde ich mich nur unbeliebt machen.«

Gaia wandte den Kopf vom Kaminfeuer ab und funkelte ihn wütend an. »Bei den Sklaven sicher *nicht*.«

Scrivers starrte auf seine Schuhspitzen. »Ich weiß, ich weiß«, murmelte er. »Du hast recht. Natürlich hast du recht. Aber er ist ein einflussreicher Mann … Was kann ich gegen ihn tun?«

»Eines kannst du schon tun«, sagte Rackin. »Diese beiden hier wollen ihre Mutter wiederfinden. Du kannst uns zumindest sagen, wer sie gekauft hat.«

»Das ist doch sinnlos«, sagte Scrivers auffahrend, fuhr dann aber etwas ruhiger fort: »Es ist mir leid. Aber glaubt mir, es würde nichts nützen. Selbst wenn ihr sie findet und ihrem Besitzer erklärt, dass sie unrechtmäßig versklavt wurde. Er hat den üblichen Preis für sie bezahlt. Folglich kann er behaupten, dass er sie absolut rechtmäßig erworben hat. Und dann?«

»Wir werden versuchen, sie freizukaufen«, sagte Gaia.

Scrivers musterte ihre schäbige Wolltunika und ihre groben Stiefel. »Ach ja?«, sagte er skeptisch. »Und womit?«

»Das tut nichts zur Sache«, sagte Rackin. »Also, wirst du uns helfen, Penn?«

Scrivers zögerte zuerst. »Na schön, wenn ich kann«, sagte er dann. Er griff wieder nach der Laterne und führte seine Besucher durch einen düsteren Gang in sein Arbeitszimmer, einen schmalen Raum, dessen Wände mit Regalen vollgestellt waren, die bis zur Decke reichten. Überall standen ledergebundene Bücher. Auf der Platte des Schreibtischs, der mitten im Raum stand, lag ein aufgeschlagenes Buch und Scrivers überflog die letzten Seiten. »Wie heißt sie?«

»Mai«, antwortete Gaia.

»Familienname?«

»Athanasius.«

Er hob die Augenbrauen, fuhr mit dem Zeigefinger die Seite herunter und hielt dann irgendwo in der Mitte an. Gaia griff nach Tals Hand und drückte sie ganz fest. Sie hatte den Eindruck, als zittere er leicht. Scrivers' Finger verharrte noch immer reglos auf der Seite, doch er machte keine Anstalten, etwas zu sagen.

»Was ist? Spann uns nicht unnötig auf die Folter«, sagte Rackin.

Scrivers schüttelte den Kopf. »Ich kann es nicht sagen.«

»Warum nicht?«, fragten Gaia und Tal wie aus einem Mund. Doch Rackin hatte begriffen. »Ah, verstehe! Sie wurde an eine Familie des Monarchenbunds verkauft.«

Scrivers nickte widerwillig.

»Was macht das für einen Unterschied?«, wollte Gaia wissen.

»Der Unterschied besteht darin, dass ich zu absolutem Stillschweigen verpflichtet bin«, sagte Scrivers etwas steif, fast so, als habe er diesen Satz auswendig gelernt.

»Was bedeutet das?« Tal riss die Augen auf.

»Es bedeutet, dass der Monarchenbund sich nicht in die Karten schauen lässt«, erklärte ihm Rackin. »Niemand darf wissen, was oder wen sie kaufen, und auch nicht, wohin die Ware geht und zu welchem Preis.«

»Aber warum? Das ist doch …«, begann Gaia, doch Rackin legte ihr warnend eine Hand auf den Arm. »Es ist eben eine Vorschrift«, sagte er.

»Ihr dürft uns also nicht sagen, wo unsere Mutter ist«, sagte Tal mit ausdrucksloser Stimme. Er ließ die Schultern sinken und wandte sich schnell ab, um angestrengt auf die Bücherregale zu starren.

»Tut mir leid«, sagte Scrivers.

Rackin warf einen Blick auf Tals bebenden Rücken. »Ach, komm schon, Penn«, sagte er. »Es ist doch nur ein kleiner Verstoß gegen die Regeln. Niemand wird es je erfahren. Wir versprechen dir auch, es niemandem zu sagen.«

»Ich darf aber eigentlich nicht …« Scrivers war sichtlich hin- und hergerissen.

»Wenn nötig, kann ich auch eine kleine Notlüge vorbringen«, sagte John. »Ich bin in dein Büro eingebrochen, habe dich gefesselt und mir deine Bücher vorgenommen. Reicht das?«

»Ich …« Scrivers zögerte lange, dann endlich sagte er: »Na schön, Sallenders Agent war da. Er hat Braggley eine gewisse Anzahl von Sklaven abgekauft, darunter auch *sie*.«

»Und wo können wir sie finden?«, fragte Gaia.

Rackin biss sich auf die Unterlippe. »Das dürfte ein Problem werden. Die Sallenders besitzen Land in ganz Assalay – wie alle Familien des Monarchenbunds. Wir haben keine Ahnung, auf welches ihrer Güter sie gebracht wurde.« Er wandte sich an Scrivers. *»Oder?«*

»Nein, ganz bestimmt nicht.« Als er Rackins skeptischen Blick auffing, sagte er abwehrend: »Ehrlich, John! Ich würde es dir sagen, wenn es anders wäre. Ist ja egal, ob ich für einen Drachen oder nur für ein Drachenei gehängt werde. Ich kann leider nicht mehr für euch tun.«

»Tja, das wär's dann«, sagte Rackin. »Mehr können wir hier nicht ausrichten. Euch bleibt nichts anderes übrig, als nach Freehaven zu reisen, wo du dein Amulett hoffentlich verkaufen kannst, Gaia.« Er griff über den Tisch nach dem Wasserkessel und schenkte jedem einen Becher heißen Honigtee ein. Bei Scrivers hatten sie dann doch nichts mehr getrunken. Dass er gegen das Gesetz der Geheimhaltung verstoßen hatte, machte den armen Mann nervös, sodass er seine ungeladenen Gäste so schnell wie möglich wieder zur Haustür brachte und diese mit sichtlicher Erleichterung hinter ihnen schloss. »Er ist kein schlechter Mensch«, hatte Rackin seufzend erklärt. »Er hat nur Angst.« Durch die verwinkelten dunklen Gassen waren sie auf das Boot zurückgekehrt und saßen nun im Schein der sachte hin- und herschaukelnden Hängelampe um den Kabinentisch herum.

»Was hat das Ganze dann genützt, wenn wir jetzt doch nicht wissen, wo Mutter ist?«, fragte Tal. Er hatte sich mehr von Scrivers erhofft, eine klare, eindeutige Aussage, die ihnen weitergeholfen hätte. Seine vage Auskunft nützte ihnen herzlich wenig.

»Wir wissen zumindest, welche Familie sie gekauft hat. Und es gibt bestimmt eine Möglichkeit, sie zu finden, nicht wahr?«, sagte Gaia und schaute Rackin fragend an. »Oder?«

Doch er schüttelte den Kopf. »Ich weiß nicht. Gaia, es tut mir wirklich leid. Ich habe getan, was ich für euch tun konnte … Jetzt kann ich nur noch dafür sorgen, dass ihr irgendwie nach Freehaven kommt. Darum kümmere ich mich morgen früh. Ihr *wollt* doch noch hinfahren, oder?« Fragend blickte er von einem zum anderen.

»Ich *ja*«, sagte Gaia. »Und du, Tal?«

Er seufzte. Sie wussten nur den Namen einer geheimnisvollen Familie, die sich wer weiß wo im ganzen Land aufhalten konnte. Keine gute Ausgangsposition. Aber er würde Gaia selbstverständlich nicht im Stich lassen. »Ja, ich auch. Natürlich. Ich wüsste nur gern, wohin genau.«

»In dem Punkt kann ich euch helfen. Steht mal auf!« Gaia und Tal sprangen auf und Rackin hob die Sitzfläche der Holzbank an. Er durchwühlte die Sachen, die sich darunter befanden und zog schließlich eine zerfledderte Papierrolle heraus: eine fleckige, eingerissene, alte Landkarte, die sich ständig wieder zusammenrollte, als er sie auf dem Tisch ausbreiten wollte. »Stellt mal etwas Schweres auf die Ecken – ja, die Flaschen da wären nicht schlecht. Gut, danke. Also, schaut her: Im Moment sind wir hier.« Gespannt beugten sich die Kinder über die Landkarte. Sie sahen ihre Berge, gezeichnet als schneebedeckte Zacken, den Kanal und den Fluss als blaue Linien, die von den Bergen kamen und nach Trebburn flossen – dargestellt als Umrisse einiger Häuser. Sie sahen, dass in Trebburn drei kleine Flüsse zusammenflossen und zu einem breiten Strom wurden, der über eine weite Strecke nach Süden ging, durch eine Landschaft aus sanften Hügeln und ausgedehnten Ebenen, bis er in Freehaven ins Meer mündete. »Sieht ja ganz einfach aus, nicht wahr?«, sagte Tal, während er die Karte studierte. »Wir brauchen nur ein Boot, das uns bis nach Freehaven bringt.«

»Ganz so einfach ist es leider nicht«, sagte Rackin. Er deutete auf einen dunkelgrünen Fleck auf der Karte, wo die Umrisse von Bäumen eingezeichnet waren. »Der Fluss Lethy fließt durch den Nouldewood – so heißt der große Wald da. Folglich müsst ihr diesen Kanal nehmen.« Er fuhr ihn mit dem Finger nach: eine blaue Linie, die sich in westlicher Richtung vom Wald weg bewegte, um sich kurz vor Freehaven wieder mit dem Fluss zu vereinigen. Tal studierte die Karte eingehend.

»Aber das ist doch Unsinn«, erklärte er nach einer Weile. »Der Kanal führt durch hügeliges Gebiet. Das heißt, es geht dauernd auf und ab. Da muss ja eine Schleuse nach der anderen kommen. Und dann dauert die Fahrt sicher ewig.«

»Gut erkannt.«

»Und warum fährt man nicht auf dem Fluss durch den Wald?«

»Geht nicht«, sagte Rackin. »Der Wald ist ein verbotener Ort.«

»Ein *was*?«, fragte Gaia.

»Ein verbotener Ort«, wiederholte Rackin und erst da fiel ihm ihr ratloser Blick auf. »Herrje, von verbotenen Orten habt ihr vermutlich auch noch nie gehört. Aber das ist schnell erklärt: Einige Gebiete des Landes sind verboten, niemand darf sie betreten, zumindest nicht ohne Sondererlaubnis. Das da oben …«, er zeigte auf eine Stelle auf der Karte hoch oben im Norden, ein tiefes Tal, das auf der anderen Seite ihres Gebirges gelegen war, »… ist ebenfalls ein verbotener Ort. Der Nouldewood auch. Gut möglich, dass es im Süden noch mehr verbotene Orte gibt, aber das weiß ich nicht.«

»Und warum sind sie verboten?«, wollte Gaia wissen.

»Auf Befehl des Monarchenbunds«, sagte Rackin. »Die Lordschaften müssen nichts begründen. Sie können verbieten, was sie wollen. Und wer ihre Verbote nicht einhält, wird streng bestraft, gnadenlos. Wenn ihr hört, dieser oder jener Ort sei verboten, macht einen großen Bogen darum, verstanden?« Er nahm die Flaschen von den Ecken der Landkarte, die sich raschelnd zusammenrollte. Rackin verstaute die Papierrolle wieder in der Sitzbank und schaute dann auf Tal. »Ist deine Frage hiermit beantwortet?«

»Ich denke schon.«

»Gut. Dann legen wir uns jetzt schlafen. Morgen früh müssen wir gleich zum Fluss, damit ich einen Platz auf einem Boot für euch finde.«

Die Wasseroberfläche des breiten Stroms war trüb und glatt und Trebburn lag feucht und düster unter einem bewölkten Himmel. Die Gipfel ihrer Berge konnten die Kinder nicht sehen, sie verloren sich in den Wolken. Einige große, rostige Eisenkähne mit hohen Schornsteinen und Holzrädern auf beiden Seiten lagen schwerfällig am Kai. Sie waren bedeutend größer als Rackins schmales, kleines Boot … und ziemlich hässlich, wie Gaia insgeheim dachte. Sie und Tal warteten und beobachteten John, der sich gerade mit den Besitzern eines dieser Kähne unterhielt: ein verhärmt aussehendes Paar, das den Kindern immer wieder argwöhnische Blicke zuwarf. Nach einer Weile winkte John sie näher. Rasch sprangen sie vom Geländer, auf dem sie gesessen hatten, und rannten am Kai entlang zu ihm.

»Gaia, Tal«, sagte Rackin, »ich möchte euch mit Elsa und Ben Crabbit bekannt machen, den Besitzern der Fröhlichen Maid. Sie sind bereit, euch nach Freehaven mitzunehmen, wenn ihr ihnen unterwegs ein wenig zur Hand geht. Ben, Elsa, das sind meine jungen Freunde Gaia und Tal. Danke, dass ihr euch ihrer annehmen wollt.«

Ben schüttelte den Kindern kurz die Hand. Elsa beäugte sie nur schniefend, raffte ihren Schal enger und sagte: »Dann kommt am besten gleich an Bord. Wir wollen so schnell wie möglich los.« Sie kletterte an einer dicken Strickleiter an Deck, drehte sich, oben angekommen, noch einmal um und rief: »Auf, bewegt euch! Wir müssen los!«

»Wir wollen uns nur noch kurz verabschieden«, rief John ihr zu. Sie schnalzte missbilligend mit der Zunge, schwang sich dann aber über die Reling und war verschwunden. Gaia blinzelte Rackin skeptisch an.

»Wird schon werden«, versicherte er ihr. »Sie sind ein bisschen … barsch, ja, aber ehrliche Leute. Sie sind mir einen Gefallen schuldig. Und sie werden euch wohlbehalten an euer Ziel bringen.«

Gaia schluckte. »Ich wünschte, *du* könntest uns begleiten.«

»Wäre mir auch lieber«, sagte Rackin. »Aber das ist völlig ausgeschlossen. Da bekämen wir alle drei Probleme.«

Er schloss die Kinder in seine bärenstarken Arme. »Viel Glück, ihr zwei. Und kommt bald wieder. Sobald es mir möglich ist, gehe ich zu Ambrose und erzähle ihm, wie es euch bisher ergangen ist. Und ich schaue auch, wie es euren Leuten oben im Gebirge geht, ob sie alles haben, was sie brauchen, und so weiter …«

Da ertönte ein ungeduldiger Ruf vom Kahn: »Auf, auf! Kommt jetzt, falls ihr es euch nicht anders überlegt habt.«

»Wartet!«, sagte John. »Noch etwas: Vergesst nicht, was ich euch über Sklavenhändler erzählt habe. Sie halten ständig nach Kindern Ausschau, die allein unterwegs sind. Bleibt immer schön bei Elsa und Ben, verstanden?«

Er drückte sie ein letztes Mal an sich und schaute ihnen dann nach, als sie die Leiter hochkletterten und an Deck sprangen.

Bei ihrem Anblick rümpfte Mrs Crabbit die Nase, wandte sich ab und rief Ben zu: »Alle Mann an Bord! Wir können ablegen!«

Es klirrte und klapperte, als Ben die dicken Verankerungsketten längsschiffs an Bord zog. Dann kletterte er an einer verrosteten grünen Leiter in eine kleine, hoch gelegene Kabine, die sich etwa in der Mitte des Decks befand. Gleich darauf ging ein gewaltiger Ruck durch den Kahn, und Gaia klammerte sich erschrocken an Tal, als dicke Rußwolken aus dem Schornstein aufstiegen. Ein seltsames Husten und Tuckern setzte ein, unregelmäßig zuerst, das sich dann aber in ein beständiges *Tschuck-tschuck-tschuck* verwandelte. Die riesigen Räder seitlich am Kahn begannen sich zu drehen und das bislang ruhige Gewässer aufzuwühlen. Schwerfällig bewegte sich das große Boot vom Ufer weg und auf die Flussmitte zu.

Gaia und Tal rannten zum hinteren Teil des Decks, um John zuzuwinken, der einsam und allein am Kai stand und ihnen ebenfalls nachwinkte. »Gaia«, sagte Tal plötzlich erschrocken, »wir haben noch Sachen, die ihm gehören ... die Jacken, meine ich.« Mit lauter Stimme rief er dann: »John, John! Wir haben noch deine Jacken!«

Rackins Stimme hallte über das Wasser. »Die könnt ihr behalten!«

»Danke!«, riefen die Kinder zurück. Doch das Schiff schob sich beständig weiter, und sie wussten nicht, ob John sie noch gehört hatte. Sie schauten in seine Richtung, bis das Schiff um eine Biegung fuhr und Trebburn und Rackin nicht mehr zu sehen waren.

»Lungert nicht untätig an der Reling herum, ihr zwei, sondern macht euch nützlich!« Als sich die Kinder umdrehten, schauten sie in Mrs Crabbits säuerliche Miene. »Es gibt eine Menge zu tun und Aufgaben erledigen sich nicht von allein. Du, wie heißt du noch gleich ... Gaia? Was für ein lächerlicher Name. Wie wär's, wenn du dich ums Essen kümmern würdest?« Dann blickte sie auf Tal. »John sagte, du kannst ein Boot steuern, stimmt das?«

»Seines ja«, antwortete Tal. »Ob ich auch das hier steuern kann, weiß ich nicht. Es ist sehr viel größer.« Er spürte noch immer dieses Beben unter seinen Füßen. Ab und zu quollen rußige Rauchwolken aus dem Schornstein und die großen Schaufelräder drehten sich unablässig.

Die Frau seufzte. »Na, dann geh mal gleich zu Mr Crabbit und lass es dir von ihm zeigen. Er wäre nicht sehr glücklich darüber, wenn du ihm nicht zur Hand gehen könntest. Ihr müsst euch die Fahrt verdienen, ist das klar? Das Ganze ist keine Vergnügungsreise.«

»Ich kann ganz gut kochen«, erbot sich Tal.

Sie musterte ihn mit zusammengekniffenen Augen. »Werd ja nicht frech, junger Mann! Noch eine vorlaute Bemerkung und wir setzen dich an Land. Das Ruderhaus ist da oben.« Sie deutete auf die kleine Kabine. Tal zuckte mit den Schultern, ging über das Deck und kletterte die Leiter hinauf. An der Kabinentür drehte er sich noch einmal um und zwinkerte Gaia zu. Sie grinste zurück, ehe sie Mrs Crabbit über eine steile Leiter in eine schäbige kleine Kombüse hinunterfolgte, die nur durch spärliches Tageslicht erhellt wurde, das durch ein Bullauge hereinfiel. Es war heiß und stickig hier, roch nach altem Bratfett und dem Rauch aus dem Schornstein. Mrs Crabbit reichte Gaia einen Korb mit kleinen, schmutzigen Knollen. »Waschen und schälen, anschließend werden sie gekocht.«

Gaia nahm eine der harten, schmutzverkrusteten Knollen in die Hand. »Was ist das?«

Mrs Crabbit musterte sie irritiert. »Jetzt sag bloß nicht, du hast noch nie eine Rübe gesehen! Es ist ein Wurzelgemüse. Man wäscht sie, schält sie und … Ach, schau einfach zu!« Mit einem tiefen Seufzer riss sie Gaia die Rübe aus der Hand, rieb die Erde ab, schälte sie und schnitt das Innere klein. Dann ließ sie sich in den Schaukelstuhl fallen und sagte: »So, jetzt machst du weiter! Ich habe noch wichtigen Papierkram zu erledigen.« Sie zog ein Bündel vergilbter Zettel mit Eselsohren und einen stumpfen Bleistift aus ihrer Tasche.

Gaia wusch die Rüben so gut wie möglich in dem kalten, schlammigen Wasser, kratzte mit wenig Erfolg an ihnen herum und schnitt das Innere dann klein. Doch das Messer rutschte immer wieder an den harten Knollen ab. »Autsch!«, rief sie einmal erschrocken. Mrs Crabbit blickte von ihren Zetteln auf und schnalzte missbilligend mit der Zunge: Die Rüben waren nicht sauber genug, einige waren nicht ordentlich geschält, bei anderen hatte Gaia eine zu dicke Schicht abgemacht, die durchgeschnittenen Stücke waren entweder zu groß oder zu klein. »Hoffnungslos!«, stöhnte Mrs Crabbit. »Hat deine Mutter dir nicht beigebracht, wie man kocht?«

Gaia biss sich auf die Lippe und bemühte sich, ruhig zu bleiben. »Da, wo ich herkomme, kennen wir dieses Gemüse nicht. Und Tal kann wirklich besser kochen als ich. Er hat bei uns daheim oft gekocht.«

Mrs Crabbits Miene wurde noch säuerlicher. »Kochen ist Frauenarbeit, nichts für Männer. Hat sie dir das auch nicht beigebracht?«

Fegen, Putzen und Abwaschen war offenbar ebenfalls Frauenarbeit. Nach sieben Tagen auf dem Schiff hatte Gaia an jedem Messingteil an Bord Fingerabdrücke und auf jedem Laken, das sie zum Trocknen aufhängte, Rußspuren hinterlassen. Außerdem hatte sie einen Tontopf zerbrochen sowie eine extrem hässliche Porzellanschale, auf der eine Schäferin abgebildet war – ein Hochzeitsgeschenk von Mrs Crabbits verstorbener und betrauerter Großmutter. An jenem Tag saß Mrs Crabbit den ganzen Morgen in ihrem Schaukelstuhl und heulte oder schimpfte abwechselnd. Danach war sie Gaia gegenüber noch feindseliger und abweisender als zuvor.

Tal dagegen hatte rasch gelernt, wie man den Kahn steuerte, und er und Mr Crabbit waren zwar nicht direkt Freunde geworden, kamen aber immerhin ganz gut miteinander aus. Eines Morgens, gegen Ende des Aquilonmondes, waren sie wieder zusammen im Ruderhaus, als Tal auffiel, dass sich in der Ferne am Ufer zu beiden Seiten etwas Dunkles abzeichnete.

»Was ist das?«, fragte er.

Crabbit nahm die Pfeife aus dem Mund, sagte: »Nouldewood«, und steckte die Pfeife wieder in den Mund.

»Wirklich?« Tal kniff die Augen zusammen, doch der Wald war noch zu weit weg, um irgendwelche Einzelheiten erkennen zu können.

»Warum ist es ein verbotener Ort?«, fragte er neugierig.

Seufzend nahm Crabbit erneut seine Pfeife aus dem Mund. »Hat der Monarchenbund so bestimmt.«

»Aber warum?«, hakte Tal nach.

»Das ist Grund genug«, sagte Crabbit. »Und es waren auch genug Fragen!«

8. Kapitel
Auf dem Fluss

»Von wegen Fröhliche Maid«, schnaubte Tal. »Wie wär's mit Finstere Maid?«

»Fürchterliche Maid.«

»Fade Maid.«

»Fiese Maid.«

»Hmmm … Gibt es sonst noch ein Wort mit F?«

Sie hatten in einer kleinen Stadt am Flussufer haltgemacht, um neuen Proviant zu kaufen, und Gaia und Tal standen am Geländer der Mole und warteten auf Mrs Crabbit, die noch auf dem Boot war. Gaia war froh, dass sie überhaupt zu diesem kleinen Ausflug mitkommen durfte. Sie hatte befürchtet, mit einer Liste von zu erledigenden Aufgaben an Bord bleiben zu müssen, aber offenbar hatte Mrs Crabbit inzwischen das Gefühl, dass es besser war, Gaia nicht allein auf dem Boot zu lassen. Deshalb musste ihr Mann an Bord bleiben, während die Kinder Mrs Crabbit zum Markt begleiten durften.

»F…f…f…?«, überlegte Gaia laut.

»Psst.« Tal trat ihr warnend auf den Fuß, da Mrs Crabbit gerade an der Strickleiter herunterkletterte. Sie nahm Tal den Korb ab, den er für sie von Bord getragen hatte, blickte sich um und stieß ein erschrockenes »Oh!« aus.

Schuldbewusst zuckte Gaia zusammen. Doch Mrs Crabbits Augen

waren auf einen großen, weißen Vogel mit einem wunderschön geschwungenen, langen Hals gerichtet, der seine Flügel graziös auf dem Rücken gefaltet hatte und friedlich über das Wasser glitt. Es war ein majestätischer Vogel, der nicht unbedingt zutraulich, aber dafür umso schöner aussah. Mrs Crabbit starrte ihn mit großen, entsetzten Augen an, und die Fingerknöchel ihrer Hand, die den Korb umklammerte, traten weiß hervor. Mit ihrer freien Hand zeichnete sie eine Mondsichel in die Luft: die traditionelle Geste, um den Schutz des Mondes zu erflehen.

»Was ist los?«, fragte Tal.

»Das da!« Sie deutete auf den Vogel.

Tals Gesicht blieb ausdruckslos. »Es ist doch nur ein Vogel, oder?«

Mrs Crabbit schüttelte den Kopf. Diese Kinder waren wirklich äußerst dumm! »Es ist ein Schwan!«, fauchte sie. »Schwäne sind böse. Sie bringen Unglück, weil ein Fluch auf ihnen liegt.« Ein Angstschauer überlief sie. »Man sieht sie nur selten auf diesem Fluss. Sie werden gejagt und getötet.«

»Oh!«, entfuhr es Gaia. »Diese prachtvollen Vögel?«

Mrs Crabbit warf ihr den üblichen, tadelnden Blick zu. »Diese Vögel bringen Unglück«, wiederholte sie. »Und je schneller sie ausgerottet sind, desto besser.« Sie schaute dem Vogel nach. »Ich wurde als Kind mal von einem gebissen.« Dann drehte sie sich abrupt um und ging über den matschigen Weg auf die Stadt zu.

Gaia warf einen letzten Blick auf den Schwan. Auch wenn es ein Vogel war, der angeblich Unglück brachte, so fühlte sie sich doch zu ihm hingezogen, und es tat ihr fast leid, dass sie sich abwenden musste, um Tal und Mrs Crabbit zu folgen.

Die Stadt war eine langweilige Ansammlung von Häusern, in einer trostlosen Winterlandschaft gelegen. Sie war weitaus kleiner als Trebburn und bestand nur aus einer einzigen, breiten Straße, die zugleich als Marktplatz diente, sowie ein paar schmuddeligen Gassen. Es war ein trister Ort: Die einzigen Farbkleckse waren die vier scharlachroten Banner, die über den Zugängen zum Dorf hingen. »Teredos Stadt«, erklärte Mrs Crabbit.

Der Markt bestand aus zwei Reihen von Verkaufsständen entlang der Hauptstraße. Zu kaufen gab es Töpfe und Pfannen, ein paar dürre Ziegen und Schafe sowie eine Handvoll Kinder (doch es war keines darunter, das sie gekannt hätten). Mrs Crabbit ging zielgerichtet auf die Stände mit Lebensmitteln zu, an denen man allem Anschein nach jedoch nichts kaufen konnte außer schmutzverkrusteten Wurzeln, denen man nicht ansah, ob sie Kohlrüben, Pastinaken oder Kartoffeln waren. Sie blieb an jedem Stand stehen und feilschte um den Preis, während Gaia und Tal hinter ihr ungeduldig von einem Bein auf das andere traten, bis sie zu guter Letzt sagte: »Oh, dann geht schon! Lauft ein bisschen herum und schaut euch um. Ich werde euch schon finden, wenn ich hier fertig bin.« Dankbar drehten sich die Kinder um und schlenderten die Straße entlang. Doch es gab nichts Interessantes zu sehen, bis sie zu einem Stand kamen, der sich deutlich von der eintönigen Umgebung abhob. Was für eine Farbenpracht! Es gab Kisten in allen Farben, rote, orangefarbene, gelbe und weiße, gefüllt mit dunklem, hellem und blassem Grünzeug, Beeren, Blättern und Wurzeln. Fasziniert blieben sie stehen. Verglichen mit den langweiligen, schmutzigen Wurzelknollen der anderen Stände kam ihnen die Auslage hier fast märchenhaft vor.

»Kann man das wirklich essen?«, fragte Gaia ungläubig.

Die Frau hinter dem Stand lachte leise auf. »Ja«, sagte sie dann. »Wollt ihr etwas kaufen?«

»Geht nicht.« Bedauernd schüttelte Gaia den Kopf. »Wir haben kein Geld.«

Die Frau musterte sie freundlich. »Ihr seht aber hungrig aus.«

»Ähm …« Tal blickte sich ängstlich um, doch Mrs Crabbit war zum Glück außer Hörweite und feilschte gerade um einen Nachlass für irgendwelche leicht verschimmelten Pastinaken. »Schon«, gestand er dann.

»Na schön, ihr könnt das hier haben. Umsonst.« Die Frau griff nach einem kleinen Korb und füllte ihn mit einer Auswahl ihrer Waren. Die Kinder bissen gierig hinein und ihre Gesichter begannen zu strahlen: Wie herrlich diese Früchte schmeckten, so intensiv, süß und saftig …

»Wo kommt das her?«, fragte Gaia entzückt. Wenn es in dieser Welt so köstliches Essen gab, warum aßen die Leute dann überhaupt Rüben? Doch die Frau schüttelte nur den Kopf und blieb ihr die Antwort schuldig.

Die Kinder blieben trotzdem vor dem Stand stehen – es gab sicher keinen besseren Platz auf dem ganzen Markt –, aber sie hatten keine Zeit, alle Früchte zu probieren, weil plötzlich ein Mann herbeigerannt kam. Keuchend lief er an der Frau vorbei und zischte: »Marktwächter, Sal!« In aller Eile warf die Frau Säcke und Tücher über ihre Kisten, fieberhaft und mit zittrigen Fingern.

»Geht!«, raunte sie Gaia und Tal zu. »Schnell, verschwindet!« Erschrocken ließen sie den Korb fallen und mischten sich unter die anderen Marktbesucher. Von der anderen Straßenseite aus sahen sie, wie ein Trupp Männer in brauner Kleidung mit einem scharlachroten Streifen an der Schulter auf den Stand der Frau zumarschierten, sich auf die hastig zugedeckten Kisten stürzten und die Säcke wegrissen.

»Dieses Zeug stammt aus dem Wald!« Anklagend streckte einer der Männer den Zeigefinger aus. Die Frau versuchte zu fliehen und rannte in die nächstbeste Gasse, doch die Männer in Braun hatten sie im Handumdrehen eingeholt. Zwei von ihnen schleppten sie fort, während die anderen alle Kisten ausleerten und ihren farbenfrohen Inhalt im Straßendreck zertrampelten.

»Warum wurde die Frau festgenommen?«, wollte Tal von Mr Crabbit wissen, als sie wieder auf dem Kahn waren.

»Sie hat Produkte aus dem Wald verkauft«, erklärte er. »Ihre Waren stammten garantiert aus dem Nouldewood.«

»Und was passiert jetzt mit ihr?«, fragte Tal weiter.

Crabbit schüttelte den Kopf. »Sie wird das Mondlicht nicht mehr sehen«, sagte er düster.

Die folgenden zwei Tage brachten sie noch näher zum Nouldewood. Nachdem sie den Kahn am zweiten Abend vertäut hatten, schaute Tal angestrengt zum Waldrand hinüber, doch zu seiner großen Enttäuschung konnte er immer noch keine Einzelheiten erkennen. »Man sieht ja gar nichts«, sagte er, kniff die Augen zusammen und starrte in der Abenddämmerung auf die mysteriösen, dunklen Umrisse.

»Was?« Gaia war mit ihren Gedanken ganz woanders. Sie hielt ihr Amulett in den Händen und drehte es hin und her. »Meinst du, es ist wertvoll?«

Tal gab es auf, zum Wald hinüberzustarren, und setzte sich neben sie. Sie hatten ihre Aufgaben für diesen Tag erfüllt und genossen die kurze Pause, mit dem Rücken an die Wand des Ruderhauses gelehnt.

»Die ganze Sache mit *Wohlstand, Glück und Ruhm* für unsere Familie«, sagte Gaia. »Da muss es doch etwas wert sein, oder?«

»Was hast du da?«, fragte plötzlich eine argwöhnische Stimme von der Seite.

Hastig ließ Gaia das Amulett zwischen einer Falte ihrer Felljacke verschwinden. »Nichts«, sagte sie und schaute Mrs Crabbit unschuldig in die Augen.

»Oh doch«, sagte Mrs Crabbit. »Lüg mich nicht an! Was ist es?« Sie zog Gaias Hand aus dem Fell hervor und öffnete mit Gewalt ihre Faust. Das Amulett fiel auf das Deck und Mrs Crabbit stürzte sich darauf.

»So, so«, sagte sie genüsslich. »Was haben wir denn da?«

Gaia versuchte, möglichst ruhig zu klingen. »Ach, nur eine alte Scherbe von zu Hause. Kann ich sie bitte zurückhaben?«

Mrs Crabbit betastete die glatte Rückseite des Amuletts und fuhr mit der Spitze ihres knochigen Zeigefingers langsam über die Rillen auf der Vorderseite. Dann ließ sie es in ihrer Tasche verschwinden und marschierte in Richtung der Kombüse. Nach einem erschrockenen Blick auf Tal sprang Gaia auf. »Bitte, Mrs Crabbit, kann ich es wiederhaben? Bitte, es gehört mir! Es ist von meinem Vater, bitte …«

Auf der obersten Stufe zur Kombüse drehte sich Mrs Crabbit noch einmal um. »Du stehst in meiner Schuld«, sagte sie. »Du hast mir zwei Sachen zerbrochen, den Tontopf und die Porzellanschale.« Dann ging sie die Stufen hinunter.

Gaia und Tal rannten ihr nach. »Das mit dem Tontopf tut mir leid, Mrs Crabbit«, sagte Gaia flehentlich. »Aber bekomme ich bitte, bitte meine Scherbe zurück? Die Schale mit der Schäferin bezahle ich Euch, das verspreche ich … aber bitte nicht damit … Ich kann ja noch mehr arbeiten … oder sonst etwas tun. Ich werde irgendwie Geld verdienen, um Euch den Schaden zu ersetzen, wirklich …«

»Von deiner Arbeit habe ich ehrlich gesagt die Nase voll«, schnaubte Mrs Crabbit. »Und ich kann mir nicht vorstellen, dass dich sonst jemand freiwillig einstellen würde, oder? Nein!« Sie stieg auf einen Schemel und versteckte das Amulett hinter einem Gefäß auf dem obersten Regalbrett. »Das hier reicht mir.«

»Das ist nicht gerecht!«, hörte Gaia sich rufen. »Ihr seid eine gemeine alte … eine alte *Hexe*! Es gehört mir! Ihr habt kein Recht, es mir wegzunehmen. *Gebt es sofort zurück!*« Inzwischen brüllte sie richtig. Sie sprang an dem Regal hoch, kam aber natürlich nicht bis nach oben. Plötzlich stieß sie in ihrer blinden Aufregung mit dem Arm gegen ein Gefäß, das langsam umkippte, vom Regal fiel und auf dem Boden zerschellte. Grüne Glasscherben und eine Wolke weißen Mehls flogen durch die ganze Kombüse.

»Du verdammte Göre! Schau nur, was du jetzt wieder angerichtet hast!«, kreischte Mrs Crabbit. Sie packte Gaia mit ihren knochigen Fingern an den Oberarmen und schüttelte sie. Tal wollte ans Regal rennen, doch Mrs Crabbit kickte den Schemel um und versperrte ihm den Weg. »Ben!«, schrie sie aus Leibeskräften. »Ben!«

Ihr Mann tauchte unter der Tür auf. »Was im Namen des Mondscheins geht hier vor sich? Was soll dieser Lärm?«

»Komm und hilf mir, diese kleinen Ungeheuer einzusperren!«

Unsanft stieß sie Gaia in den kleinen Vorratsraum, in dem die Kinder auch schliefen. Ohne zu wissen, worum es überhaupt ging, packte Mr Crabbit Tal an den Schultern und stieß ihn ebenfalls hinein. Mrs Crabbit knallte die Tür zu und verriegelte sie. Gaia hämmerte mit beiden Fäusten an die verschlossene Tür und rief: »Nein, nein, nein! Es gehört mir! Gebt es sofort zurück!«

Tröstend legte Tal ihr einen Arm um die Schultern. »Gaia, Gaia, psst!«, flüsterte er.

Da erst hörte sie auf zu brüllen und schaute ihn an. Ohne das kleine Viereck aus Elfenbein war ihr ganzes Vorhaben gescheitert! Sie begann vor Verzweiflung zu schluchzen. »Es ist meine Schuld. Es ist alles meine Schuld! Nur weil ich ihre blöde Schäferin kaputt gemacht habe!«

Doch Tal schüttelte den Kopf. »Sie hätte auch einen anderen Grund gefunden, um es dir wegzunehmen. Und nun sei still! Ich will herausfinden, was sie machen, und das kann ich nicht, wenn du so laut bist.«

Sie fuhr sich mit dem Handrücken über das Gesicht und fragte mit zittriger Stimme: »Wie denn?«

Er stellte sich an die Tür und drückte mit den Fingerspitzen daran herum. »Was machst du da?«, flüsterte Gaia.

Er hielt etwas hoch, das er aus der Tür herausgelöst hatte: ein kleines, rundes Stück Holz. Dann zwinkerte er ihr zu und drückte sein Auge an das Astloch, während Gaia ihr Ohr an eine Ritze der Tür hielt und lauschte.

Mrs Crabbit wischte gerade auf allen vieren das Mehl und die Glasscherben zusammen und schimpfte vor sich hin, während Ben im Schaukelstuhl saß, an seiner Pfeife zog und das Amulett von allen Seiten betrachtete. »Ich weiß nicht recht, Elsa«, sagte er. »Ist wahrscheinlich nur ein Kinderspielzeug, meinst du nicht?«

Mrs Crabbit richtete sich auf. »Es ist uralt, Ben, das sieht man auf den ersten Blick. Das müsstest sogar *du* sehen.« Sie schüttete eine Kehrschaufel voll Mehl und Scherben in einen Eimer. »Die verflixte Göre«, brummte sie. »Das ganze schöne Mehl! Das wird sie mir bezahlen. Und den Tontopf auch. Und meine Schäferin.«

»Na ja«, sagte Ben nachdenklich und erhob sich, um ihr seinen

Platz im Schaukelstuhl anzubieten. »Vielleicht hast du ja recht.« Er gab ihr das Amulett zurück. »Ich muss den Kahn festmachen.« Mrs Crabbit blieb noch eine Weile sitzen und starrte im Schein der Laterne stirnrunzelnd auf das Amulett. Dann erhob sie sich, verstaute es irgendwo und begab sich zu Bett.

»Tal«, flüsterte Gaia. »Hast du gesehen, wo sie es hingelegt hat?«

»Irgendwo in die Anrichte, in eine der Schubladen, glaube ich.«

»Was machen wir jetzt? Wie kann ich es mir zurückholen? Sie lässt mich nie in der Kombüse allein und in Zukunft sicher erst recht nicht!«

»Psst, Gaia, nur keine Panik. Lass mich nachdenken. Jetzt sollten wir erst mal schlafen.«

Sie wickelten sich in ihre dünnen Decken, konnten aber lange nicht einschlafen. Tal musste einen Plan nach dem anderen wieder verwerfen, während Gaia niedergeschlagen durch das winzige Fenster an den mondlosen Himmel schaute und das Gefühl hatte, als hätte sie auf einen Schlag Vergangenheit *und* Zukunft verloren.

Am nächsten Morgen entriegelte Mrs Crabbit die Tür und schaute die Kinder finster an, doch sie erwähnte das Geschehnis vom Vortag mit keinem Wort. Nach dem Frühstück stellte sie Gaia einen Korb schmutziger Wäsche vor die Füße und sagte barsch: »Das hier muss gewaschen werden!« Wäschewaschen war eigentlich Gaias Lieblingsarbeit, weil sie dabei im Freien war. Sie genoss es, die Winterlandschaft an sich vorbeigleiten zu sehen, während sie die schmutzigen Wäschestücke schrubbte. An diesem Tag wäre sie jedoch lieber in der Kombüse geblieben und schleppte den Wäschekorb und die Wanne nur widerwillig die Stufen zum Deck hinauf. Inzwischen waren sie fast schon am Nouldewood. Man konnte genau sehen, wo der Fluss zwischen den dunklen Bäumen verschwand und wo der Kanal abzweigte, um in Richtung Westen einen weiten Bogen um den Wald zu machen.

Tal, der für Mr Crabbit etwas erledigen musste, schlenderte an seiner Schwester vorbei und warf ihr einen vielsagenden Blick zu. Als er wieder auf dem Rückweg zum Ruderhaus war, blieb er neben ihr stehen. »Komm, ich helfe dir, das Leintuch auszuwringen.«

»Ach was, das kann ich …«, fing sie an, doch er unterbrach sie und flüsterte ihr zu: »Ich muss mit dir reden.«

Wortlos reichte sie ihm ein Ende des tropfnassen, eiskalten Tuchs. »Gleich ist es so weit«, murmelte er. »Dann lauf los und such es!«

»Aber … was ist mit *ihr*? Was hast du vor?«

»Keine Angst«, sagte er, obwohl er selbst etwas beklommen aussah. »Lauf einfach in die Kombüse und such es, sobald …«

»Tal!«, rief Mr Crabbit aus dem Ruderhaus.

»Ich muss gehen.« Er drückte ihr das Tuch wieder in die Hand, rannte über das Deck und kletterte die Leiter hinauf.

»Was war da eben?« Crabbit beäugte Tal argwöhnisch.

»Nichts, ich habe Gaia nur kurz geholfen. Soll ich das Ruder übernehmen?«

Crabbit nickte. »Meinetwegen. Kurz vor dem Kanal übernehme ich es dann wieder.«

Behände kletterte Mr Crabbit die Leiter hinunter und ging zum Bug. Ausnahmsweise war es ein klarer, trockener Tag und die fahle Wintersonne spiegelte sich auf dem Wasser. Er zündete seine Pfeife an und schaute in die Ferne, wobei er wegen des Glitzerns die Augen zusammenkneifen musste.

Sobald er allein im Ruderhaus war, holte Tal tief Luft und suchte den vor ihm liegenden Abschnitt des Flusses ab. Er konnte sehen, wo sich der Fluss gabelte: Der Kanal machte eine Biegung nach rechts, während sich der Fluss selbst in ein steil abfallendes Wehr ergoss. Nun musste er rasch handeln. Er warf einen Blick zum nahen Ufer mit der üblichen eintönigen Landschaft, bestehend aus Hecken, Wiesen und Feldern. Ganz in der Nähe fiel ihm ein Gestrüpp aus Schilfrohr auf, eine kleine Baumgruppe auf einem zerfurchten Acker, und ein Stück landeinwärts ein Farmhaus mit zwei oder drei Nebengebäuden. Tal holte erneut tief Luft und kniff die Lippen zusammen, ehe er die Maschine auf Hochtouren brachte und das Ruder dann abrupt nach links riss. Das Boot machte einen Satz vorwärts, schwenkte seitlich und rammte mit einem Ruck das weiche Ufer. Für kurze Zeit drehten sich die großen Räder noch hektisch weiter; der Schlamm im flachen Wasser spritzte auf. Ein Sprühregen von Schlick flog durch die Luft und auf die sauberen Leintücher, die Gaia zum Trocknen an Deck aufgehängt hatte. Dann endlich wurden die Räder langsamer und hörten schließlich mit einem grässlichen Knirschen ganz auf, sich zu drehen. Das Boot war in Schieflage, sein Bug steckte im schlammigen Ufer fest, das Heck zeigte zur Flussmitte.

Tal hatte gesehen, wie Crabbit nach vorn über die Bugreling geschleudert wurde, und im ersten Moment glaubte er, der Mann sei über Bord gefallen. Doch dann sah er, dass Crabbit es geschafft hatte, sich festzuhalten, und er nun, sichtlich mitgenommen und vornübergebeugt, an Deck stand. Tal schaltete die Maschine aus und wollte gerade aus dem Ruderhaus rennen, als er Mrs Crabbit die Stufen der Kombüse heraufeilen sah. Ihr Gesicht war vor Zorn gerötet und sie rief gleichzeitig nach ihm und ihrem Mann.

»Gaia«, zischte Tal. Sie war bei dem Aufprall auf allen vieren gelandet. Benommen blickte sie zu ihm hoch, doch dann weiteten sich ihre Augen und sie nickte hastig.

»Was im Namen des Mondlichts ist in dich gefahren?«, herrschte Mrs Crabbit Tal an. »Wo ist Ben?«

Tal sprang von der Leiter und rannte auf sie zu, wobei er so tat, als sei er höchst bestürzt und erschrocken. »Er war am Bug … Hoffentlich ist er nicht ins Wasser gefallen.«

»Ben!«, kreischte Mrs Crabbit. Sie lief um das Ruderhaus herum zum vorderen Teil des Bootes, wo Crabbit noch immer nach Luft rang. Aus den Augenwinkeln konnte Tal Gaia die Stufen zur Kombüse hinunterhuschen sehen. Er zögerte: Schaffte sie es allein oder sollte er ihr helfen? Nein, beschloss er dann, es war besser, wenn er sich dem Zorn der Crabbits stellte, damit sie möglichst lange abgelenkt waren. Er ging zum Bug. Mrs Crabbit klopfte ihrem Mann gerade kräftig zwischen die Schulterblätter, bis dieser sich schließlich mühsam aufrichtete und keuchte: »Lass gut sein, Frau, verstanden? Und du …« Drohend blickte er auf Tal. »Was im Namen aller Monde hast du *gemacht*?«

»Entschuldigung«, sagte Tal zerknirscht, »es war die Sonne auf dem Fluss. Ich konnte auf einmal nichts mehr sehen und plötzlich haben wir das Ufer gerammt.«

»Du blöder kleiner Dummkopf«, kreischte Mrs Crabbit. »Du hättest uns alle umbringen können! Was, wenn der Kahn ein Leck bekommen hätte und gesunken wäre? Wir hätten alles verloren!« Sie wandte sich an ihren Mann: »Und du! Was um alles in der Welt hast du dir dabei gedacht, du fauler Trottel? Wieso hast du den Jungen allein im Ruderhaus gelassen? Klar, weil du wieder mal in Ruhe paffen wolltest! Wie kann man nur so blöd sein?«

Doch Crabbit erwiderte: »Er hat noch nie einen Fehler gemacht. Er weiß genau, wie man das Boot steuert. Er macht keine Dummheiten: Das sieht ihm gar nicht ähnlich.«

Anklagend starrte das Ehepaar auf Tal. »Ich habe es doch schon gesagt«, wiederholte Tal, »die Sonne war schuld. Sie hat mich geblendet und da kam ich durcheinander …«

»Du hast nicht nur das Ruder herumgerissen, richtig?«, sagte Crabbit verdächtig ruhig. Er kniff die Augen zusammen und beäugte Tal argwöhnisch. »Du hast gleichzeitig auch beschleunigt, kurz bevor wir ans Ufer stießen. Was hattest du vor?«

»Ich bin in Panik geraten«, verteidigte sich Tal. »Ich habe mir nicht überlegt, was ich da tat … es war ein dummer Fehler. Es tut mir wirklich leid, Mr Crabbit. Soll ich mit Euch kommen, um … um zu überprüfen, ob mit dem Boot alles in Ordnung ist? Es tut mir wirklich leid«, wiederholte er. *Auf, Gaia, beeil dich,* dachte er sich dabei.

Crabbit blieb skeptisch. Er schüttelte den Kopf. »Ich glaube dir nicht«, sagte er. Drohend ging er auf Tal zu und drängte ihn an die Reling. »Das war kein Unfall!«

»Doch, doch, glaubt mir. Ehrlich!« Tal versuchte, sich zu ducken, doch Crabbit packte ihn und drehte ihm den Arm auf den Rücken. Dann beugte er sich zu ihm herab, bis sein Gesicht dicht vor dem Tals war. »Sag mir sofort die Wahrheit!«

»Lasst mich los!« Tal versuchte, sich Crabbits Griff zu entwinden, doch der Druck seiner Hand verstärkte sich. »Ich sage die Wahrheit!«, rief Tal. »Es war ein Unfall, ich weiß nicht, wie es passiert ist. Aua! Lasst mich los!«

»Lügner! Du mieser kleiner Lügner!« Crabbit holte aus und verpasste Tal zwei kräftige Ohrfeigen. »Es war Absicht!«, brüllte er. »Und du sagst mir jetzt sofort den Grund!«

Ein plötzlicher Aufschrei aus dem Mund von Mrs Crabbit brachte sie zum Schweigen. »*Wo ist deine Schwester?*«

Gaia klopfte das Herz bis zum Hals, als sie in der düsteren Kombüse die erste Schublade der Anrichte aufzog. Sie sah ein Durcheinander von alten Papieren und Stofffetzen, nur halb aufgewickelten Bindfäden, Woll- und Baumwollknäueln, Teelöffeln, Fingerhüten, eine tote Maus, die vermutlich verhungert war. Gaia öffnete die zweite und die dritte Schublade und stieß auf dasselbe Durcheinander. Ich werde es nie finden, dachte sie verzweifelt. Von draußen hörte sie Mrs Crabbits keifende Stimme.

Auf, ermahnte sich Gaia, such weiter! Sie begann, die erste Schublade zu durchwühlen, drehte staubige Papiere um, kämpfte sich durch das Gewirr aus Bindfäden und Wolle. Draußen hatte Mrs Crabbit aufgehört zu keifen, und nun konnte Gaia die Stimmen von Tal und Mr Crabbit hören, die von einem Gemurmel zu Geschrei anschwollen. Gaia hatte die erste Schublade durchsucht und riss die zweite auf. Hier konnte ihr Amulett nicht sein, dachte sie sich: Der Inhalt dieser Schublade lag unter einer grauen Staubschicht, hier hatte seit Jahren niemand mehr hineingeschaut und hier hatte gestern Abend niemand etwas versteckt. Gaia trat einen Schritt zurück und betrachtete die Anrichte. Die Schubladen standen noch offen. Einer plötzlichen Eingebung folgend, zog sie die erste Schublade komplett heraus, stellte sie auf den Boden und tastete an der Rückwand der Anrichte herum. Ja, da war etwas, und ihre Finger erkannten es gleich bei der ersten Berührung, sie erkannten die vertraute, glatte Oberfläche, die sonderbaren Einkerbungen. Erleichtert umschloss sie es mit ihrer Faust. Es war, als hätte sie einen Teil von sich selbst wiedergefunden.

Sie konnte hören, wie Crabbit Tal inzwischen anbrüllte und wie ihr Bruder zurückbrüllte. Und auf einmal kam Mrs Crabbits aufgeregter, durchdringender Schrei, der beide zum Schweigen brachte: *»Wo ist deine Schwester?«*

Gaia musste rasch handeln. Sie ließ das Amulett unter ihrer Kleidung verschwinden und rannte die Stufen hinauf. Die Crabbits kamen gerade mit wütenden, hochroten Gesichtern auf die Kombüse zugerannt. Tal folgte ihnen. »Und?«, fragte er lautlos, obwohl er ihr sofort ansah, dass sie es gefunden hatte. Mrs Crabbit warf einen Blick in die Kombüse, sah die Schublade auf dem Boden, stieß einen Wutschrei aus und machte Anstalten, sich auf Gaia zu stürzen.

»Gaia, lauf!«, rief Tal. Sie duckte sich und rannte unter Mrs Crabbits Arm hindurch und über das Deck zum Heck. Tal entkam Mr Crabbits ausgestreckten Händen und lief seiner Schwester zum Heck nach. Doch die Crabbits waren ihnen dicht auf den Fersen. Tal kletterte auf die Reling und zog Gaia mit sich.

»Spring!«

»Was?«

»Springen!«, wiederholte er. Gaia blickte nach hinten und sah das zornige Gesicht von Mrs Crabbit, die bereits beide Arme nach ihr ausstreckte. Sie holte tief Luft und sprang.

Die Kälte traf sie wie ein Schlag. Das Wasser schlug über ihrem Kopf zusammen und einen panischen Moment lang strampelte sie hilflos. Doch dann bekam Tal sie zu fassen und zog sie wieder an die Oberfläche. »Schwimm ans Ufer«, keuchte er. »Ist nicht weit.« Sie nahm all ihre Kräfte zusammen und versuchte zu schwimmen. Es war sehr schwierig in ihrer nassen und schweren Kleidung, doch zum Glück stießen ihre Füße bald auf Grund und sie konnte schwankend und taumelnd zu dem schlammigen Schilfrohr am Ufer waten. Von ihrem Boot aus brüllten ihnen die Crabbits die schlimmsten Verwünschungen nach. Dann rannten sie hin und her, doch Gaia konnte nicht genau sehen, was sie taten.

»Gaia«, rief Tal. »Wir müssen rennen. Sie holen die Leiter und werden uns bestimmt verfolgen.«

Ein kurzer Blick nach hinten, und Gaia sah, dass er recht hatte. Sich beschimpfend und gegenseitig im Weg herumstehend, hatten die Crabbits die schwere Strickleiter von ihrem Aufbewahrungsort am Heck geholt und schleppten sie nun über das Deck zum Bug. Tal packte Gaias Hand und zog sie hinter sich durch das Schilf. Sie erreichten eine unter Wasser stehende Wiese und kämpften sich durch einen Schutzwall aus dornigen Hecken. Dahinter stießen sie auf einen Bewässerungsgraben und stolperten und rutschten Hals über Kopf die steile Böschung hinunter in das eisige Wasser. Auf der anderen Seite des Grabens kletterten sie wieder hinauf, blieben kurz stehen und schauten zum Fluss zurück. Die Crabbits hatten die Strickleiter inzwischen am Bootsrand befestigt und Mr Crabbit saß schon rittlings auf der Reling. Er beschirmte sich die Augen wegen der tief stehenden Sonne und suchte das Ufer ab. Tal packte Gaia am Arm und zog sie neben sich in die Hocke.

»Was ist?«, fragte sie. »Warum laufen wir nicht einfach los?«

»Nein, warte!« Der Acker vor ihnen war kahl und steil ansteigend. Sie konnten ihn nicht überqueren, ohne dass die Crabbits sie gesehen hätten.

»Komm mit!«, sagte er und rutschte wieder in den Graben. »Auf, Gaia, wir sind ohnehin schon nass, und dort oben auf dem Acker würden sie uns mit Sicherheit sehen.« Gaia rutschte ihm nach, und sie wateten durch den Graben, bis sie am Rand des Ackers angekommen waren. Dort erst trauten sie sich wieder heraus, schlüpften durch die Schutzhecke und gelangten auf ein weiteres matschiges Feld. In dessen Mitte stand das kleine Wäldchen, das Tal schon von Weitem gesehen hatte, und auf der gegenüberliegenden Seite begann der große Wald. Die Kinder konnten die zänkischen Stimmen der Crabbits hören, verstanden aber nicht, was sie sich zuriefen, bis Mrs Crabbits bissige Stimme auf einmal glasklar durch die kühle Luft drang.

»Ich schwör's dir, Ben, wenn ich sie erst mal in die Finger kriege, werden sie sich wünschen, sie wären nie geboren worden ...« Es folgte das Knacken von Zweigen, wenig später waren ein schriller Schrei und ein Platschen zu hören. »Sie ist schon im Graben!«, flüsterte Gaia erschrocken.

»So nah! Schnell, zu den Bäumen!«, zischte Tal.

Die Kinder rannten über den sumpfigen, zerfurchten Untergrund auf das kleine Wäldchen zu. Erst im Schutz der Bäume wagten sie es, stehen zu bleiben und nach hinten zu blicken.

»Was macht ihr hier?«

Sie wirbelten herum. Diese Frage kam von einem Mädchen, etwa in Tals Alter. Sie war recht klein und zierlich und hatte große blaue Augen und blonde Haare, die zur Hälfte unter einem lässig um den Kopf gebundenen Schal verborgen waren. Ihre Wangen waren von der Kälte gerötet. Offenbar hütete sie die fünf mageren, schwarzen Schweine, die zwischen feuchtem Laub und Zweigen auf dem Boden herumschnüffelten. Das fremde Mädchen und Gaia musterten sich neugierig, bis Tal, der erneut nach hinten schaute, zischte: »Gaia! Sie sind schon an der Hecke! Sie werden gleich auf dem Feld sein!«

»Wir müssen uns verstecken«, sagte Gaia zu dem Mädchen. »Bitte, kannst du uns helfen?«

Das Mädchen blickte durch die Bäume auf die näher kommenden

Crabbits und dann wieder auf Gaia und Tal. Dann nickte sie und deutete auf den höchsten Baum, der in der Mitte des Hains stand. »Geht da rein«, sagte sie, »er ist hohl. Schnell!« Es gab tatsächlich eine kleine Öffnung am Fuße des Baums. Gaia und Tal krochen in die feuchte Finsternis und kauerten sich eng zusammen.

»Sind ein Mädchen und ein Junge hier vorbeigekommen?« Mrs Crabbits keifende Stimme klang erschreckend nah.

»Ihr meint, gerade eben? Ja, sie sind in diese Richtung gerannt.« Das raschelnde Laub und die knackenden Zweige verrieten Gaia und Tal, dass sich die Schritte der Crabbits wieder entfernten. Da rief das Mädchen plötzlich mit lauter Stimme: »Aber ihr braucht ihnen gar nicht zu folgen. Sie sind in den Wald gerannt.«

»Nun, das wär's dann wohl, Elsa. Am besten, wir gehen aufs Boot zurück, damit du dir etwas Trockenes anziehen kannst.«

Mrs Crabbit schniefte. »Na schön«, sagte sie und rief dann etwas lauter: »Dann wünsch ich denen viel Spaß im Wald, mehr kann ich dazu nicht sagen.«

Wieder raschelte Laub, als sich die Schritte der Crabbits weiter entfernten und leiser und leiser wurden. Dann war alles still. Das blonde Mädchen kniete sich vor die Öffnung und flüsterte: »Sie sind fort.«

Gaia kroch als Erste heraus und wischte sich die Tannennadeln von den Beinen. »Danke«, sagte sie. Sie zitterte wie Espenlaub, als sie mit klappernden Zähnen wiederholte: »Vielen herzlichen Dank!«

»Ihr seid ja völlig nass«, sagte das Mädchen. »Wart ihr im Graben?«

»Und im Fluss.« Gaias Zähne klapperten jetzt noch stärker.

»Ihr holt euch noch den Tod.« Das fremde Mädchen betrachtete Gaias nasse Kleidung und Haare, biss sich dann auf die Lippe und sagte: »Ihr kommt besser mit, damit ihr euch trocknen könnt.« Sie trieb ihre mageren Schweine zusammen und winkte Gaia und Tal zu sich. »Kommt!« Sie gingen hinter ihr über das freie Feld auf den kleinen Bauernhof zu, den Tal vom Boot aus schon gesehen hatte.

»Wie heißt du?«, fragte Gaia das Mädchen.

»Linnet.« Leise öffnete das Mädchen das Hoftor und sagte warnend: »Ihr müsst ab jetzt ganz still sein.« Sie huschte über den Hof in die Scheune und scheuchte die Kinder dabei vor sich her, fast so, als wären sie Hühner. »Da hinauf!« Sie zeigte auf eine steile Leiter, die zum Heuboden führte, und kletterte hinter ihnen ebenfalls hinauf.

Unter den dicken Dachsparren griff sie nach einem Stapel alter Säcke und flüsterte: »Mehr kann ich nicht für euch tun. Gebt mir eure Kleidung und wickelt euch in diese Säcke da. Ich trockne eure Sachen dann im Haus.« Sie kletterte wieder nach unten, während Gaia und Tal sich hastig auszogen und ihre nassen Sachen zu einem Bündel zusammenrollten. Gaia beugte sich über die Leiter.

»Hier!«, rief sie. Linnet wartete unten. Als sie Gaias Ruf hörte, zuckte sie zusammen und legte den Zeigefinger an die Lippen. »Psst, schon gut«, flüsterte sie nach oben. »Wirf die Sachen herunter. Aber ganz still sein, verstanden? Ihr dürft wirklich keinen Mucks machen.« Sie fing das nasse Kleiderbündel auf und rannte aus der Scheune.

»Warum müssen wir so leise sein?«, wunderte sich Gaia.

»Keine Ahnung.« Tal wischte den Staub von dem kleinen Fenster in der Dachschräge, damit er zum Fluss schauen konnte, wo die gestrandete Fröhliche Maid noch immer am Ufer lag. »Ich kann es einfach nicht glauben, dass ich mich wirklich getraut habe.« Mit einem tiefen Seufzer ließ er sich ins Heu fallen.

Gaia berührte das Amulett, das endlich wieder um ihren Hals hing. »Ich bin froh, dass du es getan hast.«

Er lächelte. Sein Lächeln verwandelte sich in ein Gähnen, er schüttelte sich, gähnte erneut und schloss dann die Augen. Gaia sah, dass er sofort einschlief. Auch ihr eigener Kopf fühlte sich schwer und müde an. Sie legte sich neben ihn und deckte sich notdürftig mit einem der kratzigen Säcke zu. Es konnte nichts schaden, wenn sie auch für einige Minuten die Augen zumachte …

»So, so, wen haben wir denn da?« Als sie aufwachte, war es schon Abend. Der Himmel hinter dem Dachfenster war dunkel und sternenklar und ein großer, bärtiger Mann mit einer Laterne in der Hand stand über sie gebeugt. Linnet stand ein gutes Stück weiter hinten im Dunkeln, kaute auf ihrer Unterlippe und hatte die trockenen Kleidungsstücke über dem Arm. »Freunde von dir, Linnet?«, fragte der Mann. »Ich bin Linnets Vater«, erklärte er dann. »Olaf. Freut mich, euch kennenzulernen.«

»Sie wollten sich nur kurz ausruhen und sich trocknen. Sie müssen bald weiter.« Linnets Stimme klang unterwürfig, fast flehend.

»Aber warum sie in der Scheune unterbringen, Kind? Das war nicht sehr gastfreundlich von dir.« Er zerzauste ihre Haare und lächelte Gaia und Tal freundlich an. »Kommt mit in die Küche, dort bekommt ihr auch einen Happen zu essen. Und ich richte euch einen Schlafplatz vor dem Küchenherd her. Zieht euch an, wir warten unten auf euch.«

Leichtfüßig kletterte er die Leiter hinunter. Linnet warf Gaia einen besorgten Blick zu, ehe sie ihrem Vater folgte. Im Dunkeln kleideten sich Gaia und Tal an, kletterten dann ebenfalls vom Heuboden und gingen mit Linnet und ihrem Vater über den Hof und in eine geräumige Küche. Olaf zeigte auf die Stühle vor dem Feuer im Herd. »Kommt und wärmt euch auf. Jede Wette, dass ihr auch hungrig seid.« Er nahm einen Schinken von einem Haken an der Decke, schnitt mit einem Taschenmesser einige dicke Scheiben ab und reichte sie den Kindern.

»Linnet dachte also, sie müsste euch verstecken, wie? So ein Dummerchen. Es mag zwar ein harter Winter sein, aber ihre Freunde sind uns jederzeit willkommen. Hier, trinkt.« Er nahm den Kessel, der zum Warmhalten auf dem Feuer stand, und füllte zwei Becher mit einem würzigen, roten Getränk. »Das wärmt euch bis zu den Zehen, glaubt mir.« Er zwinkerte Gaia mit einem breiten Lächeln zu.

»Und morgen soll es weitergehen, hat Linnet mir erzählt.« Er wartete gar nicht erst auf eine Antwort, sondern schüttelte den Kopf und fuhr mit einem weiteren Augenzwinkern fort: »Muss nicht sein. Ihr könnt ruhig ein paar Tage bleiben. Es ist doch viel zu kalt. Bleibt und ruht euch aus. Bleibt, bis Himalios voll ist.«

Gaia blickte auf Linnet, die blass und stumm am Rand des Feuerscheins saß und sie mit großen Augen anschaute.

»Das ist wirklich sehr nett«, sagte Gaia. »Aber wir wollen euch nicht zur Last fallen. Und wir müssen wirklich weiter.«

»Ihr seid uns keine Last. Linnet freut sich immer über etwas Gesellschaft. Sie ist viel allein, nicht wahr, mein Schatz?« Er erhob sich und kickte einen Holzscheit ins Feuer. Die Flammen loderten auf, Funken stoben. »Besser, ihr bleibt. Zumindest bis der Kahn repariert ist und weiterfahren kann.«

Er sah ihre erschrockenen Gesichter und lachte. »Klar hab ich davon gehört. Ben Crabbit glaubt offenbar, ihr hättet es mit Absicht getan. Aber keine Bange. Ich werde ihm nicht verraten, dass ihr hier seid.«

»Bleibt!«, wiederholte er dann. Es klang inzwischen aber eher wie eine Drohung als wie eine Einladung.

»Danke«, sagte Gaia so gelassen, wie es ihr möglich war, und stupste Tal an, der daraufhin ebenfalls »Ja, danke« stammelte. Er warf ihr einen panischen Blick zu, den sie mit einem nicht minder ängstlichen und beklommenen Blick erwiderte.

»Gut«, sagte Olaf mit einem breiten Grinsen. »Dann richte gleich mal zwei Schlafplätze her, Linny.« Wortlos erhob sich Linnet und holte zwei Federbetten und Decken aus einem hohen Schrank, der in einem düsteren Winkel der Küche stand. Wie ein Vogel in seinem Käfig huschte sie durch den Raum und legte das Bettzeug vor den Küchenherd.

»Gaia!« Eine Stimme sprach zu ihr im Traum. »Gaia!« Sie schlug die Augen auf. Im bleichen, grauen Licht des frühen Morgens konnte sie vage die Umrisse der Küche erkennen, dann Linnets Gesicht dicht über dem ihren.

»Was ist?«, fragte sie benommen. Linnet fröstelte und legte einen Finger an die Lippen. »Psst, ihr müsst gehen, sofort. Ehe er aufwacht.«

»Was?«

»Was ist los?« Tal war ebenfalls aufgewacht. Er rieb sich die Augen und schaute sich verschlafen um. »Warum müssen wir so früh aufstehen?«

»Psst.« Linnet warf einen nervösen Blick über ihre Schulter. »Ihr müsst gehen«, wiederholte sie.

»Was? Warum?«

»Er will euch verkaufen. Deshalb wollte er unbedingt, dass ihr bleibt, bis Himalios voll ist. Denn dann findet in Fairwold der Sklavenmarkt statt. Das hat er schon mehrmals gemacht … mit Kindern, die allein unterwegs waren. Bitte, geht! Schnell, ehe er aufwacht …«

Sie glaubten ihr aufs Wort. Das erklärte alles: Linnets sichtliches Unbehagen am Vorabend und die leise Drohung hinter Olafs heiterer Gastfreundlichkeit. Tal sprang sofort auf und wollte zur Tür rennen, doch Linnet wisperte: »Nein! Nicht da lang! Die Tür ist abgeschlossen und er hat den Schlüssel. Es geht nur durch das Fenster in der Milchkammer.«

Sie führte sie durch die dunkle Küche in ein Nebenzimmer. Dort kletterte sie auf einen Tisch mit einer glatten Steinplatte und öffnete vorsichtig das darüberliegende kleine Fenster. Es quietschte und die drei Kinder hielten erschrocken die Luft an. Doch als von oben kein Geräusch kam, nickte Linnet und sagte leise: »So, jetzt geht!« Tal kletterte als Erster durch das Fenster und sprang von dort aus auf den Boden. Gaia folgte ihm, doch auf dem Fenstersims schaute sie sich noch einmal um. »Was ist mit dir?«

»Schon gut. Er wird zwar toben, aber ich bin sein Fleisch und Blut. Er wird mir schon nicht den Kopf abreißen.«

»Warum kommst du nicht mit uns?«

»Nein, schon gut«, wiederholte sie, als plötzlich ein Ruf von oben kam. »Linnet? Wo bist du? Was machst du da unten?«

»Schnell, lauft weg!« Linnet gab Gaia einen Schubs. »Hier«, rief sie dann. »Ich bin hier, Vater.«

Gaia landete neben Tal in einer grauen Morgendämmerung. Nebelschwaden hingen über den nahen Wiesen und Feldern, die übrige Umgebung war hinter einer dichten Nebelwand versteckt. Sie rannten über den Hof, kletterten über das Tor und überquerten das erste Feld. Hinter ihnen waren laute Geräusche zu hören: Olaf brüllte, Linnet schluchzte und wimmerte, Hunde bellten. An dem Schutzwall aus Hecken blieben sie kurz stehen und warfen einen Blick zurück. In dem Nebel konnten sie Olaf hinter dem Tor nur undeutlich sehen – ihn und ein Rudel Hunde, das aufgeregt um ihn herumsprang. Tal kniff die Augen zusammen, um zwischen den einzelnen Nebelschwaden etwas erkennen zu können.

»Was hält er den Hunden unter die Nase?«

»Unsere Decken«, flüsterte Gaia. »Die Decken, in denen wir geschlafen haben.«

Tal erbleichte. »Dann werden sie gleich hier sein. Lauf!« Sie rannten über das nächste, gepflügte Feld und kamen immer wieder ins Straucheln, weil schwere, nasse Erdklumpen an ihren Stiefeln hängen blieben. Der Nebel war dichter geworden. Er war inzwischen so dicht, dass sie kaum noch den Boden unter ihren Füßen sehen konnten. Doch dafür hörten sie die Hunde im Nebel heulen und bellen. Gaia ließ sich von Tal mitziehen und hatte nicht die geringste Ahnung, wohin sie stolperten. Dann plötzlich spürte sie einen Teppich aus Laub unter ihren Füßen und merkte, dass dicke Äste über ihren Köpfen das spärliche, bleiche Morgenlicht wegnahmen.

Sie hatten die Felder hinter sich gelassen und waren in den Wald gerannt.

9. Kapitel
Der Nouldewood

Gaia blieb abrupt stehen. »Tal«, keuchte sie, »wir sind im Wald!«

Erschrocken blickten sie sich um: Hinter ihnen lagen freies Gelände und sichere Gefangennahme, vor ihnen die tiefen Schatten eines Ortes, dessen Betreten den sicheren Tod bedeutete.

»Wir müssen sofort hier weg, Tal. Das ist der *Nouldewood.* Du weißt, was John gesagt hat.«

»Ja, ich *weiß.*« Er schaute nach links und nach rechts, doch noch ehe er etwas sagen konnte, hörten sie hinter sich Schritte und hohes, aufgeregtes Gekläffe. »Ich glaube nicht, dass die Hunde von dem Verbot wissen«, sagte Tal und zog an ihrer Hand. »Auf! Lauf!«

Sie rannten, blindlings und voller Panik. Völlig orientierungslos tauchten sie zwischen die Bäume ein. Herunterhängender Efeu mit zähen, starren Stängeln und knorrige Baumwurzeln ließen sie stolpern und straucheln und sie blieben an niedrigen Ästen und Brombeersträuchern hängen. Zweige schlugen ihnen ins Gesicht. Halb blind stolperte Gaia über eine dicke Bodenwurzel, fiel der Länge nach hin und stieß einen Schrei aus. Tal drehte sich um, riss sie wieder hoch, blieb eine halbe Sekunde lang stehen und spitzte die Ohren.

Sie waren noch immer hinter ihnen her. Er hörte, wie sich die Hunde durch das Unterholz kämpften. Sie waren sogar noch sehr viel näher als vorhin, so nah, dass er fast ihren gierigen Atem hören konnte. Er riss Gaia weiter, und sie schoben sich durch eine Wand aus dicht nebeneinanderwachsenden Büschen und gelangten auf eine Lichtung, in deren Mitte ein einzelner Baum stand. Tal war kurzzeitig erleichtert und dachte: Schon besser – wenigstens sind keine Wurzeln und Äste mehr im Weg und wir können ungehindert auf die andere Seite der Lichtung gelangen. Doch er hatte diesen Gedanken noch nicht zu Ende gedacht, als er merkte, dass dieser Abschnitt hier nicht besser war. Ganz und gar nicht. Er war sehr, sehr viel schlimmer.

Die Lichtung war mit Blättern übersät. Herbst um Herbst waren sie heruntergefallen, hatten sich unter den ausladenden Ästen des großen Baums angesammelt und inzwischen eine beträchtliche Höhe erreicht. Tal versank fast bis zu den Knien darin und hätte beinahe das Gleichgewicht verloren. Er sah, dass es Gaia nicht anders erging. Hastig richtete er sich wieder auf und quälte sich weiter, doch es war ihm kaum möglich: Es war so anstrengend, als versuche man, unter Wasser zu rennen. Hinter ihnen waren die Hunde inzwischen auf die Lichtung gestürmt, rutschten ebenfalls in den Blättern aus, konnten sich aber rasch wieder fangen und setzten den Kindern unverdrossen nach.

»Auf den Baum!«, keuchte Tal. Bis sie es zu ihm geschafft hatten, waren ihnen die Hunde dicht auf den Fersen. Tal half Gaia auf den untersten Ast und schwang sich dann hinter ihr hinauf. Die Hunde – vier, fünf oder sechs von ihnen – schwärmten auf den Baum zu und rannten dann knurrend und bellend um den Stamm. »Wir müssen höher!«, keuchte Tal, und sie kletterten höher und höher, bis sie genügend Abstand zu den Hunden hatten.

Es war ein gewaltiger Baum, dessen Äste so dick waren, dass man sich darauflegen konnte. Außer Atem legten sie sich auf den Rücken und schauten auf die kleinen Ausschnitte des Himmels, die zwischen dem Geäst über ihren Köpfen zu sehen waren. Unter ihnen versuchten die Hunde vergeblich, am Baumstamm hinaufzuspringen. Ihr wütendes Gebell verwandelte sich in ein Knurren und irgendwann trat Stille ein.

»Sind sie fort?«, flüsterte Gaia nach einer Weile. Tal setzte sich auf und spähte verstohlen nach unten. Doch kaum hatte er sich bewegt, als das Bellen erneut einsetzte.

Hastig zog er den Kopf wieder ein und sie warteten und warteten. Der morgendliche Nebel lichtete sich zunehmend, und die bleiche Scheibe der frühen Sonne stieg hinter dem Vorhang aus Schneewolken, die am Himmel hingen, höher. Hin und wieder regnete ein kurzes Schneegestöber herab, doch dank der Äste über ihnen blieben die Kinder erstaunlich trocken. Es war auch überraschend warm, fast so, als hätte der Baum in seinem Inneren Hitze gespeichert, die er nun ausstrahlte, um die Kinder darin einzuhüllen. Der graue Morgen ging in einen grauen Nachmittag über. Die Kinder wurden allmählich hungrig und waren steif vom langen Stillhalten. Doch sie brauchten nur die kleinste Bewegung zu machen, und schon fingen die Hunde wieder an, wütend zu bellen. Am späten Nachmittag begann Tal, der sich innerlich bereits darauf einstellte, die ganze Nacht auf diesem Baum zu verbringen, sich beklommen zu fragen, ob die Hunde jemals aufgeben würden. Oder würden sie so lange durchhalten, bis Hunger und Durst Gaia und ihn auf die Erde zurücktrieben?

Da hörte er endlich etwas rascheln. Unten auf der Lichtung hatten sich die Hunde inzwischen offenbar zum Rückzug entschlossen und kämpften sich unbeholfen durch die hohe Laubdecke. Dann schlichen sie zwischen die Bäume und verschwanden aus dem Blickfeld der Kinder. Für eine Weile waren sie noch im Unterholz zu hören, doch die Geräusche wurden leiser und leiser und verebbten schließlich ganz.

Tal setzte sich auf.

»Gehen wir«, sagte er. »Am besten gleich. Solange es noch hell genug ist und wir den Rückweg finden.«

»Und was ist mit Olaf?«, gab Gaia zu bedenken. »Und den Crabbits?«

»Hab ich mir auch schon überlegt«, sagte Tal. »Wenn wir jetzt bis zum Waldrand gehen, uns aber erst hinauswagen, wenn es ganz dunkel ist, sind wir weit genug weg, wenn der neue Tag anbricht. Ich denke, wir sollten am Waldrand entlang gen Osten gehen, obwohl es ein riesiger Umweg ist. Aber irgendwann müssten wir wieder an den Fluss kommen und können dann am Ufer entlang nach Freehaven gehen.«

Gaia war skeptisch. Die Vorstellung, wieder zurückzugehen und möglicherweise Olaf oder den Crabbits in die Hände zu laufen, behagte ihr ganz und gar nicht. »Dieser Umweg am Wald entlang, wie lange würde er dauern? Einen Mond lang, richtig? Vielleicht sogar länger. Weißt du noch, was uns auf der anderen Seite erwartet?«

Tal versuchte, sich Johns Landkarte in Erinnerung zu rufen. »Eine Hügellandschaft, glaube ich. Keine hohen Berge. Ich denke, das können wir schaffen. Und außerdem«, sagte er ungeduldig, »geht es jetzt erst einmal darum, wieder aus dem Wald herauszukommen. Du weißt ja, dass John gesagt hat, der Wald sei ein verbotener Ort.«

Sie nickte. Nachdem die Kinder ihre steifen Glieder gereckt hatten, rutschten sie am Baum hinunter und landeten im weichen Laub. Tal stapfte sofort los, doch Gaia rief ihn noch einmal zurück.

»Tal, schau!« In der zerfurchten Baumrinde wuchs etwas: Hunderte kleiner, dunkelroter, runder Früchte, die ein bisschen wie Pilze aussahen. »Schau«, sagte sie. »Die Frau auf dem Markt … sie hat diese Dinger doch verkauft!« Gaia pflückte eine Frucht und biss hinein: Sie hatte einen kräftigen, köstlichen Geschmack. »Wie schön, jetzt haben wir wenigstens etwas zu essen«, sagte sie. Doch Tal blickte nach oben, zu den kleinen Flecken des sich verdunkelnden Himmels, der zwischen den Ästen zu sehen war.

»Es wird schnell dunkel«, sagte er. »Wir müssen hier weg, solange man noch etwas sehen kann.« Er pflückte einen der Fruchtpilze und steckte ihn in den Mund. Bei dem köstlichen Geschmack drehte sich ihm vor Hunger fast der Magen um. »Na schön, nehmen wir uns eine Handvoll mit. Wir können sie unterwegs essen. Aber jetzt *müssen* wir los!«

In aller Eile stopften sie sich die Taschen voll, ehe sie sich durch das hohe Laub auf der Lichtung zu dem dicht bewachsenen Waldrand zurückkämpften. An einem der Sträucher, an denen sie am Morgen auf ihrer panischen Flucht blindlings vorbeigerannt waren, mit schimmernden grünen Blättern, hingen kleine weiße Beeren mit hellgrünen Pünktchen. »Moment mal!«, rief Gaia. »Diese Beeren gab es auf dem Markt auch.« Doch Tal wollte nicht stehen bleiben.

»Herrje, Gaia! Wir müssen endlich hier *raus*!« Wenn sie bei Anbruch der Dunkelheit nicht wieder am Waldrand waren, waren sie verloren. Es war schon schwierig genug, sich jetzt in der Dämmerung zwischen den Bäumen zu bewegen. Bei völliger Dunkelheit wäre es ganz unmöglich. Wenn sie es bis dahin nicht schafften, konnten sie für diesen Tag gleich ganz aufgeben. Und das würde bedeuten, dass sie sich morgen bei Tagesanbruch durch den Wald schleichen müssten und Gefahr liefen, entdeckt zu werden. Und wenn das geschah … was dann? *»Sie wird das Mondlicht nicht mehr sehen.«* Crabbits ominöse Worte gingen ihm nicht aus dem Kopf. Er schauderte. »Auf, Gaia!«, drängte er seine Schwester, die gerade dabei war, ein hängendes Rebengewächs mit weißen Blättern zu inspizieren. Doch nach ein paar weiteren Schritten blieb er stehen.

»Ich weiß nicht, ob die Richtung noch stimmt.« Er schaute nach links und nach rechts, aber sie waren so überstürzt in den Wald gerannt, dass er keine Zeit gehabt hatte, sich unterwegs irgendwelche Punkte zu merken. »Ich glaube, ich muss schnell noch mal auf einen Baum klettern.«

»Warum?«

Doch da saß Tal schon rittlings auf dem niedrigsten Ast eines dicken Baums. »Der Sonnenuntergang«, erklärte er ungeduldig. »Wenn ich sehe, wo die Sonne untergeht, weiß ich, in welche Richtung wir gehen müssen. Nämlich nach Norden …«

Er kletterte flink höher, aber der Baum hatte so viele Zweige und Äste, dass Tal nur kleine Flecken des Himmels sehen und nicht erkennen konnte, wo das Licht am hellsten war.

Eilends rutschte er wieder hinunter und versuchte sein Glück auf einem anderen und dann noch einem dritten Baum. Doch er stieß überall auf das gleiche undurchdringliche Labyrinth von Zweigen und Ästen. Als er fast schon am Verzweifeln war, fand er endlich einen Baum, der so hoch war, dass er einen guten Ausblick auf den Himmel hatte und ein graues Schimmern ihm zeigte, wo hinter den Wolken gerade die Sonne unterging.

Er ließ sich wieder hinuntergleiten und landete neben Gaia auf dem Boden. Sie öffnete gerade eine braune Schote, die sie von einem dornigen Busch gepflückt hatte. Im Inneren waren lauter orangefarbene Samenkörner.

»Hier lang!« Er klang, als wäre er sich seiner Sache sehr sicher, als er zielgerichtet losmarschierte. Doch es war unmöglich, geradeaus zu gehen. Umgestürzte Bäume, der matschige Boden und undurchdringliche Sträucher ließen die Kinder immer wieder von ihrem ursprünglichen Weg abkommen. Obwohl sie lange Zeit marschierten, bis weit nach Sonnenuntergang, kamen sie einfach nicht zum Waldrand. Unfähig, auch nur einen Schritt weiterzugehen, blieben sie irgendwann stehen, umgeben von völliger Dunkelheit inmitten dieser endlosen Bäume. Tal sagte: »Wenn wir in die richtige Richtung gegangen wären, hätten wir den Wald längst hinter uns, da bin ich mir ganz sicher.« Gaia merkte, dass er zitterte, und dabei war es hier zwischen den Bäumen gar nicht kalt. »Wir haben uns verlaufen. Wir haben uns im Nouldewood verlaufen. Tut mir leid, Gaia.« Tal sank auf den Boden und begrub das Gesicht in den Händen.

Gaia setzte sich neben ihn. Sie war auf einem weichen Blätterhaufen gelandet, und als sie sich mit den Händen abstützte, stellte sie fest, dass dieser zum Glück trocken war.

»Wir müssen uns ausruhen«, sagte sie. »Wir können morgen früh überlegen, was wir tun.« Aber Tal wollte keine Pause einlegen. Sie waren im Nouldewood, und je schneller sie hier heraus waren, desto besser. Doch die Dunkelheit unter diesen Bäumen war dicht, fast mit den Händen greifbar. Wie sollten sie sich da zurechtfinden? Niedergeschlagen musste Tal schließlich klein beigeben, und die Kinder legten sich, in Johns dicke Felljacken gehüllt, auf dem Laubhaufen schlafen.

Die tollkühne Idee kam Gaia mitten in der Nacht, nachdem sie von einem Rascheln im Laub in nächster Nähe aufgewacht war. Sie überlegte angestrengt. Es könnte klappen. Es *würde* klappen. Es durfte nicht *nicht* klappen! Eigentlich sprach nichts dagegen. Außer …

»Bist du völlig verrückt geworden?«, rief Tal.

»Ich finde, es ist eine gute Idee.«

»Hab ich dich richtig verstanden?«, sagte er. »Zuerst suchen wir den Fluss. Dann – mal angenommen, wir finden ihn auch – gehen wir nicht ein Stück zurück nach Norden, sondern wir folgen ihm die ganze Zeit in südlicher Richtung, quer durch den Wald, und dann weiter bis Freehaven.«

»Richtig«, sagte sie. »Wozu sollen wir genau zu derselben Stelle zurückkehren, an der wir den Wald betreten haben? Wir wissen, was uns dort erwartet. Und ich habe recht, stimmt's? Wir haben es auf Johns Karte gesehen: Der Fluss fließt quer durch den Wald und dann weiter bis Freehaven.« Sie streckte beide Hände aus. »Ganz einfach.«

»Die Sache hat nur einen kleinen Haken«, sagte Tal. »Wenn wir tun, was du vorschlägst, wären wir … ich weiß nicht … ungefähr einen halben Mond lang oder mehr an einem Ort, wo wir nicht sein dürfen. Darauf steht die Todesstrafe. Es ist verrückt! Wir müssen hier raus! So schnell wie möglich.«

»Da bin ich anderer Meinung«, sagte Gaia. »Die Sache ist die: Wenn wir nicht geschnappt werden …«

»Wenn!«, schnaubte er. »Aber wenn doch …?«

»Nein, hör mal«, sagte sie eindringlich. »Wenn wir nicht geschnappt werden, können wir hier wunderbar überleben. Es gibt massenhaft zu essen: die ganzen Sachen vom Markt, sie wachsen überall. Denk mal an draußen! Wo würden wir dort etwas zu essen finden? Und hier ist es auch wärmer. Weißt du noch, wie eisig kalt es auf dem Fluss war? Wir würden erfrieren, wenn wir außerhalb des Walds irgendwo im Freien übernachten. Falls wir nicht vorher schon verhungert sind.«

Tal dachte lange und angestrengt nach. Schließlich sagte er: »Wo geht die Sonne auf? Wenn wir versuchen, immer nach Süden zu gehen, und unterwegs auf einen Bach stoßen und an ihm entlang zum Fluss gehen, könnten wir es eventuell schaffen.«

»Ja«, sagte Gaia aufgeregt. »Und wenn wir zufällig jemanden treffen, können wir immer noch sagen, wir wären durch einen dummen Zufall in den Wald geraten und versuchten nur, wieder herauszufinden …«

»Mir persönlich wäre es lieber«, sagte Tal und verzog das Gesicht, »wir würden niemanden treffen.«

An ihrem ersten Morgen im Wald fühlten sie sich alles andere als wohl. Überall waren Geräusche zu hören. Aus den Bäumen über ihnen ertönte Vogelgezwitscher, der Wind flüsterte und am Boden war das Rascheln und Schnüffeln winziger Tiere zu hören. Anfangs versetzte jedes Geräusch sie in Angst und Schrecken. Nach und nach gewöhnten sie sich daran und gingen unbekümmerter weiter, doch gegen Mittag, als sie gerade eine große Lichtung überquerten, hörten sie ein Geräusch, das eindeutig näher kam und immer lauter wurde. Irgendetwas kam durch die Bäume auf sie zu. Verängstigt griff Gaia nach Tals Arm. »Was ist das?«

Es waren eindeutig Hufe! Im Geiste sah Tal schon eine Truppe von Reitern vor sich, die den Wald nach Eindringlingen absuchten – und die jeden Augenblick bei ihnen sein würden. Hektisch blickte er sich um, auf der Suche nach einem Versteck, doch außer einem Busch war weit und breit nichts zu sehen. Er machte einen Satz darauf zu, zog Gaia mit sich, und sie versuchten, sich darunter zu verstecken.

Aber natürlich waren sie noch zu sehen, das war Tal absolut klar. Die Hufe kamen näher und donnerten stampfend auf die weiche Erde. Dann blieben sie stehen, und man hörte nur noch ein schweres Atmen. Schicksalsergeben schloss Tal die Augen. Doch Gaia, neben ihm, lachte leise auf.

Mitten auf der Lichtung stand ein kleines Rudel Wild: ein weißer Rehbock und drei weiße Rehe. Sie waren schnell gelaufen und atmeten schwer, doch was immer die Tiere auch erschreckt hatte, hatten sie inzwischen hinter sich gelassen und sie fühlten sich wieder sicher.

»Wie schön sie sind!«, wisperte Gaia. Die Tiere waren tatsächlich wunderschön, als sie nun fast schimmernd vor den Bäumen standen, wie Geschöpfe aus Mondlicht. Gaia kam aus dem Busch hervor, und das Wild drehte ihr den Kopf zu, neugierig, aber ohne Furcht. Seelenruhig schauten die vier Tiere den Kindern nach, die nun über die Lichtung gingen und wieder im Dickicht verschwanden.

Das war bis jetzt ihr größter Schrecken gewesen. Es gab auch noch andere, aber allmählich gewöhnten sich die Kinder an die vielen Geräusche. Nach wenigen Tagen fühlten sie sich hier fast wie zu Hause. Und der Wald sorgte für sie, gab ihnen Essen in Hülle und Fülle, eine gewisse Wärme im trockenen Laub und bot ihnen Schutz vor dem grimmigen Winterwetter, das sie oberhalb der Baumwipfel erspähen konnten. Bald schon kam eine Art Routine in ihren Tagesablauf: Nachdem sie am frühen Morgen aus ihrem Laub gekrochen waren, pflückten sie sich ihr Frühstück, und danach kletterte Tal so lange von einem Baum auf den anderen, bis er die Sonne sehen und so die Route für den jeweiligen Tag bestimmen konnte. Sie marschierten tapfer, obschon nur langsam, zwischen den Bäumen entlang, verloren oft die Orientierung und gingen manchmal auch versehentlich wieder ein Stück zurück. Dennoch kämpften sie sich auf diese Weise beharrlich in Richtung Süden vor.

Den Fluss fanden sie allerdings nicht. Trotzdem hatten sie immer genügend zu trinken. Einige der Pflanzen waren so saftig, dass die Kinder damit Hunger und Durst zugleich stillen konnten. Sie fanden immer wieder große Blätter, in denen sich – wie in Schalen – Regenwasser gesammelt hatte. Und hin und wieder sprudelte eine Quelle aus der Erde, doch das Wasser dieser Quellen versickerte rasch wieder und wurde nie zu einem Bach, der sie zum Fluss geführt hätte.

Am siebten Tag kamen sie in ein Gebiet, das besonders dicht bewaldet war und wo der Untergrund so überwuchert und uneben war, dass jeder Schritt eine große Anstrengung bedeutete. Sie mussten sich so sehr konzentrieren, dass sie meist nach unten und kaum nach vorne schauten, und so kam es, dass sie beide höchst überrascht waren, als sie plötzlich gegen ein Hindernis stießen.

Es war ein Zaun. Eine geschlossene Barriere aus dicken Holzbrettern, eins über dem anderen und sehr viel höher als sie selbst. Sie schauten nach rechts und nach links, doch der Zaun erstreckte sich endlos in beide Richtungen.

»Was um alles in der Welt …«, stammelte Tal.

»Es ist eine Art Zaun, nicht wahr?«

»Aber wozu ein Zaun mitten im Wald? Hilfst du mir mal hoch? Ich will sehen, was da auf der anderen Seite ist.« Tal stellte sich auf Gaias verschränkte Hände, zog sich hinauf und setzte sich dann rittlings auf das oberste Brett.

»Was siehst du?«, rief Gaia von unten.

»Eine Art Straße … und dahinter einen weiteren Zaun wie dieser hier … dahinter dann nur wieder Wald, so weit das Auge reicht.«

»*Was?* Das muss ich mir anschauen. Ziehst du mich hoch?« Er beugte sich hinab, packte ihre Hand und zog sie zu sich herauf. »Was sind das für Dinger da unten?«, fragte sie, als sie neben ihm saß. Und noch ehe er sie daran hindern konnte, war sie auch schon hinuntergesprungen und in dem Graben am Fuße des Zauns gelandet. Neugierig kletterte sie wieder heraus, um auf die merkwürdige Straße zuzugehen.

»Gaia!«, rief er ihr leise nach. »Was machst du da?« Doch sie flüsterte nur: »Das ist ja wirklich sonderbar. Komm mal her und sieh selbst!« Sie war in die Hocke gegangen und starrte auf etwas in der Mitte der Straße.

»Gaia, du solltest lieber wieder herkommen!«

»Nein, komm du her!«, zischte sie. »Komm her und schau dir das an!« Er seufzte, schaute angestrengt nach rechts und nach links und sprang dann vom Zaun, um zu ihr zu gehen. Gaia starrte auf zwei gerade Metallschienen, die sich – genau parallel zueinander – endlos in beide Richtungen zu erstrecken schienen. »Wofür die wohl gut sind?«

Tal gab ihr keine Antwort. Er hob den Kopf und spitzte die Ohren. Da hörte sie es ebenfalls: ein entferntes Wispern, das aus großer Entfernung von einem Ende der Metallschienen zu kommen schien. Und etwas näher, hinter dem hohen Holzzaun, knackten Zweige, als ob sich etwas Großes und Schweres durch das Unterholz kämpfen würde.

»Was ist das?«, fragte Gaia, deren Stimme unter den Bäumen eigenartig widerhallte.

Das Wispern in der Ferne wurde lauter, schwoll zu einem rhythmischen Knattern, dann zu einem Dröhnen an. Und sehr viel näher hörten sie ein Geräusch, das klang, als würde etwas – oder jemand – über den Zaun klettern. Plötzlich sprang ein Mann hinter ihnen auf den Weg, packte sie und zerrte sie unsanft in den Graben. Dort drückte er sie auf den Boden und schaufelte Laub über sie. Über das näher kommende Dröhnen hinweg raunte er ihnen zu: »Bleibt ganz still liegen! Wenn euch euer Leben lieb ist, rührt euch ja nicht und gebt keinen Mucks von euch!« Und schon rauschte das dröhnende Ding an ihnen vorbei, mit einem Sog aus heißem Wind, der die trockenen Blätter aufwirbelte und wegpustete. Als Gaia aus ihrem Versteck spähte, sah sie es in der Ferne verschwinden: eine lange Reihe von riesigen Metallkisten auf Rädern, die eine Wolke heißen Dampfs hinter sich herzogen. Doch da das merkwürdige Gefährt so schnell war, war es bald schon in der Ferne unter den Bäumen verschwunden.

»Ihr Dummköpfe!«, fuhr der Fremde sie an. »Ihr kleinen *Idioten*! Was habt ihr euch nur dabei gedacht, hier herumzuspazieren?« Er erhob sich und wischte sich die Blätter von seinem Umhang. »Also: Ich höre!«

Gaia biss sich auf die Unterlippe. »Wir wollten nicht … ich meine, wir sind nur …«

»Was habt ihr überhaupt hier im Nouldewood zu suchen?«, fragte er. »Wisst ihr nicht, dass es ein verbotener Ort ist?«

Verängstigt sagte Gaia: »Tut mir leid, wir wollten eigentlich nicht … Wir mussten weglaufen … Und da gerieten wir aus Versehen in den Wald und haben uns verlaufen …« Gaia wurde plötzlich bewusst, dass sie mittlerweile viel zu tief im Wald waren, als dass diese Geschichte noch glaubwürdig geklungen hätte. Doch der Fremde schaute inzwischen nicht mehr wütend, sondern eher verwundert drein, als er Gaia nun kopfschüttelnd betrachtete – fast so, als versuche er, sich an etwas zu erinnern.

»Haben wir uns nicht schon mal gesehen?«, fragte er. Gaia schüttelte den Kopf, doch er bestand darauf:. »Ich habe dich ganz gewiss schon mal gesehen, ich könnte wetten … Wo kommt ihr her?«

»Arimaspia«, antwortete sie. Tal warf ihr einen warnenden Blick zu.

»Das ist ja ganz weit im Norden«, sagte der Fremde. »Was um alles in der Welt hat euch hierher verschlagen?«

»Wir … wir müssen nach Freehaven«, sagte sie. »Und wir dachten, es geht schneller, wenn wir am Fluss entlang durch den Wald gehen.«

»Keine schlechte Idee«, sagte der Fremde. »Ist aber nicht ganz einfach, wenn man sich hier nicht auskennt.« Ein plötzliches Grinsen huschte über sein Gesicht. »Kommt, ich begleite euch ein Stück!«

Nein, dachte Tal erschrocken. Es wäre absolut verkehrt, an diesem verbotenen Ort mit einem Fremden mitzugehen. Er versuchte, Gaia mit einem Blick zu warnen – doch wozu? Selbst wenn sie Reißaus nähmen, würde der Fremde zumindest einen von ihnen mühelos fangen; und was nützte es schon, wenn nur einer von ihnen davonkam? So blieb Tal nichts anderes übrig, als sich am Zaun hochheben zu lassen und wieder auf die andere Seite zu klettern. Sie folgten dem Fremden auf einem schmalen Pfad durch das dichte Unterholz. Er ging vor ihnen her und bog störende Zweige zur Seite, damit sie besser durchkamen.

»Wie heißt Ihr?«, fragte Gaia nach einer Weile.

»Nicht fragen!«, rief der Fremde über die Schulter zurück. »Ich frage auch nicht, wie ihr heißt. Wir hier im Wald nennen unsere Namen nicht. Und wir duzen uns im Übrigen alle.«

»*Wir?* Es gibt also noch mehr Menschen hier?«

»Nicht fragen. Wir verraten uns keine Geheimnisse, die nicht unbedingt ausgesprochen werden müssen. Ich bringe euch zum Fluss und zeige euch, in welche Richtung ihr gehen müsst, um nach Freehaven zu kommen. Das ist alles, was ihr wissen müsst.«

Schweigend schlängelte er sich weiter an den Bäumen vorbei. Nach einer Weile sagte Gaia: »Darf ich trotzdem fragen, was das für ein Ding war, das vorhin auf dem Weg an uns vorbeigebraust ist? Dieses dröhnende Gefährt auf Rädern? Es kam mir wie ein Metalldrache vor.«

Er lachte. »Das war eine Dampfrakete. Gehört dem Monarchenbund. Wisst ihr, sie hassen den Wald …«

»Warum?«, wollte Gaia wissen.

»Alte Orte haben alte Bedeutungen«, sagte er geheimnisvoll. »Doch Hass hin oder her, der Wald liegt zwischen Freehaven und dem Norden, und es ist ein weiter Weg, wenn man ihn umrunden muss. Der einzig schnelle Weg führt nun einmal mitten hindurch.«

»Das haben wir uns auch gesagt«, meinte Gaia.

»Hmmm«, sagte der Fremde. »Nur, dass ihr eigentlich nicht hier sein dürftet.«

»Und du?«, fragte sie herausfordernd.

Er lachte. »Der Punkt geht an dich. Aber wenn ihr mich nicht verratet, verrate ich euch auch nicht. Abgemacht?«

»Abgemacht«, sagte Gaia und sie setzten schweigend ihren Weg fort.

Am Nachmittag stießen sie mitten im Wald auf eine tiefe, felsige Schlucht und beschlossen, eine kleine Rast einzulegen. Tal saß da und schwieg. Gaia hatte unterwegs eine Handvoll ihr unbekannter Beeren und Wurzeln gesammelt, die sie nun sortierte. Sie fragte den Fremden, welche davon man essen konnte.

»Die ja …«, erklärte er ihr. »Und die da ebenfalls … die hier nicht …« Plötzlich hielt er sich die Hand an den Mund und schaute nach oben. »Psst!«

Erschrocken blickte Gaia an den Bäumen hinauf.

»Keine Angst«, sagte der Mann mit einem zufriedenen Grinsen. »Ist nur unser Abendessen!« Er deutete auf die andere Seite der Schlucht, auf einen Baum, in dessen Wipfel sich ein Schwarm dicker Tauben niedergelassen hatte. Lautlos nahm er seinen Bogen vom Rücken, legte einen Pfeil ein und schoss ihn ab. Die Tauben erhoben sich sofort unter lautem Flügelrauschen in die Lüfte, doch eine von ihnen plumpste durch die Äste hindurch nach unten.

Der Mann schlang sich seinen Bogen wieder auf den Rücken, kletterte den steilen Abgrund hinunter und rannte auf die andere Seite. Sobald er weg war, sprang Tal auf.

»Auf, laufen wir weg!«

»Was?«, sagte Gaia.

»Wir wissen doch gar nicht, wer er ist! Wir gehen einfach mit ihm. Wer weiß, was er mit uns vorhat! Vielleicht will er uns ausliefern oder uns *verkaufen* … Wir wären verrückt, wenn wir ihm blindlings vertrauten!«

»Er hat uns vor der Rakete gerettet«, gab sie zu bedenken.

»Ja, hat er zumindest behauptet.«

»Ich denke, da irrst du dich. Ich finde ihn sehr nett«, beharrte Gaia. »Und er hat versprochen, uns den Weg nach Freehaven zu zeigen. Wir selbst waren in diesem Punkt ja nicht sehr erfolgreich, oder?«

»Doch, wir brauchen nur etwas mehr *Zeit*«, sagte Tal störrisch. »Wir finden den Weg auch allein. Du hast ja selbst gesagt, dass wir hier im Wald bestens überleben können, egal wie lange es noch dauert. Wir schaffen es, Gaia, auch ohne fremde Hilfe. Wir brauchen niemanden. Und ganz bestimmt niemanden, dem wir nicht vertrauen können.« Sie seufzte, doch er sagte mit Nachdruck: »*Bitte*, Gaia!«

»Vielleicht täuschst du dich ja«, sagte sie. Aber dann erhob sie sich und folgte ihm zwischen die Bäume. Zuerst gingen sie nur auf Zehenspitzen, aus lauter Angst, der Fremde könnte sie hören oder sie würden auf einen Ast treten oder deutlich sichtbare Fußspuren hinterlassen, doch nach einer Weile begannen sie zu laufen.

Der Fremde hatte indessen seine Taube gefunden, die in den dicken Ästen einer dornigen Hecke hängen geblieben war. Als er wieder die steile Böschung hinaufgeklettert war, rief er: »Ein hübsches fettes Vögelchen! Dürfte eine Menge Fleisch auf den Rippen haben …«

Er kam an ihrem Rastplatz an und stellte fest, dass die beiden Kinder verschwunden waren. »Hey!«, rief er. Sein Ruf verhallte zwischen den Bäumen. Er rannte ein Stück in den Wald, um nach ihnen zu suchen, doch es gab keine Anzeichen, die ihm verraten hätten, in welche Richtung sie gelaufen waren. Er kehrte zum Rastplatz zurück und brummte: »Diese kleinen Dummköpfe!« Dann setzte er sich, um seine Beute zu braten und allein aufzuessen.

Die Kinder hatten seinen Ruf gehört. Gaia blieb stehen und blickte zurück, doch Tal sagte mit fester Stimme: »Nein!«, und sie liefen weiter. In dieser Nacht schlief Tal sehr unruhig. Diesmal hatte er einen Schlafplatz ausgesucht, der besser versteckt war als die früheren, trotzdem wurde er die Angst nicht los, der Fremde könnte im Dunkeln über sie stolpern. Doch sie wurden lediglich von ein paar Igeln und einer Maus gestört. Am Morgen kletterte Tal erleichtert auf einen Baum, sah zu seiner Freude die Sonne aufgehen und sie setzten ihren Weg fort.

Nach einem anstrengenden Morgen, an dem sie sich durch einen endlos scheinenden, dicht bewachsenen Tannenwald kämpfen mussten, legten sie erschöpft eine Rast ein, um etwas zu essen. Auf einmal hielt sich Tal einen Finger an die Lippen. »Hör mal!«

»Meinst du, das ist *er*?«

»Nein«, sagte Tal spontan und in seinen Augen blitzte etwas auf: Triumph und Freude. »Nein, hör doch hin! Komm, vergiss das Essen, gehen wir!« Sie folgte ihm gespannt und dann hörte sie es auch: das Geräusch, auf das sie so lange schon gewartet hatten. Es war das Rauschen von Wasser, das über Steine plätscherte. Wenig später standen die Kinder vor einem breiten Bach, fast einem kleinen Fluss, dessen klares Wasser unter den Bäumen dahinfloss. »Auf, Gaia, gehen wir an ihm entlang!«, sagte Tal. »Ab jetzt ist die Sache einfacher.«

In dieser Nacht schliefen sie direkt am Ufer, neben dem fröhlich plätschernden Wasser, das sie am nächsten Tag zum Fluss brachte, der dunkel und fast lautlos unter einem Baldachin aus Bäumen entlangfloss. Tal boxte vor Freude in die Luft.

»Hurra!«, rief er. »Jaaaa! Wir haben es geschafft!«

»Aber nur, wenn es wirklich der Lethy ist«, gab Gaia zu bedenken.

Im ersten Moment schien Tal verunsichert, doch dann sagte er: »*Natürlich* ist es der Lethy! Es ist der einzige große Fluss, der durch diesen Wald fließt. Das weiß ich genau. Wir haben es geschafft!«

Ab da war alles ganz einfach: Sie brauchten nur am Ufer des breiten Flusses entlangzugehen. Hin und wieder sahen sie große, gesprenkelte Fische, die sich mit langsamen Flossenbewegungen durch das bräunliche Wasser bewegten. »Schade, dass wir sie nicht braten können«, sagte Tal bedauernd. Dann, eines späten Nachmittags, sahen sie vor sich zwischen den Bäumen unschattiertes Licht, das ihnen verriet, dass eine große freie Fläche vor ihnen lag. Tal wollte darauf zulaufen, doch Gaia hielt ihn zurück.

»Wir sollten warten, bis es Nacht ist«, sagte sie. »Wenn uns jemand aus dem Wald kommen sieht, bekommen wir Ärger.«

»Na schön«, seufzte Tal. Er wollte diesen verbotenen Wald so schnell wie möglich verlassen, sah jedoch ein, dass Gaia recht hatte. Deshalb warteten sie und pflückten derweil so viele Früchte, wie nur in ihre Taschen passten. Schließlich brach die Dunkelheit an, der Mond ging auf, und Tal wollte erleichtert auf das offene Gelände zurennen, doch Gaia hielt ihn erneut davon ab.

»Wir sollten warten, bis es ganz dunkel ist.« Natürlich mussten sie den Wald verlassen, das war auch ihr klar, aber jetzt, wo der Moment gekommen war, wollte sie auf einmal nicht mehr weggehen. Der Wald war ein so friedlicher Ort gewesen, der ihr fast wie eine große Mutter vorgekommen war, die ihre schützende Hand über sie gehalten hatte. Der Wald hatte sie ernährt, gewärmt und sie sicher an ihr Ziel gebracht.

»Jetzt ist es aber endlich dunkel genug, oder?«, sagte Tal. Sie nickte schweren Herzens und folgte ihm, als er den Schutz der Bäume hinter sich ließ.

Ein gutes Stück weiter ostwärts legte sich der fremde Mann in einer Felsgrotte zum Schlafen nieder. Lange lag er da und schaute durch das Gewirr von Ästen über seinem Kopf zum Mond hinauf. Er war schon am Eindösen, als er auf einmal mit einem Ruck wieder zu sich kam. »Genau!«, rief er laut. Darüber erschrak der über ihm im Baum sitzende Vogelschwarm so sehr, dass er laut krächzend davonflog. »Jetzt weiß ich, wo ich sie schon einmal gesehen habe!« Der Mann sprang auf und lief ein Stück den Weg entlang, auf dem er gekommen war. Doch dann blieb er stehen. »Du Idiot«, sagte er sich. »Das ist völlig unmöglich!« Er setzte sich auf einen großen Stein. »Es ist unmöglich«, wiederholte er. Doch er wusste, dass er seinen Augen trauen konnte. Ob unmöglich oder nicht – er hatte gesehen, was er gesehen hatte, und er musste sie unbedingt wiederfinden. Mit erstaunlich sicheren Schritten schlängelte er sich im Dunkeln an den Bäumen vorbei, um auf dem schnellsten Weg zum Fluss zu kommen.

Tal und Gaia tauchten in eine helle, mondbeschienene Welt ein. Ein leichter Schneefall hatte die Furchen der leeren Felder und die kahlen Hecken bestäubt; Eiskristalle glitzerten im Mondschein. Es war kalt, sehr viel kälter als im Schutz des Waldes. Sie wickelten Johns dicke Felljacken noch enger um sich, stülpten sich die Kapuzen über den Kopf und vergruben die Hände in den Taschen.

»Was jetzt?«, fragte Gaia zähneklappernd.

»Wir gehen weiterhin flussabwärts, würde ich vorschlagen.« Tal bibberte auch, sogar noch mehr als sie, in dieser schneidenden Kälte.

»Tal, wo sollen wir die Nacht verbringen?« Sie warf einen sehnsüchtigen Blick zum Wald zurück, doch er sagte: »Nein, Gaia, vergiss den Wald. Wir wollten nach Freehaven, erinnerst du dich?«

»Klar. Aber ich habe keine Lust, vorher zu erfrieren.«

»Wir werden schon etwas finden«, sagte er und lief mit schnellen Schritten den Uferpfad entlang. Gaia warf einen letzten, betrübten Blick auf die Bäume hinter ihr, ehe sie ihrem Bruder folgte.

Sie gingen die ganze Nacht hindurch, bis zur völligen Erschöpfung, zwangen sich aber tapfer, weiterzugehen, um die erbarmungslose Kälte abzuwehren. Erst kurz vor Tagesanbruch stießen sie auf eine Farm, die an einem Abhang oberhalb des Flusses lag. Sie wirkte verlassen: Aus den Schornsteinen stieg kein Rauch auf, die umliegenden Felder waren leer und alles war absolut ruhig. Beim Näherkommen konnten sie erkennen, dass sämtliche Fensterläden des Wohnhauses geschlossen waren. Die Kinder kletterten über das Holzgatter, gingen über den Hof und spähten in die Scheune. Alles leer: kein Vieh, kein Heu, kein Stroh, nichts. »Sieht aus wie der Hof von Kit und Mercy«, wisperte Gaia.

Sie gingen durch die vereisten Pfützen des Hofs und kauerten sich in den Hauseingang, um etwas Schutz vor dem scharfen Wind und dem Schneeregen zu finden. »Hier ist keine Menschenseele«, sagte Gaia. »Wir könnten uns in die Scheune legen, um uns ein bisschen auszuruhen, und heute Abend dann weitergehen.«

Er nickte. »Du hast recht. Zu schade, dass wir nicht ins Haus kommen.« Er kickte ungehalten gegen die Tür, die sich zu seiner Verblüffung knarrend öffnete.

Die Kinder betraten eine Küche, in der keine Möbelstücke mehr standen. Doch im Kamin lagen noch einige Holzscheite und neben dem Herd fanden sie einen Feuerstein. Erleichtert nahm Tal ihn an sich. »Zumindest können wir jetzt ein Feuer machen, wo immer wir auch sind.« Auch der Rest des Hauses war leer geräumt, mit Ausnahme eines einzelnen Bettes, auf dem sogar noch Decken lagen.

»Vielleicht dachten sie, jemand käme wieder zurück«, mutmaßte Gaia. »Und deshalb ließen sie ein paar Sachen hier.«

»Ist doch egal«, meinte Tal.

Bei Tag ein Feuer zu machen, wagten sie wegen des Rauchs nicht. Sie kuschelten sich lieber unter den dünnen Decken aneinander, rieben sich gegenseitig die Füße warm und schliefen abwechselnd.

Sobald es Abend wurde, zündeten sie die Holzscheite an, die im Kamin lagen, und kauerten sich davor. Im Morgengrauen zogen sie leise die Tür hinter sich zu und setzten ihren Weg fort.

So viel Glück sollte ihnen danach nicht mehr beschieden sein. Die nächste Nacht verbrachten sie inmitten einer Schafherde, unter dem niedrigen, undichten Dach einer Steinhütte. In der dritten Nacht marschierten sie bis weit nach Anbruch der Dunkelheit. In ihrer Erschöpfung und Verzweiflung krochen sie schließlich in einen Heuschober, der am Rande einer Farm lag und wo sie, aus Angst davor, entdeckt zu werden, recht unruhig schliefen. Am nächsten Morgen sahen sie ein Dorf am Ufer des Flusses und machten einen weiten Bogen darum. Als sie sich in einiger Entfernung wieder ans Flussufer wagten, stellten sie fest, dass aus dem bisherigen Weg eine breite Straße geworden war. Und sie waren nicht länger die einzigen Reisenden, die am Fluss entlanggingen: etliche andere Wanderer und Fuhrwerke waren offenbar ebenfalls auf dem Weg nach Freehaven.

Gegen Mittag legten sie am Ufer eine Rast ein. Ihre Vorräte aus dem Wald waren zu Ende gegangen, und Tal zog den Feuerstein aus der Tasche, den er von der Farm mitgenommen hatte. »Machst du ein Feuer?«, sagte er zu Gaia. »Ich versuche, einen dieser Fische zu fangen.« Er legte sich bäuchlings ans Ufer, streckte beide Hände aus und begann, seine Finger behutsam durch das eisige Wasser zu bewegen. An dieser Stelle wimmelte es von den fetten, gesprenkelten Fischen, und so dauerte es nicht lange, bis er einen erwischt hatte. Triumphierend hob er ihn aus dem Wasser.

»Wirf ihn sofort zurück, Junge!« Ein kräftig gebauter Mann stand ein Stück oberhalb von Tal am Ufer. Er klang erschrocken, aber nicht unfreundlich. Ein Junge, ungefähr in Tals Alter, stand mit weit aufgerissenen Augen hinter ihm.

»Was?« Tal rührte sich nicht. Er blieb auf dem Bauch am Ufer liegen und hielt den großen, zappelnden, grün-braunen Fisch umklammert.

»Wirf ihn zurück! Schnell!«, zischte der Mann, und in seiner Verblüffung ließ Tal den Fisch halb ungewollt los. Mit einem lauten »Platsch« plumpste er ins Wasser zurück und war gleich darauf im schlammigen Fluss verschwunden.

»Warum musste ich ihn zurückwerfen?« Tal war sauer. Es war ein guter Fisch gewesen, ein besonders fettes Exemplar. Der Mann zeigte auf den Fluss. Ein kleines, offenes Boot kam langsam flussaufwärts, an den Rudern saßen zwei Männer in braunen Jacken mit einem gelben Streifen an der Schulter.

»Wildhüter«, erklärte der Mann. »Dieser Abschnitt des Flusses gehört Lord Querimon.« Tal machte weiterhin ein ratloses Gesicht. »Hast du das nicht gewusst?«, fuhr der Mann fort. »Der Fisch, den du herausgeholt hast, gehört dem Monarchenbund. Er ist verboten! Ein Glück, dass Alan und ich gerade herkamen, um Wasser zu holen. Wenn sie dich damit erwischt hätten, hättest du jetzt ziemlichen Ärger.«

»Oh«, sagte Tal betroffen.

»Die kleinen grauen sind erlaubt«, sagte der Mann, sichtlich erleichtert, dass die Gefahr vorüber war.

»Oh«, sagte Tal erneut und fügte ein beiläufiges »Danke« hinzu. Mit einem Mal war ihm richtig schwindelig. Es kam ihm so vor, als wäre er unversehens in einem wirbelnden Tanz mit wilden, komplizierten Schritten gelandet, dessen Tänzer sich wütend auf ihn stürzen würden, wenn er auch nur einen falschen Schritt machte.

Der Mann stellte sich an Gaias Feuer und rieb sich die Hände.

»Wollt ihr auch nach Freehaven?«, fragte er.

»Ja«, antwortete Gaia.

»Soll ich euch mitnehmen? Wir haben genügend Platz.« Er deutete auf die beiden Fuhrwerke am Wegrand: Auf dem größeren saßen mehrere Kinder, auf dem kleineren, von einem Esel gezogenen Gefährt, war nur ein einzelnes kleines Mädchen zu sehen.

»Nein, nein, ist nicht nötig«, sagte Tal argwöhnisch. Doch der Mann erwiderte: »Seid doch nicht dumm. Ihr werdet zu spät kommen, wenn euch niemand mitnimmt.«

»Zu spät?«

»Na ja«, sagte der Mann. »Ihr wollt doch auch zum Karneval, oder?«

Karneval, dachte Gaia. Natürlich, es war ja schon die Jahreszeit für Karneval. Im Wald hatte sie fast jedes Zeitgefühl verloren, doch die Nacht, die sie in Linnets Haus verbracht hatten, war die letzte Nacht von Aquilon gewesen und inzwischen waren sie fast im letzten Viertel von Himalios. Karneval: das Mittwinterfest zu Ehren des Helden Pelon, der eine tollkühne, dreitägige Reise in die verborgenen Höhlen bis ins Herz des Gebirges unternommen hatte, dorthin, wo der Mond ihn nicht mehr sehen konnte, um von Aquilons Drachen Feuer zu stehlen. Im Dorf hatten sie während der letzten drei Tage von Himalios jeden Abend ein Freudenfeuer angezündet, sich um das Feuer herumgesetzt und sich Pelons Geschichte erzählt. Von plötzlichem Heimweg gepackt, fragte sie sich, ob die wenigen im Dorf Verbliebenen wohl auch dieses Jahr feiern würden.

»Wir kommen allein zurecht«, wiederholte Tal mit fester Stimme.

Der Mann zuckte mit den Schultern. »Wie du meinst«, sagte er, blickte Tal dabei aber an, als durchschaue er ihn. »Ihr braucht keine Angst zu haben«, sagte er. »Ihr könnt im Eselkarren mitfahren, mit Alan« – er deutete auf den Jungen an seiner Seite – »und Sue.«

Schulterzuckend fügte er hinzu: »Wir müssen noch unsere Wasservorräte auffüllen. Falls ihr in der Zwischenzeit eure Meinung ändert – mein Angebot bleibt bestehen.«

Gaia zog Tal außer Hörweite. »Komm, wir fahren mit diesen Leuten.«

»Nein«, sagte er störrisch. »Wir brauchen keine Hilfe.«

»Tal, überleg doch mal, wie anstrengend es bisher war, bei dem vielen Schnee im Freien zu schlafen! Was ist, wenn wir in einer Nacht mal gar nichts finden?«

»Keine Hilfe!«, wiederholte er grimmig. »Du weißt, was passiert ist, wann immer wir dachten, die Leute würden uns helfen.«

»Oh, mach dich nicht lächerlich! Dieser Mann da ist nicht Olaf – er weiß offenbar genau, wovor du dich fürchtest. Deshalb hat er auch gesagt, wir können mit den beiden Kindern fahren. Hast du das nicht begriffen? Hör mal, es ist überhaupt kein Problem: Sie sind kleiner als wir, diese beiden. Sollte es zu einem Kampf kommen, würden wir mit links mit ihnen fertig.« Da Tal verbissen schwieg, fuhr sie fort: »Bitte! Ich wüsste nicht, wie wir anders zurechtkommen sollten.«

Tal schüttelte den Kopf, vergrub seine Hände in den Jackentaschen und starrte trotzig auf seine Füße.

»Was ist?«, rief der Mann. Er stand am Ufer und hatte einen tropfenden Lederbeutel in jeder Hand. »Wir fahren jetzt weiter. Kommt ihr mit?«

Gaia warf einen fragenden Blick auf Tal. »Ja«, rief sie dann zurück. »Danke. Wir kommen gerne mit.« Sie folgte dem Mann und dem Jungen über die Wiese zu den beiden Fuhrwerken und kletterte hinter Alan auf den Eselkarren. Tal blieb gar nichts anderes übrig, als ihr zu folgen.

10. Kapitel
Unterwegs nach Freehaven

Bedrückt stieg Tal hinter ihr auf den kleinen Eselkarren. Zwei Bänke lagen einander gegenüber, sodass Alan, der fahren musste, etwas zur Seite rutschen musste. Seine Schwester saß neben ihm, und Gaia und Tal setzten sich nebeneinander auf die gegenüberliegende Bank.

»Unter dem Sitz ist eine Wolldecke. Legt sie euch um die Schultern, sonst friert ihr. Das ist übrigens Sue.« Das kleine Mädchen nickte und lächelte sie zaghaft an.

»Gaia«, stellte Gaia sich vor. »Und das ist Tal. Danke, dass ihr uns mitnehmt. Das ist wirklich sehr nett von euch.«

Der Junge runzelte kurz die Stirn, dann sagte er: »Ach, keine Ursache. Es ist doch Brauch, nicht wahr, andere zum Karneval mitzunehmen.«

Gaia nickte und tat, als wüsste sie das längst, doch der Junge schaute sie schon wieder verwirrt an. »*Wie* hast du gesagt, heißt ihr?« Und als sie ihre Namen wiederholte, entfuhr ihm ein erstauntes »Aha!«. Doch dann wechselte er das Thema und sagte: »Mein Vater sagt, ihr kennt die Essensverbote nicht, und deshalb soll ich sie euch erklären.«

»Stimmt, ich weiß nicht mal genau, was damit gemeint ist«, gestand Gaia.

»Wo kommt ihr zwei bloß her?«, fragte er, wartete die Antwort jedoch nicht ab. »Also«, fuhr er eifrig fort, »Essensverbote: Das bedeutet, dass es einige Dinge gibt, die das gemeine Volk wie wir nicht essen darf, sondern nur der Monarchenbund. Eigentlich ganz einfach … aber auch etwas kompliziert, sie sich alle zu merken. Bleibt einem aber nicht erspart. Wie Vater schon sagte, kriegt ihr Riesenprobleme, wenn ihr mit verbotenen Sachen erwischt werdet. Also …«, sagte er wichtigtuerisch, »dann fangen wir gleich mit den Fischen an …«

Gegen Ende des Nachmittags waren sie von den Fischen über Frösche (»Ganz einfach. Frösche darf man essen, mit Ausnahme der gelben, die sind verboten. Das Problem ist nur, dass die anderen alle nicht gut schmecken.«) zu Enten übergegangen: »Etwas kompliziert, die Enten. Sie werden ihrer Federn und ihres Fleisches wegen geschätzt, wisst ihr, und es gibt einige, die man essen darf, wenn sie ihr Wintergefieder haben, denn dann sind sie braun und schmecken fad. Aber wenn sie ihr Sommergefieder haben, muss man die Hände von ihnen lassen …« Er wurde unsicher. »Am besten, ihr fragt meinen Vater noch mal. Ich weiß es selbst nicht mehr so genau … Und nun zu den anderen Tieren«, sagte er wieder etwas selbstsicherer, doch Gaia, deren Kopf schwirrte, unterbrach ihn. »Können wir uns die nicht bis morgen aufsparen?«

Er lachte. »Wie du willst. Außerdem sind wir gleich da.« Sie waren bei einer Farm angekommen, und der Farmer lud sie ein, sich in seiner Küche zu wärmen. Gaia warf Tal einen triumphierenden »Na-hab-ich-nicht-recht-gehabt?-Blick zu, den dieser nur finster mit einem Achselzucken quittierte. Er saß bedrückt da, während Alan begeistert vom Karneval in Freehaven erzählte.

»Ihr werdet staunen. Euch werden die Augen übergehen …« Er

strahlte über das ganze Gesicht. »Es ist herrlich! Es gibt Hunderte von Marktbuden und Ständen, an denen man die tollsten Sachen zum Essen und andere Dinge kaufen kann ...« Er verzog kurz das Gesicht. »Na ja, leider hat Mutter gesagt, dass wir uns dieses Jahr nicht allzu viel kaufen können. Aber auf alle Fälle ...«, seine Miene hellte sich wieder auf, »... gibt es Aufführungen, Puppenspiele, Clowns, Artisten, die mit Messern jonglieren und Feuer schlucken. Und wenn es dunkel wird, werden die Königsfeuer angezündet, in der ganzen Stadt, aber das größte natürlich auf dem Hauptplatz. Das ist riesig, richtig riesig!«

»Hast du ... *Königsfeuer* gesagt?«

»Ja.« Alan nickte, irritiert über ihren fragenden Blick.

»Was soll das sein?«

»Machst du Witze?«, fragte er. Als sie den Kopf schüttelte, sagte er ungläubig: »Donnerwetter! Wo kommt ihr zwei eigentlich her?« Doch er ließ ihr gar nicht die Zeit, diese Frage zu beantworten, sondern fuhr voller Eifer fort: »Ein Königsfeuer ist ... hm, wie kann man das erklären? Na ja, es ist so eine Art großes Freudenfeuer, in dem man eine Strohpuppe verbrennt.«

»Weshalb denn das?«, fragte Gaia. Doch Alan konnte ihr nur sagen, dass es schon immer so war. Mehr wusste er auch nicht.

Während der folgenden Tage wurde die Straße immer voller und belebter, und als sie nur noch wenige Tagesreisen von Freehaven entfernt waren, zog die erste Prachtkarosse an ihnen vorbei. Alan hatte Gaia die Zügel überlassen. Sie war noch nicht sehr geschickt im Lenken und der Esel befolgte ihre Anweisungen nur widerwillig. Er scherte immer wieder aus und zuckelte von einer Straßenseite auf die andere. Doch da alle in dieselbe Richtung wollten und sie keinen Gegenverkehr hatten, war es nicht besonders schlimm, sondern eher lustig. Aber irgendwann blieb der Esel störrisch mitten auf der Straße stehen. Lachend versuchte Gaia ihn zum Weitergehen zu bewegen, und Alan lachte mit ihr, als hinter ihnen auf einmal ein ungewohntes Geräusch ertönte.

»Schnell, zur Seite, Gaia!«, zischte Alan. »Komm, lass mich lenken.« Unsanft schubste er sie zur Seite und schnalzte mit den Zügeln, doch der Esel blieb stur. Alan stieß einen leisen Fluch aus. »Springt runter und zieht ihn zur Seite. Ihr alle!«

»Was ist denn los?«, fragte Gaia verdattert, doch er rief: »Tut einfach, was ich gesagt habe!« Zusammen mit Tal und Sue sprang Gaia vom Karren und sie zerrten gemeinsam am Zaumzeug des Esels. Gaia warf einen Blick auf Sue, deren Gesicht kalkweiß vor Schreck war. Und die ganze Zeit hörte man diese komischen, warnenden Geräusche, die immer näher kamen. Alans Vater, der vor ihnen fuhr, hatte seinen großen Karren bereits an den Straßenrand gelenkt. Als er sah, dass sie in Not waren, sprang er herunter und rannte zu ihnen, schlug dem Esel an die Flanke und zog ihn unsanft an den Straßenrand. Mit zittriger Hand wischte sich Alan den Schweiß von der Stirn.

»Was um alles in der Welt habt ihr euch dabei gedacht?«, schimpfte sein Vater, doch sie hatten keine Zeit, es ihm zu erklären. Denn schon trabten vier stattliche Pferde an ihnen vorbei. Sie waren mit goldenen Satteldecken geschmückt, und auf ihrem Rücken saß je ein golden gekleideter Trompeter, dessen durchdringende Trompetenstöße einem durch Mark und Bein gingen. Gaia riss vor Staunen den Mund auf und starrte die Prozession mit großen Augen an, doch Alans Vater raunte ihr warnend zu: »Nicht hinschauen!« Er, Alan und Sue hatten die Köpfe gesenkt und die Augen auf den Boden gerichtet, und Gaia tat es ihnen rasch gleich, sodass sie nur einen verstohlenen Blick auf die vorbeiziehende Pracht erhaschen konnte. Vier weitere Reiter folgten den Trompetern und zogen je ein goldenes Banner hinter sich her. Dann kam eine goldene Kutsche, gezogen von Pferden mit golden gefärbten Mähnen und Schweifen. Es folgten vier weitere Fahnenträger und vier weitere Trompeter. Erst als diese ganze Prozession vorbeigezogen war, wagte Gaia den Kopf zu heben und ihr nachzustarren. Die üppig glänzenden Gestalten zeichneten sich deutlich vor dem hellen Winterhimmel und der schneebedeckten Landschaft ab.

»Was war denn das?«, wandte sie sich an Alan.

»Lord Malander natürlich, auf dem Weg zum Karneval in Freehaven.«

Später an diesem Tag ertönten erneut Trompetenstöße hinter ihnen, und diesmal war es Lord Demersal, der samt Gefolge an ihnen vorbeizog und dessen Wappenfarbe, ein sattes Burgunderrot, dem tristen Abend einen kurzen Farbklecks verlieh. Am nächsten Morgen wurden sie kurz hintereinander von einer strahlend gelben und einer schimmernd scharlachroten Truppe überholt, und es sah fast so aus, als würden zwei exotische Vögel hintereinander herfliegen.

»Querimon und Teredo?«, mutmaßte Gaia.

Alan nickte. »Du lernst schnell.« Da ertönte ein Trompetenstoß vom Fluss herüber, und eine glänzende, purpurrote Barkasse mit purpurnen Segeln, von deren Hauptmast ein langes, purpurrotes Banner wehte, glitt an ihnen vorbei. »Lord Hallion«, sagte Alan.

Nach so viel Pracht und Glanz war es für Gaia fast ein Schock, als sie plötzlich am hässlichsten Gebäude vorbeikamen, das sie jemals gesehen hatte. Es war ein lang gezogener, fensterloser, viereckiger Riesenkasten, der mitten in der Landschaft lag. Der Rauch aus mehreren Schornsteinen schwebte als schwerfällige Dunstwolke über dem Gebäude und der umliegenden Landschaft: eine Wolke aus hundert verschiedenen Farben. Es waren aber keine glänzenden, sondern schmierige, kränklich aussehende Farben. Als sie die Dunstwolke durchquerten, hatte Gaia das Gefühl, als würde sich diese in ihrer Haut festkrallen, feucht und schmierig, und es stank so widerlich, dass sie fast würgen musste.

»Was ist *das*?«, fragte sie Alan, ohne die Hand vom Gesicht zu nehmen.

»Das Färbewerk«, antwortete er. Da er sich ein Taschentuch vors Gesicht presste, klang seine Stimme gedämpft, und in einem ersten Moment der Verwirrung glaubte sie, er hätte etwas von »Sterben« gesagt. Tödlich genug sah das Gebäude ja aus. Die wenigen Bäume, die es umgaben, waren verkümmert und auf dem Boden mit den farbigen Wasserlachen wuchs kein einziger Grashalm. Erst da ging ihr auf, was Alan gesagt hatte. »Was wird da drin gefärbt? Und für wen?«

Er zwinkerte ihr über sein Taschentuch hinweg zu. »Wart's ab! Du wirst schon sehen.«

Am frühen Nachmittag des darauffolgenden Tages drehte sich Alans Vater zu ihnen nach hinten und rief: »Wir sind gleich da. Hinter der nächsten Kurve liegt Freehaven.« Gaia und Tal richteten sich halb auf und hielten sich am Rand des Karrens fest, um besser sehen zu können, als die Stadt langsam in Sicht kam. Sie erstreckte sich zu beiden Seiten des Flusses, über den eine breite Bogenbrücke führte. Am linken Ufer standen etwa ein Dutzend große Häuser in ausgedehnten, von hohen Mauern umgebenen Gärten. Die Gebäude bestanden alle aus gleißend weißen Backsteinen, während die Dächer eine Ansammlung der schönsten Farben waren: Dunkelblau, Türkis, Smaragdgrün, Gold, Gelb, Orange: ein farbenprächtiger, glitzernder Regenbogen! Auf der anderen Seite des Flusses ragten ein hoher Turm und eine silberne Kuppel aus dem Häusermeer und glänzten in der fahlen Wintersonne. Eine hohe Mauer umgab die ganze Stadt und grenzte sie deutlich von der umliegenden Landschaft ab. Außerhalb der Stadtmauer gab es ein Lager von schäbigen, dicht zusammengedrängten Zelten, zwischen denen ein trostloser Haufen Menschen saß.

»Was sind das für Leute?«, fragte Gaia.

Alan streifte sie nur mit einem kurzen Blick. »Das sind die, die nicht hineindürfen.«

»Warum dürfen …?«, wollte sie fragen, doch da zupfte Tal sie am Ärmel.

»Gaia. Gaia! *Schau mal zum Fluss!*« Sie drehte den Kopf, um auf den breiten Fluss zu schauen, der immer noch neben der Straße herfloss, und musste ungläubig die Augen schließen. Dann schüttelte sie den Kopf, öffnete blinzelnd die Augen wieder und schaute erneut hin. Alan beobachtete sie lachend. »Jetzt weißt du, wofür man das Färbewerk braucht!«

Der Fluss floss in dreizehn farbigen Bändern dahin: den gleichen Farben, in denen die Dächer der Gebäude funkelten. Da die Farben auf der Wasseroberfläche schwammen, hätten sie eigentlich zu einem schmutzigen Braun zerfließen müssen, doch das war seltsamerweise nicht der Fall. Sie blieben auf unerklärliche Weise voneinander getrennt, sodass der Fluss ein wirbelndes, strahlendes Kaleidoskop bildete, dessen Farben sich ineinander und umeinander bewegten, während das Wasser dahinfloss. »Die Farben des Monarchenbunds«, erklärte Alan. »Normalerweise ist es nur eine Farbe, je nachdem, wessen Mond gerade an der Reihe ist. Doch an Karneval sind es alle Farben – sämtliche Farben des Monarchenbunds.« Er lachte. »Als ich diese Farbenpracht zum ersten Mal sah, sind mir auch fast die Augen aus dem Kopf gefallen.«

Sie standen inzwischen in einer langen Reihe mit anderen Fuhrwerken, die alle darauf warteten, durch das hohe, breite Tor vor ihnen in die Stadt fahren zu können – das »Nördliche Tor«, wie Alan ihnen erklärte. Während sie sich langsam und ruckartig vorwärtsbewegten, starrte Gaia noch immer wie gebannt auf den Fluss. Wunderschön oder furchterregend: Sie konnte sich nicht entscheiden, was er nun war. Doch sie war so hypnotisiert von den fließenden Farben, dass sie kaum auf die Trompetenstöße hinter ihnen achtete, auf das panikartige Gedränge der Fuhrwerke, die alle möglichst schnell zur Seite fahren wollten, auf das Klappern der Hufe und auf die vier Reiter mit wehenden, lapisblauen Bannern, die an ihnen vorbeipreschten. Alan blickte ihnen verstohlen nach.

»Sallender«, flüsterte er.

Gaias Magen zog sich zusammen, als hätte eines der prachtvollen Pferde sie in den Magen getreten. Der Name machte sie atemlos und verschlug ihr die Sprache. Doch Tal fragte: »*Wer?*« Seine Stimme war laut, viel zu laut in der andächtigen Stille. Gaia merkte, dass ihnen etliche Leute in der Menge die Köpfe zuwandten, um zu sehen, wer es gewagt hatte, etwas zu sagen. Alan boxte Tal wütend in die Rippen. Doch kaum waren die glänzenden blauen Reiter und die Kutsche an ihnen vorbeigezogen, sagte Tal erneut: »Hast du *Sallender* gesagt?«

Alan nickte.

Wie ein Blitz sprang Tal vom Wagen und kämpfte sich durch die Menge, um der leuchtend blauen Gruppe nachzulaufen. Gaia wollte ihm folgen, stolperte in ihrer Eile über die Decken und Sues Füße und fiel fast vom Wagen. Über die Schulter rief sie noch hastig: »Danke, Alan. Wir müssen jetzt gehen«, und rannte Tal nach.

Gerade als Sallender mit seinem Gefolge den Torbogen passierte, hatten Gaia und Tal die berittene Truppe erreicht. Auch sie bestand aus vier Trompetern, vier Bannerträgern, einer leuchtend blauen Kutsche, vier weiteren Bannerträgern und vier weiteren Trompetern. Gaia und Tal schafften es, dicht hinter den letzten Reitern mit durchs Tor zu schlüpfen. Jenseits des Torbogens konnten sie eine breite Straße sehen, mit mehrfarbigen Bannern beflaggt. Doch sie hatten noch keine zwei Schritte in die Stadt gemacht, als ihnen ein Mann in einer hellgrauen Livree den Weg versperrte.

»Papiere?« Er streckte die Hand aus.

Sie schauten sich verdutzt an. Vor ihnen bog Sallenders Kutsche von der Hauptstraße ab und verschwand hinter einem der großen Gebäude, die die Straße säumten.

»Was meint Ihr mit ›Papiere‹?«, fragte Gaia.

Der Mann seufzte und sagte ungeduldig: »Ohne Papiere kommt ihr nicht in die Stadt. Wisst ihr das etwa nicht?« Ein Stück weiter vorne bog das Schlusslicht von Sallenders Eskorte um die Ecke. In seiner Panik rannte Tal blindlings los und wollte in geduckter Haltung an dem Wächter vorbeischlüpfen, der gerade auf Gaia schaute. Doch er hatte keine Chance. Zwei weitere Wächter setzten ihm umgehend nach und stellten ihm ein Bein. Tal fiel hin, sie zogen ihn wieder hoch und schleppten ihn unter den Torbogen zurück.

»Mach das ja kein zweites Mal!«, schimpfte der erste Wächter erbost. »Das käme dich teuer zu stehen. Und jetzt fort mit euch!« Er schaute ihnen nach, als sie sich mit hängenden Köpfen wieder aus der Stadt schlichen.

Alan und Sue standen mit ihrem Fuhrwerk noch in der Schlange, waren allerdings ein Stück weiter vorgerückt. »Warum durftet ihr nicht hinein?«, fragte Alan und sagte dann hämisch: »Wusstet ihr etwa nicht, dass man Papiere braucht?« Er wühlte in seiner Tasche und zog ein kleines viereckiges Pergamentstück heraus, das mit einem offiziell aussehenden, orangefarbenen Wachssiegel versehen war.

»Offenbar nicht, oder?« Gaia hatte Mühe, ruhig zu bleiben. »Wo bekommt man so etwas, weißt du das?«

Ungläubig starrte er sie an. »Das muss man beantragen, *bevor* man hierherkommt. *Hier* bekommt man es nicht. Wisst ihr zwei eigentlich gar nichts?« Er steckte das Pergament wieder ein. »Sieht nicht so aus, als kämt ihr beide in die Stadt, richtig? Oh, es geht weiter, Sue.« Er trieb den Esel wieder an und ließ Gaia und Tal einfach am Straßenrand stehen.

»Eingebildeter Schnösel«, schimpfte Tal.

Trotz ihrer misslichen Lage musste Gaia lachen. »So ein Typ!«

»Was machen wir jetzt, Gaia?«, fragte Tal niedergeschlagen. Diese blauen Banner hatten sie hoffen lassen, ihre Mutter wiederzufinden, dabei hatten sie in Wirklichkeit nie eine Chance gehabt. Wenn sie es nicht einmal schafften, Freehaven zu betreten, wäre alles umsonst gewesen!

»Ich weiß nicht.« Auch Gaia war völlig mutlos. Zu ihrer Linken stiegen dünne Rauchschwaden von einem kleinen Feuer zwischen den groben Schutzplanen vor der Stadtmauer auf. *»Die Leute, die nicht hineindürfen«*, hatte Alan gesagt. Falls sie überhaupt irgendwo auf Hilfe hoffen konnten, dann vielleicht dort. Gaia ging über den unebenen Boden auf den Lagerplatz zu. Die Erde war hart gefroren und lag unter einer dünnen Schneeschicht. Die Zelte – behelfsmäßige Schutzhütten aus halb verfaulten Holzstämmen und Bahnen aus altem Sackleinen – wirkten mehr als trostlos in dieser Kälte. Vor einer dieser armseligen Behausungen saß ein Junge auf dem Boden und versuchte erfolglos, mit einem alten Feuerstein ein Lagerfeuer anzuzünden.

»Hier.« Tal reichte ihm den Feuerstein, den er aus dem Farmhaus mitgenommen hatte. Dankbar nahm der Junge ihn entgegen, rieb daran und schaffte es, ihm ein paar Funken zu entlocken. Bald schon wurde aus der Glut eine Flamme und die Kinder konnten ihre eisigen Hände über das Feuer halten.

»Wo kommt ihr zwei her?«, fragte der Junge.

»Arismaspia.« Gaia kauerte sich neben die angenehme Wärme.

»Da seid ihr aber weit weg von zu Hause. Wollt ihr euer Glück in der Stadt versuchen?«

»Ja, wollten wir. Aber wir haben keine Papiere. Wir durften nicht hinein.«

»Darf keiner von uns«, sagte der Junge und lachte. »Warum würden wir sonst hier herumsitzen?« Behutsam schob er ein paar dünne Zweige in das noch schwache Feuer.

»Aber dann ist es doch sinnlos«, sagte Gaia. »Wenn ihr wusstet, dass ihr nicht hineinkommt, warum seid ihr dann überhaupt hergekommen?«

»Wo sollten wir sonst hin? Die meisten von uns kommen vom Land und sind Farmer. Der Hunger hat uns vertrieben. Wir wollten unser Glück versuchen. Wisst ihr, es gibt schon ein paar Möglichkeiten, nach Freehaven reinzukommen. Und wenn wir es nicht schaffen, dann …«

»Was für Möglichkeiten?«, fiel Gaia ihm ins Wort.

»Manchmal schmuggeln wir uns auf einem Boot in die Stadt, oder wir warten, bis eine wirklich große Menschenmenge ankommt und sich durch die Stadttore drängt. Dann versuchen wir, uns an sie zu heften.« Zufrieden blies er in sein Feuer. »So, jetzt brennt es gut. Ich hole schnell einen Kessel. Wollt ihr etwas Tee?« Er verschwand in einer der engen Gassen zwischen den Zelten.

»Na ja, versuchen können wir es ja«, sagte Tal zu Gaia. Er rieb sich die Hände über dem Feuer. »Was machst du da?«

Sie hatte das Amulett herausgeholt und betrachtete angestrengt die eingeritzten Zeichen. »John hatte recht … es ist tatsächlich anders … Die Buchstaben sind ganz anders als jene, die auf Alans Papier standen …«

»Hey, ihr zwei! Verschwindet!« Erschrocken wirbelten sie herum. Der Junge rannte auf sie zu. Vor dem Feuer blieb er stehen und deutete auf das Nördliche Tor. Eine Truppe von Männern in prächtigen Uniformen – Scharlachrot, Purpurrot, Gelb, Gold, Indigoblau – kamen in Reih und Glied aus der Stadt marschiert. Die Ersten waren bereits auf dem Ödland angelangt, das zu dem Zeltdorf führte. Unter den erschrockenen Blicken der Kinder erreichten sie den Rand des Camps, begannen die Zelte niederzureißen und die Flüchtlinge zu vertreiben.

»Komm, Gaia!« Tal war bereits aufgesprungen. Hastig folgte Gaia seinem Beispiel, versuchte, das Amulett wieder einzustecken, und ließ es in ihrer Aufregung fallen. Ein Menschenstrom hastete an ihnen vorbei, in einer kopflosen Flucht. Ein schäbig gekleideter Junge rempelte Gaia an, die ein Stück herumgewirbelt wurde. Beinahe hätte sie das Gleichgewicht verloren, konnte sich gerade im letzten Moment wieder fangen und wandte sich erneut dem Strom der Flüchtenden zu, unter denen sie ihr Amulett verloren hatte.

Tal, nur wenige Schritte vor ihr, drehte den Kopf. Durch das Chaos der rennenden Menschen sah er sie auf den Knien mit den Fingern auf der gefrorenen Erde herumscharren. Er kämpfte sich gegen den Strom der verschreckten Menschen zu ihr zurück.

»Gaia, was machst du da?«

»Ich kann es nicht finden!« Den Tränen nahe tastete sie verzweifelt zwischen den trampelnden Füßen herum. Er kauerte sich neben sie. Ein paar vorbeirennende Menschen wären um ein Haar über sie gestolpert und flüchteten fluchend weiter. Die Soldaten des Monarchenbunds vertrieben sie unerbittlich von ihrem Lagerplatz und ließen eine Spur verwüsteter Zelte hinter sich zurück.

Endlich ertasteten Gaias hektische Finger das Amulett und umschlossen es erleichtert. Mit einem tiefen Seufzer zog Tal sie wieder auf die Füße. Der Trupp der livrierten Männer war fast schon auf ihrer Höhe angekommen. Aus der entgegengesetzten Richtung, vom offenen Gelände her, rückte eine Gruppe Männer in scharlachroten Uniformen an.

»Komm, hier lang!« Tal stieß sie vor sich her, in die verwinkelten Durchgänge zwischen den Zelten, die sich die Soldaten noch nicht vorgenommen hatten. Mit eingezogenen Köpfen und in geduckter Haltung rannten sie unter den Planen entlang, als ihnen plötzlich ein Trupp grün gekleideter Männer entgegenkam. Rasch machten sie kehrt und flüchteten durch ein Zelt. Sie fanden sich in einem weiteren Durchgang zwischen anderen Behelfszelten wieder. Hier war ein Trupp in goldfarbene Uniformen gekleideter Männer gerade dabei, alles niederzureißen. Gaia und Tal flüchteten panisch durch die zerfleddert herunterhängenden Bahnen eines Zelts und fanden sich unvermittelt auf freiem Gelände wieder. Die scharlachroten Männer zerstörten gerade die Zelte zu ihrer Linken. Gaia und Tal blieb nur die Flucht nach vorn übrig, und sie rannten den anderen Flüchtenden nach, weg von den Stadtmauern. Sie rannten und rannten, bis sie eine Stimme hörten, die ihnen bekannt vorkam.

»He, ihr zwei! Alles in Ordnung?«

Es war der Junge von vorhin. Keuchend standen sie zu dritt da und beobachteten, was vor der Stadtmauer geschah. Die Männer des Monarchenbunds hatten ein riesiges Feuer angezündet, in das sie nun sämtliche Überreste der Behelfsunterkünfte warfen, die morschen Holzbalken und Stofffetzen. Orangegelbe Flammen loderten auf.

Nach einer Weile sagte der Junge bedrückt: »Tja, das war's dann wohl.«

»Was machst du jetzt?«, fragte Tal.

»Ich?« Der Junge steckte die Hände in seine Taschen und zuckte ratlos mit den Schultern. »Dasselbe wie die anderen. Ich verziehe mich für ein paar Wochen und komme dann zurück, um mein Glück erneut zu versuchen. Wenn ich dann immer noch nicht in die Stadt komme, muss ich mich wohl oder übel an Bord eines Schiffs verdingen. Würde ich euch aber nicht raten«, fügte er grimmig hinzu. Lässig hob er eine Hand, um ihnen Lebewohl zu sagen, doch bevor er sich aus dem Staub machte, sagte er noch: »Wisst ihr was? Falls ihr ein Heim habt, in das ihr zurückkehren könnt, und eine Familie, die sich um euch kümmert, wärt ihr schön blöd, wenn ihr noch einmal versucht, in die Stadt zu kommen.«

Vor der Stadtmauer erstarb das Riesenfeuer gerade zu einem glühenden Haufen, und die Männer des Monarchenbunds formierten sich, um in die Stadt zurückzukehren. Die Scharlachroten und die Smaragdgrünen marschierten bereits auf das Stadttor zu. Doch die Indigoblauen und die Goldenen rückten bedrohlich gegen die hilflos herumstehenden Flüchtlinge vor.

»Ihr müsst von hier verschwinden!«, rief einer der Männer. »Ihr seid nicht einmal in der *Nähe* von Freehaven geduldet!« Die Vertriebenen standen da und warteten: Sie wurden nun nicht mehr verfolgt, doch die Drohung hing schwer in der Luft. Verängstigt zogen sich die Flüchtlinge auf die Straße zurück und hasteten weg von den Stadtmauern. Tal nahm Gaias Hand und zog sie hinter sich her durch die Reihen der Wagen, die darauf warteten, in die Stadt eingelassen zu werden, und auf das offene Gelände zu. Doch nach einigen Schritten blieb Gaia stehen.

»Wir gehen nicht nach Hause«, sagte sie. »Das tun wir *nicht*! Jetzt, wo wir endlich hier sind! Wir müssen nur noch sehen, wie wir in die Stadt hineinkommen!«

»Das weiß ich auch«, schnaubte er. »Aber wie?«

Sie überquerten die Straße und stellten sich an die steile Böschung oberhalb des schnell fließenden, farbenprächtigen Flusses. Ein Stück stromabwärts konnte man die große Brücke und die Gebäude am Ufer deutlich sehen. Stromaufwärts waren einige Boote an einer kleinen Mole vertäut. »Diese Boote da …«, sagte Gaia nachdenklich.

»Was ist mit ihnen?«

»Vielleicht bringen sie Waren nach Freehaven. Wir könnten uns an Bord verstecken …«

Beklommen schaute er sie an. Dieses Vorhaben könnte gleich mehrmals scheitern, dachte er: beim An-Bord-Gehen, beim Wieder-von-Bord-Gehen und in jedem Augenblick dazwischen. Doch da ihm nichts Besseres einfiel, sagte er: »Wir können ja mal hingehen und uns umschauen.«

Sie liefen am Ufer entlang. Einer der Kähne machte gerade die Leinen los, als sie auf seiner Höhe ankamen, und der Bootsmann rief: »Wir sehen uns dann in Freehaven, Bill. Gleicher Ort wie immer.«

Der Mann auf dem noch vertäuten Kahn rief zurück: »Ay, ay! Und dann spendierst du mir einen Doppelten, versprochen? Ich hasse es, diese Dinger zu transportieren. Davon kriege ich immer 'ne Gänsehaut.«

»Ist aber trotzdem ganz gutes Geld, oder? Karnevalszeug ... Wenn ich es mir recht überlege, müsstest eigentlich du *mir* einen ausgeben!« Er winkte seinem Kameraden zu und lenkte seinen Kahn dann zur Flussmitte. »Wann kommst du nach?«

Sie spitzten die Ohren, um die Antwort zu hören. »Morgen früh. Ich dürfte dann gegen Mittag eintreffen. Um diese Zeit wollen sie die scheußlichen Dinger ja geliefert haben.« Er schüttelte sich, hob eine Bodenluke an, spähte hinunter und ließ die Luke dann schnell wieder fallen. »Iiih!«, rief er und sah angewidert und verängstigt aus. »Schreckliche Dinger.«

Tal und Gaia schlenderten weiter am Ufer entlang. »Gut«, sagte Tal leise, »wenn wir eine Chance haben, versuchen wir's. Aber irgendwie gefällt es mir gar nicht, was er über seine Fracht gesagt hat. Wenn es zu gefährlich ist, lassen wir es bleiben, Gaia.«

»Klar«, sagte sie. »Aber einen Versuch ist es wert, oder?«

Er schien nicht sehr überzeugt. »Kommt darauf an, was da unten ist.«

Sie lungerten den ganzen restlichen Nachmittag in Ufernähe herum, gingen auf und ab, um nicht zu frieren, die kalten Hände in den Tiefen von Johns Felljacken vergraben. Der Bootsmann schien keine Lust zu haben, einen Fuß auf seinen Kahn zu setzen. Er betrachtete ihn vom Landesteg aus und ging nur zweimal an Bord: einmal, um sich einen Tee zu kochen, den er dann an Land trank, und einmal, um sich eine dickere Jacke zu holen. Beide Male machte er das Schutzzeichen der Mondsichel, ehe er an Bord kletterte, und die Kinder bekamen immer mehr Angst vor dem, was sie auf dem Kahn vorfinden würden – falls es ihnen überhaupt gelingen würde, ihn zu betreten. Bei Sonnenuntergang hoffte Gaia schon insgeheim, dass der Mann die ganze Nacht Wache halten würde. Doch als es dunkel wurde, machte er wieder die schützende Mondsichel und wagte sich erneut an Bord, aber diesmal nur, um die Kabinentür abzuschließen, ehe er, fröhlich vor sich hin pfeifend, den Treidelpfad entlangging.

Sie warteten noch eine Weile, doch er tauchte nicht mehr auf. »Meinst du, er bleibt die ganze Nacht weg?«, flüsterte Tal.

»Sieht ganz so aus.«

»Na, dann können wir es ja versuchen.« Im Dunkeln konnte sie sein Gesicht nicht sehen, doch seine Stimme klang zitterig.

»Gut.« Auch ihre Stimme war unsicher.

Sie tasteten sich über den Landesteg und auf das Boot. Es schlingerte leicht unter ihren Füßen, und das Wasser plätscherte sachte gegen die Bootswand, doch ansonsten blieb alles ruhig. Sie krochen über das Deck bis zur leicht erhobenen Luke, die zum Frachtraum führte. Tal tastete sie ab. Seine Zähne klapperten so laut, dass er die Lippen ganz fest zusammenkneifen musste.

»Zugeschlossen?« Gaia zitterte vor Anspannung, und als Tal »Vorhängeschloss« sagte, merkte sie beschämt, dass sie einen Seufzer der Erleichterung ausstieß. Doch dann fuhr Tal fort: »Der Schlüssel steckt …« Sie hörte ein leises Klicken, als er den Schlüssel umdrehte, und ein Quietschen, als er das Vorhängeschloss behutsam abmachte. Ihr ganzer Körper verkrampfte sich, während sie auf eine Reaktion der Monster im Frachtraum wartete. Nichts.

»Wir müssen das Schloss offen lassen«, flüsterte Tal. »Hoffentlich macht das nichts …« Er holte kurz Luft, ehe er die Luke anhob und hinunterspähte. Er konnte in der Finsternis jedoch nur die groben Umrisse der »Dinger« erkennen, von denen der Bootsmann gesprochen hatte, eng zusammengekauert und reglos. Er kniff die Augen zusammen und blinzelte mehrfach, doch es nützte nichts. »Ich kann nichts sehen«, raunte er Gaia zu.

Sie kauerte sich neben ihn und blinzelte ebenfalls in den Frachtraum hinunter.

Nach einer Weile sagte sie: »Was immer es auch sein mag, sie bewegen sich nicht und geben auch keinen Laut von sich. Meinst du, sie sind überhaupt lebendig?«

»Klang so, als er vorhin über sie sprach.« Er schüttelte sich. »Ich würde zu gern sehen, was …«

Sie gab sich einen Ruck. »Ich klettere hinunter.« Ohne auf seinen schwachen Protest zu hören, setzte sie sich an den Rand der Luke, streckte ihre Beine in die Öffnung und ließ sich dann langsam nach unten sinken.

Sie landete auf etwas Weichem. Es bewegte sich nicht und blieb still, als sie es berührte, doch es war eindeutig lebendig: Sie konnte es atmen hören. Gaia nahm all ihren Mut zusammen und betastete es: ein großer, kräftiger Körper, mit einem Federkleid und einem langen Hals. Nachdem sich ihre Augen etwas an die Dunkelheit gewöhnt hatten, konnte sie ein schwaches, weißes Schimmern sehen.

»Tal«, flüsterte sie und hob den Kopf, »ich glaube, es sind *Schwäne.*«

»Wirklich? Nichts Schlimmeres?« Erleichtert ließ er sich ebenfalls nach unten fallen, um sich selbst davon zu überzeugen. »Du hast recht«, sagte er dann. »Schwäne. Warum sind sie nicht aufgewacht? Ich bin schon mindestens auf drei von ihnen getreten.«

»Ich weiß nicht. Aber sie leben noch. Sie sind ganz warm und sie atmen auch.«

»Die Menschen hier fürchten sich vor ihnen, oder? Vielleicht haben sie ihnen deshalb etwas verabreicht, damit sie ganz fest schlafen.«

»Kann sein.« Das klang überzeugend. »Außerdem«, fuhr sie mit einem leisen Lachen fort, »können wir ja froh sein. Schlafende Schwäne! Es hätte schlimmer kommen können.«

Sie zogen die Lukenklappe über sich zu und schlängelten sich in den hintersten Winkel des Frachtraums, wo sie es sich zwischen den großen, starren, warmen Vogelleibern gemütlich machten. Mitten in der Nacht spürten sie das Boot einmal kurz schaukeln, als sein Besitzer offenbar an Bord zurückkam. Und am nächsten Morgen hörten sie seinen entsetzten Aufschrei, als er sah, dass das Vorhängeschloss nicht zugeschlossen war. »Aquilon, Himalios und Arctos! Wie im Namen des Mondscheins konnte ich nur so nachlässig sein und es nicht abschließen? Oder haben *sie* es geöffnet?« Vorsichtig hob er die Luke einen Spaltbreit an, sodass ein heller, schräger Lichtschein auf die schlafenden weißen Leiber fiel, und ließ sie dann schnell wieder fallen. Wenige Augenblicke später war das Husten und Knattern eines Motors zu hören, und die Kinder spürten das inzwischen vertraute Schaukeln, als das Boot den Fluss hinuntertuckerte. Es dauerte nicht lange, bis sie einen lauten Ruf über das Wasser schallen hörten, ein dumpfes Geräusch, als ein zweites Boot längsseits anlegte, und ein leichtes Schlingern, als jemand an Bord kam. »Papiere!«, hörten sie eine Stimme bellen. »Was für eine Fracht habt Ihr an Bord?«

»Schwäne … für den Karneval. Wollt Ihr einen Blick darauf werfen?«

»Muss ich wohl«, knurrte der Besucher an Bord widerwillig und die Luke wurde kurz angehoben und sofort wieder zugeschlagen.

Der Kahn schaukelte danach ein Stück weiter, stieß gegen etwas Hartes und die Maschine wurde abgestellt. Schritte trampelten oben über das Deck und die Kettenleiter klirrte unter den Füßen des Bootsmanns. Dann herrschte Stille.

Sie warteten lange. Schließlich sagte Gaia: »Er ist sicher fort, meinst du nicht auch? Wie kommen wir jetzt hier heraus? Er hat die Luke bestimmt wieder abgeschlossen.«

»Das Holz war ziemlich morsch. Wenn wir fest genug drücken …«

Sie stiegen über die reglosen weißen Leiber und drückten mit aller Kraft gegen die Luke. Ihnen fiel ein Stein vom Herzen, als sie die morschen Holzbretter zersplittern hörten und das Vorhängeschloss aus dem Eisenring glitt. Behutsam drückten sie die Luke hoch und kletterten an Deck.

Anfangs waren sie wie geblendet. Im Frachtraum war es völlig dunkel gewesen und nun standen sie unvermittelt im Tageslicht. Und es war kein normaler, sondern ein strahlender, sonniger Tag, ganz anders als die bewölkten Wintertage, an die sie sich inzwischen gewöhnt hatten. Über ihnen erstreckte sich ein wolkenloser blauer Himmel, der alles in einem klaren Licht badete, und die prachtvollen Farben des Flusses wirbelten um sie herum. Es dauerte ein, zwei Augenblicke, bis sie sich orientiert und gemerkt hatten, dass der Kahn an einem der zentralen Brückenpfeiler der langen Bogenbrücke angelegt hatte, die den Fluss überspannte.

»Wir sind mitten im Fluss!«, jammerte Gaia, doch Tal sagte: »Nein, alles in Ordnung.« Er streckte einen Arm aus. An dem hohen, steinernen Brückenpfeiler gab es eine rostige Eisenleiter. Als die Kinder vom Schatten unter der Brücke aus nach oben blinzelten, sahen sie, dass die Leiter zu einem breiten Querträger führte, der ein beträchtliches Stück oberhalb des Flusses lag und breit genug war, um problemlos darauf zum nächsten Brückenpfeiler zu kriechen, der sich in Ufernähe befand. Von dort aus führte eine weitere Leiter zu einem kleinen Strand hinunter. »Ein Kinderspiel!« Tal grinste zufrieden, als wäre das Ganze seine Erfindung.

Sie machten die Luke zu, legten das Vorhängeschloss an seinen angestammten Platz zurück und verließen den Kahn. Tal hatte recht gehabt: Es war eine kinderleichte Kletterpartie, obwohl ihnen von den so farbenfroh wirbelnden Farben tief unter ihnen fast schwindelig wurde, weil das Wasser hier zwischen den Brückenpfeilern noch schneller floss als sonst. Auf halber Höhe verbreiterte sich der Brückenpfeiler zum Ufer hin beträchtlich, und sie konnten eine kleine Pause einlegen, sobald sie an einer Stelle angelangt waren, wo sie weder vom Ufer noch vom Wasser aus zu sehen waren. Es war genügend Platz, sodass sie sich gemütlich ausstrecken konnten. Tal legte sich auf den Rücken, bettete den Kopf auf die Hände und schaute zu der Brücke über ihnen hinauf. »Ein gutes Versteck.«

»Stimmt«, sagte sie. »Tal, hör mal, falls wir uns jemals aus den Augen verlieren sollten oder irgendwie getrennt werden, dann werde ich hier auf dich warten. Am ersten Morgen jedes Viertelmonds, verstanden?«

Bestürzt hob er den Kopf. »Hey, ich hatte eigentlich nicht vor, dich zu verlieren.«

Gaia grinste. »Ich auch nicht, glaub mir. Aber für den Fall der Fälle …« Sie wurde plötzlich sehr ernst. »Nur für den Notfall.«

Sie kletterten auf eine Leiter, die sie zu einem schlammigen, mit Abfall übersäten Abschnitt des Flussufers hinunterbrachte. Von hier aus ging es über eine wackelige Holzleiter zu einer breiten Terrasse direkt am Flussufer hinauf und dann über eine Reihe von flachen Stufen nach oben auf die Brücke.

Vor Staunen blieben sie wie angewurzelt stehen. Noch nie im Leben hatten sie so viele Menschen auf einem Haufen gesehen: mehr noch – sie hätten sich nicht einmal *träumen* lassen, dass es überhaupt so viele Menschen auf der Welt geben könnte! Die Straße, auf der sie nach Freehaven gekommen waren, war schon sehr belebt gewesen, doch das war nichts im Vergleich zu dem, was sie jetzt sahen. Ein nicht enden wollender, rastloser Strom von Menschen schob sich über die breite Brücke. Fuhrwerke kämpften sich durch die dicht gedrängten Fußgängerscharen, und die Fahrer beugten sich herab und brüllten die Leute an, gefälligst aus dem Weg zu gehen. Schwitzende Träger mit hochroten Köpfen schoben sich mit schwankenden Sänften durch die Menschenmenge.

»Ganz schön was los hier«, sagte Tal leichthin, doch man sah ihm seine Verwirrung an. Einen Augenblick standen sie noch da und blinzelten verwundert auf die wogende Menschenmenge, die an ihnen vorbeizog. Schließlich sagte Gaia: »Hm, was schlägst du vor? Wo sollen wir hingehen?«

Tal dachte kurz nach. »Wir brauchen einen Laden. Ein Geschäft, in dem wir das Amulett verkaufen können. Nicht da drüben.« Er deutete auf das andere Ende der Brücke, wo sich die Gebäude mit den farbenprächtigen Dächern und den großen Gärten den steilen Hügel hinaufzogen. »Dort gibt es vermutlich nur Wohngebäude. Versuchen wir es lieber auf dieser Seite!«

Die meisten Menschen strömten in genau diese Richtung, und

deshalb mischten sie sich unter sie und ließen sich von der Menge auf den gewaltigsten Platz bringen, den sie jemals gesehen hatten.

Sie hatten schon den Marktplatz von Trebburn für riesig gehalten, doch er war ein Klacks verglichen mit dem Platz hier. Gepflastert mit glitzernden weißen Steinen, schluckte er mühelos die Menschenscharen, die über die Brücke kamen. Er hätte vermutlich noch hundertmal mehr Menschen aufnehmen können. Auf drei Seiten war der Platz von hoch aufragenden weißen Steingebäuden umgeben, die vierte Seite war zum Fluss hin offen. Unter den hohen Gebäuden war auch jenes, das sie schon von der Straße außerhalb der Stadtmauer gesehen hatten: das große Gebäude mit dem hohen Glockenturm und der silbernen Kuppel, die nun im Sonnenschein glänzte.

Eine Weile standen sie nur mit weit aufgerissenen Augen da, dann erst wagten sie sich zögernd weiter. Sie blieben stehen, um ein Puppentheater zu bewundern, einen Jongleur und einen Feuerschlucker, und schauten sehnsüchtig zu den Ständen, an denen Süßigkeiten, Gebäck und Tee verkauft wurden. »Zu schade, dass wir kein Geld haben«, sagte Tal. »Schau mal, diese Küchlein da!«

Laute, melodische Rufe schienen ihn nachäffen zu wollen. »Küchlein! Karnevalsküchlein!« Die Luft war plötzlich angefüllt mit einem wunderbar würzigen, warmen, süßen Geruch. Livrierte Männer in den dreizehn Farben des Monarchenbunds kamen über den Platz und warfen mit beiden Händen kleine Bällchen in die Menge. Tal machte einen Satz und fing eines davon auf: Es war wirklich ein Küchlein, etwa so groß wie seine Faust und erstaunlicherweise leuchtend orangerot. Sie kamen weiter in die Menge geflogen, wie ein Hagelschauer in allen Farben: Schwarz, Türkis, Smaragdgrün, Gold, Narzissengelb … Besonders die Kinder fingen sie begeistert auf und stopften sie in ihre Taschen, bis diese fast aus allen Nähten platzten. Tal blickte plötzlich unsicher auf den kleinen orangefarbenen Kuchen in seiner Hand.

»Meinst du wirklich, man kann ihn essen?«

»Aber sicher.« Gaia zeigte auf die anderen. Überall um sie herum ließen sich die Umstehenden die kleinen Kuchen schmecken, und deshalb biss sie ebenfalls versuchsweise in das Küchlein, das sie aufgefangen hatte. Es schmeckte herrlich: saftig, würzig und süß. Nur im Nouldewood hatte sie jemals etwas gekostet, was annähernd so gut geschmeckt hatte. Nachdem sie nur zwei dieser Bällchen gegessen hatte, fühlte sie sich warm, herrlich träge und so voll, dass sie keinen Bissen mehr hinunterbekommen hätte.

Die Männer des Monarchenbunds hatten inzwischen all ihre Küchlein verteilt und begannen nun, die Menge so weit zurückzudrängen, bis ein breiter Durchgang quer über den großen Platz entstanden war. Gaia und Tal wichen ebenfalls bereitwillig zurück, und da alle anderen auf etwas zu warten schienen, warteten sie gespannt mit.

»Was passiert jetzt, Mutter?«, fragte ein kleiner Junge in ihrer Nähe. »Psst«, antwortete diese, »jetzt kommt der Umzug.« Ein lauter Trompetenstoß ertönte, und Männer in farbenfrohen Uniformen, die farblich passende Fahnen schwangen, marschierten in Zweierreihen vorbei. Sie hoben sich prachtvoll von dem strahlend blauen Himmel ab. Auf ihrem Weg quer über den großen Platz folgten ihnen glänzende silberne Kutschen, die wie das Mondlicht schimmerten. In jeder saß ein stolzer, hochherrschaftlicher Mann, flankiert von livrierten Dienern in seiner jeweiligen Wappenfarbe: Dunkelgrün, Purpurrot, schillerndes Blau …

»Sallender!«, zischte Tal, doch Gaia hörte gar nicht hin. Sie starrte verdutzt auf die Tiere, die vor die Kutschen gespannt waren.

Es waren richtige Monster: riesig und gedrungen, mit kräftigen, muskulösen Gliedern, einer schuppigen Haut und einem langen Schwanz.

»Was sind das für komische Tiere, Mutter – die vor den Kutschen?«, wollte der kleine Junge wissen.

»Drachen!«, raunte sie ihm zu.

»Drachen? Nie im Leben ...«, wollte Gaia schon widersprechen, doch dann wurde ihr klar, dass es tatsächlich Drachen waren, abgesehen davon, dass an ihnen etwas nicht stimmte. Sie hatten keine Flügel, sondern nur sonderbare, verwachsene Stummel an der Stelle, wo die Flügel hätten sein sollen. Sie atmeten schwer, als versuchten sie, den allerletzten Tropfen Luft aus ihren Lungen zu pressen, um ihrem angeborenen Drang zum Feuerspucken nachzugeben, was ihnen aber offenbar nicht möglich war.

»Was ist mit ihnen?«, wandte sie sich an die fremde Frau. »Sie haben ja gar keine Flügel. Und sie spucken auch kein Feuer.«

»Wie auch?«, antwortete die Frau achselzuckend. »Die Eiersammler haben ihnen gleich nach dem Ausschlüpfen die Flügel kupiert und auch die Feuerbahnen aus ihren Bäuchen geschnitten.«

»Mannomann«, sagte der kleine Junge eifrig, »wenn ich groß bin, will ich auch Dracheneiersammler werden.« Doch seine Mutter sagte abwehrend: »Unsinn, das ist viel zu gefährlich! Und außerdem wirst du Schneider werden, genau wie dein Vater.«

»Ach, Mutter ...« Er fing an zu quengeln, doch Gaia hörte nicht mehr hin. Sie konnte die Augen nicht von den riesigen, verstümmelten Tieren abwenden: den wilden, Angst einflößenden Monstern ihrer Kindheit, die sie nun als verkrüppelte, mitleiderregende Geschöpfe vor sich sah. Und obwohl die Angst vor ihnen ihre ganze Kindheit überschattet hatte, konnte sie sie jetzt nicht anschauen, ohne dass ihr fast übel wurde bei dem Gedanken, was diesen hier angetan worden war. Schon schleppte sich der nächste Drache an ihnen vorbei, mit qualvollen, keuchenden Atemzügen nach Luft ringend. Empört schaute Gaia auf die Kutsche, die das arme Geschöpf zog – und sie erblickte Parhelion.

Ihre Blicke trafen sich, und er zuckte zusammen, das sah sie ganz deutlich. Als seine Kutsche langsam weiterzog, drehte er sogar den Kopf, um sie weiter anzustarren. Erschrocken hielt Gaia die Luft an und wich einen Schritt zurück, um sich in der Menge zu verstecken.

»Was ist los?«, fragte Tal flüsternd.

»Parhelion. In der Kutsche dort. Er hat mich gesehen.«

»Aber er hat dich sicher nicht erkannt. Wie auch?«

»Ich weiß nicht. Sah aber ganz so aus.«

Sie starrten der Kutsche nach. Parhelion schaute noch immer zu ihnen zurück und deshalb senkte Gaia rasch den Kopf und ließ sich die Haare ins Gesicht fallen.

»Vielleicht hast du ja recht«, sagte Tal. »Schnell, verschwinden wir!«

Sie schoben sich durch die dichte Menschenmenge und liefen auf die Brücke zu, doch auf einmal packte Gaia Tal erschrocken am Arm. »Nein, nicht dorthin«, sagte sie. »Sie wissen, dass wir keine Papiere haben!« Alan und seine Familie waren nur ein Stück vor ihnen, unweit des Wegs, der am Flussufer entlangführte. Hastig drehten sie sich um und hetzten in die andere Richtung, bis sie zu dem großen Gebäude mit der silbernen Kuppel kamen. Die breiten Eingangstüren waren geöffnet und ganze Menschenscharen strömten hinein oder heraus.

Sie setzten sich auf eine der dreizehn Stufen, die zum Eingangsportal führten, und teilten sich einen weiteren der kleinen Kuchen.

»Was jetzt?«, fragte Gaia träge.

»Nur keine Eile«, sagte Tal. »Bleiben wir noch ein Weilchen hier sitzen.« Er lehnte sich mit dem Rücken an die höhere Stufe, schloss die Augen und genoss die warme Wintersonne in seinem Gesicht. Gaia wurde auch ganz schläfrig, ließ ihre Augen langsam über die Menschenmenge schweifen, betrachtete verträumt die vielen fremden, unbekannten Gesichter … Doch auf einmal …

Oh nein!

»Tal, schau!« Sie schüttelte ihn am Arm. »Da sind die Crabbits!« Erschrocken riss er die Augen auf. Tatsächlich: Heftig miteinander streitend schob sich das Ehepaar gerade durch die Menschenmenge.

»Oh nein! Hoffentlich haben sie uns nicht gesehen!«

»Ich glaube nicht.« Sie hielt den Kopf gesenkt und schielte zwischen ihren Haaren hindurch. Die Crabbits stritten sich inzwischen vor einer Fischbude.

»Wir müssen hier weg!«, sagte Tal, und sie mischten sich hastig unter die Menschen, die gerade in Scharen in das Gebäude mit der silbernen Kuppel strömten.

11. Kapitel
Karneval und die Gemeinschaft

Unsicher blieben sie unter dem mächtigen Portal auf der Schwelle stehen. Es war ein gewaltiges Bauwerk: Die weißen Steinfliesen dehnten sich vor ihnen aus, fast so weit das Auge reichte. Spitzbögen in den Wänden ragten so weit nach oben, dass sie sich in den Schatten der Decke verloren. Die Fahnen des Monarchenbunds hingen, lang und sich bauschend, von der Decke. Und im Mauerwerk befanden sich zu beiden Seiten dreizehn runde Buntglasfenster, ebenfalls in den Farben des Monarchenbunds. Ihr Licht malte leuchtende Kreise auf den Marmorfußboden. Doch trotz der vielen fröhlichen Farben war es ein feierlicher Ort.

In dem Gebäude wimmelte es von Menschen, deren leises Gemurmel von den Wänden widerhallte. Hin und wieder hob sich eine etwas lautere Stimme oder ein vereinzeltes Lachen von dem allgemeinen Gemurmel ab.

»Dürfen wir überhaupt hier sein?«, wisperte Tal, von einer andächtigen Scheu gepackt.

»Klar, warum auch nicht? Es sind doch so viele Menschen hier. Komm, wir schauen uns ein bisschen um!«

Das Gebäude hatte ein riesiges Mittelschiff und zwei breite Seitenschiffe. Diese waren von Statuen gesäumt, die die vorbeipilgernden Massen bei Weitem überragten. Es waren menschliche Gestalten aus reinstem, weißem Marmor: zu Pferd, stehend, sitzend oder im Tod friedlich als Grabmal unter einem Baldachin liegend. Um jedes Monument hatten sich respektvoll kleine Besuchergruppen geschart und Gaia und Tal stellten sich unauffällig zu einer dieser Gruppen. Ein Mann in einem langen, mitternachtblauen Gewand hielt eine Art Führung ab. »Hier«, sagte er gerade, »ist das Familienmonument der Lannerets zu sehen. Die Statue hier stellt den verstorbenen Lord Cedric Lanneret dar und diese da den derzeitigen Herrscher: Lord Elverton Lanneret.« Er machte eine kurze Pause. »Soll ich die Inschriften vorlesen?«

Als alle eifrig nickten, sagte der Führer seufzend: »Gut.« Er räusperte sich und begann vorzutragen: »*Zum Gedenken an Cedric Lord Lanneret, Gesalbter des Mondes Idalia, Mitglied des Monarchenbunds der Lords der Freiheit, Verteidiger der Republik von Assalay und Wächter über die Grundrechte, Verfechter der Gerechtigkeit, gütiger und großherziger Freund des Volkes. Die trauernden Hinterbliebenen – die übrigen zwölf Lords, die Familie und Freunde – trösten in ihrem Kummer allein die überragenden Tugenden seines erstgeborenen Sohns, der seinen Platz einnehmen und seines Vaters edelmütige Aufgaben fortsetzen wird.*

Und bei dieser Statue, die den derzeitigen Lord darstellt, steht: *Elverton Lord Lanneret, Gesalbter des Mondes Idalia* … und so weiter …«, er wedelte ungeduldig mit der Hand, »und so fort … *Freund der Armen und Bedürftigen.*« Er verstummte und die Menge murmelte ergriffen: »Mögen Idalia und alle Monde über ihn wachen und ihm ein langes Leben gewähren.«

»Oh ja«, sagte der Führer. Die kleine Schar stand noch eine Weile da und bewunderte die beiden Statuen, ehe sie zum nächsten Monument weiterging.

»Lanneret?« Stirnrunzelnd betrachtete Tal die aus Stein gemeißelten Hände, die freigebig geöffnet waren, und den mitfühlenden Ausdruck auf den marmornen Zügen. »Ist er nicht der Lord von Kit und Mercy? Aber John hat doch gesagt …«

»Ich weiß.« Entschlossen marschierte Gaia den Gang entlang, und Tal musste sich durch die Menschenmenge kämpfen, um sie wieder einzuholen. »Wo willst du hin?«

»Ich will Parhelion finden.«

Sie gingen nebeneinanderher und studierten die Marmorköpfe über ihnen. Nach einer Weile stießen sie auf die Statue eines groß gewachsenen Mannes, dessen intelligent dreinblickende Augen in die Ferne gerichtet waren und der eine Hand schützend auf den Kopf eines kleinen Kindes gelegt hatte. Tal griff nach Gaias Hand.

»Moment mal, das ist er doch, nicht wahr?« Sie starrten zu der Statue hinauf. Der Körperbau und die derben Gesichtszüge kamen ihnen bekannt vor. Doch der Mut, die Redlichkeit und die Wohltätigkeit, die diese Statue ausstrahlte, passten wiederum gar nicht zu Parhelion.

»Er ist es doch, oder?«, wiederholte Tal.

»Ja«, sagte sie geistesabwesend. »Ja, er ist es. Aber er sieht irgendwie anders aus, nicht wahr?«

»Ja, viel besser als in Wirklichkeit!«, sagte Tal entrüstet und viel zu laut. Gaia stieß ihn warnend an und schaute sich nervös um. Die meisten der blau gewandeten Führer waren jedoch mit ihrer jeweiligen Gruppe beschäftigt und schienen nichts gehört zu haben. Doch ein anderer schlaksiger, großer Mann, der das gleiche fließende, tiefblaue Gewand wie die Führer trug, hatte Tals Bemerkung im Vorbeigehen aufgeschnappt. Er blieb stehen, blickte sie an und legte sich einen Finger an die Lippen. Dann blinzelte er ihnen verschwörerisch zu und hastete weiter.

»Tal. Er hat dich gehört. Sei bitte vorsichtiger!«, ermahnte ihn Gaia. »Vergiss nicht, was John gesagt hat.«

»Entschuldigung«, murmelte er. Ängstlich blickte er sich nach dem Mann um, aber dieser war bereits verschwunden. »Bekommen wir jetzt Ärger?«

»Nein, glaube ich nicht. Der Mann sah doch ganz freundlich aus.« Sie schaute wieder zur Statue hinauf. »Doch du hast recht«, murmelte sie. »Er sieht viel netter aus als in Wirklichkeit. Ich würde zu gern wissen, wie die Inschrift lautet.«

»Soll ich sie euch vorlesen?« Einer der Führer war zu ihnen getreten, ohne dass sie es bemerkt hätten. Sie zuckten zusammen, doch er erweckte nicht den Eindruck, als glaubte er, etwas Ungehöriges gehört zu haben, und Gaia stammelte: »Oh ja, das wäre nett. Danke.«

Er holte tief Luft und trug vor:

»Halte ein, demütiger Fremder, und bewundere
Die edle Stirn, die scharfsichtigen Augen,
In denen das Feuer der Intelligenz lodert
Sowie Mitgefühl, Mut und Gnade!

Der Große Lord unserer Republik,
Gepriesen von Nord bis Süd, von Ost bis West!
Möge er sich in Lusinias Strahlen baden,
Unser wundervoller Lord Parhelion.«

»Vielen Dank.« Gaia hatte alle Mühe, ernst zu bleiben. Sie spürte, dass auch Tal zu beben begann, weil er ein Lachen unterdrücken musste, und deshalb packte sie ihn rasch am Arm und lotste ihn schnell ans andere Ende der Basilika. Erst dort wagte sie, ihn anzublicken, und prompt begannen sie haltlos zu kichern, so sehr, dass sie sich gegenseitig festhalten mussten, was ihnen etliche empörte Blicke der Basilika-Führer einbrachte.

»Mal ehrlich«, flüsterte sie, nachdem sie sich wieder einigermaßen gefasst hatte. »Das ist nicht nur komisch!. Es ist schlichtweg *gelogen*!«

Gemessenen Schrittes gingen sie zu dem massiven Portal zurück und spähten von dort aus vorsichtig über den großen Platz. Die Prozession war zu Ende. Die meisten Standbesitzer hatten schon ihre Sachen zusammengepackt und zogen ihre schweren Handkarren davon. Straßenkehrer fegten die Marmorfliesen und kehrten die Reste der Küchlein und anderer Süßigkeiten, die zerbrochenen Flaschen und alles, was sonst noch weggeworfen wurde, zusammen. In der Mitte des Platzes war eine andere Gruppe von Arbeitern gerade im Begriff, aus trockenem Holz eine riesige Pyramide zu errichten: gefällte Baumstämme, alte Dachsparren, Balken und Schiffsholz.

»Bestimmt für das Freudenfeuer«, sagte Tal.

»Das *Königs*feuer«, rief sie ihm in Erinnerung. »Ich würde es gern sehen.« Doch er sagte nervös: »Eigentlich wollten wir doch so schnell wie möglich einen Laden finden, in dem wir dein Amulett verkaufen können. Komm, Gaia! Die Crabbits sind nirgends zu sehen und Alan auch nicht. Machen wir uns auf den Weg!«

Sie überquerten den großen Platz und gingen zwischen zwei der beeindruckend hohen, weißen Gebäude in eine schmale, schattige Straße. Eine Biegung nach rechts und eine weitere nach links führte sie in ein unglaubliches Labyrinth aus Gassen mit Kopfsteinpflaster, die mal in die eine, mal in die andere Richtung führten. Die Häuser standen auf beiden Seiten so dicht beieinander, dass man den Himmel kaum sehen konnte. Gaia und Tal kamen an einigen Geschäften vorbei, mit staubigen Schaufenstern und ein paar spärlichen Auslagen. Doch keines dieser Geschäfte war beleuchtet und die Fenster und Türen waren geschlossen und vergittert. Deshalb gingen sie weiter, ziel- und völlig orientierungslos. Zweimal kehrten sie unabsichtlich zu einem kleinen, recht ungewöhnlichen Platz zurück, der eigentlich nur eine Verbreiterung an einer Stelle war, wo drei Straßen zusammenstießen. In der Mitte stand ein halb verfallener Brunnen mit einem kupfernen Delfin, sehr alt und grünlich verfärbt. Das offene Maul war leer, und er thronte schief über einem kleinen Becken, das von Regenwasser überlief. Als sie das zweite Mal hier ankamen, blieben sie an dem Brunnen stehen und schauten sich ratlos an.

»Versuchen wir es mal in der Gasse dort«, sagte Tal. »Da waren wir noch nicht. Glaub ich zumindest …« Kaum waren sie um die erste Kurve gebogen, als Gaia stehen blieb und herumfuhr. Sie spähte die schattige Gasse hinab.

»Was ist los?«, fragte Tal.

Sie hielt sich einen Finger an die Lippen. »Psst. Ich dachte … Hast du nichts gehört?«

»Nein, nichts.«

»Ich dachte aber …«, wiederholte sie, doch da nichts zu hören oder zu sehen war, gingen sie weiter. Die nächste Biegung brachte sie in eine nicht sehr vielversprechend aussehende Sackgasse, gesäumt von kahlen, weißen Mauern und ärmlichen kleinen Häusern. Tal wollte sich gleich wieder umdrehen, doch Gaia ging weiter und rief ihm nach einigen Schritten etwas zu, wobei ihre Stimme wegen der sie umgebenden Stille ungewöhnlich laut widerhallte.

»Tal! Komm mal her!« Sie drückte ihre Nase an das verschmutzte Fenster eines winzigen Geschäfts. Das Schaufenster war mit einem staubigen, schwarzen Tuch ausgelegt. Und auf diesem Tuch lag aller mögliche Krimskrams wild durcheinander, unordentlich aufgestapelte Sachen, silberne Kästchen, alte, fleckige Spiegel und kleine Bilder mit geschwärzten, filigranen Rahmen. In einer Ecke lag ein Haufen geschnitzter Täfelchen aus Elfenbein.

»Schau mal!«, flüsterte sie aufgeregt. »Sie sehen fast aus wie mein Amulett. Schau!« Sie fischte ihr wertvolles Viereck aus Elfenbein aus dem Beutel, den sie um den Hals trug, und sie beugten sich in dem schwächer werdenden Licht darüber.

»Stimmt, sie sind ähnlich«, sagte Tal nach einer Weile. »Deines ist aber irgendwie anders …«

»Ich weiß«, sagte sie ungeduldig. »Die Schriftzeichen sind anders. Das ist sicher nicht wichtig, oder? Ich meine, abgesehen davon ist meines wirklich genau gleich. Meinst du, sie sind wertvoll? Die anderen Sachen hier im Schaufenster sehen doch recht teuer aus, oder?« Ihre Aufregung wirkte ansteckend auf Tal und er sagte hoffnungsvoll: »Ja, finde ich auch.« Er warf einen Blick an den sich verdunkelnden Himmel.

»Wir sollten zur Brücke zurück, solange es noch einigermaßen hell ist«, sagte er. »Dort können wir heute Nacht schlafen und morgen früh kommen wir hierher zurück.«

»Ich will aber noch das große Feuer sehen«, protestierte Gaia, während sie das Amulett in den Beutel zurücklegte.

»Unmöglich«, sagte er. »Das wäre viel zu riskant. Am besten, wir gehen möglichst schnell zur Brücke, damit uns niemand sieht.«

Doch so leicht ließ Gaia sich nicht davon abbringen und sie begann zu widersprechen. Dabei drehte sie den Kopf – und zuckte erschrocken zusammen. Jemand stand hinter ihnen, der sicher jedes Wort mitbekommen hatte!

Es war ein dünner Junge, groß und schlaksig, mit schmutzigen, blonden Haaren und einem ebenso schmutzigen Gesicht. Seine Kleidung war schäbig und abgetragen, aber dennoch wirkte er selbstsicher und mit sich zufrieden. Lässig lehnte er an der Mauer des gegenüberliegenden Hauses, und sein Grinsen zeigte, dass er sich diebisch über ihr Erschrecken und ihre Unsicherheit freute.

»Hallooo«, sagte er gedehnt.

»Ich *wusste* doch, dass uns jemand gefolgt ist«, sagte Gaia mit einem feindseligen Blick. »Was wir reden, geht dich gar nichts an.«

Der fremde Junge hielt besänftigend die Hände hoch. »Schon gut, schon gut. Nur keine Panik!«, sagte er. »Was immer ihr mit dem alten Fossick zu schaffen habt: Es geht mich wirklich nichts an. Will es auch gar nicht wissen. Ich habe mich nur gefragt, ob ihr vielleicht Hilfe braucht.«

»Hilfe?«

»Ja. Zwei Kinder, ganz allein unterwegs und allem Anschein nach nicht von hier. Hab euch schon auf dem Platz erspäht. Ihr seid so auffällig wie ein Drache am Strand.« Er beäugte sie von Kopf bis Fuß. »Um in Freehaven durchzukommen, muss man mit allen Wassern gewaschen sein … vor allem, wenn man keine Papiere hat.«

Er wartete, doch Gaia und Tal blieben stumm. »Dann …«, fuhr er betont langsam fort, »gehe ich mal davon aus, dass ihr keine Papiere habt, stimmt's?« Laut hörbar stieß er die Luft aus. »Ihr werdet die Stadtwache auf den Fersen haben, noch ehe die Nacht zu Ende ist, wenn euch niemand hilft.«

»Was meinst du mit helfen? Wer soll uns helfen?« Gaia merkte selbst, wie unsicher sie klang.

Der Junge machte eine Verbeugung. »Ich natürlich, Jinx. Stehe der jungen Dame und dem jungen Herrn stets zu Diensten.«

»Und was willst du dafür?«, fragte Tal argwöhnisch.

»Aber, aber …«, sagte der Junge beschwichtigend. »Ich verlange keinen Vorschuss oder Ähnliches. Es sei denn, ihr habt Geld. Habt ihr welches?«, fragte er. Als keine Reaktion kam, fuhr er fort: »Ah, dachte ich mir. Nein, es ist mehr nach dem Prinzip: Eine Hand wäscht die andere. Wir sind eine ganze Gruppe, alles Kinder ohne Papiere. Wir helfen einander weiter. Wo wollt ihr zwei zum Beispiel heute Abend schlafen?«

»Wir kennen einen Platz«, antwortete Tal pampig.

»Kann ja sein«, meinte Jinx. »Aber vielleicht ist dieser Platz auch den Stadtwächtern bekannt oder noch schlimmer, den Sklavenhändlern. Kinder von der Straße sind deren täglich Brot.« Er schaute sie prüfend an. »Ihr wisst doch von den Sklavenhändlern, oder?«

Gaia nickte und warf einen besorgten Blick auf Tal.

»Tja«, fuhr Jinx fort, »dann kommt ihr besser mit mir. Ich kenne einen sicheren Platz zum Schlafen. Kein Luxus, fürchte ich, aber man ist vor Wind und Regen geschützt und vor allem seid ihr dort absolut *sicher*.«

»Und dann?«, fragte Tal.

Jinx zuckte mit den Schultern. »Dann gehört ihr zu unserer Gemeinschaft. Wir helfen euch und ihr helft uns.«

»Bringst du uns morgen wieder hierher, wenn der Laden geöffnet hat?«, erkundigte sich Gaia.

Er lachte. »Diese Gassen sind so wirr und verworren wie die Strickwolle meiner armen toten Mutter, nicht wahr? Ja, ich werde euch den Weg zeigen. Aber morgen und auch übermorgen nützt es nichts. Der Karneval dauert bis zum neuen Mond. Bis dahin sind alle Läden geschlossen. Und lasst euch eins gesagt sein, Kinder: Auf euch allein gestellt, haltet ihr keine drei Tage durch. Keine Chance!

Kommt mit mir. Ich sorge dafür, dass ihr über die Karnevalstage in Sicherheit seid. Dann könnt ihr erledigen, was immer euch hierhergeführt hat.«

»Tal«, sagte Gaia leise. »Was meinst du? Ich denke, wir haben keine andere Wahl.«

»Sie hat recht«, sagte Jinx. »Jetzt kommt es nur noch auf dich an.«

Störrisch schüttelte Tal den Kopf. »Wie du meinst«, sagte Jinx. »Ihr könnt es auch bleiben lassen.« Er drehte sich um und schickte sich an, gemächlich die schmale Gasse hinunterzuschlendern, doch auf einmal fuhr er erschrocken wieder herum. »Schnell!«, zischte er. »Hier rein!« Er packte sie und stieß sie unsanft die nächstbeste Kellertreppe hinunter, die in ein schmales Untergeschoss unterhalb der Straße führte.

»Was ist los?«, flüsterte Tal, doch Jinx hielt ihm schnell den Mund zu. »Die Stadtwache!«, raunte er ihnen zu. »Duckt euch!«

Tatsächlich waren in der Straße über ihnen schwere Schritte zu hören und eine Stimme, die sagte: »Komisch, ich hätte geschworen, dass ich hier jemanden gesehen habe!«

»Na, jetzt ist jedenfalls niemand mehr da, oder?«, sagte eine andere Stimme. Die Schritte wurden leiser und leiser und verhallten schließlich in der Ferne. Erst da wagten sich die drei wieder aus dem Untergeschoss und wischten sich die Spinnweben von den Händen und aus dem Gesicht.

»Und? Was ist?«, fragte Jinx.

Tal schaute auf Gaia. »Na schön«, sagte er dann. »Einverstanden.«

»Gut!« Jinx grinste breit, stellte sich zwischen sie und legte jedem einen Arm um die Schultern. »Willkommen in der Gemeinschaft!«

Er führte sie eilends durch dämmerige Gassen, wobei sie sich stets auf der dunkelsten Seite bewegten und jedem Lichtschein auswichen, der aus einem der Fenster oder Türen fiel. Sie redeten kein Wort. Einmal, gleich am Anfang, hatte Gaia zu einer Frage angesetzt, aber Jinx war ihr sofort über den Mund gefahren. »Kein Wort! Und haltet Augen und Ohren offen!« Nach einer Weile blieb er stehen, legte den Kopf schief und schien angestrengt zu lauschen. Da hörten sie es auch: das gleichmäßige Trampeln schwerer Stiefel auf dem Kopfsteinpflaster, nicht weit hinter ihnen. Doch er zuckte nur unbekümmert die Schultern und sagte: »Tja, sieht ganz so aus, als müssten wir heute einen Umweg machen.« Und schon verschwand er in einer Seitengasse und führte sie auf einer verwirrenden Route durch ein Labyrinth von Gassen, die sie schließlich wieder zu dem großen Platz brachten.

Inzwischen war die Nacht hereingebrochen. Der Himmel war dunkel, doch die großen, kugelförmigen Laternen rund um den Platz brannten und warfen ihr farbiges Licht auf die weißen Marmorplatten. Auf dem Platz wimmelte es wieder von Menschen, die sich um die Holzpyramide geschart hatten, die später angezündet werden sollte. Gaia blieb stehen. »Können wir nicht warten und uns das Feuer anschauen?«

»Kein Problem.« Jinx nickte. »Unter so vielen Leuten sind wir sicher. Stellt euch einfach zu einer der offiziellen Gruppen, eine Familie wäre nicht schlecht.« Er schob sie vor sich her durch die Menge, bis sie zu einer kleinen Gruppe kamen, die aus zwei oder drei Familien zu bestehen schien. Die Erwachsenen kannten sich offenbar gut. Sie standen beieinander, redeten und lachten miteinander, und ab und zu lief einer von ihnen davon, um ein Kind zurückzuholen, das sich in der Dunkelheit zu weit unter Fremde gewagt hatte.

»Ihr bleibt hier«, sagte Jinx leise. »Ich hole euch nachher wieder ab.« Gaia und Tal stellten sich ein Stück weit weg von den Erwachsenen und schauten drein, als würden sie zu ihnen gehören. Auf einmal ertönte ein ohrenbetäubender Trommelwirbel und alle verstummten. In die allgemeine Stille hinein rief eine einzelne, laute Stimme: »Lang lebe die Republik! Lang lebe der Monarchenbund! Lang mögen sie leben, die den Monden gesalbten Lordschaften!«

»Verbrennt den König! Verbrennt den König!« Aus der Menge ertönte ein begeisterter Sprechchor und gleich darauf glühte das Herz der riesigen Holzpyramide orangerot auf. Das Feuer züngelte rasch nach oben, strahlte gelb und weiß, und die Flammen loderten so ungestüm empor, dass Funken in alle Richtungen stoben. Die farbigen Kugellampen schimmerten und waberten hinter dem Hitzeschleier, als befänden sie sich unter Wasser. Um den Platz herum begannen die weißen Mauern orangefarben zu glühen, die zuckenden Flammen spiegelten sich in den Fenstern. Die Menschenmenge stand anfangs reglos da, wie hypnotisiert. Doch als die große Strohpuppe ganz obenauf Feuer gefangen hatte und zwischen die brennenden Holzbalken fiel, kam wieder Leben in die Zuschauer und sie lachten und redeten aufgeregt durcheinander.

»Alles klar bei euch beiden?« Jinx stand plötzlich mit drei dampfenden Bechern neben ihnen, zwei davon reichte er an sie weiter. Dankbar legten sie ihre eiskalten Finger um die herrlich warmen Becher und hielten ihre Nasen in den heißen Dampf, der nach Früchten und Gewürzen roch.

»Gibt es die auch umsonst?«, fragte Gaia.

Jinx warf ihr einen nachsichtigen Blick zu. »Wie ahnungslos ihr seid«, sagte er. »Nein, außer den Küchlein gibt es nichts umsonst.«

»Aber du hast sie nicht gekauft?«

»Nein, wir von der Gemeinschaft kaufen nichts. Wir versorgen uns so. Sachen einsacken, stehlen, klauen, plündern, lange Finger machen, das ja. Aber kaufen – nein.« Er zwinkerte ihr zu, ehe er seinen Becher mit einem langen, zufriedenen Seufzer leerte. Auf der anderen Seite des Platzes, in dem hohen Turm neben dem Gebäude mit der silbernen Kuppel, begann eine Glocke zu läuten. »Ausgangssperre«, sagte Jinx. »Kommt, meine Kleinen! Ihr müsst ins Heiabettchen!«

Er führte sie vom Platz, zu einer Straße hinter den großen, offiziellen Gebäuden. Dort blieb Jinx vor einer Mauer stehen und deutete nach oben. »Hier hinauf«, sagte er. »Über diese Mauer.« Sie kletterten an den unebenen Mauersteinen hinauf und sprangen dann in einen kleinen Hof hinunter. Neben ihnen ragte die Rückwand eines der Gebäude auf: eine trostlose Steinmauer, nur hin und wieder von kleinen Fenstern durchbrochen. Direkt am Fuß dieser Steinmauer hob Jinx ein Gitter an.

»Setzt euch an den Rand und springt dann hinunter.« Er machte es ihnen vor und rief dann aus dem Dunkeln zu ihnen herauf: »Keine Angst, es ist nicht tief.« Gaia und Tal taten, wie ihnen geheißen, und fanden sich in völliger Finsternis wieder. Aneinandergeklammert standen sie da, während Jinx sich streckte, um das Gitter wieder an seinen Platz zu legen. Dann griff er an ihnen vorbei und sie hörten ein leises Quietschen.

»Da hinein«, flüsterte er. »Es ist ziemlich niedrig, ihr müsst kriechen.« Er schob Gaia in eine schmale Öffnung. Auf der anderen Seite spürte sie glattes Gestein unter ihren Händen und Knien, und die Luft war wärmer als draußen unter dem Nachthimmel. Sie wartete, bis sie merkte, dass Tal und Jinx hinter ihr waren, hörte erneut das leise Quietschen und dann das schwache Klicken eines Riegels, der zugeschoben wurde.

»Wo sind wir?«, fragte Tal.

»Psst«, flüsterte Jinx warnend. Er zog Tal und Gaia wieder auf die Füße und legte ihre Hände auf ein glattes Holzgeländer.

»Ab hier geht's nach unten. Aber passt auf, es ist ziemlich steil.« Gaia streckte ein Bein aus und ertastete den Rand einer Stufe. Sie hielt sich am Geländer fest und setzte zuerst den einen, dann den anderen Fuß auf die nächste Stufe. Eine Wendeltreppe führte sie in weitere Dunkelheit. Wie eine Blinde musste Gaia hinabsteigen, nur geführt vom Geländer unter ihrer Hand und den Stufen unter ihren Füßen, bis sie ganz unten angekommen war. Nach ein paar zaghaften Schritten blieb sie stehen und Tal rempelte sie von hinten an. Erleichtert griff sie nach seinem Arm.

»Hier lang«, flüsterte Jinx. Er tastete in der Dunkelheit nach ihnen, fand ihre Hände und ging mit erstaunlich sicheren Schritten vorwärts, während sie wie mit verbundenen Augen hinter ihm hertaumelten. Nach einer Weile – Gaia hatte keine Ahnung, wie weit sie inzwischen gegangen waren – blieben sie stehen. Jinx ließ ihre Hände los und rüttelte an etwas. Dann hörten sie ein metallisches Klirren und Jinx stieß einen leisen Pfiff aus: zwei Töne, die er genau dreimal wiederholte.

Auf einmal war vor ihnen ein schwacher Lichtschein zu sehen, und sie erkannten, dass sie vor einem verschlossenen Eisentor standen. Auf der anderen Seite, von der das Licht kam, befand sich ein niedriger Raum, angefüllt mit großen, schmalen, viereckigen Gegenständen, die Gaia jedoch nicht identifizieren konnte. Der Lichtschein bewegte sich auf sie zu, wurde heller und heller, bis er plötzlich reglos verharrte.

»Ich bin's nur«, raunte Jinx. Ein Mädchen mit einer Laterne trat aus dem Dunkel.

»Hallo, Jinx.« Im kalten Schein der Laterne waren ein schmales Gesicht und wirre Haare zu sehen. Sie gehörten einem Mädchen, das ihnen das Tor aufschloss, es öffnete und sie dann im Licht ihrer Laterne betrachtete.

»Wen hast du da mitgebracht?«

»Neue Mitglieder, Lizzie«, sagte Jinx. »Gaia und Tal.«

Sie schien etwas überrascht, sagte jedoch nichts. Jinx schob Gaia und Tal durch das Tor, das Lizzie umgehend mit einem leisen Klirren wieder schloss. Erschrocken über ihre Unvorsichtigkeit zuckte sie zusammen und Jinx bedachte sie mit einem vorwurfsvollen Blick. Gaia merkte, wie Tal sich verspannte, als das Schloss zufiel.

»Hier lang!« Jinx führte sie in den nun wieder abgeschlossenen Raum. Die Gegenstände, die sie vor dem Tor schon gesehen hatten, entpuppten sich als hohe Regale, die vom Fußboden bis an die Decke reichten und ein Labyrinth von Gängen bildeten. Sie eilten hinter Jinx und Lizzie einen Weg entlang, der immer wieder scharf nach rechts oder links abbog. Schließlich gelangten sie in etwas, das allem Anschein nach eine Sackgasse und auf drei Seiten von Regalen umschlossen war. Jinx und Lizzie bückten sich und zogen mehrere Kisten aus einem der unteren Regale. Sobald die Öffnung groß genug war, kroch Lizzie hinein. Jinx reichte ihr die Kisten auf die andere Seite durch und sagte dann: »Auf, ihr zwei! Hinein mit euch!«

Sie wechselten einen kurzen Blick und krochen dann ebenfalls hinein.

Das Erste, was Gaia auf der anderen Seite auffiel, waren Augen, sehr viele Augenpaare, die sie in dem dämmerigen Licht anstarrten – neugierig, aber nicht unfreundlich. Nach und nach konnte sie sehen, dass all diese Augen Kindern gehörten, einige etwas älter als sie, sehr viele jünger. Sie lagen zusammengekauert da, und zwar – Gaia musste zweimal hinschauen – unter *Papier*. Gelbliches Pergament, alt und etwas wellig an den Rändern und überzogen mit krakeligen Schriftzeichen in verblasster, brauner Tinte, einige mit kunstvollen Wachssiegeln und Seidenbändern versehen. Es waren Schichten und Schichten von Papier, die wie verwehtes Laub über den Kindern aufgeschichtet waren. Auch der Steinfußboden war mit Papier übersät, und in einem alten Eisenkorb brannten zerknüllte Blätter vor sich hin, die eine rauchige Wärme verbreiteten. Zwei Laternen standen auf umgedrehten Kisten neben den Überresten eines Festgelages: Brotreste und Käsestücke, Apfelbutzen und etwa ein Dutzend übrig gebliebene Karnevalsküchlein. Gaia bekam vor Staunen den Mund nicht mehr zu und schaute Jinx fragend an.

»Willkommen im Nest«, sagte er grinsend.

»Wo sind wir hier?«

»Im Keller des Nationalarchivs«, sagte Jinx, aber Gaia schaute kein bisschen klüger drein. »Hier bewahrt der Monarchenbund alle Unterlagen und offiziellen Schriftstücke auf«, erklärte er ihr. »Die neueren Dokumente ein Stockwerk höher, das alte Zeug hier unten.«

»Wir sind in einem Gebäude des *Monarchenbunds*? Ist das nicht gefährlich?«

»Nein. Kein Mensch kommt jemals her – es gibt fünf Stockwerke und wir sind hier im untersten. Außerdem haben wir die Regale umgestellt – du hast es ja gesehen. Wirkt wie eine leere Wand. Hier findet uns kein Mensch.«

»Und wenn doch?«, hakte sie nach.

Grinsend kickte Jinx ein paar Blätter zur Seite und hievte einen Eisendeckel hoch. Sie spähte in die Öffnung, spürte einen kalten, stinkenden Luftzug und sah in der Tiefe eine ölige Wasseroberfläche schimmern.

»Dann haben wir unsere Fluchttür«, sagte Jinx. »Ein Abflusskanal – führt direkt zum Fluss.« Behutsam schloss er den Deckel wieder. Gaia hob eines der altersschwachen, vergilbten Blätter auf und fuhr mit dem Finger über das große Wachssiegel und das Band, die beide schon etwas bröcklig waren.

»Was sind das für Papiere?«

»Frag mich was Leichteres, Kleine. Wir hatten noch nie einen in der Gemeinschaft, der lesen konnte.« Er zuckte mit den Schultern. »Ich glaube sowieso nicht, dass sie besonders wichtig sind. Wie ich schon sagte, kommt nie jemand herunter, und die Türen zu den meisten anderen Räumen werden nie abgeschlossen. Diesen Raum hier schließen wir selbstverständlich ab, aber er war offen, als ich den Platz damals entdeckt habe. Hab einem der Hausmeister den Schlüssel geklaut. Wir dachten, es würde einen Riesenaufstand geben – doch nichts geschah. War denen da oben völlig egal. Und ist es bis heute.« Er machte eine kurze Pause. »Es gibt allerdings einen Raum, im Stockwerk über uns, der nie, nie offen ist. Er ist verriegelt und abgesperrt, immer, und das wird auch jeden Abend überprüft. Dort drin dürfte etwas echt Wichtiges sein. Aber hier unten? Nein, hier lassen sie uns in Ruhe.« Er grinste zufrieden. »Macht es euch gemütlich. Schnappt euch einen Pergamenthaufen und kuschelt euch hinein … Fühlt euch ganz wie zu Hause.«

»Aber es gibt ja gar keine Fenster«, sagte Tal. Er hatte sich in dem kleinen Raum umgeschaut und wiederholte mit heiserer Stimme: »Gaia, hier gibt es keine Fenster. Wir sind außer Sicht des Mondes.«

Erschrocken blickte auch Gaia sich um. Tal hatte recht: Es gab keine Fenster, nicht einmal eine schmale Ritze, keine Maueröffnung, durch die der Mond über sie hätte wachen können. Empört und panisch zugleich schaute sie auf Jinx. »Es gibt wirklich keine Fenster?«

»Nein«, erklärte Jinx unbekümmert. »Aber …« Er hielt eine Hand hoch, um ihren Protest abzuwehren. »Dafür seid ihr hier *sicher*. Klar, der Mond hätte euch gesehen, wenn ihr auf der Straße geschlafen hättet, aber die Stadtwächter und die Sklavenhändler ebenfalls.« Sie waren noch immer verunsichert und verschreckt, und deshalb sagte er das, was er immer zu den neuen Kindern sagte, die Angst davor hatten, ihre erste Nacht ohne Ausblick auf den Nachthimmel zu verbringen. »Schaut, an der Hintertreppe fällt ein bisschen Mondlicht herunter …«

»Aber wir können den Mond trotzdem nicht sehen, richtig?«, sagte Tal.

»Nein, aber ich wette, dass der Mond euch sieht. Oder glaubst du, er lässt sich von ein paar Mauern davon abhalten? Wir anderen sind schon ewig hier«, versuchte er die Neuankömmlinge zu trösten, »und uns geht es bestens. Die Monde haben stets gut über uns gewacht.«

Doch sie waren noch längst nicht überzeugt. Unglücklich, wie sie waren, lagen sie noch lange wach und hörten die Papiere rascheln, wenn sich die anderen Kinder im Schlaf bewegten. Als sie endlich einschliefen, war es nur ein leichter, unruhiger Schlaf, und sie waren richtig erleichtert, als Jinx sie mit einem fröhlichen »Guten Morgen!« weckte. »Seht ihr?«, sagte er triumphierend. »Es geht euch prächtig. Ihr braucht euch keine Sorgen zu machen. So, aber jetzt sollte ich euch Freehaven zeigen.«

Im Freien mischten sie sich unter die Karnevalsbesucher, die sich auf der großen Brücke und auf der Uferterrasse unter einem auch an diesem Tag sonnigen, blauen Himmel zusammendrängten. Jinx setzte sich auf die breite Brüstung. »Also«, sagte er, »schaut mal da rüber!« Er zeigte auf den steilen Hügel auf der anderen Seite. »Das dort ist High Side. Lasst euch da ja nie blicken. Alles Häuser des Monarchenbunds … hohe Mauern, unfreundliche Bedienstete und gemeingefährliche Hunde. Dort drüben hättet ihr ruck, zuck die Stadtwache am Hals. Haltet euch besser an diese Seite des Flusses.« Er zeigte in die andere Richtung. »Der große, viereckige Platz ist der Platz der Befreiung und dort stehen die Regierungsgebäude des Monarchenbunds und die Basilika – das große Gebäude mit der silbernen Kuppel. Im Moment herrscht dort ein unglaublicher Betrieb, wegen des Karnevals, aber es ist auch sonst ein guter Ort, um in der Menge unterzutauchen.« Er sprang von der Brüstung.

»Kommt!«, sagte er. Doch Gaia starrte auf den vielfarbigen Fluss, der unter ihnen dahinfloss. Ein Schwarm großer Schwäne kam gerade unter der Brücke hervorgeschwommen. Alle anderen um sie herum begannen zu pfeifen und zu buhen.

»Was ist los?«

Jinx warf einen kurzen, gleichgültigen Blick auf den Fluss. »Schwanenjagd«, sagte er knapp. »Zweiter Tag des Karnevals.«

Inzwischen konnten sie sehen, dass eine Flottille kleiner Boote die Schwäne verfolgte. Jedes Boot hatte eine andere Farbe, und auch die Ruderer trugen die dreizehn Farben, in die auch das Wasser des Flusses eingefärbt war. Sie ruderten mit aller Kraft, um die Schwäne einzuholen, die zunehmend unruhiger wurden, hierhin und dorthin schwammen, so panisch, dass einige von ihnen in ihrer Verwirrung sogar umdrehten und den Booten entgegenschwammen.

»Warum fliegen sie nicht einfach weg?«, fragte Gaia.

»Können sie nicht«, antwortete Jinx. »Ihre Flügel wurden beschnitten.«

»Wie gemein!« Das erste der Boote – es war das dunkelgrüne – hatte die verängstigten Tiere inzwischen erreicht. Der Ruderer zog die Ruder ein, lehnte sich aus dem Boot und schnappte sich einen der großen Vögel. Es gab einen kurzen Kampf, der Schwan wehrte sich und flatterte hektisch mit seinen Stummelflügeln. Dann machte der Mann eine heftige, ruckartige Bewegung und der Vogel lag schlaff in seinen Armen. Die Zuschauer brüllten vor Begeisterung.

»Er hat ihn *getötet*!« Gaia war entsetzt, doch Jinx sagte achselzuckend: »Klar – um Unglück abzuwenden.« Auch die anderen Boote waren nun inmitten der Schwäne. Als ein weiterer Ruderer einen der Schwäne am Hals packte, schaute Gaia schnell weg.

»Du wolltest uns doch die Stadt zeigen«, sagte sie zu Jinx. Sie verließen die Brücke und begaben sich in das Labyrinth der verschachtelten Gassen hinter der Basilika, die zum Hafen hin steil abfielen. Im Hafen lagen mehrere Schiffe mit hohen Masten vor Anker und dahinter erstreckte sich das blaue Meer bis an den Horizont. Gaia und Tal fielen fast die Augen aus dem Kopf.

»Habt ihr das Meer noch nie gesehen?«

Sie schüttelten den Kopf.

»Ganz hübsch, nicht wahr, aber lasst euch nicht ablenken. Hier unten müsst ihr stets auf der Hut sein. Die Stadtwache ist überall. Die Sklavenhändler auch. Und manche der Kapitäne sind ebenfalls scharf auf Kinder, als neue, billige Arbeitskräfte auf ihrem Schiff. Wenn es nicht unbedingt sein muss, haltet euch vom Hafen fern! So, jetzt wollen wir mal sehen, wo wir ein Mittagessen kriegen können.« Schwungvoll wandte er sich vom Kai ab und ging über etliche steile Stufen eine Gasse hinauf, die in die Stadt zurückführte.

Der nächste Tag war der letzte Tag von Himalios und somit auch der letzte Karnevalstag. Als sie zum Fenster des Nationalarchivs hinausgeklettert waren, stellten sie fest, dass es sehr viel kühler geworden war und regnete: Ein schwerer, peitschender Regen fiel vom Himmel, als hätte dieser sämtliche Schleusen geöffnet.

»Seltsam«, sagte Jinx. »An Karneval regnet es normalerweise nie.«

»Manchmal muss es doch regnen«, sagte Gaia skeptisch, doch er schüttelte den Kopf.

»Nein, nie.«

Eine fröstelnde Menschenansammlung hatte sich für die letzte Karnevalsveranstaltung auf dem großen Platz eingefunden. Am Himmel schwebte ein weißes Papiergebilde, das einem großen Vogel nachgebildet war.

»Soll das ein Schwan sein?«

Jinx nickte. »Letzter Tag. Abschießen des Schwans.«

Dreizehn Bogenschützen, in den Farben des Monarchenbundes gekleidet, legten ihre Pfeile ein. Die mit farbigen Bändern versehenen Pfeile surrten durch den Regen. Ein unruhiges Flattern, und der feuchte Papiervogel plumpste als klatschnasser Klumpen zur Erde. Während des Fallens setzte eine Gruppe von Trompetern, die auf den Stufen der Basilika standen, zu einer herausfordernden Fanfare an und aus jeder Ecke des großen Platzes kam ein Flügelrauschen. Vögel, so schimmernd wie fliegende Edelsteine – smaragdgrün, lapisblau, purpurrot, gold, gelb, indigoblau und noch weitere Farben –, stiegen in den grauen Himmel.

»Was sind das für Vögel?« Gaia hielt sie für exotische Kreaturen der Sonne, doch Jinx schüttelte den Kopf.

»Ach, nur Tauben. Sie sind gefärbt.« Tatsächlich wusch der heftige

Regen die Farbe aus ihrem Gefieder, und Tropfen in allen Farben des Regenbogens sammelten sich auf den Marmorplatten, wo die Farben ineinander verliefen und sich in ein tristes Braun verwandelten.

»So«, sagte Jinx, »das war's. Schade, dass das Wetter so schlecht ist. Normalerweise kann man am letzten Karnevalstag gute Beute machen.« Niedergeschlagen schaute er sich um. »Da können wir ruhig auch gleich ins Nest zurückkehren. Im Winter halten wir uns meistens dort auf. Es ist sinnlos, herauszukommen – außer der Hunger wird zu groß.«

Der folgende Tag war der erste Tag von Arctos. Der Tag, an dem sie endlich in Fossicks Laden gehen konnten, der Tag, an dem Gaia sich – eventuell – von ihrem Amulett verabschieden musste. Sie lag auf ihrem Pergamentlager und hielt das kleine, leichte Viereck in ihrer Hand. Sich von ihm zu trennen, machte ihr jetzt schon zu schaffen. Als Jinx sie leise fragte: »Bist du bereit, Gaia?«, brachte sie nur ein »Ich weiß nicht« zustande.

»Aber deswegen sind wir doch nach Freehaven gekommen!«, sagte Tal bestürzt.

»Ich weiß nicht …«, wiederholte Gaia und drehte das Amulett hin und her. »Mal angenommen, es ist gar nichts wert? Und selbst wenn … haben wir überhaupt eine echte Chance, Mutter zu finden?«

Tal warf ihr einen finsteren Blick zu, doch Jinx sagte: »Es wird schon die eine oder andere Möglichkeit geben.« Daraufhin schauten sie ihn so hoffnungsvoll an, dass er abwehrend die Hände hob. »Oje«, sagte er. »Ich kann euch nichts versprechen, aber es gibt schon Möglichkeiten, den Klatsch und Tratsch von High Side mitzubekommen. Ladenburschen, junge Näherinnen … einer oder eine von denen könnte etwas wissen.« Er zeigte auf Tal. »Du hast gesagt, er sieht ihr ähnlich«, sagte er zu Gaia.

»Ja, sehr«, bestätigte sie.

»Dann zeigen wir dich mal ein bisschen herum.« Er grinste Tal an. »Mal sehen, ob dich jemand erkennt.«

Gaia ließ sich noch einmal durch den Kopf gehen, was sie vorhatten: Das Amulett verkaufen. Hier bleiben, hier im Nest. In Jinx' Spinnennetz von Beziehungen herumerzählen, wen sie suchten ... Es war keine todsichere Angelegenheit, aber auch nicht unmöglich. Sie zog ihre Jacke enger und knöpfte sie entschlossen zu. »Kommt«, sagte sie. »Wir wollen keine Zeit verlieren.«

Auch heute prasselte der kalte Regen wieder herunter. Auf dem kleinen dreieckigen Platz floss das Becken des Delfinbrunnens über.

Jinx schlüpfte in eine geschützte Gasse zwischen zwei Häusern. »Ich warte hier auf euch«, sagte er. »Viel Glück.«

Nervös gingen Tal und Gaia die Straße entlang und bogen dann in die Sackgasse ab. Der kleine Laden wirkte noch immer düster und schmuddelig. Aber wenigstens waren die Tür und das Fenster nicht mehr vergittert und im Inneren brannte ein schwaches Licht. Auf der Schwelle berührte Tal Gaia am Arm und hielt sie zurück. »Hast du es dir wirklich gut überlegt?« Sie biss die Zähne zusammen, nickte und stieß die Tür auf.

Der Ladenraum war schmal und vollgestopft mit Sachen. Verschließbare Glasvitrinen nahmen den Großteil des Platzes ein, an den Wänden standen verstaubte Bücherregale, die bis an die Decke reichten. Ein groß gewachsener Mann lehnte an einem dieser Regale und überflog die vergilbten Seiten eines kleinen, ledergebundenen Buches. Bei ihrem Eintreten blickte er auf und hob verwundert die

Augenbrauen, weil er sie ganz offensichtlich erkannte: Er war der Mann, der in der Basilika zufällig mitbekommen hatte, wie sie über Parhelion gelästert hatten.

»Entschuldigung«, wollte Gaia sagen, aber merkwürdigerweise versagte ihre Stimme. Sie räusperte sich und versuchte es erneut. »Entschuldigung, Sir, seid Ihr Mr Fossick?«

Zu ihrer Enttäuschung schüttelte er den Kopf und deutete zur rückwärtigen Wand. Hinter einem hohen Ladentisch stand ein dünner Mann, der sie argwöhnisch beäugte. Er hatte aschblonde Haare, war von Kopf bis Fuß in Braun gekleidet und seine trockene Hand hatte die Farbe von altem Pergament.

»Was wollt ihr zwei?«, fragte er. Seine Stimme wirkte so ausgetrocknet wie der Rest von ihm. Gaia schluckte, nahm Tals Hand und zog ihn mit sich zum Ladentisch.

»Bitte …«, begann sie unsicher, »wir würden gern etwas verkaufen.« Unter dem skeptischen Blick des Mannes tastete sie nach dem Beutel, den sie um den Hals trug, und erklärte nervös: »Es ist aus Elfenbein, ein Viereck aus Elfenbein. Es sieht ein bisschen aus wie jene, die in Eurem Schaufenster liegen, und deshalb denken wir, dass es für Euch ganz interessant sein könnte.« Das Amulett schien irgendwie in dem Beutel festzustecken. Nur mit einem ungeduldigen Ruck konnte sie es herausholen. Entschlossen legte sie es auf den Ladentisch.

Fossick schnappte nach Luft, und es klang, als würde der Wind durch trockenes Schilfrohr blasen. »Wo …?«, begann er, doch sein Atem reichte offenbar nicht aus, um die Frage zu Ende zu führen. Er ließ sich auf seinen Hocker fallen, und sein Gesicht verlor das bisschen Farbe, das es bisher gehabt hatte. Mit zitternden Fingern fuhr er die Zeichen nach, die in das Amulett eingeritzt waren. Der große

Mann am Bücherregal blickte auf, beobachtete die Szene stirnrunzelnd, klappte das Buch zu und kam lautlos durch den Raum, um sich zu ihnen zu gesellen.

Vor Nervosität plapperte Gaia einfach drauflos. »Wollt Ihr es kaufen? Es sieht wirklich ein bisschen wie Eure Täfelchen aus, nicht wahr? Wir haben die Sachen in Eurem Schaufenster gesehen, und da haben wir uns gedacht, dass Ihr eventuell interessiert sein könntet. Ist es wertvoll? Wisst Ihr, wir brauchen das Geld, um eine Sklavin freizukaufen. Meint Ihr, es wird reichen?« Plötzlich kam ihr ein Gedanke und sie fuhr hastig fort: »Es gehört *mir*, wirklich. Ganz ehrlich. Ich meine, wir haben es nicht gestohlen oder so. Ich bekam es von meinem Vater, Athanasius. Er ist schon tot, aber er hat es mir hinterlassen. Ich habe es zu meinem letzten Geburtstag bekommen …«

Tal drückte ihre Hand und gab ihr lautlos zu verstehen, dass sie den Mund halten sollte. Sie verstummte tatsächlich und studierte ängstlich Fossicks Gesicht. Vermutlich hatte er ihr gar nicht zugehört; seine Augen waren Welten weit weg. Nach langem Schweigen löste er seine Blicke gewaltsam von dem Amulett und schaute sie an. In seinen Augen lag eine sonderbare Mischung aus Überraschung und Scham.

»Wie heißt du?«, fragte er erstaunlich sanft.

»Gaia.«

»Und ich bin Tal«, stellte sich Tal vor, doch Fossick beachtete ihn gar nicht.

»Gaia?«, wiederholte er. »*Gaia?* Ausgeschlossen! Wirklich? Nein, so etwas …«

Nachdenklich betrachtete er sie, doch dann wurde seine Miene plötzlich verschlossen und hart. Mit einem frostigen Lächeln sagte er: »Gut, ich … ähm, ich muss nur kurz etwas nachschauen gehen.« Er deutete auf die halb geöffnete Tür hinter seinem Ladentisch. »Es dauert nicht lange. Wartet so lange hier.« Er wollte nach dem Amulett greifen, doch Gaia riss es hastig wieder an sich und umschloss es mit ihrer Faust. Ihre Blicke trafen sich und für einen flüchtigen Moment lag wieder dieser Ausdruck von Staunen und Scham in seinen Augen. Er verschwand jedoch ebenso rasch wieder, wie er gekommen war, und die Augen des Mannes wurden kalt. Er setzte erneut sein ausdrucksloses Lächeln auf. »Ich bringe euch etwas Tee.« Nach diesen Worten glitt er von seinem Hocker, ging in gebückter Haltung durch die niedrige Tür und machte sie hinter sich zu.

»Lauft weg!«, sagte da plötzlich der Mann aus der Basilika hinter ihnen, ruhig und bestimmt. Gaia wirbelte herum.

»Was?«

»Ich weiß nicht, was ihr ihm da gebracht habt, aber es ist mit den Alten Schriftzeichen beschrieben. Das macht es zu einem verbotenen Objekt. Er ruft sicher bereits die Stadtwache. Ihr müsst verschwinden. Schnell!« Unsanft schob er sie zur Ladentür und hielt sie auf: »Geht!«

Gaia starrte ihn an. »Was soll das heißen … Alte Schriftzeichen?«

Tal fragte erschrocken: »Ein verbotenes Objekt? Ist das etwas Ähnliches wie ein verbotener Ort?«

Der große Mann nickte. »Genau dasselbe. Und wird ähnlich hart bestraft.« Er schob die Kinder zur Tür hinaus. »Habt ihr verstanden? Der Besitz bringt euch in große Gefahr. Geht endlich! Und lauft so weit weg, wie ihr nur könnt!«

Gaia starrte ihn fassungslos an. »Ich verstehe nicht …« Doch Tal zog ungeduldig an ihrer Hand.

»Egal. Komm endlich, Gaia. *Schnell!*« Sie stolperten ein paar Schritte rückwärts, drehten sich dann um und liefen los. An der Ecke rutschten sie auf den nassen Pflastersteinen aus und wären um ein Haar gegen einen Mann gestoßen, der aus der entgegengesetzten Richtung kam. Sie bremsten abrupt ab, um ihm auszuweichen, und er starrte sie empört an. »Entschuldigung«, keuchte Tal, griff wieder nach Gaias Hand und zog sie hinter sich her die steil abfallende Gasse hinunter bis auf den dreieckigen Platz. Jinx stand lässig im Schutz eines Durchgangs und blickte überrascht auf, als sie überstürzt auf den Brunnen zurannten.

»Was ist passiert? Was ist denn?«

»Wir müssen hier weg!«, keuchte Tal.

Jinx nickte nur kurz und rannte dann auch schon in das Gewirr der Straßen. Sie folgten ihm bis zur großen Brücke, wo sie blitzschnell die Leiter zum Querträger hinaufkletterten. Dort ließen sie sich auf den Boden fallen, völlig erschöpft und außer Atem.

»Was im Namen des Mondscheins ist passiert?«, wollte Jinx wissen.

12. Kapitel

Auf der Flucht

Fossick hatte noch einen letzten verwirrten und neugierigen Blick auf die Kinder geworfen, bevor er durch die Tür in das Hinterzimmer verschwunden war und sie hinter sich zugemacht hatte. Mit entschlossener Miene begab er sich in die Ecke des Zimmers, in der ein schweres Seil in einer Öffnung der Zimmerdecke verschwand. Er folgte dem Seil im Geiste nach oben bis zur Glocke, die in ihrem kleinen Glockenhaus auf dem Dach hing. Misstrauisch gegenüber allen, die sich für alte Sachen interessierten, hatte der Monarchenbund darauf bestanden. Dies war der Preis dafür, dass er diesem staubigen, wenig einträglichen Gewerbe überhaupt nachgehen durfte. »Ihr haltet uns über alles Ungewöhnliche, Verbotene – vor allem alles Verbotene – auf dem Laufenden«, hatte die Anweisung der Lords gelautet. »Und solltet Ihr das unterlassen …«

Seine Finger schlossen sich um den Knoten am Ende des Seils und er fühlte die kratzigen Fasern zwischen den Fingern. Ein schnelles, heftiges Ziehen würde genügen. Einmal war dies schon vorgekommen: Er wusste, was passieren würde. Seine kleine Glocke würde andere Alarmglocken in Gang setzen, die über den Dächern läuten und die Wachen herbeiholen würden. Sie würden innerhalb von Minuten hier sein. Sie würden den Gegenstand, dieses seltsame alte Elfenbeintäfelchen, zerstören. Mehr als der flüchtige Blick, den er darauf hatte werfen können, wäre ihm nicht vergönnt. Und die Kinder … Er schloss die Augen und eine Erinnerung überwältigte ihn. Beim letzten Vorfall hatte er nachgeforscht, was danach passiert war, und er erinnerte sich noch lebhaft an die frische Erde, mit der das Verbrechergrab achtlos zugeschüttet worden war. Dort würden auch sie enden: dieser Junge (er hatte seinen Namen vergessen) und das Mädchen, Gaia. »*Gaia*«, murmelte er. Er fingerte an den ausgefransten Enden des Seils herum und dachte, was für ein eigenartiger Zufall es doch war, dass ein Kind mit einem Namen aus den Alten Zeiten mit einem Gegenstand aus den Alten Zeiten zu ihm kam.

Plötzlich ging ein Ruck durch ihn, so, wie wenn man im Dunkeln auf eine Stufe treten will, die gar nicht da ist. Das, was er gehört und doch nicht gehört hatte. Der Name ihres Vaters. Der Name ihres Vaters war Athanasius. Er ließ das Seil abrupt los und brachte es mit zitternder Hand zur Ruhe, voller Angst, es könne durch bloßes Festhalten schon anfangen zu vibrieren und dadurch die Glocke läuten lassen. Seine Gedanken überschlugen sich. *Es ist nicht möglich*, sagte ihm sein Verstand. *Schlichtweg unmöglich. Es kann einfach nicht sein.* Doch eine zweite Stimme in seinem Kopf rief höhnisch: *Warum nicht? Es ist durchaus möglich. Vielleicht ist sie es wirklich.* Und er spürte mit jeder Faser seines Körpers, dass die höhnische Stimme recht hatte.

Doch er war ein Gelehrter. Der Sachverhalt musste eingehend überprüft werden, und sein wichtigstes Beweisstück war draußen im Laden, fest umschlossen von Gaias nervösen Fingern. Als Erstes musste er einen zweiten, genauen Blick darauf werfen.

Die Kinder hatten den Laden verlassen, und der große Mann lehnte, wieder ins Lesen vertieft, an den Regalen und blockierte wie zufällig

Fossicks Weg zur Tür. Kurz nach seinem Ladentisch blieb Fossick stehen. »Wo sind sie?«, fragte er.

Der große Mann blickte von seinem Buch auf. »Oh«, sagte er leichthin, »sie sind weg.«

Fossick durchquerte den Raum und schob sich an dem Mann vorbei zur Tür. Er riss sie auf, rannte hinaus auf die Gasse und hielt erst an, als er zum Platz mit dem Brunnen kam. Er schaute in alle Richtungen. Drei Straßen führten von dem kleinen Platz weg und sie konnten jede von ihnen genommen haben. An einem trockenen Tag hätte er vielleicht jemanden fragen können, doch wegen des anhaltenden, eisigen Regens hatten sich alle in ihren Häusern verschanzt. Leise vor sich hin fluchend kehrte Fossick in seinen Laden zurück. Der große Mann hob ironisch die Augenbrauen. »Kein Glück gehabt?«

»Der Teufel soll Euch holen, Gabriel!« Er begann, ruhelos auf und ab zu gehen. »Der Teufel soll Euch holen«, wiederholte er grimmig.

»Seid vernünftig, es sind doch nur Kinder«, wehrte der andere Mann ab. »Zwei unschuldige Kinder vom Land, die jemanden freikaufen wollen. Ihr hättet um ein Haar dafür gesorgt, dass sie festgenommen und getötet worden wären. Denkt darüber nach – eines Tages werdet Ihr froh sein, dass ich sie weggeschickt habe.«

»Ich wollte nicht, dass sie verhaftet werden!«

»Ach was! Ihr seid zur Alarmglocke gegangen. Ich weiß es.«

Wütend packte Fossick den Mann am Arm und zog ihn auf die Straße hinaus. »Horcht!«, sagte er.

Gabriel horchte. Er hörte den Regen auf die Dächer trommeln und die Schreie von Möwen, aber keine Alarmglocken und auch kein lautstarkes Geschrei von Wachleuten, die Gefahrenmeldungen in der ganzen Stadt verbreiteten.

»Tut mir leid.« Er wirkte überrascht. »Ich war mir sicher, dass Ihr Alarm schlagen würdet.«

Sie gingen in den Laden zurück, um dem Regen zu entkommen. Fossick nahm ein Elfenbeintäfelchen aus dem Schaufenster und drehte und wendete es in seinen papierenen Händen und starrte auf die nasse Straße hinaus. »Ich hab's mir wieder anders überlegt«, gab er zu.

»Aber eigentlich ist es Eure Pflicht, solche Dinge zu melden, oder nicht?« Gabriels Blick war immer noch erstaunt. »Ihr seid ihretwegen ein großes Risiko eingegangen. Warum?«

»Nun …« Er suchte nach einer Antwort und wich Gabriels Blick aus. »Wie Ihr schon sagtet, sind es nur Kinder, nicht wahr?«

Gabriel schaute hinaus in den erbarmungslosen Regen. »Ich hoffe, ihnen stößt nichts zu.«

»Was ist denn passiert?«, fragte Jinx noch einmal. »Was war los? Ihr kommt die Gasse heruntergelaufen, als hättet ihr etwas gestohlen! Ich dachte, ihr wolltet etwas verkaufen und nicht klauen.«

»Haben wir auch nicht«, sagte Gaia. »Ich meine, wir haben nichts gestohlen.« Die ganze Zeit, während sie rannten, hatte sie die Faust fest um das Amulett geschlossen gehabt, und nun nahm sie den Beutel vom Hals und steckte es wieder hinein. Jinx zog fragend die Augenbrauen hoch.

»Aber auch nichts verkauft, wie es aussieht. War der alte Fossick etwa nicht interessiert? Es gibt noch ein paar andere, bei denen du es versuchen kannst …«

»Nein«, antwortete sie geknickt, »nein, das war nicht das Problem.«

»Was dann?«

»Es war nur … da war noch ein anderer Mann im Laden … und er sagte, dass es ein verbotenes Objekt sei. Und wir sollten besser machen, dass wir fortkommen.«

»Was?!« Jinx versteifte sich und wich einen Schritt weg von ihnen. »Wie könnt ihr beiden, im Namen von Aquilon und seinen Drachen …« Seine Stimme war laut geworden. Etwas leiser sprach er weiter. »Wie kommt ihr zwei zu einem *verbotenen Objekt*?«

»Ich hab's dir doch schon gesagt«, verteidigte sich Gaia. »Ich habe es von meinem Vater geerbt. Wir wussten nicht, dass es ein verbotenes Objekt ist.«

Jinx wich noch weiter zurück. »Ich verschwinde«, sagte er. Sie machten Anstalten, mit ihm zu gehen, doch er hob abwehrend die Hände. »Oh nein«, sagte er, »auf gar keinen Fall. Wenn das ein verbotenes Objekt ist, habt ihr ein echtes Problem am Hals. Zu großes Risiko für die Gemeinschaft – wir können euch nicht mehr bei uns dulden. Seht zu, wie ihr allein da rauskommt. Bis heute Abend werden überall Steckbriefe von euch hängen …«

»Steckbriefe?«, fragte Tal.

»Bilder von euch, eure Personenbeschreibung – überall wird man euch suchen: an Hauswänden und auf Handzetteln am großen Platz. Wenn ihr morgen irgendein Stück Papier vom Boden aufhebt, könnt ihr sicher sein, euch selbst darauf zu sehen. Wir können es nicht riskieren, mit euch erwischt zu werden. Die Gefahr ist zu groß, dass sie euch ins Nest folgen werden. Das war's. Was die Gemeinschaft betrifft, so seid ihr erledigt.« Er betrachtete sie und sein Gesichtsausdruck wurde für einen kurzen Moment weich. »Tut mir leid«, sagte er, »aber ich muss auch an die anderen denken.«

»Und was sollen wir jetzt machen?«, fragte Gaia mit Panik in der Stimme. Tal hörte nur zu, stumm und mit blasser Miene.

Jinx setzte sich nervös wieder hin. »Ihr müsst die Stadt verlassen«, sagte er. »Sie werden euch so lange suchen, bis sie euch gefunden haben, und ihr könnt euch nicht für den Rest eures Lebens verstecken. Aber ihr könnt auch nicht so einfach aus der Stadt hinausspazieren. Das ist ohne Papiere sowieso schon schwierig genug, aber unter diesen Umständen …« Er stieß einen tiefen Seufzer aus und schüttelte den Kopf.

»Und wie kommen wir dann aus der Stadt?«

»Es gibt eine Möglichkeit«, sagte er. »Manchmal funktioniert sie. Ich kann aber nichts versprechen, verstanden? Vergesst die Straßen und die Tore. Sie werden ständig streng bewacht, und nun, wo sie euch suchen, werden die Patrouillen sicher noch verstärkt. Flussaufwärts ist es unmöglich, da gibt es Wachen an jedem Ufer. Flussabwärts könnte es vielleicht klappen. Wir haben schon Kinder auf diesem Weg aus der Stadt geschafft, wenn es für sie hier zu heiß wurde. Schaut!«

Er zeigte mit dem Finger den Fluss hinunter. »Dort hinten, auf der anderen Seite des Flusses, verläuft eine Mauer, den ganzen Fluss entlang, bis hinter die Stadtgrenze. Wenn ihr wartet, bis es dunkel ist, könnt ihr euch daran entlanghangeln, nicht oben, weil euch sonst die Nachtwächter sehen, sondern unten an der Mauer entlang. Die Steine sind rau und uneben. Das Klettern daran ist nicht einfach, aber machbar. Wenn ihr es aus der Stadt herausschafft, geht weiter bis zur Küste und folgt dieser mindestens einen Tag lang, bevor ihr euch wieder landeinwärts traut.« Er setzte einen Fuß auf die Eisenleiter. »Das ist die beste Lösung, die mir einfällt. Tut mir leid, dass ich euch nicht weiterhelfen kann.« Er wollte sich an den Abstieg machen.

»Warte!« Gaia griff nach seinem Arm. »Was ist, wenn ich es einfach nur wegwerfe, in den Fluss, oder verstecke …?«

Jinx erschauderte. »Um Himmels willen«, sagte er, »tu das ja nicht! Wenn sie es bei dir finden, bedeutet das den Tod, doch wenigstens geht es dann sauber und schnell. Wenn sie dich schnappen und du hast es nicht bei dir, sie aber wissen, dass du es hattest, werden sie unbedingt wissen wollen, wo es ist. Sie werden alles tun – ich meine wirklich *alles*, um die Wahrheit aus dir herauszukriegen. Und selbst wenn es wahr ist, dass du es in den Fluss geworfen hast, werden sie dir so lange nicht glauben, bis sie jede Person, mit der du zuletzt auch nur den geringsten Kontakt hattest, überprüft haben. Zu deinem und unserem Besten, Gaia, wirf es ja nicht weg!« Plötzlich fiel ihm etwas ein. »Hast du Fossick deinen Namen verraten?«

Gaia nickte kläglich.

»Dann verleugne ihn von jetzt an. Denk dir einen anderen Namen aus und gewöhne dich an ihn. Am besten, du kommst niemals in die Lage, ihn überhaupt nennen zu müssen.« Er wühlte in seinen Taschen und legte ein paar Brötchen auf den Sims. »Hier! Und versteckt euch heute den ganzen Tag über. Versucht die Flucht heute Abend. Viel Glück!« Er lächelte sie beklommen an und kletterte hinunter. Sie hörten, wie die Leiter unter seinen Füßen ächzte, bis schließlich alles still war. Gaia warf einen hilflosen Blick auf Tal.

»Tal, es tut mir schrecklich leid.«

Er schaute sie nur an.

»Es ist meine Schuld.« Sie schluchzte leise auf. »Meine Idee, meine dumme Idee …«

»Wir wollten es beide«, sagte er. »Wir wollten Mutter beide so schnell wie möglich finden. Vielleicht hätten wir uns vorher besser erkundigen sollen, aber jetzt ist es zu spät. Und bisher hatten wir doch immer Glück. Vielleicht schaffen wir es auch, aus der Stadt herauszukommen.«

Er war so lieb, obwohl man ihm seine Angst ansah, und sie lächelte ihn traurig an. »Kann sein«, sagte sie, aber sie glaubte es selbst nicht. Sie lehnte sich mit dem Rücken an die harten Steine der Brücke, und Tal drückte sich an sie, damit sie sich gegenseitig wärmen konnten. Trübsinnig starrten sie auf den Fluss. Sein fröhliches Kaleidoskop von Karnevalsfarben war einem einzigen trostlosen Dunkelgrün gewichen und der eisige Regen prasselte auf die Wasseroberfläche. Gaia betastete das Amulett in seinem kleinen Beutel und spürte es auf ihrer Haut. Früher hatte es ihr immer ein warmes Gefühl der Hoffnung gegeben. Nun aber waren Gefühle von Angst und Gefahr damit verbunden, die bitterer waren als der Winter.

Sie saßen da und warteten, dass sich der kalte Tag endlich dem Ende zuneigte, hörten die Fuhrwerke und Karren oben auf der Straße und auch, wie unten auf dem Fluss das Wasser an die Boote schwappte. Ein- oder zweimal hörten sie Stimmen von Ausrufern oben auf der Brücke, die »Alle herkommen! Alle herkommen!« riefen. Aber sie konnten nicht ausmachen, was die Ausrufer zu verkünden hatten, und so konnten sie nicht in Erfahrung bringen, ob es ihre Namen waren, die der vorbeiziehenden Menge zugerufen wurden. Irgendwann neigte sich der Nachmittag dem Ende zu. Das dunkelgrüne Wasser sah nun im Dämmerlicht fast schwarz aus. Tal wurde unruhig. »Wir sollten losgehen.«

»Es ist noch nicht ganz dunkel.«

»Das weiß ich. Aber zum Klettern brauchen wir noch genügend Licht, um überhaupt etwas zu sehen.«

»Wird man uns nicht bemerken?«

»Ich hatte nicht vor, die Straße zu nehmen. Wir werden über die Brückenträger gehen. Wie schon einmal.«

Sie kletterten vorsichtig die Eisenleiter hinauf und auf den breiten Querträger am oberen Ende. »Meinst du, wir können den ganzen Weg darauf gehen?«, wisperte Gaia.

»Ja«, versicherte ihr Tal. Er warf ihr im Halbdunkel ein kurzes Lächeln zu: Endlich konnten sie etwas tun!

Sie krochen auf dem Träger entlang und kletterten dann über eine andere Leiter wieder hinunter zu einem schmalen Strand auf der anderen Seite des Flusses. Inzwischen war es fast dunkel. Neben ihnen erhob sich eine hohe Mauer. Angestrengt starrten sie in die Dunkelheit und konnten sehen, dass der Strand flussabwärts immer schmaler wurde und schließlich aufhörte, sodass sich die Mauer ab da direkt aus dem Wasser erhob. Von der Straße oberhalb der Mauer hörten sie plötzlich erst hastige, dann schwerere Schritte. Die hin und her schwankenden Strahlen einer Laterne wurden vom Fluss reflektiert und eine Stimme sagte: »Papiere bitte!« Es folgte eine kurze Stille, dann sprach die gleiche Stimme weiter: »Alles in Ordnung. Danke. Ach, übrigens, habt Ihr zufällig …« Sie strengten sich an, alles zu verstehen, doch der Rest seiner Worte wurde vom Wind verweht. Die Schritte entfernten sich.

»Glaubst du, er hat nach uns gefragt?«, wisperte Tal.

»Vielleicht«, sagte sie, doch ihre Stimme wurde von lautem Glockengeläut in der ganzen Stadt übertönt, das nicht mehr aufhören wollte. »Gehen wir!«, sagte Tal. »Solange die Glocken noch läuten. Wenn wir bei diesem Lärm ins Wasser fallen, wird es niemand hören.« Sie schlichen sich zu der Stelle, wo der Strand aufhörte, und tasteten dann die Mauer mit den Händen ab. Sie bestand aus massiven Quadersteinen, alle etwa halb so hoch, wie Tal groß war. Die Steine hatten eine raue Oberfläche und Vertiefungen, in die man gut fassen konnte. Die Quader hatten oben und unten sogar leichte Rücksprünge, sodass sie eine Art Sims am oberen Ende jeder Lage bildeten.

Vor Erleichterung musste Tal fast lachen. »Es geht ganz leicht«, flüsterte er und Gaia raunte zurück: »Stimmt!« Plötzlich war sie voller Hoffnung, ja fast zuversichtlich. Dies war *nichts* im Vergleich zum Klettern in den Bergen: ein Kinderspiel! Während die Glocken nach und nach verstummten, kletterten sie leise an der Mauer entlang und kamen gut voran. Die große Brücke hinter ihnen wurde immer schemenhafter, und die wenigen Lichter, die noch in den Häusern um den großen Platz herum brannten, wurden kleiner und schwächer. Ein- oder zweimal hörten sie schwere Schritte auf dem Weg über ihnen und erstarrten. Doch niemand schaute über die Brüstung in die Dunkelheit, oder wenn es einer tat, so sah er die Kinder nicht, die sich eng an die Steine pressten.

Gaia hatte gerade einen mühelosen und leichten Rhythmus gefunden, als Tal sie plötzlich am Ärmel fasste. Am gegenüberliegenden Flussufer waren Lichter zu sehen. Der rötliche Schein eines Kohlenbeckens strahlte die Steine eines kleinen runden Turms an. Laternenlicht fiel durch eines der Turmfenster und andere Laternen schwenkten außerhalb des Turms hin und her. Stimmen drangen leise, aber klar verständlich über das Wasser.

»Wächter!«, zischte Tal in Gaias Ohr. »Wir müssen uns absolut ruhig verhalten.« Sie kletterten weiter und achteten noch mehr darauf, wo sie Füße und Hände hinsetzten. Auf einmal hörte man eine Stimme durch die Dunkelheit rufen.

»Alles klar. Wir sind so weit!«

Unsicher hielt Gaia erneut an und spürte, wie auch Tal hinter ihr erstarrte. Dann schoss ein greller Lichtstrahl über das Wasser – eine schimmernde weiße Spur, die die Schwärze der Nacht durchschnitt, direkt über ihnen auf die Mauer auftraf und erbarmungslos jeden Stein genau absuchte.

»Zurück! Sofort!«, zischte Tal, und sie traten einen panischen Rückzug an – dorthin, woher sie gekommen waren. Verzweifelt tasteten sie in der Dunkelheit nach einem Halt für Hände und Finger, in einer Dunkelheit, die ihnen schwärzer denn je vorkam, nun, da der grellweiße Lichtstrahl sie durchschnitt. Die Wächter müssten den riesigen Lichtstrahl nur hin und her schwenken, dachte Tal beklommen. Die geringste Bewegung des wie auch immer gearteten Geräts, das sie dort drüben hatten, und Gaia und er wären an die Wand gespießt und säßen in der Falle, aus und vorbei. So schnell wie möglich kletterte er weiter zurück, doch Gaia war sehr viel langsamer, sodass er anhalten und auf sie warten musste.

»Beeil dich!«, flüsterte er, sobald sie ihn eingeholt hatte. »Wenn sie das Licht in unsere Richtung schwenken …«

Sie kletterten hastig noch ein Stück weiter zurück. Das Licht bewegte sich nicht und Tal fühlte eine vorübergehende Entspannung. Doch dieser beständige, über das Wasser huschende und von den sicher scharfen Blicken der Wächter am anderen Ufer begleitete Lichtstrahl war wie eine materielle Hemmschwelle. Sie saßen in der Falle und waren buchstäblich in Freehaven gefangen. Jetzt war es nur noch eine Frage der Zeit, bis man sie finden und einsperren würde. Und dann?

Eine Zeit lang hielten sie sich bewegungslos an den Steinen fest, ohne sich auch nur im Geringsten vorstellen zu können, den ganzen langen Weg zurückzuklettern. Doch nach etwa einer Stunde setzte der erbarmungslose, eisige Regen erneut ein. Tal streckte die Hand nach Gaia aus und griff nach ihrem Ärmel. »Wir müssen zurück«, flüsterte er. »Sonst erfrieren wir.« In dumpfer Verzweiflung kletterten sie den weiten Weg zurück, bis zu ihrem Versteck unter der Brücke.

»Das war's dann wohl«, sagte Gaia niedergeschlagen, »oder?« Er schüttelte nur den Kopf, unfähig, etwas zu sagen. Sie saßen dicht beieinander, Kleidung und Haare tropfnass vom Regen, und die klirrende Kälte drang ihnen bis auf die Knochen. Weiter flussabwärts durchschnitt der Lichtstrahl noch immer die Nacht. Erst in der grauen Morgendämmerung wurde er schwächer und erlosch bei Einbruch des Tages ganz.

»Wir können es heute Abend ja noch einmal versuchen«, sagte Tal schließlich. »Vielleicht machen sie dieses Licht ja nicht jede Nacht an ... vielleicht können wir die Wächter auf der Straße umgehen ...« Doch in seiner Stimme lag nur wenig Hoffnung. Gaia nickte niedergeschlagen.

»Wir sollten versuchen, uns etwas auszuruhen«, sagte er dann. Sie schlossen die Augen und fielen, durch ihre Hoffnungslosigkeit erschöpft, in einen unruhigen Schlaf, während der Regen auf die grüne Wasseroberfläche des Flusses und auf die Brücke über ihnen trommelte.

Gegen Mittag desselben Tages schloss Fossick, noch immer mit dem gleichen besorgten Gesichtsausdruck, den er seit dem Besuch der Kinder hatte, sorgfältig seinen dunklen, engen Laden zu und machte sich auf den Weg zu der Taverne auf der anderen Seite des Platzes der Befreiung, wo er wie üblich zu Mittag essen wollte. Da er wegen des niederprasselnden Regens mit gesenktem Kopf ging, nur auf seine Schritte auf dem nassen Kopfsteinpflaster achtete und in Gedanken versunken war, bemerkte er den Mann nicht, der ihm in der Gasse mit schnellen Schritten entgegenkam. Plötzlich wurde er aus seinen Tagträumen gerissen – von einer Hand, die sich auf seinen Arm legte, und von einer trockenen Stimme, die laut rief:

»Babbington! Babbington Fossick!« Zu seinem Erstaunen blickte er in das Gesicht eines alten Freundes von der Akademie: natürlich gealtert seit damals, als er ihn zuletzt gesehen hatte, aber dennoch unverkennbar.

»Cosmo! Nein, welche Überraschung! Cosmo Scrimp!« Erfreut schüttelte er Scrimps Hand.

»Ich hab gehört, du hast hier einen Laden eröffnet«, erklärte Scrimp. »Ich bin wieder in der Stadt und dachte, ich schaue mal bei dir vorbei.«

»Fein«, meinte Fossick, »sei mir willkommen.« Er warf einen kurzen Blick zurück in die Gasse. »Ich wollte gerade zum Essen gehen. Willst du mir nicht Gesellschaft leisten? Du kannst aber auch später noch einmal in den Laden kommen …«

Scrimp lachte. »Immer noch dasselbe Gewohnheitstier wie früher, Babbington? Ja, ich komme gerne mit, danke.« Sie gingen nebeneinander im Gleichschritt durch die sich verzweigende Straße bis zum Platz der Befreiung hinunter. Er war fast völlig leer, bis auf ein paar Passanten, die es eilig hatten, dem eisigen Regen zu entkommen, und einem von der Nässe aufgeweichten Stand im Schatten der Basilika, an dem es Brot und Tee zu kaufen gab. Fossick führte Scrimp über den Platz in eine steil abfallende Seitenstraße und dann in eine dunkle Gasse, wo er eine unscheinbare Tür aufstieß. Geduckt flüchteten sie sich vor dem Regen in einen schmuddeligen, düsteren Raum, in den durch ein kleines Fenster nur wenig Licht fiel. Außer ihnen war fast niemand da und es war unangenehm kalt. Ein armseliges kleines Feuer glimmte in der Mitte eines riesigen Ofens vor sich hin. Und ein blasses Mädchen mit einem ausdruckslosen Gesicht saß so nahe am Feuer, wie es nur ging, und stickte an einem Kissenbezug. Sie nickte Fossick zur Begrüßung kurz zu und riss überrascht die Augen auf, als sie sah, dass er erstmals nicht allein war.

»Hallo, Sassy«, sagte Fossick. »Könnten wir je einen Teller Suppe und Brot für zwei haben, bitte?« Er wandte sich an Scrimp und fragte: »Wein?«

»Warum nicht?«, antwortete dieser unbekümmert. »Ich habe heute frei.«

»Auch Wein bitte«, sagte Fossick. Sassy nickte und machte den Tisch am Ofen für sie frei. »Du hast frei wovon?«, fragte Fossick. Doch er hatte bereits das indigoblaue Futter der Jacke seines Freundes und die indigoblaue Weste darunter gesehen und gab sich selbst die Antwort auf seine Frage.

»Du arbeitest für Lord Parhelion.«

»Ähm, ja.« Scrimp schien ein wenig verlegen. Er hüstelte kurz und sagte: »Ich bin sein neuer Schatzmeister. Du weißt schon, Eintreiben der Steuern, Erhebung, Berechnung und Überwachung der Haushaltsausgaben … solche Sachen eben.« Fossick musterte ihn schweigend. Cosmo war schon immer ehrgeizig gewesen. Er hatte bereits in jungen Jahren vorgehabt, seinen Weg in der Welt zu machen, und diese Art von Prestigestelle bei einem Lord des Monarchenbunds war so ungefähr das Höchste, das man auf der Karriereleiter erreichen konnte. Er hatte es geschafft und das zeigte sich auch an seiner Kleidung. Wehmütig verglich Fossick Scrimps guten Überzieher, seinen eleganten Anzug und die glänzenden Lederschuhe mit seinem eigenen abgetragenen Hemd, seiner staubigen Hose und seinen mehrfach ausgebesserten Schuhen. Und dennoch saß Cosmo mit seiner eng um sich gezogenen Jacke da, als wenn er das schöne Wams verbergen wollte, das den Beweis seiner Monarchentreue darstellte. Fossick dachte an Parhelions zweifelhaften Ruf: eitel, verschwenderisch und sehr, sehr dumm. Und Cosmo war klug. Sehr klug sogar: Sie beide hatten sich stets den ersten Platz an der Akademie streitig gemacht. Fossick hätte ein Monatseinkommen (nicht, dass dies sehr viel gewesen wäre …) dafür gegeben, zu erfahren, was Cosmo wirklich von seinem neuen Dienstherrn hielt. Doch das Risiko, ihn direkt danach zu fragen, wollte er nicht eingehen. Noch nicht.

»Hast du seine neue Statue in der Basilika gesehen?«, fragte er wie beiläufig. Scrimp errötete. »Mhmm, ja.«

»Cosmo!«, sprach Fossick seine plötzliche Eingebung aus. »Du hast doch nicht etwa diesen … Vers geschrieben?«

»Nun …« Scrimp machte eine abwehrende Geste, die Fossick als Verlegenheit deutete. »Gehört mit zu meinen Aufgaben, fürchte ich.« Er errötete, sagte aber herausfordernd: »Versuch *du* mal, einen passablen Vers auf Parhelion zu erfinden!«

»Das ist sicher nicht möglich.« Fossick wischte das Thema mit einer kurzen Handbewegung vom Tisch und fragte neugierig: »War Seine Lordschaft geschmeichelt?«

»Er war völlig *hingerissen*«, sagte Scrimp finster und schenkte sich ein zweites Glas Wein ein.

Bis das Mahl beendet war, hatte Scrimp seine gute Laune wiedergefunden. Er reckte und streckte sich wie ein satter Kater und sagte: »Danke, Babbington. Für das gute Essen.« Fossick hob fragend eine Augenbraue. Er konnte sich nicht erinnern, ihn zum Essen eingeladen zu haben. Er war sich vielmehr sicher, dass er es *nicht* getan hatte, aber nun war er durch sanften Druck dazu gezwungen. Im

Gegensatz zu Parhelion hielt Scrimp sein Geld offenbar zusammen.

»Da habe ich heute ja wirklich Glück«, fuhr Scrimp fort. »Eigentlich wollte ich dich gestern schon besuchen, Babbington, aber dann kam etwas dazwischen. Und bis ich dann endlich zu deinem Laden kam, warst du weg.« Er machte eine kurze Pause, und als er weitersprach, klang er eher verunsichert. »Was mich so lange aufhielt … war etwas merkwürdig … ein ziemlich seltsamer Zufall …«

Fragend legte Fossick den Kopf schief, während Scrimp weitersprach. »Parhelion, ähm, *Lord* Parhelion besitzt Ländereien im hohen Norden, in den Arimaspianischen Bergen. Sie sind natürlich weitgehend unbewohnt und deshalb waren sie für die Familie nie wirklich von Interesse. Bis auf ein Dorf. In den Bergen dort gibt es Gold, und es wurde von den Dorfbewohnern geschürft. Sie bezahlten dafür recht ansehnliche Steuern. Doch dann waren die Minen vor langer Zeit – vor dreißig Jahren oder mehr – erschöpft, sodass sich der alte Lord nicht mehr dafür interessierte. Der Weg dorthin ist lang und gefährlich – es liegt extrem abgelegen und Drachen gibt es dort auch. Zu Beginn dieses Jahres jedoch …« Er hielt inne, dachte einen Augenblick nach, nahm einen Schluck Wein und fuhr dann bedächtig fort.

»Zu Beginn dieses Jahres haben Seine Lordschaft und ich nach Möglichkeiten gesucht, seine Einnahmen zu erhöhen.« Sein Blick traf sich kurz mit dem von Fossick, und Fossick fragte sich, was genau es war, das er in den Augen seines Gegenübers sah. Doch er sagte nur: »Ich verstehe«, und wartete, bis Scrimp weitersprach.

»Nun«, nahm Scrimp den Faden wieder auf. »Seine Lordschaft wollte es noch einmal mit diesem Dorf versuchen. Er dachte – *hoffte*, dass sie vielleicht doch wieder Gold gefunden hätten und dass ihm dies aus einer vorübergehenden Finanznot helfen könnte.

Also begaben wir uns dorthin. Ein elender Ort: übel riechend, primitiv und meilenweit von jeder Zivilisation entfernt. Wir reisten – den Monden sei Dank! – mit der Luftkutsche, doch die armen Bediensteten mussten natürlich den ganzen Weg zu Fuß zurücklegen. Ein paar von ihnen haben wir unterwegs verloren. Man muss diese schrecklich hohen Leitern hinaufklettern, um das Dorf selbst zu erreichen, und zwei der Männer stürzten ab.« Bei dem Gedanken daran erschauerte er.

»Als wir dort ankamen, gab es natürlich kein Gold. Die Leute schlagen sich äußerst ärmlich durchs Leben, haben nur ein paar magere Ziegen – die einzigen Lebewesen, die dumm genug sind, dort zu leben, abgesehen von den Dorfbewohnern –, und sie hatten praktisch nichts, was sie uns geben konnten. So nahmen wir vor allem Ziegen und Sklaven von dort mit.« Er zögerte wieder und sprach anschließend langsamer weiter: »Da war ein Mädchen, die Tochter einer Witwe. Sie bot uns einen sonderbaren Gegenstand als Abgabe an; sie nannte es ›Amulett‹. Doch Par–, ich meine, Lord Parhelion wollte es nicht haben. Er meinte, es wäre nur ein Spielzeug, aber ich bin mir da nicht so sicher. Es handelte sich um ein Täfelchen aus Elfenbein; alt, ungefähr so groß, mit Einkerbungen, die ich nicht lesen konnte. Es war jedenfalls nicht unsere heutige Schrift.«

Fossick schaute sich vorsichtig um, aber bis auf Sassy war die Taverne leer. »Alt?«, formte er lautlos mit den Lippen.

Scrimp schaute ebenfalls um sich. »Sah so aus«, sagte er. »Ich konnte es jedenfalls nicht lesen.« Er zögerte, fuhr dann aber fort: »Doch das Allermerkwürdigste an der ganzen Sache ist, dass ich dieses Mädchen wiedergesehen habe. Hier in Freehaven. Gestern. Da kam sie die Gasse von deinem Laden heruntergerannt. Ein Junge war bei ihr – ich denke, ihr Bruder. Es gab da einen Bruder, oben in den

Bergen. Weißt du, ich wollte dir davon erzählen. Ich war mir sicher, dass dich diese Geschichte interessiert. Und dann sah ich sie – wie aus heiterem Himmel. Ich wollte ihnen folgen …«

»Wohin sind sie gegangen?«, unterbrach Fossick ihn gespannt.

Scrimp warf ihm einen argwöhnischen Blick zu, bevor er antwortete. »Ich habe sie aus den Augen verloren«, sagte er. »Es war noch ein weiterer Junge bei ihnen, ein typischer Gassenjunge aus Freehaven. Sie haben mich in diesem verwirrenden Labyrinth aus Straßen abgehängt, in dem du wohnst.« Er lehnte sich vor. »Sie waren bei dir, nicht wahr?«, fragte er auf gut Glück.

Fossick nickte. »Ja. Sie brachten mir dieses Amulett – sie brauchten Geld und wollten wissen, ob ich es ihnen abkaufen würde.«

»Und?«, fragte Scrimp. Fossick nickte wieder und senkte die Stimme. »Deine Vermutung trifft zu. Es waren die Alten Schriftzeichen.«

Scrimp stieß einen langen, ungläubigen Seufzer aus. »Wie im Namen aller Monde kommt ein armes Bauernkind aus der Wildnis Arimaspias zu einem verbotenen Objekt mit Alter Schrift?«

»Gute Frage«, sagte Fossick. »Eine sehr, sehr gute Frage.« Er nahm sein Weinglas, drehte es zwischen den Fingern und trank es dann nachdenklich leer. »Du hast ja nun Beziehungen, Cosmo. Könntest du mir nicht Zutritt zum Verschlossenen Archiv verschaffen?«

»*Was?*« Scrimp verschluckte sich fast an seinem Wein. »Du musst verrückt sein«, stammelte er. »Das Archiv ist verriegelt und verrammelt und wird Tag und Nacht bewacht. Um eingelassen zu werden, braucht man die Erlaubnis *aller* Lords. Wozu denn im Übrigen?«

Fossick knabberte an der Haut seines Daumennagels. »Ich muss … ein paar Dinge überprüfen.«

Scrimp schüttelte den Kopf. »Babbington, wenn es etwas mit diesem … diesem Objekt zu tun hat, vergiss es besser.« Ein Gedanke durchfuhr ihn und er schaute den anderen Mann entsetzt an. »Moment mal«, sagte er dann. »Es gibt keine Steckbriefe und es wurden keine Suchtrupps ausgeschickt … Du hast sie gar nicht angezeigt, oder?«

Fossick zuckte nur mit den Schultern.

»Du bewegst dich auf brüchigem Eis«, sagte Scrimp warnend. »Vergiss es!«

Sie standen auf, knöpften ihre Mäntel zu und blieben noch einen Moment im Türrahmen stehen. Es regnete nach wie vor in Strömen, und sie fröstelten vor Kälte, als sie zum großen Platz zurückkehrten, wo sie sich mit einem Händeschütteln verabschiedeten und jeder in seine Richtung ging.

Sassy legte ihren Kissenbezug weg, ging zu dem soeben verlassenen Tisch, schaute auf die eben noch von den Männern besetzten Stühle und prägte sich jede kleinste Einzelheit ihrer Unterhaltung ein. »Seltsam, seltsam. Wenn ich nur wüsste, was das genau sollte …«

Später Nachmittag. Das graue Licht ging langsam in die Dämmerung über, doch unter der Brücke war es praktisch schon Nacht. Die riesigen Hohlräume unter den Bögen ragten dunkel und unheimlich über ihnen empor. Sie waren in einen kurzen, unruhigen Schlaf gefallen, aber nun nagten Kälte und Hunger an ihnen und hielten sie erbarmungslos wach. Gaia saß zusammengekauert da und hatte ein Gefühl im Bauch, das teils von Furcht, teils von seiner Leere herrührte.

»Tal«, sagte sie plötzlich.

Er starrte düster hinaus auf das Wetter und gab keine Antwort. Immer noch fiel ein eisiger Regen vom Himmel. In der gefrierenden Kälte würde diese Mauer schlüpfrig sein und das Klettern heute Nacht würde schwierig und gefährlich werden. Außerdem stand überhaupt nicht fest, ob es nicht wieder damit enden würde, dass sie zurückklettern mussten, um nicht von dem Suchscheinwerfer über dem Fluss entdeckt zu werden.

»*Tal!*«, sagte Gaia noch einmal.

»Was ist denn?« Er zwang sich, den Blick vom hypnotisierenden Regen abzuwenden.

»Lass uns versuchen, an etwas Essbares zu kommen.« Sie stand auf, ging die paar Schritte bis an den Rand des Simses und kam wieder zurück: gefangen und ruhelos.

»Bist du verrückt?«, fragte er. »Viel zu gefährlich. Jinx hat gesagt, wir müssen uns verstecken.« Er lehnte sich an die rauen Steine des Brückenpfeilers und umschlang die Knie mit beiden Armen. Gaia kauerte sich neben ihn.

»Oh, nun komm schon!«, sagte sie. »Es regnet so stark … Da wird kaum jemand unterwegs sein.«

»Nein.«

»Wir *müssen* aber etwas essen.«

»Nein, Gaia.«

Sie stand wieder auf. »Na schön, ich gehe trotzdem.«

»Meinetwegen«, sagte er. »Dann geh halt! Ich bleibe hier.« Doch als sie sich wirklich anschickte, die Leiter hinabzusteigen, rief er ihr nach: »Nun warte schon, du Dummkopf.« Er kletterte hinter ihr her und holte sie auf dem schmalen, steinigen Strand ein.

»Du *musst* nicht mitkommen«, sagte sie.

»Bringen wir es schnell hinter uns, einverstanden?« Er zog sich an der wackeligen Holzleiter auf die Flussterrasse hinauf und stapfte dann schlecht gelaunt die breiten Marmorstufen bis zur Straße hoch.

»Hab ich's nicht gesagt«, sagte Gaia triumphierend hinter ihm. »Kaum jemand unterwegs.« Sie hatte recht. Die Brücke und der dahinter befindliche Platz lagen fast völlig verlassen da. Der Regen hatte die Menschen in ihre Häuser gescheucht, und die wenigen Passanten eilten mit gesenkten Köpfen vorbei, um sich gegen Kälte und Nässe zu schützen, und nahmen keinerlei Notiz von den Kindern.

Das lange Sitzen unter der Brücke hatte ihn ziemlich zermürbt, wie Tal feststellte. Mit einem schiefen Grinsen drückte er Gaias Hand und sagte: »Ja, du hattest recht. Essen ist eine gute Idee. Wo sollen wir es versuchen?«

»Hinter der Basilika? Die Läden dort hatten draußen auf dem Pflaster Kisten mit allem Möglichen zu essen, nicht wahr?«

Sie umgingen den Platz und tauchten in das Gewirr von Gassen ein, die hinunter zum Hafen führten. Regenwasser gurgelte über das Kopfsteinpflaster, machte aus den steilen, stufigen Straßen Wasserfälle und rauschte platschend aus den Regenrinnen der Häuser zu beiden Seiten. Es gab keinen Schutz vor dem Regen. Wo auch immer sie waren, schien ihnen der eisige Wind den Regen direkt ins Gesicht zu peitschen. Sie gingen eine Straße nach der anderen ab, doch das Wetter war so schlecht, dass die Ladenbesitzer ihre Auslagen alle ins Innere geschafft hatten. Schließlich blieb Gaia verzweifelt vor der Tür eines Bäckerladens stehen. Tal zog sie weg: »Nein!« Er schaute sie mit vor Entsetzen weit aufgerissenen Augen an.

»Gaia, nein! Denk dran, was Jinx gesagt hat. Geht bloß nicht in einen Laden!«

»Wohin denn sonst?«, fragte sie wütend. Sie drückte die Tür so ungestüm auf, dass diese mit einem Schwung gegen die Wand knallte.

Für einen Augenblick bemerkten sie nur die Wärme und den Geruch von frisch gebackenem Brot, bei dem sich ihnen schmerzhaft der Magen zusammenzog, doch dann fauchte eine verärgerte Stimme: »Was wollt ihr zwei?«

Tal murmelte: »Nichts. Entschuldigung. Ist ein Irrtum.« Er schob Gaia vor sich aus dem Laden. Sie rannten los, voller Angst, hinter sich gleich schnelle Schritte und Rufe wie »He! Ihr beiden! Ihr seid es doch, oder nicht? Ruft die Wachen!« zu hören. Doch nichts geschah. Alles blieb still. Nach einer panikartigen Flucht durch die verschlungenen Gassen fühlten sie sich endlich sicher genug, um sich an einer Mauer – es war die Rückseite der Basilika, und die riesige silberne Kuppel glänzte matt über ihnen im Regen – auszuruhen und wieder Luft zu holen.

»Du Dummkopf!«, sagte Tal, als er endlich wieder Luft bekam.

»Und, hast du etwa eine bessere Idee?«, fauchte sie ihn an.

»Ja.« Er drückte sich von der Wand weg. »Ich werde mich verstecken und in meinem Versteck bleiben.« Er begann, an der hoch aufragenden Seitenwand der Basilika entlang zurückzugehen. Sie folgte ihm zögernd, aber als sie den großen Platz erreichten, hielt sie ihn zurück und zischte: »Da, schau mal!«

In der Nähe des Portals der Basilika gab es einen einzelnen, verlassenen Stand. Seine Besitzerin hatte ihn offenbar hier aufgestellt, um im Windschatten der Basilika etwas geschützt zu sein. Aber bei diesem fürchterlichen Wetter bot selbst der riesige Bau keinen Schutz. Sie war durchnässt und saß zusammengekauert und reglos da, als hätte der Regen alles Leben aus ihr gespült.

Tal betrachtete den Stand und den großen leeren Platz dahinter. »Unmöglich.« Er schüttelte den Kopf. »Wir würden auffallen wie schwarze Ziegen im Schnee.« Seine Worte gingen jedoch im ohrenbetäubenden Läuten der Glocken der Basilika und dem Geläut kleinerer Glocken überall in der Stadt unter.

»Das ist doch nicht wegen uns, oder?« Sein Mund war trocken vor Angst, doch Gaia sagte: »Nein. Sieh doch!« Aus den hohen weißen Gebäuden strömten Menschen auf den Platz, die Mäntel zugeknöpft und mit eingezogenen Köpfen, um sich vor dem Regen zu schützen. Der Stand, der bis eben noch verlassen dagelegen hatte, wurde nun von allen Seiten umringt. Auf einen Schlag kam Leben in die Standbesitzerin, und sie richtete sich mit steifen Bewegungen auf, wie eine Puppe. Sie schob ihren Stuhl weg, stapelte auf ihrer Auslage Brötchen und Brot auf, die sie die ganze Zeit über geschützt und trocken gehalten hatte, und füllte eine Tasse nach der anderen aus einem dampfenden Kessel. Ihre Kunden scharten sich um den Stand: Sie aßen und tranken, legten die Hände um die heißen Tassen und suchten Schutz unter der Plane.

»Gut.« Tal gab nach. »Jetzt können wir es versuchen.« Sie tauchten in die geschäftige Menge ein und warteten ein Stück weit vom Stand entfernt.

»Du gehst auf diese Seite, ich auf die andere.« Tal gab Gaia einen Schubs und wandte sich ab. Er schlängelte sich zu dem einen Ende des Stands durch und lungerte dort herum, die Hände in die Taschen gesteckt und leise vor sich hin pfeifend, während er die Standbesitzerin und ihre Kunden beobachtete. Die Menge lichtete sich allmählich. Keiner wollte bei diesem Wetter länger als nötig im Freien bleiben. *Jetzt!*, sagte er zu sich. Er biss die Zähne zusammen, lehnte sich wie zufällig an den Stand und zog seine Hand langsam aus der Tasche …

»Hilfe! Ein Dieb! *Ein Dieb!*«, ertönte da ein empörter Schrei. Gaia, die Finger fest um das klebrige Brötchen geklammert, das sie als Erstes hatte erwischen können, hatte sich gerade davonschleichen wollen. Doch als sie diesen lauten Ruf hörte, dachte sie voller Panik *Tal!* und drehte sich noch einmal um.

Der anklagende Zeigefinger der Standbesitzerin war jedoch auf *sie* gerichtet –, und Gaia begann zu rennen und versuchte, durch die Menge zu verschwinden. Doch die Umstehenden hatten sich plötzlich in eine Vielzahl von ausgestreckten Armen verwandelt, die alle nach ihr zielten, griffen und sie packen wollten. Sie duckte sich unter jemandes Arm und rannte blindlings und mit dem Kopf voran gegen die Brust eines großen dünnen Mannes, der blitzschnell beide Arme ausstreckte, sie packte und ihr die Arme einzwängte. Gaia trat um sich und strampelte, doch sein fester Griff lockerte sich nicht. Ein weiterer Mann und dann zwei, drei, vier andere kamen ihm zu Hilfe und Gaia musste sich geschlagen geben.

Die Standbesitzerin bahnte sich ihren Weg durch die Menge, um Gaia zur Rede zu stellen. Ein Ring neugieriger Zuschauer bildete sich um sie herum.

»Diebin!«, rief die Frau erneut. Ihr Gesicht war rot angelaufen und ihre Stimme laut vor Empörung.

Tal kämpfte sich hektisch nach vorne durch und blieb stehen.

»Nein«, sagte Gaia gerade verzweifelt. »Nein. Ich war es nicht. Ihr habt die Falsche erwischt.«

»Ach ja? Du warst es nicht?« Die Frau zog Gaias Hand hervor und drückte ihre Finger auseinander. Sie waren mit einer klebrigen gelblichen Pampe überzogen. »So, so, du warst es also nicht!«, wiederholte sie höhnisch und triumphierend. »Holt die Wächter!«, verlangte sie. Ein kleiner magerer Junge, der alles mit offenem Mund verfolgt hatte, meldete sich voller Eifer zu Wort: »Ich gehe!« Und schon flitzte er über den Platz davon.

Gaias Augen huschten nach links und rechts und fanden Tal, der reglos und mit entsetztem Gesicht vor der Menge stand und sie fassungslos anstarrte. Als sie ihn erblickte, schluchzte sie leise auf. In ihrem Kopf schrie sie seinen Namen, immer und immer wieder: *Tal, Tal, Tal!* Doch sie schluckte krampfhaft und zwang sich, mit den Lippen nur ein einziges Wort formen: »Geh!«

Er wusste, er hätte zu ihr gehen sollen, hinübergehen zu ihr unter all diesen anklagenden Blicken und sich neben sie stellen. Doch gerade jetzt erschienen diese paar Schritte so unmöglich wie zum Mond zu wandern. Sie beobachtete ihn, und sein Gesicht verschwamm hinter dem Vorhang ihrer Tränen, doch er bewegte sich nicht, machte keinen Schritt. Wieder gab sie ihm lautlos »Geh!« zu verstehen und diesmal wich er tatsächlich einen Schritt zurück.

»Was geht hier vor?« Zwei kräftige Männer, im hellen Grau der Stadtwache, drängten sich durch die Umstehenden.

»Schon gut, schon gut, ihr alle; nun geht schon. Habt ihr nichts Besseres zu tun, als hier im Regen herumzustehen? Habt ihr kein Zuhause? Bewegt euch; die Vorstellung ist zu Ende.« Die Leute gingen langsam auseinander, bis nur noch Tal und eine Handvoll anderer neugieriger Zuschauer übrig blieben. Einer der Wachmänner holte ein Notizbuch mit Eselsohren aus der Tasche und blätterte die Seiten mit seinem dicken, schmierigen Daumen um. Er sah sich Gaia genau an. Sie fühlte den bitteren Geschmack der Angst in ihrem Mund und rechnete fest damit, dass er nun sagen würde: Moment mal. Du bist doch das Mädchen, das ... Doch er wandte sich nur an die Standbesitzerin und fragte: »Was hat sie denn genau getan?«

»Sie hat mich bestohlen«, schimpfte sie.

»Was hat sie genommen?«

»Brötchen.«

»Nur eins«, verteidigte sich Gaia, doch der Wachmann schnalzte missbilligend mit der Zunge. »Eins, zwanzig oder hundert«, sagte er, »das macht im Auge des Gesetzes keinen Unterschied.« Er sah sie nachdenklich an. »Ist noch jemand bei dir?«, fragte er.

»Nein!« Ihre Stimme war hoch und schrill vor Angst. Sie atmete tief ein und versuchte, ruhig weiterzureden. »Nein, niemand.«

Sie erlaubte sich einen kurzen Blick an ihm vorbei auf Tal. Er stand noch unverändert da, am gleichen Fleck, und starrte sie mit Augen an, in denen sie zugleich seine Angst um sie und sein Entsetzen lesen konnte.

Der Wachmann kniff die Augen zusammen. »Bist du dir sicher?«, hakte er nach. Er drehte sich um und warf einen langen, misstrauischen Blick über die Menge. Hinter seinem Rücken formte Gaia zum dritten Mal »Geh!« mit den Lippen. Diesmal senkte Tal den Blick und bewegte sich etwas nach links zur Seite, sodass er halb versteckt hinter einem großen Mann stand. Der Wachmann schüttelte den Kopf, seufzte und steckte sein Notizbuch wieder ein: Ein weiterer langweiliger Routinefall am Ende eines nassen Winternachmittags.

»Wir nehmen sie mit, danke, meine Herren«, sagte er zu den Männern, die sie festgehalten hatten. Die beiden Wachmänner packten sie an je einem Arm und schleppten sie fort. Sie gingen mit ihr durch die kleine Gruppe Schaulustiger: nahe genug, dass Tal den Arm hätte ausstrecken und sie berühren können; nahe genug, um sich einbilden zu können, dass er ihren Atem hörte. Als sie an ihm vorbeigingen, stand er stumm und mit gesenktem Kopf da. Sie nahmen sie mit, fort von ihm, über den Platz, und bald schon konnte er sie hinter einer weiteren Welle von Arbeitern in hochgeschlossenen Mänteln, die nach Hause strebten, nicht mehr sehen.

Er stand noch endlos da. Schließlich waren alle Schaulustigen verschwunden und er stand ganz allein im Regen.

13. Kapitel

Die Gerichtsverhandlung

Tal war neben ihr: nahe genug, um ihn berühren zu können. Jede Faser ihres verschreckten Körpers sehnte sich danach, die Hand nach ihm auszustrecken. Doch sie ließ sich an ihm vorbeiführen, ohne einen Laut oder ein Zeichen von sich zu geben, das ihn verraten hätte. Sie überquerten den großen Platz und kamen an einer weiteren Gruppe von Arbeitern vorbei. Als sie es endlich wagen konnte, sich gefahrlos nach ihm umzudrehen, war er aus ihrem Blickfeld verschwunden. Erst da wehrte sie sich wieder, kratzte und trat um sich, aber die Männer waren größer und stärker als sie und es war aussichtslos.

»So nicht!«, sagte einer der Wachmänner streng. Sie packten sie noch fester und gingen weiter. Entmutigt setzte Gaia einen Fuß vor den anderen. Ihre Kapuze war nach hinten gerutscht, der eisige Regen lief ihr durch die Haare und über das Gesicht. Durch den Schleier aus Regen und Tränen hindurch sah sie die Pflastersteine unter sich, glänzend und nass. Regentropfen und das Schuhwerk hastender Menschen vollführten einen Tanz. Dann zeichneten sich schemenhaft weiße Mauern vor ihr ab. Ein Lampenanzünder ging von Laterne zu Laterne, zündete die Lichter in den großen, farbigen Kugeln an, die den Platz umgaben, und blieb kurz stehen, um sie vorbeizulassen. »Armes Kind«, murmelte er in seiner schäbigen schwarzen Kleidung vor sich hin. Dann endlich blieben sie vor einem Pförtnertürchen stehen, das in ein sehr viel größeres Holztor eingelassen war. Auf das Klopfen eines der Wachmänner hin wurde ihnen geöffnet und sie traten ein.

Sie befanden sich in einer dämmerigen Eingangshalle mit gewölbter Decke. Dahinter lag ein offener Hof, auf dessen nassem Kopfsteinpflaster sich der Lichtschein spiegelte, der aus den Fenstern fiel. Aus dem Raum hinter den Fenstern drang gedämpftes Stimmengewirr, dann öffnete jemand die Tür und Licht und Lärm fluteten auf den Hof. »Ruhe!«, bellte jemand in dem Raum und die Stimmen verebbten. Ein kleinwüchsiger Mann hastete über den Hof auf die Eingangshalle zu. Er öffnete das Pförtnertürchen, schimpfte über das Wetter, zog sich seinen Umhang über den Kopf und eilte davon. Gaia konnte einen flüchtigen Blick auf die zunehmende Dunkelheit im Freien erhaschen, ehe die Tür hinter ihm ins Schloss fiel.

Die beiden Wachmänner stießen Gaia in ein schmales Büro, das von der Eingangshalle abging. »Neuzugang, Bill. Hat die Abendverhandlung schon begonnen?«

»Oh, hallo, Brandon. Nö, er ist noch nicht da.« Ein dünner junger Mann mit glatten, dunklen Haaren hob träge den Kopf. Er lehnte sich mitsamt seinem Stuhl zurück, bis dieser nur noch auf zwei Füßen balancierte, und schaute auf sein Schreibpult, das mit zerknüllten Papierkügelchen übersät war. Grinsend nahm Brandon eines dieser Kügelchen und schnipste es in die Luft. Es prallte an die gegenüberliegende Wand und landete im bereits übervollen Papierkorb, um den herum schon etliche zerknüllte Papiere lagen.

»Hoffentlich vergeudest du kein Papier des Monarchenbunds, Bill«, sagte er. »Oder gar dessen Zeit.«

»Natürlich nicht«, protestierte Bill und schüttelte vehement den

Kopf. Dann wippte er so gefährlich weit nach hinten, dass er fast das Gleichgewicht verloren hätte, und ließ den Stuhl rasch wieder auf allen vier Beinen aufschlagen. Errötend stieß er ein verlegenes »Ähm« aus und hob die Platte seines Schreibpults an. Etliche Papierkügelchen fielen herunter und landeten auf dem Boden. Ratlos schaute er ihnen nach. Dann sagte er noch einmal »Ähm« und wuchtete einen schweren Ordner aus dem Pult. Er ließ ihn auf die abgeschrägte Platte fallen und schloss ihn mit einem kleinen, rostigen Schlüssel auf.

»Worum geht's bei ihr, Brandon?«

»Diebstahl«, erklärte der Angesprochene knapp und wandte sich an Gaia. »Ich habe noch gar nicht nach deinen Papieren gefragt.«

»Oh«, sagte sie, »die habe ich verloren.«

Er zog die Augenbrauen hoch. »Hattest vermutlich nie welche. Setz auch noch Stadtstreicherei mit aufs Anklageprotokoll, Bill.«

Bill nickte, griff mit tintenbeschmierten Fingern nach einem Federhalter, tauchte ihn in das Tintenfass auf seinem Pult und kratzte ein paar Wörter auf ein Blatt im Ordner. »Name?«, fragte er Gaia.

Denk dir einen neuen Namen aus!, hatte Jinx ihr eingeschärft, aber ihr fiel auf die Schnelle nichts ein. »Ähm …«, druckste sie herum. »Ähm, Elsa.«

»Elsa und wie weiter?« Seine Stimme wurde allmählich ungeduldig.

Ihre Gedanken rasten. Am Hafen hatten sie große weiße Vögel am Himmel gesehen. Sie hatte gefragt, ob es auch Schwäne seien, aber Jinx hatte sie aufgeklärt.

»Möwe«, sagte sie. Bill hob zwar die Augenbrauen, schrieb den lächerlich klingenden Namen aber anstandslos auf sein Blatt. »Hast du sie schon durchsucht?«, fragte er Brandon.

»Noch nicht.«

»Dann tu es jetzt!« Die beiden Wachmänner wandten sich ihr zu und sie wich unwillkürlich einen Schritt zurück. Das kühle, leichte Elfenbeinviereck in dem Beutel um ihren Hals fühlte sich plötzlich bleischwer und flammend heiß an.

»Jacke ausziehen!«, bellte Brandon. Sie nestelte ihre Arme aus der aufgeweichten Felljacke und ließ sie auf den Boden fallen. Der zweite Wachmann hob sie auf, betastete das Futter und steckte dann seine Hand in die Tasche. »Igitt!« Als er seine Finger wieder herauszog, waren sie mit einer klebrigen, süßen Masse verschmiert – dem gestohlenen Brötchen –, und er zückte ein Taschentuch, um sich die Hand abzuwischen.

»Deine anderen Taschen?«, fragte Brandon. Sie drehte die Taschen ihres Rocks und ihrer Tunika nach außen. »In Ordnung«, gab er sich zufrieden. »Nichts drin. Kannst die Jacke wieder anziehen!« Sie hob die schwere Felljacke auf und schlüpfte wieder hinein. Ihr panischer Atem ging inzwischen etwas ruhiger. Doch dann sagte Bill: »Moment mal!«, und sie verkrampfte sich sofort wieder. »Ich überprüf lieber noch schnell die Liste der Gesuchten.«

»In Ordnung.« Nervös trommelte Brandon mit den Fingern auf den Kaminsims. »Beeil dich aber! Bei Sonnenuntergang fängt unser Feierabend an.«

»Klar.« Bill eilte zu einem der überquellenden Regale und zog eine dicke Akte heraus. Ein Schwung weiterer Dokumente rutschte mit und fiel auf den Boden. Er kniete sich hin, um sie wieder einzusammeln, doch Brandon sagte unwirsch: »Überlass das mir. Tu du deine Arbeit, hörst du?«

»Verzeihung«, stotterte Bill. »Verzeihung.« Er ging durch den schmalen Raum zu einer Lampe in der Ecke und drehte daran herum.

Plötzlich war so viel Licht in den dunklen Ecken des Arbeitszimmers, dass es das Kaminfeuer überstrahlte und die Fenster verdunkelte. Ein heller Lichtstrahl fiel auf Gaia. Im grellen Licht sah ihr Gesicht kalkweiß aus und die Regentropfen in ihren Haaren schimmerten. Von dem Lichtstrahl geblendet, senkte sie hastig den Kopf.

»Kopf hoch!«, herrschte Bill sie an. Sie gehorchte, und er musterte sie prüfend, während er sich nachdenklich am Ohrläppchen zupfte.

Obwohl der Lichtstrahl sie blendete, konnte sie sehen, wie er die schwere Akte aufstemmte und achtlos einen dicken Stapel Papiere durchblätterte. Nachdem er die richtige Stelle gefunden hatte, wurde er langsamer, überprüfte ein Blatt nach dem anderen und blickte sie gelegentlich stirnrunzelnd an, bevor er weiterblätterte. Blinzelnd versuchte sie zu sehen, was er da betrachtete, und auf einen Schlag war diese kalte Angst wieder da. Der Ordner war voller Blätter, auf denen Gesichter zu sehen waren: Obwohl nur grob skizziert, wirkten sie doch lebensecht und detailliert. *Steckbriefe, Bilder von euch,* hörte sie Jinx' Stimme in ihrem Kopf. Das also hatte er gemeint! Sie hielt den Atem an und wartete auf die unvermeidliche Entdeckung. Der Raum kam ihr auf einmal schrecklich klein vor. Sie hörte das Blut in ihren Ohren rauschen, sie hörte, wie Brandon nervtötend auf den Kaminsims trommelte und der Regen ans Fenster peitschte …

»Nichts.« Bill drückte den übervollen Aktenordner mit Gewalt zu und wollte ihn zum Regal zurücktragen. Doch da brach der Einband auseinander und der ganze Inhalt ergoss sich auf den Fußboden. Erschrocken erkannte Gaia eines der Kinder der Gemeinschaft, das sie zuletzt gesehen hatte, als es sie von einem Pergamenthaufen aus angeschaut hatte.

Brandon schüttelte den Kopf. »Das kannst du jetzt in aller Ruhe aufräumen, Bill.« Er packte Gaia am Arm und führte sie in die Eingangshalle zurück. Einen verrückten Augenblick lang dachte sie, sie würden wieder ins Freie gehen, durch die Tür auf den großen Platz und in die Freiheit. Doch sie schlugen die entgegengesetzte Richtung ein und gingen über den regennassen Hof auf die hellen Lichter und das Stimmengewirr zu.

Tal stand lange da und starrte auf die Stelle, wo Gaia in der Menge verschwunden war. Inzwischen waren nahezu keine Menschen mehr auf dem Platz. Ein Rumpeln ließ ihn aufschrecken. Die Standbesitzerin hatte ihre Waren zusammengepackt und wollte sie nun auf ihrem altersschwachen Karren davonziehen. Neugierig beäugte sie ihn und fragte nach kurzem Zögern: »Hast du kein Zuhause?«

»Nein. Doch. Alles in Ordnung«, stammelte er verwirrt.

Sie musterte ihn erneut. »Du siehst halb verhungert aus. Hier, nimm das!« Sie griff in eine Tasche, holte einen kleinen Laib Brot heraus und drückte ihn ihm in die Hand. *Nein*, dachte er, *oh nein, oh nein!* Entsetzt starrte er auf das Brot.

»Haben sie dir zu Hause keine Manieren beigebracht?«

Er riss sich zusammen und brachte ein zittriges »Danke« über die Lippen.

»Hmm.« Sie nickte ihm zu und machte sich auf ihren Heimweg. Er schaute ihr hinterher und beschloss dann, ihr nachzulaufen. »Entschuldigung ...«

»Was ist?«

»Das Mädchen ... Das Mädchen, das Euch bestohlen hat. Wohin wurde es gebracht?«

Er sah ihre Augen aufblitzen und las darin eine Frage, doch sie sagte nur knapp: »Ins Gericht«, und zeigte auf eines der großen Gebäude auf der anderen Seite des Platzes.

»Danke«, sagte er erneut. Dann ging er durch die Dämmerung und den Regen über den Platz.

Die Lichter und das Stimmengewirr kamen aus einer großen Halle. Dort blieben sie vor einem weiteren Schreibtisch stehen, an dem ein anderer Angestellter Formulare ausfüllte. Gaia blickte sich vorsichtig um. Die Halle war nur schwach ausgeleuchtet, doch am entgegengesetzten Ende warf eine Hängelampe, die aus dreizehn farbigen Kugeln bestand, ein grelles Licht auf einen Tisch auf dem ein silberfarbenes Tischtuch lag und der auf einer Art Podium stand. Ein hoher Stuhl stand an diesem Tisch und eine Gruppe Bediensteter in grauen Roben warf besorgte Blicke auf eine halb geöffnete Tür hinter dem Stuhl. Brandon gab Gaia einen Stoß. »Da lang!«, sagte er barsch. Sie folgte ihm durch die Halle, an langen Bankreihen vorbei, auf denen zerlumpte und ausgemergelte Männer, Frauen und Kinder saßen, an Füßen und Händen gefesselt. Manche saßen ängstlich, manche auch unerschrocken und gelassen da und viele mit völlig ausdruckslosen Gesichtern. Brandon stieß Gaia in eine Lücke auf einer Bank, fesselte sie an Händen und Füßen mit Ketten und wandte sich dann ab. »Wartet!«, rief sie ihm nach – außer ihm kannte sie hier doch niemanden. Aber als er sich irritiert umdrehte und »Was ist?« fragte, brachte sie nur ein hilfloses »Nichts« heraus. Ungeduldig wandte er sich wieder ab, schob sich durch die Menge und verschwand durch die Tür.

»Weswegen bist du hier?«

Das Mädchen, das gefragt hatte, war ungefähr in Gaias Alter. Es trug geflickte, zerrissene, bäuerliche Kleidung und hatte wirre, blonde Haare. Ihr bleiches, schmutziges Gesicht war hübsch, trotz einer tiefen Narbe auf der linken Wange. Sie saß einige Plätze weiter weg und musste sich vorbeugen, damit sie an den anderen Gefangenen vorbei mit Gaia sprechen konnte.

»Diebstahl«, antwortete Gaia. Es kam ihr noch immer so unwirklich vor. »Und wegen … wie heißt das gleich? Ich habe keine Papiere.«

»Stadtstreicherei«, sagte das Mädchen. »Ich auch. Haben mich deswegen früher schon mal geschnappt.« Ihre Finger strichen über die Narbe auf ihrer Wange.

»Was …« Gaia verstummte, schluckte und fuhr dann mit bebender Stimme fort. »Was passiert jetzt?«

Das fremde Mädchen zuckte mit den Schultern. »Beim letzten Mal haben sie mir gesagt, ich bekäme Schwierigkeiten, wenn sie mich noch mal erwischen. Keine Ahnung, was das bedeutet. Und ich weiß auch nicht, was sie mit Dieben machen. Haben sie dich zum ersten Mal geschnappt?«

Gaia nickte.

»Euch bringen sie in den Osten. Alle beide«, sagte ein großer Mann, der zwischen ihnen saß. Er saß so breit auf der Bank, wie seine Ketten es nur erlaubten, trug ein fleckiges Hemd und stank nach Wein. Leicht schwankend drehte er sich zu Gaia.

»Was meint Ihr damit?«, fragte Gaia und das andere Mädchen fragte argwöhnisch: »Woher wisst Ihr das?«

Er strahlte sie an. »Woher? Na, weil ich ein alter Hase bin. Hab schon Hunderte von Verhandlungen mitgemacht. Bin fast jede Woche hier.« Unsicher zählte er seine Vergehen an den Fingern ab. »Schlägerei, Trunkenheit, nach der Sperrstunde auf der Straße …«

»Und warum hat man *Euch* dann nicht in den Osten geschickt?«, fragte Gaia.

Er zwinkerte sie übermütig an und kippte leicht zur Seite, fing sich aber wieder. »Weil …«, sagte er in vertraulichem Ton, »ich für sie nützlich bin, darum. Man schnappt so jede Menge interessante Dinge auf …« Er tat so, als führe er ein Glas zum Mund, und zwinkerte wieder. »Manche Leute sind nicht so vorsichtig, wie sie sein sollten. Und die Lordschaften erfahren ganz gern, was vor sich geht.«

Gaia sah ihn frostig an. »Ihr seid ein Spion?« Instinktiv versuchte sie, die Felljacke enger um sich zu ziehen, als wolle sie ihr Amulett schützen.

Er wirkte eingeschnappt. »Unsinn«, widersprach er mit trüben Augen. »Ich … ich tue nur, was nötig ist, um zu überleben.« Er schwankte wieder und lachte so laut, dass das Echo im ganzen Raum zu hören war. Einer der Gerichtsdiener warf einen empörten Blick in seine Richtung. Gaias Banknachbar öffnete den Mund, um noch etwas zu sagen, klappte ihn aber wieder zu, als er den tadelnden Blick auffing. Wieder lachte er laut und rutschte auf der Bank herum, um es sich gemütlicher zu machen.

»In den Osten«, murmelte Gaia vor sich hin. *»In den Osten.«* Sie versuchte, sich Johns Landkarte vorzustellen, konnte aber keinen klaren Gedanken fassen. Tal hätte sich natürlich daran erinnert. Bei dem Gedanken an ihn kamen ihr fast die Tränen. Plötzlich brach ein Tumult am Ende der Halle aus. Ein Gerichtsdiener in grauer Robe stürzte aus der kleinen Tür hinter dem Podium und scharte seine Kollegen mit einer ungeduldigen Handbewegung um sich. Sie drängten sich zusammen und jemand rief: »Ruhe!« Das Murmeln in der Halle verebbte und alle Gesichter wandten sich der Gestalt auf dem Podium zu. Gaias Nachbar beobachtete das Ganze amüsiert.

»Alles aufstehen«, rief der Gerichtsdiener, »zu Ehren von Lord Lanneret.« Man hörte überraschtes Geraune, und der Mann hob erneut die Hand, um für Ruhe zu sorgen.

»Ja, ja«, sagte er ungeduldig. »Eigentlich hätte Lord Parhelion heute den Vorsitz übernehmen sollen, aber er ist unpässlich und deshalb wird Lord Lanneret ihn vertreten.«

»Ha!«, platzte Gaias Nachbar heraus. »Unpässlich! Un-päss-lich. *Un-hicks-päss-hicks-lich!*« Wieder lachte er schallend. »Schläft wahrscheinlich seinen Rausch aus! Unpäss...« Plötzlich verstummte er. Alle Wachen und Gerichtsdiener starrten ihn an und diesmal schauten sie nicht wieder weg. Er zog den Kopf ein, aber einer der Gerichtsdiener hatte zwei Wachen bereits einen Befehl zugeflüstert. Sie schoben sich an den Gefangenen vorbei und zogen den Mann von der Bank auf die Füße.

»War doch nur ein Scherz!«, flehte er eindringlich und mit lauter Stimme. »Ich hab das nicht so gemeint!« Sie lösten die Fesseln um seine Fußgelenke und stießen ihn vor sich her. »Es war ein *Scherz*!«, wimmerte er, und sein bisher rotes Gesicht war leichenblass geworden, seine Augen waren starr vor Schreck. »Hört mal, ihr wisst doch, wer ich bin. Ich bin der *Dachs*, euer Tavernen-Spion. Ich arbeite schon seit Jahren für euch. Da wird man doch mal einen kleinen Fehler verzeihen können, oder?« Die Wachen standen nun mit ihm vor dem Podium vor dem Gerichtsdiener in der grauen Robe. »Bitte«, flehte der Dachs, *»bitte!«* Doch der Gerichtsdiener kannte kein Erbarmen. »Ihr wisst, was ihr zu tun habt«, sagte er zu den Wachen. Sie schleppten den Dachs zur Tür hinaus, und seine Stimme war noch lange zu hören, als er immer und immer wieder um Gnade bettelte: »Aber ich bin doch euer bester Spion! Ich bin euer bester Spion!«

Gaia starrte auf die Tür, durch die er verschwunden war, und ihr wurde fast übel. Sie erinnerte sich an Johns Warnung: Lasst euch niemals dabei erwischen, dass ihr etwas Negatives über einen der Lords sagt! Sie wurde erst aus ihren Gedanken gerissen, als einer der Wächter sie anstieß und »Aufstehen!« zischte. Alle anderen hatten sich bereits mühsam erhoben und deshalb stand sie ebenfalls hastig auf. Die Tür hinter dem langen Tisch öffnete sich erneut, und eine smaragdgrüne Robe blitzte auf, als Lord Lanneret ungestüm eintrat. Sie erkannte ihn sofort, weil sie seine Statue in der Basilika gesehen hatte: Er war ein großer Mann mit einem langen, schmalen Gesicht, das in Wirklichkeit jedoch wesentlich weniger freundlich und wohlwollend wirkte. In seiner Begleitung befand sich ein Junge, der im gleichen Grünton gekleidet war: ein blasser, unglücklich dreinschauender Junge, der auf der Schwelle widerwillig stehen blieb. Lanneret winkte ihn mit einer ungeduldigen Geste zu sich.

»Ihr kennt meinen Lehrling«, sagte er zum Gerichtsdiener.

»Selbstverständlich, Euer Lordschaft.« Der Gerichtsdiener begrüßte den Jungen mit einer Verbeugung. »Ihr wollt Euch heute also eine Gerichtsverhandlung ansehen, junger Lord. Ich hoffe, sie wird Euer Interesse finden.« In dem Gesicht des Jungen war zu lesen, dass er das ernsthaft bezweifelte, aber er ließ sich dennoch zu einer trotzigen Verbeugung herab.

»Nichts Außergewöhnliches, Euer Lordschaft«, wandte sich der Gerichtsdiener nun wieder an Lanneret. »Nur das Übliche: Stadtstreicher und Diebe.«

Lanneret stieß einen tiefen Seufzer aus. »Lernen diese Leute denn nie etwas dazu?« Er nahm auf dem hohen Stuhl hinter dem Tisch Platz, der Junge setzte sich neben ihn. Lanneret griff nach dem obersten Blatt auf dem Pergamentstapel, der vor ihm lag, überflog es und reichte es an den Jungen weiter. Er flüsterte ihm auch eine Frage zu, denn der Junge murmelte etwas und Lanneret nickte kurz und nicht ganz zufrieden. Dann reichte er das Blatt an den Gerichtsdiener weiter, der mit lauter Stimme ausrief:

»Polly Beckett!«

Das blonde Mädchen keuchte erschrocken: »Ja!«, und trat einen zitternden Schritt vor. Die Wachen nahmen die Fesseln von ihren Fußgelenken und schoben sie durch den Raum zum Podium. Mit gesenktem Kopf stand sie vor dem großen Tisch.

»Polly Beckett.« Lanneret musterte sie missbilligend.

»Ja, Euer Lordschaft.« Pollys Stimme war kaum ein Flüstern. Unverwandt starrte sie auf das silberne Tischtuch.

»Du bist früher schon wegen Stadtstreicherei vor Gericht gestellt und verurteilt worden«, fuhr Lanneret fort. »Das stimmt doch, nicht wahr?«

»Ja, Euer Lordschaft«, flüsterte sie erneut.

»Nach dem ersten Vergehen wegen Stadtstreicherei«, sagte er, »bekommt jeder die Gelegenheit, sich zu bessern. Ich hoffe, das wurde dir damals klar genug gesagt?« Sie nickte beklommen. »Doch es ist üblich, dass ein zweites Vergehen dieser Art auch das letzte ist. Hope's End!«, sagte er knapp. Der Gerichtsdiener kritzelte etwas auf das Pergamentblatt, das er dann an einen Bediensteten weitergab, der ein Siegel anbrachte und es dann in einen leeren Ablagekorb warf. Gaia konnte nur einen kurzen Blick auf das Gesicht des Mädchens erhaschen, in dem Angst und Verwirrung geschrieben standen, als es in aller Eile zur Tür im hinteren Teil des Gerichtssaal hinausbugsiert wurde. Hope's End – Ende der Hoffnung?

Name um Name wurde aufgerufen und eine zerlumpte Gestalt nach der anderen stolperte vor den langen Tisch. Kleinlaut gemurmelte Antworten auf die gestrengen Fragen des Lords waren zu hören. Der junge Lehrling schien sich immer mehr zu langweilen und malte mit dem Finger Muster auf das Tischtuch, bis ihn ein wütendes Zischen Lannerets wieder zur Ordnung rief. Eine Verurteilung folgte auf die andere, nicht immer lautete das Urteil »Hope's End« – auch andere, nichtssagende Namen wurden aufgerufen: Darkdene, Grievingdale, Stonywold, Lorndale ... Während sich die Bänke um Gaia herum leerten, wurde ihr Atem immer hektischer und ihr Magen zog sich in banger Erwartung zusammen. Doch als der Gerichtsdiener »Elsa Möwe!« rief, vergaß sie ganz, dass sie gemeint war, und blieb reglos stehen.

»Elsa Möwe!«, wiederholte der Mann ungeduldig.

Erst als ein Wächter zu ihr sagte: »Das musst du sein, oder?«, schaute sie sich um und stellte fest, dass sie als Einzige noch übrig war. Sie schluckte und versuchte, etwas ruhiger zu atmen. Der Wächter löste die Fesseln um ihre Fußgelenke und sie ging mit unsicheren Schritten in den vorderen Teil des Saals. Sie zitterte vor Angst und auch, weil sie so lange mit dem Gewicht der Ketten um ihre Knöchel dagestanden hatte.

»Elsa Möwe?«, sagte Lanneret fragend. Sein Tonfall verriet ihr, dass er ihr diesen Namen nicht ganz abnahm, doch sie antwortete mit fester Stimme: »Ja, Euer Lordschaft.«

»Des Diebstahls und der Stadtstreicherei beschuldigt.« Er machte eine Pause, um sie zu mustern. Irritiert über sein Schweigen hob sie den Kopf und schaute ihn an. Er hatte ein ausdrucksvolles, intelligentes Gesicht und wirkte erschreckend selbstsicher.

»Hattest du Mittäter?«, fragte er. Diese Frage stellte er heute zum ersten Mal, und sein Lehrling warf ihm einen fragenden Blick zu, ehe er erneut auf Gaia schaute.

Verwirrt fragte sie: »Wie?« Auf den finsteren Blick des Jungen hin ergänzte sie rasch: »Euer Lordschaft.«

»Die Frage war doch ganz einfach«, sagte Lanneret. Er hob die Stimme nicht, aber dennoch hatte sie plötzlich einen frostigen Beiklang.

Voller Angst antwortete Gaia hastig: »Nein, Euer Lordschaft. Ich war allein.«

Er nickte bedächtig. »Schade.« Dann beugte er sich unerwartet vor und winkte sie näher. Die Augen des Jungen huschten zwischen ihr und Lanneret hin und her. »Es ist nämlich so«, fuhr Lanneret fort, der auf einmal vertraulich und überzeugend klang. »Wir wissen, dass es kriminelle Vereinigungen – Kinderbanden – gibt, die hier in Freehaven ihr Unwesen treiben. Streunende Kinder, die für zahlreiche Diebstähle verantwortlich sind. Das können wir nicht länger dulden. Du scheinst ein kluges Mädchen zu sein …« Er lächelte schmallippig, während seine Augen absolut unbeteiligt blieben. »Du verstehst sicher, dass eine Gesellschaft nur bestehen kann, wenn Recht und Ordnung herrschen.«

Unverwandt hielt sie seinem strengen Blick stand und wieder wanderten die Augen des Jungen zwischen ihr und Lanneret hin und her. Er schien sich nicht länger zu langweilen, sondern wirkte hellwach und wartete gespannt darauf, was als Nächstes passieren würde.

»Unser Problem ist«, fuhr Lanneret fort, »dass wir zu wenig Informationen haben. Wir wissen, dass es diese Banden gibt, aber leider sind wir ihnen bislang nicht auf die Schliche gekommen.« In seinen eisblauen Augen war eine leichte Verärgerung zu erkennen. »Wir brauchen ein Kind, das sich in diese Banden einschleust …«

»Einen Spion«, sagte sie. »Ihr meint einen Spion?«

Wieder war da dieser frostige Unterton, als er unbeeindruckt weitersprach: »Wenn du es so ausdrücken möchtest … Wir verwenden lieber den Ausdruck ›Informant‹.« Er lehnte sich mit einem kühlen Lächeln über den Tisch. »Wir sind nicht unverschämt. Wir erwarten nichts ohne Gegenleistung. Wenn du uns hilfst, bleibst du von deiner gerechten Strafe verschont – vergiss nicht, Elsa, du bist eine überführte Verbrecherin – und erhältst zudem eine entsprechende Entlohnung.«

Unwillkürlich warf sie einen Blick zur Tür, und er begriff, was ihr durch den Kopf ging. »Richtig«, sagte er süffisant. »Wenn du bereit bist, uns zu helfen, verlässt du diesen Ort als freier Mensch.«

Gequält schloss sie die Augen. Tal war irgendwo da draußen, allein im Regen. Und sie war hier, genauso allein und voller Angst ohne ihn. Sie bräuchte nur dieses eine Wort zu sagen: Ja. Mehr wäre nicht nötig und sie könnte ungehindert gehen und nach ihm suchen. Noch heute Abend. Und da war noch mehr: Wenn sie Ja sagte, bekämen sie eine Aufenthaltsgenehmigung und sogar etwas Geld, von dem sie leben könnten. Sie könnten weiter nach ihrer Mutter suchen …

Lanneret griff nach dem Blatt, auf dem die Angaben zu ihrer Person standen, und schüttelte es ungeduldig. »Ich kann nicht ewig auf deine Antwort warten«, sagte er. Sie machte die Augen wieder auf und starrte auf das Dokument. Im Geiste sah sie die unzähligen Pergamente im Nest vor sich, in dem all diese Kinder Zuflucht gefunden hatten. Wenn sie Ja sagte, würde sie sich auf dieselbe Stufe stellen wie dieser Mann und die anderen Lords, die diesen Kindern schaden wollten. Sie würde sich gegen die hungernden Menschen vor den Stadttoren stellen, gegen Kit und Mercy, die er zugrunde gerichtet hatte, und gegen tausend andere wie sie. Ohne noch länger zu zögern, traf sie ihre Entscheidung und war sich tief in ihrem Herzen sicher, absolut sicher, dass es die richtige war.

»Nein.« Sie schüttelte den Kopf. »Tut mir leid, Euer Lordschaft.« In ihrer Stimme schwangen Tränen mit – Tränen um Tal und wegen der Ungewissheit, was aus ihr werden würde –, doch mit ruhiger Entschiedenheit erklärte sie: »Ich kann Euch nicht helfen.« Zitternd rang sie nach Luft und sah durch die Tränen hindurch das Gesicht des Jungen. In seinen Augen lag verblüffter Triumph.

»Hope's End!« Lanneret warf das Pergament beiseite und rief ungeduldig die Wachen herbei. Er stand auf und zog den Jungen von seinem Stuhl. »Jetzt darfst du dir anschauen, wie es Verbrechern ergeht!«

Tal ging schnell über den Platz auf das Gebäude zu, das ihm die Standbesitzerin gezeigt hatte. Es war ein hoch aufragender, nichtssagender Bau mit ein paar kleinen Fenstern oben im Mauerwerk und zwei massiven Holztüren, die fest verschlossen waren. Daneben hing ein Klingelzug. Voller Verzweiflung zog er an dem Seil und hörte irgendwo im Inneren scheppernd eine Glocke bimmeln. Teils verängstigt, teils voller Hoffnung wartete er auf eine Reaktion, doch niemand kam. Zu beiden Seiten der Tür ragte das kahle Mauerwerk empor. Wenn er hier nicht in das Gerichtsgebäude kam, dann vielleicht durch einen Seiteneingang …? Mit eingezogenem Kopf lief er los und wäre beinahe mit einem Laternenanzünder zusammengestoßen, dessen schwarze Kleidung vom Regen glänzte und der eine Leiter über der Schulter hängen hatte. Mit seiner ausgestreckten Hand brachte er Tal zum Stehen. »Sachte, Kleiner, immer schön langsam.« Seine Stimme war schleppend und freundlich. »Alles in Ordnung?«

»Ich muss unbedingt ins Gerichtsgebäude«, stieß Tal hervor. »Bitte, könnt Ihr mir sagen, wie ich hineinkomme?«

Der Laternenanzünder lachte, kurz und freudlos. »Ha, normalerweise wollen die Leute da heraus, nicht hinein!«

»Aber … ich muss …«

Der Laternenanzünder nickte. »Um wen geht es denn, mein Junge?«

»Meine Schwester. Sie hat ein Brötchen gestohlen … sie hatte *Hunger.*« Und ich habe nicht zu ihr gehalten, ergänzte er in Gedanken.

»Wenn sie wegen Diebstahls gefasst wurde, mein Junge, kannst du nichts für sie tun. Weißt du, was auf Diebstahl steht?«

Tal dachte an Parhelion, die Hasen und Jason. »Sklaverei?«, sagte er zögernd.

Der Mann nickte. »Sie bringen sie an die Ostküste. Du kannst nichts für sie tun«, wiederholte er.

Er schaute zum Himmel, der hinter den stürmischen Regenwolken blauschwarz war. »Beinahe schon dunkel. Nicht mehr lange bis zur Sperrstunde. Am besten, du gehst nach Hause.« Mitfühlend legte er ihm eine Hand auf die Schulter. »Auf, geh nach Hause!« Dann stutzte er. »Du hast doch ein Zuhause, oder?«

Tal nickte heftig. »Ja, ja, natürlich, alles in Ordnung.« Er drehte sich um, rannte davon und verschwand in den Schatten der engen Gasse zwischen dem Gerichtsgebäude und dem Nationalarchiv. Der Mann schaute ihm besorgt nach, rückte dann seine Leiter zurecht und stapfte über den großen Platz heimwärts.

Die Tür führte in einen Korridor ohne Ausgang am anderen Ende: Steinplatten auf dem Boden, Mauern aus unbehauenen Steinen links und rechts. Einige flackernde, rußende Fackeln an den Wänden warfen seltsame, Angst einflößende Schatten, als sie an ihnen vorbeigeführt wurde. Sie trieben sie durch den schmalen Gang, eine steile

Wendeltreppe hinunter und in einen kleinen Vorraum. Dort saß ein Bediensteter an einem Pult und spreizte seine mit Tintenklecksern versehenen Finger: Im unregelmäßigen Schein der Fackel, die hinter ihm an der Wand angebracht war, sahen die Kleckser wie Blutflecken aus. Er nahm das Blatt der Wächter entgegen, überflog es, brachte ein Siegel an und warf es dann in den Ablagekorb neben ihm. Lanneret, dessen schimmernde Robe im schwachen Licht wie ein Leichentuch aussah, trommelte mit den Fingern ungeduldig auf das Pult. Er sagte etwas, das Gaia jedoch nicht richtig hören konnte, etwas wie »Eile« und »die Gezeiten nutzen«. Neben ihm zeichnete sich das blasse Gesicht des Jungen in den Schatten ab. In seinen Augen lag inzwischen kein Triumph mehr, nur noch der Schrecken eines Albtraums. Entsetzt starrte er auf etwas hinter ihr. Doch sie hatte keine Zeit, sich umzudrehen, um zu sehen, worauf er schaute, denn plötzlich legte sich ihr ein kräftiger Arm um den Brustkorb und eine Hand zog ihren Kopf an den Haaren schmerzhaft nach hinten. Ganz kurz nur sah sie im Fackelschein eine Stahlklinge aufblitzen, hörte einen Schrei, der möglicherweise aus ihrem eigenen Mund kam, spürte warmes Blut über ihre Wange tropfen. Entsetzt schlug sich der Junge die Hand vor den Mund. Er zitterte am ganzen Leib, seine Augen waren vor Schreck geweitet. Lanneret gab ihm einen Klaps auf den Hinterkopf und sagte nur: »Gewöhne dich daran, mein Junge!«

Die Straßen von Freehaven waren nach Einbruch der Dunkelheit vollkommen finster – nur auf dem großen Platz brannten die mondförmigen Laternen –, sodass Tal sich blind durch die schmale Gasse tasten musste. Hoch über seinem Kopf schickte eine Laterne, die in einem Raum über ihm brannte, einen schwachen Lichtschein in die

Nacht, der jedoch nicht bei ihm ankam. Er hätte genauso gut unter der Erde sein können. Er konnte nicht rennen, weil er sich mit einer Hand an der Wand entlangtasten musste. Er ging jedoch, so schnell er konnte, und stolperte immer wieder über unebene Pflastersteine, bis ihm die Tatsache, dass die Wand zu Ende war, verriet, dass er in der Straße hinter den Amtsgebäuden angelangt war. Zu seiner Rechten, das wusste er, befand sich der Hinterhof des Nationalarchivs – und er glaubte zu hören, wie ein kleiner, leichter Körper an der Wand hinaufglitt, ein Gitter mit einem dumpfen, metallischen Scheppern angehoben wurde. Scharniere quietschten leise, ehe das Gitter sachte wieder geschlossen wurde. Dort oben waren Menschen, war es warm und sicher, aber was nützte ihm das? Entschlossen drehte er sich um und tastete sich zur Rückwand des Gerichtsgebäudes weiter. In der Dunkelheit konnte er eine hoch aufragende Wand ausmachen. Allem Anschein nach hatte auch dieses Gebäude einen schmalen Hof an der Rückseite und vielleicht, vielleicht konnte er ja irgendwie ins Innere gelangen … Er legte die Hände an die Mauer und versuchte hinaufzuklettern, aber sie war glatt und rutschig wegen des Regens. Er schaffte lediglich ein kleines Stück, bevor er den Halt verlor und schmerzhaft wieder auf den Boden plumpste. Er versuchte es mehrmals, rutschte jedoch immer wieder ab, bis er schließlich voller Verzweiflung auf die Mauer einhämmerte.

Er gab auf und überlegte angestrengt, was er als Nächstes tun konnte, als ein Lichtschein über die Mauer fiel und im Inneren jemand rief: »Raus hier! Los! Im Namen aller Monde, bewegt euch!« Wenig später wurden zwei Holzstangen angehoben, und zwei hölzerne Tore, die er im Dunkeln gar nicht bemerkt hatte, öffneten sich langsam.

Lanneret stieß seinen Lehrling vor sich her die steilen Stufen hinauf. Der Junge wirkte noch unglücklicher als zuvor, und für den Bruchteil einer Sekunde, wie ein Funke in der Dunkelheit, tat er Gaia fast leid. Aber dann wurde sie von Schmerzen überwältigt. Zunächst waren diese beiden Schnitte in die Wange nur ein Schock gewesen, wie ein gleißender, blendender Lichtstrahl oder ein hohes, schrilles Geräusch. Doch nur einen Augenblick lang. Und nach dem ersten Schock kehrte das Empfinden zurück, und ihr wurde schwindelig und übel vor Schmerzen, und sie bekam nur vage mit, was als Nächstes mit ihr geschah. Sie wurde in einen dunklen, überfüllten Raum gestoßen und kauerte sich in sich zusammen, um ihre Wunden zu schützen. Sie nahm Rufe wahr: »Raus hier! Los! Im Namen aller Monde, bewegt euch!«, und fand sich inmitten gebeugter und gefesselter Gestalten wieder. Im peitschenden, kalten Regen schoben sie sich vorwärts, hölzerne Stufen hinauf und in einen Käfig mit einem Holzboden. Kraftlos fiel sie in eine Ecke. Draußen schien ein Licht, doch ihre Augen waren fest verschlossen. Sie hörte nicht, wie sich die schweren Tore öffneten, und nahm dann auch die schaukelnde Vorwärtsbewegung unter sich kaum wahr.

Tal sah, wie die Tore geöffnet wurden und auch die Karren – eine Reihe von Käfigen auf Rädern –, in denen sich dicht zusammengekauerte Menschen befanden. War sie auch dabei? Im schwachen Lichtschein der einzelnen Laterne, die an jedem Karren angebracht war, war es unmöglich, etwas zu erkennen. Als sich der Zug in Bewegung setzte, folgte er ihm, indem er sich an den letzten Wagen heftete. Zunächst hielt er sich im Schatten der Mauern verborgen. Doch die Kutscher trieben die Pferde an und bald schon donnerten die Karren hin- und herschwankend über die gepflasterten Straßen. Tal musste rennen.

Inzwischen war es ihm gleichgültig, ob er gesehen wurde, er wollte nur zu ihr, mit ihr sprechen, sie da herausholen.

Doch es war sinnlos. Die Pferde waren sehr viel schneller als er. Voller Verzweiflung schrie er ihren Namen. Ein einzelner Schrei aus voller Kehle: So hatte er zu Hause oft nach ihr gerufen, wenn es in einer stillen, verschneiten Landschaft große Entfernungen zu überbrücken galt. »*Gaia!*« Doch Gaia war in der Dunkelheit zu einem kleinen Punkt voller Schmerzen und Angst geworden. Sie hörte nichts.

Sie galoppierten durch die Nacht, hin zum Meer. Wieder öffneten sich zwei Tore. Sie spürte, wie der Wind abkühlte, roch salzige Luft.

»Raus mit euch!«, schrie jemand. Taumelnd wankte sie die Holzstufen hinunter und schlurfte mit den anderen über einen gepflasterten Hof, eine Rampe hinauf und dann auf etwas, das unter ihren Füßen schwankte. Der beißende Wind frischte auf und sie hielt sich die gefesselten Hände vors Gesicht. Dann stiegen sie hinunter, weg vom Wind, in einen Raum, der voller Augen war, die sie beobachteten und im Schein einer einzelnen Laterne glänzten.

Sie legte sich auf den Boden, die Hände fest gegen die schmerzende Wange gepresst. Die Bretter unter ihr waren rau und fühlten sich feucht an, fast so, als seien sie noch nie richtig trocken gewesen. Die Luft um sie herum war von einer unbarmherzigen, beißenden Kälte. Trotz Johns dicker Felljacke fror sie und wurde von ihren ungleichmäßigen Atemzügen geschüttelt. Schmerzen und eisige Kälte. Sonst gab es nichts auf der Welt.

Nicht ganz. Es gab jemanden neben ihr, der genau dieselben ruckartigen Atemzüge machte. Sie konnte das erbärmliche Geschöpf neben sich spüren, zitternd und frierend. Gaia schlug die Augen auf.

Im schwachen Schein der Laterne erkannte sie das blonde Mädchen, mit dem sie im Gericht gesprochen hatte. Polly. Polly, in ihrer schäbigen, viel zu dünnen Kleidung.

Da kam ihr eine Erinnerung in den Sinn: ein tiefer Winter in den Bergen, als es nachts bitterkalt war und sie, Mai und Tal sich aneinanderschmiegten, um sich gegenseitig zu wärmen.

»Polly«, sagte sie. Das Mädchen gab keine Antwort.

»Polly.« Sie zwang sich, lauter zu sprechen. »Du frierst.«

Doch auch ihre eigenen Zähne klapperten. Gaia stieß das Mädchen behutsam an. »Du musst dich wärmen.«

Das Mädchen hob den Kopf. Im schwachen Lichtschein starrten Gaia zwei ausdruckslose Augen an.

»Schlüpf mit in meine Jacke. Schaffst du es, zwischen meine Arme zu rutschen?« Gaia nahm mühsam eine sitzende Haltung ein und streckte die Arme so weit auseinander, wie es ihr mit den Fesseln am Handgelenk möglich war. Sich windend und rutschend schaffte es Polly, sich zwischen Gaias Arme zu schlängeln. Mit vereinten Kräften gelang es ihnen, die schwere Felljacke um sie beide zu wickeln. Umgehend fühlten sie sich besser, so, wie wenn man endlich eine windgeschützte Stelle gefunden hat. Langsam ließ die grimmige Kälte etwas nach, und die Atemzüge der beiden Mädchen verrieten, dass sie irgendwann in einen unruhigen Schlaf fielen.

Gaia rührte sich, wollte hochschnellen und war auf einen Schlag wach. Ein schmutziges Licht zeigte sich an einer Reihe kleiner Bullaugen im Bauch des Schiffes. Sie konnte ein Rufen und das Rasseln schwerer Ketten hören, irgendwo unter ihr ratterten Maschinen.

»Was ist das?« Polly war ebenfalls aufgeschreckt. Gaia betrachtete sie. Im schwachen Tageslicht sah sie, dass sich unter der alten Narbe eine neue Schnittwunde auf Pollys Wange befand. Vorsichtig betastete sie ihre eigene Wange, und als sie die Finger wieder wegnahm, waren sie mit Blut beschmiert.

»So werden Verbrecher gebrandmarkt.« Polly sah ihren entsetzten Blick. »Hast du das nicht gewusst?«

»Nein.« Ihr wurde leicht übel und sie presste erneut die Hand an die Wange.

»Du hast es wirklich nicht *gewusst?*« Polly war erstaunt, aber Gaia wurde inzwischen durch neue Geräusche abgelenkt: das Stottern eines Motors, das Plätschern von Wasser. Das sanfte Schwanken, das sie in der Nacht gespürt hatte, hatte sich zu einer schaukelnden und stampfenden Bewegung gesteigert.

»Lass mich aufstehen«, sagte sie.

»Warum? Was ist los?«

»Weiß nicht.« Doch Gaia wusste es nur allzu gut. »Lass mich aufstehen«, wiederholte sie. »Ich möchte hinausschauen.« Sie hob beide Arme über Pollys Kopf und richtete sich mühsam auf. Die Bullaugen waren sehr hoch angebracht, und sie musste sich auf die Zehenspitzen stellen, um hinaussehen zu können. Doch selbst dann war es ihr noch unmöglich, viel zu erkennen: Die Scheibe war so salzverkrustet und schmutzig, dass man den Eindruck hatte, man schaue durch Quarz. Sie kniff die Augen zusammen, konnte aber nur den Hafen und die weißen Gebäude auf dem Hügel dahinter ausmachen sowie den dunkelgrünen Fleck an der Stelle, wo der Fluss in das Meer mündete. Freehaven schrumpfte zu einem Pünktchen in der Ferne, im selben Maß wie ihre Hoffnung, Tal jemals wiederzusehen. Gaia sank zurück auf den Boden.

»Was ist los?«, fragte Polly.

»Wir sind auf dem Meer.«

14. Kapitel
Tal allein

Dämmerung und Wolken hatten sich um die Gipfel gelegt und ein Drache glitt träge über ihn hinweg. Tal zitterte; höchste Zeit, nach Hause zu gehen. Er rief nach Gaia und den Ziegen, doch sein Ruf verhallte in der stillen Bergwelt. Er konnte sie nirgends entdecken. Er rief erneut. Und dann sah er sie: winzig in der Ferne, wo sie die steilen Felsen zum glatten Schneefeld unterhalb des Gipfels hinaufkletterten. Es war ein unmöglicher, wahnwitziger Aufstieg und direkt vor seinen Augen verlor eine der Ziegen den Halt und stürzte ab. Eine halbe Ewigkeit lang schien sie wie schwerelos zu fallen und sich dabei immer wieder in der eisigen Luft zu überschlagen. Gaia drehte den Kopf und schaute der Ziege nach und Tal sah das Entsetzen und die Panik in ihrem Gesicht. Da rutschte sie selbst aus, suchte verzweifelt nach einem Halt und konnte sich gerade noch an einer Felsnase festhalten. »Halte durch!«, schrie er. »Ich komme, ich komme!« Aber er wusste, dass er es nicht rechtzeitig schaffen würde, und während er sich noch durch den Schnee kämpfte, sah er sie langsam abrutschen … Mit einem Ruck wachte er auf, um gleich darauf in einen neuen Albtraum zu gleiten: Er schlief auf dem Querträger unter der Brücke und fror jämmerlich, weil er allein war. Die Erinnerung an den Vortag überfiel ihn mit einer solchen Wucht, dass ihm unvermittelt noch kälter wurde – als wenn sich plötzlich eine Wolke vor die Sonne geschoben hätte. Im Geiste sah er Gaia wieder vor sich, wie sie festgenommen, beschuldigt und weggebracht wurde ... Und sich selbst, zu keiner Bewegung fähig, bis es zu spät war: Wie versteinert hatte er dagestanden, bevor er durch die finsteren Straßen gerannt war, um ihr zu folgen. Nachdem er ihren Namen gerufen hatte, war er den Karren nachgelaufen, hatte aber natürlich nicht mit den Pferden Schritt halten, sondern sich nur am Hufgeklapper und an den knarrenden Rädern in den stillen Straßen orientieren können. Gerade noch rechtzeitig war er am Hafen angelangt und sah sie in einem von einer hohen Mauer umgebenen Gelände verschwinden. Die Tore hatten sich hinter ihnen geschlossen und er konnte sie nicht mehr sehen. Er hatte in der Dunkelheit gewartet, bis es schließlich zu kalt war und er alle Hoffnung aufgegeben hatte. Erst da hatte er sich umgedreht und war ziellos durch die verlassenen Straßen gestreift. Inzwischen war es sehr spät gewesen – viele Stunden nach Beginn der Ausgangssperre, aber er dachte nicht daran, sich zu verstecken. Insgeheim wünschte er sich fast, die Stadtwache würde ihn finden. Doch in der kalten, grauen Stunde vor Tagesanbruch hatte er unbehelligt die Brücke erreicht, wo er sofort in einen unruhigen Schlaf gefallen war.

Nun setzte er sich blinzelnd auf. Es war ein trüber und trostloser Tag, aber die Beschaffenheit des Lichts und sein schmerzhafter, nagender Hunger sagten ihm, dass es sicher bereits auf die Mittagszeit zuging. Er zog das Brot heraus, das die Frau ihm gestern geschenkt hatte, und kaute es. Jeder Bissen schmeckte wie Staub.

Was nun?, fragte er sich beklommen. Sein Kopf war leer. Der Rat des Laternenanzünders kam ihm wieder in den Sinn: »Auf, geh nach Hause!« Er sah die Berge vor sich, die er vorhin auch im Traum gesehen hatte, und versuchte sich vorzustellen, wie er den weiten Weg schaffen könnte. Dann stellte er sich den lachenden Ambrose in dem zerstörten Dorf vor, wie er die Arme ausbreitete, um ihn zu begrüßen … Und was würde er, Tal, dann sagen? Dass er ohne Mai zurückkam, ohne das Amulett, ohne Gaia? Nein. Nach Hause zu gehen, kam nicht infrage.

Lord Parhelion stand am Fenster des Frühstückszimmers in seinem Stadtpalais. Von dort schaute man auf eine große Steinterrasse, deren Stufen in einen leblos wirkenden Garten mit Kieswegen, blattlosen, knorrigen Bäumen und leeren Blumenbeeten hinunterführten. Das Haus lag am höchsten Punkt des steilen Hügels von High Side, fast an den Klippen, und jenseits der Gartenmauer fiel das Gelände steil ab und man hatte einen guten Blick auf den bleiernen Himmel und das Meer. Parhelion schaute einem Sklavenschiff nach, das, eine Dampfwolke hinter sich herziehend, an der Küste entlangtuckerte und eine feine, dunkle Rauchspur am eintönigen Himmel hinterließ.

Niedergeschlagen legte er die Stirn an die kühle Fensterscheibe. Der Tag hatte für ihn mit quälenden Kopfschmerzen begonnen und die Unterhaltung vorhin mit seiner Mutter hatte diese noch verschlimmert. Vorwurfsvoll hatte sie ihn über das Silberbesteck auf dem glänzend polierten Frühstückstisch hinweg angesehen. »Mr Scrimp sagte mir …«, hatte sie begonnen und Parhelion zog sich der Magen zusammen. Erschrocken hatte er sie angelächelt: »Ja?«

»Mr Scrimp sagte mir«, wiederholte sie, »dass wir gezwungen waren, unseren Besitz in Eastwold zu verkaufen. Ich fiel aus allen Wolken. Stimmt das wirklich?«

Ihre alten, selbstsüchtigen Augen blinzelten ihn an.

»Ah«, stammelte Parhelion. »Es stimmt leider. Wir sahen uns gezwungen, Einsparungen vorzunehmen.« Er hatte etwas vor sich hin gemurmelt, das nicht sehr überzeugend klang: schlechtes Jahr … miserable Ernten … weniger Pacht … den Gürtel enger schnallen. Aber sie hatte ihn nur angesehen, frostig wie immer.

»Unsinn«, hatte sie gesagt und zu einer ausschweifenden Ausführung angesetzt, in der mehrmals Begriffe wie Verschwender, Spieler, Faulenzer und Taugenichts vorkamen. Danach rief sie ihr Dienstmädchen, das nervös herbeieilte, ihr die blassviolette Perücke zurechtrückte, die während der Auseinandersetzung verrutscht war, und ihr beim Aufstehen behilflich war. Am Arm des Dienstmädchens hatte sie dann mit steinernem Gesicht das Zimmer verlassen.

Als Parhelion sich nun ans Fenster lehnte, schloss er gequält die Augen, weil ihn sogar das düstere Tageslicht blendete. Vielleicht würde ein Gläschen Wein gegen die Kopfschmerzen helfen? Er griff nach dem Klingelzug, doch noch ehe er läuten konnte, wurde die Tür ungebührlich heftig aufgestoßen. Sein Diener stürzte herein, mit hochrotem Kopf und sichtlich verstört.

»Lord Lanneret wünscht Euch zu sehen, Euer Lordschaft.« Nervös blickte er über seine Schulter.

Parhelion stöhnte auf. »Oh nein! Ich bin nicht da. Sag ihm, ich sei nicht da. Vereinbare einen Termin. Ich empfange ihn morgen … nein, übermorgen.«

»Die Sache ist die, Euer Lordschaft …«, begann der Diener. Doch weiter kam er nicht, da Lanneret bereits mit wehender Robe in den Raum geplatzt kam. Mit einem knappen »Lass uns allein« entließ er den Diener. Nervös schaute der Mann zu Parhelion, der aber nur beklommen nickte.

»Elverton, alter Freund!« Mit einem gekünstelten Lächeln wollte Parhelion Lanneret die Hand reichen. »Was kann ich für dich tun?«

Lanneret übersah die ausgestreckte Hand. Mit Riesenschritten ging er durch den Raum, riss die Tür am anderen Ende auf und schaute in den Korridor. Dann schloss er die Tür wieder und wandte sich an Parhelion, der verlegen stammelte: »Soll ich dir etwas bringen lassen … eine Erfrischung? Willst du nicht Platz nehmen?« Lanneret schüttelte nur unwirsch den Kopf.

»Was hatte dieses Theater gestern Abend zu bedeuten?«

»Theater? Ich verstehe nicht …«

Lanneret wedelte ungeduldig mit der Hand. »Du weißt genau, was ich meine. Du hättest gestern Abend den Vorsitz im Gericht übernehmen sollen. Aber du bist nicht erschienen und hast erst in letzter Minute abgesagt.«

»Tut mir leid.« Parhelion rang nach Worten. »Aber ich war … ähm, mir war nicht gut und …«

»Erspar mir deine Ausreden, Parhelion«, sagte Lanneret frostig. Parhelion öffnete den Mund, klappte ihn dann aber wieder zu.

»Du warst betrunken«, sagte Lanneret. Es war eine Feststellung, keine Frage.

»Nun … Ich hatte vielleicht …«

»Du hast die Gerichtsbediensteten in größte Verlegenheit gebracht«, fuhr Lanneret fort. »Und mich ebenfalls – ich musste eine Verabredung absagen, um dich vertreten zu können …«

»Hör mal, es tut mir wirklich leid, Elverton. Wenn ich mich mal revanchieren kann, brauchst du es nur zu sagen …«

Lanneret brachte ihn mit einem Blick zum Schweigen. »Dies ist keine persönliche Angelegenheit zwischen dir und mir. Es geht nicht darum, dass ich persönlich Unannehmlichkeiten hatte, sondern darum, dass du den guten Ruf des Monarchenbunds und die Sicherheit der Republik aufs Spiel setzt. Als ich gestern Abend im Gericht eintraf, war die Gerüchteküche bereits am Brodeln. Keiner glaubte, dass du krank warst. Dein Alibi war äußerst fadenscheinig, Parhelion. Du hast dich lächerlich gemacht. Das färbt auch auf die übrigen Mitglieder des Monarchenbunds ab.«

»Tut mir leid ...«, murmelte Parhelion erneut, aber Lanneret ignorierte ihn.

»Es geht nicht nur um den guten Ruf: Gestern Abend haben wir einen unserer besten Spione verloren. Er hatte dein armseliges Ammenmärchen durchschaut und nichts Besseres zu tun, als es herumzuposaunen. Dem Gericht blieb gar nichts anderes übrig, als ihm das Maul zu stopfen – schnell und gründlich –, aber jetzt brauchen wir einen neuen Spion. Ein toter Spion nützt uns gar nichts. Und wegen der Verzögerung im Gerichtssaal konnte das Schiff nicht mehr rechtzeitig auslaufen, sondern musste bis heute früh warten. Es ist ein großes Sicherheitsrisiko, wenn eine Schiffsladung Gefangener über Nacht im Hafen bleibt.«

Lanneret blickte dem sich langsam fortbewegenden Schiff nach. »Ich fürchte, du hast es noch immer nicht begriffen, nicht wahr, Parhelion? Nicht wirklich. Das Volk ist gefährlich. Sicher, die Leute amüsieren sich prächtig beim Karneval, sie lassen dich hochleben, stehen vor deiner *prächtigen* neuen Statue und machen ›Oh‹ und ›Ah‹. Aber du glaubst doch nicht im Ernst, dass sie dich lieben, oder? Das tun sie nämlich nicht. Vor allem jetzt nicht, wo ihre Scheunen und Mägen leer sind. Sie sind verzweifelt, Parhelion, sie möchten, dass sich etwas ändert. Schlimmer noch: Sie sind bereit, sich einreden zu lassen, dass *wir* das Problem sind und dass es genug zu essen gäbe, wenn sie *uns* los wären. Sie müssen klein gehalten werden, und das geht nur, wenn wir Stärke zeigen. Der Monarchenbund kann sich keine Säufer und Trottel in seinen Reihen leisten, nicht jetzt. Du tätest gut daran, dir das durch den Kopf gehen zu lassen.« Er drehte sich um und verließ das Zimmer, noch ehe Parhelion auch nur ein Wort sagen konnte.

Tal saß unter der Brücke und starrte auf das wirbelnde grüne Wasser. Seine Gedanken drehten sich im Kreis wie die Strömung, links, rechts, wieder zurück, und führten ins Nichts. Der Gedanke, ohne Gaia nach Hause zurückzukehren, war unerträglich, aber er hatte keine Ahnung, nicht die leiseste Ahnung, was er nun tun sollte.

Ein gedämpftes Scheppern riss ihn aus seinen wirren Gedanken. Die lange Eisenleiter, die vom Flussufer heraufführte, wackelte, als würde jemand an ihr hinaufklettern. Doch Tal blieb, wo er war, ohne an Flucht zu denken. Wessen Gesicht wohl gleich auftauchen würde? Eine verrückte, wilde Hoffnung keimte in ihm auf: Vielleicht war es ja Gaia! Er wartete mit angehaltenem Atem …

»Tal! Ihr seid noch da?«, fragte Jinx. Eine Woge der Enttäuschung überflutete Tal. Natürlich war ihm klar gewesen, dass es nicht Gaia sein konnte, aber dennoch … Jinx betrat den Querträger und setzte sich zu ihm.

»Hatte gedacht, ihr wärt längst weg. Warum seid ihr nicht aus der Stadt verschwunden, wie ich es euch gesagt habe?«

»Wir haben's versucht. Hat nicht geklappt«, sagte Tal und erklärte ihm die Sache mit dem Lichtstrahl.

»Was?«, fragte Jinx. »Tut mir leid, das ist mir neu. Das hatten sie früher nicht.« Er blickte sich um. »Wo ist Gaia?«

»Verhaftet.« Er brachte das Wort kaum über die Lippen.

Jinx machte ein erschrockenes Gesicht. »Oh nein. Wegen des … des …?« Er fasste sich an den Hals.

Tal schüttelte den Kopf. »Diebstahl. Wir waren am Verhungern.«

Er erschrak zutiefst: An das Amulett hatte er bisher gar nicht gedacht. Das machte alles ja *noch schlimmer.* »Sie hatte es aber noch. Was, wenn sie es finden?«

Es entging ihm nicht, dass sich Jinx' Augen vor Entsetzen weiteten, obwohl er äußerlich ruhig sagte: »Na ja, vielleicht finden sie es ja nicht.« Er lächelte Tal aufmunternd an. »Wenn sie nur wegen Diebstahls festgenommen wurde, wird sie vielleicht nicht so gründlich untersucht. Und ihr seid ja auch noch nicht auf einem Steckbrief ...«

»Nein?«, fragte Tal, obwohl es ihm relativ egal war.

»Ist schon komisch«, sagte Jinx nachdenklich. »Besitz eines verbotenen Gegenstandes ist das Schlimmste, das es gibt. Die meisten werden wegen viel geringerer Vergehen steckbrieflich gesucht. Vielleicht hat euch der alte Fossick doch nicht gemeldet ...« Stirnrunzelnd betrachtete er Tal. »Ist wirklich seltsam. Ach übrigens: Hast du Hunger?«

Er wühlte in seinen Taschen und überreichte Tal eine Brotrinde und einen verschrumpelten Apfel. »Tut mir leid wegen Gaia«, sagte er. »Wenigstens haben sie dich nicht auch geschnappt, hm?«

»Nein«, sagte Tal traurig. Er reagierte nicht auf Jinx' verlegenen Abschiedsgruß. Er starrte nur hilflos auf den Fluss hinunter und auf den Regen, der in das grünliche Wasser platschte, während Jinx außer Sichtweite kletterte.

Einen Augenblick später tauchte Jinx' Kopf wieder auf. »Weißt du was?«, sagte er. »In fünf Tagen treffen wir uns wieder hier, gegen Mittag. Wenn du dann immer noch nicht steckbrieflich gesucht wirst, können wir dich wieder bei uns aufnehmen.« Mit einem aufmunternden Lächeln verschwand er dann endgültig.

Einen Augenblick lang stand Parhelion reglos da, zu schockiert, um zu reagieren. Lannerets Worte klangen noch in seinen Ohren. Plötzlich packte ihn ein blinder Zorn. *Wie konnte er es wagen!* Wie konnte Lanneret es wagen, so mit ihm zu reden! Sie waren absolut gleichrangig. Lanneret hatte kein Recht, ihn wie ein kleines Kind oder einen Diener zu maßregeln. Er riss die Tür des Frühstückszimmers auf und schrie wütend: *»Lanneret!«* Der Diener an der vorderen Tür blickte ihn überrascht an, verbarg seine Neugier aber hinter einer geschäftsmäßigen Entschuldigung.

»Bedaure, Euer Lordschaft, aber Seine Lordschaft ist soeben gegangen. Soll ich ihm nachlaufen und ihn zurückholen?« Parhelion öffnete den Mund, um ein scharfes Ja zu bellen, aber dann erinnerte er sich an Lannerets eisigen Zorn. »Nein«, murmelte er. »Nein. Ist nicht so wichtig.« Plötzlich hatte er einen Geistesblitz. Mit neuem Mut befahl er: »Schick mir lieber Scrimp her!«

»Euer Lordschaft? Ihr wolltet mich sprechen?« Bedrückt stand Scrimp auf der Schwelle zum Frühstückszimmer. Parhelion starrte wieder aus dem Fenster und runzelte die Stirn wegen des Unkrauts, das er soeben zwischen den Steinplatten der Terrasse entdeckt hatte. Über die Schulter hinweg fuhr er Scrimp an: »Ja. Komm herein. Komm her!« Mit seinem üblichen, unhörbaren Seufzen durchquerte der Schatzmeister den Raum, stellte sich neben seinen Herrn und musterte ihn besorgt.

»Schau dir das an.« Parhelion deutete nach draußen. Scrimp betrachtete die mit Eis überzogene Terrasse.

»Euer Lordschaft?«, fragte er zögernd.

»Unkraut, Scrimp«, sagte Parhelion. »Auf der Terrasse wächst *Unkraut*. Warum?«

»Nun ja … Ich bin kein Gartenfachmann, Euer Lordschaft. Wollt Ihr nicht lieber mit dem Gärtner sprechen?«

»Nein, ich will *nicht* mit dem Gärtner sprechen!«, platzte es aus Parhelion heraus. Scrimp zuckte zusammen. »Es ist deine Schuld. Du bist für meine Finanzen verantwortlich, Scrimp, und es sieht so aus, als hätten wir nicht einmal mehr Geld, um das Unkraut jäten zu lassen!«

Scrimp holte tief Luft. »Euer Lordschaft«, setzte er an, »es stimmt, dass wir beim Personal leider einige, ähm, unvermeidliche Einsparungen vornehmen mussten …«

»Ich will keine Ausreden hören!«, tobte Parhelion. »Wir haben gerade Eastwold veräußert. *Du* hast mich überredet, es zu verkaufen – einen Teil der parhelionschen Ländereien seit Menschengedenken!« Er liebte diesen Ausdruck so sehr, dass er ihn gleich noch einmal wiederholte: »Seit Menschengedenken! Aber sei's drum: Mr Scrimp sagt, der Besitz muss weg, Mr Scrimp sagt, wir brauchen das Geld – und jetzt sieh dir das an!« Er zeigte erneut wütend auf die Terrasse. »Wir haben Eastwold verkauft und können es uns *noch immer nicht* leisten, den Garten in Ordnung zu halten!«

»Euer Lordschaft«, entgegnete Scrimp ruhig. »Wie ich Euch bereits erklärt habe, wurden die Gelder aus dem Verkauf von Eastwold in der Hauptsache dafür benötigt, um Schulden in beträchtlicher Höhe zu tilgen …«

»Erspar mir deine Belehrungen, Scrimp!«

Scrimp senkte den Kopf. »Das würde ich mir nie anmaßen, Euer Lordschaft.«

Parhelion ließ sich in einen Sessel am Fenster fallen und starrte aufs Meer. Das Schiff hatte das Kap umrundet; der Horizont war leer. »Ich komme mit diesen Einschnitten nicht zurecht«, beschwerte er sich. »Es ist nicht in Ordnung. Meine Position erfordert einen gewissen Lebensstil, Scrimp. Ich kann mit dem Budget, das du mir gibst, nicht … *angemessen* leben. Es muss sich etwas ändern. Ich möchte, dass du die Hilfsgärtner und alle anderen, die du entlassen hast, wieder einstellst. Ich brauche einen mir angemessenen Lebensstil. Und es ist *deine* Aufgabe, dir zu überlegen, wie und wo wir mehr Geld auftreiben können.«

Am liebsten hätte Scrimp seinen Herrn an den Schultern gepackt und ihn geschüttelt. »Eine Erhöhung Eures Einkommens, Euer Lordschaft, ist unter den gegebenen Umständen … ziemlich schwierig …«

Parhelion machte eine abweisende Handbewegung. »Ich möchte nichts von Schwierigkeiten hören, Scrimp. Ich habe dich eingestellt, weil mir gesagt wurde, dass du gut mit Geld umgehen kannst, aber allmählich beginne ich, daran zu zweifeln. Dir fehlt jedes Fingerspitzengefühl. Dir fehlt jede Fantasie.« Mit neuer Energie sprang er auf und schritt vor den Fenstern auf und ab. Als er stehen blieb, schaute er Scrimp triumphierend an.

»Ich hab's«, sagte er. »Wir reisen noch einmal nach Arimaspia.«

Alles Blut wich aus dem Gesicht des Schatzmeisters und er suchte verzweifelt nach einer diplomatisch klingenden Ausrede.

»Euer Lordschaft, das ist eine durchaus interessante Idee, aber … die Reise würde Unsummen verschlingen … verglichen mit dem, was sie einbringen würde … Es ist eine bettelarme Gegend, Euer Lordschaft.«

»Unsinn. Sie haben uns dreist belogen. Wenn diese Frau immer noch Gold hatte, dann haben vermutlich *alle* noch welches versteckt. Das liegt auf der Hand. Ich bin überrascht, Scrimp, dass du nicht auch darauf gekommen bist.«

»Euer Lordschaft, ich ersuche Euch inständig, vorher andere Alternativen in Erwägung zu ziehen ... oder zumindest die entstehenden Kosten gründlich durchzurechnen ...«

»Jetzt fängst du schon wieder damit an, Scrimp! Übervorsichtig. Kein Weitblick. Du wirst es nie zu etwas bringen. Liegt dir im Blut, nehme ich an. Du wurdest schon als Kleinkrämer geboren.« Parhelion lächelte süffisant. »Triff alle nötigen Vorkehrungen. Ich werde jetzt mit ein paar Freunden speisen.« Er streckte die Hand aus. »Ich brauche etwas Bargeld.«

Wortlos griff Scrimp nach der Geldbörse, die an seinem Gürtel hing. Er zählte fünf Radianten in Parhelions Handfläche, sah dessen Blick und legte fünf weitere dazu. Parhelion schlenderte aus dem Zimmer, wobei er eine der Münzen hoch in die Luft warf und wieder auffing.

Sobald er sich sicher war, dass sein Herr außer Hörweite war, stürmte Scrimp wütend die Treppe hinunter und verließ das Haus, indem er die Vordertür hinter sich zuwarf.

Fossick zog seinen Stuhl näher an das glimmende Kaminfeuer und streckte seine kalten Hände aus, um sie an der schwachen Glut zu wärmen. »Tag, Mr Fossick«, sagte Sassy. »Die Suppe ist gut heute.«

»Oh, prima«, antwortete Fossick geistesabwesend.

»Kommt Euer Freund heute nicht?«, fragte sie beiläufig und ihre Augen leuchteten in der Dunkelheit. Fossick schüttelte den Kopf. »Ich weiß nicht. Ich glaube nicht.« Schulterzuckend verschwand sie in der Küche und kehrte wenig später mit einem Teller voll dampfender Brühe und einem kleinen Laib Brot zurück. »Lasst es Euch schmecken«, sagte sie. Sie zog sich in eine Ecke zurück und blinzelte im trüben Licht auf ihre Stickarbeit.

Fossick schnitt sein Brot akribisch in kleine Würfel, die er sorgsam zu einer Pyramide aufschichtete. Dann nahm er einige Würfelchen von der obersten Schicht und ordnete sie rings um seinen Teller an. Sie standen für jeweils eine mögliche Theorie: Wenn das und das und das der Fall war … (er platzierte drei Würfel in einer Reihe nebeneinander), dann war es fast sicher auch so … (er legte einen weiteren Würfel dazu), … und wenn es sich so verhielt, dann … Er stieß versehentlich den großen Haufen um und die Brotwürfel hüpften über den ganzen Tisch. Als er aufblickte, sah er Sassys blaue Augen und lächelte sie entschuldigend an. Dann kehrte er, diesmal ohne Brotwürfel zuhilfe zu nehmen, wieder zu der Theorie in seinem Kopf zurück und überlegte endlos, wobei sich seine Gedanken ständig im Kreis bewegten. Er schüttelte sich. Wenn er nicht in das Verschlossene Archiv kam, bliebe alles Theorie, Möglichkeit, Spekulation. Und das war durchaus möglich – er hatte nicht den Eindruck, dass er sich in dieser Sache auf Cosmo verlassen konnte. Er trank einen Schluck Wasser und tunkte einen Brotwürfel in die Suppe.

Die Tür schwang auf, Scrimp kam herein und mit ihm ein eisiger Luftzug. Er warf die Tür hinter sich zu, zog einen Stuhl an Fossicks Tisch und setzte sich mit einem tiefen, gequälten Seufzer. »Dieser *Mensch*«, stöhnte er, »dieser schreckliche, unmögliche, *nervtötende* Mensch!«

Fossick schaute leicht bestürzt drein. »Beruhige dich erst einmal, Cosmo. Wer?«

Scrimp schnaubte. »Was glaubst du, wen ich meine? Parhelion natürlich. Diesen aufgeblasenen, arroganten, dummen, idiotischen, selbstgefälligen … *Schwachkopf.*«

Fossick hob entsetzt eine Hand. »Sprich leiser!«

»Was? Hier sind wir doch unter uns.« Er drehte den Kopf und erhaschte Sassys Blick. »Ich muss … äh …«

»Die Suppe ist gut«, sagte Fossick.

»Bestens, dann nehme ich auch eine.« Sassy legte ihren Kissenüberzug beiseite und verschwand in der Küche. Scrimp stützte die Ellbogen auf den Tisch und vergrub den Kopf in den Händen. »Ich wünschte, ich müsste nicht länger für ihn arbeiten. Am liebsten würde ich kündigen.«

»Nun«, sagte Fossick und verzog das Gesicht. »Das ist der Nachteil, wenn man für einen Lord des Monarchenbunds arbeitet. Das lebenslange Beschäftigungsverhältnis. Einerseits ganz bequem …«

»Aber nur, solange man nicht aufhören möchte«, führte Scrimp den Satz mit bitterer Stimme zu Ende. »Inzwischen beneide ich dich um deine Unabhängigkeit, Babbington …«

»Das ist auch nicht so leicht.« Sassy servierte Scrimp seine Suppe und Brot. »Ich stehe andauernd unter Verdacht. Ständige Sicherheitsüberprüfungen, immer unter Beobachtung, ich kann Freehaven nicht ohne Genehmigung verlassen und die Genehmigung wird mir verweigert. Danke, Sassy.«

»Wein, Mr Fossick?«

»Ja, warum nicht?«, sagte Scrimp. »Bring uns bitte einen Krug.« Geräuschlos brachte sie den Wein und widmete sich dann wieder ihrem Kissenbezug. Schweigend aßen die beiden Männer, jeder hing seinen eigenen Gedanken nach. Nach einer Weile schob Scrimp seinen Teller weg und sagte: »Babbington, dieses Amulett …«

»Ja?« Fossick blickte sich argwöhnisch um, aber Scrimp und er waren die einzigen Gäste in der kleinen Taverne.

»Du denkst, es ist wichtig, nicht wahr? Wirklich wichtig?«

»Oh ja.«

»Aber warum? Und wie wäre das möglich?«

»Ich vermute«, sagte Fossick, »dass es uns einen Hinweis gibt, dass unsere Vergangenheit – die Geschichte von Assalay – ganz anders war, als uns weisgemacht wird. Dass bestimmte Dinge jahrhundertelang verborgen gehalten wurden …«

»Aber … Ich verstehe, dass es für dich als Geschichtsforscher wichtig ist. Aber für uns normale Leute spielt es doch sicher keine Rolle, oder?«

»Oh doch. Oh doch, das tut es sehr wohl.« Fossick fuhr mit dem Zeigefinger langsam über den Rand seines leicht verschmierten Glases. »Denn wenn ich recht habe, handelt es sich um eine Wahrheit, die den Monarchenbund in seinen Grundfesten erschüttern wird.«

Jinx' Tritte waren auf der Leiter kaum noch zu hören und Tal kauerte sich an die Brücke und wartete. Es war die einzige Hoffnung, die ihm noch blieb: dass Gaia wie durch ein Wunder hatte entkommen können. Und dann käme sie hierher, an den vereinbarten Treffpunkt, um ihn zu suchen. Aber in gleichem Maße wie das Tageslicht schwand auch seine Hoffnung. Sie *konnte* nicht kommen, würde nicht kommen; wie dumm von ihm, sich an diesen Strohhalm zu klammern. Der leere Querträger unter der Brücke schien ihn zu verspotten und plötzlich hielt er es keinen Augenblick länger hier aus. Im trüben Licht des Spätnachmittags verließ er die Brücke und ging die steilen Straßen zum Hafen hinunter. Eine Zeit lang stand er dort und starrte hinaus auf das endlose Meer. Es hatte zur Abwechslung aufgehört zu regnen, aber ein scharfer Wind blies über das graue Wasser hinweg, und es war zu kalt, um noch länger zu bleiben. Fröstelnd ging er weiter. Er kam zu dem Gelände, auf das die Karren am Vorabend gefahren waren. Die Tore standen nun offen, aber es war leer, im Hafen dahinter lagen keine Schiffe mehr. Entmutigt und enttäuscht kehrte er in die Innenstadt zurück.

Als er am Platz der Befreiung ankam, läutete die erste Glocke die baldige Ausgangssperre ein: Sie ermahnte die Menschen, sich allmählich in ihre Häuser zu begeben. Genau wie am Vortag huschten triste Gestalten, bis zum Hals zugeknöpft und mit eingezogenen Köpfen, über den Platz. Der Laternenanzünder bahnte sich zwischen ihnen seinen Weg und zog in den großen, kugelförmigen Lampen eine Lichtspur hinter sich her. Tal hatte gehofft, die Frau mit ihrem Stand wäre wieder da – er hatte das bisschen, das Jinx ihm zu essen gegeben hatte, längst verzehrt und war wieder hungrig –, aber heute war sie nirgends zu sehen. Er lehnte sich an die Basilika und fragte sich, wohin er gehen könnte. Der Laternenanzünder war inzwischen auf der gegenüberliegenden Seite des Platzes angelangt. Tal beobachtete ihn. Der Mann war so freundlich zu ihm gewesen. Ob er ihn um Hilfe bitten konnte? Aber bevor er sich dazu entschließen konnte, war der Mann verschwunden, von der Abenddämmerung verschluckt. Dann frischte der Wind auf und es fiel ein kalter Schneeregen.

Wegen der feuchten und beißenden Kälte beschloss Tal, sich einen Unterschlupf zu suchen. Die großen Holzportale der Basilika waren fest geschlossen, aber eine kleinere Tür, die in eine der größeren eingepasst war, war nur angelehnt. Er ging darauf zu und blickte sich unauffällig um. Niemand beobachtete ihn. Vorsichtig schob er die Tür auf und trat ein. Als er mit Gaia hier war, war die Basilika gut besucht gewesen und die Besucher hatten sich angeregt unterhalten. Die stolzen weißen Statuen der Lords des Monarchenbunds waren in warmes, farbiges Licht getaucht, das schräg zu den hohen Fenstern hereinfiel. Heute Abend dagegen war alles anders. Das Mittelschiff und die Seitenschiffe lagen im Dunkeln, die Statuen wirkten formlos und geschrumpft. Man konnte kaum die einzelnen Gestalten ausmachen, ganz zu schweigen von deren gemeißelten Gesichtszügen. Am Ende des dunklen Mittelschiffs brannte jedoch ein Licht, unter dem sich eine Gruppe junger Menschen versammelt hatte. Um nicht gesehen zu werden, drückte sich Tal an die Wand und schlich im Schatten bis zu einer der Statuen. Zwischen deren hohem Marmorsockel und der Mauer gab es etwas Platz, und dort hinein quetschte er sich nun, um sich zu verstecken.

Er kauerte sich an die Mauer und fragte sich, wer diese jungen Leute waren und was sie hier taten. Auf einmal öffnete sich die Tür, durch die auch er hereingekommen war. Das Echo schneller Schritte war auf den Steinfliesen zu hören, und eine Stimme, die ihm vertraut vorkam, durchschnitt die Stille. »Guten Abend allerseits!« Tal spähte vorsichtig aus seinem Versteck und sah einen groß gewachsenen Mann durch das Mittelschiff gehen. Er konnte ihn nur von hinten sehen, erkannte aber sofort, dass es der Mann war, den sie zuerst in der Basilika und später in Fossicks Laden gesehen hatten. Der Mann blieb vor der Gruppe im Licht stehen und sagte etwas, das Tal nicht verstehen konnte. Doch dann stieg ein einzelner Ton an die gewölbte Decke empor und auf einmal fing die ganze Gruppe zu singen an.

Es war die traurigste Melodie, die er jemals gehört hatte – angefüllt mit jener Wehmut, die die Welt für alle Zeiten verändern kann –, und er spitzte die Ohren, um die Worte zu verstehen. Er kannte die Geschichte. Es war der raueste der Wintermythen: die Legende von Lord Salyxis, dessen Sohn Osarias gegen ihn kämpfte und im Kampf getötet wurde. Das Lied war Salyxis' Klage um sein totes Kind. »Oh, mein Sohn, mein Sohn …« Die Stimmen verschmolzen miteinander vor Kummer und Leid. Dann kam ein gequältes Flehen, der Wunsch, den Arctos abgeschlagen hatte. Zunächst hob sich dieser herzzerreißend klar von allen anderen Stimmen ab, um dann nach und nach von ihnen aufgenommen zu werden. »Oh, Lord, schenke ihm das Leben und lass mich an seiner Stelle sterben.« Tal lehnte an der Wand, schloss die Augen und lauschte ergriffen der traurigen Musik.

»He, was hast du hier zu suchen?« Eine zornige Stimme durchbrach den Gesang. Erschrocken sah er auf und blickte in das grelle Licht einer Laterne, die in sein kleines Versteck leuchtete. Zwei der Basilika-Wächter in ihren blauen Gewändern hatten sich drohend vor ihm aufgebaut. Erschrocken schob er sich ein Stück rückwärts, war aber nicht schnell genug. Einer der Männer packte ihn grob am Arm und zog ihn aus seinem Versteck.

»Die Ausgangssperre hat bereits begonnen«, sagte er. »Du müsstest längst zu Hause sein.« Die Wächter packten ihn links und rechts am Arm und führten ihn zu einem Stuhl, der ein Stück verrutschte und auf dem Steinfußboden ein lautes, kratzendes Geräusch erzeugte. »Und?«, fragte der Wächter erneut. »Was machst du hier? Zeig mal deine Papiere!«

»Was soll dieser Krach? Was ist hier los?« Tal merkte, dass der Gesang verstummt war, und sah den großen Mann durch das Mittelschiff auf sie zueilen. Er schien verärgert über die Störung und einer der Wächter machte eine entschuldigende Geste. »Entschuldigt, Gabriel. Aber dieser dreckige kleine Straßenjunge hatte sich hinter einer Statue versteckt. Dabei ist längst Ausgangssperre. Und außerdem habe ich so meine Zweifel, ob er überhaupt Papiere hat. Wir bringen ihn zur Stadtwache rüber, die können ihn sich vorknöpfen.« Er zog Tal auf die Füße. »Komm mit!«

»Nein. Wartet. Lasst ihn los!« Die Wächter erstarrten mitten in ihrer Bewegung und Tal blickte Gabriel überrascht an. »Das ist ein Irrtum«, fuhr der Chorleiter langsam fort. »Er ist, ähm, der Sohn eines alten Freundes. Sie sind wegen des Karnevals vom Land angereist, und ich habe versprochen, ihn vorsingen zu lassen.« Er senkte seine Stimme und sagte vertraulich: »Versteht ihr, nur ein Gefallen für einen alten Freund. Ich nehme nicht an, dass der Junge viel taugt.«

Er zwinkerte Tal zu und lächelte beruhigend. Aber der Wächter, der ihn immer noch festhielt, fragte misstrauisch: »Warum hat er sich dann versteckt? Warum hat er uns nicht *gesagt*, wer er ist?«

»Habt ihr ihm Gelegenheit dazu gegeben?«, antwortete Gabriel unbeeindruckt. »Wie ich gehört habe, ist er ein sehr schüchterner Junge.« Beschützend legte er eine Hand auf Tals Schulter. Widerwillig ließ der Wächter ihn los.

»Komm«, sagte Gabriel. »Wir sind fast fertig. Danach kümmere ich mich um dich.« Er führte Tal durch das Mittelschiff, weg von den Wächtern, und setzte ihn auf einen Stuhl, direkt vor dem Chor. Restlos verwirrt saß Tal da, als der Gesang wieder anhob. Das traurige Lied war zu Ende und das neue Stück erfüllte das Gebäude mit Freude. Tal hörte nicht auf die Worte, er war viel zu fasziniert von den widerhallenden Fanfaren der strahlenden Akkorde und den beschwingten, schnellen Tonfolgen, die sich gegenseitig am Deckengewölbe entlang zu jagen schienen. Dann, wie durch Zauberhand, war plötzlich alles zu Ende, und die ungefähr zwanzig Jungen rückten mit Stühlen, raschelten mit Papier, redeten und lachten, als sie sich zum Gehen anschickten. Tal bemerkte ihre neugierigen Blicke. Verlegen zog er den Kopf ein und starrte auf seine Füße.

»Tal?« Die jungen Sänger waren gegangen und Gabriel hatte sich neben ihn gesetzt. »Du *heißt* doch Tal, oder?«, fragte er leise. Tal beäugte ihn vorsichtig von der Seite und nickte beklommen. »Sag mal, was ist mit dir los?« Stirnrunzelnd musterte er Tals durchnässte Kleidung und den gehetzten Gesichtsausdruck des Jungen. »Dir geht es nicht gut, hm?« Er seufzte. »Ich möchte dir helfen. Ich *werde* dir helfen … Aber sie schauen noch her.« Tal warf einen Blick über die Schulter. Die beiden Wächter standen noch da, an einen der breiten Pfeiler gelehnt. Sie betrachteten ihn misstrauisch und tuschelten miteinander.

»Also«, sagte Gabriel fröhlich, »dann wollen wir ihnen auch etwas bieten.« Er erhob sich. »Ich sagte ihnen, dass du zum Vorsingen gekommen bist, und deshalb sollten wir das jetzt auch tun.«

Tal folgte Gabriel in den Lichtkegel. »Wie meint Ihr das?«, fragte er nervös.

Gabriel lächelte. »Du musst jetzt etwas nachsingen.«

»Das ist alles?«

»Das ist alles.« Gabriel öffnete den Deckel eines Holzkastens mit Füßen. »Sing einfach nach, was ich dir vorspiele.« Flink bewegte er die Finger, und wie durch Zauberhand kamen ein paar leise Töne aus der Kiste, vibrierten einen Moment lang in der Luft und verklangen wieder. »So, und jetzt sing mit!« Beruhigend fügte er noch hinzu: »Ich spiele dasselbe noch einmal. Hör gut zu!« Es war eine einfache Tonfolge – nichts Besonderes, auf- und absteigende Töne. Tal holte tief Luft und öffnete dann den Mund. Der weite, dunkle Raum warf eine klare, kräftige Stimme zurück, die Tal im ersten Moment gar nicht als die seine erkannte. Er sang die kleine Melodie mit, und trotz Gaia, trotz allem, strahlte er Gabriel plötzlich an. Zögerlich, aber voller Verwunderung und Freude sang er – dieses Gebäude war wie für das Singen gemacht – und alle Kümmernisse und alle Sorgen dieser Welt konnten seiner fast körperlichen Freude nichts anhaben. Gabriel schaute ihn so überrascht an, als sähe er ihn zum ersten Mal.

Ängstlich fragte Tal: »Stimmt etwas nicht?«

»Doch«, versicherte ihm Gabriel hastig, »doch, doch. Alles bestens. Singst du bitte auch das noch?« Er wandte sich wieder dem Holzkasten zu und spielte eine etwas kompliziertere Tonfolge. Tal erkannte sie sofort wieder: Sie war Teil des fröhlichen Stückes, mit dem die Probe geendet hatte. Er nickte und sang sie sicher nach.

»Gut«, sagte Gabriel. »*Gut*. Jetzt das.« Er spielte die nächste Tonfolge des Stückes: die ansteigende Schlusssequenz, die in einem strahlenden, hohen Ton gipfelte. Tal sandte diesen Ton empor zu den unsichtbaren Höhen der Kuppel und hielt diesen erhabenen Ton voll ungläubigem Staunen.

Auf Gabriels Gesicht zeigte sich ein breites Lächeln, ja fast ein Lachen. »Kannst du beide Folgen zusammenfügen?«

»Klar«, sagte Tal und öffnete den Mund, und wieder verspürte er eine unbändige Freude, als seine Stimme erschallte.

Gabriel hob triumphierend die Hände. »Großartig!«, rief er laut. »Genau! Wunderbar!« Er strahlte Tal an und Tal reagierte mit einem unsicheren Lächeln.

»Habt Ihr nicht gesagt, dass er nichts taugt?« Keiner von ihnen hatte bemerkt, dass die Wächter näher gekommen und knapp außerhalb des Lichtkegels stehen geblieben waren, um zuzuhören.

»Tja …«, lachte Gabriel und breitete entschuldigend die Arme aus.

Erstaunlicherweise schmunzelte der Wächter. »Wir sperren gleich ab. Ihr nehmt ihn sicher, nicht wahr?«

»Sieht ganz so aus«, sagte Gabriel mit einem bedächtigen Nicken.

Die Wächter gingen zum Hauptportal der Basilika und ihre Schritte hallten von den Wänden wider. Ihre Laterne strahlte einen kleinen, sich bewegenden Lichtkegel ab, der die Statuen beim Vorübergehen glänzen und dann wieder in der Dunkelheit verschwinden ließ. Gabriel sortierte seine Blätter und verstaute sie in einem schäbigen braunen Ledertornister, den er sich über die Schulter warf. »Komm, Tal! Wir gehen!«

Er deutete auf eine schmale Tür in der Seitenwand der Basilika. »Ihr meint … ich darf mit Euch kommen?«, fragte Tal.

»Selbstverständlich«, antwortete Gabriel und lächelte ihn an. »Komm mit und iss etwas. Und wenn du möchtest, kannst du bleiben.« Doch Tal war so durcheinander und überrascht, dass er unsicher stehen blieb. Weiter vorne im Mittelschiff waren die Wächter mittlerweile kurz vor dem Hauptportal angelangt. Sie hatten es noch nicht abgeschlossen; noch hätte er weglaufen können. Vertrau niemandem. Das hatte er sich vor einer Ewigkeit schon vorgenommen, als sie vor den Crabbits und anschließend vor Olaf flüchten mussten. Aber ihn grauste bei dem Gedanken, auf den kalten, leeren Querträger unter der Brücke zurückzukehren. Er *wollte* Gabriel vertrauen. Mehr noch: Er *vertraute* ihm. Er hatte ihm schon neulich instinktiv und bedenkenlos vertraut, als er ihnen gesagt hatte, sie sollten aus Fossicks Laden rennen. Gabriel hatte ihnen geholfen, als es um das Amulett ging, und heute hatte er ihn wieder beschützt. Tal blickte auf und schaute in Gabriels hellblaue, fragende Augen.

»Ich werde dich nicht hereinlegen, sei ganz beruhigt«, sagte Gabriel leise.

Tal spürte eine plötzliche Erleichterung, und es war, als hätte sich in seinem Magen auf einmal ein riesiger Knoten gelöst. Doch gleich danach überkam ihn ein kaltes Gefühl der Schuld, weil es nicht gerecht war, dass er nun Glück haben sollte und Gaia nicht.

Wortlos folgte er Gabriel durch den Seiteneingang der Basilika in einen geschlossenen Hof und durch eine weitere Tür in die Wärme und Helligkeit einer Küche. Gabriel ließ seinen Tornister auf einen Stuhl fallen und beugte sich hinab, um dem kleinen Mädchen, das zeichnend am Tisch saß, einen Kuss auf den blonden Schopf zu drücken. Dann legte er eine Hand auf den Arm der blonden Frau, die neben dem Mädchen saß.

»Hallo, Allegra. Connie, das ist Tal. Er braucht etwas zu essen.« Die Frau musterte Tal, aber keineswegs unfreundlich.

»Na, wen hast du da wieder in der Gosse aufgelesen, Gabriel?« Sie sagte das jedoch neckisch und liebevoll und ihre Augen hießen ihn willkommen.

»Ach was«, protestierte Gabriel. »Komm her, Tal, und setz dich.« Er zog einen Stuhl unter dem Tisch hervor und winkte Tal zu sich. »Nein, der Junge hier hat eine begnadete Stimme. Er sieht vielleicht wie ein Gassenjunge aus, aber er ist ein richtiger Sänger.« Er strahlte seine Frau an, nahm zwei blaue Teller, deren Farbe verblasst war, von der Anrichte, kramte in einer Schublade nach Besteck, fand dann auch zwei nicht zueinander passende Gläser und stellte alles auf den Tisch.

»Lass uns essen. Du siehst hungrig aus.« Er setzte sich Tal gegenüber, schnitt zwei dicke Brotscheiben ab und hob den Deckel eines Topfs, der bereits auf dem Tisch stand. Ein warmer, schwerer Duft erfüllte die Luft und er schob Tal das Brot und einen Teller heißer Suppe zu.

Tal saß da und starrte auf sein Essen. Connie musterte ihn kurz, dann stand sie auf und nahm Allegras Hand. »Ich bringe Allegra ins Bett«, sagte sie. »Ja, Allegra, *jetzt*.« Ohne auf den Protest des kleinen Mädchens zu achten, trug sie es aus dem Zimmer.

Gabriel schaute auf den Teller, den Tal noch nicht angerührt hatte. »Du isst ja gar nichts.«

Tal blieb stumm. Gabriel beäugte ihn prüfend, nahm dann einen Löffel, drehte ihn in seinen Fingern und beobachtete, wie sich das Licht der Lampe über dem Tisch darin spiegelte. »Ich vermute«, sagte er, »deiner Schwester ist etwas zugestoßen.« Er hörte auf, den Löffel zu drehen, und schaute auf. »Habe ich recht?«

Gequält schloss Tal die Augen. »Sie …«, begann er und musste schwer schlucken. »Sie wurde beim Stehlen erwischt. Deshalb wurde sie verhaftet …«

»Ich verstehe«, sagte Gabriel sanft. Doch Tal schüttelte fast unmerklich den Kopf, weil Gabriel nichts verstand. Er *konnte* es nicht verstehen, weil es so vieles gab, das Tal nicht über die Lippen brachte. *Er* hätte das Stehlen übernehmen sollen, und wäre er nicht wütend auf Gaia gewesen, hätte er es auch angeboten, weil sie es vermasseln *musste.* Die kluge, aber ungeschickte Gaia mit den tollpatschigen Händen. Aber er hatte sie nicht davon abgehalten, und – was noch schlimmer war – er hatte nur feige den Kopf eingezogen und keinen Ton gesagt, als sie weggeführt wurde … Wohin? War sie überhaupt noch am Leben oder hatte er sie mutterseelenallein in den Tod gehen lassen?

15. Kapitel
Der Chor

Irgendwo in der Ferne war Gesang zu hören. In seiner Nähe arbeitete jemand leise: Da war das schwache Kratzen eines Stuhls und ein gedämpftes Klimpern, als wenn jemand einen Tisch decken würde. Plötzlich sagte eine Kinderstimme: »Warum ist er noch da?«

Tal schlug die Augen auf. Allegra beobachtete ihn mit ihren ernsten, blauen Augen, und ihre blonden Haare schimmerten in einem Sonnenstrahl, der zu dem hoch angebrachten Küchenfenster hereinfiel. »Allegra!«, rief Connie tadelnd. »Entschuldige, Tal.« Sie lächelte ihn an. »Ich wollte dich ausschlafen lassen. Gabriel sagte, dass du gestern am Tisch eingeschlafen bist.«

»Wirklich?« Er setzte sich auf. Er hatte in seiner Kleidung geschlafen, eingewickelt in eine Decke, auf zwei Sesseln, die als Behelfsbett zusammengeschoben worden waren. Allegra beäugte ihn immer noch neugierig.

»Wie heißt er?«, fragte sie Connie.

»Frag ihn doch selbst. Ich glaube nicht, dass er beißt«, sagte Connie. Allegra schaute ihn fragend an.

»Ich heiße Tal.«

»Das ist aber ein komischer Name.«

»Ich weiß«, sagte er mit einem leisen Seufzer. »Eigentlich ist es nur ein Spitzname, die Kurzform für Telemachus.« Er hatte plötzlich einen Kloß im Hals. Gaia hatte ihn Tal genannt, als sie noch zu klein gewesen war, um seinen vollen Namen auszusprechen.

»Das klingt ja noch komischer.«

»Allegra«, sagte Connie warnend. »Das sagt man nicht!« Sie blickte Tal fragend an. »Aber es stimmt, dein Name ist wirklich etwas ungewöhnlich.« Doch dann zuckte sie lächelnd mit den Schultern. »Aber was spielen Namen schon für eine Rolle?«

Sie verstummte und lauschte einen Moment lang: Der Gesang in der Ferne war verstummt. »Sie sind fertig«, sagte sie. »Frühstückszeit. Komm und setz dich her!« Tal setzte sich gegenüber von Allegra an den Tisch und wenig später wurde die Küchentür aufgerissen.

»Wenn die Altstimmen das B noch mal vermasseln, werde ich die Jungen eigenhändig ertränken! Sie haben es nicht *verdient* zu leben!« Gabriel knallte die Tür hinter sich zu und warf seinen Tornister auf einen Stuhl. »Hallo, Allegra! Morgen, Tal. Gut geschlafen?«

»Ja, danke.«

»Gut. Setz dich, Connie, ich mache das für dich.« Schwungvoll öffnete er die Ofentür und holte einen Laib heraus, den er in Stücke riss und weiterreichte. Dann nahm er ebenfalls Platz und schenkte Tee aus einem verbeulten Kessel in Becher: heißer, dampfender Tee, der nach Honig und Kräutern duftete. Tal, der plötzlich das Gefühl hatte, am Verhungern zu sein, nahm einen ersten Schluck des heißen Tees und biss gierig in das warme Brot. Ihm lag eine Frage auf der Zunge, die Frage, ob Gabriel ihm gestern wirklich etwas versprochen hatte, denn auf einmal war er sich nicht mehr ganz sicher, ob er es vielleicht nur geträumt hatte. »Ich *muss* Gaia finden«, hatte er gesagt und Gabriel hatte (oder vielleicht auch nicht) geantwortet: »Oh, in dem Punkt kann ich dir vielleicht helfen. Ich kenne zwei, drei

Leute, die am Gericht arbeiten. Ich könnte mich ja mal ein bisschen umhören … aber es ist gefährlich, allzu direkte Fragen zu stellen.« Danach hatte er noch nachsichtig hinzugefügt: »Aber selbst wenn du herausfindest, wohin sie gebracht wurde … du weißt, dass es keine Chance gibt, sie zurückzuholen.« Doch darauf hatte Tal kaum geachtet.

Schüchtern machte er den Mund auf, klappte ihn wieder zu, nahm einen neuen Anlauf. Doch noch ehe er einen Ton herausgebracht hätte, warf Gabriel einen Blick auf die Uhr an der Wand und schob seinen Stuhl zurück. »So, Tal, ich denke, wir sollten los. Zieh deine Jacke an, es ist kalt draußen.«

»Los? Wohin?«

»Na, natürlich um herauszufinden, was aus Gaia geworden ist. Ich habe es dir doch versprochen.«

»Oh, ach so … ja.« Er sprang vom Tisch auf, doch Connie hielt seine Hand fest. »Mach dir keine allzu große Hoffnungen, verstanden?«

»Nein, natürlich nicht.« Aber trotzdem folgte er Gabriel aufgeregt über den Innenhof und durch die Basilika. Eine fahle Wintersonne warf ihre Strahlen schräg durch die runden Seitenfenster und überzog die Statuen darunter mit einem grünen Licht. Irritiert blieb Tal stehen.

»Gabriel?«, sagt er. »Ich dachte, die Fenster hätten unterschiedliche Farben. Ich bin mir ganz sicher, dass es das letzte Mal so war. Da waren die verschiedenen Farben des Monarchenbunds zu sehen.«

»Ja, das stimmt.« Gabriel scheuchte ihn weiter. »Die Farben werden jeden Mond verändert, je nachdem, wessen Monarchen Mond es ist. Nur an Karneval kann man alle Farben gleichzeitig sehen. Das einzige Fenster, das das ganze Jahr über mehrfarbig ist, ist das dort oben.« Er deutete an eine Stelle oberhalb des Hauptportals, auf ein großes, rundes Fenster, bestehend aus dreizehn kleineren Kreisen in den dreizehn Farben des Monarchenbunds, die ihre unterschiedlichen Lichtkegel auf den darunterliegenden Marmorboden warfen.

Sie ließen die Basilika hinter sich und überquerten den Platz, dessen Marmorplatten in der blassen Sonne schwach schimmerten. »Was soll das heißen«, keuchte Tal, der alle Mühe hatte, mit Gabriel Schritt zu halten, »wessen Monarchen Mond es ist?«

»Weißt du das nicht?« Gabriel blickte ihn überrascht an. Sie waren inzwischen am Gerichtsgebäude angekommen, dessen hohe, weiße, festungsähnliche Mauern bei Tag genauso düster wirkten wie bei Nacht. Ohne auf den Klingelzug neben der Tür zu achten, lehnte sich Gabriel lässig an die Hauswand und beobachtete die Gesichter der Menschen, die zur Arbeit eilten.

»Weißt du wirklich *gar* nichts über den Monarchenbund und die Monde?«, fragte er. Tal schüttelte den Kopf.

»Na schön, es ist eigentlich ganz einfach«, erklärte Gabriel. »Es gibt dreizehn Lords und dreizehn Monde. Jeder Lord steht unter dem speziellen Schutz eines der Monde – den nennt man seinen Schutzmond. Während des Mondes eines bestimmten Monarchen finden spezielle Bittandachten und Messen für ihn statt.« Als Tal die Stirn runzelte, erklärte Gabriel: »Feierliche Messen in der Basilika … bei denen wir natürlich immer singen. Und die Fenster der Basilika und der Fluss haben jeden Mond die Farbe des Monarchen, dessen Schutzmond gerade am Himmel steht. Arctos ist Anserins Mond: Deshalb sind sie zurzeit dunkelgrün. Bei Clamynto – Hallions Mond – sind sie purpurrot. Dann kommt Galanthus, Sallenders Mond – lapisblau –, und so geht es das ganze Jahr über. Moment mal … da ist er ja. Spät wie immer natürlich.«

Er trat auf einen großen, träge wirkenden Mann zu, dem seine blonden Haare in die Augen fielen und der mit einem Becher heißem Tee in der einen Hand und einem Brötchen in der anderen auf das Gerichtsgebäude zuschlenderte.

»Hallo, Philip.«

»Oh, hallo, Gabriel«, sagte der Mann. Grüßend hob er die Hand und verschüttete dabei etwas Tee auf seinen Mantel. »Ist das ein Zufall oder hast du auf mich gewartet?«, fragte er schmunzelnd.

Gabriel zuckte mit den Schultern. »Na ja, ich wollte dich um einen kleinen Gefallen bitten.«

»Aha.« Philip blieb vor dem Portal des Gerichtsgebäudes stehen und zog energisch am Klingelzug. »Worum geht's?«

Gabriel zeigte auf Tal. »Das ist ein Freund von mir … er hat seine Schwester verloren. Sie wurde wegen Diebstahls verhaftet. Und er würde jetzt gern wissen, was aus ihr geworden ist.«

Die Tür wurde geöffnet und ein Kopf schaute heraus. »Danke, Bill«, sagte Philip. Auf der Schwelle blieb er stehen, hielt die Tür auf und sagte leise: »Du weißt genau, was aus ihr geworden ist, Gabriel. Versklavung. Die übliche Strafe für Diebstahl. Was willst du sonst noch wissen?«

Gabriel warf einen kurzen Blick auf Tal. »Kannst du herausfinden, wohin sie gebracht wurde?«

»Na ja, vermutlich schon. Aber was würde das nützen?«

»Ich will es nur wissen«, sagte Tal.

Philip musterte zuerst ihn, dann Gabriel, dann wieder Tal. »Na schön«, sagte er seufzend. Er kippte den Rest seines Tees in den Rinnstein und führte sie durch das Tor und in ein kleines Büro.

»Bill«, sagte er. »Tu mir einen Gefallen. Ich habe gerade meinen Tee verschüttet.« Wie zufällig ließ er eine Goldseraffe auf Bills

Schreibtisch fallen. »Besorgst du mir einen neuen Becher? Du kannst dir auch gleich einen holen.« Mit einem säuerlichen Blick steckte Bill die Münze ein und ging zur Tür. Sobald sie hinter ihm ins Schloss gefallen war, machte sich Philip mit einer erstaunlichen Flinkheit ans Werk. Er zog einen schweren Ordner aus dem Regal und befragte Tal nach Einzelheiten, während er die Seiten überflog. »Vorgestern? Gegen Abend? Auf dem großen Platz? Richtig, das ist die Liste, die wir brauchen. Behalte die Tür im Auge, Gabriel.« In aller Eile verlas er eine Liste von Namen und blickte Tal erwartungsvoll an.

»Ist das alles?«

»Ja. War sie nicht dabei?«

Enttäuscht und niedergeschlagen schüttelte Tal den Kopf, doch Gabriel sagte: »Moment mal, Philip. Steht sonst nichts da? Ich meine, wurde vielleicht jemand wegen Besitz eines verbotenen Gegenstands verhaftet?«

»*Was?* Was soll das jetzt, Gabriel? Was ist eigentlich los?«

»Steht jemand da?«, wiederholte Gabriel hartnäckig.

»Nein.« Resolut schlug Philip den dicken Ordner zu. Er wirkte verunsichert und wollte sie offenbar so schnell wie möglich wieder loswerden. Als Gabriel ihm danken wollte, machte er nur eine wegwerfende Handbewegung und führte seine Besucher hastig aus dem kleinen Dienstzimmer.

Tal, dem vor Enttäuschung richtig übel war, ließ sich wortlos aus dem Gerichtsgebäude und über den großen Platz führen. Er musste an den Besuch mit Rackin bei Penn Scrivers denken. Damals hatten sie auch auf eine Antwort gehofft: auf eine klare Auskunft, die ihnen einen genauen Hinweis gegeben hätte. Doch seine Mutter war einfach in einer Liste verschwunden, ihre eigentliche Identität war ausgelöscht worden. Und Gaia war jetzt noch vollständiger verschwunden: Sie war nicht einmal mehr auf einer Liste vorhanden. Doch dann dämmerte ihm, was passiert sein musste.

»Sie hat sicher einen falschen Namen angegeben!«, sagte er plötzlich.

»Was?«, fragte Gabriel.

»Gaia«, erklärte Tal. »Sie hat sicher gelogen, als sie nach ihrem Namen gefragt wurde. Ji…, ich meine, jemand hat uns eingeschärft, dass man auf keinen Fall seinen richtigen Namen nennen darf, wenn man verhaftet wird.«

»Das klingt vernünftig.« Gabriel schien kurz zu überlegen. »War ein Name dabei, den du mit ihr in Verbindung bringen könntest?«

Angestrengt starrte Tal auf die glänzenden, weißen Marmorplatten. »Nein«, sagte er schließlich. »Tja, das war's dann wohl.« Mit hängendem Kopf schleppte er sich davon, doch Gabriel folgte ihm und hielt ihn am Arm fest. »Moment mal, wo willst du denn jetzt hin?«

»Ich weiß nicht …«

»Mein Angebot gilt noch, weißt du. Ich meine, dass du bei uns bleiben kannst.«

Stirnrunzelnd blickte Tal ihn an. »Ich dachte, Ihr hättet nur von letzter Nacht gesprochen.«

»Nein.« Gabriel schmunzelte. »Ich habe gefragt, ob du für immer bleiben willst.«

Tal blickte sich besorgt um, ehe er leise sagte: »Aber ich habe doch gar keine Papiere. Ich dürfte eigentlich gar nicht hier sein.«

Gabriel machte eine wegwerfende Handbewegung. »Spielt doch keine Rolle. Alle Chorknaben erhalten automatisch Papiere.«

»*Chorknaben?* Ihr meint … ich soll bleiben und dem Chor beitreten?«

»Warum nicht?«

»Aber das geht nicht. Ich habe keine Ahnung von Musik. Nicht die leiseste Ahnung!« Es klang unmöglich, aber trotzdem überkam ihn ein freudiges Gefühl. »Meint Ihr wirklich? Im Ernst?«

Gabriel bekam Lachfältchen um die Augen. »Natürlich. Du kannst es ja lernen. Und du besitzt ein Talent, das man nicht erlernen kann.« Sehr ernst fuhr er dann fort: »Ich weiß, dass du andere Pläne hast. Aber auf diese Weise wärst du außer Gefahr und könntest in Freehaven bleiben. Vielleicht kannst du ja wenigstens etwas über den Verbleib deiner Mutter in Erfahrung bringen.«

Tal überlegte angestrengt und kam zu dem Schluss, dass Gabriel recht hatte. Ein Dach über dem Kopf, die zugegebenermaßen winzige Chance, seine Mutter zu finden, und die tröstliche Möglichkeit, singen zu dürfen: Auf mehr konnte er nicht hoffen, nun, da er Gaia für immer verloren hatte. »Gut«, sagte er deshalb und fügte nach kurzem Zögern hinzu: »Danke.«

»Schön«, sagte Gabriel. »Freut mich. Dann wollen wir dir mal gleich Papiere besorgen.« Er führte Tal auf die andere, vom Fluss abgelegene Seite des großen Platzes und stellte unterwegs eine Menge Fragen. »Aus Arimaspia, richtig? Und du bist wie alt? … Elf, gut. Wann hast du Geburtstag? Im Hyrondal, wirklich? Allegra auch, sie wird bald fünf … Und dein voller Name – wie? Telemachus? Im Ernst? Hmmm. Ich denke, wir bleiben besser bei Tal. Telemachus ist ein bisschen … ungewöhnlich. Außerdem werden sie es sowieso nicht buchstabieren können. Und dein Familienname? Athanasius? Wirklich?« Er blieb stehen und schaute Tal fragend an. »Gaia und Telemachus. Und Athanasius … das sind …«

»Komische Namen«, führte Tal den Satz resigniert zu Ende. »Ich weiß. Das haben wir ständig zu hören bekommen, seit wir unseren Berg verlassen haben.«

»Mhmm.« Gabriel musterte Tal von Kopf bis Fuß. Ein ganz gewöhnlicher Junge – nun ja, gewöhnlich, wenn man von seiner Stimme absah. (Und zudem ziemlich schmutzig, wie er nun im Tageslicht feststellte. Er musste dafür sorgen, dass er sich nachher gründlich schrubbte!) Doch er und seine Schwester hatten so kuriose Namen. Namen, die heutzutage kein Mensch mehr seinen Kindern geben würde. Namen, auf die er manchmal stieß, wenn er in den jahrhundertealten, unberührten Handschriften in der Basilika-Bibliothek herumstöberte. Und dieses kleine Elfenbeintäfelchen mit den Alten Schriftzeichen … Höchst interessant. Kein Wunder, dass Fossick so fasziniert gewesen war. Obwohl – wenn er es sich genau überlegte – Fossick schien eher entgeistert als fasziniert zu sein, wie jemand, der einen Zipfel der Welt gepackt hat und plötzlich merkt, dass er sie versehentlich auf den Kopf gestellt hat.

Die Uhr der Basilika schlug die volle Stunde und er schüttelte sich. »Wir sollten uns beeilen. Uns bleibt nicht viel Zeit.« Er schlängelte sich flotten Schrittes durch die Menge auf dem belebten Platz, bog in eine schattige Gasse mit hohen Häusern ein und blieb vor einem dunklen Seiteneingang stehen. Ein Pförtner öffnete ihnen die Tür, und sie betraten einen nur spärlich beleuchteten Korridor mit glanzlosen, beigefarbenen Kacheln an den Wänden, dunklen Holzbrettern auf dem Boden und endlosen Reihen von geschlossenen Türen auf beiden Seiten. Gabriel marschierte zielsicher los, hetzte durch ein Labyrinth von Gängen, die allesamt gleich aussahen: nach links, rechts, wieder rechts, eine kurze Treppe hinauf. Tal musste fast rennen, um mit ihm Schritt halten zu können, und er keuchte: »Wo sind wir hier? Und woher um alles in der Welt wisst Ihr so genau, wo wir hingehen müssen?«

Gabriel drehte sich schmunzelnd um und wartete, bis Tal ihn eingeholt hatte. »Sitz der Stadtwache. Und ich weiß, wo wir hinmüssen, weil ich mindestens schon hundert Mal hier war. So gut wie jeder, der in Freehaven irgendeiner Beschäftigung nachgeht, muss sich ein- oder zweimal pro Mond hier einfinden. Arbeits- oder Aufenthaltserlaubnis, Passierscheine zum Reisen: Das alles erhält man nur hier. Komm, da ist der Raum, in den wir gehen müssen.«

Er öffnete eine der anonymen Türen, und sie betraten einen langen, schmalen Raum mit vielen Regalen, in denen verstaubte Aktenordner und Bücher standen. Es roch so muffig, dass Tal sofort Tränen in die Augen schossen und seine Nase lief. Er ging hinter Gabriel an den langen Holztisch, eine Art Schalter, der sich über die ganze Breite erstreckte.

»Guten Morgen!«, sagte Gabriel und der junge Mann hinter dem Tisch blickte auf. Er war ungefähr im selben Alter wie er, wirkte aber sehr viel älter.

»Ich brauche Papiere für ein neues Chormitglied.« Der junge Mann nickte, zog einen Aktenordner zu sich heran und nahm einen Stift in die Hand. »Name und Herkunftsort«, sagte er gelangweilt.

Gabriel zögerte kaum merklich und sagte dann: »Tal Marcus. Kommt von nördlich des Nouldewoods aus … ähm, Fairwold.« Tal wollte den Mund aufmachen, doch Gabriel trat ihm warnend auf den Fuß und er klappte ihn wieder zu. Der junge Mann inspizierte einen Aktenordner nach dem anderen und füllte mit seinen dünnen, tintenbeschmierten Fingern Formular um Formular aus. Erst nach einer geraumen Weile konnte Gabriel »Danke« sagen und seine Stimme klang dabei irgendwie viel zu laut für diesen muffigen Raum. Anschließend gingen sie durch die endlosen, beigefarbenen Korridore zurück und traten wieder auf die Straße.

»So«, sagte Gabriel und drückte Tal ein kleines, gefaltetes Pergamentstück mit offiziellen Stempeln in die Hand, an dem mit einem Kleckser Siegelwachs ein graues Band befestigt worden war. »Deine Papiere. Gratuliere! Du bist ab jetzt ein freier Bürger der Stadt Freehaven. Drei Regeln musst du allerdings beachten.« Er zählte sie an den Fingern ab. »Verliere deine Papiere auf gar keinen Fall. Halte dich nie nach der Sperrstunde im Freien auf. Und setze keinen Fuß in eine der verbotenen Straßen. Solange du dich an diese drei Regeln hältst, bekommst du keinen Ärger mit der Stadtwache.« Er ging denselben Weg zurück, den sie gekommen waren, und lief mit großen Schritten die enge Gasse hinauf.

»Ah, noch etwas. Komm ja nie zu spät zu einer Chorprobe oder zum Vorsingen, sonst bekommst du nämlich Ärger mit *mir*!« Sie waren inzwischen in der Mitte des großen Platzes angelangt. Das Sonnenlicht des frühen Morgens war verschwunden. Es hatte sich hinter einem bewölkten Himmel versteckt und ein paar erste Regentropfen fielen herab.

»Hast du sonst noch Fragen?«, fragte Gabriel.

»Ja«, antwortete Tal. »Warum habt Ihr nicht die Wahrheit gesagt, was meinen Namen und meine Herkunft angeht?«

Gabriel antwortete nicht sofort. Er überquerte den Platz und marschierte auf die Basilika zu. Erst als sie durch das Portal gingen, sagte er leise: »Wegen des Amuletts. Ich glaube nicht, dass Fossick es gemeldet hat, und ich denke auch nicht, dass er das noch vorhat. Falls aber doch, möchte ich nicht, dass jemand dadurch auf dich kommt.«

»Ich habe immer noch nicht so recht begriffen«, sagte Tal, »warum es verboten ist. Ihr sagtet etwas von alten … was noch mal?«

»Alten Schriftzeichen, ja«, sagte Gabriel. »Du wirst bei uns übrigens auch lesen lernen.« Auf Tals skeptischen Blick hin sagte er lächelnd: »Es ist nicht schwer, wirklich – aber was du lernen wirst, ist die Freie Schrift. Vor ungefähr vierhundert Jahren wurde die Alte Schrift durch die Freie Schrift ersetzt. Alles, was in der Alten Schrift geschrieben war, sollte vernichtet werden. Und die wenigen Sachen, die überlebt haben, gelten als verboten.«

»Aber warum?«, fragte Tal und fügte noch hinzu: »Ihr wusstet, dass es die Alten Schriftzeichen waren … auf Gaias Amulett, meine ich. Bedeutet das, dass Ihr sie lesen könnt?«

»Niemand darf die Alte Schrift lesen«, sagte Gabriel, doch Tal fiel auf, dass das nicht unbedingt eine Antwort auf seine Frage war. Er hatte jedoch keine Zeit, nachzuhaken, denn Gabriel ging schon mit langen Schritten das Mittelschiff entlang und sagte über die Schulter hinweg: »Chorprobe! Komm und mach mit! Mal sehen, wie du zurechtkommst.«

»Oh«, stammelte Tal. »Könnte ich heute nicht einfach nur zuhören?«

»Nein, nein, nein. Du kannst nicht schnell genug anfangen. Du brauchst nur mitzusingen, was du dir zutraust. Komm, dann mache ich dich gleich mit den anderen bekannt.«

Sie gingen durch das Mittelschiff zur rückwärtigen Wand der Basilika, die eine halbrunde Apsis bildete, die die Form eines Halbmonds hatte. Der Boden lag hier zwei Stufen höher als der Rest des Gebäudes. Etliche Jungen saßen bereits wartend auf den Stufen oder auf den Stühlen, die an der Wand entlang standen. Tal beäugte sie nervös: Es waren ungefähr zwanzig Jungen mit dunkelblauen Umhängen, genau wie Gabriel einen trug, einige sehr viel älter als er, viele etwa in seinem Alter … aber –

»Keine Mädchen«, sagte er.

»Nein«, bestätigte Gabriel.

»Warum nicht?«

»Tradition«, erklärte Gabriel düster. Er hob die Stimme und rief: »Guten Morgen, alle miteinander. Platz nehmen, bitte!« Die kleinen Gruppen lösten sich auf und alle setzten sich nebeneinander auf die Stühle. »Danke«, sagte Gabriel und gab Tal einen behutsamen Schubs. »Das hier ist Tal, der ab sofort bei uns mitsingt.« Tal errötete unter dem Blick von zwanzig neugierigen Augenpaaren.

»Geh und setz dich neben Sam«, sagte Gabriel. »Er wird sich ein bisschen um dich kümmern, nicht wahr, Sam?«

Tal setzte sich auf den Stuhl, auf den Gabriel gezeigt hatte: einen schweren, kunstvoll geschnitzten Stuhl aus glänzendem Holz. Unter seinen Füßen waren kleine farbige Steinvierecke in den Boden eingelassen und das Gewölbe über seinem Kopf war mit Silber eingefasst. Er fühlte sich schrecklich fehl am Platz in seiner vor Dreck starrenden alten Kleidung. Doch der Junge neben ihm sagte freundlich: »*Wie* hat Gabriel noch mal gesagt, dass du heißt?«

»Tal.« Er schaute in zwei blaue Augen, die zu einem sommersprossigen Gesicht unter einem roten Wuschelkopf gehörten. Weil der Junge so überrascht dreinblickte, sagte Tal spöttisch: »Ich weiß, ein komischer Name.«

Doch Sam zuckte nur die Schultern. »Ein Name ist bloß ein Name … Oh, wir fangen schon an!« Alle anderen hatten sich erhoben, und Sam zog Tal mit einem freundschaftlichen Grinsen auf die Füße.

Tal war natürlich nervös, doch darüber konnte er sich nicht lange Sorgen machen, denn sie fingen sofort an zu singen. Sie wiederholten bestimmte Tonfolgen, die immer höher und höher wurden. Anfangs sang er nur zögernd mit, dann aber immer kräftiger. Er merkte, wie sich seine Stimmbänder lösten und dass es ihm richtig Spaß machte. So viel Spaß, dass er fast traurig war, als sie damit aufhörten. Es gab eine kurze Pause, während der Gabriel einen Papierstapel durchblätterte. Tal betrachtete derweil den Boden. Die Fliesen ergaben ein Bild, wie ihm auffiel: Er konnte Schiffe erkennen und Häuser. Ach ja, es war eine *Landkarte*: Er konnte den Lethy, Freehaven und das offene Meer sehen. Er versuchte, der Küste nach Osten zu folgen. Wenn der Laternenanzünder recht gehabt hatte, dann war Gaia jetzt dort … In dem Moment drückte Sam ihm etwas in die Hand: ein Pergamentblatt, beschrieben mit einem verwirrenden Muster aus Linien und Punkten. Hilflos starrte er darauf, bis Sam ihm das Blatt mit einem Grinsen wieder aus der Hand nahm und andersherum drehte. »Du kannst keine Noten lesen, was?«

Todunglücklich starrte Tal auf das Blatt. »Nein.«

Sam zwinkerte ihm zu. »Macht nichts. Konnte ich früher auch nicht. Schau bei mir mit rein, ich zeige dir, wo wir jeweils sind.« Als sie wieder zu singen begannen, fuhr er mit seinem Finger unterhalb der Linien entlang, und Tal begann zu begreifen, wie die Muster auf dem Blatt die Töne widerspiegelten. Wenn die Töne ansteigen, gehen die Noten hoch; wenn die Töne tiefer werden, gehen sie ebenfalls tiefer …, dachte er, während seine Augen stets Sams Finger folgten. Manchmal, wenn Sam einen einzelnen Ton länger hielt, war auf dem Blatt ein offener Kringel zu sehen. Doch weitaus häufiger war die Musik komplex und kompliziert, veränderte sich rasch, schwang unerwartet um, stieg an oder fiel ab; und an solchen Stellen fuhr Sams Zeigefinger rasch (und verirrte sich ein- oder zweimal) unter einem Muster aus dicht aufeinanderfolgenden schwarzen Pünktchen entlang, die mit verwirrenden Schwänzchen und Strichen geschmückt waren. Als sie verstummten, merkte Tal, dass er sich so sehr auf die Musik konzentriert hatte, dass er gar nicht auf die Worte geachtet hatte. Jemand anders hingegen schon. Ihm gegenüber streckte ein großer Junge die Hand, sobald der letzte Ton erstarb.

»Gregory?«, sagte Gabriel.

»Sir«, sagte der große Junge, »ich kann mir nicht vorstellen, dass das ein *genehmigter* Text ist.« Er hatte ein längliches, arrogantes Gesicht und war auch nicht genau gleich gekleidet wie alle anderen: Ein lapisblauer Streifen schmückte seinen dunkelblauen Umhang. Er schaute auf sein Blatt und trug die Worte vor, die Tal in seinem Eifer überhört hatte:

»Unter den schimmernden Monden sind wir alle eins,
gleichermaßen gesegnet.
Der gestrenge Arctos bläst seine Kälte auf Groß und Klein.
Auf Reich und Arm fällt Corantos Regen.
Melistos süße Früchte ernähren Hoch und Nieder.
Hier auf unserem Erdenrund sind wir alle gleich.«

Er legte das Blatt beiseite und blickte Gabriel herausfordernd an.

»Der Chor soll den Monarchenbund unterstützen, doch diese Worte … nun, sie sind ja fast ein Aufruf zur Rebellion.«

Gabriel erwiderte den feindseligen Blick des Jungen. »Danke, Gregory. Ich bin mir über die Verpflichtungen des Chors im Klaren. Dazu gehört aber zufällig auch das Singen schöner Lieder. Ich habe dieses Stück ausgewählt, weil jeder an ihm testen kann, ob er beim Singen vom Blatt den Unterschied zwischen einem H und einem B sauber singen kann. Nach dem heutigen Morgen hielt ich das für eine nützliche Übung. Natürlich nur als Übungsgrundlage. Ich würde nicht im Traum daran denken, es öffentlich vorzutragen.« Etliche der Jungen kicherten, Sam prustete sogar. Der große Junge lief vor Zorn rot an.

»Aber legen wir dieses Blatt jetzt beiseite und machen wir weiter«, sagte Gabriel. Fast zärtlich strich er über das nicht genehmigte Manuskript, ehe er es wieder unter den Papierstapel legte, als auf einmal einer der Basilika-Wächter herbeieilte und ihm einen kleinen Zettel reichte. Gabriel nahm ihn entgegen und überflog ihn rasch.

»Gut, alle herhören! Wir sollen morgen bei einem außerplanmäßigen Hochamt für Lord Parhelion singen. Dafür brauchen wir das … und das … und das …« Mit flinken Händen zog er ein Bündel Papiere aus seinem Stapel und verteilte sie. »Fangen wir an!«

»Kümmere dich ein bisschen um Tal«, sagte Gabriel nach der langen Chorprobe zu Sam. »Er braucht saubere Kleidung, und richte Margery bitte aus, dass sie ihm auch ein Zimmer zur Verfügung stellen soll. Bist du so nett?« Sam nickte und ging mit Tal durch eine Seitentür und einen überdachten Arkadengang in einen großen Raum, in dem ein langer Holztisch stand. »Unser Aufenthaltsraum und Speisesaal«, sagte Sam. An einem Ende des Raums standen zwei schon etwas ramponierte Sessel vor einem eisernen Ofen, der eine angenehme Wärme ausstrahlte. Bei ihrem Eintreten blickte ein Junge von seinem Buch auf. Tal erkannte ihn wieder: Er hatte bei der Chorprobe in ihrer Nähe gestanden.

»Hallo, Davy«, sagte Sam. »Das ist übrigens Tal.«

Der Junge hob grüßend die Hand und sagte: »Falls ihr Margery sucht, sie ist in der Küche.«

»Danke«, sagte Sam. Er führte Tal durch die Tür am anderen Ende des Raums in eine große Küche, in der es herrlich nach frisch Gebackenem roch. Eine Frau saß am Tisch, stirnrunzelnd über ein Notizbuch gebeugt, und klopfte sich mit einem Schreibstift seitlich an ihre spitze Nase. Als die beiden Jungen eintraten, sagte sie, ohne aufzublicken: »Nein, ihr bekommt nichts zu essen. Wartet gefälligst bis zum Mittagessen.«

Sam grinste und sagte: »Wir wollten nichts abstauben, Margery. Ich wollte dir Tal vorstellen, unseren Neuzugang. Gabriel lässt dich fragen, ob du ihm etwas Neues zum Anziehen und auch ein Zimmer geben kannst.«

Sie betrachtete ihn kurz und erhob sich dann. »Was du am dringendsten brauchst, ist ein langes, gründliches Bad«, sagte sie streng. »Wo um alles in der Welt hast du bisher gelebt?« Ohne auf eine Antwort zu warten, öffnete sie einen großen Wandschrank und zog einige Kleidungsstücke heraus: ein Hemd, eine Hose, eine Jacke und einen dunkelblauen Umhang.

»Lass dich nicht einschüchtern von Margery«, murmelte Sam. »Sie ist nicht halb so böse, wie sie tut.«

»Hey, das habe ich gehört, Samuel«, sagte sie über ihre Schulter hinweg. »Hüte deine Zunge.« Doch als sie sich wieder zu ihnen umdrehte, lächelte sie und drückte Tal ein Stoffbündel in die Arme: Kleidungsstücke und ein Handtuch.

»Ich richte ein Zimmer für ihn her«, sagte sie zu Sam. »Sorg du in der Zwischenzeit dafür, dass er um Himmels willen ein Bad nimmt!«

Sam ging mit Tal durch den Aufenthaltsraum zurück zu dem Arkadengang und dann durch eine kleine Seitentür in einen von hohen Mauern umgebenen Hof. Die silberne Kuppel der Basilika, die über ihnen aufragte, glänzte im Regen. Am anderen Ende des Innenhofs gab es eine weitere Tür, die in einen kleinen, runden Raum führte, in dessen Mitte ein tiefes Becken stand. Trotz der Kälte draußen und des eisigen Regens, der an das Dachfenster trommelte, war es hier erstaunlich warm. Tal spürte, dass die Wärme von dem grünblauen Wasser aufstieg.

»Hier gibt es eine Quelle«, erklärte ihm Sam. »Das Wasser kommt schon heiß aus der Erde. Zum Waschen ist es in Ordnung, aber trinken solltest du es nicht: Es schmeckt ziemlich salzig.« Er schnitt eine Grimasse. »Ich warte auf dich im Aufenthaltsraum. Meinst du, du findest den Weg dorthin allein?«

Tal nickte und Sam zog sich zurück und schloss die Tür hinter sich. Sobald er draußen war, verriegelte Tal die Tür, stand für eine Weile einfach nur da und atmete die dampfende, salzige Luft ein. Dann zog er seine völlig verschmutzte Kleidung aus: Johns Felljacke, die alte Wolltunika und die Beinkleider von zu Hause, und stieg in das herrlich grüne Wasser.

Es war heißer, als er erwartet hatte, und fühlte sich wunderbar an. Ein paar Stufen führten auf den Grund des Beckens, und er setzte sich eine Zeit lang auf eine dieser Stufen, saß bis zum Hals im Wasser und genoss das Gefühl, dass das heiße Wasser die Kälte vertrieb, die ihm seit Tagen schon bis ins Mark eingedrungen war. Dann holte er tief Luft, schloss die Augen und ließ sich auf den Grund des Beckens gleiten. Mit den Händen rubbelte er sich die Haare und das Gesicht und spürte, wie das Wasser den Schmutz wegwusch, der sich auf den Straßen, im Wald und den schlammigen Feldern angesammelt hatte. Es fühlte sich gut an … einfach herrlich … aber … Es war so, dass nichts, wirklich nichts auf der Welt die Zeit wegwaschen und ihn zu dem Augenblick zurückbringen konnte, als er auf dem großen Platz diese schreckliche Entscheidung treffen musste. Er würde nie eine zweite Chance bekommen. Weil dieser Gedanke so unerträglich war, stieg er schnell wieder aus dem Becken, trocknete sich ab und schlüpfte in die ungewohnte, neue Kleidung. Sie fühlte sich wunderbar an auf seiner Haut. Nicht kratzig wie die alten Kleidungsstücke von zu Hause, sondern glatt und warm, und der Umhang fiel, als er ihn anprobierte, in schönen, weichen Falten an ihm herunter. Er legte ihn schnell wieder ab, hängte ihn sich zusammen mit dem Handtuch über den Arm und machte sich auf den Weg zum Aufenthaltsraum.

Sam saß zusammen mit dem Jungen namens Davy auf dem Kaminvorleger, über ein in schwarze und weiße Felder eingeteiltes Holzbrett gebeugt. Sein Finger schwebte reglos über einem der schwarzen Spielsteine. Er rückte versuchsweise ein Feld weiter, nahm den Zug aber wieder zurück; schob seinen Stein in ein anderes Feld, schüttelte den Kopf und machte auch diesen Zug wieder rückgängig. Dann setzte er sich auf die Fersen und starrte ratlos auf das Spielbrett.

»Tja, ich fürchte, du hast verloren, Sam«, sagte Davy.

Sam nickte und kippte das Spielbrett, sodass alle Spielsteine zur Seite und auf den Vorleger fielen. Erst da sah er Tal mit einem verschmitzten Grinsen dastehen. Er deutete auf das Brett und sagte: »Schafe und Wölfe.«

»Das spielen wir zu Hause auch«, sagte Tal. »Aber wir nennen es Ziegen und Drachen.« Er kniete sich nieder und stellte die Spielsteine in ihre Ausgangsposition. Unwillkürlich musste er an Jason und Gaia denken. Seine Schwester übernahm am liebsten die Ziegen, spielte aber auch nicht schlecht, wenn sie die Drachen hatte, war gut im Angriff, aber auch in der Abwehr. Sie war eine gute Spielerin – einfallsreich und taktisch klug –, doch Jason hatte sie bisweilen mit seinen überraschenden Zügen aus dem Konzept gebracht. Und sie war eine schlechte Verliererin.

»Gibt es da Drachen, wo du herkommst?«, fragte Davy ungläubig.

Tal nickte.

»Wow!«, sagte Sam. Ein paar der anderen Jungen blickten interessiert herüber.

»Dann musst du aus Arimaspia kommen«, fuhr Davy fort. »Nur dort gibt es noch wild lebende Drachen.«

»Hast du schon mal einen gesehen?«, fragte ein anderer Junge fasziniert.

»Klar, schon oft«, antwortete Tal.

»Echt? Im Ernst? Wie nah warst du schon mal an einem Drachen dran?« Fast alle schauten ihn nun gespannt an. Selbst Margery, wie ihm auffiel, die hereingekommen war, um den Tisch zu decken, war mit einer Handvoll Besteck stehen geblieben und lehnte sich interessiert an eine Stuhllehne, um zuzuhören. Die einzige Person, die allem Anschein nach nicht zuhörte, war der große Junge namens Gregory, der mit dem Rücken zu der kleinen Gruppe saß und demonstrativ in ein Buch schaute.

»Na ja, natürlich nicht sehr nah ...«, begann Tal, wurde aber unterbrochen, als einer der Basilika-Bediensteten hereintrat, in die Hände klatschte, damit alle ihm zuhörten, und dann verkündete: »Gabriel hat eine Extraprobe angeordnet, für das Hochamt für Lord Parhelion. In genau fünfzehn Minuten. Seid bitte alle pünktlich!«

Sam sprang auf die Füße. »Ich habe dir noch nicht gezeigt, wo dein Zimmer ist.« Tal folgte ihm aus dem Raum, froh darüber, den musternden Blicken entkommen zu können. Davy kam noch bis zur Tür mit ihnen.

»Erzählst du mir nachher noch mehr von diesen Drachen?«

»Wenn du willst ...«, sagte Tal.

»Toll!« David strahlte ihn an und eilte dann durch den Arkadengang davon.

»Er ist ein großer Tiernarr, unser Davy«, erklärte ihm Sam. Er führte Tal zu einem dunklen Eingang in einer Ecke des Arkadengangs und von dort aus eine etwas windschiefe Stiege hinauf. Die Stiege führte in einen Korridor, der sich über die ganze Seite des Arkadengangs erstreckte. Auf einer Seite gingen Fenster auf den viereckigen Innenhof, wo vier Kieswege zu einem Brunnen führten, der genau in der Mitte eines mit Wasser vollgesaugten Rasens stand. Und über allem ragte die silberne Kuppel auf.

Sam öffnete eine Tür an der gegenüberliegenden Wand und Tal betrat einen schmalen Raum. An einer Seite stand ein Bett, direkt dahinter eine Truhe. Auf der Seite, die der Tür gegenüberlag, befand sich hoch oben ein Fenster, so hoch, dass man nur den Himmel sehen konnte – ein gutes Fenster für das Mondlicht. Unterhalb des Fensters standen ein Tisch und ein Stuhl. Das Bett war frisch bezogen und jemand hatte eine Aktenmappe auf den Tisch gelegt. Tal nahm sie in die Hand und schlug sie auf: Sie enthielt einige Blätter mit Musik, diesem verwirrenden Durcheinander aus Linien und Punkten. Wenn er die Augen halb zudrückte, erinnerten ihn die ansteigenden und abfallenden Notenlinien an Vogelschwärme auf ihrer Wanderschaft, wenn sie über die Berggipfel flogen.

»Wir müssen gleich los«, sagte Sam. »Das kommt ab und zu vor«, erklärte er. »Wenn einer der Lords vom Monarchenbund eine spezielle Messe wünscht, müssen wir in Windeseile neue Lieder lernen.«

Erschrocken starrte Tal noch einmal auf das verwirrende Notenblatt in seiner Hand, doch Sam versuchte ihn zu beruhigen. »Mach dir keine Sorgen. Gabriel wird dich nicht ausschließen. Du brauchst nur die Stücke mitzusingen, die du schon kannst. Es sind bestimmt welche darunter, die du im Handumdrehen auswendig kannst.«

Tal blieb skeptisch. »Wäre es nicht besser, wenn ich nicht mitsinge?«

»Nein!« Energisch schüttelte Sam den Kopf. »Auf keinen Fall. Sonst würde dir die Belohnung entgehen.«

»Belohnung?« Tal wurde zunehmend verwirrter.

»Geld«, erklärte Sam. »Wenn wir eine Extra-Messe singen, bekommen wir eine Belohnung, immer von dem, der sie in Auftrag gegeben hat. Übermorgen gehe ich dann mit dir zur besten Kuchenbäckerei von ganz Freehaven.«

Geld?, dachte Tal. *Geld!* Ein Hoffnungsschimmer keimte in ihm auf, so zart wie das erste blaue Fleckchen an einem stürmischen Himmel. Wenn er sang und sang und sang, hätte er dann irgendwann genügend Geld, um seine Mutter freizukaufen? Aufgeregt folgte er Sam durch den Korridor und die Stiege hinunter.

»Außerplanmäßiges Hochamt heute Nachmittag und gleich morgen früh reisen wir ab. Tut mir leid, Babbington, aber da bleibt mir keine Zeit, etwas wegen … du weißt schon, zu tun.« Argwöhnisch blickte Scrimp über seine Schulter, doch sie waren wieder die einzigen Gäste in dieser schmuddeligen Taverne.

»Verdammt«, brummte Fossick. »Verdammt. Oh, danke, Sassy.« Er nickte ihr kurz zu, als sie ein Körbchen mit Brot vor ihn auf den Tisch stellte. »Und wie lange wirst du fort sein?«

Scrimp verzog das Gesicht. »Wer weiß? Ursprünglich hatte er nur geplant, wieder nach Arimaspia zu reisen, aber jetzt hat er das Ganze zu einer großen Tour durch seine Ländereien ausgedehnt … zwei Monde, mindestens. Auf keinen Fall weniger, fürchte ich.«

Fossick seufzte. »Und vor deiner Rückkehr kannst du wirklich gar nichts tun, damit ich in das Verschlossene Archiv komme?«

Scrimp schüttelte den Kopf. »Ist es wirklich so dringend?«

»Nein, wahrscheinlich nicht. Das Geheimnis ruht jetzt schon seit Hunderten von Jahren, da kann es auch noch ein paar Monde mehr warten. Dann muss ich mich wohl in Geduld hüllen … es sei denn, ich finde diese Kinder. In den letzten paar Tagen bin ich vermutlich jedem Gassenkind von Freehaven nachgelaufen … und habe sie alle gefragt, ob sie eine Gaia Athanasius kennen. Ohne Erfolg.« Er starrte in die verlöschende Glut im Kamin und sagte dann plötzlich aufgeregt: »Vielleicht sind sie ja wieder nach Arimaspia zurückgekehrt. Das ist sogar sehr wahrscheinlich, nicht wahr? Wenn du ohnehin dort bist, kannst du ja nach ihnen Ausschau halten. Sprich mit ihnen, falls es dir möglich ist: Vielleicht kannst du für mich eine Abschrift des Amuletts machen. Und wenn sie nicht da sind, sprich mit den anderen aus ihrem Dorf. Geschichten, Legenden – das würde uns weiterbringen. Diese Leute müssen etwas wissen, selbst wenn ihnen nicht klar ist, was es bedeutet. Sieh zu, ob du etwas für mich herausfinden kannst, Cosmo!«

Scrimp nickte unsicher. »Wenn ich kann. Parhelions Steuereintreib-Touren sind nicht gerade die ideale Gelegenheit zu gemütlichen Plaudereien mit den Einheimischen.« Er hielt eine Hand hoch, um Fossicks Einwände abzuwehren. »Ich werde es *versuchen*. Mehr kann ich dir nicht versprechen.«

»Tja, dann muss ich mich wohl damit begnügen«, sagte Fossick. Er zog ein dickes, in brüchiges, braunes Leder gebundenes Buch aus einer alten Tasche unter seinem Stuhl und ließ es mit einem dumpfen Knall auf den Tisch fallen. Eine braune Staubwolke stieg auf.

»Hab ich für dich mitgebracht«, sagte er. »Sieh es als eine Art Abschiedsgeschenk. Eine Art Gutenachtlektüre für die langweiligen Abende, die vor dir liegen …«

»Danke«, sagte Scrimp. »Sieht mir ja wirklich nach einer *sehr* entspannenden Lektüre aus.« Er schlug das Buch willkürlich auf – und mit einem Mal wich alles Blut aus seinem Gesicht. Auf den bröckeligen, verblichenen Seiten standen Reihe um Reihe von gedruckten Symbolen, die ihm nichts sagten. Unter jeder Reihe waren die Worte noch einmal fein säuberlich in Freier Schrift geschrieben, in Fossicks klarer Gelehrtenschrift.

»Ist das …?«

»Alte Schrift, ja.« Fossick nickte.

»Aber dann …«

»Handelt es sich um ein verbotenes Objekt. Richtig.« Er griff über den Tisch und schlug die erste Seite des Buchs auf. Dort war ein großer, offizieller Stempel, unter dem in einer verblassten Schrift stand: *Aus der Bibliothek zu entfernen. Zur Verbrennung bestimmt. Auf Anordnung des Monarchenbunds*. Fossicks Stimme wurde weich: »Ich habe es vor der Vernichtung gerettet.«

»Aber worum handelt es sich?« Scrimps Mund war vor Angst wie ausgedörrt. Er griff nach seinem Glas und nahm einen langen Schluck Wein.

»Die offizielle Geschichte der Befreiung.« Fossick nahm das Buch wieder an sich und blätterte darin herum. »Was weißt du darüber, Cosmo?«

»Worüber?«

Fossick lächelte trocken. »Hast du dich nie gefragt, Cosmo, warum der große Platz ›Platz der Befreiung‹ heißt, in einer Stadt namens *Free*haven? Warum der Höhepunkt unseres Karnevals die Verbrennung einer Strohpuppe ist, die als König bezeichnet wird?«

»Nein, eigentlich nicht«, antwortete Scrimp.

»Typisch Buchhalter!«, sagte Fossick. Er schob das Buch wieder zu

Scrimp hinüber. »Lies es!«, sagte er. »Es ist eine spannende Erzählung, aber …«, wieder dieses trockene Lächeln, »… der Teufel steckt wie so oft im Detail. Lies diese Geschichte, Cosmo, und dann sag mir, was daran nicht stimmt.«

16. Kapitel
In Freehaven und gen Osten

Sassy saß lange am Feuer und fuhr mit einem schmutzigen Finger die Stiche ihrer Stickarbeit nach. Ihre beiden Gäste hatten die Taverne am frühen Nachmittag verlassen: Scrimp war mit seinem Dienstherrn in der Basilika verabredet und Fossick wollte auf Umwegen in seinen Laden zurückkehren und unterwegs in alle dunklen Gassen und in die unwahrscheinlichsten Winkel schauen. Am Vortag war Sassy ihm gefolgt und hatte ihn dabei beobachtet. Inzwischen glaubte sie eine dunkle Ahnung zu haben, wonach er suchte. »Diese Kinder …« Nachdenklich glitt ihr Finger über eine Ecke ihrer Stickarbeit, wo wellige, ungleichmäßige Stiche eine hässliche Blume bildeten. Zwei Kinder: ein Junge und ein Mädchen. Ein Mädchen namens Gaia Athanasius aus Arimaspia, die ein Objekt bei sich trug, auf das Worte in – sie musste kurz überlegen –, in der *Alten Schrift* eingeritzt waren. Und ein verstaubtes Buch: die Geschichte einer sogenannten Befreiung. Grübelnd saß sie da, bis das Feuer im Kamin fast erloschen war. Dann stand sie entschlossen auf, raffte ihre Stickarbeit zusammen und stopfte sie in ihre Schürzentasche. Sie warf sich einen Umhang über und trat hinaus auf die abendlichen Gassen.

Lord Lanneret speiste allein an einem Tisch in der Ecke eines Raums mit hohen Wänden, direkt neben einem der großen Fenster, die auf die breite Straße und den dahinterliegenden Fluss hinausgingen. Der Abend brach an und mit ihm hatte ein gleichmäßiger Regen eingesetzt. Seufzend wandte er sich wieder dem Inneren des Speisesaals zu. Es war warm hier. Ein gemütliches Feuer prasselte im Kamin vor sich hin, und der weiße Teppich und die Wände schimmerten golden im Schein der Kerzenleuchter, die über den Köpfen der Speisenden hingen. Leise Geräusche füllten den Raum: das gedämpfte Klirren, wenn Gläser angestoßen wurden, das Klirren edlen Porzellans sowie das leise Gemurmel höflicher Konversation. Doch die Stille wurde unsanft unterbrochen, als eine laute, übermütige Schar in den Raum stürmte, eine extravagante Gestalt in ihrer Mitte.

»Parhelion«, murmelte Lanneret abfällig vor sich hin. Er schob seinen Stuhl zurück und wollte an den Speisetischen vorbei zur Tür gehen, doch die neu Angekommenen versperrten ihm den Weg.

»Entschuldigung«, sagte er frostig.

Parhelion ergriff seine Hand und schüttelte sie kräftig.

»Elverton, alter Junge!«, rief er überschwänglich. »Leiste uns Gesellschaft! Kleine Abschiedsfeier … Ich reise morgen ab, wusstest du das schon?«

»Kam mir bereits zu Ohren«, entgegnete Lanneret steif. Er entriss Parhelion seine Hand und ging entschlossen an der ausgelassenen Gruppe vorbei. Ohne auf die Lachsalven hinter seinem Rücken zu achten, schritt er – ganz Abbild personifizierter verletzter Ehre – durch den Korridor und dann die Stufen hinunter. Seine Füße versanken lautlos in dem dicken, silbernen Teppich, als er unter den düsteren Porträts längst verstorbener Lords vorbeiging. Im Salon setzte er sich auf seinen angestammten Stuhl mit der hohen Rückenlehne, der in einer kühlen Ecke neben dem Fenster stand, und blickte hinaus in den Regen.

»Euer Lordschaft?« Einer der Klubdiener war durch den Raum auf ihn zugekommen und murmelte ihm ehrerbietig ins Ohr.

»Was gibt's?« Lanneret riss sich vom hypnotisierenden Anblick der Muster los, die die Regentropfen an die Fensterscheibe zeichneten.

»Euer Lordschaft …« Der Mann schien etwas durcheinander zu sein. »Eine junge Person fragt nach Euch. Eine junge *Frau*, Euer Lordschaft. Ich habe ihr selbstverständlich erklärt«, fuhr er in gekränktem Tonfall fort, »dass der Klub ausschließlich für Herren ist, doch sie …«

»Hat sie ihren Namen genannt?«, fiel Lanneret ihm ins Wort.

»Nein, Euer Lordschaft. Sie bat mich aber, Euch das hier zu geben.« Angewidert reichte ihm der Mann eine schmuddelige Stickarbeit. Der Anflug eines Lächelns zuckte um Lannerets Mundwinkel.

»Führe sie in den Lesesaal. Und sorge dafür, dass wir nicht gestört werden.«

»Was gibt's, Sassy?«, erkundigte sich Lanneret.

Bei seinem Eintreten hatte sie das antike Bild über dem Kaminsims studiert, das einen der alten Lords des Monarchenbunds zeigte, vor dem Hintergrund von etwas, das wie ein Haufen noch schwelender Ruinen aussah. Allerdings war das Bild vom Alter und von Kerzenrauch so geschwärzt, dass es schwierig war, überhaupt etwas zu erkennen. Weil Lanneret lautlos eingetreten war, wirbelte sie bei seiner Frage erschrocken herum. Sie befeuchtete ihre trockenen Lippen und verbarg die zitternden Hände unter ihrer Schürze.

»Und, was gibt's?«, wiederholte Lanneret. »Was hast du für mich?«

»Ich bin mir nicht ganz sicher …« Sie fröstelte.

»Dir ist kalt«, sagte er. »Setz dich!« Es klang eher wie ein Befehl als wie eine Einladung und sie ließ sich gehorsam auf einen Stuhl in der Nähe des Feuers fallen. Sie schaute in die Flammen, bis sie ihren Mut wiedergefunden hatte. »Ich bin mir nicht ganz sicher, Euer Lordschaft«, fing sie noch einmal an, »worum es überhaupt geht. Aber Ihr habt mir gesagt, ich solle es Euch melden, wenn ich etwas Auffälliges höre. Könnte ich meinen Kissenbezug bitte wiederhaben, Euer Lordschaft?«

»Den ...? Oh ja, hier!« Lanneret händigte ihr das schmuddelige Stoffstück aus. Er nahm auf dem Stuhl ihr gegenüber Platz, lehnte sich zurück und musterte sie mit zusammengekniffenen Augen, als sie die Stiche nachfuhr, während sie ihre Gedanken ordnete. Diese junge Frau war ein guter Fund gewesen: blass und so unscheinbar, dass sie fast mit ihrer jeweiligen Umgebung verschmolz, und zudem mit einem fast unheimlich guten Gedächtnis gesegnet. Nicht, dass er den Eindruck gehabt hätte, die Geschichte, die sie ihm da erzählte, würde viel bringen. Fossick war in seinen Augen nur ein verstaubter, pedantischer Antiquitätenhändler und Historiker, obwohl seine Verbindung mit Parhelions Schatzmeister durchaus interessant klang. Doch dann ... Lanneret beugte sich plötzlich gespannt vor. »Alte Schrift?«, wiederholte er. »*Alte Schrift?* Bist du dir *sicher*?« Sie nickte und riss überrascht ihre blassblauen Augen auf, als er seinen Stuhl näher rückte und sich zu ihr herüberbeugte.

»Erzähl weiter!«, sagte er und hielt sich warnend einen Finger an die Lippen. Sie fuhr mit dem Zeigefinger wieder die Fäden ihrer Stickarbeit nach, während sie ihm im Flüsterton den Rest der Geschichte erzählte. Als sie geendet hatte, saß Lanneret reglos da, mit blasser, versteinerter Miene.

»Euer Lordschaft«, sagte sie beklommen, »habe ich etwas falsch gemacht?«

Er gab sich einen Ruck. »Nein. Nein, Sassy. Das hast du sehr gut gemacht.« Er holte zwei Seraffen aus seiner Tasche und reichte sie ihr mit einem müden Lächeln.

»Traue nie einem Historiker, Sassy«, sagte er dann grimmig. »Trau niemandem, der sich zu intensiv mit der Vergangenheit beschäftigt. Komm, ich bringe dich zur Tür!« Er begleitete sie hinaus und schaute ihr nach, bis ihre zierliche, unauffällige Gestalt in der eilends heimwärtsstrebenden Menge verschwunden war. Dann kehrte er in den Lesesaal zurück, gab die Anweisung, er wolle nicht gestört werden, und saß hinter der verschlossenen Tür bis in die frühen Stunden des nächsten Tages, ohne den Blick vom erlöschenden Kaminfeuer abzuwenden. Seine Gedanken überschlugen sich. Fossick ... Scrimp ... natürlich, ausgerechnet Parhelions Schatzmeister ... ein verbotenes Objekt mit den Alten Schriftzeichen ... ein Junge und ein Mädchen namens ... Athanasius – ausgerechnet ... die Geschichte der Befreiung ... das Verschlossene Archiv ... und ein Geheimnis, das den Monarchenbund ins Verderben stürzen könnte ...

Er sah die Flammen erlöschen und ließ die Nacht an sich vorbeiziehen. Erst in der Morgendämmerung huschte ein dünnes Lächeln über seine Züge. »Das Verschlossene Archiv«, murmelte er. Ein Raum ohne Fenster und mit nur einer Tür, vier Stockwerke unter der Erde, dessen gefährlichstes Geheimnis so sorgfältig versteckt war, dass sie es niemals finden würden, auch wenn sie stundenlang danach suchten ... Es war die ideale Rattenfalle, und er würde die Ratte auf ihrem Weg dorthin seelenruhig beobachten, ehe er sich auf sie stürzte.

Er verließ den Klub und überquerte die Brücke. Mitten auf dem Platz der Befreiung blieb er stehen und blickte einer Flugkutsche nach, die gerade aufs Meer hinausflog und dann in einem steilen Kurvenflug landeinwärts in Richtung Norden abbog. Ah, Parhelion … Nun, damit wäre dem Treiben seines Schatzmeisters fürs Erste ein Ende gesetzt. Und was Parhelion selbst betraf: Dieser war inzwischen eine echte Schande für den Monarchenbund geworden, und Lanneret war erleichtert, ihn für eine Weile nicht mehr sehen zu müssen. In der Zwischenzeit würde er diesen Fossick im Auge behalten und nach den beiden Kindern suchen. Wie ärgerlich, dass er es noch immer nicht geschafft hatte, unter den Gassenkindern von Freehaven einen verlässlichen Spion zu rekrutieren, und dass sich dieses Mädchen neulich als so widerspenstig erwiesen hatte. Er konnte nur hoffen, dass sie ihre Entscheidung inzwischen bereute.

Ganz in der Nähe waren auch zwei Jungen stehen geblieben, um dem Fluggefährt nachzublicken, und Lanneret streifte sie mit einem kurzen Blick. Doch sie trugen die dunkelblauen Kapuzenumhänge der Chorknaben der Basilika, und deshalb vergeudete er keine weitere Zeit an sie, sondern setzte seinen Weg fort.

»Schau, da fliegt er davon. Parhelion«, sagte Sam. Er wühlte in seiner Tasche nach seiner hart verdienten Seraffe – Parhelions Trinkgeld für das außerplanmäßige Hochamt, das sie gestern für ihn gesungen hatten, um die Monde zu bitten, ihm auf seiner Reise beizustehen.

»Sollen wir uns gleich etwas gönnen?« Er schnippte die Münze lässig hoch, die sich mehrmals in der Luft drehte, ehe er sie geschickt wieder auffing. Auch Tal griff in seine Tasche, holte seine eigene Seraffe heraus und betrachtete sie neugierig. Es war die erste Münze, die er jemals in der Hand hielt: eine kleine runde Scheibe, kaum größer als der Daumennagel eines Mannes, goldfarben, mit dreizehn winzigen Monden verziert.

»Was ist?«, hakte Sam nach. »Sollen wir sie in die beste Kuchenbäckerei der Stadt bringen?«

»J...ja«, sagte Tal. Sie waren früh aufgestanden, um die Morgenmette zu singen. Das Frühstück war schon eine Weile her, und er war hungrig, doch ... »Ich will aber nicht alles ausgeben. Ich meine, ich möchte auch einen Teil des Geldes sparen.«

»Keine Bange!« Sams Augen blitzten auf. »Dir bleibt sicher noch etwas übrig.« Sie ließen den Platz hinter sich und gingen in eine der engen Gassen mit Stufen, die zum Meer hinunterführten, und nach einer Weile blieb Sam vor einer Tür stehen, die Tal schon einmal gesehen hatte. Eine Stimme fragte: »Was wollt ihr haben, Jungs?« Es war dieselbe Stimme wie neulich, die Stimme, die Gaia und ihn angebrüllt hatte. Heute aber klang sie ganz und gar nicht feindselig, sondern zuvorkommend und freundlich, so warm wie der süßliche Teiggeruch, der hier im Laden in der Luft hing und einem das Wasser im Munde zusammenlaufen ließ.

»Tal?«, sagte Sam. »Worauf hast du Lust?« Er deutete auf die vollen Regale hinter dem Ladentisch und Tal fasste sich ein Herz und blickte schüchtern auf. Er sah die Augen des Bäckers auf sich ruhen, doch es lag keine Spur von Wiedererkennen darin. Er war inzwischen einfach nur einer von vielen Chorknaben, und nichts an ihm erinnerte noch an den Gassenjungen, der aus dem Regen hereingerannt und gleich wieder überstürzt geflüchtet war.

Tal verließ die Kuchenbäckerei mit einer Tüte voller Gebäckstücke sowie klimpernden Münzen in der Tasche: sieben glanzlose, braune, kleine Renns. Er hatte sich nur ungern von der glänzenden Seraffe getrennt, doch am Ende hatte sein Hunger gesiegt und zudem hatte Sam ihm gut zugeredet. »Du wirst noch mehr davon bekommen, weißt du«, hatte er ihm versichert. »Es gibt jedes Mal ein Trinkgeld, wenn wir eine Privatmesse für einen der Lords singen. Von Lord Philemot haben wir einmal sogar je einen Silberradiant gekommen. Und alle anderen geben mehr als nur eine Seraffe: Parhelion ist ein richtiger …« Er besann sich gerade noch rechtzeitig, errötete bis an die Wurzeln seiner roten Haare und warf einen nervösen Blick auf den Bäcker.

»Vorsicht«, sagte der Mann warnend.

»Ich wollte nicht …«, stammelte Sam.

»Ich weiß, ich weiß«, sagte der Bäcker besänftigend. »Schon gut, Sam. Du hast nichts gesagt und ich habe nichts gehört.« Er kam hinter seinem Ladentisch hervor, um ihnen die Tür aufzuhalten, und auf der Schwelle sagte er erneut: »Du hast nichts gesagt. Alles in Ordnung. Bis bald.« Aber Sam blieb ungewöhnlich schweigsam und war sichtlich beklommen, als sie durch die engen, düsteren Gassen zurückgingen. Als sie wieder am großen Platz ankamen, hatte sich der Himmel verdunkelt und ein beständiger Schneeregen setzte ein.

»Iiih«, sagte Sam. »Nicht schon wieder. Ich wollte mit dir zum Essen an ein schönes Plätzchen am Fluss gehen. Tja, aber jetzt müssen wir wohl nach Hause.«

»Ich kenne einen trockenen Platz unter der Brücke. Dort würden wir nicht nass werden.«

»Oh, ich weiß«, sagte Sam. »Gute Idee. Ich war seit einer Ewigkeit nicht mehr dort.« Sie eilten über den Platz und zu dem kleinen Strand und kletterten die Leiter hinauf. Die Eisensprossen brannten vor Kälte unter ihren Fingern. Als sie auf dem Querträger ankamen, schaute Sam auf das schnell fließende, schäumende, grünliche Wasser unter ihnen und fröstelte.

»Na ja, drinnen wäre es natürlich wärmer«, sagte Tal entschuldigend.

»Mir gefällt es hier.« Sam lehnte sich mit dem Rücken an die rauen Brückensteine, zog seinen Umhang enger und öffnete seine Tüte. Schweigend begannen sie zu essen, bis Sam plötzlich zögernd anfing: »Vorhin beim Bäcker …«

»Ja?«

»Da … da habe ich doch etwas über Lord Parhelion gesagt. Du bist nicht aus Freehaven. Ich weiß nicht, wie viel du darüber weißt, aber es ist sehr wichtig. Man darf nie, *niemals,* etwas Negatives über den Monarchenbund sagen …«

»Nicht einmal im Scherz«, führte Tal den Satz für ihn zu Ende. »Schon gut, ich weiß. Das hat uns jemand erklärt.«

»Gut«, sagte Sam nickend. »Uns?«

»Mir und meiner Schwester«, sagte Tal. Er erzählte Sam seine Geschichte, aber nicht die ganze. Es war besser, wie er fand, nicht zu erwähnen, dass das Amulett ein verbotenes Objekt war. Und was den schrecklichen Zwischenfall betraf, als Gaia verhaftet wurde und er nicht reagiert hatte … Nein, Sam brauchte nicht mehr zu erfahren als Gabriel. Sam hörte ihm aufmerksam zu, und als Tal zu Ende erzählt hatte, sagte er: »Es klingt, als sei sie sehr clever, deine Schwester. Eine richtige Überlebenskünstlerin.«

»Kann sein«, sagte Tal. Gedankenverloren starrte er für einen Moment auf den grünen Fluss hinunter. »Und was ist mit dir? Ich meine, was hast du getan, bevor du in den Chor aufgenommen wurdest?«

»Ich? Och, nichts Besonderes, nichts so Aufregendes wie du. Mein Vater ist Schiffszimmermann. Als Gabriel eines Tages an der Werkstatt vorbeiging, hörte er mich singen und bot mir einen Platz in der Chorschule an. Ein Glück …« Ein Grinsen, so strahlend wie ein plötzlicher Sonnenstrahl, huschte über sein Gesicht und er zeigte Tal eine Narbe auf seinem Handrücken. »Das stammt von einem Beitel«, erklärte er. »Ich war ein hoffnungsloser Fall. Ich hätte jetzt sicher nicht mehr viele Finger, wenn ich weiter bei meinem Vater gearbeitet hätte.« Er erhob sich. »Wir sollten allmählich zurückgehen. Um zwölf ist Probe.«

Es regnete stärker als vorhin, und sie zogen die Köpfe ein, als sie die glänzenden Marmorstufen zur Straße hinaufgingen. Auf halber Höhe kam ihnen jemand entgegen und ging an ihnen vorbei, drehte sich dann aber wieder um und rief: »Tal?«

»Jinx!«

»Ich habe schon nach dir gesucht. Wollte wissen, ob du …«, er warf einen argwöhnischen Blick auf Sam, »… wieder zu uns kommen willst.« Er legte die Stirn in Falten. »Du hast neue Klamotten. Das ist der Chorknabenumhang, nicht wahr?«

»Ja.«

Beeindruckt zog Jinx die Augenbrauen hoch. »Prima Verkleidung. *Echt* gut. Kein Mensch wird dich zweimal anschauen, wenn du damit herumläufst.«

»Es ist keine Verkleidung.« Er erklärte Jinx in aller Eile, wie es ihm ergangen war, und Jinx lächelte erleichtert. »Gabriel ist ein guter Mensch«, sagte er. »Hast du schon irgendwas über Gaia oder eure Mutter erfahren?«

»Nein.« Plötzlich fiel Tal etwas ein. »Ich werde auf Gaia warten, hier unter der Brücke«, sagte er. »Immer am ersten Tag jedes neuen Viertelmonds, das haben wir so ausgemacht. In zwei Tagen komme ich wieder hierher.«

»Soll ich dir dabei Gesellschaft leisten?«

»Ich … ja, danke.«

»Gut, dann bis in zwei Tagen.« Mit seinem üblichen, lässigen Winken verabschiedete sich Jinx und schlenderte weiter, die Stufen hinunter.

Als Tal wieder in seinem Zimmer war, kletterte er auf den Tisch und schaute aus dem Fenster auf die vielen Häuser, die sich bis zum Hafen hinunter erstreckten, und auf das winterliche Meer dahinter. Wegen des starken Regens war aber nur eine undeutliche graue Masse zu sehen. Trotzdem fühlte er sich auf einmal etwas besser. Gaia war fort, aber die Entscheidung, ihr die Treue zu halten und am vereinbarten Platz auf sie zu warten, verlieh ihm neue Zuversicht. Und Jinx würde auch kommen, damit er nicht ganz allein warten musste …

»Tal? Bist du so weit?« Das war Sam, der an die Tür hämmerte. Tal sprang vom Tisch, schnappte sich seinen Ordner mit den Notenblättern und eilte zu Sam, der schon oben auf dem Treppenabsatz stand. Gerade als Tal zu ihm trat, kam auch der große Junge, Gregory, zur Treppe, und Tal schickte sich an, vor ihm die Stufen hinunterzugehen. Doch der Junge sagte erbost: »Hey, du! Was bildest du dir ein?«

»Was ist?« Tal drehte sich zu ihm um.

»Du solltest deinem kleinen Bauernfreund mal bessere Manieren beibringen, Sam!«, sagte der Junge. Sam packte Tal am Ärmel, zog ihn wortlos zur Seite und flüsterte ihm zu: »Lass ihn besser vorgehen.« Der große Junge stolzierte an ihnen vorbei und die Treppe hinunter.

»Geh ihm lieber aus dem Weg.« Sams Gesicht war leicht gerötet. »Er ist eben ein Sallender, aber daran gewöhnt man sich mit der Zeit …«

»Sallender?« Tal zuckte zusammen. Es war, als hätte ihm jemand mit der Faust in den Magen geschlagen.

Sam verzog das Gesicht. »Na ja, nur ein Vetter dritten oder vierten Grades, so genau weiß das niemand … Hey, alles in Ordnung mit dir?« Doch Tal stürmte bereits die Treppe hinunter. Er rannte an zwei Seiten des Arkadengangs entlang und konnte Sallender vor der Tür zur Basilika noch einholen.

»Bitte!«, rief er aufgeregt.

Sallender streifte Tal nur mit einem abfälligen Blick und schob die Tür auf.

»Bitte!«, wiederholte Tal, der seine Stimme kaum noch unter Kontrolle hatte. »Ich wollte dich etwas fragen. Gibt es … ich meine, hat deine Familie eine Sklavin namens Mai? Mai Athanasius?«

»Woher um alles auf der Welt soll ich das wissen?« Und schon schlug Sallender ihm die Tür vor der Nase zu. Als wenige Augenblicke später Sam eintraf, stand Tal noch immer wie benommen da und starrte auf das nackte Holz.

»Was war da eben los?«

»Meine Mutter. Meine Mutter wurde an die Sallenders verkauft. Ich hatte gedacht, er könne mir irgendwie weiterhelfen.«

Sams sommersprossiges Gesicht war voller Mitgefühl. »Oh, Finsternis und Feuersglut.« Er lehnte sich an die Tür. »Er wird dir nicht helfen. Nicht Sallender.« Er biss sich auf die Lippe und sagte: »Wenn wir nicht endlich gehen, kommen wir noch zu spät …«

Tal folgte ihm wie in Trance, ließ sich auf seinen Stuhl fallen und sah die letzten paar Chormitglieder eintreffen. Er war niedergeschmettert, fühlte sich allein und verloren. Gregory war seine bisher größte Hoffnung gewesen, doch sie endete wie alle anderen, in kleine Scherben zerschellt. Teilnahmslos stand er da, als Gabriel seinen

Platz vor dem Chor einnahm. Dann setzte die Musik ein. Sie sangen die einfache Eröffnungshymne, die sie gestern einstudiert hatten. Die Töne rissen ihn mit sich – Körper, Seele und Geist; und seine Traurigkeit und Verwirrung verwandelten sich dank der merkwürdigen Alchemie der Musik in Erhabenheit und Licht.

Schmutziges Licht, ein graues, hoffnungsloses Licht kämpfte sich durch das Bullauge in den überfüllten Frachtraum und wich dann allmählich wieder der Dunkelheit, Tag für Tag. Sie zählten die Tage, in Gaias Felljacke aneinandergekauert, und erzählten sich die Geschichte ihres bisherigen Lebens. »Eigentlich heiße ich gar nicht Elsa, sondern Gaia«, vertraute Gaia ihrer neuen Freundin an. Hin und wieder standen sie auf und schauten hinaus, doch es war immer derselbe verschwommene Ausblick: ein grauer Himmel und ein graues Meer und in der Ferne eine schmale Küstenlinie.

Am sechsten Tag änderte das Schiff den Kurs und hielt auf die Küste zu. Sie entpuppte sich als Landschaft mit breiten, sandigen Buchten, durch hohe Klippen voneinander getrennt. Etwas weiter landeinwärts waren sanfte, braune Hügelkuppen zu erkennen, bewachsen mit kleinen Wäldchen aus kahlen Bäumen. Sie kamen dem Ufer immer näher und näher, und dann, am späten Nachmittag, änderte sich das Wasser unter dem Schiffsbauch merklich. Das Wogen des Meeres machte einem ruhigen Seegang Platz. Gefangene, die während der langen Tage ihrer Fahrt dumpf und uninteressiert dagesessen hatten, erhoben sich und spähten gespannt durch die kleinen Augen aus Glas.

»Was könnt ihr da drüben sehen?« Die Frage ging von einer Seite des Schiffs zur anderen. Zu beiden Seiten sah man ein Ufer: Sie mussten sich nun auf einem Fluss befinden. Auf der einen Seite waren Wälder zu sehen, auf der anderen hohe Gebäude aus grauen Steinen, die die Sonne verdeckten und die Wasseroberfläche verdunkelten. Im Schatten dieser Gebäude hielt das Schiff irgendwann an. Verankerungsketten klirrten und wenig später wurde die Luke über ihnen geöffnet.

»Gefangene für Hope's End!« Kapitän Barghests laute Stimme drang durch den Frachtraum. Zwei Dutzend erschrockene und ängstliche Gefangene erhoben sich, darunter auch Polly und Gaia, und kletterten über die steile Leiter hinauf an Deck. Inzwischen war es später Nachmittag. Das Tageslicht verblasste und der Winterhimmel färbte sich grau. Doch nach der langen Zeit im dunklen Frachtraum kam ihnen sogar dieses trübe Licht gleißend hell vor. Es dauerte ein paar Minuten, bis sie blinzelnd die Augen öffnen und sich umschauen konnten.

»Wo sind wir?«, wisperte Polly.

Das Schiff hatte an einer riesigen Landungsbrücke angelegt, erbaut aus massiven Holzstämmen, die tief im Flussbett verankert worden waren. Sie waren jedoch schon alt, uralt, und bereits am Zerfallen. Auch die quer liegenden Stämme waren morsch vom Alter und lagen sonderbar verrutscht da – Gaia hätte sich nicht gewundert, wenn einer vor ihren Augen heruntergerutscht und ins Wasser gefallen wäre – und die Beplankung war verfault und voller Löcher und Ritzen. Jenseits der Landungsbrücke erhoben sich hohe Gebäude, die sich bei näherer Betrachtung jedoch als bloße Gerippe erwiesen. Von ihnen war nur noch das Mauerwerk übrig. Die Fensterscheiben schienen schon seit Langem zu fehlen, Fenster- und Türrahmen waren verfault, Dächer und Fußböden waren heruntergefallen, sodass die Mauern nach oben hin offen waren. Auf einmal flog im Inneren einer dieser Ruinen ein Schwarm schwarzer Vögel kreischend auf und flog über Gaias Kopf hinweg auf die andere Seite des Flusses. Sie schienen die einzigen Lebewesen an diesem trostlosen, verlassenen Ort zu sein.

»Auf, bewegt euch!« Barghests Männer trieben die Gefangenen vom Schiff. Gaia setzte einen Fuß auf die Planken der Landungsbrücke und blieb stehen. Sie hatte sich so an das Schaukeln des Schiffs gewöhnt, dass sie nun fast das Gleichgewicht verlor, weil das vertraute Schaukeln unter ihren Füßen aufgehört hatte. Was das Ganze noch schlimmer machte, war, dass einige der Bretter komplett weggefault waren und man das dunkle Wasser über den schlammigtrüben Schlick rauschen sah. Sie merkte, dass Polly neben ihr ebenfalls stehen geblieben war. Auch sie hatte Angst, das spürte Gaia: Ihr Atem ging nur stoßweise.

»Ihr zwei da! Bewegt euch!«

»Immer mit der Ruhe, Polly! Nur nichts überstürzen«, sagte Gaia. Das war immer Tals Rat gewesen, wenn sie daheim in den Bergen an den Felswänden herumgeklettert waren. Aber Polly starrte gar nicht auf den Hafendamm. Ihre Augen waren ein Stück weiter flussabwärts gerichtet, wo unter den Bäumen zwei große weiße Vögel über das dunkle Wasser glitten.

»Was ist los?«

»Schwäne!«, flüsterte Polly. Ungeschickt machte sie mit ihren gefesselten Händen das Zeichen der Mondsichel. Ohne auf die schwindelerregende Tiefe zu achten, die sich zwischen den Planken unter ihr auftat, rannte sie von der Landungsbrücke und so weit weg vom Fluss, wie sie nur konnte. Sie blieb erst stehen, als ihr eine der grauen Mauern der hohen Gebäude den Weg versperrte. Gaia folgte ihr wesentlich langsamer.

»Es sind doch nur Vögel«, sagte sie.

»Es sind *Schwäne*!«, sagte Polly mit Abscheu. Sie drückte sich an die Mauer, während sie mit angsterfüllten Augen auf die Schwäne blickte, die friedlich flussaufwärts schwammen. »Weißt du es nicht? Diese Vögel sind sehr böse; sie bringen Unglück.« Fröstelnd zeichnete sie erneut die Mondsichel in die Luft.

»Warum eigentlich?«, fragte Gaia.

»Ist halt so!«, sagte Polly.

»Hmm«, meinte Gaia. »Da sind übrigens auch welche hinter dir.« Sie streckte den Arm aus. Knapp über Kopfhöhe befand sich ein Fries aus in Stein gehauenen Schwänen in der Mauer, verwittert, aber noch als solche erkennbar. Polly schreckte von der Mauer zurück, als hätte sie sich verbrannt.

»Was ist das für ein Ort?«, fragte sie erneut, inzwischen nicht mehr erstaunt, sondern völlig verängstigt.

»Ein alter Hafen, würde ich sagen«, erklärte Gaia sachlich. Die aufragenden Mauern erstreckten sich, so weit das Auge reichte, bis hinunter zum offenen Meer und auch flussaufwärts, bis an die Stelle, wo der Fluss eine Biegung machte. »Aber warum ist er so riesig? Er ist sehr viel größer als der Hafen von Freehaven, findest du nicht auch, Polly? Warum sollte jemand etwas so Großes bauen und dann einfach aufgeben?«

Polly schauderte. »Keine Ahnung. Aber wir können hier auf keinen Fall übernachten, oder?«

»Oh, wie es aussieht, gehen wir nicht so bald hier weg.« Gaia setzte sich und lehnte sich mit dem Rücken an das alte Gemäuer. Nach kurzem Zögern setzte sich Polly zu ihr, aber so steif, dass sie auf keinen Fall die Wand mit dem Schwanenfries berührte. Einer der Wächter stellte sich in ihre Nähe und lehnte sich an einen Stapel Baumstämme. Er schaute zu ihnen herüber, und Gaia rechnete insgeheim damit, er würde sie anbrüllen, sie sollten gefälligst wieder aufstehen, doch er blieb stumm. Er wirkte nervös und trommelte mit den Fingern auf den Holzstapel. Alle Wächter sahen aus, als wäre ihnen unbehaglich zumute, wie Gaia auffiel. Sie schritten unruhig auf und ab, schauten immer wieder in den sich verdunkelnden Himmel, tuschelten miteinander und gingen dann wieder auseinander, um erneut in den Himmel zu schauen.

Barghest kam und lehnte sich neben dem Wächter an den Holzstapel, und Gaia spitzte die Ohren, um zu hören, worüber sie sprachen. Sie unterhielten sich nur leise, aber dennoch konnte sie hören, worum es ging.

»Sie sind bisher noch nie so spät gekommen, nicht wahr?«

Der Wächter schüttelte den Kopf.

»Ich hoffe bloß, dass sie es noch vor Anbruch der Nacht schaffen«, sagte Barghest. Er warf einen Blick auf die Ruinen, die nun, in der Abenddämmerung, noch trostloser aussahen als vorhin. »Hätte wirklich keine Lust, dort drin zu übernachten.«

»Meint Ihr, dass sie überhaupt kommen, Käpt'n?«

Er fluchte. »Das hoffe ich, verdammt noch mal! Ich habe keine Lust, das Gesindel wieder mit nach Freehaven zu nehmen. Stell dir vor, was für ein Gesicht Seine Lordschaft machen würde!« Er stieß ein freudloses Lachen aus und wirbelte herum, als am anderen Ende des Docks plötzlich Geräusche zu hören waren – Rufe und Hufgeklapper. An der Flussbiegung kamen drei, vier und noch mehr Fuhrwerke zum Vorschein. Sie preschten in halsbrecherischer Geschwindigkeit über den gepflasterten Weg am Rande des Docks und kamen dann rüttelnd zum Stehen, kreuz und quer, sodass sie die Straße blockierten. Die Pferde standen zitternd da, mit angelegten Ohren, und machten den Eindruck, als wollten sie jeden Augenblick scheuen und durchgehen. Die Fahrer sprangen von ihren Sitzen und versuchten, die Tiere zu beruhigen. Auf der Rückseite des ersten Karrens richtete sich ein Mann mit einem groben Verband um den Kopf auf und blickte sich mit wirrem Blick um; doch dann ließ er den Kopf stöhnend an die Rückseite des Fahrersitzes sinken. Plötzlich galoppierte ein weiteres Pferd auf den Kai, das einen führerlosen Karren hinter sich herzog, der von einer Seite zur anderen schwenkte. Zwei oder drei der anderen Kutscher fuchtelten mit den Armen und versuchten, die Zügel zu packen, doch das wild gewordene Pferd wich ihnen geschickt aus und rannte weiter. Es galoppierte über das ganze Dock und bremste erst ab, als sein Weg von einem hohen Holzstapel versperrt war. Erschrocken bäumte es sich auf, machte dann einen Satz rückwärts, stand da und zitterte am ganzen Leib. Barghest und der Wächter wurden leichenblass und drückten sich ängstlich an den Holzstapel und auch Gaia presste sich erschrocken an die Mauer. Polly dagegen erhob sich und ging seelenruhig auf das Tier zu.

»Pssst«, sagte sie leise und beruhigend. »Brrr.« Sie hob ihre gefesselten Hände und streichelte sanft über den zitternden, schwitzenden Pferdehals, bis sich die verkrampften Gliedmaßen auf einmal entspannten. Behutsam und noch immer leise vor sich hin murmelnd griff sie nach oben und packte das Zaumzeug.

Im ersten Moment waren alle noch so verdattert, dass keiner sich bewegte oder etwas sagte. Doch dann rannte der Kutscher des ersten Fuhrwerks, ein kleiner, drahtiger Mann mit roten Haaren und kantigen Gesichtszügen, über das Dock, wobei er sich an den anderen Karren und den Gefangenen vorbeidrängte. Er nahm Polly die Zügel ab. »Danke, ich übernehme ihn!« Polly ließ die Zügel los und gab dem Pferd einen letzten, beruhigenden Klaps. Dann kam sie wieder zu Gaia, die sie mit offenem Mund anstarrte.

»Hey, wie hast du das gemacht?«

»Ich hab dir doch schon gesagt, dass ich auf einer Farm aufgewachsen bin.« Ihre Augen trübten sich bei der Erinnerung daran. »Ich bin an den Umgang mit Pferden gewöhnt. Ich hatte mein ganzes Leben mit ihnen zu tun.«

»Und ausgerechnet *du* hast Angst vor Schwänen!«, sagte Gaia spöttisch, aber damit konnte sie Polly kein Lachen entlocken. Barghest hatte sich inzwischen von seinem Schrecken erholt. Er ging auf den kleinen Mann zu, der ihn mit einem lässigen »Abend, Käpt'n« begrüßte. Doch Barghest war nicht nach Nettigkeiten zumute.

»Wo im Namen von Arctos habt ihr gesteckt?«, fragte er erbost. »Und warum sind all diese Karren leer? Ich dachte, ich könnte ein paar Lieferungen mit nach Freehaven nehmen!«

Das Gesicht des Mannes verfinsterte sie. »Gebt mir keine Schuld!«

»Ihr seid der Verantwortliche hier, Oberaufseher Fox«, sagte Barghest kühl. »Wem sollte ich sonst die Schuld geben?«

»Den Banditen, Käpt'n«, erklärte Fox wütend. »Die Banditen sind schuld!«

Barghest machte ein sehr ernstes Gesicht. »Schon wieder ein Überfall?«

»Ja. Sie lauerten uns in einem Hinterhalt auf, raubten unsere Fracht und ließen uns dann laufen.«

Barghest deutete auf den Mann mit dem Kopfverband. »Ist das auch ihr Werk?«

Der Oberaufseher schnalzte mit der Zunge und schüttelte verächtlich den Kopf. »Der da? Nein, der dumme Kerl ist vom Sitz gefallen und mit dem Kopf auf einem Stein aufgeschlagen.« Er streifte den Pechvogel mit einem abfälligen Blick und wandte sich dann wieder an den Kapitän. »Sie sind sehr friedfertig, unsere Banditen, und haben gute Manieren. Haben uns höflich gebeten, an den Straßenrand zu fahren, und noch höflicher, ihnen unsere Fracht zu übergeben …«

»Habt ihr euch nicht gewehrt?«

»Sie mögen zwar höflich sein, Käpt'n, aber sie sind bis an die Zähne bewaffnet. Und ich möchte das Leben meiner Männer nicht aufs Spiel setzen.«

Barghests Miene drückte seine Missbilligung aus, doch er sagte lediglich: »Tja, und was machen wir jetzt? Ich könnte einen Trupp von Männern zusammenstellen und den Banditen nachjagen …«

Fox stieß ein kurzes, hämisches Lachen aus. »Ha! Keine Chance, Käpt'n! Sie behalten das Zeug nicht lange, wisst Ihr. Sie verteilen es sofort. Unsere Lieferung wird in kürzester Zeit in Hunderten von Hütten in Vorratsbehältern verschwinden und Tausende hungriger Mägen füllen.«

»Aber …«, stammelte Barghest, »was soll ich jetzt Lord Lanneret und dem Monarchenbund sagen? Sie erwarten die Lieferungen, sie …«

»Warum sagt Ihr ihnen nicht die Wahrheit, Käpt'n?« In Fox' barscher Stimme schwang so viel unterdrückte Wut mit, dass das leise Gemurmel der Umstehenden umgehend verstummte. »Sagt ihnen die Wahrheit!« Seine Worte zerschnitten die Stille und hallten von den alten Mauersteinen wider. »Sagt ihnen, dass die Verfügungen des Monarchenbunds hier in Estmoor nicht mehr respektiert werden.«

Barghest musste den Mund erst zwei- oder dreimal auf- und zuklappen, bevor er endlich etwas über die Lippen brachte. »Das ist Aufwiegelung, Fox! Das dürft Ihr nicht sagen! Es ist Verrat! In Freehaven würdet Ihr schon für weniger gehängt werden!« Doch Fox achtete nicht auf diese Worte, sondern betrachtete besorgt seinen verletzten Fahrer und wandte sich dann an Polly.

»Du kennst dich mit Pferden aus. Kannst du auch einen Karren lenken?«

»Natürlich, aber …« Sie hob ihre gefesselten Handgelenke hoch.

»Kein Problem, für so was gibt es Schlüssel.« Mit einem überraschenden Lächeln erlöste er sie von ihren Handfesseln. Polly schüttelte ihre tauben Hände und ihre wund gescheuerten Handgelenke, kletterte auf den Fahrersitz und griff nach den Zügeln. Fox nickte zufrieden und hob dann die Stimme, um seinen Männern einen Befehl zuzurufen. »Wir müssen zurück! Ladet die Gefangenen auf!«

Gaia wurde von Polly weggeführt, auf einen der anderen Karren zu, auf dem bereits ein paar Gefangene saßen, die gefesselten Hände um die Knie geschlungen, um sich vor der Kälte zu schützen. Als Gaia versuchte, auf den Karren zu klettern, sagte jemand: »Komm, ich helf dir!«, und zwei kräftige Arme zogen sie hinauf. Dankbar ließ Gaia sich helfen und landete auf den rauen, schmutzigen Brettern des Karrens ungeschickt auf den Knien. Es war eine Frau, die ihr geholfen hatte, eine mollige Frau, die sie vom Gerichtssaal her flüchtig kannte. Sie sah müde aus, doch sie lächelte Gaia aufmunternd an. »Alles in Ordnung mit dir, meine Kleine?«

»Ja, danke.« Gaia setzte sich neben die Frau, froh über ihre Nähe und ihre Wärme. Der Tag neigte sich dem Ende zu. Neben der Landungsbrücke waren die Lichter auf dem Schiff angezündet worden, die sich nun im Wasser spiegelten. Ein einsamer Schwan glitt über den Fluss, der in der zunehmenden Dunkelheit fast zu glänzen schien. Oberaufseher Fox ging von einem Fuhrwerk zum nächsten, schlug die Ladeklappen zu und zündete die Laternen neben dem Fahrersitz an. Als er auf seinen eigenen Sitz stieg, rief er: »Und los geht's!«, und sogleich setzten sich die Karren in Bewegung und holperten über den alten, gepflasterten Weg mit den zahlreichen Furchen. Die schaukelnden Laternen warfen ihren Lichtschein über den Weg, und Gaia schaute nach hinten auf die schwingende Laterne des Fuhrwerks, das von Polly gelenkt wurde. Ein paarmal ließ ihr Lichtschein Pollys blonde Haare golden aufleuchten und zeigte ihr Gesicht, wie sie das massige Pferd hoch konzentriert und sehr ernst über die unebene Straße lenkte.

»Gehört ihr zwei zusammen?« Die mollige Frau, Kate, runzelte die Stirn. »Sie kann nicht deine Schwester sein. Ihr seht zu unterschiedlich aus.«

»Nein, sie ist meine Freundin.« Gaia zögerte. »Ich meine … wir haben uns erst im Gericht kennengelernt. Ich weiß eigentlich nicht viel von ihr, nur, dass sie auf dem Land aufgewachsen ist, auf einer Farm. Deshalb kann sie auch so gut mit Pferden umgehen.« Sie verstummte und dachte an die Geschichte, die Polly ihr in den langen, kalten Tagen auf See erzählt hatte. »Als die Hungersnot ausbrach, machte sich ihr Bruder auf den Weg nach Freehaven, um sich eine Arbeit zu suchen. Doch weil die Familie nichts mehr von ihm hörte, wurde Polly losgeschickt, um nach ihm zu suchen. Sie wurde wegen Stadtstreicherei verhaftet und nach Hause zurückgeschickt. Doch als sie dort ankam, war die Farm schon aufgegeben worden und ihre Eltern waren wie vom Erdboden verschwunden. Sie konnte sich nichts anderes vorstellen, als dass sie ebenfalls nach Freehaven gegangen waren, um sie und natürlich auch ihren Bruder zu suchen, und deshalb kehrte sie notgedrungen dorthin zurück. Das war vor einigen Wochen. Sie wurde erneut verhaftet …« Gaia zuckte die Schultern. »Den Rest kennt Ihr ja.«

»Ja«, sagte Kate. »Den Rest kenne ich.« Sie betrachtete Gaias Gesicht, das erschreckend weiß war im Schein der Laterne, abgesehen von den Schatten unter den dunklen Augen. »Ich kenne den Rest. Verschollene Eltern, verschollene Kinder. Was für ein elendes Land!«

Sie war schweigsam danach, genau wie Gaia. Der Nachthimmel war wolkenverhangen, als die Fuhrwerke in eine dichte, kalte Finsternis hineinrumpelten, die nur von den Lichtern ihrer Laternen durchbrochen wurde. Eine Zeit lang fiel ein eisiger Nieselregen und sie kauerten sich noch enger aneinander und wickelten ihre Jacken um sich. Später jedoch hörte der Regen auf und die Wolken gaben den Mond frei. In seinem silbernen Schein konnten sie sehen, dass sie durch ein breites, flaches Tal fuhren, das von sanften Hügeln umgeben war. Der Fluss schlängelte sich das Tal hinauf, silbern glänzend, und die Straße führte an ihm entlang, markiert durch weiße Steinblöcke, die wie der Schwan vorhin im Mondlicht schimmerten. Ein Stück weiter vorne lösten sich die Straße und der Fluss in einer dunklen Masse auf, die den Boden des Tals ausfüllte und sich auf beiden Seiten an den Hügeln hinaufzog, fast so, als wäre ein Teil der dunklen Nacht dort liegen geblieben, als der Mond auftauchte. Gaia kniete sich hin, beugte sich vor und kniff die Augen zusammen, um besser sehen zu können, was diese dunkle Masse war, doch da änderte das Fuhrwerk abrupt die Richtung, mit einem Ruck, der sie seitwärts gegen Kate plumpsen ließ.

»Vorsicht, meine Kleine!«, sagte diese.

Sie hatten die gepflasterte Straße hinter sich gelassen und fuhren nun über einen holperigen Zickzackweg auf einen der Hügel zu. Die Karren rumpelten über Furchen und durch tiefe Schlammpfützen. Sie kamen jetzt nur noch langsam voran, und die Pferde mussten ihr Äußerstes geben, um den steil ansteigenden, unebenen Weg zu meistern. Etwa auf halber Höhe blieb das Fuhrwerk direkt vor ihnen im Schlamm stecken, und die Gefangenen mussten herunterklettern und warten, bis der Fahrer es wieder frei geschaufelt hatte. Unter den Gefangenen sah Gaia einen Jungen, der sich verstohlen nach einem Fluchtweg umblickte. Doch es gab keinen. Der Weg war auf beiden Seiten von hohem Dornengestrüpp gesäumt und so kletterte er niedergeschlagen wieder mit den anderen auf den Karren. Die Pferde setzten sich erneut in Bewegung und kämpften sich weiter den steilen Weg hinauf, bis sie zu guter Letzt oben auf dem Hügel angelangt waren.

Es war eine öde, trostlose Gegend. Zu ihrer Linken zeichnete sich eine endlose Dunkelheit ab. Vor ihnen und zu ihrer Rechten lag ein eintöniges Hochmoor, dessen einzige Auffälligkeit ein paar wenige niedrige Gebäude waren, die sich vor dem kahlen Horizont eng aneinanderkauerten. Es sollte nicht mehr lange dauern, bis sie vor einem Eisentor anhielten, das in eine hohe Steinmauer eingelassen war, die wie eine dunkle Linie quer durch das silbrige Moor verlief. Die beiden Torflügel hoben sich hart vom sanften Mondlicht ab und warfen finstere Schatten auf die nur spärlich bewachsene Wiese.

»Seid Ihr es, Oberaufseher?« Ein Mann mit einer Laterne in der Hand tauchte aus der Dunkelheit hinter dem Tor auf.

»Natürlich! Schließ auf!« Unter dem Klirren von Schlüsseln, Schlössern und Ketten schwang das Tor schließlich auf und die Fuhrwerke setzten ihren Weg zu den trostlosen Gebäuden am Horizont fort. Aber inzwischen waren sie innerhalb der hohen Mauern und fuhren nicht mehr über wild wucherndes Grasland. Der Boden war in Parzellen unterteilt, große Äcker und kleine Beete, und der Erdboden war gepflügt und wies gerade, regelmäßige Furchen auf.

»Was ist das für ein Ort?«, murmelte Gaia, mehr zu sich selbst, aber der Fahrer drehte den Kopf und erklärte gutmütig: »Na, eine Farm natürlich. Hast du das nicht gewusst?«

»Eine Farm?« Sie starrte in die Dunkelheit. Kate, neben ihr, lachte plötzlich auf. »Na, dann Prost! Dabei kann ich nicht mal ’nen elenden Kaktus am Leben erhalten!«

17. Kapitel
Hope's End

Sie fuhren eine sanft abfallende Böschung hinunter und dann durch einen flachen Bach, der quer zum Weg verlief. Ein kurzer Anstieg brachte sie auf einen nur spärlich beleuchteten Hof, wo sie endlich anhielten. Gaia fröstelte. Mit klappernden Zähnen fragte sie Kate: »Was jetzt?«, doch ihr Fahrer drehte sich um und legte den Finger auf die Lippen: »Psst!« Fox, mit weißem Gesicht und Haaren, die in dem schwachen Licht der Laterne kupferfarben glänzten, erhob sich von seinem Sitz und hielt eine Hand hoch, um alle zum Schweigen zu bringen.

»Willkommen in Hope's End.« Seine Stimme war kräftig, eher barsch. »Ich bin kein Mann der großen Reden und außerdem ist es schon spät und bitterkalt. Aber es gibt ein paar Dinge, die ihr unbedingt gleich wissen solltet.« Er machte eine kurze Pause und fuhr dann fort: »Ihr seid hierhergeschickt worden, weil ihr gegen die Gesetze der Republik verstoßen habt. Ich denke, das ist euch allen klar. Morgen werdet ihr anfangen, für eure Vergehen zu büßen. Ihr werdet, zum Nutzen des Volkes, Farmarbeit verrichten. Und das werdet ihr bis zu dem Tag tun, an dem ihr sterbt, oder zumindest bis zu dem Tag, an dem ihr eventuell begnadigt werdet.«

»Schön wär's!« Eine sarkastische Stimme drang durch die Dunkelheit und alle erschraken, doch Fox grinste nur, müde und nachsichtig. »Zwei wichtige Regeln«, fuhr er fort. »Lauft ja nicht weg! Und tut, was euch gesagt wird! Wenn ihr diese beiden Regeln befolgt, werdet ihr hier … nun ja, werdet ihr ein einigermaßen erträgliches Leben haben. – So …« Er zog einen Zettel aus seiner Tasche und hielt ihn sich dicht vor die Nase, um bei dem schlechten Licht überhaupt etwas lesen zu können.

»Polly Beckett!«

»Ja.« Pollys Stimme bebte.

»Ah, das bist du?« Fox nickte ihr erfreut zu und winkte sie an seine Seite.

»Simon Garth!« Der Junge, der sich vorhin suchend nach einem Fluchtweg umgeschaut hatte, rief ebenfalls »Ja« und durfte sich neben Polly stellen.

»Elsa Seemöwe!«

Schweigen.

»Elsa Seemöwe!«, rief er ungeduldig zum zweiten Mal. Gaia zuckte zusammen, stolperte dann überstürzt aus dem Karren und eilte zu den anderen. Nervös drückte Polly in der Dunkelheit ihre Hand. Ihre Finger waren noch eisig vom Halten der Zügel.

»Ihr drei«, sagte Fox, »geht mit Mr Hawkins.«

Sie gingen mit einem der Wächter – einem hochgewachsenen Mann, dessen kräftige Gestalt sich in der Dunkelheit abzeichnete – vom Hof und zur Rückseite eines Steingebäudes. Der Mond hatte sich wieder halb hinter einer Wolke versteckt, und deshalb konnten sie die dunklen Umrisse der anderen Gebäude, die wie riesige, schlafende Bestien in der Moorlandschaft kauerten, nur vage erkennen. Der Mann führte sie über störrische Grasbüschel und blieb dann vor einer Tür stehen.

»Kinderbaracke«, erklärte er. »Hier werdet ihr schlafen. Sucht euch einfach irgendwo ein Plätzchen.« Er machte zwei Schlüssel von dem Bund ab, den er am Gürtel hängen hatte, befreite mit dem einen Gaia und Simon von ihren Handfesseln und schloss mit dem anderen die Hütte auf. »Hinein mit euch!« Er stieß die Tür auf, sie stolperten über die Schwelle und schon schlug er die Tür wieder hinter ihnen zu und schloss sie ab.

Sie fanden sich in einem niedrigen, fast kahlen Raum wieder: unmöbliert, abgesehen von den Behelfsbetten in Form von Strohballen an der einen Wand. Aber die Betten waren leer. Niemand ruhte sich aus oder schlief. Sämtliche Kinder hatten sich am anderen Ende des Raums versammelt, wo sie aufgeregt miteinander tuschelten und kicherten. Außerdem schauten sie immer wieder gespannt zum einzigen Fenster hinauf. Es befand sich fast direkt unterhalb des Daches, sodass man vom Fußboden aus lediglich den mondbeschienenen, wolkigen Himmel sehen konnte. Eines der Mädchen war auf die Schultern eines Jungen geklettert, hielt sich am Fenstersims fest und lehnte sich in die Nacht hinaus.

Jemand murmelte etwas und wieder gab es Gelächter, lauter als zuvor. Ein großes Mädchen, das mitten in der Gruppe stand, sagte: »Klappe!«, und fragte dann das Mädchen oben am Fenster: »Ist er schon zu sehen, Jenny?«

Das Mädchen namens Jenny warf einen Blick nach unten. »Nein, noch nicht«, sagte sie und lehnte sich dann schnell wieder zum Fenster hinaus. Gaia, Polly und Simon gingen an den unordentlichen Strohballen vorbei auf die kleine Gruppe zu.

»Was ist los?«, fragte Gaia.

Ein Mädchen, das am Rand der Gruppe stand, drehte ihr den Kopf zu und wollte gerade etwas antworten, doch da stieß Jenny einen aufgeregten, leisen Schrei aus.

»Er kommt!«

Alle starrten nun wieder wie gebannt auf das kleine Fenster. Jenny zog den Kopf ein und schon kam ein großes, nachlässig in ein schmutziges Tuch eingewickeltes Bündel durch das Fenster geflogen. Die Enden des Tuchs hatten sich gelöst, sodass sie wie ein Paar missgestaltete Flügel aussahen, als das Bündel durch das Fenster flog und plumpsend auf dem Fußboden landete. Ein paar der kleineren Kinder wollten sich darauf stürzen, doch das große Mädchen stieß sie beiseite.

»Finger weg!«, zischte sie, griff selbst nach dem Bündel und hob es auf. »Ihr wartet gefälligst!«

Oben am Fenster lehnte sich Jenny gefährlich weit hinaus, und der Junge, auf dessen Schultern sie stand, hielt sie an den Knöcheln fest. »Lass mich ja nicht los, Tom!«, rief sie lachend. Sie streckte einen Arm aus, weil sie offenbar jemanden halten wollte. »Auf!«, hörte Gaia sie sagen, ehe sie sich wieder aufrichtete und kräftig zog. »Aus dem Weg!«, rief sie den Kindern unter dem Fenster zu. Der Haarschopf eines Jungen tauchte im Fenster auf, verschwand aber wieder, weil der Junge offenbar erst einen besseren Halt für seine Füße finden musste. Dann konnte er den ersten Fuß auf das Fensterbrett aufsetzen, zog den anderen nach, saß kurz auf dem Fensterbrett und sprang dann auf den Boden.

Er setzte sich auf und grinste die Umstehenden an. Jenny sprang von Toms Schultern.

»Und? Was hast du uns Schönes mitgebracht?«, fragte sie gierig.

Mit dem Kopf deutete er auf das Bündel, das er durch das Fenster geworfen hatte. »Schau doch nach!« Die Kinder drängten sich um das große Mädchen, das bereits begonnen hatte, das Tuch behutsam aufzuschlagen: ein Laib Brot, ein Stück Schinken. Doch Gaia interessierte sich nicht dafür. Sie schob sich an den aufgeregten Kindern vorbei und ging auf den Jungen zu.

»Hallo, Jason!«, sagte sie leise.

Vor lauter Freude darüber, ihn wiederzusehen, hatte sie geweint: ihr ältester und bester Freund. Und natürlich auch gelacht, weil er immer noch der gute, alte Jason war. Was wäre schon anderes von ihm zu erwarten gewesen, als dass er mit geklautem Essen hereinspazierte? Nun, als sie am nächsten Tag im blassen, kalten Morgenlicht neben ihm arbeitete, musterte sie ihn von der Seite und verspürte dasselbe Durcheinander aus tränenfeuchter Erleichterung und überschwänglichem Lachen.

Es war nur so, dass er nicht mehr der alte Jason war, nicht mehr so richtig. Sie betrachtete ihn erneut verstohlen. Auch er war aus einem ganz einfachen Grund hier gelandet. Er war in Trebburn an Baladins Agenten verkauft worden und musste in dessen großem Anwesen in der Provinz Imber in der Küche arbeiten. Nachdem er einen halben Mond lang Befehle eines humorlosen Hausdieners und einer griesgrämigen Köchin entgegengenommen hatte, hatte er die Nase voll gehabt, war weggelaufen und wenig später geschnappt worden, weil er sich an einem Marktstand etwas zu essen geklaut hatte. Und als entlaufener Sklave war er kurzerhand nach Hope's End verfrachtet worden. Eine einfache Geschichte. Doch sie hatte ihn irgendwie verändert. Er war dünner denn je, bestand nur noch aus Haut und Knochen und sein Gesicht war noch schmaler als früher. Doch es war nicht nur die Tatsache, dass er dünner geworden war. Letzte Nacht hatte sie sich zum Schlafen an ihn gekuschelt – er lag abseits der anderen, in einem Winkel in der Nähe des Fensters, den die anderen nicht mochten, weil er so zugig war. Mitten in der Nacht war er aufgewacht, hatte sich aufgebäumt und nach Luft geschnappt. Sie hatte seine hektischen Atemzüge gehört und auch, wie er versuchte, sich wieder zu beruhigen. Es hatte einige Zeit gedauert, bis er wieder einschlief. Und da war auch etwas in seinen Augen, wenn er sich unbeobachtet wähnte: eine Art Argwohn, Frustration und Verbitterung, die er unter seinem Draufgängertum und seiner Großspurigkeit zu verbergen suchte.

Er blickte auf, merkte, dass sie ihn beobachtete, und grinste sie spitzbübisch und augenzwinkernd an, während er einen weiteren Stein in den Korb warf, der zwischen ihnen auf dem Boden stand. Zusammen mit etlichen anderen sollten sie ein Feld zum Bepflanzen vorbereiten und alle Steine herauslesen und deshalb wühlten sie nun mit vor Kälte tauben Fingern im frostigen Boden herum.

»Denke, er sollte wieder mal ausgeleert werden, hm?«, fragte er und deutete mit dem Kinn auf den Korb.

Ein Lächeln huschte über ihr Gesicht. »Keine schlechte Idee«, stimmte sie ihm zu. Mit vereinten Kräften hoben sie die schwere Last vom Boden und trugen sie zu dem großen Steinhaufen, der bereits im Schutz der Mauer am Rand des Felds aufgeschichtet war. Hier waren sie außer Hörweite der anderen Gefangenen und des sichtlich gelangweilten Wächters, der sie nun aber mit Argusaugen beobachtete. Sobald sie sich sicher fühlten, nahmen sie ihre unterbrochene Unterhaltung wieder auf.

»Aber womit wolltet ihr sie denn freikaufen?«, fragte Jason.

»Das Amulett«, erklärte ihm Gaia. »Erinnerst du dich an das Amulett?«

»Ähm … lass mich mal überlegen. Da war doch was …« Theatralisch legte er die Stirn in Falten und sie boxte ihn spielerisch in die Rippen. »Klar, Gaia.« Er grinste sie an. »Natürlich erinnere ich mich an dein Amulett. Hast du inzwischen eigentlich herausgefunden, was es genau ist?«

»Nein, nicht direkt, aber ...« Sie erklärte ihm alles, was sie mittlerweile wusste.

»*Verboten?*« Das Lachen in seinen Augen war erloschen und er starrte sie entsetzt an. »Und was ist passiert? Wo ist es jetzt?«

Sie fasste sich instinktiv an die Brust, wo der kleine Lederbeutel hing, und Jason riss entgeistert die Augen auf.

»Was? Du trägst es doch nicht etwa noch mit dir herum? Gaia, du musst es unbedingt verschwinden lassen!« Unwillkürlich hob er die Stimme, merkte es dann aber, schaute sich erschrocken um und fuhr im Flüsterton fort: »Wenn sie es bei dir finden ... Ist dir nicht bewusst, was dann passiert? Alles, was verboten ist, bedeutet den sicheren Tod!«

»Ich *weiß*«, sagte sie trotzig und fügte etwas kleinlaut »Ich weiß« hinzu. Jason hatte natürlich recht. Es war ein großes Risiko, das Amulett um den Hals zu tragen, und ein sinnloses Risiko zudem. Welchen Nutzen hatte es jetzt noch für sie? Aber sie hing nach wie vor sehr an ihm, ihrem hübschen, geheimnisvollen, gefährlichen kleinen Talisman. Sie konnte sich einfach nicht von ihm trennen ...

»Was wird mit diesen ganzen Steinen hier gemacht?«, fragte sie.

»Och, die bleiben wohl hier liegen.«

Er deutete auf die verlassenen Steinpyramiden, die entlang der ganzen Mauer aufgehäuft worden waren und zum Teil schon mit Moos und Unkraut überwuchert waren.

»Na schön, dann muss es eben ausreichen.« Sie schlich hinter einen der Steinhaufen, hinter dem es eine Lücke bis zur Mauer gab, zog vorsichtig ein paar lockere Steine aus dem unteren Teil heraus und nahm das Amulett vom Hals. Einen Moment lang kauerte sie reglos da, drehte den kleinen Beutel in den Händen und spürte die Umrisse des Elfenbeinvierecks durch das abgetragene Leder.

»Beeil dich!«, raunte Jason ihr zu. Mit einem Seufzer schob sie das Amulett so tief wie möglich zwischen die Steine. Dann kam sie wieder zu Jason und griff entschlossen nach einem Henkel des Korbs.

»Meinst du, hier ist es in Sicherheit?«

»Darum geht es nicht«, sagte er grimmig, »sondern darum, dass *du* eher in Sicherheit bist, wenn es hier versteckt ist und nicht um deinen Hals hängt!«

Gegen Mittag durften sie eine kurze Pause einlegen und verzehrten ihr kärgliches Mittagessen in Form von Wasser und harten Brotfladen. Gaia setzte sich damit neben den Steinhaufen und starrte so lange auf die Stelle, an der sie ihr Amulett versteckt hatte, um sie sich einzuprägen, bis Jason sie warnend in die Seite boxte. Widerwillig zwang sie sich, die Augen abzuwenden, und schaute sich um. Das Feld, von dem sie gerade die Steine wegräumten, war ein breiter, trostloser Streifen Land, auf dessen steinigem Boden nur ein paar borstige Grasbüschel wuchsen. Dahinter erstreckten sich ein paar weitere große Felder. Dann war da noch die Farm selbst: ein auf drei Seiten von Steinmauern umgebener Hof, das niedrige Wohnhaus, flankiert von Scheunen und Ställen. In der Nähe der Farmgebäude, an einem Abhang, der sich bis zum Bach hinunter erstreckte, waren kleinere, eingezäunte Parzellen und außerdem weitere offene Felder. Umschlossen war das ganze Anwesen von einer grauen Steinmauer. Und jenseits dieser Mauer erstreckte sich ein Hochmoor, so weit das Auge reichte. Es war eine triste, kahle, endlos scheinende Landschaft, die nur eine einzige Abwechslung bot: Das, was am Vorabend wie eine geheimnisvolle, dunkle Masse ausgesehen hatte, entpuppte sich nun, bei Tag, als Wald. Gaia betrachtete die fernen Bäume, während sie auf dem trockenen, harten Brot herumkaute.

»Es geht leichter, wenn du es ins Wasser tunkst«, sagte Jason. »Und hier, nimm!«

Er drückte ihr etwas Weißes, Bröckeliges in die Hand. »Käse«, erklärte er. Vorsichtig biss sie ein Stück ab: Es schmeckte kräftig und salzig.

»Wo hast du das her?«

»Hab ich letzte Nacht mitgehen lassen, zusammen mit dem anderen Zeug.«

»Und warum hast du es nicht auch an alle verteilt?«

»Sonderbonus«, entgegnete er. »Ich trage das Risiko und folglich steht mir auch etwas mehr zu.«

»Ist es wirklich so riskant? Was wäre, wenn sie dich schnappen würden?«

»Fox ist in Ordnung«, antwortete er ausweichend. Er sagte nichts von seiner Vermutung, dass der Oberaufseher sehr wohl wusste, dass seine Küche regelmäßig geplündert wurde und auch von wem, doch Gaia war der resignierte Ausdruck in seinen Augen nicht entgangen.

»Jason …« Sie legte ihm eine Hand auf den Arm. Doch er sprang auf und leckte sich die letzten Käsekrümel von den schmutzigen Fingern. »Komm! Die Arbeit wartet«, sagte er betont forsch.

Beunruhigt folgte sie ihm über den gefrorenen Boden an eine Stelle, an der sich die anderen Gefangenen versammelt hatten, Schulter an Schulter, um etwas Schutz vor dem eisigen Wind zu haben. Hawkins stand bei ihnen und blies sich an die Finger. Er winkte Gaia und Jason zu sich. »Ihr zwei kommt mit mir!«, befahl er knapp und führte sie über die großen Felder zu den kleinen, eingezäunten Parzellen in der Nähe der Farmgebäude. Er öffnete ein Gatter, und sie gingen auf eine schmale Parzelle, die von einem Holzzaun umgeben war. Vier Beete erstreckten sich der Länge nach über dieses Stück Land, jeweils durch einen schmalen Trampelpfad voneinander getrennt. Abgesehen von ein paar wenigen braunen Stängeln, die sich durch die Erde gekämpft hatten und dann abgestorben waren, waren diese Parzellen fast vollständig kahl. Die welk herabhängenden Blätter raschelten leise im Wind. Hawkins setzte sich gemütlich auf den Zaun, zückte ein Taschenmesser und begann, an einem Stück Holz herumzuschnitzen.

»Was sollen wir machen, Mr Hawkins?«, fragte Jason.

»Bepflanzen.« Mit einer ruckartigen Kopfbewegung deutete er auf einige kleine, flache Holzkisten, die neben dem Gatter auf der Erde lagen, und wandte sich wieder seiner Schnitzarbeit zu. Gaia kniete sich neben die Kisten und schaute neugierig hinein. Was war denn das? Merkwürdige Körnchen, etwas, das sie noch nie gesehen hatte. Trocken. Hart. Manche waren winzig, fast wie Sandkörner, andere etwa so groß wie ein kleiner Stein. Hauptsächlich graubraun oder schwarz. Stirnrunzelnd schaute sie auf Jason, der am Zaun lehnte.

»Was ist das?«

»Saatgut und Samen.«

»Was?« Als er ihren ratlosen Blick sah, erklärte er es ihr.

»Daraus wachsen Pflanzen. Man steckt die Dinger in die Erde und dann wächst etwas. Beziehungsweise hier eher nicht«, fügte er mit einem Blick auf die verdörrten, braunen Stängel hinzu.

Gaia schaute ihn skeptisch an, drückte einen Finger in eine der Kisten und betrachtete dann die kleinen, unansehnlichen trockenen Körnchen, die an ihrer Fingerspitze klebten. »Du willst mich auf den Arm nehmen, stimmt's?«

»Quatsch!«, protestierte er und lachte dabei so fröhlich, dass sie mitlachen musste. »Ach was, Jason. Ich glaube dir kein Wort. Wie sollen daraus *Pflanzen* werden? Das hier ist … na ja, es ist *nichts*!«

»*Wie* es funktioniert, weiß ich auch nicht.« Er zuckte die Schultern. »Aber es funktioniert.« Und weil sie immer noch so ungläubig dreinschaute, sagte er mit Nachdruck: »Ganz im Ernst, Gaia. Ich schwöre es bei allen Monden.«

Sie rieb die Samenkörner zwischen Daumen und Zeigefinger. Sie fühlten sich vertrocknet und tot an, und Gaia musste an die kraftvolle Natur im Wald denken, die grünen Blätter und vielen Früchte, aus denen der Saft tropfte, wenn man sie aufbrach. Völlig undenkbar, dass sich die braunen Körner hier in etwas derart Lebendiges verwandeln konnten. Sie schüttelte den Kopf und warf Jason einen weiteren ungläubigen Blick zu. »Na schön«, sagte sie dann aber herausfordernd, »dann erzähl mir mal, was aus dem hier werden soll!«

»Keine Ahnung«, sagte er lachend. »Wir stecken sie einfach in die Erde und warten ab, was dann wächst …«

»Lasst mal sehen!«, sagte da plötzlich eine andere Stimme.

»Polly!« Gaia drehte ihr den Kopf zu und begrüßte sie mit einem erfreuten Lächeln. Sie waren den ganzen Morgen über getrennt gewesen. Polly hatte sich eine alte, löchrige Pferdedecke als Behelfsumhang über die Schultern geworfen und sie roch nach Heu und Pferden: ein warmer, behaglicher Geruch. Sie kauerte sich neben Gaia und deutete der Reihe nach auf alle Kisten.

»Lattich«, erklärte sie, »und Zwiebeln … Karotten … Erbsen … Bohnen.«

Jason sprang vom Zaun und ging neben ihr in die Hocke. »Wie war das?« Sie leierte ihre Aufzählung noch einmal von vorn herunter, während Gaia ratlos von ihr zu Jason und wieder zurück blickte.

Falls sich die beiden nicht abgesprochen hatten und ihr einen Streich spielen wollten, dann hatte Jason tatsächlich die Wahrheit gesagt. Aber wie um alles in der Welt war es möglich, dass diese vertrockneten Dinger sich in etwas Lebendiges, Grünes verwandeln konnten?

»Aha«, sagte Jason, als Polly mit ihrer Aufzählung fertig war. Er klang beeindruckt. »Vielleicht schaffen wir es wirklich, etwas anzubauen, das zur Abwechslung mal nicht eingeht.«

»Ich weiß nicht …« Polly schien Bedenken zu haben. »Es ist kein guter Ort … zu windig und ungeschützt, und diese Erde hier …« Sie befingerte die feuchte, steinige, bröckelige Erde und verzog das Gesicht. »Sie taugt nichts.«

Gaia nahm eine Handvoll der Erde, zerrieb sie zwischen den Fingern und dann zwischen beiden Handflächen und spürte, wie klumpig und körnig sie war. Anschließend vergrub sie beide Hände bis zu den Handgelenken im Erdreich und spielte fasziniert mit der Erde herum. Polly beobachtete sie zunehmend irritiert. »Sag mal, Gaia, hast du etwa noch nie *Erde* gesehen?«

Gaia wischte sich ein paar Erdkrümel von den Händen und rieb diese anschließend an ihrer Jacke ab.

»Nein.« Wieder konnte sie nicht widerstehen, nahm einen Erdklumpen und legte ihn prüfend auf die Handfläche. »Dort, wo wir herkommen, gibt es nur Steine und Felsen; keine Erde.« Nachdenklich zerkrümelte sie den Erdklumpen und verrieb die Erde dann zwischen den Fingern.

Jason setzte sich auf die Fersen und beobachtete Gaias feierliche Miene. Die verträumte alte Gaia, wie üblich mit dem Kopf in den Wolken. »Sie war schon immer so …«, wollte er Polly gerade erklären, doch da sprang Hawkins vom Zaun und kam mit großen Schritten auf sie zu.

»He, ihr drei! Das ist kein Gartenfest hier, damit ihr es wisst! Oder erwartet ihr, dass ich euch gleich Tee und Brötchen bringe? Genug geschwätzt! Macht euch endlich an die Arbeit!«

»Jawohl, Sir!« Jason schnappte sich eilends eine Kiste mit Saatgut. »Auf, Polly! Zeig du uns, wie man es macht!«

»Die Sache ist die«, erklärte ihr Jason später, »dass Gartenarbeit ziemlich langweilig ist. Aber es gibt nur einen Wächter für alle Gärten und deshalb lassen sie uns oft in Ruhe, genau wie jetzt.« Hawkins war fortgegangen, um irgendwelche anderen Gefangenen zu kontrollieren, mit der Drohung: »Ich hoffe, ihr habt Fortschritte gemacht, bis ich zurückkomme!« Polly und Jason saßen nebeneinander auf dem Zaun, während Gaia zu ihren Füßen genüsslich in der Erde wühlte. Auf einmal hielt sie mitten in einer Bewegung inne und schaute nachdenklich zu Jason hoch. Sie klappte den Mund auf und wieder zu und runzelte die Stirn.

»Oh, oh«, sagte Jason grinsend. »Sie denkt mal wieder nach.«

Sie streckte ihm die Zunge heraus. »Ich habe mir nur gerade *überlegt*«, sagte sie, »dass sie uns wirklich ziemlich oft allein lassen. Nicht nur jetzt gerade. Du bist gestern Abend aus der Baracke geschlüpft und wieder zurückgekehrt und mich hat heute Morgen auch niemand gesehen …« Polly schaute verwirrt drein und Gaia fuhr fort: »Ich meine, es müsste doch ganz leicht sein zu *fliehen*, oder? Ein Kinderspiel. Über die Mauer zu klettern, dürfte kein Problem sein und …«

Schroff schnitt Jason ihr das Wort ab. »Herauszukommen wäre natürlich kein Problem.« Er sprang vom Zaun, stellte sich mit dem Rücken zu ihnen und lehnte sich an die oberste Holzlatte. Er schaute über die Felder zur Mauer und auf die dahinterliegende Moorlandschaft. »Schwierig wird es erst, wenn man draußen ist.« Er drehte sich wieder zu ihnen. »Das hier«, er berührte die doppelte Narbe an seiner Wange, »verrät dich, egal wo du auch hingehst. Denn wo immer man hinkommt, gibt es massenhaft Leute, die nur allzu versessen darauf sind, sich eine oder zwei Seraffen zu verdienen, indem sie jeden Schwachkopf, der so idiotisch ist und einen Fluchtversuch macht, zurückbringen.«

»Du hast es versucht.« Gaia war sich dessen plötzlich ganz sicher.

Jason blieb stumm und hing seinen Erinnerungen nach. Er wusste noch gut, wie er von dem Fuhrwerk gesprungen war, das ihn hierhergebracht hatte, während Fox die Lagerregeln erklärt hatte. »Versucht ja nicht zu fliehen!«, hatte der Oberaufseher gesagt, doch da waren Jasons Augen bereits über das Ackerland zu der angeblich unübersteigbaren Mauer und dem dahinterliegenden Moor gehuscht. Und gleich in der zweiten Nacht war er weggelaufen. Es war leicht, hätte nicht leichter sein können. Gegen Morgen kam er zu einem ärmlichen kleinen Dorf, neben einem Wäldchen aus windschiefen Bäumen und auf einem Hügel gelegen, der bis zur Küste hin abfiel. An diesem Morgen hatte er zum ersten und einzigen Mal in seinem Leben das Meer gesehen, das sich atemberaubend schön, riesig, grau und ruhelos unter einem Winterhimmel erstreckte. Während er noch staunend dastand, war eine Frau aus einer der Hütten gekommen. Er hatte spontan weglaufen wollen, doch sie sagte: »Hab keine Angst.« Und sie hatte ihm behutsam über die Wange gestreichelt. »Du kommst von der Farm. Hab keine Angst. Du bist sicher hungrig.«

»Ja«, hatte er zugeben müssen. Er war auch schrecklich müde nach dieser Nacht, in der er abwechselnd gerannt und gegangen war und verzweifelt versucht hatte, bis zum Morgengrauen einen möglichst großen Abstand zwischen sich und die Farm zu bringen. Sie hatte gelächelt und ihn in ihre dunkle, verrauchte Küche mitgenommen, wo sie ihm Brot und einen säuerlich schmeckenden Tee vorgesetzt hatte. »Iss!«, sagte sie, und nachdem er gegessen hatte: »Schlaf!« Hundemüde, wie er war, hatte er den Kopf auf die schmutzige Tischplatte gelegt, doch kurz bevor er die Augen zugemacht hatte, sah er einen komischen Ausdruck auf ihrem Gesicht, den er nicht so recht einordnen konnte. Später sollte er begreifen, dass es Gier gewesen war.

Er erwachte, als ihm frische Luft ins Gesicht wehte und er die Pritsche eines Fuhrwerks unter sich spürte. Als er sich aufrichten wollte, merkte er mit plötzlicher Panik, dass er an Händen und Füßen gefesselt war. Ungeschickt erhob er sich und blickte sich um. Vor ihm am Horizont zeichneten sich die Umrisse von Hope's End ab.

Kriegen wir unser Geld?«, hatte die Frau fordernd gefragt.

»Ja, natürlich«, hatte Fox müde geantwortet, in seinen Schreibtisch gegriffen und ihr zwei Seraffen ausgehändigt. Nachdem die Frau gegangen war, hatte er sich an Jason gewandt, der gefesselt und trotzig vor ihm stand. Weil er Jasons Blick nicht standhalten konnte, hatte er nur gesagt: »Die Bestrafung für Flucht wurde vom Monarchenbund festgelegt. Es steht nicht in meiner Macht, sie abzuändern.« Dann hatte er nach Hawkins gerufen.

An dieser Stelle riss sich Jason resolut aus seinen Erinnerungen.

»Ja«, sagte er deshalb nur zu Gaia, »ich habe es versucht.«

»Und was ist passiert?«, fragte sie, doch er schüttelte nur den Kopf. Auf einmal wirkte er wie ein kleiner Junge, wie der Jason, den sie von früher kannte. Er war vor Baladin in einer gestohlenen braunen Jacke weggelaufen, einer Männerjacke, die ihm viel zu groß war, viel zu weit an den Schultern und mit viel zu langen Ärmeln –

und in der er richtig verloren wirkte. Sie erhob sich und legte ihm tröstend einen Arm um die mageren Schultern, doch er schüttelte ihre Umarmung ab.

»Was du verstehen musst, Gaia«, sagte er schroff, »ist, dass man hier überleben kann. Die Arbeit ist nicht leicht und man muss viel frieren und hungern. Aber Foxy und die anderen sind ganz in Ordnung, solange man sich an die Regeln hält. Wie gesagt, man überlebt. Und ich denke, mehr kann man nicht erwarten, wenn man als krimineller Sklave der Republik gilt.« Er zog eine Schaufel aus dem Stapel der Werkzeuge, die auf dem Boden lagen. »So, ich muss weiterarbeiten«, sagte er. Mitleidig sahen sie ihm nach, als er wieder zu den Beeten ging und sich wie ein Berserker über eine Reihe verdörrter Stängel hermachte, sie wütend ausriss und zur Seite schleuderte.

Auf seinen Fluchtversuch würde sie ihn nicht mehr ansprechen, nie mehr, das nahm sie sich ganz fest vor. Seine Albträume waren in der folgenden Nacht schlimmer denn je. Ein markerschütternder Schrei weckte sie mitten in der Nacht, und sie lag lange wach und starrte mit großen Augen in die Dunkelheit, während sie seinen krampfartigen Atemzügen lauschte und angespannt auf das nächste lange Zittern wartete. Als er nach langer Zeit wieder in einen ruhigen Schlafrhythmus gefunden hatte, konnte sie selbst jedoch nicht mehr einschlafen und ihre Gedanken rasten. Es wäre hoffnungslos gewesen, wieder einschlafen zu wollen. Deshalb setzte sie sich auf, schlang die Arme um die Knie, um sich zu wärmen, und starrte in die dunkle Nacht und in die trostlose Zukunft. So also würde der Rest ihres Lebens aussehen: dieses düstere Fleckchen Erde innerhalb der grauen Mauern, verschlossene Tore und nachts eine zugeschlossene Schlafbaracke. Doch weitaus schlimmer war, dass Mutter und Tal irgendwo da draußen waren und sie keine Möglichkeit hatte, mit ihnen Verbindung aufzunehmen, nicht wusste, was sie machten, ob es ihnen einigermaßen gut ging (aber wie konnte es Tal schon gut gehen, in den kalten, unfreundlichen Straßen von Freehaven?), ja, nicht einmal wusste, ob sie überhaupt noch lebten. Sie dachte an den Vogel, den Tal damals eingesperrt hatte. Nachdem er bis zur Erschöpfung hektisch in seinem Gefängnis herumgeflattert war, hatte er sich auf dem Boden zusammengekauert und ausgesehen wie eine Kreatur, die nur noch auf den Tod wartete. So würde sie auch enden, wenn sie noch länger in diesem Lager hier eingeschlossen war.

So kam es, dass sie am nächsten Tag – obwohl sie sich dafür hasste und obwohl Polly, die Jason in der letzten Nacht ebenfalls gehört hatte, ihr einen warnenden Blick zuwarf und »Sei still!« zuraunte –, sobald sie allein bei den Beeten waren, sagte: »Wenn man fliehen würde …«

»Vergiss es, Gaia. Denk nicht mehr daran!« Jasons Stimme war kühl und zornig, aber Gaia konnte sich nicht beherrschen.

»Wenn man fliehen würde, könnte man doch in den Wald gehen, oder? Dort kann man sich gut verstecken. Tal und ich waren fast einen Mond lang im Wald und es ging uns gut dort.« Sie erinnerte sich an die unerwartet gemütlichen, warmen Plätzchen unter den Bäumen und die vielen essbaren Früchte, die man dort fand. Die Tage im Wald waren die leichtesten ihrer Reise gewesen. Dort hätten sie ewig überleben können. Aber Jason warf ihr nur einen nüchternen Blick zu.

»Bist du verrückt geworden?«, sagte er. »Es ist der Nouldewood, Gaia: der *Nouldewood*. Begreifst du? Das ist ein *verbotener* Ort. Wenn man dich darin findet, bist du tot.«

»Nouldewood? Es ist der *Nouldewood*?« Ihre Stimme überschlug sich fast vor Aufregung. »Das kann nicht sein! Wir waren im Nouldewood, Tal und ich: das war der Wald, durch den wir ...«

»*Was?!*«, fiel Jason ihr ungläubig ins Wort, doch sie ignorierte ihn.

»... aber das war viele Tagesreisen von hier entfernt: sechs Tage bis Freehaven und dann weitere sechs Tage auf dem Boot bis hierher ...«

Er lachte. »Gaia, das mit der Flucht würde ich an deiner Stelle schnell wieder vergessen. Du hast doch gar keinen Orientierungssinn, wenn ich mich recht erinnere, oder?« Er ging in die Hocke und scharrte ein paar grobe Umrisse in den Trampelpfad zwischen den Beeten. »Schau! Arimaspia ist hier, im Norden. Und hier ist Freehaven. Du sagst, ihr seid entlang des Lethy gegangen?« Sie nickte. »Also müsst ihr auf der anderen Seite des Walds gewesen sein. Auf dem Weg hierher mit dem Schiff seid ihr an dieser Küste entlanggereist und dann weiter hier herauf«, er zeichnete noch eine Linie, »bis hierher. Wir sind auf der anderen Seite des Walds. Du hast einen vollen Kreis beschrieben, du Dumme. Hast du das nicht gemerkt?«

»Nein.« Aufmerksam studierte sie seine Landkarte. »Woher willst du das alles überhaupt wissen?«

»Einen Teil habe ich von allein kapiert, den Rest habe ich mir erklären lassen, bevor ich ausgerissen bin. Ich hatte vor, nach Arimaspia zurückzukehren, und da hielt ich es für ratsam, mich vorher nach dem Weg zu erkundigen.« Er starrte kurz auf seine Landkarte, ehe er sie mit einem Fuß zerrieb. »Tja, das war's. Interessant, nicht wahr? Aber leider völlig nutzlos. Oh, wir sollten uns besser wieder an die Arbeit machen, dahinten kommt Hawkins.«

Sie fiel auf die Knie und begann hastig, die Erde in dem Beet vor ihr zu zerkrümeln. Doch ihre Augen und ihre Gedanken waren nach wie vor auf den Wald gerichtet. Der Nouldewood. Der gastfreundlichste Ort auf Erden: Dort konnte man überleben. Vielleicht würde sie sogar wieder auf den fremden Mann stoßen, den Mann, der sie angestarrt hatte, als wäre sie ein Gespenst, und der Tal und ihr sicher nur hatte helfen wollen, davon war sie inzwischen überzeugt. Doch dann trat Hawkins plötzlich in ihr Blickfeld. Hinter ihm sah sie die gebückten Gestalten einer Gruppe von Gefangenen, die harte Silhouette der grauen Grenzmauer und den Streifen öder Moorlandschaft von der Mauer bis zum Waldrand. Eine Flucht wäre wirklich sehr riskant. Sie konnte beim Überklettern der Mauer geschnappt werden, beim Durchqueren des Moors, oder – und das wäre das Allerschlimmste – beim Betreten des Waldes. Und selbst wenn sie es schaffen würde, müsste sie die Flucht allein antreten. Jason würde auf keinen Fall mitkommen, das stand fest. Und Polly brauchte das Wort »Nouldewood« nur zu hören und schon brach ihr der Angstschweiß aus. Sie machte dann immer dieses schnelle halbmondförmige Zeichen, um alles Übel von sich abzuwenden. Gaia war klar, dass auch von ihr keine Unterstützung zu erwarten war.

Vielleicht war das Ganze wirklich viel zu schwierig. Wütend und verzweifelt reagierte sie ihre Frustration an der Erde ab. Sie grub hart und tief in den Boden, zwang ihren Spaten durch den klebrigen Lehm, riss kleine Stücke heraus und zerhackte die Klumpen wieder zu Erde. Dann warf sie den Spaten beiseite und zerschlug, zerstach und verdrehte die Klumpen mit den scharfen Zinken einer Grabegabel. Sie bearbeitete den Boden mit einer wütenden Energie, während ungeweinte Tränen des Zorns ihren Blick verschleierten. Aber bald schon fiel sie in ihrem Tun in einen unerwarteten, beruhigenden Rhythmus – einstechen, wenden, zerreißen. Einstechen, wenden, zerreißen. Ein sonderbarer innerer Frieden überkam sie. Es war eine befriedigende Tätigkeit, die Erde in immer kleinere Klümpchen zu zerhacken, bis nur noch feine Krumen übrig waren, die einem mühelos durch die Finger rieselten. Der Nachmittag war noch nicht vorüber, als sie schon das erste Beet zum Bepflanzen vorbereitet hatte. Ihre Finger waren mit Blasen übersät und ihre Schultern schmerzten, doch sie war erstaunlich gut vorangekommen und mit ihrem Werk zufrieden.

Jason hatte seine Arbeitsgeräte bereits fallen lassen und lehnte gedankenverloren am Zaun. Er schaute über das Moor hinweg auf den Nouldewood und hing seinen Erinnerungen nach. Als alles vorüber gewesen war, hatte Fox zu ihm gesagt: »Lauf ja nie wieder weg, Jason!«, und er, restlos gebrochen, hatte Nein gesagt. Noch in derselben Nacht war er aus der Baracke geklettert und zur Grenzmauer gegangen. Er hatte über die offenen Felder geblickt und dann mit den Fäusten an die Mauer gehämmert, immer und immer wieder, in wütender Verzweiflung, bis seine Finger und Knöchel blutig waren. Danach hatte er der Außenwelt den Rücken zugedreht und einen langen Blick auf das Lager geworfen. Das war es nun. Sein neues Leben. Es gab keinen Ort mehr, an den er hätte gehen können.

Bis Gaia vorhin so leichtsinnig diesen kleinen Hoffnungsschimmer in ihm entzündet hatte: »Wir waren im Nouldewood und uns ging es gut dort …« Er starrte über die Moorlandschaft auf den Wald, mit einem Gefühl, als würde sich die Waagschale der Risiken langsam senken, von hoffnungslos auf vielleicht, vielleicht doch möglich …

Ein Stück weiter weg nahm Gaia einige der dunklen Knollen in die Hand. »Was soll das noch mal werden, Polly?«

»Zwiebeln.«

»Und wie muss ich sie pflanzen?«

»Warte, ich zeige es dir.« Polly kniete sich auf die feuchte, festgetretene Erde neben dem Beet, das Gaia gerade gehackt hatte. »Das hast du aber gut gemacht!«, sagte sie lobend, bohrte ein kleines Loch in die Erde, steckte zwei der Saatzwiebeln hinein, deckte sie sorgfältig zu und markierte die Stelle mit einem kleinen Zweiglein.

»So, das war's«, sagte sie. Und als Gaia gerade anfangen wollte, es ihr nachzutun, fragte sie nervös: »Wart ihr wirklich im … ich meine … im … du weißt schon?« Verstohlen deutete sie mit dem Kinn auf den fernen Wald.

»Im Nouldewood?«

Polly zuckte zusammen und malte hastig das Zeichen der Mondsichel in die Luft.

»Ja, waren wir.«

»Aber …« Polly wirkte richtig eingeschüchtert. »Aber wie habt ihr da überlebt? Es ist ein ganz schlimmer Ort, voll mit bösen Geistern.«

»Nein, das stimmt nicht.« Gaia suchte nach dem richtigen Wort. »Es … es ist der *freundlichste* Ort, an dem ich jemals war.«

Sie beugte sich über ihr Beet und begann ruhig und gelassen, die Zwiebeln zu pflanzen, genau wie Polly es ihr gezeigt hatte: Sie machte saubere kleine Löcher, steckte die Knollen hinein, deckte sie dann behutsam mit Erde zu und markierte die Stelle mit einem Stöckchen. Sie war so in ihr Tun vertieft, als gäbe es auf der Welt nur sie, die Erde und die Knollen. Jasons Stimme drang wie durch eine Nebelwand zu ihr durch, als er rief: »Gaia … Gaia … Das war die Glocke. Du kannst aufhören!«

»Oh!« Sie setzte sich auf die Fersen und strich sich mit schmutzigen Fingern die Haare aus der Stirn. Jason und Polly saßen Seite an Seite da und warteten offenbar auf sie. Gaia warf einen bedauernden

Blick auf das letzte, bereits fein säuberlich vorbereitete Beet, das ihr noch bevorstand. »Warum geht ihr nicht schon mal vor? Ich möchte das hier nur noch schnell fertig machen.«

Er schüttelte den Kopf. »Wir dürfen so spät nicht hierbleiben. Wegen der Banditen. Bisher haben sie nur Fuhrwerke überfallen, aber alle rechnen damit, dass sie über kurz oder lang auch die Farm überfallen. Und außerdem«, fuhr er mit einem vielsagenden Unterton fort, »lasse ich dich nicht mehr aus den Augen. Ich habe Angst, du könntest eine Dummheit machen.«

Stirnrunzelnd und verwirrt schaute sie ihn an; dann folgte sie seinem Blick über die Mauer hinweg aufs Moor und die dahinterliegenden, dunkler werdenden Bäume. »Oh, das …« Es war seltsam: Der Nouldewood kam ihr inzwischen so weit entfernt vor wie der Mond – wunderschön anzusehen, aber unvorstellbar weit weg. Sie gehörte hierher, auf die Erde. »Das hatte ich gar nicht vor. Ich wollte nur noch das hier einpflanzen.« Sie streckte ihre schmutzige Hand aus und zeigte ihm ein halbes Dutzend Saatzwiebeln.

»Das hat Zeit bis morgen«, sagte Jason. Stumm fügte er noch hinzu: Und wenn du wegläufst, dann will ich mit dir kommen.

Aber sie liefen nicht weg. Er würde es tun, nahm Jason sich vor, aber eigentlich war keine Eile. Wie er zu Gaia gesagt hatte, war Fox ganz in Ordnung, und unter seiner Herrschaft war Hope's End zwar kein angenehmer, doch zumindest ein erträglicher Ort. Und es gab immer wieder einen Grund, die Entscheidung zur Flucht noch aufzuschieben. Am wichtigsten war vielleicht die Tatsache, dass Gaia aufgehört hatte, darüber zu reden. Wenn sie sich um ihr zugefrorenes Beet kümmerte, wirkte sie gelassener, mehr in sich ruhend, als er sie je gekannt hatte. Außerdem war sie gut bei der

Gartenarbeit, das erkannte sogar er. Ihre sonst so ungeschickten Finger bearbeiteten die Erde mit einer neu entdeckten Fertigkeit und Selbstverständlichkeit.

Auf diese Weise verging Arctos, um dann Clamynto Platz zu machen, dem letzten der Wintermonde. Das Eis im Erdboden begann zu schmelzen, Schneeregen wich Regen, und sie blieben, wo sie waren, ohne noch einmal an Flucht zu denken.

In Freehaven saß Tal mit Sam auf den Chorstufen und beobachtete den Wechsel der Farben, der mit jedem ersten Tag des neuen Monds stattfand. Die Arbeiter in der Basilika hängten Anserins dunkelgrüne Banner ab, zerschlugen das dunkelgrüne Glas in den runden Gangfenstern und ersetzten sie durch Hallions strahlendes Purpurrot.

Kapitän Barghest fuhr mit seinem Schiff weiter an der Ostküste entlang und lieferte die restlichen Gefangenen ab. Im letzten Viertel von Clamynto hatte er den östlichsten Punkt seiner Seereise erreicht und nahm dann wieder Kurs auf Freehaven.

In seinem kleinen Mansardenzimmer in Parhelions Haus in der nordwestlichen Provinz Lomaria schlug Scrimp mit einem tiefen Seufzer seine Hauptbücher zu. Zum ersten Mal, seit er zu dieser Reise aufgebrochen war, war er früh genug fertig geworden, um endlich noch etwas mehr tun zu können, als vor Erschöpfung in sein Bett zu fallen. Das Buch, das Fossick ihm mitgegeben hatte, lastete auf seinem Gewissen. Mit einer Mischung aus Verdruss, Panik und Pflichtgefühl verriegelte er seine Zimmertür und holte den Band aus seinem Versteck unter den Strümpfen hervor. Er schlug ihn auf, schüttelte sich erneut beim Anblick des Verbotsvermerks auf der ersten Seite und schlug dann entschlossen das erste Kapitel auf. Fossicks kleine, zierliche Schriftzeichen waren in dem dämmerigen

Licht seiner Lampe nur schwer zu lesen. Er seufzte erneut, rieb sich die Augen und blinzelte angestrengt auf die Seite. »Kapitel eins«, konnte er lesen. »Vom Zustand des Königreichs Assalay im Jahr vor der Befreiung.« Königreich?, dachte er. *Königreich?* Was hatte das zu bedeuten? Und auf einen Schlag kam eine gewisse Neugier in ihm auf.

18. Kapitel
Frühling

Die Arbeiter waren wieder auf den Leitern und schlugen das purpurrote Glas aus den Fenstern, glitzernde Scherben lagen tief unter ihnen auf dem Fußboden verstreut. Das neue Glas lag am Fuß der Leitern auf den weißen Marmorplatten bereit: lapisblaue Scheiben. Andere Arbeiter sammelten Arme voll purpurroter Seidentücher ein, die an riesige Segel erinnerten. An ihrer Stelle bauschten sich schon glänzende, lapisblaue Banner.

»Sallenders Mond«, stöhnte Sam. »Seine Lordschaft wird unerträglich sein, bis er vorbei ist.« Mit finsteren Gesichtern beobachteten er und Tal, wie Gregory seinen Platz im Chor einnahm, wobei er laut und überheblich auf die Umstehenden einsprach. Er sah prächtig aus mit den Familieninsignien, die er den ganzen Mond über tragen würde: ein lapisblauer Mantel statt seines Chorschülermantels, der nur einen Streifen in seiner Wappenfarbe aufwies.

»Unerträglicher als sonst, meinst du«, sagte Tal. Er schaute lieber weg, zu den großen Eingangstüren hinüber. Die Basilika war ein beliebter Treffpunkt, und sie war auch jetzt voller Besucher, die sich immer wieder ducken und ausweichen mussten, weil weitere Glasscherben herunterfielen. Tal sah einen stämmigen Mann, in Ölzeug gekleidet, mit einem wettergegerbtem Gesicht, der sich seinen Weg durch das Kirchenschiff bahnte und sich dann an eine der Säulen lehnte. Allem Anschein nach wartete er auf jemanden, denn seine scharfen Augen huschten ständig über die Menge.

In diesem Moment kam Gabriel zu einer Seitentür herein und nahm seinen üblichen Platz vor dem Chor ein. Als er den Mann an der Säule erblickte, stutzte er und winkte Tal zu sich.

»Weißt du, wer das ist?«, fragte er leise.

Tal schüttelte den Kopf.

»Das ist Kapitän Barghest. Er befehligt eines der Sklavenschiffe, die an die Ostküste fahren.«

»Wirklich? Kann es sein, dass er Gaia mitgenommen hat?«

»Durchaus möglich«, sagte Gabriel vorsichtig. »Er ist nicht der einzige Kapitän auf dieser Route, aber es ist möglich. Du könntest ihn ja fragen …«

Tal machte ein paar Schritte auf den Mann zu, blieb dann aber stehen, denn der Mann, auf den Barghest gewartet hatte, war gekommen. Er hatte ein langes, schmales Gesicht und sein smaragdgrüner Mantel schlotterte um seine hagere Gestalt.

»Onkel Elverton!« Gregory eilte die Chorstufen hinunter, um Lanneret zu begrüßen.

»Der Segen des neuen Monds für dich, Gregory.« Ein dünnes Lächeln huschte über Lannerets Lippen.

»Und für dich auch, Onkel.«

»Wir sehen uns nachher beim Abendessen deines Vetters, nicht wahr?«

»Selbstverständlich«, strahlte Gregory. Lanneret ließ ihn mit einem leichten Nicken gehen und wandte sich dann an Barghest. »Ihr habt Informationen für mich?« Die beiden Männer gingen langsam das Mittelschiff entlang und unterhielten sich leise. An der Tür der Basilika bedankte sich Lanneret bei Barghest. Der Kapitän stotterte einen respektvollen Abschiedsgruß, zog sich den Hut über die Ohren und ging mit großen Schritten in den Regen hinaus.

Lanneret blieb, wo er war. Die Probe hatte angefangen – eine einzelne Sopranstimme sang die Eröffnung, bevor alle anderen einfielen –, doch Lanneret achtete nicht auf die Musik. Er war in seine eigenen trübsinnigen Gedanken vertieft. Barghest hatte ihm von einer kleinen, unbedeutenden Aufwiegelung berichtet. Lanneret seufzte. Es war eigentlich eine Kleinigkeit, ein unbedachtes Wort, im Zorn ausgesprochen, aber so etwas durfte man nicht durchgehen lassen. Trotzdem war es ein Jammer: Hope's End war in den letzten Jahren gut geführt worden. Er würde die Sache Helminth übergeben. Schließlich war es seine Provinz. Er selbst hatte ganz andere Sorgen. Er musste immer noch diese Kinder finden: den Jungen und das Mädchen aus Arimaspia. Die Kinder mit dem ungewöhnlichen, klangvollen Familiennamen. Die Kinder, die das kleine Stück Elfenbein mit einem verhängnisvollen Geheimnis mit sich herumtrugen. Er seufzte erneut. Er hatte getan, was er konnte. Er hatte jedes streunende Kind von der Straße holen lassen. Er hatte sich Gerichts- und Wachaufzeichnungen angesehen, für den Fall, dass sie verhaftet worden waren oder es wie durch ein Wunder geschafft hatten, eine Aufenthaltserlaubnis zu erhalten. Nichts. Rein gar nichts: Sie waren wie vom Erdboden verschwunden.

Die Musik war zu Ende und Gabriel sagte: »Das war prima, Tal. Mach so weiter. Sogar eher noch leiser, wenn du kannst.« Der Junge, der mit dem Singen angefangen hatte, nickte und kritzelte eine kurze Bemerkung auf sein Notenblatt. Lanneret seufzte noch einmal, drückte die Tür auf und blickte finster auf den Regen, der in den Pfützen tanzte. Zu allem Überfluss, dachte er missmutig, war er jetzt anscheinend auch noch dazu verurteilt, am Abend mit diesem kleinen dummen Gregory den Beginn des neuen Monds zu feiern.

Am Ende der Probe, als die lapisblauen Banner und Glasscheiben alle an ihrem Platz waren und die Arbeiter aufgeräumt hatten, warf Gabriel einen Blick auf seine Uhr. »Wir haben noch etwas Zeit. Nehmen wir uns den ersten Teil der Coranto-Liturgie vor!«

»Ah!«, flüsterte Sam. »Er kann das Ende von Galanthus auch nicht erwarten. Kein Wunder: Beim Anblick von Sallender, der wie ein blauer Riesenpapagei herumstolziert, wird einem fast übel …« Tal wollte loskichern, bemerkte dann aber Gabriels eisigen Blick und trat Sam an den Knöchel. Gabriel machte eine lange, unbehagliche Pause, ehe er schließlich sagte: »Kommt bitte alle her und holt euch die Noten ab. Und …«, fügte er mit einem erneuten Blick auf Tal hinzu, »wer das noch nie gesungen hat, sollte sich lieber *konzentrieren.*«

Kleinlaut schlich Tal an seinen Platz zurück, doch Sam konnte ihn beruhigen. »Keine Angst«, flüsterte er. »Das war sicher ein Scherz: Das Stück ist wirklich leicht. Wir beide haben kaum etwas – nur ein kleines Stück am Ende.«

Tal sah sich kurz die Noten an und merkte, dass Sam recht hatte. Die unteren Stimmen – Alt, Tenor und Bass – sangen drei oder vier Seiten lang, bevor die Sopranstimmen einsetzten. Er lehnte sich auf seinem Stuhl zurück und hörte zu.

Er kannte diese Geschichte natürlich schon sein Leben lang. Die erste der Coranto-Geschichten: Ambrose hatte sie ihnen jedes Jahr erzählt. Tal hätte sie Wort für Wort aufsagen können. Aber jetzt traf ihn der allererste Satz mit einer solchen Wucht, als hörte er ihn zum ersten Mal.

Areos und Elimar waren Brüder, blutsverwandt …

»Blutsverwandt, blutsverwandt, blutsverwandt«, echote eine Stimme nach der anderen. Tal schloss die Augen und lauschte der Geschichte seiner eigenen Schmach.

Da kam ein wildes Tier in den Wald, weiß und grausam wie der Winter.
Komm mit mir, Bruder, sprach Areos, um gegen die Bestie zu kämpfen.
Und Elimar gelobte: Ich folge dir, bis alle Gefahr vorüber ist.
Aber das Tier in der Dunkelheit war wild
und Elimar versteckte sich im Schatten der Bäume.
Und Areos rief: Wo bist du, mein Bruder?
Sein Blut floss und er starb.
Und Elimar floh in den Wald,
in die Finsternis, in der kein Mond scheint.

Tal spürte, dass Sam ihn am Ärmel zupfte: Sie hatten die Stelle erreicht, an der der Sopran mit dem übrigen Chor mitsang. Hastig sprang er auf und sang die Oberstimme:

Doch Coranto weinte heiße Tränen,
wo Areos' Körper lag.
Vier mal sieben Nächte lang weinte sie.
Erst dann öffnete Areos die Augen und Coranto tanzte.

Tal hatte während des Singens zu weinen begonnen. Seine Nase lief, Tränen tropften auf sein Notenblatt. Als das Lied zu Ende war, wischte er sich mit dem Ärmel seines Mantels verlegen das Gesicht ab. Aber er konnte diesen Tränen nicht Einhalt gebieten: Sie sprudelten wie eine Quelle, die sich endlich einen Weg durch den gefrorenen Boden gebahnt hat. Gabriel warf ihm einen kurzen, besorgten Blick zu, packte dann seine Noten zusammen und sagte: »So, das war ja ganz einfach, nicht wahr? Ich denke nicht, dass wir das heute noch einmal durchnehmen müssen. Lassen wir es damit gut sein. Danke.«

Tal suchte nach seiner Mappe, stopfte blindlings seine Notenblätter hinein und rannte zur Tür. »Was ist denn mit *dem* los?« Sallenders Stimme – lachend, sarkastisch – verfolgte ihn, als er ins Freie stürmte. »Na ja, vielleicht ist ja ’ne *Ziege* gestorben.«

Sobald Tal in seinem Zimmer war, kletterte er auf den Tisch, damit er auf das leere Meer hinausblicken konnte, über das sie Gaia weggebracht hatten. Genau davor hatte er sich bisher gedrückt. Hatte sich in die Ablenkung durch die Unterrichtsstunden, Proben und Bittandachten geflüchtet, in seinen endlosen, anstrengenden Tagesrhythmus, nach dem er jeden Abend ins Bett fiel, betäubt vor Müdigkeit und bereit für einen traumlosen Schlaf. Die ganze Zeit über hatte es die Musik gegeben, mit ihrer seltsamen, wunderschönen Fähigkeit, mit ihrem herrlichen Zauber, alle Sorgen zu betäuben.

Nicht aber vorhin. *Dieses* Musikstück hatte ihn genau auf das gestoßen, wovor er sich gedrückt hatte: Die Worte, die er gerade gehört und gesungen hatte, hatten es unverhüllt zum Ausdruck gebracht. Das Musikstück hatte heiter geendet, mit einem schnellen, festlichen Tanz, doch in seinem Kopf hallte noch immer dieser eine, düstere Satz wider:

Und Elimar floh in den Wald,
in die Finsternis, in der kein Mond scheint.

Ohne zu denken, arbeitete und sang Tal dann wieder bis zum Abend. Als sie aber nach der Abendandacht die Basilika verließen, streckte Gabriel die Hand aus und hielt ihn fest.

»Was ist los?«, fragte er leise. Sam stand mit großen besorgten Augen hinter ihm.

Tal schüttelte den Kopf. »Alles in Ordnung«, nuschelte er verlegen.

»Unsinn, Tal. Erzähl mir nichts! Irgendwas stimmt absolut nicht. Vielleicht«, fuhr Gabriel freundlich fort, »fühlst du dich besser, wenn du es jemandem erzählst.«

Tal trug diese Schmach so lange schon mit sich herum. Aber plötzlich wusste er, dass er keinen einzigen Schritt mehr mit ihr gehen konnte, und er nickte dankbar.

»Möchtest du mit Sam reden? Oder mit mir?«

Eigentlich hatte er sie beide belogen, dachte Tal, indem er ihnen vorsätzlich nicht alles erzählt hatte. »Mit euch beiden, bitte.«

Sie folgten Gabriel in seine Küche und setzten sich unter dem warmen Licht an den Tisch. Tal fühlte, dass sie ihn beobachteten: Gabriel, Sam und auch Connie. Alle warteten darauf, dass er zu reden anfing. »Ich ...«, begann er. »Es ist so, dass ...«, versuchte er es noch einmal. Er stockte und starrte auf die Tischplatte. Mit dem Zeigefinger fuhr er die Maserung des Holzes nach. Schließlich holte er tief Luft und blickte auf Gabriel, der ihm gegenübersaß, entspannt zurückgelehnt, und ruhig und geduldig wartete.

»Es war die Coranto-Geschichte«, sagte Tal. »Areos und Elimar. Da musste ich an Gaia denken. Daran, was ich getan habe.« So, jetzt musste er weiterreden, und er begann hastig mit dem Teil der Geschichte, den er bisher ausgelassen hatte. »Wisst ihr, ich habe euch schon gesagt, dass sie verhaftet wurde. Aber genau habe ich es nicht erklärt, nicht richtig. Ich war *dabei.* Ich war nur etwa zehn Schritte von ihr entfernt, als sie geschnappt wurde, und ich habe nichts getan, außer …« Er schluckte. »Jemand hat sie gefragt, ob noch jemand bei ihr sei, und da habe ich mich versteckt – hinter einem Erwachsenen. Und Gaia hatte wirklich Angst.« Er erstickte fast an den Worten. »Sie hatte schreckliche Angst, und ich habe es zugelassen, dass sie mitgenommen wurde. Ganz allein.«

Er verstummte, konnte nicht weitersprechen. Connie sagte spontan: »Sie wollte sicher, dass dir nichts passiert, Tal. Sie wollte nicht, dass du auch verhaftet wirst.«

Da fiel Tal noch etwas ein: »Sie sagte ihnen, sie sei allein. Und sie gab mir zu verstehen, dass ich weggehen soll.«

»Na also«, sagte Connie freundlich, doch er widersprach heftig: »Sie hat zwar gesagt, ich solle weggehen, aber eigentlich wollte sie es nicht.« Er sah sie immer noch vor sich, in allen Einzelheiten: ihre regennassen Haare, ihr weißes Gesicht, wie klein und schutzlos sie in ihrer nassen Felljacke ausgesehen hatte. Sie war so tapfer gewesen und hatte ihm zugeraunt: »Geh, geh, geh!« Doch in ihren Augen hatte er lesen können, dass sie sich nichts sehnlicher gewünscht hätte, als dass er den kleinen Abstand zwischen ihnen überwunden und seine Hand in die ihre gelegt hätte.

Sam sagte, praktisch denkend: »Aber das hätte überhaupt nichts genützt, dann wärst du auch verhaftet worden. Immerhin kannst du jetzt weiterhin nach eurer Mutter suchen, nicht wahr?«

»Sie hätte mich gebraucht«, sagte Tal. »*Gaia* hätte mich gebraucht. Und was habe ich Mutter bisher genützt?«

Gabriel hatte aufmerksam zugehört, bisher aber nichts gesagt. Jetzt lehnte er sich vor und schenkte aus dem Kessel auf dem Tisch vier

Tassen Tee ein. Umgehend schwebte ein duftender Dampf im Raum und er nahm seine Tasse in beide Hände und pustete in die süße Wärme.

»Gabriel?« Connie nickte ihm auffordernd zu. Er blies noch einmal in den Dampf, stellte seine Tasse dann ab und sah Tal direkt an.

»Ich denke, du hast das Falsche getan«, sagte er nur.

Connie rief empört: »Gabriel!« Er erhob die Hand. »Moment«, sagte er und wandte sich dann an Tal: »Du musstest in einem Augenblick der Angst und Panik eine schnelle Entscheidung treffen. Ich kann mir nicht einmal vorstellen, wie groß deine Angst war. Ich glaube, das kann keiner von uns. Es gibt hundert Entschuldigungen für das, was du getan hast. Aber es war eine falsche Entscheidung.«

»Gabriel!« Connie protestierte noch einmal, aber er sagte: »Tal weiß es ganz genau. Ich sage ihm nichts, was er sich nicht schon hundert Mal selbst gesagt hätte. Stimmt's?«

Tal nickte. »Ja.« Zitternd atmete er tief aus. Connie und Sam waren nett gewesen, hatten versucht, ihn zu trösten, damit er das, was er getan hatte, nicht mehr so schlimm fand. Aber das hier – Gabriels schlichte Aussage, dass Tal *falsch* gehandelt hatte – war irgendwie greifbarer, realer und seltsamerweise hoffnungsvoller. Gabriel dachte nach, während er den Dampf von seiner Tasse wegpustete, und Tal wartete gespannt, was Gabriel als Nächstes sagen würde.

»Ich verstehe, warum dich das Lied, das wir vorhin gesungen haben, so tief bewegt hat«, sagte Gabriel. »Ein Bruder, der wegläuft, den anderen alleinlässt und dem Tod ausliefert. Du musst gedacht haben, es sei eigens für dich geschrieben worden.« Entschlossen stellte er seine Tasse ab und lehnte sich zurück. »Das Problem bei diesen Geschichten ist, dass sie nur Ausschnitte des Lebens zeigen: Anfang und Ende fehlen.« Als er Sams zweifelnden Blick sah, lächelte er. »Nehmen wir Elimar«, sagte er. »Was ist er für uns? Ein Mann, der eine einzige verhängnisvolle, feige Entscheidung traf, und das ist alles. Aber was geschah davor? Er kann nicht schon immer ein Feigling gewesen sein, sonst hätte Areos ihn gar nicht mitgenommen. Und was passiert danach? Wer weiß, welchen Schwierigkeiten er in diesem Wald mutig entgegentreten musste und welche er möglicherweise gemeistert hat …«

»Ich dachte, er sei einfach gestorben«, sagte Tal.

»Das verrät uns das Lied nicht.« Gabriel lehnte sich wieder über den Tisch. »Tal, du hast etwas getan, das du dein ganzes Leben lang bereuen wirst; etwas, das alles verändert hat. Aber davor gab es hundert Entscheidungen, die du getroffen hast, und es wird noch wer weiß wie viele Hundert geben. Du bist alle diese Entscheidungen zusammengenommen, nicht nur diese eine falsche. Sie wird nie unbedeutend sein. Aber sie ist auch nicht alles.«

Tal schwieg lange. Es kam ihm so vor, als hätte jemand in einem verdunkelten Zimmer ein Fenster geöffnet. Die groben Umrisse waren noch dieselben, aber sie sahen jetzt anders aus. Heller, weniger Angst einflößend. Das hätte er Gabriel gern erklärt, doch er brachte nur ein heiseres »Danke« über die Lippen.

Gabriel lächelte, sodass seine Augen wie ein warmer Himmel strahlten, und schob Tal eine Tasse hin. »Trink, bevor er kalt wird.« Er stand auf und ging durch die Küche. Er stellte sich mit dem Rücken zu ihnen und schaute durch das hohe Fenster in den tiefblauen Abend hinaus. »Ganz gleich, wo Gaia jetzt ist, Tal, die Monde sehen sie, genau wie sie dich sehen. Vergiss das nie!«

Der zweite Tag des neuen Monds brachte zur Abwechslung einen hellen Morgen mit sich. Galanthus zeigte sich als dünne, weiße

Sichel an einem hellblauen, wolkenlosen Himmel. Gaia drückte das Gartentor auf: Sie drehte sich halb um und lachte über etwas, das Jason gesagt hatte. Dann schaute sie auf die Beete und blieb wie angewurzelt stehen.

Es war passiert! Das, worauf sie mit einer Geduld gewartet hatte, die sie sich niemals zugetraut hätte, war geschehen. Das, was sie bis heute nicht wirklich für möglich gehalten hatte. Ein Dutzend, zwei Dutzend, vielleicht sogar noch mehr kleine hellgrüne Triebe hatten sich ihren Weg an die Erdoberfläche gebahnt, in allen Beeten, die sie gehackt und bepflanzt hatte. Sie packte Jasons Arm und zeigte darauf. »Sieh nur!«

»Ich hab's dir ja gesagt«, sagte er. »Es ist so! Glaubst du's mir jetzt endlich?« Aber er grinste und freute sich über ihr strahlendes Gesicht.

Polly betrachtete die leeren Beete der übrigen Parzellen. »Deine sind bis jetzt als einzige herausgekommen.« Sie hockte sich zu Gaia, die am Boden kniete und fasziniert eine der kleinen Pflanzen streichelte. »Da kommen noch mehr, sieh mal, und da drüben ...«

»Was ist los?« Fox lehnte am Zaun und Gaia drehte sich zu ihm um. Ihr Gesicht glühte vor Aufregung.

»Meine Pflanzen kommen heraus.«

»Na, so was!« Er öffnete das Tor und kam zu ihr, um sich ihr Beet genauer anzuschauen. Mit geübtem Blick betrachtete er den sorgfältig bearbeiteten Boden und die kräftigen, kleinen Triebe, die sich ihren Weg durch die Erde gebahnt hatten.

»Sie sehen wirklich gesund aus, Gaia.« (Seit Langem hieß sie nicht mehr Elsa: Fox und die anderen Wächter hatten *Gaia* verwundert, aber arglos als ihren Spitznamen akzeptiert.) »Hast du früher wirklich noch nie Gartenarbeit gemacht?«

»Nein. Bei uns daheim gibt es nur Ziegen. Aber Polly hat mir viel geholfen.«

»Aber deine sind zuerst gewachsen«, merkte er an. »Schön, schön. Sieht so aus, als könnten wir in ein paar Monaten eine gute Ernte nach Freehaven schicken. Hoffen wir, dass es den Lordschaften gefällt.« Er lächelte sein spöttisches Lächeln. »Gut gemacht, übrigens«, fügte er hinzu.

Sie schaute ihm nach, als er den Garten verließ und den Pfad zum Farmhaus hinaufging. »Fox ist in Ordnung.« Das hatte Jason gesagt, erinnerte sie sich, und sie fand, dass er eigentlich mehr als in Ordnung war. Anständig, freundlich, ausgeglichen, soweit es ihm als Aufseher möglich war.

Am Ende des ersten Viertels von Galanthus knieten Gaia und Polly über ihren bepflanzten Beeten. Ein bisschen Unkraut war gewachsen und Gaia zog es mit zitterigen Fingern heraus, voller Angst, sie könnte die Pflanzen stören, die dort wachsen sollten. Dabei tat es ihr fast ein bisschen leid, etwas zu zerstören, das so wundersamerweise grün und lebendig aus der Erde gekommen war. Ein weiteres Stück Erde war voller Triebe, die über Nacht herausgekommen waren, und sie beugte sich fasziniert darüber. Als Jason plötzlich rief: »Was ist denn *das*?«, war sie so mit ihren Pflanzen beschäftigt, dass sie antwortete: »Ich glaube, es ist eine Zwiebel.«

»Doch nicht *das*, du Dumme.« Er zeigte nach oben. »Da.«

Sie schaute mit großen Augen an den weißgrauen Himmel. Etwas kam aus Westen angeflogen: ein plumpes, fliegendes Objekt mit einer Sichel an der Unterseite und unzähligen Flügeln darüber.

»Was soll die Frage, Jason?«, sagte Gaia. »Du weißt genau, was das ist. Das hast du schon einmal gesehen.«

Sie schauten sich beunruhigt und besorgt an. Die fliegende Kutsche war schnell: Sie war schon so nah, dass sie die Hunderte von aufgezäumten Adlern sehen konnten, die kraftvoll mit den Flügeln gegen den starken Hochlandwind ankämpften. Die Kutsche kam rasch tiefer, flog über die Farmgebäude hinweg, wendete und verharrte einen Augenblick lang reglos in der Luft, ehe sie sachte in der Mitte des Hofs landete.

Auf der ganzen Farm hatten die Gefangenen die Landung der Kutsche beobachtet. Jetzt begannen sie, sich zögernd und beunruhigt auf dem Hof zu versammeln. Gaia und die anderen gesellten sich zu einer kleinen Gruppe, die durch die Gärten ging. Auch Long Tom humpelte mit ihnen, ein kleiner, buckliger alter Mann mit einem wettergegerbten Gesicht, dessen Spitzname darauf zurückging, dass er schon so viele Jahre hier im Lager war. Er war als elfjähriger Junge hergekommen und wusste inzwischen nicht einmal mehr, wie alt er jetzt war. »Ich habe noch nie eine der Lordschaften hier gesehen, noch nie«, keuchte er.

Sie blieben in respektvoller Entfernung stehen. Ein großer junger Mann erhob sich in der Kutsche, mit kurzen, blonden Haaren und stahlblauen Augen. Seine Stiefel, Tunika und Hose waren schwarz. Das einzig Helle an seiner Kleidung waren die Silberfäden in seinem schwarzen Umhang.

»Das ist nicht Parhelion«, murmelte Gaia.

»Helminth«, sagte jemand. »Es ist Helminth.«

»Wo ist Fox?« Helminths Stimme war klar und auch von Weitem gut zu hören: eine Stimme, in der eine angeborene Autorität lag und die Erwartung, dass man ihr gehorchte.

»Lasst mich bitte durch.« Sie hörten Fox' leise Stimme hinter sich. Er hatte geholfen, einen Zaun am anderen Ende der Farm zu reparieren. Seine Hände waren schmutzig. Im Gehen hängte er hektisch seinen Umhang um. Vor der Menschenmenge angekommen, blieb er kurz stehen, bevor er den Kopf in den Nacken warf, den Hof überquerte und sich vor der Kutsche hinkniete. Helminth schnippte ungeduldig mit den Fingern und entrollte die Schriftrolle, die ihm ein aufgeregter Diener in die Hände gedrückt hatte.

»Auf Befehl des Monarchenbunds«, verkündete er, »erteilt bei der Vollversammlung am fünften Tag von Galanthus im Jahre fünfhundertzweiundfünfzig, wird Oliver Fox, bislang Oberaufseher des Gefangenenlagers Hope's End, aufrührerischer Verleumdung und des Verrats an der Republik für schuldig erklärt und soll zwecks Verurteilung nach Freehaven überstellt werden.« Er rollte das Pergament wieder zusammen. Zwei Wachen sprangen aus der Kutsche und packten Fox.

»Euer Lordschaft!« Fox' bleiches Gesicht war weißer als je zuvor. »Ich bin ein treuer Diener der Republik!« Er versuchte, ruhig zu sprechen, doch eine gewisse Empörung schwang in seiner Stimme mit. »Ich würde niemals Verrat an der Republik begehen. Ich verstehe das nicht.«

Helminth rollte das Pergament noch einmal auseinander. »Kapitän Barghest hat berichtet, aus Eurem Mund gehört zu haben, die Verfügungen des Monarchenbunds würden in Estmoor nicht mehr respektiert. Seine Anschuldigung wurde von der erforderlichen Anzahl von Zeugen bestätigt.« Er rollte das Pergament wieder zusammen.

Gequält schloss Fox kurz die Augen. »Das habe ich nicht gesagt, um der Republik zu schaden.«

»Aber gesagt habt Ihr es?«

»Ich wollte Euch warnen!« Fox' Stimme klang empört und angstvoll zugleich. Helminth gab den Wachen ein Zeichen. Sie zogen Fox auf die Beine und dann zur Kutsche. »Ich wollte Euch warnen, Ihr Narr!«, wiederholte Fox verzweifelt. »Die Banditen … Es gab dieses Jahr immer mehr Angriffe! Die Sache gerät allmählich außer Kontrolle, und wenn …«

»Genug!«, fuhr Helminth ihm über den Mund. »Ihr habt genug gesagt, Fox … Wie Ihr wisst, kann das alles gegen Euch verwendet werden.«

Fox lächelte spöttisch. »Dann habe ich es also endgültig vermasselt, nicht wahr?« Er ließ sich von den Wachen zur Kutsche bringen und schaute betrübt auf die Umstehenden. Das war das Letzte, was sie von ihm sahen, bevor er unter dem Baldachin an der Rückseite der Kutsche verschwand. Gaia fasste nach Jasons Hand. Er drückte sie fest, doch seine Augen blieben auf die Kutsche geheftet.

Helminth winkte jemandem. Sie sahen, wie sich eine Gestalt erhob und aus der Kutsche kletterte. Es war ein hagerer Mann, groß und furchtbar dünn, mit tief liegenden, hellblauen Augen, die wie Opale schimmerten. Sein schmales, weißes Gesicht wurde von langen, dunklen, mit silbernen Strähnen durchsetzten Haaren umrahmt.

»Das ist Mr Elmoe Stearne«, verkündete Helminth, »der neue Oberaufseher von Hope's End.« Er gab dem Adlerführer ein Zeichen und die Vögel erhoben sich in die Luft. Der Wind ihrer Flügel peitschte dem neuen Aufseher seine schwarz melierten Haare in das kantige Gesicht. Gaia warf einen kurzen Blick auf Jason. Er machte ein verschlossenes Gesicht und hatte sich umgedreht, um über das offene Moor zum Nouldewood zu schauen.

Scrimp saß in seinem kleinen Büro unter dem Dach von Parhelions Haus auf den Larus-Inseln am Schreibtisch. Durch das Dachfenster konnte er Galanthus sehen, der zwischen den Wolken am dunkler werdenden Himmel schwebte. Erschöpft öffnete Scrimp sein schweres Hauptbuch und fing an, mit dem Finger die Liste der Tageseinnahmen entlangzufahren. Aber die Zahlen wackelten und verschwammen. Er sah nur noch eine Abfolge von halb verhungerten, verängstigten Gesichtern. Mit plötzlicher Abscheu warf er das Hauptbuch beiseite, nahm Fossicks Geschichte hervor und begann zu lesen. Es war in letzter Zeit weniger eine Last geworden, dieses Buch. Er hatte gemerkt, dass er von einer Vergangenheit fasziniert war, von der er nicht einmal geahnt hatte, dass es sie gab. Es war, als hätte er ein zuvor unbekanntes Zimmer in einem Haus entdeckt, in dem er sein ganzes Leben lang gewohnt hatte, ein Zimmer, das in einen ganzen Flügel mit unvermuteten Räumen führte, alle voll seltsamer und exotischer Möbel und anderem Inventar. Ja, spannend, mehr als faszinierend. Aber bis dahin hatte das Buch wie eine ziemlich einfache Geschichte ausgesehen, ohne das große Geheimnis, das Fossick angedeutet hatte. Er las trotzdem weiter. Dann erregte etwas seine Aufmerksamkeit. Er las einen Abschnitt noch einmal genauer, blätterte zurück, las auch dort noch einmal etwas nach und machte sich Notizen auf einem Stück Papier.

»Seltsam«, murmelte er vor sich hin. Vierzehn dort, dreizehn hier. Seltsam, aber bestimmt nur ein Fehler, ein Versehen ... das konnte es nicht sein, worauf Fossick angespielt hatte: der Riss im Fundament, der die gesamte Festung zum Einstürzen bringen würde. Er zerriss seine Notizen und las weiter.

»Er ist verrückt«, sagte Jason nach ein paar Tagen mit Bestimmtheit. Sie saßen auf dem Gartenzaun, das Gesicht der ersten schwachen Frühlingssonne entgegengestreckt, und beobachteten Hawkins, der sich mit dem neuen Oberaufseher unterhielt.

»Im Ernst. Was musstest *du* für ihn machen, Polly?«

»Immergrüne Zweige über alle Stalltüren hängen«, antwortete sie. »Aber deswegen ist er doch nicht verrückt, Jason. Das ist ganz vernünftig. Wir haben es zu Hause auch gemacht, um die bösen Geister von den Tieren fernzuhalten.«

Jason wollte etwas sagen, überlegte es sich dann aber anders und schaute Gaia nur mit großen Augen an.

»Meinst du, das glaubt sie wirklich?«, fragte er sie später, nachdem Polly weggegangen war, um ihre Stallarbeiten zu verrichten.

»Ich weiß nicht. Sie glaubt ja auch, dass Schwäne Unglück bringen.« Gaia erinnerte sich, wie Polly damals schreckliche Angst vor den friedlichen weißen Vögeln gehabt hatte und sogar vor den Schwänen aus Stein zurückgewichen war.

»Hoffentlich ist sie nicht auch verrückt. Aber klar, nicht ganz so schlimm wie Stearne. Rate mal, was er mit der ganzen Erde gemacht hat!« Es war der erste Befehl gewesen, den Stearne erteilt hatte. Sobald das Rauschen der Adlerflügel so weit verebbt war, dass er sich verständlich machen konnte, hatte er sich an Hawkins gewandt und mit rauer Stimme befohlen: »Bring mir eine Handvoll Erde! Von jedem Feld auf der Farm!«

»Keine Ahnung«, sagte Gaia. »Sag's mir!«

»Er hat sie gegessen!«

»Was?« Ungläubig starrte sie ihn an. »Woher willst du das wissen?«

»Jenny«, erklärte Jason. »Sie arbeitet im Haushalt, sie hat's gesehen. Wie er am Tisch saß und die Erde aß.«

»Vielleicht hat er sie nur probiert«, überlegte Gaia. Sie kannte die Erde im Garten inzwischen gut, weil sie sie stundenlang angesehen, gefühlt und gerochen hatte. Vielleicht konnte man sie auch probieren, um etwas über sie zu erfahren. Sie sprang vom Zaun, nahm eine Fingerspitze Erde auf die Zunge und verzog das Gesicht. »Pfui, schmeckt scheußlich.«

»Nein«, sagte Jason im Brustton der Überzeugung. »Das hat er nicht gemacht, hat Jenny gesagt. Er hat sie nicht *probiert*: Er hat sie *gegessen*, alles. Er sagte ihr, es sei zu seinem Schutz: Wenn man die Erde eines Orts isst, kann sie einem nicht mehr schaden.«

»Weißt du, Jason, Jenny schwindelt manchmal ein bisschen«, sagte Gaia skeptisch.

»Sie hat nicht gelogen. Noch etwas«, fuhr er betrübt fort. »Man kommt nicht mehr durchs Küchenfenster. Hab's gestern Abend versucht: Es ist fest verriegelt – keine Chance. Aber vielleicht könnte ich es beim Flurfenster versuchen …«

Gaia unterbrach ihn. »Das würde ich an deiner Stelle nicht riskieren.«

Am nächsten Morgen verließ sie die Schlafbaracke und ging zu den Gärten, als eine fremde, ziemlich raue Stimme nach ihr rief: »Gaia!« Gedankenlos antwortete sie: »Ja?«, und drehte sich um.

Stearne musterte sie mit seinen tief liegenden, glänzenden Augen.

»Ich dachte, du heißt Elsa.«

»Gaia ist nur ein Spitzname.« Sie brachte die eingeübte Lüge glatt über die Lippen, doch ihre Gedanken überschlugen sich. Er betrachtete sie so misstrauisch, dass sie sich instinktiv fragte, ob man inzwischen auch außerhalb von Freehaven nach ihr suchte, nach dem Mädchen mit dem seltsamen Namen, das ein kleines Elfenbeinstück bei sich trug, das den Tod bedeutete. Aber allem Anschein nach ging es ihm um etwas anderes.

»Das ist kein normaler Name.«

»Nein, ich weiß.« Sie lächelte ihn an, sah dann aber die Abscheu in seinem Blick und das Lächeln erstarb auf ihren Lippen.

»Wo arbeitest du?«

»Meistens in den Gärten.« Sie wurde zunehmend nervöser.

»Zeig mir deine Beete!« Er folgte ihr den gewundenen Weg zu den Gärten hinunter. Polly und Jason saßen auf dem Zaun und stritten sich. Bei Stearnes Auftauchen sprangen sie erschrocken herunter und nahmen Haltung an. Er sah sie aber nur kurz missbilligend an und ließ seinen Blick dann langsam über die vier langen Beete schweifen.

»Welches gehört dir?«, fragte er Gaia.

»Dieses hier, Sir.« Sie zeigte auf ihre sorgfältig gehegte Erde. Die ersten scheuen, grünen Triebe waren groß und stark geworden und hatten Blätter bekommen, die in der leichten Brise zitterten. Gaia betrachtete sie voller Stolz.

Seine hellen Augen glitten von den Pflanzen zu ihr und dann zu den lückenhaften, schwächlichen Trieben in den anderen Beeten. »Warum sind deine besser gewachsen als die anderen?«

»Ich weiß nicht, Sir. Wahrscheinlich einfach Glück.«

»So ist es eben bei der Gartenarbeit«, sagte Polly eifrig. »Manche Leute haben einfach ein Gespür dafür. Ein besonderes Talent: Es ist fast so etwas wie Zauberei …«

»Sie gibt sich einfach mehr Mühe als die anderen.« Jason unterbrach Polly schroff. Er fühlte sich unbehaglich, wusste aber nicht genau, warum. Tapfer hielt er Stearnes Blick stand. »Das ist alles.«

Stearne sah Gaia streng an. Ein sonderbares Lächeln huschte über sein Gesicht, das jedoch rasch wieder verschwand. Gaia hatte Jasons Unbehagen mitbekommen. Beunruhigt wartete sie darauf, dass der Oberaufseher noch etwas sagen würde. Aber er wandte sich wortlos ab und verließ den Garten. Als er den Weg zum Farmhaus hinaufging, bemerkte sie, dass er immer wieder die halbmondförmige Bewegung zur Brust hin machte.

Danach sah es so aus, als würde er sie verfolgen. Die Monde vergingen: Galanthus, Coranto und Hyrondal, und der Frühling verwandelte das Grau der Moorlandschaft in Grün. Die ganze Zeit über schien es, als sei er immer da, wenn sie den Kopf von der Arbeit hob: Er lehnte schweigend am Zaun und beobachtete sie. Er sagte nichts zu ihr und sie sagte nichts zu ihm. Sie stellte aber fest, dass er zusammenzuckte, als hätte ihn etwas gestochen, wenn sie seinen Blick unverwandt erwiderte. Dann huschte er ins Farmhaus zurück und machte dabei immer wieder diese Schutzbewegung. Sie hatte eine seltsame Macht über ihn, die sie verblüffte und irgendwie beunruhigte. Trotzdem setzte sie sie ein, denn es war unmöglich, sich wohlzufühlen, wenn dieser kalte Blick sie verfolgte.

Am letzten Morgen des ersten Viertels von Hyrondal war Stearne nirgends zu sehen und Gaia und Polly machten sich erleichtert und zufrieden an die Arbeit. Jason war mit einer Nachricht für Hawkins zu einem der oberen Felder geschickt worden. Gaia kniete auf dem warmen, feuchten Boden und arbeitete auf einem Beet mit jungen Pflanzen. Sie zog das Unkraut heraus, das dazwischen gewachsen war, und nahm einige der jungen Triebe weg, sodass nur die stärksten übrig blieben und genügend Platz zum Wachsen hatten. Dann ging sie in die Hocke und betrachtete zufrieden das Ergebnis, als plötzlich ein eindringlicher, angstvoller Ruf von der anderen Seite des Zauns sie aus ihren Gedanken riss.

»Gaia!«

Jason kam den Weg zwischen den Gärten entlanggerannt. Er sprang über den Zaun, rannte quer über die drei anderen bepflanzten Beete und ließ sich atemlos neben ihr auf den Boden fallen. »Will dir nur kurz Bescheid sagen«, keuchte er. »Die Steine … die Steinhaufen …« Er atmete jetzt ruhiger. »Stearne lässt sie auseinandernehmen … alle Steinhaufen am Rand der Felder.«

»Warum?«, fragte Polly neugierig, aber Gaia schlug sich vor Schreck die Hand vor den Mund.

»Sie werden es finden«, sagte er. »Bring es besser woandershin, schnell, bevor es zu spät ist.«

Sie rannte aus dem Garten, den Weg hinauf und über die gefurchten Felder, stolperte auf dem unebenen Boden und achtete nicht auf die Pflanzen unter ihren Füßen. An der Grenzmauer sah sie Gruppen von Gefangenen, die die festen, mit Moos bewachsenen Haufen aus alten Steinen auseinandernahmen und sie zu seltsamen Mustern anordneten. Ein schlecht gelaunter Hawkins beaufsichtigte sie.

»Was hast du hier zu suchen?«, fragte er.

»Hab heute Morgen meine Jacke hier liegen lassen. Kann ich sie bitte holen?«

Er brummte nur. Sie griff hinter den Haufen aus Feuersteinen, grub die Hand zwischen die Steine und holte den Beutel heraus. Sie spürte den Rand des Elfenbeinvierecks durch das abgetragene Leder. Fast zitterte sie vor Erleichterung, als sie ihn sich um den Hals hängte und vorsichtig wegsteckte, damit man ihn nicht sah. Dann holte sie tief Luft und schlenderte betont lässig zu Hawkins zurück.

»Nicht da«, sagte sie. »Muss sie woanders verloren haben.«

»Hoffentlich findest du sie, bevor jemand sie klaut.«

»Mhmm.« Neugierig beobachtete sie die Arbeit mit den Steinen. »Was wird hier gemacht?«

»Die Steine werden neu aufgeschichtet«, antwortete er, »in Mustern, die die Farm vor Geistern und Dämonen schützen sollen.« Voller Abscheu spuckte er auf den Boden. »Geister und Dämonen, das kann er seiner Großmutter erzählen«, fuhr er fort. »Er sollte lieber nach Menschen suchen, nach den Banditen. Foxy wusste das, aber der hier … Pah!« Er sah sie an, als würde er sie erst jetzt bemerken. »Das sagst du aber nicht weiter, versprochen?«, fragte er besorgt.

»Natürlich nicht«, versicherte sie ihm und rannte den Hang hinunter, zurück zu den Gärten.

Vom einem Flurfenster im Treppenhaus aus, das einen guten Blick über die Farm bot, beobachtete Stearne Gaia, wie sie zu den Steinhaufen rannte, als wäre jemand hinter ihr her. Er sah, wie sie sich hinter den Steinen bückte. Er sah, wie sie wieder auftauchte und kurz darauf fröhlich den Hang hinunterhüpfte, zurück zu den Gärten. Er kam ins Grübeln. Dann ging er die Treppe hinunter und verließ das Farmhaus.

»Hast du es?«, fragte Jason.

»Hast du *was*?«, fragte Polly ungeduldig.

Gaia grinste beide an. »Ja. Danke, Jason. Es ist nur ein Amulett«, erklärte sie Polly, »eine Art Talisman, das mir mein Vater vererbt hat.« Sie zog den Beutel vom Hals, ließ das kleine Viereck auf ihre Hand fallen und fuhr liebevoll über die eingeritzten Symbole. »Es ist ein Glücksbringer«, sagte sie, »aber es gibt da ein kleines Problem …«

»Ein *kleines*?«, rief Jason. »Ein allmächtiges, drachenmäßig großes Problem, wolltest du sicher sagen.«

»Na ja, es ist so …«

»Was hast du da?«

Vertieft, neugierig und erleichtert, wie sie waren, hatte keiner von ihnen Stearne bemerkt, bis er plötzlich hinter ihnen diese Frage stellte. Instinktiv hielt Gaia die Hand mit dem Amulett auf den Rücken. Sie sah trotzig zu ihm auf, aber dieses Mal wich der Oberaufseher ihrem Blick nicht aus.

»Zeig her!«, verlangte er.

Blitzschnell schaute Gaia nach links und nach rechts. Es gab kein Entrinnen und sie musste ihm ihr Amulett widerwillig aushändigen. Mit weißem Gesicht sah sie, wie sich seine Augenbrauen zusammenzogen und seine blassen Augen aufblitzten. Als er schließlich etwas zischte, war es ein Wort, mit dem sie niemals gerechnet hätte.

»Hexe!«

19. Kapitel

Hinein in die Finsternis

Sie lachte.

Diese Anschuldigung kam so unerwartet und war so *lächerlich*, dass sie lachte. Doch neben ihr murmelte Jason warnend: »Gaia …«, und Polly war leichenblass geworden. Gaia schaute in ihre verschreckten Gesichter und dann auf Stearne, der unversöhnlich und irgendwie *zufrieden* aussah, und das Lachen erstarb auf ihren Lippen.

»Aber nein«, protestierte sie. »*Nein!* Ich bin keine Hexe …« Verzweifelt suchte sie nach weiteren Worten. Dabei schaute sie sich um und der Anblick ihres herrlich wachsenden Beets gab ihr neuen Mut. »Die Pflanzen sind nur so gut gewachsen, weil ich mich um sie gekümmert habe. Das ist alles.«

»Aha«, sagte Stearne. »Aber leider ist das noch nicht alles, nicht wahr? Was ist damit?« In seinen behandschuhten Fingern hielt er das Amulett hoch.

»Es hat keine Zauberkraft.« Sie antwortete spontan, bezweifelte ihre Worte jedoch, kaum dass sie sie ausgesprochen hatte. Was wusste sie wirklich über ihr Amulett? Er bemerkte ihr Zögern und sah sie verstummen. In seinen Augen lag so etwas wie schadenfroher Triumph.

»Bitte, Sir«, sagte Polly flehentlich. Sie stockte, schluckte und wiederholte: »Bitte, Sir. Ihr irrt Euch. Sie ist keine Hexe. Sie hat nichts Böses getan.«

»Oh doch«, antwortete Stearne mit ruhiger Sicherheit. »Und eigentlich sollte ich mich bei dir bedanken. Durch dich bin ich darauf gekommen. ›Fast so etwas wie Zauberei.‹ Das hast du doch gesagt, nicht wahr?«

Polly wollte etwas erwidern, doch sie hatte das Gefühl, als würde sie fallen und die Welt um sie herum einstürzen. Mit leiser, angsterfüllter Stimme brachte sie nur einen hoffnungslosen Protest über die Lippen. »Das habe ich nicht gemeint … ich sprach nicht von Hexerei … das nicht …«

Stearne hörte ihr gar nicht mehr zu. »Und was ist mit dir?«, wandte er sich drohend an Jason. »Du warst so schnell damit bei der Hand, sie zu verteidigen, alles als völlig normal abzutun.« Er kniff die Augen zusammen. »Steckst du mit ihr unter einer Decke?«

Jason machte den Mund auf, aber Gaia kam ihm zuvor. »Nein! Er hat nichts getan!«, rief sie.

»Gaia, halt den Mund, hör auf!«, rief Jason voller Panik. Aber sie wiederholte: »Er hat nichts getan. Keiner von ihnen.«

Wieder grinste Stearne so unerwartet und Angst einflößend. Und wieder blitzte Triumph wie ein kaltes Feuer in seinen Augen auf. Dann blickte er sich um und rief mit lauter Stimme: »Festnehmen!«

Bestimmt, dachte Jason entsetzt, bestimmt würden die Wächter des Lagers diesem Befehl nicht nachkommen. Gaia war beliebt, galt als »gutes Mädchen«. Er wollte etwas zu ihrer Verteidigung vorbringen, doch die Worte erstarben auf seinen Lippen. Die beiden Männer, die durch den Garten gestapft kamen, waren Dennet und Renfierst, die wortkargen, diensteifrigen Diener, die Stearne auf die

Farm mitgebracht hatte. Bei ihnen konnte er nichts ausrichten. Er konnte nur hilflos mit ansehen, wie sie Gaia an den Armen packten und durch den Garten schleppten. Erst als sie am Tor waren, schüttelte er seine Bewegungslosigkeit ab und rannte ihnen nach. »Gaia!« Er rief ihr Worte nach, die er selbst nicht glaubte. »Alles wird gut. Versprochen!« Als er sie eingeholt hatte, hob Stearne jedoch warnend die Hand.

»Keinen Schritt weiter.« Er sah Polly an. »Das gilt auch für dich. Ihr bleibt in diesem Garten, sonst gebt ihr zu, dass ihr mit ihr unter einer Decke steckt.«

»Bleibt stehen!« Gaias Stimme klang ängstlich, aber bestimmt. »Alle beide. Tut, was er sagt.«

Polly griff stumm nach Jasons Hand. Vom Garten aus mussten sie mit ansehen, wie Gaia den Weg hinauf und über den Hof des Farmhauses geschleppt wurde. Die Tür des Wohnhauses öffnete sich, Gaia wurde vom Dunkel der Diele verschluckt und die Tür fiel zu.

Sie schleppten sie über die Steinfliesen der Diele und in ein großes Zimmer im hinteren Teil des Hauses, das Fox als Büro und Wohnzimmer gedient hatte. Sie war schon einmal hier gewesen, früher, zu Fox' Zeiten. Da war es ein gemütlicher, eher schlicht eingerichteter Raum gewesen: wie Fox selbst, ruhig und freundlich. Kahle Wände, grob getüncht, ein paar abgenutzte schmale Läufer und alte Sessel vor dem Feuer, dazu ein voller Schreibtisch und aufgeklappte Fensterläden, um auch an einem regnerischen Tag möglichst viel Licht hereinzulassen.

Nichts davon war geblieben. Kein voller Schreibtisch, keine Sessel – nichts. Stearne hatte nur einen harten Stuhl mit hoher Lehne an seinem Schreibtisch stehen, der im Übrigen leer war, weil er alle Papiere im Inneren eingeschlossen hatte. Die beiden Möbelstücke waren aus einem dunkelroten Holz geschnitzt, das an die Farbe getrockneten Blutes erinnerte. Die Fensterläden waren geschlossen und verriegelt. Das schwache Licht im Raum kam von dem rot glühenden Feuer und von drei flackernden Kerzen in Wandhaltern. Etwas intensiv Stinkendes brannte im Kamin und verbreitete einen scharfen Rauch, der ihre Augen tränen ließ und ihr im Hals kratzte. Trotz des Halbdunkels und des Rauchs konnte Gaia, von einer plötzlichen, kalten Angst gepackt, sehen, dass überall Augen an die Wände gemalt waren: einzelne, wütende Augen, die sie anzustarren schienen.

Die Wächter stellten sie in einen Kreis, der auf den Boden gemalt war, und ließen sie dann endlich los. Stearne setzte sich auf den hohen, harten Stuhl und musterte sie von Kopf bis Fuß. Sie zitterte unter dem albtraumhaften Blick der gemalten Augen an den Wänden, und sie musste schniefen und husten, weil der starke Rauch erneut in ihre Augen und in ihren Hals drang. Ihr Unbehagen schien ihm zu gefallen.

Dann endlich machte er den Mund auf. »Hab ich dich also gefunden.« Seine Stimme war ruhig, aber dieser schadenfrohe Triumph, der im Hintergrund lauerte, wuchs immer mehr an.

Hab ich dich gefunden …? Die verrücktesten Gedanken schossen ihr durch den Kopf. War er eigens hierhergekommen, weil er sie suchte? Falls ja, dann gab es dafür nur einen Grund: das kleine Täfelchen, das er jetzt in seinen behandschuhten Fingern drehte. Hatte Tal recht gehabt, als er vor so vielen Monden wie beiläufig gesagt hatte: »Vielleicht hat es mal einer Hexe gehört?« Vielleicht hatte es *wirklich* Zauberkräfte; vielleicht war es deswegen verboten. Falls ja, wie kam es dann, dass sie es so oft in den Händen gehalten und nichts gespürt hatte, nichts Geheimnisvolles außer dem Gefühl, dass es sehr alt war und schon von vielen Generationen vor ihr berührt worden war?

»Warum …« Sie versuchte zu sprechen, aber ihre Stimme versagte. Die Angst und der seltsame Rauch schnürten ihr den Hals zu. »Warum habt Ihr nach mir gesucht?«

»Oh, zunächst einmal wusste ich nicht, dass *du* es warst.« Er erhob sich vom Stuhl und legte das Amulett vorsichtig auf den Kaminsims. Dann stellte er sich mit dem Rücken zum Feuer und fuhr in einem sehr ruhigen und vernünftigen Ton fort, wie jemand, der eine komplizierte Rechenaufgabe erklärt: »Ich wusste allerdings, dass es jemanden gibt. Fast immer gibt es jemanden, weißt du, überall. Man muss ihn nur finden. Oder sie. Meistens ist es eine Sie.« Er verzog das Gesicht zu einem gespenstischen Grinsen, zog den Umhang und die Handschuhe aus, faltete sie und legte sie sorgfältig auf den Stuhl.

»Natürlich musste ich von vorn anfangen; ganz und gar von vorn. Fox' Information war nutzlos.« Verärgert schüttelte er den Kopf. »Aber du bist mir aufgefallen, von Anfang an. Du siehst …«, er verstummte und musterte ihre dunklen Haare und Augen, »... anders aus als die anderen. Und dann dein Spitzname. Nicht normal. Ganz und gar nicht normal.« Er warf eine Handvoll Staub ins Feuer. Eine neue Wolke des scharfen Rauchs ließ ihre Augen und ihren Hals erneut schmerzen.

»Aber den endgültigen Beweis lieferte mir natürlich dein Beet. Hier gedeiht normalerweise nichts. Der Boden taugt nichts und es ist viel zu windig. Aber deine Pflanzen wachsen trotzdem gut. Und dann diese Augen: Jedes Mal, wenn ich dich angeschaut habe, haben sie mich verwünscht.«

»Ich wollte doch nur, dass Ihr mich in Ruhe lasst.« Wütend wischte sie die schmerzenden Tränen weg. »Ich habe mich einfach unwohl gefühlt, weil Ihr mich dauernd beobachtet habt.«

»Ja. Na ja, das ist normal, weißt du.« Er sprach mit dem unerträglich selbstzufriedenen Tonfall von jemandem, der sich absolut im Recht glaubt. »Eine Hexe fühlt sich in der Gegenwart des Hexenjägers immer unwohl. Und außerdem«, sagte er abschließend, »wusste ich, dass es etwas geben musste. Ich musste es nur finden, um mir ganz *sicher* zu sein.« Er beugte sich über das Amulett, und sie trat instinktiv einen Schritt vor, um es zu beschützen. »Bleib ja im Kreis!«, herrschte er sie an und sie gehorchte sofort. Er entspannte sich wieder und wandte sich erneut dem Amulett zu. »Ein Amulett, ein Talisman, ein magisches Werkzeug. Ich wusste, dass du irgendwo eines hast. Man hat mich ausgelacht, weil ich diese Steinhaufen auseinandernehmen ließ«, sagte er schroff. »Aber sieh mal, was dabei zum Vorschein kam!«

»Es hat keine magischen Kräfte«, sagte sie beklommen. »Wirklich nicht. Es ist einfach nur alt. Und ich bin keine Hexe.«

Er lächelte sie traurig an. »Wirklich? Stimmt das wirklich?« Er holte tief Luft, biss die Zähne zusammen und streckte die Hand nach dem Amulett aus. Als er das Elfenbein berührte, stieß er einen Schrei aus, einen spitzen Schmerzensschrei, der sich in ihr Gedächtnis einbrannte, und er schleuderte das kleine Täfelchen weg. Es prallte auf dem Boden auf, wie ein Stein, den man über einen Teich hüpfen lässt, schlug gegen die Wand und zerbrach in drei Teile.

»Nein!«, schrie sie und wollte auf allen vieren über den Boden auf das zerbrochene Amulett zukriechen.

»Bleib im Kreis!« Seine Stimme bebte vor Schmerzen, während er vornübergebeugt dastand und sich die Hand unter den Arm klemmte. »Wie das brennt!«, wimmerte er.

Hastig sammelte Gaia die Bruchstücke aus Elfenbein auf, die sich in ihren Fingern völlig kühl anfühlten.

Jason wartete im Garten unter einer freundlichen Sonne, während Gaias Pflanzen in dem sanften Wind um ihn herum tanzten. Aber die Sonne erreichte ihn nicht. Eine eiskalte Angst hatte sich seiner bemächtigt, tief wie eine Schlucht. Er bemerkte auch Pollys Hand in der seinen nicht.

Er wartete lange. Dann hörte er einen hohen, angsterfüllten Verzweiflungsschrei. Kurz danach wurde die Tür des Wohnhauses wieder geöffnet und sie schleppten Gaia heraus. Sie wehrte sich nicht, und ihr Gesicht war weiß wie ausgebleichte Knochen.

»Jason«, sagte Polly leise.

Doch er stand nur da, unbeweglich, stumm.

»*Jason!* Wir müssen herausfinden, wohin man sie bringt.« Sie zog an seiner Hand. Dieses Mal drehte er sich zu ihr und schaute sie an. Sein Gesicht sah aus wie das eines Ertrunkenen, der schon lange im Wasser liegt.

»Ich weiß, wohin man sie bringt.« Seine Stimme war verzerrt.

»Und wohin?«, hakte sie nach und schüttelte ihn sachte. »*Wohin*, Jason?«

Mit erstickter Stimme sagte er: »Es gibt einen Keller. Nein, eigentlich kein Keller, sondern ein Loch im Boden. In den Ställen …«

»Das habe ich noch nie gesehen.« Sie war verwirrt. Seit sie hier war, hatte sie jeden Tag in den Ställen gearbeitet.

»Die Steinplatte«, sagte er. »Ganz hinten.« Sie nickte, und er schluckte, ehe er weitersprach. »Da bringt man sie hin, unter die Erde. Man kann nichts sehen. Und der Mond kann einen auch nicht sehen.«

Sie wurde blass und er erinnerte sich. Die gnadenlose Dunkelheit, kein Unterschied zwischen Tag und Nacht, die namenlose Panik, weil er den Mond nicht sehen konnte, in der blinden Erde, in die nur die Toten gehörten. Er hatte schlimme Wachträume gehabt, in denen er das Gefühl hatte, sein eigener toter Vater zu sein, der für alle Ewigkeit unter Steinen und Erde gefangen war. Und nun würde Gaia diese Albträume ebenfalls durchleben müssen …

Nur … als man *ihn* schließlich herausholte, halb wahnsinnig vor Angst, zitternd, frierend und schmutzig, war Fox da gewesen. Er war freundlich gewesen; hatte sich darum gekümmert, dass Jason ein warmes Bad und saubere Kleider bekam. Vor allem hatte er mit ihm *geredet*, stundenlang, bis die Angst nachließ und Jason allmählich begriff, dass er noch am Leben war. Am Abend brachte Fox ihn dann nach draußen und wickelte ihn in so viele Decken, wie er nur auftreiben konnte. Und er ließ Jason im Mondschein sitzen, bis dieser das Mondlicht wieder in seine Seele eindringen fühlte. Was aber würde Gaia erwarten, wenn man sie herausholte?

»Polly«, fragte er mit rauer Stimme. »Was macht man mit Hexen?«

Sie flüsterte die Antwort so leise, dass er sie bitten musste, es zu wiederholen. »Sie werden verbrannt«, sagte sie, und er fühlte, wie die Schlucht der Angst unter ihm noch tiefer wurde.

»Wo ist mein Buch?«, fragte Fossick in missmutigem Ton.

Scrimp schüttelte ungeduldig den Kopf. »Ich komme direkt von der Basilika, von einer privaten Dankesfeier. Ich hielt es für sicherer, es zu Hause zu lassen. Reg dich nicht auf. Es ist gut versteckt.«

»Na prima«, murrte Fossick. »Und was hältst du davon? Danke, Sassy.« Er bedachte sie mit einem übertrieben breiten Lächeln, als sie einen Krug mit Wein und zwei nicht zueinanderpassende Gläser auf den Tisch stellte.

Sie zog sich in ihre Ecke zurück und griff nach einer schmuddeligen Tischdecke. Einen Augenblick lang zögerte sie über dem Knäuel aus wirren Fäden. Dann entschied sie sich und zog einen lose aufgewickelten Strang in hellem Scharlachrot heraus. Fossick goss den Wein ein und schob Scrimps Glas über den Tisch. »Also, Cosmo?«

»Erstaunlich«, murmelte Scrimp. »Ich habe nicht gewusst …«

»Kein Wunder«, kommentierte Fossick trocken. »Es ist ein gut gehütetes Geheimnis. Hast du es bemerkt? Das, was nicht stimmt? Das kleine Detail, das nicht zum Rest passt?«

Scrimp legte die Stirn in Falten. »Ich glaube nicht. Es gab da etwas, aber ich denke nicht, dass es besonders wichtig ist …«

»Und was?«, wollte Fossick wissen. Er beugte sich vor und seine Augen funkelten gespannt.

Scrimp rutschte unruhig auf seinem Stuhl hin und her. Er kam sich albern vor, war sich sicher, dass er nichts Bedeutendes entdeckt hatte, sondern etwas übersehen hatte, das viel offensichtlicher und wichtiger war. »Na schön«, sagte er widerwillig, »es ist wirklich nichts Bedeutendes, da bin ich mir sicher. Aber gleich am Anfang sind die Namen der Mitglieder des königlichen Hofrats aufgeführt. Es gibt vierzehn Namen, und im Buch steht, dass der Monarchenbund vom Hofrat gegründet wurde. Aber von Anfang an, schon damals, zum Zeitpunkt des Feuers, gab es nur dreizehn Mitglieder. Palamons Name fehlt.«

»Ah!« Fossicks Gesicht leuchtete vor Freude. »Ich wusste, dass du es merken würdest, Cosmo, du alter Zahlenfuchs!« Übermütig boxte er ihn an den Oberarm. »Ja, das ist es. Vierzehn Ratsmitglieder, aber nur dreizehn Mitglieder des Monarchenbunds.«

»Spielt das wirklich eine Rolle?«

»Aber sicher!« Fossick erhob sich und schritt ruhelos vor dem leeren Kamin auf und ab. »Es ist eine Lücke: etwas, auf das nicht eingegangen wird.«

Scrimp sah nicht sehr überzeugt aus. »Vielleicht ist er ja gestorben ...«

»Das glaube ich nicht.« Fossick schüttelte heftig den Kopf. »Ich denke, es würde dastehen, wenn er gestorben wäre. Nein, dahinter muss mehr stecken ...«

»Und du denkst, wir finden die Lösung im Verschlossenen Archiv?«

»Wer weiß?« Fossick ließ sich wieder auf seinen Stuhl fallen und schnipste nachdenklich ein paar Brotkrumen über den Tisch. »Aber wenn sie irgendwo ist, dann da. Kannst du es irgendwie bewerkstelligen, dass ich hineinkomme?«

Sam stieß Tal an und schob ihm heimlich ein Notenblatt zu. »Frühstück?«, hatte er in eine Ecke gekritzelt. Tal hielt schnell den Daumen nach oben und betastete seine Tasche, um sich zu vergewissern, ob die Seraffe noch da war – Parhelions mageres Trinkgeld für die gestrige lange Dankesfeier für seine sichere Rückkehr. Er gähnte. Heute war Vollmond, deshalb dauerte die Morgenmette länger als gewöhnlich. Aber schließlich hatten sie die letzten langen, gesungenen Gebete, mit denen der Segen des Mondes für jedes Mitglied des Monarchenbunds erfleht wurde, hinter sich gebracht.

»Gewähre, oh Große Mondgöttin Hyrondal, unserem weisen und edlen Lord Parhelion ein langes Leben, Glück und Wohlstand, damit wir uns noch lange seiner Führung und seines Schutzes erfreuen dürfen ...« und so weiter und so fort, die ganze Liste der dreizehn

Lordschaften, mit einem besonderen Gebet für Querimon, dessen Schutzmond es war.

Tal gähnte noch einmal. Er ließ seine Augen über die knienden Gläubigen bis zum Ende des Mittelschiffs gleiten. Wie immer herrschte ein reges Kommen und Gehen von Besuchern, deren gedämpftes Flüstern eine Art Hintergrundecho zu den gesungenen Gebeten bildete. Gedankenverloren schaute Tal über die Menge. Auf einmal trat ein Mädchen in einen hereinfallenden Sonnenstrahl und das plötzliche Aufblitzen ihres eisblauen Umhangs erregte seine Aufmerksamkeit. Natürlich war es die Farbe eines Lords, dieses glänzende Grünblau. Allerdings wusste er nicht mehr, welche Familie es trug. Der Gang des Mädchens zeugte vom Stolz, zu einer Monarchenfamilie zu gehören. Sie hielt den Kopf hoch erhoben und machte keinen Versuch, ihre selbstbewussten Schritte zu dämpfen. Außerdem strahlte sie etwas Trotziges aus, hatte den herausfordernden Blick eines Kindes, das absichtlich etwas Verbotenes tat. Sie war allein. Vielleicht erklärte das ihr trotziges Auftreten: Junge Damen von Adel durften eigentlich nicht unbeaufsichtigt durch Freehaven spazieren. Das war sicher der Grund. Er stellte sich vor, wie sie sich am frühen Morgen aus dem Haus geschlichen hatte, durch die Stadt gegangen war, allein durch das Labyrinth der Straßen, und sich dabei überlegt hatte, was sie mit diesen stibitzten Minuten der Freiheit anfangen sollte …

Oh, sie war gar nicht allein. Tal sah, dass ihr eine Frau folgte, schäbig gekleidet, aber mit einem eisblauen Streifen auf ihrer Kleidung, was sie als Dienerin des Mädchens kennzeichnete. Seine Aufmerksamkeit wanderte von dem Mädchen zu der Dienerin, die sich in diesem Moment ein bisschen zur Seite drehte, sodass er kurz ihr Gesicht sehen konnte, bevor sie sich wieder abwandte. Er hatte nur einen flüchtigen Blick erhaschen können, halb so lang wie ein Herzschlag, doch das hatte gereicht, um seinen Puls zum Rasen zu bringen und das Fließen seines Blutes zu einem Donnern in den Ohren anschwellen zu lassen. Die beiden Frauen traten aus dem schrägen Sonnenstrahl. Verzweifelt folgte er ihnen mit den Augen durch die wogende Menge bis in einen Gang auf der anderen Seite der Basilika. Doch dann verschwanden sie hinter einer Säule und aus seinem Blickfeld.

»... und schenke uns, Große Mondgöttin, Demut, Gehorsam und Dankbarkeit ...« Sam trat Tal an den Knöchel. Ah, das Gebet war zu Ende, und alle anderen waren bereits aufgestanden, um zu singen. Hastig sprang auch Tal auf und nickte entschuldigend in Gabriels Richtung, der ihn nachdenklich und tadelnd ansah. Sie waren zum Schluss gekommen: einem einfachen »Wache über uns und führe uns heute, oh große Mondgöttin, auf dem rechten Pfad.« Nur – verflixt, verflixt, verflixt – Gabriel hatte für heute eine lange und schwierige Version dieses Lieds ausgewählt, mit Sätzen, die anschwollen, sich drehten und in der Luft verflochten wie die Ranken eines wild wuchernden Weinstocks. Aber wenigstens waren die ersten Sätze einfach und Tal kannte sie auswendig. Er hob seinen Blick von den Noten und schaute an Gabriels Händen vorbei, die den Takt angaben, um fieberhaft die Menschenmenge am anderen Ende der Basilika zu überfliegen.

Da waren sie wieder! Sie waren erneut aus dem Gang aufgetaucht. Das Mädchen stand da und schaute zu dem riesigen Nordfenster hinauf, dessen dreizehn farbige Monde ihr Licht auf sie warfen, während die Dienerin geduldig neben ihr wartete. Tal ließ die beiden nicht aus den Augen, verpasste Gabriels langsamer werdende Handbewegungen und merkte, dass er peinlicherweise völlig aus dem Takt geraten war. Nur undeutlich nahm er Sams besorgten und Gabriels strengen Blick wahr. Er zwang sich, wieder auf die Noten zu schauen. Aber all seine Sinne – sein ganzes Inneres – waren bei den beiden Gestalten am anderen Ende des Kirchenschiffs. Sie bewegten sich wieder: diesmal in Richtung Portal. Die Tür wurde geöffnet, der eisblaue Umhang blitzte kurz im Sonnenlicht auf und dann waren sie weg. Der Chor war inzwischen beim letzten Ton des Lieds angelangt. Es war ein lange gehaltener Ton, der ein langes Echo hinterließ und eine langsame Rückkehr vom Sakralen zum Alltag darstellte. »Schneller, schneller, schneller«, murmelte Tal lautlos. Dann endlich durften sie sich bewegen und reden. Sam schaute ihn verwundert an. »Was ist denn mit dir los?«

»Kümmere dich darum, ja?« Tal drückte ihm seine Noten in die Hand.

»Und was ist mit dem Frühstück?«

»Muss dringend weg.« Und schon stürmte er die Chortreppe hinunter, ohne auf Gabriels Zuruf zu achten: »Tal, kommst du mal her?« Rücksichtslos drängte er sich durch die aufbrechende Menschenmenge zum Portal. »Hey, pass doch auf!«, fuhr ihn jemand an.

»Entschuldigung, Entschuldigung«, rief er über die Schulter zurück, erreichte das Portal und stieß es auf.

Das morgendliche Sonnenlicht wurde gleißend hell von den weißen Marmorplatten zurückgeworfen, und Tal, dessen Augen noch an das schwache, gelbe Licht im Inneren der Basilika gewöhnt waren, blinzelte irritiert in den grellen Glanz. Auf dem großen Platz herrschte Hochbetrieb: Ganze Horden von Menschen eilten geschäftig hin und her. Voller Verzweiflung schaute Tal zuerst in die eine, dann in die andere Richtung. Er lief los, änderte seine Meinung, drehte wieder um und stand einen Augenblick lang unschlüssig da. »Denk nach!«, ermahnte er sich. Sie waren mit Sicherheit von High Side gekommen. Vermutlich waren sie jetzt auf dem Rückweg, um rechtzeitig zum Frühstück zurück zu sein, bevor ihr Verschwinden bemerkt wurde. Er traf eine Entscheidung und hastete in Richtung der Brücke durch die Menge.

Da waren sie! Er sah sie schon aus der Ferne, wie sie in eine der leichten, schnellen Kutschen kletterten, die zahlende Kunden den Hügel nach High Side hinauf- und hinunterbrachten. Er sah den leuchtenden Umhang des Mädchens wie einen Vogelflügel aufblitzen. Dann wurde die Tür zugeschlagen und die Kutsche setzte sich in einem flotten Trab in Bewegung. Tal fing an zu rennen und bahnte sich seinen Weg durch die Menschenmenge, die ihm entgegenströmte.

In der kommenden Nacht war Vollmond und morgen früh bei Tagesanbruch sollte sie sterben. Alles war bereit. Die Fuhrwerke waren schon mit der letzten Ernte beladen, denn Stearne war davon überzeugt, dass das Verbrennen einer Hexe im Morgengrauen dem bösen Fluch ein Ende setzen würde und sie auf ihren Fahrten nach Swanhaven fortan nicht mehr von Banditen überfallen werden würden. Außerdem hatte Jason diesen unheilvollen Stapel aus trockenem Holz im Hof vor den Stallungen gesehen.

Er saß auf dem Zaun bei den Beeten und starrte auf Gaias prachtvolle und verhängnisvolle Pflanzen, ohne etwas zu sehen. Er würde Gaia herausholen, sagte er sich grimmig. Er würde weglaufen: Er würde in den Nouldewood fliehen und sie mitnehmen. Nur hatte er leider nicht die leiseste Ahnung, wie er das bewerkstelligen könnte.

»Jason?« Hawkins' Stimme riss ihn aus seinen Gedanken.

»Ja?«, antwortete er teilnahmslos. Er sagte nicht »Sir« und wurde gerade dabei erwischt, dass er auf dem Zaun saß, anstatt zu arbeiten, doch das schien Hawkins nicht zu stören. Mit großem Mitgefühl in der Stimme sagte er: »Ich, ähm, ich soll dir etwas geben.« Er hielt ihm einen vertrauten Gegenstand entgegen: Gaias Amulett in dem abgenutzten Lederbeutel. Jason blickte Hawkins entsetzt an.

»Das kann ich nicht nehmen. Es gehört Gaia.«

»Ich weiß.« Hawkins fuhr sich durch die Haare und räusperte sich. »Sie hat mich gebeten, es dir zu geben, damit du es ihrem Bruder gibst, wenn sie … nachdem … du weißt schon.«

»Aber ich habe keine Ahnung, wo er ist.« Und sie darf nicht sterben, sie darf nicht sterben, protestierte er stumm.

»Sie hat mir erklärt, wo du ihn finden kannst. Erstaunlich, dass sie noch so klar denken kann, aber sie kann es. Sie sagte, es gäbe in Freehaven eine große Brücke. Auf der Seite, die zum großen Platz hin liegt, gibt es einen Querträger, der nur über eine Leiter zu erreichen ist. Dort wird er auf sie warten, am ersten Morgen jedes Viertelmonds. Das hat sie gesagt.« Hawkins machte einen weiteren Versuch, ihm das Amulett zu überreichen, und diesmal nahm Jason es widerwillig an.

»Bitte«, sagte er verzweifelt und klammerte sich an Hawkins' Ärmel. »Bitte, Mr Hawkins, bitte, könnt Ihr mir nicht helfen, sie herauszuholen?« Aber Hawkins schüttelte nur langsam und traurig den Kopf.

»Tut mir leid, mein Junge. Ich weiß, sie ist ein gutes Mädchen. Ich weiß auch, dass Stearne verrückt ist, aber er ist der Oberaufseher. Gegen ihn kann niemand etwas ausrichten.« Er zückte ein Taschentuch und putzte sich geräuschvoll die Nase. »Tut mir leid.« Mit gesenktem Kopf ging er davon.

Polly hatte die beiden aus einiger Entfernung beobachtet. Als Hawkins fort war, ging sie über den Weg auf Jason zu, der auf dem Boden zusammengesunken war, mit dem Rücken an den Zaun gelehnt. Er hatte die zerbrochenen Elfenbeinstücke aus dem Beutel geschüttelt und hielt sie liebevoll in den Händen.

»Ich wollte ihn um Hilfe bitten«, sagte er.

»Kein Glück gehabt, hm?«

»Er sagte, ich solle es vergessen.« Jasons Stimme war verbittert. »Er sagte, da könne niemand etwas machen. Er kam her, um mir das Amulett zu geben. Gaia wollte, dass ich es nehme, um es Tal zu geben, wenn sie ...« Seine Stimme versagte. Polly kniete sich hin, um ihn in den Arm zu nehmen. Plötzlich stieß sie einen Schrei aus und tastete im Gras nach dem scharfen Gegenstand, mit dem sie sich am Knie verletzt hatte.

»Das ist Hawkins' Messer«, sagte Jason. Behutsam legte er die Elfenbeinstücke in den Beutel zurück und nahm Polly das Messer aus der Hand. »Ich hole sie heraus.« Er drehte das Messer in seiner Hand und betrachtete die glänzende Klinge. »Ich weiß nur nicht, wie ...«

»Und«, sagte Polly, »hast du schon irgendeine Idee?«

Scrimp eilte die Straße mit den hohen Mauern entlang, die von Parhelions Haus aus zur Brücke hinunterführte. Er hielt eine Pergamentrolle in der Hand: dreizehn einzelne Blätter, allesamt unterschrieben und mit einem Siegel versehen. Er hatte keine Ahnung, ob sie gut genug waren, doch ihm war klar, was passieren würde, wenn sie es *nicht* wären. Mehr als einmal blieb er unterwegs stehen und überlegte sich, ob er nicht umkehren sollte. Aber er konnte Babbingtons dünne Stimme hören – »Genug, um den Monarchenbund zu stürzen«. Er sah Parhelions selbstzufriedenes, hartes und dümmliches Gesicht vor sich, ebenso die Gesichter der armen und verzweifelten Menschen, die er in den Ruin getrieben hatte. Außerdem war da noch seine Neugier. Was war mit Palamon geschehen? Und was, im Namen der dreizehn Monde, hatte dieses Geheimnis mit dem Mädchen und seinem kleinen Elfenbeinviereck zu tun?

Fossick ging auf den Stufen des Nationalarchivs auf und ab.

»Cosmo!«, grüßte er ihn überschwänglich und senkte dann die Stimme. »Hast du sie gemacht?«

»Ja.«

»Überzeugend?«

»Das hoffe ich.« Scrimp zitterte.

Fossick nahm ihn am Arm und führte ihn die Treppe hinauf. Sie gingen durch eine kleine Tür in einen hohen, schlichten Saal, der die Farbe alter Sahne hatte. Er war erfüllt vom muffigen, staubigen, leicht warmen Geruch alter Bücher und Dokumente sowie von einer Stille, so zerbrechlich wie zartes Porzellan.

Auf der anderen Seite des Saals versperrten ein Schreibtisch und eine Holztür den Zugang zum Treppenhaus. Der Archivar saß am Schreibtisch. Fossick begrüßte ihn mit einem gemurmelten »Guten Morgen«. Er zeigte seinen abgegriffenen Berechtigungsschein vor, wurde durch die Sperre gewunken und ging die Treppe hinunter. Scrimp wusste, dass er auf dem ersten Treppenabsatz warten würde, um zu hören, was nun geschah. Scrimp fuhr sich mit der Hand über die trockenen Lippen, ging zum Schreibtisch und machte ein möglichst amtliches Gesicht.

»Guten Morgen.«

»Mr Scrimp, nicht wahr?«

Scrimp nickte kurz. »Muss etwas für den Monarchenbund erledigen.« Er lehnte sich vertraulich über den Schreibtisch und sagte leise: »Das ist alles ziemlich geheim, versteht Ihr? Im Verschlossenen Archiv ist ein Dokument, das ich für die Lordschaften holen soll.«

Der Archivar war sichtlich schockiert. »Ich kann Euch nicht hineinlassen, jedenfalls nicht ohne gültige Genehmigung. Habt Ihr einen Ratsbefehl?«

»Tja«, sagte Scrimp, »es ist so, dass es ziemlich schnell gehen musste: Für eine vollzählige Einberufung des Rates war keine Zeit. Stattdessen wurden einzelne Genehmigungen unterschrieben und besiegelt.« Er rollte die dreizehn Pergamentblätter auseinander. Auf allen stand derselbe Befehl: *Mr Scrimp Zugang zum Verschlossenen Archiv gewähren,* und es folgte die jeweilige Unterschrift und das Siegel jedes einzelnen Lords des Monarchenbunds. Er hatte die Papiere am Vorabend gefälscht. Obwohl ihm aus Angst, entdeckt zu werden, das Herz bis zum Hals klopfte, hatte er zwischen Parhelions Briefen nach je einem Schriftstück aller Mitglieder des Monarchenbunds gesucht. Er hatte die Unterschriften nachgemacht, die Siegel mit einem heißen Messer abgelöst (davon zeugten die Blasen an seinen Fingern) und sie auf den Dokumenten befestigt, die jetzt vor ihm lagen.

Der Archivar nahm sich quälend viel Zeit. Er hielt jedes einzelne Pergament ganz nah vors Gesicht und prüfte die Unterschrift, ehe er misstrauisch das Siegel befingerte. Schließlich schob er alle Dokumente wieder zusammen.

»Na schön …«, sagte er und biss sich auf die Lippe. Scrimp trommelte mit den Fingern auf den Schreibtisch, versuchte, Respekt einflößend auszusehen, und sah kurz auf seine Taschenuhr. »Es wird heute Nachmittag gebraucht. Es gibt Schwierigkeiten, wenn ich zu spät komme.«

Der Archivar gab sich einen Ruck. »Na gut«, sagte er widerstrebend. Er griff unter seinem Schreibtisch nach einem großen Schlüsselbund, gab Scrimp eine Laterne und führte ihn durch die Sperre. Nach vier Treppen in die Tiefe und einem langen, schmalen Korridor blieben sie vor einer mehrfach verschlossenen Tür stehen. Der Archivar öffnete ein Schloss nach dem anderen, wobei die Schlüssel mit einem rostigen Knarren protestierten, das Scrimp ganz nervös machte. Schließlich öffnete sich die Tür quietschend und er folgte dem Archivar in den Raum.

An drei Wänden standen Regale, die vom Boden bis zur Decke reichten und durch breite Holzpfosten unterteilt waren. Mit Pergamenten vollgestopfte Kisten waren vor den Regalen aufgestapelt und der Boden war mit losen Dokumenten übersät. Auf allem lag fingerdicker Staub, der schon durch die kleinste Bewegung aufgewirbelt wurde, in Wolken, die sich in der Luft vergrößerten und einem das Atmen schwer machten.

Scrimp hielt die Laterne in die Höhe und spähte mit tränenden Augen in alle Winkel des Raums. Hunderte, Tausende von Dokumenten steckten eng gepackt in den Regalen oder waren über den Boden verstreut. Aller Mut verließ ihn. Hier etwas Brauchbares zu finden, würde mindestens ein Jahr dauern.

Auch der Archivar sah sich neugierig um. »Das erste Mal, dass ich hier drin bin.« Er musste niesen. »Hab ihnen schon oft gesagt, sie sollen mich ab und zu hier sauber machen lassen.« Er zog ein Dokument aus der nächstbesten Kiste und blies den dicken Staub weg. »Also, was sucht Ihr?«

»Ich komme schon allein zurecht, danke.«

Der Archivar beäugte ihn zweifelnd. »Wirklich?«

»Eines will ich klarstellen.« Scrimp bemühte sich wieder um einen möglichst schroffen Tonfall. »Ich schaffe es *wirklich* allein. Die Genehmigung gilt nur für mich. Die Lordschaften wären sicher nicht entzückt, von Einmischung oder Neugier von Eurer Seite zu hören.«

Der Archivar wurde blass und ließ das Dokument eilig wieder in die Kiste fallen. Nervös zog er sich zurück und huschte durch den Korridor und dann die Treppen hinauf.

»Cosmo?« Mit einem breiten Lächeln streckte Fossick den Kopf zur Tür herein. »Ein Mann mit verborgenen Talenten, das bist du. Hätte in dir nie einen erfolgreichen Fälscher vermutet. Und dabei noch eiskalt. Ich habe von der Treppe aus zugehört: sehr beeindruckend …«

»Red nicht so viel!« Scrimp zog Fossick in den Raum, schloss die Tür hinter ihm und zeigte ratlos auf die vollgestopften Regale. »Das ist zu viel. Es ist hoffnungslos …«

»Immer fröhlich wie ein verregneter Karneval, nicht wahr, Cosmo?« Fossick wirkte überglücklich, beinahe wie trunken von dem Geruch alten Pergamentes und des Staubes. Er schaute sich mit strahlenden Augen um und atmete tief ein.

»Wir haben nicht viel Zeit, Babbington«, rief Scrimp ihm besorgt in Erinnerung.

»Lass mich überlegen.« Fossick bückte sich und sah sich einige Dokumente an, die auf dem Boden lagen. Dann wandte er sich dem ersten Regal zu. Die Schriftrollen waren so dicht gepackt, dass er zuerst glaubte, er könne keine herausziehen, ohne sie zu zerreißen. Aber dann schaffte er es, ein Dokument vorsichtig herauszuziehen, und rollte es auf.

»Freie Schrift. Zu neu.«

Er ließ die Rolle auf den Boden fallen und ging zum nächsten Regal. Scrimp folgte ihm, hob die weggeworfenen Dokumente auf und las sie: eine zweihundert Jahre alte Gerichtsverhandlung über Landesverrat; Dokumente, die bezeugten, dass Cornelius Demersal bei Lord Querimon in die Lehre ging (beide seit Langem tot); die Befragung eines Bauern, der sich hoch im Norden auf verbotenes Gelände verirrt hatte …

Fossick arbeitete sich systematisch durch den ganzen Raum und zog aus jedem Regal ein paar Dokumente heraus. Scrimp folgte ihm zuerst, wurde aber nach einiger Zeit unruhig. Er ging zur Tür zurück, legte das Ohr dagegen und lauschte, ob im Korridor etwas zu hören war. Es schien eine Ewigkeit zu dauern, bis Fossick seine Runde durch den Raum schließlich vollendet hatte.

»Und?«, wollte Scrimp wissen.

»Es ist nicht dabei.«

»Was?« Scrimp sah ihn entsetzt an: Hatten sie dieses enorme Risiko umsonst auf sich genommen? »Das ist alles in Freier Schrift geschrieben. Nichts davon ist alt genug. Entweder haben sie die eigene Regel befolgt und alles verbrannt, was in Alter Schrift geschrieben war … oder es wurde versteckt. Tja …« Er ging noch einmal durch den Raum und betastete die Pfosten zwischen den einzelnen Regalen. »Wenn sie mich gefragt hätten, hätte ich ihnen geraten, es in neues Pergament einzuwickeln und auf ein Regal zu legen: die sicherste Möglichkeit, dass in einem Archiv etwas verloren geht. Aber ein alter Freund von mir – er ist jetzt tot – war Teredos Bibliothekar …«

Fossick war an einem der Pfosten stehen geblieben und tastete unter dem mittleren Regalbrett herum. »Er hat mir einen alten Trick des Monarchenbunds verraten, den er eigentlich gar nicht hätte kennen und noch weniger mir hätte erzählen dürfen. Aha!«

Er drehte an etwas. Ein Brett vorn am Pfosten öffnete sich. Er griff in den Hohlraum dahinter und zog ein Dutzend Schriftrollen heraus. Sie waren alt und vergilbt und zerfielen fast zu Staub.

Fossick grinste triumphierend, setzte sich auf den Boden und entrollte vorsichtig die erste Schriftrolle. Scrimp blickte ihm über die Schulter und sah eng geschriebene, unleserliche, aber vertraute Symbole in verblasster, brauner Tinte.

»Alte Schrift.«

»Mhmm.« Fossick rollte das Pergament wieder zusammen und nahm sich das nächste vor.

Scrimp starrte neugierig darauf. »Wann hat man diese Schrift abgeschafft? Und warum?«

»Ungefähr hundert Jahre nach der Befreiung«, sagte Fossick. »Und der Grund ist doch offensichtlich.« Er öffnete die nächste Schriftrolle. »Sie wollten die gesamte Vergangenheit auslöschen, Cosmo. Sie wollten, dass das Volk vergisst, dass Assalay dereinst ein Königreich war und dass es eine Zeit *vor* dem Monarchenbund gab. Und wie gelingt das besser, als indem man die Vergangenheit unlesbar macht? Eine neue Schrift einführen, die alte verbieten, und alles, von dem die Leute nichts wissen sollen, wird buchstäblich zu einem Buch mit sieben Siegeln. Hey, Moment mal …« Seine Stimme überschlug sich fast vor Aufregung.

»Was ist?«

»Ich glaube …« Er breitete das zerbrechliche Pergament aus und überflog es hastig. Dann setzte er sich ganz gerade hin.

»So war es also«, sagte er. »Gütige Monde …«

»*Was* denn?«, fragte Scrimp.

»Das ist die Aufzeichnung einer Gerichtsverhandlung.« Fossick klopfte mit dem Finger auf die Rolle. »Der Bericht über ein Gerichtsverfahren und ein Urteil. Palamon war der Angeklagte, war aber nicht anwesend. Unauffindbar. Man verurteilte ihn in seiner Abwesenheit, der ganze Rat des Monarchenbunds: alle dreizehn. Er wurde schuldig gesprochen, von jedem Einzelnen.«

»Schuldig wessen?«

»Des schlimmsten aller Verbrechen. Landesverrat. Verrat an den anderen Mitgliedern des Hofrates. Er wurde zum Tode verurteilt, falls man ihn jemals finden würde. Sie befahlen, seine Blutsverwandten niederzumetzeln, sie nahmen ihm seine Ländereien und seine Titel weg und verteilten sie unter sich. Es gibt sogar die reizende kleine Anmerkung, dass alle Standbilder, Gemälde oder Abbildungen von ihm auf Münzen zerstört werden sollten – zerschlagen, eingeschmolzen, verbrannt … je nachdem. Sie wollten ihn auslöschen, Cosmo.« Er dachte einen Augenblick nach und sagte dann bedächtig: »Jemand hat einen großen Fehler gemacht, als er dieses Geschichtsbuch geschrieben und dabei vergessen hat, Palamons Namen von der Liste der Ratsmitglieder zu streichen. Sie muss aus einer königlichen Aufzeichnung stammen, die einfach versehentlich übernommen wurde.«

»Ist doch egal«, sagte Scrimp ungeduldig. »Was genau hat er denn verbrochen?«

Tal hatte nicht geahnt, wie *verwirrend* und *unmöglich* High Side war: ein Irrgarten aus schattigen, sich windenden Straßen zwischen hoch aufragenden weißen Mauern. Er hatte die Kutsche im Auge behalten, als sie über die Brücke und dann die breite Hauptstraße fuhr. Aber schließlich war sie in eine Seitenstraße eingebogen, und als er um die Ecke kam, war sie verschwunden. Er rannte die sich windende Straße mit den hohen Mauern entlang, bis er zu einer Abzweigung kam. Ohne nachzudenken, bog er nach rechts, rannte um eine Ecke, kam zu einer weiteren Kreuzung und rannte wieder nach rechts. Aber ein Stück weiter endete diese Straße mit einem Tor. Der Wachposten lehnte an der Sperre, als Tal sich näherte.

»Diese Straße ist verboten«, sagte er. »Hast du eine Genehmigung?«

»Nein.« Tal drehte sich um. Niedergeschlagen stapfte er zur Hauptstraße zurück und setzte sich auf eine niedrige Mauer, um nachzudenken. Einige Kutschen fuhren vorbei und ein blasses Mädchen mit einem schmutzigen Tuch unter dem Arm kam vorüber. Eine Wolke schob sich vor die Sonne. Tal schaute an den Himmel, um zu sehen, ob es bald regnen würde – und lachte laut auf. Natürlich. Klar doch: Die Mauern und Häuser von High Side waren alle aus den gleichen weißen Steinen erbaut, aber darüber schimmerten die Dächer prächtig in den verschiedenen Wappenfarben. Er konnte das leuchtende Eisblau sehen: ein Stück weiter oben und rechts. So genau wie möglich prägte er es sich ein und tauchte dann wieder in den Irrgarten der Straßen ein.

»Gütige Monde«, flüsterte Scrimp. Er stützte den Kopf auf die Hände, als ob das, was Fossick ihm gerade verraten hatte, seinen Kopf so schwer machte, dass ihn der Hals nicht mehr allein tragen konnte. Mord und eine riesige Lüge und hier vor ihnen in der Kiste: der Beweis für beides. »Genug, um den Monarchenbund zu stürzen.« Fossick hatte anscheinend nicht übertrieben. Scrimp fühlte sich schwindlig und krank.

»Cosmo. *Cosmo.* Wir sollten jetzt gehen.« Fossick rollte die Schriftrolle wieder zusammen, band den zerbrechlichen Lederriemen darum und balancierte sie behutsam auf der Handfläche. »Was machen wir jetzt damit?«

Sie könnten sie einfach wieder in ihr Versteck schieben und weggehen, dachte sich Scrimp. Im Laufe der Jahre würde sie von selbst zerfallen. Wenn sie sie aber mitnahmen und erwischt würden; oder wenn sie sie mitnahmen, wie durch ein Wunder davonkämen und den Leuten erzählten, was darin stand ... erneut wurde ihm schwindlig. »Was meinst du?«

»Höchst gefährlich, sie mitzunehmen«, sagte Fossick. »Aber ...«

»Aber es ist die Vergangenheit. Die Vergangenheit dieses Mädchens, die Vergangenheit von uns allen ...«

»... und es sollte erlaubt sein, darüber zu reden«, führte Fossick den Satz für ihn zu Ende. »Das finde ich auch.« Nach kurzem Überlegen zog er irgendein Pergament aus einem Regal und drückte es Scrimp in die Hand. »Der Archivar wird dich sicher überprüfen. Nimm lieber einen Köder mit. Ich kümmere mich um das hier.« Er stopfte sich die alte Schriftrolle vorsichtig unter die Jacke, sah Scrimp an und hob fragend die Augenbrauen. »Bereit?«

Er zog die Tür auf.

Hoffnungslos, immer noch hoffnungslos: Es kam ihm so vor, als würden ihn diese Straßen *absichtlich* in die Irre führen. Sobald Tal wieder von der Hauptstraße abbog, stellte er fest, dass er nur bergab gehen konnte, nicht bergauf, wie er es wollte. Er lief weiter und suchte nach einer Abzweigung, die ihn wieder in die richtige Richtung bringen würde. Aber die einzigen Straßen, die tatsächlich bergauf führten, waren verboten und verliefen hinter fest verschlossenen und bewachten Toren den Hügel hinauf.

Er folgte der Straße weiter nach unten und sein Mut sank gleichermaßen. Dann kam er an eine weitere Kreuzung. Wieder war es eine verbotene Straße, die den Hügel hinaufführte und zudem nur einen kurzen Blick auf das leuchtend blaue Dach freigab, das jetzt weit über ihm lag. Er blieb stehen und spähte über das Tor. Das Haus des Wachpostens war eine kleine Holzhütte direkt hinter dem Tor, doch weit und breit war niemand zu sehen.

»Hallo!«, rief er versuchsweise. Keine Antwort, nur die Mauern warfen das Echo seiner eigenen Stimme zu ihm zurück. Einem plötzlichen Impuls folgend, kletterte er über das Tor und begann, in Richtung des funkelnden Dachs den Hügel hinaufzurennen. Doch auch diese Straße wies plötzliche und verwirrende Biegungen auf und wand sich von links nach rechts. Schließlich landete er vor einem langen Eisenzaun, hinter dem das größte Haus lag, das er jemals gesehen hatte. Aber inzwischen hatte er so sehr die Orientierung verloren, dass er keine Ahnung hatte, ob es das Haus war, nach dem er suchte. Welche Farbe hatte das Dach? Wenn er das sehen könnte, wüsste er Bescheid.

Jedoch – über ihm glänzte keine stolze Farbe. Das Dach spiegelte nur den Himmel wider, und Tal starrte bestürzt auf das Spiegelbild der grauen Dunstglocke, die sich über dem hellen Morgen zusammengezogen hatte.

»He, du!« Ein stämmiger Mann eilte verärgert auf ihn zu. Tal hatte gerade noch Zeit, um mit schlagartiger Enttäuschung zu sehen, dass er eine scharlachrote Uniform trug. Dann drehte er sich um und rannte davon.

Fossick und Scrimp machten die Tür sorgfältig zu, als ein Junge aus den Schatten in das Licht ihrer Laterne trat.

»Hallo, Leute.« Er grinste sie an: ein schlaksiger Junge mit hellen Augen, zerlumpt, aber dennoch auch irgendwie elegant. Und seltsam vertraut, wie Scrimp dachte, obwohl ihm im Augenblick vor

Schreck nicht einfiel, wo er ihn schon einmal gesehen hatte. »Ihr wolltet doch hoffentlich nicht die Treppe hinaufgehen, oder?«, fuhr der Junge fort. »Denn da oben ist Lord Lanneret mit fünfzig seiner Männer und wartet nur auf jemanden, der ohne Genehmigung im Verschlossenen Archiv war …«

20. Kapitel
Flucht

Scrimp fiel die Laterne aus der Hand. Er wurde leichenblass und lehnte sich an die Wand.

»Cosmo … tut mir leid …«, stammelte Fossick.

Scrimp legte ihm eine Hand auf den Arm. »Ach was, ich kannte das Risiko. Ich wusste, was ich tat. Ich *wollte* es tun.« Er dachte kurz nach. »Babbington, *du* gehst. Bring dich in Sicherheit und die … du weißt schon …«

»Oh, Moment mal«, sagte der Junge warnend. »Das haut nicht hin. Die wissen, dass ihr zusammen seid. Ich habe Lanneret gehört. Er hat gesagt, ihr hättet es beide auf irgendwelches verbotene Zeug im Verschlossenen Archiv abgesehen.«

»Dann sind wir erledigt.« Scrimp drehte die Handflächen in einer kleinen, hoffnungslosen Bewegung der Endgültigkeit nach oben.

Plötzlich wurde die ehrfurchtsvolle Stille in dem Gebäude auf einen Schlag zerstört. Man hörte einen lauten, ungeduldigen Ruf: »Los, geht runter und holt sie!« Und schon donnerten schwere Füße die Holztreppe herunter. Der Junge schaute von Fossick zu Scrimp und fasste einen Entschluss.

»Ihr kommt besser mit mir«, sagte er. Doch in ihrem Entsetzen und in ihrer Verwirrung rührte sich keiner der beiden Männer. Der Junge seufzte entnervt.

»Wir haben's eilig, Leute. *Los!*« Er zog sie von der Haupttreppe weg und durch einen schäbigen Gang mit niedriger Decke, bis sie an einer steilen Wendeltreppe ankamen. Scrimp wollte sie hinaufrennen, aber der Junge packte ihn am Ärmel und zog ihn rückwärts.

»Andere Richtung, Mr Scrimp«, sagte er grinsend.

»Wir müssen *raus*«, protestierte Scrimp. »Verstecken hat keinen Zweck. Sie werden hier alles auf den Kopf stellen, bis sie uns gefunden haben …«

Der Junge verdrehte die Augen. »Erzähl das deiner Großmutter …«, murmelte er. »Ich bring euch raus, wenn ihr mit mir kommt. Aber glaubt mir: Wenn ihr diese Treppe raufgeht, landet ihr mit tödlicher Sicherheit in den Armen Seiner Lordschaft.«

Die beiden Männer zögerten noch immer. Aber der Lärm ihrer Verfolger hallte durch das Gebäude. Man hörte das Echo eiliger Schritte auf den Fluren. Türen wurden aufgerissen und wieder zugeknallt.

»Was ist? Kommt ihr jetzt mit oder nicht?«, fragte der Junge ungeduldig. »Denn falls nicht, gibt's noch andere Leute, um die ich mich kümmern muss.«

Lannerets Männer waren jetzt in ihrem Stockwerk, gleich um die Ecke. Der Junge flitzte bereits die steilen Stufen hinunter. Und weil ihnen nichts anderes übrig blieb, eilten sie ihm nach. Am Fuße der Treppe hetzte er sie durch einen weiteren engen Flur, der unvermittelt vor einem verschlossenen Gitter endete. Scrimp verließ aller Mut. Jetzt sitzen wir in der Falle!, dachte er. Doch der Junge rüttelte an den Stäben und rief leise: »Nick? Nick?«

Ein blasser, schmaler Junge mit einer Laterne trat aus der Dunkelheit hinter dem Gitter.

»Jinx?« Verwirrt starrte er auf Fossick und Scrimp und blickte dann fragend zu dem Jungen.

»Lass uns einfach rein, Nick«, sagte der Junge schnell. »Fragen später.«

Er schob Scrimp und Fossick hinein und durch einen Irrgarten aus Regalen, während er über die Schulter hinweg spärliche Erklärungen abgab. »Lannerets Männer, Nick. (Hier links, Leute.) Im Gebäude, sie suchen nach diesen beiden. (Nein, hier runter, wenn's recht ist.) Und geben nicht auf, bis sie alles auf den Kopf gestellt haben, wie es scheint. Wir müssen uns darauf vorbereiten, das Nest zu verlassen.« Sie bogen in einen weiteren schmalen Durchgang zwischen zwei Regalen. Am anderen Ende versperrte ihnen ein breites Regal den Weg. Jinx und Nick begannen wortlos damit, Kisten aus den unteren Regalbrettern zu ziehen. Nick wand sich durch die so entstandene Öffnung knapp über dem Boden und verschwand. Jinx winkte Fossick und Scrimp näher. »Nach euch, Leute«, sagte er höflich. Sie quetschten sich ungeschickt durch die kleine Öffnung und landeten auf allen vieren in einem Meer von Papieren, wo sie von einer Handvoll zerlumpter Kinder neugierig beäugt wurden.

»Mach die Öffnung wieder zu, Nick. Und zwar *sorgfältig*. Wir können von Glück sagen, wenn sie uns nicht finden. Aber wir sollten uns besser woanders verstecken, hm. Lizzie?«

»Ja, Jinx?« Das Mädchen mit den hellen Augen, das antwortete, war älter als die meisten der anderen Kinder.

»Lanneret ist da. Hat's auf die beiden hier abgesehen.« Sie warf einen kurzen, überraschten Blick auf Scrimp und Fossick und Jinx zwinkerte ihr zu. »Gemeingefährliche Verbrecher, Liz. Ich bring sie raus. Will nicht, dass ihnen was passiert. Lannerets Männer finden das Nest vielleicht nicht, aber da müssen wir schon viel Glück haben. Wir sollten besser verduften. Du weißt ja, was zu tun ist.«

Wortlos wandte sie sich um und winkte die Kinder, die die Szene mit großen Augen verfolgt hatten, zu sich. »Wir müssen umziehen. Ben, Jimmy, Em: Papiere …« Schnell drehte sie eine große Kiste um, die ihnen als Tisch gedient hatte. Die drei Kinder fingen an, Arme voll verstreuter Dokumente einzusammeln und sie in die Kiste zu stopfen. »Milly: Essen.« Ein Mädchen mit rundem Gesicht und ernsten Augen griff nach einem abgewetzten Ledertornister und füllte ihn mit alten Broten und angeschlagenen Äpfeln. Jinx beobachtete sie einen Augenblick lang und drehte sich dann wieder zu Fossick und Scrimp.

»Interessant«, murmelte Fossick. Er saß auf dem Boden und hielt sich im schwachen Schein der Laterne ein Dokument dicht vor die Nase, das er vom Boden aufgehoben hatte. »Höchst interessant. Cosmo, sieh mal: Das sind alles Gefängnisaufzeichnungen von …«

»Babbington, bitte«, sagte Scrimp mit Nachdruck. »Es ist wirklich nicht der richtige Moment, um das Strafrecht des zweiten Jahrhunderts zu studieren.« Er zog ihn auf die Füße. »Also?«, wandte er sich wieder an Jinx. »Was nun?«

Der Junge hob einen Stapel Papiere vom Boden und stopfte sie in die Kiste. Dann stemmte er den schweren runden Eisendeckel auf, den er freigelegt hatte. Kalte, stinkende Luft drang herein.

»Notausgang«, erklärte er voller Stolz.

Scrimp wich angewidert zurück, doch da rüttelte jemand an den Gitterstäben und rief: »Wer hat den Schlüssel dafür?«

»Schnell, Liz«, flüsterte Jinx. »Leute, wir *müssen* jetzt los! Sofort!« Er schwang sich in das dunkle Loch. »An der Wand sind Sprossen«, erklärte er. »Einige sind ein bisschen locker. Ihr müsst aufpassen.«

Scrimp half Fossick in die Öffnung. In einiger Entfernung hörten sie jemanden rufen: »Was? Du findest den Schlüssel nicht? Bring mir sofort diesen Dummkopf von Hausmeister her!« Lizzie grinste, aber dann rief die Stimme: »Nein, warte, gib mir einfach *das* da!« Nach einer kurzen Pause hörte man einen schweren Hammer auf Backsteine einschlagen und Lizzie wurde sofort wieder ernst. »Sie schlagen die Wand ein. Geht endlich!«, raunte sie Scrimp zu.

Er kletterte an der Leiter hinunter in die blinde Dunkelheit, indem er sich von einer Sprosse zur nächsten tastete. Unter sich hörte er das träge Tröpfeln schmutzigen Wassers, doch als er schließlich wieder festen Boden unter den Füßen hatte, stellte er fest, dass dieser erstaunlicherweise trocken war.

»Alles in Ordnung, Mr Scrimp?«, hörte er Jinx in der Dunkelheit neben sich flüstern.

»Ja.« Das kam lauter als beabsichtigt und seine Stimme warf ein hohles Echo zu ihm zurück.

»Psst! Hört zu: Wir sind auf einem schmalen Vorsprung. Solltet ihr fallen, so ist das nicht tödlich, ihr werdet aber ziemlich schmutzig. Dürfte nicht leicht sein, euch als saubere, aufrechte Bürger auszugeben, wenn ihr abstürzt. Haltet euch besser dicht an der Wand.«

Scrimp tastete nach einem Halt und fühlte raue Mauersteine unter seinen Händen, zerbröckelnde Steine, die mit etwas Stinkendem, Feuchtem und Kaltem überzogen waren. Er versuchte, möglichst flach zu atmen, in einem hoffnungslosen Versuch, den Gestank, der aus der Dunkelheit unter ihm hervorquoll, aus Nase und Lunge herauszuhalten, während er sich langsam und vorsichtig über den Vorsprung bewegte. Nach den ersten schlurfenden Schritten huschte etwas über seinen Fuß und verschwand mit einem lauten »Platsch« in dem stinkenden Wasser. Zögernd machte er den nächsten Schritt, verlor fast das Gleichgewicht und musste sich zuerst wieder beruhigen, ehe er weitergehen konnte. Vor sich hörte er Jinx aufmunternd murmeln: »Gut so, Leute. Ist nicht mehr sehr weit …« Hinter sich hörte er gedämpfte Schläge, mit denen vermutlich die Wand oder die Tür eingeschlagen wurde, kleine Füße, die an der Leiter herunterhuschten, und ein metallisches Klirren, als der Kanaldeckel zugemacht wurde.

Dunkelheit und Gestank schienen kein Ende nehmen zu wollen. Er hatte das Gefühl, sein ganzes Leben bestünde nur noch aus dieser blinden Reise durch die stinkende Dunkelheit. Aber dann endlich nahm er einen Hauch sauberer Luft und ein schimmerndes graues Licht wahr. Sie bogen um eine Ecke. Vor ihnen lagen der Tunneleingang und dahinter das helle Tageslicht.

Sie stolperten hinter Jinx an einen schmalen Kiesstrand am Flussufer. Mit zitternden Beinen ließen sie sich auf den Boden sinken, atmeten in tiefen Zügen die frische Luft ein und blinzelten in das helle Gelb des Flusses unter dem bewölkten Sonnenschein. Auf einmal begannen die Glocken der Basilika zu läuten. Jinx zählte die Schläge mit und sein Gesicht wurde immer besorgter.

»Schon früher Nachmittag. Lange her, dass ihr reingegangen seid. Falls die Stadttore nicht schon euretwegen verrammelt wurden, ist es nur noch eine Sache von wenigen Minuten. Aber irgendwie müssen wir euch aus der Stadt schleusen …«

»Und wie?«, fragte Fossick.

»Wenn ich das wüsste …«, sagte Jinx. »Unsere übliche Route geht nicht bei Tag und außerdem …«, skeptisch beäugte er Fossicks und Scrimps unsportliche Gestalt, »… ist es eine recht anstrengende Kletterpartie.«

»Wenn …« Scrimp öffnete den Mund und schloss ihn dann wieder. »Nein. Nein, ich glaube, das klappt nicht.«

»Spuck's trotzdem aus«, sagte Jinx.

»Ja, auf, Cosmo! Jede Idee ist besser als nichts.«

»Na ja«, fuhr Scrimp zweifelnd fort. »Parhelions Garten grenzt an die Stadtmauer, direkt an der Felskuppe. Aber dazu müssten wir schnellstens nach High Side kommen, ohne gesehen zu werden. Und dafür ist es vermutlich schon zu spät. Dort werden sie als Erstes suchen.«

»Habt ihr Geld bei euch?«, fragte Jinx.

Scrimp drehte seine Tasche um. »Ein paar Seraffen und ein bisschen Kleingeld …«

Jinx sprang auf. »Einen Versuch ist es wert. Gebt mir die Seraffen. Auf, weiter!« Er drängte sie den schmalen Strand entlang, in Richtung auf die große Stadtbrücke, die ein Stück weiter stromabwärts den Fluss überspannte. Im Schatten des ersten riesigen Steinbogens hielt er an. »Wartet hier«, befahl er. »Bin gleich wieder da.«

Er kletterte eine Leiter hinauf, rannte die Marmorstufen zur Brücke hoch und war verschwunden.

»Tja«, sagte Fossick, »so weit, so gut.« Er war überraschend guter Dinge.

»Was ist mit dir los?«, fragte Scrimp. »Ich sehe nach wie vor keinen Grund zum Fröhlichsein.«

»Oh doch, Cosmo. Wir haben es geschafft. Endlich wissen wir, was wirklich passiert ist. Wir kennen die Wahrheit.«

»Die höchstwahrscheinlich recht bald mit uns stirbt, wenn du mich fragst«, sagte Scrimp düster. »Wir sind noch nicht in Sicherheit, Babbington, noch lange nicht. Selbst wenn wir sicher aus Freehaven herauskommen …« Er erstickte fast an dem Wort: *sicher*. Es würde für ihn keine Sicherheit mehr geben, nie mehr. Solange der Monarchenbund fortbestand, würde es für ihn nur ein Leben bangen Wartens geben – das Warten auf die anklagende Hand auf der

Schulter, darauf, dass in jemandes Augen Erkennen aufblitzte, dass sich langsam eine Tür öffnete … Nervös ging er auf und ab. Die feuchten Kieselsteine knirschten unter seinen Füßen, bis ihn ein lang gezogener Pfeifton zusammenzucken ließ. Jinx beugte sich über die Brüstung.

»Kommt hoch!«

Sie halfen einander die Holzleiter hinauf und folgten Jinx über die Marmorstufen hoch zur Straße, wo eine Kutsche auf sie wartete. In aller Eile schob Jinx Scrimp und Fossick ins Innere, sprang nach ihnen hinein und schlug die Tür zu. Ruckartig setzte sich die Kutsche in Bewegung, wurde schneller, als sie über die Brücke fuhr, und dann wieder langsamer, als es die lange Steigung nach High Side hinaufging.

»Ich glaube, wir schaffen's«, sagte Jinx. Genüsslich lehnte er sich zurück und grinste das ungleiche Flüchtlingspaar an, das ihm gegenübersaß. »Hab keinen von Lannerets Männern auf dem Platz gesehen, außer zwei, die vor dem Archiv Wache standen.«

Fossick klammerte sich an Scrimps Arm, als die Kutsche viel zu schnell um eine scharfe Kurve bog. »Du hast uns vermutlich das Leben gerettet«, sagte er mit großem Ernst zu Jinx. »Allerdings muss ich gestehen, dass ich nicht so recht verstehe, aus welchem Grund …«

»Ich hab was gegen Lanneret«, antwortete Jinx kurz angebunden, aber mit Groll in der Stimme. »Hat mir zu viele meiner Kinder weggenommen.« Seine Augen blitzten. »Konnte der Gelegenheit einfach nicht widerstehen, ihm eins auszuwischen.«

»Aber jetzt habt ihr euren Unterschlupf verloren«, sagte Scrimp. »Was macht ihr jetzt?«

Jinx schüttelte den Kopf. »Sag ich nicht. Nichts für ungut«, fügte er schnell hinzu. »Ist einfach sicherer, wenn ihr es nicht wisst.« Er drehte den Kopf und schaute zum Fenster hinaus. Als Scrimp ihn im Profil sah, zuckte er zusammen.

»Natürlich!« Er schlug sich an die Stirn. »Jetzt weiß ich, wo ich dich schon mal gesehen habe.«

Die Kutsche bog um eine weitere Kurve und fuhr dann eine steile, schmale Straße hinauf. Die Luft, die zum offenen Fenster hereinwehte, war richtig erfrischend, und man konnte das Salz des Meers riechen.

»Was?« Jinx blinzelte Scrimp irritiert an.

»Du warst bei diesem Mädchen – bei Gaia – und ihrem Bruder, als sie aus Fossicks Laden gerannt sind. Vor einigen Monden; am Anfang von Arctos.«

»Was?« Fossick starrte Jinx entgeistert an. Er bemerkte kaum, dass die Kutsche anhielt. Scrimp musste ihn schütteln, damit er ausstieg. Sie standen als kleines Grüppchen vor dem Seitentor zu Parhelions Garten und Scrimp wühlte in seinen Taschen nach dem richtigen Schlüssel. Er öffnete das Tor und zeigte auf die niedrige Steinmauer am Ende eines langen, gewundenen Kieswegs, der von ordentlich geschnittenen Bäumen gesäumt war. Aber Fossick schaute nicht hin. Er fasste Jinx am Ärmel.

»Du *kennst* sie?«, fragte er begierig. »Du kennst Gaia? Gaia Athanasius?«

»Ja, schon …«

»Kannst du ihr etwas von mir geben?« Fossick tastete unter seiner Jacke herum: Er zog die alte Schriftrolle heraus und wollte sie Jinx in die Hand drücken.

»Ist es das, was ihr beide geklaut habt?« Jinx beäugte die Rolle neugierig.

»Ja, ja. Kannst du es ihr geben? Es ist wichtig. Sag ihr, es erklärt, was es mit ihrem Amulett auf sich hat und was …«

»Moment, Moment«, unterbrach ihn Jinx. »Ich weiß gar nicht, wo sie ist. Sie ist verhaftet worden. Nicht wegen des Amuletts«, fügte er schnell hinzu. »Sie ist nach Osten verfrachtet worden. Ich kann es ihr nicht geben.« Fossick sah ihn bestürzt an. Nach kurzem Zögern fügte Jinx hinzu: »Ich könnte es aber ihrem Bruder geben. Er …«

»Sag's nicht!«, unterbrach ihn Fossick. »Je weniger wir wissen, desto besser.« Er streckte Jinx erneut die Rolle hin. »Dann gib es ihm bitte. Es ist auch seine Geschichte.«

Skeptisch beäugte Jinx die Pergamentrolle, die Fossick ihm noch immer entgegenstreckte. Ein vergilbtes, zerbröckelndes, uraltes Stück Papier. Ein gefährliches Papier. »Ich weiß nicht, ob ich es mit mir herumschleppen möchte. Oder Tal damit belasten soll …« Er zögerte noch immer. »Andererseits glaube ich nicht, dass sie bei uns danach suchen werden. Na schön, gebt her! Und jetzt geht endlich!«

»Danke.« Fossick wollte offenbar zu etwas Langatmigem und Ernstem ansetzen und deshalb schob Jinx ihn resolut in den Garten.

»Geht endlich, Mr Fossick.« Er schaute den beiden Männern nach, als sie über den Kiesweg liefen, über die Mauer stiegen und nicht mehr zu sehen waren. Dann machte er leise das Gartentor zu, versteckte die Schriftrolle unter seiner schäbigen Kleidung und schlenderte gemütlich den Hügel hinunter.

»Keine Spur, Euer Lordschaft.« Lannerets Bediensteter, in glänzendes Grün gekleidet, trat verlegen von einem Fuß auf den anderen. »Ich glaube wirklich …«, er holte tief Luft, »… ich glaube wirklich, sie müssen entwischt sein, Euer Lordschaft.« Er verkrampfte sich, als er auf die Antwort wartete, doch Lanneret flüsterte nur: »Unmöglich.«

Sie können nicht entwischt sein, dachte er, obwohl er es selbst nicht mehr glaubte. Er hatte gedacht, sie säßen in der Falle, und er wollte eine dramatische Verhaftungsaktion durchführen – aber nein. Seine Männer hatten jeden Winkel des Archivs durchsucht und ihm Bericht erstattet, mit Staub bedeckt, der jahrhundertelang nicht aufgewirbelt worden war. Doch Fossick und Scrimp waren wie vom Erdboden verschwunden. Gequält schloss Lanneret die Augen und stellte sich vor, wie seine Mitregenten auf seinen Misserfolg reagieren würden. Parhelions Gesicht zeichnete sich in seiner inneren Dunkelheit besonders bedrohlich ab: boshaft, schadenfroh, *zufrieden.*

»Na gut«, sagte er. »Benachrichtige die Stadtwache. Die ganze Stadt soll in Alarmbereitschaft gesetzt werden.« Mit einer Kopfbewegung entließ er den Mann und knöpfte sich den Archivar vor.

»Briarly!« Der Archivar, der an seinem Schreibtisch gesessen hatte, den Kopf auf die Hände gestützt, sprang auf.

»Euer Lordschaft«, stammelte er. »Es tut mir so leid. Aber *er hatte Dokumente.* Er hatte die richtigen Unterschriften und Siegel. Ich schwöre, dass ich sie mit äußerster Sorgfalt geprüft habe und …«

»Damit befassen wir uns zu gegebener Zeit.« Frostig schnitt Lanneret ihm das Wort ab. »Bringt mir erst einmal eine Laterne.« Er klammerte sich noch immer an die verzweifelte Hoffnung, dass die geheimen Dokumente so gut versteckt waren, dass sie niemand finden konnte. Aber nun war die Zeit gekommen, den Tatsachen ins Auge zu sehen.

Dem dicken Mann in der scharlachroten Uniform war Tal entkommen. Aber natürlich war er mit seinem dunkelblauen Umhang für jedermann als Chorknabe zu erkennen. Als er über ein weiteres Tor sprang, hörte er, wie der Mann ihm etwas nachrief, das mit den Worten endete: »... Gabriel sagen!« Oh weh, das war das zweite Problem, das er am Hals hatte, dachte er beklommen. Soeben hatte er gegen die Regel verstoßen, verbotene Straßen zu meiden. Außerdem hatte er vorhin vage die Glocken der Basilika die Stunden schlagen hören und wusste, dass er am Morgen eine ganze Chorprobe versäumt hatte, dann die Lobandacht am Mittag und jetzt den Beginn der Nachmittagsprobe. Lohnt es sich überhaupt, hier weiterzusuchen?, überlegte er sich. Diese Häuser waren alle mit so vielen Schutzvorrichtungen gesichert und lagen hinter hohen Mauern am Ende bewachter Straßen. Selbst wenn er die Tore überwinden und an den Wachen vorbeikommen würde, hätte er wegen dieses seltsamen Tricks, durch den die farbigen Dächer aus der Nähe zu namenlosen Spiegeln wurden, keine Ahnung, ob er überhaupt vor dem richtigen Haus stand.

Noch ein Versuch, sagte er sich verbissen. Er bog um eine Ecke, die er noch nicht ausprobiert hatte, und stand direkt vor Jinx.

»Was machst *du* denn hier?«, fragte Jinx entgeistert.

»Eigentlich nichts. Und du?« Jinx hatte ihm davon abgeraten, nach High Side zu gehen, erinnerte er sich, weshalb es umso erstaunlicher war, dass er sich jetzt selbst hier herumtrieb.

»Lange Geschichte. Muss ich dir trotzdem erzählen. Außerdem hab ich etwas, das ich dir geben soll.« Eine Dienstmagd und ein Diener, beide in Baladins orangefarbener Livree, gingen an ihnen vorbei und beäugten Jinx misstrauisch. »Komm, verschwinden wir aus High Side«, sagte er nervös.

»In Ordnung«, sagte Tal. Was hätte es schon genützt, noch länger zu bleiben? »Sollen wir zur Brücke gehen?«

»Also das hat keinen Zweck«, sagte Jinx. Sie waren auf der Terrasse am Flussufer, doch unten auf dem Wasser war so viel los, dass sie unmöglich gefahrlos zum Strand hinuntergehen konnten und schon gar nicht auf den Querträger. Männer in prächtigen Livreen in Lannerets Smaragdgrün ruderten langsam auf beiden Seiten den Fluss entlang. Hin und wieder hielten sie an, gingen ans Ufer und durchkämmten das dicht wuchernde Schilf oder spähten in die kleinen Fischerboote, die am Ufer vertäut waren. Jinx und Tal sahen, dass die Suchmannschaft bald schon durch weitere bemannte Boote verstärkt wurde, die andere Farben trugen. Ein Trupp Männer in der grauen Uniform der Stadtwache marschierte an den Jungen vorbei, kletterte an den Strand hinunter und teilte sich dann in zwei Gruppen, von denen die eine nach Norden, die andere nach Süden ausschwärmte, um das Flussufer abzusuchen. Zwei der Männer kletterten an der Leiter zur Brücke hinauf. Die Jungen warteten eine Weile, doch die Männer tauchten nicht mehr auf.

»Sollten uns besser was anderes suchen«, entschied Jinx.

Sie stiegen die Stufen zur Brücke hinauf und betraten den großen Platz. Tal warf einen schuldbewussten Blick auf die Basilika.

»Was ist hier los?«, fragte er. Doch noch ehe Jinx ihm antworten konnte, setzte plötzlich lautes Glockenläuten ein. Es waren nicht die Glocken der Basilika, die unermüdlich die Stunden verkündeten, sondern andere Glocken, die Tal nicht kannte. Das Geläut ging weiter und weiter, war ein beständiges, warnendes Läuten, das von Glocken überall in der ganzen Stadt aufgenommen und beantwortet wurde. Tal hielt sich die Ohren zu, als er Jinx in eine der schmalen steilen Gassen hinter der Basilika folgte. Hier waren noch mehr Wächter unterwegs, die die Straßen durchkämmten und dabei Handzettel verteilten. Jinx hob einen auf und zeigte ihn Tal. »Das ist ja Fossick!«, sagte Tal überrascht. »Und …« Stirnrunzelnd studierte er das andere Gesicht auf dem Handzettel. »Und der hier sieht aus wie … Ah, hier steht es: Scrimp. Parhelions Schatzmeister.«

Die Glocken verstummten nach und nach. Tal und Jinx eilten weiter, hinunter in Richtung Hafen und in eine kleine Gasse, nur wenige Straßen vom Meer entfernt. »Steht noch mehr da«, fragte Jinx, »außer ihren Namen?«

»Ja. Da steht …« Tal las die Wörter bedächtig. »*Gesucht wegen aufrührerischer Verschwörung und Verrat an der Republik.* Donnerwetter! Das würde man ihnen gar nicht zutrauen, stimmt's?«

»Mhmm«, sagte Jinx grimmig. Er führte Tal eine morsche Holzstiege hinauf und durch eine schmale Tür. Tal fand sich in einem niedrigen Raum unter einer Dachschräge wieder. Durch ein kleines quadratisches Fenster am anderen Ende des Raums waren hohe Schiffsmasten im Hafen und dahinter das graue Meer zu sehen.

»Wo sind wir hier?«

»Altes Kornlagerhaus. Wird nicht mehr benutzt: Der Besitzer hat Pleite gemacht.« Tal dachte an die miserable Ernte des letzten Sommers und nickte.

»Nützlicher Unterschlupf.« Jinx setzte sich mit dem Rücken zur Wand auf den Holzfußboden und musterte Tal besorgt.

»Also?«, fragte Tal. »Du hast gesagt, du hast etwas für mich. Was ist es denn?«

Jinx zögerte. »Ich weiß nicht, was ich machen soll.« Er biss sich auf die Lippe. »Ich will dich nicht in Schwierigkeiten bringen.«

»Das bin ich sowieso«, sagte Tal bedrückt. »Ich habe heute schon zwei Proben und eine Lobandacht versäumt.«

Jinx' Lachen war kurz und freudlos. »Es geht hier nicht um eine Strafpredigt von Gabriel, Tal. Es ist schlimmer. Leben oder Tod«, sagte er mit feierlichem Ernst. »Vielleicht hätte ich es nicht annehmen sollen«, fuhr er fort, halb zu sich selbst. »Aber sie haben gesagt, es ist wichtig: für Gaia und auch für dich.«

»Jinx!«, sagte Tal. »Ich verstehe nicht. *Wer* hat das gesagt?«

Jinx holte tief Luft. »Fossick und Scrimp.«

»Was?«

»Sie waren im Archiv. Es gibt da einen Raum, der immer abgeschlossen ist – das Verschlossene Archiv, aber irgendwie sind sie da reingekommen. Und das hier haben sie geklaut.« Er tastete unter seiner Jacke nach der Schriftrolle.

»Wieso hast *du* sie?«

»Lanneret wusste, was sie vorhatten. Weiß nicht, wie: Wahrscheinlich hatte er einen Spion auf sie angesetzt. Ungefähr fünfzig seiner Männer waren hinter ihnen her. Bin selber fast geschnappt worden, als ich durchs hintere Fenster rausklettern wollte. Da hab ich sie netterweise gewarnt und hab sie schließlich rausgeholt. Wir konnten zu Parhelions Grundstück flüchten und von dort aus sind sie über die Mauer zu den Klippen gerannt. Aber sie sind so was von unbedarft«, sagte er bedauernd. »Ich gebe ihnen maximal einen Tag.«

»Und was ist mit der Schriftrolle?«

»Das war wirklich komisch. Scrimp hat mich erkannt und wusste, dass ich dich kenne. Und Fossick drehte fast durch – eigentlich weil ich Gaia kenne, nicht dich. Er sagte, ich solle ihr die Rolle geben. Da hab ich ihm erklärt, das sei unmöglich, und da meinte er, ich solle sie dir geben. Hat was von wegen Geschichte oder so geschwafelt, die … Ah, jetzt weiß ich es wieder«, sagte er strahlend. »Er sagte, es würde die Sache mit dem Amulett erklären, Gaias Amulett.«

Tal streckte die Hand aus, und Jinx gab ihm das Schriftstück, das Tal neugierig auf den staubigen Fußbodenbrettern auseinanderrollte.

»Und?«, fragte Jinx ungeduldig. »Was steht drin?«

»Keine Ahnung.« Tal schüttelte verblüfft den Kopf. »Es muss ausländisch sein. Ich kann es nicht lesen.«

Auf dem steilen sandigen Weg in ihren Straßenschuhen schlitternd und rutschend und sich gegenseitig festhaltend, hasteten Fossick und Scrimp zu der kleinen Bucht hinunter. Anfangs mussten sie über den Klippenweg gehen, wo sie sowohl vom Land als auch vom Meer aus erschreckend gut zu sehen waren. Dann hatte Scrimp Fossick am Arm gepackt und nach unten gezeigt. Ein kleines, ziemlich altersschwaches Boot ankerte dort, dessen Beiboot in einer kleinen Bucht am Ufer lag. Zuerst war kein Seemann in Sicht, doch als sie etwa auf halber Höhe des Wegs waren, sahen sie ihn, wie er Muscheln aus dem Sand grub.

»He!«, rief Scrimp. Er glitt die letzten Meter den Weg hinunter und landete schwerfällig auf den knirschenden Kieselsteinen. Der Seemann blickte überrascht auf.

»Könnt Ihr uns zufällig ein Stück mitnehmen?«

»Kann sein. Gegen Bezahlung.«

»Reicht das?« Scrimp zog seine silberne Taschenuhr heraus und hielt sie dem verdutzten Mann unter die Nase.

»Kann sein.«

»Könnt Ihr uns nach Hambria bringen?«

Der Mann schüttelte den Kopf. »Hab keine Genehmigung fürs Ausland. Könnte euch aber nach Freehaven bringen. Dort findet ihr sicher ein Schiff nach Hambria.«

»Nein!«, sagte Scrimp hastig. »Nein danke. Wohin fahrt Ihr?«

»Nach Osten.« Er deutete mit dem Kinn von Freehaven weg.

»In Ordnung«, sagte Scrimp. »Das passt.«

Lanneret kam mit weißem Gesicht aus dem Verschlossenen Archiv. Den ganzen Nachmittag blieb er in der Eingangshalle, noch immer unfähig, die Tatsache zu akzeptieren, dass die Eindringlinge entkommen waren und das verhängnisvollste Geheimnis des Archivs mitgenommen hatten. Während der folgenden Stunden überbrachten ihm seine Männer, die wie glänzende grüne Insekten in der ganzen Stadt herumschwirrten, einen Bericht nach dem anderen, aber nie den, den er hören wollte. Im Archiv, das von oben bis unten durchsucht worden war, waren sie nirgends zu finden. Sie hatten die Stadt durch keines der Stadttore verlassen, waren weder auf Parhelions Grundstück gesichtet worden noch in Fossicks Laden zurückgekehrt – allerdings war der Suchtrupp, der dorthin geschickt worden war, mit einem interessanten Bündel Notizen in Fossicks spinnenartiger Handschrift zurückgekommen. Lanneret überflog sie mit starrem Gesicht und stopfte sie hastig in eine Innentasche, als würde er schuldbewusst ein Geheimnis verbergen.

Er ließ Sassy zu sich bringen. »Wohin könnten sie gegangen sein? Haben sie etwas gesagt? Irgendwas? Denk nach, Mädchen!« Ungeduldig und heftig schlug er auf den Tisch und sie zuckte blass und verängstigt zusammen. Nervös zupfte sie mit zitternden Fingern an den Fäden ihrer Stickarbeit herum, blieb aber bei ihrem bedauernden Nein. Ratlos verließ Lanneret schließlich das Gebäude. Auf den Stufen des Archivs blieb er stehen und gab dem Stadtwächter der Stadtwache einen letzten Befehl.

»Sofort eine frühe Ausgangssperre verkünden!«

Jinx öffnete den Mund, um etwas zu sagen, doch seine Worte gingen in einem erneuten Glockenlärm unter. Die Bedeutung dieses Läutens kannten sie: die vertrauten drei fallenden Töne hintereinander.

»Ausgangssperre?«, rief Tal überrascht. »Aber es ist noch lange nicht dunkel.«

»Manchmal läuten sie früher: In leeren Straßen findet man leichter, wen oder was man sucht.« Eilig sprang Jinx auf. »Ich muss los! Muss nach meinen Kindern sehen.«

Tal rollte die alte Schriftrolle eng zusammen und steckte sie unter seinen Umhang. »Wohin gehst du? Im Nest seid ihr jetzt wahrscheinlich nicht mehr sicher, oder?«

»Es gibt noch andere Nester«, sagte Jinx. »Unser neuer Schlupfwinkel liegt auf deinem Weg. Ich komme ein Stück mit dir.« Er öffnete die kleine Tür und schaute schnell nach links und rechts. »Die Luft ist rein.«

Leichtfüßig rannten sie die Holzstufen hinunter und die Gasse entlang. Als sie jedoch um die Ecke bogen, hielt Jinx Tal fest und zeigte mit grimmigem Gesicht die Straße hinauf.

»Mist! Wir sitzen in der Falle.«

Ein kleines Stück weiter oben war die Straße durch einen dicken Holzbalken versperrt, und zwei Stadtwächter hielten jeden an, der daran vorbeiwollte. Sie überprüften die Papiere, wie Tal sah, und das bedeutete natürlich Schwierigkeiten für Jinx. Und das war noch nicht alles. Sie durchsuchten die Leute auch: Taschen und Beutel mussten ausgeleert, Mäntel, Umhänge und Jacken ausgezogen werden. Jinx zog Tal wortlos in die Gasse zurück.

»Gib die Rolle lieber wieder mir. Und sieh zu, dass du nach Hause kommst«, sagte Jinx. Sein sonst so fröhliches Gesicht war ungewohnt besorgt.

Tal lehnte sich an die Wand und starrte verbissen auf das Kopfsteinpflaster. Dann sagte er: »Nein. *Ich* sollte sie nehmen. Sie wollten, dass ich oder Gaia sie bekommen.« Er warf einen weiteren Blick um die Ecke auf die Straßensperre. »Vielleicht verziehen sie sich ja bald.«

»Bestimmt nicht. Sie sind auf jeder Straße, bis zur Ausgangssperre und danach.«

Tal hatte Mühe, seine Stimme unter Kontrolle zu halten. »Und wie kommen wir jetzt nach Hause?«

Der Heimweg war ein Albtraum: Sie mussten sich durch einen verrückten, sich windenden und sich drehenden Wirrwarr von Straßen und Gassen einer feindlichen Stadt schleichen. Sie gingen zunächst zum Hafen hinunter und wollten es von dort aus über eine der kleineren Straßen den Hügel hinauf schaffen. Aber auch am Hafen war eine Patrouille zu sehen, und deshalb kletterten sie rasch über eine Mauer, um von der Straße weg zu sein. Sie landeten in einem Hof hinter einem Laden, entwischten einem bellenden Hund, sprangen über eine weitere Mauer in den Garten einer Taverne, landeten danach im Hof eines Lagerhauses und gelangten durch ein offenes Nebentor in eine schmale, leere Gasse. Von dort aus rannten sie ein Stück den Hügel hinauf, mussten dann aber feststellen, dass sie in einer Sackgasse gelandet waren. Also kletterten sie über eine weitere Mauer in ein kleines Seitengässchen zwischen Häuserreihen. Von dort aus rannten sie auf eine größere Straße, direkt oberhalb eines Kontrollpunkts. Als die Wachmänner ihnen einmal kurz den Rücken zudrehten, rasten sie voller Angst über die Straße und in eine weitere Sackgasse. Dort warteten sie eine Zeit lang, bis sie wieder einigermaßen bei Atem waren, als auf einmal ein zweites Glockengeläut den baldigen Beginn des Ausgangsverbots verkündete.

Sie kletterten über eine weitere Mauer, über das Dach eines Schuppens und balancierten auf einer schmalen Gartenmauer. Von hier sprangen sie in einen schmalen Durchgang, der zu einem kleinen

Hof führte, der inmitten einiger eingezwängter, baufälliger Häuschen lag. Sie gelangten auf die Hauptstraße, drehten aber sofort wieder um, denn sowohl hügelauf- als auch hügelabwärts gab es Kontrollpunkte.

Das dritte und letzte Signal für die Ausgangssperre wurde geläutet. Jetzt konnten sie allein schon deswegen verhaftet werden, weil sie noch im Freien waren. Außerdem gab es nicht die schützende Dunkelheit wie sonst bei einem Ausgangsverbot. Nur das graue Ende eines Nachmittags im Spätfrühling mit einem feinen Nieselregen.

Tal hatte keine Ahnung, wie lange sie schon durch diesen verwirrenden Zickzack von Gassen und Durchgängen, durch Gärten und über Dächer irrten. Aber er konnte erkennen, dass sie, trotz aller Umwege und allem Vor und Zurück, in etwa in die richtige Richtung gingen. Schließlich, als es allmählich Abend wurde, merkte er voller Erleichterung, dass sie sich in einer der kleinen Straßen hinter der Basilika befanden. Auf Zehenspitzen ging er zur Ecke. Von hier aus konnte er die Hintertür von Gabriels Küche sehen, wo der warme Schein des Lampenlichts schwach durch das hoch angebrachte Fenster fiel. Er schaute nach links und nach rechts. Niemand zu sehen. Er trat einen Schritt aus den Schatten heraus … zwei Schritte … noch ein paar Schritte und er wäre am Ziel gewesen …

»He! Du da! Halt!«

Tal rannte in die kleine Straße zurück. »Lauf weg!«, keuchte er Jinx zu, und sie stürmten den Weg zurück, den sie gekommen waren. Hinter ihnen auf dem Kopfsteinpflaster dröhnten schwere Stiefel. Sie sausten um die erste Ecke und Jinx stieß ihn eine Kellertreppe hinunter. Unter den Stufen, hinter einem kleinen Stapel Feuerholz, gab es ein Versteck, doch Jinx stemmte eine hölzerne Falltür über einem Kohlenkeller auf. »Schnell!«, flüsterte er. »Sieh zu, dass du diese Rolle los wirst!« Tal zog die Rolle hastig aus dem Gürtel und steckte sie in den Holzstapel. Das Echo der Schritte oben auf der Straße kam immer näher. Jinx glitt in den Kohlenkeller. Die Schritte wurden langsamer, hielten an und trampelten dann die Stufen herunter.

Es war eine blitzschnelle Entscheidung. So behutsam und leise wie möglich machte Tal den Deckel der Falltür über Jinx zu und kauerte sich dann in das nutzlose Versteck hinter dem Holzstoß. Jinx, der nun im Keller in Sicherheit war, hörte die scharfe Anklage des Wachmanns und Tals gemurmelte Antwort. Dann hörte er, wie zwei Paar Füße die Stufen hinaufgingen und sich entfernten; danach war Stille.

»Du bist einer von Gabriels Jungen«, sagte der Wachmann zu Tal, als sie auf den großen Platz kamen.

»Ja«, antwortete Tal eifrig. Vielleicht war es gar nicht so schlimm. Vielleicht würde der Mann ihn einfach nach Hause bringen. Doch stattdessen führte er ihn über den Platz der Befreiung, der im frühen Abendlicht gespenstisch leer war, und die Treppe des Haupteingangs hinauf zur Wache. Dutzende von Wachmännern mit grauen Uniformen strömten zu den Türen heraus – es sah aus, als wären sämtliche Wachmänner der Stadt aufgeboten worden. Tal und der Wachmann, der ihn verhaftet hatte, schoben sich durch die Menschenmenge und bis zu einem Schreibtisch in der Eingangshalle.

»Nach der Ausgangssperre im Freien angetroffen«, sagte Tals Wachmann. Der Mann hinter dem Schreibtisch sah mit einem ziemlich erschöpften und gereizten Gesichtsausdruck zu ihnen hoch.

»Tja, im Moment ist niemand da, der sich mit ihm befassen könnte. Die beiden Flüchtenden wurden unten am Hafen gesehen: Es ist eine große Suchaktion im Gang.« Er rieb sich müde übers Gesicht. »Steck ihn ins hintere Büro. Jemand kann sich später um ihn kümmern. Und du solltest auch besser zusehen, dass du zum Hafen runterkommst!«

Also saß Tal auf einer Bank in einem kleinen kahlen Zimmer, wartete und sah, wie das Licht vor dem Fenster erlosch. Das Grau verblasste und machte der Dunkelheit Platz. Wolken zogen über den Himmel und teilten sich und ein flackernder Mond bahnte sich zwischen ihnen seinen Weg. Tal fühlte sich hohl, sein Mund war wie ausgedörrt. Er hatte Hunger und Durst (er hatte den ganzen Tag nichts gegessen) und Angst. Er hatte gegen fast alle Regeln verstoßen, die Gabriel ihm eingeschärft hatte, und keine Ahnung, was ihm als Strafe bevorstand. Aber sicher würde er Ärger bekommen. Er wartete und wartete. Lange Zeit war es still, bis er schließlich Stimmen und Schritte auf dem Flur hörte. Jemand fragte: »Wo? Im hinteren Büro? In Ordnung.« Dann wurde die Tür von einem stämmigen Mann in grauer Uniform aufgerissen. Der Mann kam Tal bekannt vor: Mit Schrecken erkannte er einen der Männer, die Gaia verhaftet hatten.

Tal rutschte von der Bank und sein Mund war trockener denn je.

»Nach der Ausgangssperre noch draußen, hä?«, fragte der Wachmann. Tal leckte sich die Lippen und nickte. Der Mann musterte Tals dunkelblauen Umhang. »Einer von Gabriels Jungen?« Tal nickte noch einmal.

»Wenn wir mit dir fertig sind, wird dir das Singen vergangen sein ...«

Da hörten sie eine weitere Stimme draußen auf dem Flur: eine wohlbekannte, klare Stimme, höflich und bestimmt. Hinter der nur halb geschlossenen Tür sah Tal kurz eine dunkelblaue Robe aufblitzen und bekam Bruchstücke einer gemurmelten Unterhaltung mit (»... wahrscheinlich das Einfachste, wenn Ihr Euch mit ihm befasst.

Wir haben heute wahrlich genug zu tun …«). Eine feste Hand packte ihn am Arm und führte ihn resolut durch die große Halle und durch mehrere Türen in die kühle Abendluft auf dem großen Platz. Einer der Basilika-Wächter wartete auf der Treppe mit einer Laterne auf sie. In dem kleinen gelben Lichtschein hob Tal den Kopf zu Gabriel und lächelte ihn beklommen an. Aber Gabriel sah ihn nur mit kalter Wut an und sie überquerten den Platz schweigend.

In der Basilika hatte sich der Chor versammelt, bereit, das Abendlob zu singen.

»Soll ich … Wollt Ihr, dass ich mitsinge?«

Tal stellte die Frage unsicher und hätte sie anschließend liebend gern wieder zurückgenommen, denn Gabriel schaute ihn erneut mit einem eiskalten Blick an. »Nein«, antwortete er frostig. Zum Wächter sagte er höflich: »Würdet Ihr ihn bitte in sein Zimmer bringen, Mr Morland? Ich nehme ihn mir später vor.« Am Boden zerstört schlurfte Tal hinter Morland an den neugierigen Blicken der Chorknaben vorbei und in den Innenhof.

»Hoffentlich hat Gabriel jetzt begriffen«, sagte Morland, »dass es keine gute Idee ist, Gesindel von der Straße in den Chor aufzunehmen.«

»Ich bin kein Gesindel!« Tal ballte vor Wut die Fäuste. Aber Morland schaute ihn nur höhnisch an und sagte: »Nein? Das wirst du aber sein, wenn er dich rauswirft.«

Rauswirft? Tal starrte ihn erschrocken an. Hinter der Seitentür ertönten die ersten Sätze der Lobandacht: Die Stimmen in der Basilika sangen die ihm wohlbekannten Tonfolgen. Ihr Klang und sein eigener Kummer schmerzten ihn so sehr, dass er sich von Morland wie ein Schlafwandler in sein Zimmer führen ließ, ohne etwas wahrzunehmen.

Sobald er allein war, ließ er sich unglücklich auf sein Bett fallen und starrte mit brennenden Augen, die nichts sahen, an die Decke. Er spitzte die Ohren, um dem Gesang der entfernten Stimmen zu lauschen. Als sie verstummten, waren aufgeregte, leichtfüßige Schritte im Treppenhaus zu hören, fröhliches Gelächter und Gute-Nacht-Wünsche. Jemand klopfte vorsichtig an seine Tür: Sam. Tal hörte ihn sagen: »Tal? Tal?« Aber Tal war unfähig zu reagieren und nach einer Weile zog Sam traurig seine eigene Tür zu.

»Tal.« Das war endlich Gabriel. »Komm bitte mit.« Tal erhob sich und folgte Gabriel die Treppe hinunter in die Küche. Connie saß am Tisch, im warmen Lampenlicht. Sie lächelte ihn kurz aufmunternd an, aber er bemerkte es kaum. Gabriels Gesicht war noch immer sehr ernst. Er setzte sich auf einen Stuhl und ließ Tal stehen. Dann fragte er streng: »Und? Was hast du zu sagen?«

»Ihr werft mich aus dem Chor, nicht wahr?« Tal war wütend und unglücklich zugleich.

»Nicht unbedingt«, sagte Gabriel. In seiner Stimme und in seinen Augen lag wieder etwas der üblichen Wärme und Tal schöpfte leise Hoffnung. »Aber ich hätte gern eine Erklärung«, fuhr Gabriel fort. »Vielleicht fängst du damit an, warum du heute Morgen weggerannt bist! Danach erzählst du mir, warum du dich auf verbotenen Straßen in High Side herumgetrieben hast, und dann, warum du verhaftet wurdest, weil du nach der Ausgangssperre draußen warst.«

Tal schloss die Augen und schluckte. »Ich habe meine Mutter gesehen«, sagte er leise.

21. Kapitel

In einer Vollmondnacht

Tal sah so mitgenommen aus, dass Gabriel einen Moment lang glaubte, er würde gleich ohnmächtig werden, und deshalb sprang er auf und führte ihn behutsam zu einem Stuhl. Dann setzte er sich ebenfalls wieder und beugte sich über den Tisch.

Sein Zorn war auf einen Schlag verflogen. »Was ist passiert?«, fragte er und Tal erzählte ihm alles: wie er in den frühen Sonnenstrahlen den auffällig grünblauen Umhang gesehen hatte, der Schock des Wiedererkennens, die verzweifelte, hoffnungsvolle Suche und die sich im verwirrenden Straßengewirr von High Side auflösenden Farben.

»Welche Familie hat überhaupt diese grünblaue Farbe?«, fragte Tal. »Ich hab es vergessen.«

»Philemot«, antwortete Gabriel. »Es ist Philemots Farbe.«

»Das verstehe ich nicht.« Tal legte die Stirn in Falten. »Sie wurde nicht an die Philemots verkauft, sondern an die Sallenders. Ich hatte schon mal versucht, Gregory nach ihr zu fragen, aber er wusste von nichts.«

»Hmmm.« Ein Schatten huschte über Gabriels Gesicht. »Es überrascht mich eigentlich nicht, dass sie nicht mehr bei derselben Familie ist, Tal. Sklaven kommen viel herum. Sie – na ja, sie werden gern verschenkt. Mal anlässlich eines Geburtstags, mal an Karneval oder als Abschiedsgeschenk, solche Sachen eben. Oder sie dienen als Wetteinsatz oder werden getauscht.«

Einen Moment lang schaute Gabriel wieder grimmig drein, doch nicht seinetwegen, das merkte Tal. Dann nahm Gabriel ein Papier und einen Stift aus seiner Tasche. Er zeichnete etwas und schob das Blatt über den Tisch zu Tal. »Ich nehme an, dass du morgen vermutlich wieder nach ihr suchen willst, stimmt's?«

Er hatte eine Art Stadtplan von High Side gezeichnet. »Eigentlich ist es ganz einfach. Und das Anwesen der Philemots liegt nicht in einer verbotenen Straße, sodass du dich diesmal nicht vor den Stadtwachen verstecken musst.« Er lächelte sein warmes Lächeln, bei dem sich sein Gesicht kräuselte und seine Augen funkelten. »Das ist die Hauptstraße, die nach High Side hinaufführt. Hier biegst du ab und gehst dann in diese Richtung ...« Er zeichnete den Weg mit dem Stift ein. »Und das hier ist Philemots Haus. Was willst du dort tun? An der Tür läuten und nach ihr fragen?«

»Wenn es nicht anders geht.« Tal wurde etwas mulmig bei diesem Gedanken, doch seine Hoffnung und Freude überwogen. Er studierte die kleine Skizze mit den Pfeilen, die Gabriel aufgemalt hatte. Tal war sich sicher, dass er sich diese Route merken konnte, aber vorsichtshalber faltete er den Zettel fein säuberlich zusammen und steckte ihn in seine Tasche. »Danke, Gabriel.«

»Freut mich, wenn ich dir helfen kann«, sagte Gabriel. »Aber eine Sache habe ich noch nicht ganz verstanden. Als die Ausgangssperre geläutet wurde, warum bist du dann nicht auf direktem Weg nach Hause gekommen?«

Tal biss sich auf die Unterlippe. Auf diese Frage konnte er nicht antworten, ohne Jinx und die Schriftrolle zu erwähnen, und er hatte das Gefühl, dass es nicht ratsam war, von der schäbigen, uralten Pergamentrolle zu erzählen. Seinetwegen konnte sie in dem Holzstapel liegen bleiben, bis sie verfault war. Doch zu seiner Überraschung sagte Connie plötzlich: »Oh, das kann ich dir erklären, Gabriel. Jinx hat mir die ganze Geschichte erzählt, nachdem du zum Gericht gegangen bist, um Tal herauszuholen.«

»Ihr kennt Jinx?« Verblüfft schaute Tal von Connie zu Gabriel.

»Selbstverständlich«, sagte Connie. »Sonst hätten wir ja gar nicht erfahren, dass du verhaftet worden bist: Jinx kam eigens her, um uns Bescheid zu sagen. Doch wie dem auch sei …«, wandte sie sich nun wieder an Gabriel, »Tal und Jinx haben sich am Nachmittag getroffen. Und sie hatten ein … hm, ein ziemlich belastendes Objekt bei sich.« Gabriel schaute sie an, doch sie gab ihm keine Gelegenheit, nachzufragen. »Sobald die Straßenkontrollen aufgebaut waren, steckte Jinx ohnehin in der Klemme, schließlich hat er keine Papiere. Er erbot sich, das … ähm, das fragliche Objekt an sich zu nehmen, damit Tal umgehend nach Hause gehen konnte. Doch Tal lehnte ab. Er wollte Jinx nicht im Stich lassen. Deshalb brauchten sie eine halbe Ewigkeit, um durch die Stadt zu kommen – fast alle Straßen waren abgesperrt. Und bis sie endlich halbwegs hier in der Nähe waren, hatte die Ausgangssperre längst angefangen.«

Gabriel musterte Tal nachdenklich, sagte jedoch nichts.

»Sie hatten es fast schon geschafft, als plötzlich ein Wächter hinter ihnen her war. Sie flüchteten sich in ein Untergeschoss, von dem aus sie in einen Kohlenkeller flüchten konnten. Jinx stieg hinunter, Tal nicht.« Sie machte eine kurze Pause, ehe sie fortfuhr: »Allerdings nicht, weil er es nicht geschafft hätte. Er blieb mit Absicht oben, wie Jinx sagte, damit der Wachmann ihn finden und Jinx in Ruhe lassen würde.«

»Stimmt das?«, fragte Gabriel.

Tal starrte auf seine Füße und sagte etwas pampig: »Hätte ich eine andere Wahl gehabt? Ich habe Papiere, er nicht. Und er hätte sehr viel mehr Probleme bekommen als ich, wenn er geschnappt worden wäre, oder?«

»Na, du hättest ebenfalls genügend Probleme bekommen, wenn ich dich nicht rechtzeitig herausgeholt hätte«, sagte Gabriel sehr ernst, doch dann musste er schmunzeln. »Das war sehr anständig von dir, Tal.« Nach diesen Worten erhob er sich und ging zur Anrichte. Connie stützte die Arme auf den Tisch, als wollte sie aufspringen. »Es klingt, als hättest du den ganzen Tag nichts gegessen, Tal«, fuhr Gabriel fort. »Du bist sicher am Verhungern. Oh, übrigens … was war eigentlich dieses belastende Objekt, mit dem ihr auf keinen Fall angetroffen werden solltet?« Er hob den Deckel des Brotkastens. Connie sprang auf.

»Ah«, sagte Gabriel. »Das hier vermutlich, richtig?« Er holte eine Schriftrolle heraus.

»Oh«, sagte Tal betreten.

»Hat Jinx mitgebracht«, sagte Connie. »Er sagte, ihm sei eingeschärft worden, dass du es unbedingt haben solltest, Tal.«

Gabriel pustete vorsichtig ein paar Brotkrumen von der Schriftrolle und wischte dann noch eine Spinnwebe ab. »Sieht ganz schön alt aus. Kann ich es mir mal ansehen?«

»Ja«, sagte Tal gedehnt. »Ich meine, ich weiß nicht. Es gehört mir eigentlich nicht. Ich soll es nur weitergeben. Und außerdem«, fügte er hinzu, »glaube ich, dass es ausländisch ist. Ich habe einen kurzen Blick darauf geworfen, aber leider nichts lesen können.«

»Wirklich?«, fragte Gabriel interessiert. Er entrollte das Pergament und plötzlich wich alle Farbe aus seinem Gesicht. »Tal! Wo um alles auf der Welt kommt das her?«

Tal erklärte es ihm und sah, dass Gabriels Gesicht noch weißer wurde. »Ich kann nichts dafür«, sagte er vehement. »Ich wollte es gar nicht haben. Was ist es überhaupt? Ist es ausländisch?«

»Nein«, antwortete Gabriel. »Nein, es ist die Alte Schrift.«

»Na prima«, sagte Tal. »Also ist es gestohlen *und* verboten *und* wir wissen nicht einmal, worum es darin geht!«

»Hmmm«, murmelte Gabriel. Er rollte das alte Pergamentblatt wieder zusammen. »Tal, darf ich es bitte für dich verstecken? Sobald du es brauchst, gebe ich es dir natürlich zurück, das verspreche ich dir. Aber ich will nicht, dass du es bei dir hast. Es ist zu gefährlich. Ich lasse mir ein sicheres Versteck einfallen. Auf jeden Fall ein besseres als unseren Brotkasten hier.« Er warf einen belustigten Blick auf Connie.

»Ähm …«, sagte Tal. »Ihr wollt es nur verstecken? Sonst nichts?«

»Zum Beispiel?«

»Ich weiß nicht … es verbrennen? Bei der Wache abgeben? Oder es jemand anderem geben?«

»Nein, nichts davon, das verspreche ich dir.«

»Gut, dann bin ich einverstanden.« In Wirklichkeit war er erleichtert, das Ding los zu sein. »Ihr könnt es haben.«

»Guten Abend, Euer Lordschaft.« Der Türsteher des Klubs begrüßte Lord Lanneret mit einer respektvollen Verbeugung.

»Ist Lord Teredo hier?« Teredo, der Freund seines Vaters. Der Amtskollege, den er am meisten bewunderte und auf den er schon immer gern Eindruck gemacht hätte.

»Gerade am Speisen, Euer Lordschaft.«

Lanneret nickte kurz und ging dann unter den strengen Blicken der alten Porträts an der Wand die Treppe hinauf. An der Tür zum

Speiseraum fragte er nach Teredo: Jawohl, Seine Lordschaft sei noch da und speise, allein. Ob Lord Lanneret ihm Gesellschaft zu leisten wünsche? Lanneret schüttelte den Kopf. Er scheute die heitere Fröhlichkeit, die dort drinnen herrschte: das Klappern des Silberbestecks auf edlem Porzellan, das Klirren der Gläser, die angestoßen wurden, die gemurmelten Unterhaltungen und die gelegentlichen Lachsalven. Jetzt diesen Raum zu betreten, wäre gewesen, als würde er zu einem Fest auf einem sinkenden Schiff gehen, in dem unerträglichen Wissen, dass man es selbst unterhalb der Wasserlinie beschädigt hatte. Er drückte dem Kellner einen hastig geschriebenen Zettel in die Hand *(Sir, dürfte ich ein vertrauliches Gespräch mit Euch führen, nachdem Ihr gespeist habt? Ich erwarte Euch im Leseraum. Elverton.)*, wartete unter der Tür, bis Teredo zustimmend genickt hatte, und wandte sich dann ab, ohne einen Fuß über die Schwelle gesetzt zu haben.

Im Leseraum ließ sich Teredo auf seinem Lieblingssessel nieder, faltete die knotigen Finger über dem Bauch und sagte jovial: »Ihr habt mir etwas zu sagen, Elverton?«

»Euer Lordschaft …« Lanneret begann mit seiner betrüblichen Schilderung, doch Teredo unterbrach ihn schon nach wenigen Sätzen.

»Sie konnten *entkommen*?«

Lanneret starrte betreten auf den Fußboden.

»Ihr seid ein Narr, Elverton!«

»Es tut mir leid, unsagbar leid: Ich begreife nicht, wie es passieren konnte.« Mit grimmiger Entschlossenheit blickte er dann auf. »Aber ich werde sie kriegen!«

»Gut. Es nützt schließlich nichts, sich zu lange zu grämen. Da hilft nur rasches Handeln. Und was habt Ihr bisher unternommen?«

Er hätte mehrere Suchtrupps ausgeschickt, die die Stadt auf den

Kopf stellten, konnte Lanneret berichten, die Wachen an den Stadtmauern und Stadttoren seien verdoppelt worden, sämtliche Gefährte, die Freehaven verließen, ob auf den Straßen, auf dem See- oder Luftweg, würden gründlich durchsucht. Zusätzliche Suchtrupps wären aufs umliegende Land geschickt worden, um die Flüchtigen ausfindig zu machen. Ihre Steckbriefe mit Bildern hingen überall in der Stadt, ihre Bilder und Personenbeschreibungen wären an alle regionalen Wachstuben geschickt worden …

»Das klingt ja recht zufriedenstellend«, sagte Teredo mit einem kühlen Lächeln. »Seid ganz beruhigt, Elverton! Wir haben eine hohe Erfolgsquote beim Auffinden von Flüchtenden.«

Er goss sich ein Glas süßen, klebrigen Rotweins ein.

»Ach, übrigens, haben sie ein großes Chaos angerichtet? Ich könnte mir vorstellen, dass sie den Raum komplett auf den Kopf gestellt haben.«

»Nein.« Lannerets Antwort war fast ein Flüstern. »Kein Chaos.«

Teredo blickte fragend in Lannerets gequältes Gesicht und dessen nackte Panik schien sich plötzlich auf ihn zu übertragen. »Sie haben doch nicht etwa …?« Es war eigentlich eine ganz einfache Frage, doch im ersten Moment brachte er sie nicht über die Lippen.

»Sie haben doch nicht etwa den Hohlraum im Pfosten entdeckt? Den konnten sie doch gewiss nicht öffnen, oder?«

Lanneret nickte nur stumm. Teredo glitt das Glas aus der Hand und der schwere Wein ergoss sich wie Blut über den Teppich.

»Was fehlt?«

Lanneret verbarg das Gesicht in den Händen. »Das Schlimmste! Das Schlimmste, was fehlen konnte! Das Protokoll der Verhandlung gegen Palamon.«

Tal wünschte Gabriel und Connie eine gute Nacht und ging dann in sein Zimmer. Er setzte sich aufs Bett und studierte Gabriels Karte noch einmal im Mondschein, so lange, bis er sie auch mit geschlossenen Augen vor sich sehen konnte. Und als er schon im Bett lag, ging er im Kopf so lange die einzelnen Straßen ab, bis er schließlich einschlief.

In den Provinzen im Osten hatte sich das Wetter noch mehr verschlechtert und der Mond wurde von stürmischen, dunklen Wolken verdeckt. Jason saß da, die Arme um die Knie geschlungen, und zermarterte sich das Gehirn. Sie hatten eine Art Plan geschmiedet, na ja, halbwegs einen Plan, aber der war noch sehr lückenhaft und enthielt etliche Punkte, die nicht vorhersehbar waren. Aber daran war nun nichts mehr zu ändern. Dem Stand des Monds zwischen den dahinjagenden Wolken nach zu schließen war es nämlich schon kurz nach Mitternacht. Der richtige Zeitpunkt.

»Polly«, wisperte er und legte ihr behutsam eine Hand auf die Schulter. Sie hatte nicht geschlafen und schaute ihn nun mit großen, sorgenvollen Augen an. »Wir müssen los.« Unter dem Fenster verschränkte er die Hände, damit sie sich daraufstellen und zum Fenster hinaufklettern konnte. Sobald sie oben war, kletterte er ihr barfuß nach – die Stiefel hatte er um den Hals hängen –, um einen besseren Halt zu haben. Vom Fenster aus warfen sie einen letzten Blick in die Schlafbaracke und ließen sich dann lautlos ins Gras fallen.

Jason schlüpfte in seine Stiefel und band sie hastig zu, während Polly in die Nacht starrte. Ihre Sinne waren zum Zerreißen angespannt und sie war wachsam wie nie. Mehr als einmal glaubte sie, in der Ferne sich bewegende Gestalten zu sehen. Doch das Mondlicht und die Schatten, die es warf, glitten ständig hin und her, und sie war sich fast sicher, dass es lediglich diese herumhuschenden Schatten waren, die ihr einen Streich spielten.

Jason nahm sie an der Hand, und sie rannten leise los, wobei sie vorsichtshalber einen großen Bogen um Stearnes Haus machten, um zur Rückseite der Stallungen zu kommen. Das große Gebäude stand isoliert und wuchtig im Mondlicht. Er ertappte sich bei dem Gedanken, dass es gar nicht schlecht wäre, wenn Gaia wirklich eine Hexe wäre. Denn dann könnte sie bewirken, dass die Mauern auseinanderbrächen, damit sie frei wäre, und dass die Wächter wie Salzsäulen stehen bleiben müssten. Wütend ermahnte er sich, sofort mit diesen Spinnereien aufzuhören. Sie war keine Hexe. Sie war nur ein verängstigtes Mädchen, das in völliger Dunkelheit eingesperrt war, und um freizukommen, brauchte sie seinen Verstand und seine Geschicklichkeit – und natürlich auch die von Polly.

Sie waren bei den Stallungen angekommen und er spähte vorsichtig um die Ecke auf den Hof. Neben ihm spürte er Polly zusammenzucken. »Was ist?«, flüsterte er.

»Ich dachte, ich hätte … Nein, nichts. War vermutlich nur das Mondlicht.« Wieder hatte sie geglaubt, etwas zwischen Licht und Schatten aufblitzen zu sehen, näher diesmal, in der flachen Bodensenke, wo der Bach quer über den Weg lief. Ungeduldig wandte er sich wieder ab und blinzelte in Richtung Hof.

Kein Wächter. Er konnte es kaum glauben und es machte ihn froh und beklommen zugleich. Doch der Hof war wirklich leer und das machte die Sache für sie einfacher. Die Stalltüren waren sicher verriegelt. Aber er hatte sie bereits gründlich untersucht und mit Erleichterung festgestellt, dass das Holz schon alt und morsch war. Mit Hawkins' scharfem Messer konnte er das Schloss herausschneiden. Entschlossen trat er aus dem Dunkel auf den Hof.

Da packte ihn Polly am Arm und zog ihn wieder rückwärts.

»Was ist los?«, zischte er unwirsch. Sie legte sich einen Finger an die Lippen, und im Mondschein konnte er die Angst in ihren Augen sehen.

»Schau!« Sie deutete nach oben, zu dem Farmhaus und auf das hohe Fenster im Treppenhaus, von dem aus man einen ausgezeichneten Blick über den Hof und die dahinterliegenden Wiesen und Felder hatte.

Stearne! Bleichgesichtig und reglos stand er im Mondschein und wachte unverdrossen über seine Hexe.

Jason wich erschrocken in die Schatten zurück und lehnte sich an die rauen Mauersteine. Tja, nun würde es doch nicht leicht werden, ganz und gar nicht. Er überlegte fieberhaft. Über ihm befand sich ein viereckiges, unverglastes Fenster, das jedoch vergittert war, und obwohl Polly und er sehr dünn waren, konnten sie sich auf keinen Fall zwischen den engen Gitterstäben hindurchquetschen. Auch die hoch in der Mauer befindlichen Fenster der Pferdeställe waren vergittert. Im Geiste ging er den Rest der Stallwände durch, doch Polly kam ihm zuvor.

»Der Geräteraum«, wisperte sie. Ihre Augen schimmerten in der Dunkelheit. »Ich habe das Fenster offen gelassen.«

»Großartig, Polly!« Doch als sie an dem kleinen Geräteraum am Ende der Stallungen, zum Wohnhaus hin gelegen, ankamen, mussten sie feststellen, dass das Fenster geschlossen war. Vor Enttäuschung schlug Jason an die Mauer. In der Stille der Nacht war es unmöglich, das Glas einzuwerfen, und mit Stearne auf seinem Wachposten ging es schon gleich überhaupt nicht. Ob er die Scheibe mit Hawkins' Messer herausschneiden konnte? Zweifelnd betastete er die Klinge. Was, wenn die Scheibe herunterfallen und klirrend zerbrechen würde?

»Es gibt noch eine weitere Möglichkeit, weißt du«, flüsterte Polly ihm zu. »Ich habe vorsichtshalber auch das Oberlicht offen gelassen.«

Er fiel ihr um den Hals. »Genial«, sagte er. An diesen rauen Steinmauern hinaufzuklettern war nicht schwieriger als an den Klippen, auf denen er zu Hause bedenkenlos herumgeklettert war. Aber Polly ...? Voller Bedenken musterte er sie und sah, dass sie die Hände schon an der Mauer hatte, nach einem Halt für ihre Füße tastete und sich dann geschickt hinaufzog. »Meinst du, du schaffst es?«, flüsterte er besorgt.

Sie warf einen ungeduldigen Blick zu ihm nach unten. »Peter und ich sind zu Hause ständig um die Wette an der Scheunenwand hinaufgeklettert.«

»Oh, entschuldige.« Er kletterte ihr nach. Es war eigentlich kein schwieriger Aufstieg, doch weil die Nacht so feucht war, entpuppten sich die Mauersteine als recht glitschig, und er merkte auch, dass er sehr nervös war. Ein paarmal hätte er fast den Halt verloren, ehe er schließlich wohlbehalten auf dem Dachvorsprung ankam. Das Dach selbst sah allerdings recht schwierig aus. Die feuchten Schieferplatten, die zum Oberlicht führten, waren ziemlich steil. Ein falscher Schritt, und sie würden abrutschen und in die Tiefe stürzen. Doch es war ihre einzige Chance. Er biss die Zähne zusammen und kroch auf allen vieren nach oben.

Es war ein Albtraum: Sie fanden kaum einen Halt für Hände und Füße und waren ständig am Rutschen. Auch Polly war allem Anschein nach wesentlich weniger zuversichtlich als am Anfang, denn er konnte ihre kurzen, verängstigten Atemzüge hinter sich hören. Und sie kamen nur langsam, erschreckend langsam vorwärts. Aber schließlich waren es nur noch zwei Ziegelreihen, dann eine. Erleichtert konnte er sich am Holzrahmen des Oberlichts festhalten. Er streckte eine Hand nach Polly aus – gerade noch rechtzeitig, denn genau in diesem Moment rutschten ihre Füße auf den nassen Schieferplatten unter ihr weg. Voller Verzweiflung hielt er sie fest, zog mit aller Kraft und schaffte es schließlich, sie langsam bis zu sich heraufzuziehen. Und das Fenster war tatsächlich nicht verschlossen! Er musste nur Hawkins' Messer zwischen das Fenster und den Holzrahmen drücken und den Riegel anheben.

Sie konnten in den Speicher hinunterspringen, doch Polly erspähte im letzten Moment erneut eine dieser flüchtigen Bewegungen im Mondlicht, näher diesmal, auf der Koppel unter ihnen. Sie glaubte, dass es Jason auch gesehen hatte, weil er einen Moment lang verwirrt dreinschaute. Doch er riss sich rasch wieder zusammen: Sie hatten im Moment wirklich keine Zeit, sich um gespenstische Schatten in der Dunkelheit zu kümmern. Sie kletterten die Dachbodenleiter hinunter und schlichen sich auf Zehenspitzen zum Ende des Stallgebäudes.

Seit damals, als er selbst hier eingesperrt gewesen war, war Jason nicht mehr hier gewesen. Er wusste nicht, ob es die nackte Panik von *damals* war, aber er merkte, dass er unwillkürlich anfing zu zittern und nach Atem rang. Polly dagegen, die neben ihm stand, wirkte erstaunlich gelassen und ihre Hand lag kühl und ruhig in der seinen. Doch als sie am anderen Ende des Stalls ankamen, blieb sie stehen, schnappte nach Luft und wich zurück. Der Mond hatte sich wieder durch die Wolken gekämpft und ein breiter Strahl seines weißen Lichts fiel zum vergitterten Fenster herein. Er schien auf die Steinplatte mit dem Eisengriff, und da sah Jason, dass etwas um die Platte herumgelegt worden war: etwas Weißes, so weiß wie das Mondlicht, umgab Gaias Gefängnis in einem lückenlosen Kreis.

»Oh, nein«, stöhnte Polly. »Oh, nein!« Sie zitterte am ganzen Leib und ihre Augen waren vor Schreck weit aufgerissen.

»Was ist los?«

»Schwanenblumen.« Sie deutete auf den weißen Kranz. Als Jason genauer hinschaute, sah er, dass es sich um ineinander verflochtene, blühende Zweige handelte. »Sie bringen Unglück. Man darf nicht über sie hinweggehen.«

Er lachte abfällig. »Ah, deshalb also glaubt Stearne, dass er keine Wachen braucht! Na, wenn er denkt, dass ich mich davon abschrecken lasse ...«

»Jason, nein!« Polly schnappte erschrocken nach Luft. Aber er hörte nicht auf sie und trat in den Kreis aus Blüten. »Schau!«, sagte er und breitete beide Arme aus. »Mir geht's prächtig!« Doch ihr Gesicht war noch immer so weiß wie der Blütenkranz, in dem er nun stand, und sie wich einen weiteren Schritt zurück. Ungeduldig wandte er sich von ihr ab und bückte sich, um nach dem Eisengriff der Steinplatte zu greifen.

Allerdings hatte er nicht damit gerechnet, dass sie so schwer sein würde! Plötzlich fiel ihm wieder ein, dass die Wachen, die sie weggenommen hatten, als er hier unten eingesperrt war, immer gestöhnt und geächzt hatten. Und obwohl Jason drahtig und zäh war, merkte er schnell, dass er allein keine Chance hatte. Er konnte die Platte kaum einen Daumen breit anheben, ganz zu schweigen davon, sie so hoch zu heben, dass Gaia herauskriechen konnte. Entmutigt ließ er den Griff wieder los. Polly hatte sich inzwischen mit dem Rücken an die Wand gepresst und stand so weit weg von ihm, wie es nur ging, ohne dass sie ihn ganz im Stich gelassen hätte.

»Polly«, sagte er voller Verzweiflung. »Ich schaffe es nicht allein. Ich kann die Platte nicht wegnehmen. Du musst mir helfen.«

Sie presste sich an die Wand. Kopfschüttelnd flüsterte sie: »Ich kann nicht, ich kann nicht.« Wütend trat er wieder aus dem Blumenkreis und packte sie am Arm.

»Sie ist meine beste Freundin«, sagte er, vor Zorn bebend, »und sie muss *sterben* … Sie wird verbrannt werden, wenn wir sie dort nicht herausholen. Aber vielleicht willst du es ja gar nicht. Wer so dumm ist zu glauben, dass man nicht in diesen Blumenkreis treten kann, ist vielleicht auch dumm genug zu glauben, dass Gaia wirklich eine Hexe ist.« Polly riss den Kopf hoch, als hätte er ihr eine Ohrfeige gegeben. »Nein«, protestierte sie mit schwacher Stimme.

»Dann *hilf* mir!« Er stand kurz davor, in Tränen auszubrechen. Langsam machte sie endlich einen ersten Schritt, dann einen weiteren, hob einen Fuß und trat in den Blumenkreis.

Anfangs hatte ein Gedanke Gaia mit der Welt verankert, die jenseits ihres dunklen Gefängnisses lag: Tal musste das Amulett bekommen! Immer und immer wieder murmelte sie die einfachen Anweisungen vor sich hin, wie Jason ihn finden konnte: der Querträger unter der Brücke in Freehaven, auf der Seite, die zum Platz führte, am ersten Tag jedes Viertelmonds. Endlos sagte sie es vor sich hin, wie ein Gebet, um nicht in den Wahnsinn zu verfallen. Und so kam es, dass sie, bei dem zufällig einzigen Mal, als Hawkins die Platte angehoben hatte, um ihr Wasser herunterzureichen, diese Anweisungen mit einer geistigen Klarheit aufsagen konnte, die ihn völlig verblüfft hatte.

Danach hatte die Dunkelheit von ihr Besitz ergriffen. Irgendwo jenseits dieser Dunkelheit wartete das Feuer auf sie, doch allein schon diese undurchdringliche Finsternis barg so viele Schrecken, dass in ihrem Kopf kaum noch Platz für jenes grausige Ende war. Die

Dunkelheit lastete so schwer auf ihr wie die Erde auf einem Toten. Um ihr zu entkommen, kauerte sich Gaia auf dem schmutzigen, feuchten Boden ihres Erdlochs zusammen. Dennoch war sie überall: drückte gegen ihre geschlossenen Augenlider, legte sich erstickend an ihre Augen und Nase, betäubte ihre Ohren. Gaia spürte, wie die Finsternis in jeden Winkel ihres Seins eindrang und die letzten Tropfen Mondlicht aus ihr herauspresste.

Sie wusste längst nicht mehr, wie lange sie schon gegen die Finsternis ankämpfte – war es ein Tag, ein viertel oder gar ein voller Mond? –, als die Platte über ihr angehoben wurde.

Sie hob den Kopf und blickte in einen Lichtstrahl, in dem sich Stearnes hochgewachsene Gestalt abzeichnete.

»Nicht mehr lange«, sagte er zu ihr. »Wenn wir das nächste Mal kommen, werden wir dich holen.« Er verzog das Gesicht zu seinem erschreckenden, triumphierenden Lächeln. »Dass wir dich verbrennen, ist ein Segen für dich, Gaia«, fuhr er fort. »Das wird deine kranke Seele befreien.« Nach diesen Worten ließ er die schwere Steinplatte wieder fallen, und sie betete zu allen Monden, immer und immer wieder, dass sie hier und jetzt in der Finsternis sterben würde, statt erst später, im Feuer.

»Lasst mich wegen der Finsternis sterben, lasst mich sterben, oh, bitte, lasst mich sterben …« Doch irgendwann wurde die Steinplatte erneut angehoben, und als sie den Kopf hob, blickte sie in ein strahlendes Licht. »Nein!« Sie begann zu schluchzen. »Nein, nein, nein. Noch nicht jetzt, noch nicht sofort, nicht … bitte, bitte!« Doch inmitten ihrer Panik hörte sie jemanden leise sagen: »Gaia, Gaia, Gaia, pssst!« Und auf einmal war jemand neben ihr, zusammen mit ihr in dem kleinen Erdloch. Arme, die ihr vertraut vorkamen, umschlangen sie, Hände strichen über ihre verdreckten Haare.

»Schon gut«, sagte Jason leise, »alles ist gut, wir holen dich hier raus.« Er hob sie so hoch, dass sie sich am Rand festhalten konnte, kletterte nach ihr aus dem Erdloch und führte sie zu einem Heuballen.

Das Licht kam vom Mond, nicht von der Sonne, und er kniete sich vor sie, hielt ihre eiskalten Hände und sagte: »Gaia, ich bin's, Jason. Es ist alles in Ordnung. Wir sind gekommen, um dich herauszuholen, um dich zu retten.«

»Ich dachte …«, schluchzte sie.

»Ich weiß«, sagte er hastig. »Aber alles ist gut. Es ist noch mitten in der Nacht. Wir bringen dich vor Tagesanbruch von hier weg.«

»Es war so dunkel …«

»Ich weiß«, sagte er erneut. »Ich war auch schon da drin.«

Da umklammerte sie seine Hand so fest, als wollte sie ihn nie mehr loslassen, doch er löste seine Finger behutsam aus ihren Händen. »Wir haben keine Zeit«, sagte er. »Polly, hilf mir bitte, die Platte zurückzulegen.«

Mit vereinten Kräften deckten sie das Erdloch wieder zu und traten aus dem Blütenkreis. »Sieht der Kranz wieder intakt aus?«, fragte er. Polly zwang sich, noch einmal hinzublicken, und sie bückte sich, um mit zitterigen Fingern einen Zweig zurechtzulegen.

»Danke, Polly.« Behutsam zog er Gaia auf die Füße. Doch sie konnte kaum stehen, geschweige denn gehen, und jeder Schritt, den sie machte, war beängstigend langsam. Selbst der kurze Weg durch den Stall schien die halbe Nacht zu dauern. Im Geräteraum musste sich Gaia vor Erschöpfung auf den Boden setzen, während Polly leise und vorsichtig das Fenster öffnete. Nur mit ihrer Hilfe schaffte es Jason, Gaia hochzuheben und durch das Fenster zu schieben. Ungeschickt landete sie auf dem feuchten Gras der Koppel.

Plötzlich zerriss eine Glocke vom Hof die Stille der Nacht. Sie läutete und läutete, als wollte sie nie mehr verstummen.

Und auf einmal war überall Licht: in Stearnes Wohnhaus, in der Baracke der Wächter, dann in kleinen, sich fortbewegenden Lichtkegeln, als die ersten Wächter mit Laternen über den Hof rannten. »Was ist passiert?«, rief jemand. Und die völlig unerwartete Antwort ging unter den Wächtern von Mund zu Mund.

»Banditen!«

Die Fuhrwerke der Farm bewegten sich über den Weg: die Karren, die bereits für die morgige Fahrt nach Swanhaven bepackt waren – die Fahrt, von der Stearne gehofft hatte, dass sie gut gehen würde, da sie durch den Tod einer Hexe gesegnet werden würde. Sie passierten das Tor und jagten in halsbrecherischer Geschwindigkeit auf den holprigen Weg zu, der über das Moorland führte – dunkle, flinke Schatten im Mondschein. Dann wurde auf einmal das Tor der Koppel aufgerissen, und plötzlich wimmelte es von Wächtern, die sich schlaftrunken die Augen rieben, ihre Jacken überzogen und auf der Koppel die verschreckten Pferde einfingen.

An Weglaufen war in diesem Moment natürlich nicht zu denken. Jason, Polly und Gaia kauerten sich benommen an die Mauer des Stalls und rechneten jeden Augenblick damit, entdeckt zu werden. Polly befürchtete, dass allein schon ihr laut pochendes Herz sie verraten würde. Doch die Wächter fingen die Pferde ein und verschwanden dann ebenso rasch wieder, wie sie gekommen waren.

Nach einer Weile erst wagte Jason, den Mund aufzumachen. »Was für ein Glück, dass sie uns nicht gefunden haben.«

»Aber wir hatten doch fest auf diese Pferde gehofft«, sagte Polly beklommen.

»Sind sie etwa alle weg?« Erschrocken schaute er sie an. Ein einziges Pferd nur, mehr hätten sie nicht gebraucht: ein Pferd, das Gaia den Weg über die riesigen Wiesen und Felder getragen hätte, den sie, erschöpft, wie sie war, unmöglich zu Fuß zurücklegen konnte.

»Tja«, sagte er, wesentlich zuversichtlicher, als er sich fühlte. »Dann bleibt uns wohl nichts anderes übrig. Wir werden zu Fuß gehen müssen!«

»Das schaffen wir nie im Leben!« In Pollys Stimme schwangen alle Zweifel mit, die er selbst verspürte, und bis sie die Koppel und den ersten Acker überquert hatten, war er sich erschreckend sicher, dass sie recht hatte. Die Koppel mit dem abgeweideten Gras war nicht so schlimm, doch der Acker war bereits gepflügt worden. Die Furchen standen nach den heftigen Regenfällen des Frühlings unter Wasser und nicht selten versanken die drei bis zu den Knöcheln in dem klebrigen Lehm. Sie kamen nur mühsam vorwärts, fast so, als würden sie von eisernen Händen festgehalten.

Und Gaia war völlig kraftlos. Schon die Koppel zu überqueren, hatte sie eine unglaubliche Anstrengung gekostet, doch der Acker überforderte sie nun maßlos. Jason und Polly stützten sie und schleppten sie mit sich, und als sie den Acker endlich hinter sich gebracht hatten, mussten sie sie wie einen schweren Sack über den Zaun hieven. Auf der anderen Seite sackte sie in sich zusammen und stand auch nicht wieder auf, als sie sie mit vereinten Kräften auf die Beine ziehen wollten.

»Gaia, auf, wir müssen weiter!«, sagte Jason. Er blickte in den Himmel. Zum Glück war es noch dunkel, aber es kam ihm so vor, als wären sie schon seit Stunden unterwegs. Es konnte nicht mehr lange dauern, bis sich das erste zarte Morgenlicht zeigen würde.

»Steh auf!«, befahl er, doch sie schüttelte nur den Kopf. »Seht zu, dass ihr zwei flieht«, sagte sie mit hohler, kraftloser Stimme.

Da wurde Jason wütend. »Jetzt hör mal«, sagte er. »Ich gehe nirgends hin ohne dich. Du kannst meinetwegen zurückgehen, Polly …« – doch Polly schüttelte nur stumm den Kopf –, »… aber du und ich, Gaia? Wir schaffen es entweder gemeinsam oder gar nicht.« Kurz entschlossen nahm er sie huckepack und schleppte sich mühsam weiter vorwärts über die nasse Erde.

Mit dicken Schlammklumpen an den Stiefeln, Gaias Gewicht auf dem Rücken und einer Riesenangst im Herzen kämpfte er sich mit gesenktem Kopf zuerst über das nächste, dann das übernächste Feld. Polly ging schweigend neben ihm und hielt ihn immer wieder fest, wenn er zu straucheln drohte. Dann, endlich, ragte die Grenzmauer vor ihnen in der Dunkelheit auf, die sich jedoch schon zu lichten begann. Das anstrengende Gehen über die Felder hatte eine halbe Ewigkeit gedauert. Der Mond war bleicher geworden und im Osten zeigte sich ein erster schwacher, grauer Schimmer am Horizont.

Verbissen half er Polly über die Mauer, reichte ihr Gaia hinüber und kletterte dann selbst darüber. Schweigend lud er sich Gaia auf der anderen Seite wieder auf die Schultern. In aller Eile versuchte er, weiterzugehen, doch das war unmöglich auf diesem unebenen, mit Wasser vollgesaugten Erdboden, der fast nur aus Grasbüscheln und Vertiefungen zu bestehen schien. Er taumelte bei jedem Schritt und fiel bereits kurz nach der Mauer hin. Danach zwang er sich, langsamer zu gehen: Wenn er gleichmäßig und langsam ging, kam er besser und letzten Endes schneller voran, als wenn er alle paar Minuten wieder aufstehen musste. Doch es kostete ihn eine Heidenanstrengung, sein Tempo zu drosseln, da der Himmel mit jedem Augenblick heller wurde und er ständig befürchtete, gleich die Glocke läuten zu hören, zum Zeichen, dass sie entdeckt worden waren. Es würde ein wunderbarer Tag werden, stellte er grimmig fest: ein selten schöner Tag. Dabei wären ihm ausgerechnet heute heftige Regengüsse lieber gewesen oder dieser weißliche Nebel, der so häufig über dem Moor hing, denn genau das hätten sie gebraucht. Doch stattdessen ging eine strahlende Sonne am Horizont auf, und falls jemand auf der Farm auf die Idee käme, in ihre Richtung zu blicken, würde er sie sehen.

Goldene Sonnenstrahlen kämpften sich durch das Grau des Morgens und er spürte eine erste schwache Wärme auf seinem Gesicht und in seinen Haaren. »Jason, *schneller*!«, hörte er Polly sagen, und als er den Kopf hob, sah er die ersten Bäume vor sich aufragen. Der Wald war nicht mehr weit weg, man konnte schon die Vögel zwischen den Bäumen singen hören. Aber nicht für lange, denn auf einmal ertönte erneut die Glocke: mit einem harten, scheppernden Bimmeln, das den Gesang der Vögel übertönte und auch Pollys drängendes, erschrockenes *»Schnell!«* sowie das Pochen seines eigenen Bluts in den Ohren. Unwillkürlich begann er zu rennen, fiel hin, richtete sich mühsam wieder auf und hetzte weiter.

Es war eine anstrengende Nacht für Hawkins und die anderen Wächter gewesen, die mit ihm zusammen die Banditen verfolgt hatten. Sie waren von einem wütenden Stearne geweckt worden, der ihnen mit zornblitzenden Augen »Verfolgt diese Banditen!« zugerufen hatte. »Holt unsere Fuhrwerke zurück!« Natürlich waren sie umgehend aus ihren Betten gesprungen und so schnell durch die Dunkelheit geritten, wie sie nur konnten. Während der wilden Verfolgungsjagd hatte sich Hawkins jedoch bei dem Gedanken ertappt: Keine Ahnung, wie er sich das vorstellt. Wie sollen wir die Karren zurückbekommen? Diese Kerle sind uns zahlenmäßig weit überlegen. Doch dieser Übermacht musste er sich letztendlich gar nicht stellen. Als sie am Fuß des Hügels ankamen, teilten sich die Wolken am Himmel plötzlich, und er konnte die Straße überblicken, die nach Swanhaven führte: Sie lag leer und verlassen da! Der Form halber waren sie noch ein gutes Stück darauf entlanggaloppiert. Dabei wusste er genau, dass es sinnlos war. Diese Karren waren nicht vor ihnen. Erschöpft und ratlos hatten er und die anderen schließlich angehalten und beschlossen, zur Farm zurückzureiten, und waren kurz vor Tagesanbruch erschöpft in ihre Betten gefallen. Und jetzt riss Stearne ihn schon wieder aus seinem wohlverdienten Schlaf: Er brüllte etwas Unzusammenhängendes, etwas von einer Hexe. Zuerst begriff Hawkins gar nicht, worum es ging. Der Oberaufseher war so aufgebracht, dass er keine zusammenhängenden Sätze von sich gab, und die Glocke im Hof bimmelte und bimmelte, in einer Lautstärke, die ihm durch Mark und Bein ging. Da spuckte Stearne ein Wort aus, das verdächtig nach »Verschwunden!« klang, und Hawkins Herz machte einen kleinen Freudensprung. Zusammen mit den anderen Männern fand er sich auf dem Hof ein, wo in aller Eile Suchtrupps zusammengestellt wurden.

Ein gutes Stück weiter weg, am Rande des großen, verbotenen Waldes, verschwanden drei kleine Gestalten gerade zwischen den Bäumen.

»Wir müssen noch tiefer hineingehen.« Jason fühlte sich unwohl, solange das Moor und die Farm hinter ihnen noch immer zwischen den Bäumen sichtbar waren. Er wollte sich Gaia erneut auf die Schultern laden, doch sie schien plötzlich wieder bei Kräften zu sein. »Nein, nein«, sagte sie abwehrend, »ich werde allein gehen.« Sie kämpften sich durch das Unterholz, bis sie auf einen Trampelpfad stießen, der tiefer in den Wald hineinführte und nach einer Weile steil bergab ging. Am Fuß dieses Wegs blieb Polly stehen. »Können wir uns etwas ausruhen?«

»Gut, tut das«, erwiderte Jason. »Ich schaue mich derweil etwas um.« Trotz des zermürbenden Fußmarsches über das Moor fühlte er sich merkwürdig wach und lebendig: Ein leises Gefühl des Triumphs hatte ihn gepackt. Er ging ein Stück weiter auf dem Trampelpfad und musste sich dabei immer wieder unter überhängenden Ästen ducken. Nachdem er sich durch einen besonders dichten Abschnitt im Unterholz gekämpft hatte, gelangte er auf eine Lichtung, wo ein Mann stand, lässig an einen Baum gelehnt.

»Hallo!«, sagte der Mann erstaunt. »Was machst du hier?«

Jason wollte flüchten, doch er war nicht schnell genug. Der Mann packte ihn am Arm und hielt ihn fest. »Oh, nein, mein Junge, du bleibst schön hier!«

Tal erwachte wie üblich kurz vor Tagesanbruch durch ein Klopfen an seiner Tür. Zeit für die Morgenandacht: der Morgen eines Tages, der vielleicht und hoffentlich der schönste Tag seines Lebens werden würde. In aller Eile kleidete er sich an und kletterte auf seinen Tisch, um zum Fenster hinauszuschauen. Ein schwacher Lichtschein zeigte sich über dem Meer. Er lehnte sich ein Stück vor, um einen Blick auf High Side werfen zu können. Um diese Tageszeit sahen alle Dächer gleich aus: Sie schimmerten in dem eintönigen Grauton, der ihn gestern fast zur Verzweiflung getrieben hatte. Doch das spielte heute keine Rolle mehr. Zufrieden spulte er die Strecke noch einmal im Kopf ab. Als er vom Tisch sprang und die Tür aufmachte, stand Sam schon wartend auf dem Treppenabsatz.

»Alles in Ordnung?« In Sams Stimme schwangen eine Menge anderer Fragen mit, die er jedoch nicht zu stellen wagte, das spürte Tal.

Was um alles in der Welt ist passiert?, fragten seine besorgten Augen und auch: Hat Gabriel dich hinausgeworfen?

»Ja, alles bestens«, antwortete Tal grinsend. »Alles ganz wunderbar.« Er sprach das Unfassbare aus. »Ich habe meine Mutter gesehen. Ich habe meine Mutter gesehen und heute gehe ich zu ihr.«

Sam war so verblüfft, erfreut und sprachlos, dass er Tal nur auf die Schulter klopften konnte. Sie gingen zusammen nach unten und in die dämmerige Basilika, um den kurzen, eher trauervollen Abschiedsgruß an die Nacht zu singen. Als sie hinterher auf dem Weg zum Frühstücken waren, stellte sich Gregory Tal unter der Tür zum Aufenthaltsraum in den Weg. »Hey, was ist eigentlich gestern passiert, du Bauerntölpel? Warum hat Gabriel dich nicht rausgeworfen?«

»Hör nicht auf ihn«, raunte Sam Tal zu.

»Halt du dich gefälligst da heraus, du dreckiger kleiner Gassenjunge!« Sallenders Stimme war hoch und durchdringend und auf einmal hoben sich alle Köpfe und starrten in ihre Richtung.

Tal beäugte Sallender mit kaltem, abschätzigem Zorn. Dessen Familie hatte seine Mutter gekauft, als wäre sie ein Gegenstand, und dann wieder verkauft oder verschenkt, weil sie sie nicht mehr brauchten. Dieser junge Schnösel hier hatte noch nie ein Wort zu seinem besten Freund Sam gesagt, das nicht vor Hohn und Spott getrieft hätte, und auch jetzt starrte Sam mit hochrotem Gesicht verlegen auf den Boden. Deshalb sagte Tal nun, so laut und deutlich, dass alle Anwesenden es hören konnten: »Wage es ja nicht mehr, in diesem Ton mit meinem Freund zu sprechen!«

»Wie bitte?« Gregory funkelte ihn drohend an.

»Ich sagte, du sollst gefälligst nicht mehr in diesem Ton mit ihm sprechen. Es ist mir egal, wessen Vetter vierten Grades du bist oder was auch immer, Sallender. Sam ist dir haushoch überlegen. Als Sänger … und als *Mensch*. Er ist hundert Mal mehr wert, als du es jemals sein wirst.«

Entgeistert klappte Sallender den Mund auf und zu, ehe er schließlich stammelte: »Das … das wird dir noch leidtun!«

»Wer weiß?«, sagte Tal. Sein Blut raste, er war wütend, aufgeregt und glücklich zugleich, und er hatte alle Mühe, seine Stimme unter Kontrolle zu halten. »Kann sein, aber das glaube ich eher nicht.«

Das Tageslicht über der Stadt wurde intensiver und tauchte High Side in eine vielversprechende Helligkeit. Als sie sich zur Morgenandacht versammelten, strahlten ihn die Mosaiksteinchen in der Apsis in glänzenden Gold-, Rot- und Blautönen an. Die Noten der Eröffnungshymne flogen vor Freude an die Decke des Gebäudes hinauf, wie Vögel, die endlich ihrem Käfig entkommen waren. Während der Gebete für jeden einzelnen Lord des Monarchenbunds ließ Tal den Innenraum der Basilika nicht aus den Augen. Im Sonnenlicht blitzte kein Eisblau auf, nicht an diesem Morgen, doch das spielte keine Rolle. Gabriels Straßenkarte lag sicher verwahrt in seiner Tasche und die letzte Hymne war eine Fanfare triumphierender Hoffnung.

»Viel Glück!«, sagte Sam voller Eifer und Gabriel winkte Tal zu sich. »Lass dir Zeit. Wenn du sie findest, habt ihr euch sicher eine Menge zu erzählen. Es macht nichts, wenn du heute zu spät kommst. Komm einfach, wenn du kannst.«

»Danke. Danke, Gabriel.« Mit leuchtenden Augen drehte Tal sich um und rannte davon, vorbei an den Besuchermassen und hinaus in den Sonnenschein.

Gabriel sah ihm mit gemischten Gefühlen nach. Er selbst hatte sich mitten in der Nacht leise nach unten geschlichen. Connie, die ebenfalls aufwachte und ihm nachging, sah ihn über der ausgerollten Schriftrolle am Küchentisch sitzen. »Aber Gabriel …«, sagte sie mit einem leisen Vorwurf in der Stimme. Doch er hatte geantwortet: »Na ja, ich hab nicht versprochen, dass ich sie nicht lesen würde, oder?«

»Dann rück mal ein Stück«, hatte sie gesagt und sie studierten das alte Pergamentblatt gemeinsam. Danach schaute sie ihn entgeistert an. »Meinst du, das sind sie? Tal und seine Schwester?«

»Kann sein«, antwortete er zögernd. »Ich weiß es nicht. Aber ich weiß, dass sie keine Sekunde mehr sicher sind, falls der Monarchenbund Wind davon bekommt, dass sie es sein *könnten*.« Er rollte das Pergament eng zusammen, als wollte er es zerknüllen, um es zum Schweigen zu bringen. Gleich heute früh hatte er es so gut versteckt, wie es ihm nur möglich war – im hintersten Winkel der Basilika-Bibliothek. Er hatte getan, was in seiner Macht stand; doch ob es auch ausreichen würde, wusste er nicht.

Tal, der nur einen einzigen Gedanken im Kopf hatte, ging die steilen Straßen nach High Side hinauf, wobei er sich peinlich genau an Gabriels Anweisungen hielt. Schließlich gelangte er an eine kahle, hohe Mauer, in die ein Tor eingelassen war. Er rüttelte daran, doch es war abgeschlossen, und deshalb drückte er den Kopf an die Gitterstäbe und spähte ins Innere. Weit und breit war kein Wächter zu sehen und auch das große, weiße Gebäude am anderen Ende des Rasens mit den vielen Blumen wirkte verlassen. Im ersten Moment befürchtete er, zu spät gekommen zu sein: Vielleicht hatte die Familie ihr Stadtpalais verlassen und war aufs Land gegangen. Doch dann wurde ein Fenster geöffnet und er konnte einen kurzen Blick auf eine

Gestalt im Zimmer erhaschen. Hörte er da in der Ferne nicht auch Stimmen? Auf einmal ertönte ein Gong, eine Tür wurde zugeschlagen. Dann war auf dieser Seite des Hauses alles wieder still.

Ratlos stand Tal am Tor. Was jetzt? Da entdeckte er an einem der Torpfosten einen Klingelzug. Er streckte die Hand danach aus, zögerte dann aber. Vielleicht später, nahm er sich vor. Falls er keinen anderen Zugang zu dem Gelände finden würde, würde er es später versuchen, aber zuerst einmal wollte er um die Mauer herumgehen. Vielleicht gab es ja einen Hintereingang, ein weniger imposantes und abschreckendes Tor als dieses hier, und mit etwas Glück würde er vielleicht auf einen freundlichen Gärtner stoßen, an den er sich wenden konnte.

Entschlossen schritt Tal an der Mauer entlang. Herrlich duftende Kletterpflanzen mit tiefblauen Blüten wuchsen über die Mauer. Der Boden davor war mit heruntergefallenen Blütenblättern übersät, was aussah, als seien Schnipsel des Sommerhimmels auf die Erde gefallen. Nach einer Weile kam er an eine Ecke, wo die Mauer eine scharfe Biegung nach links machte. Als Tal dort weiterging, gelangte er in eine Straße, in der er gestern schon gewesen war: Er erinnerte sich an die lange Reihe der Bäume, die ihre gesprenkelten Schatten auf die Straße warfen. Ich könnte zumindest mal einen Blick in den Garten werfen, sagte er sich und kletterte auf den nächstbesten Baum. Er hievte sich auf den ersten dicken Ast – und erstarrte, als wäre er vom Blitz getroffen worden.

Ganz in seiner Nähe sang jemand, den er jedoch nicht sehen konnte, weil er offenbar direkt auf der anderen Seite der Mauer war. Im ersten Moment saß Tal nur da, an den Baumstamm gelehnt, und lauschte mit geschlossenen Augen. Es war eine Melodie, die ihm so vertraut war wie sein eigener Atem.

Hoch über den Weideplätzen des Sommers,
Vor der sinkenden Sonne in all ihrer Pracht,
Fliegen die Vögel, die dir sagen, mein Herz,
Ich kehre heim, wenn das Tagwerk vollbracht.

Hoch über den verschneiten Bergen des Winters …

Die Frauenstimme stockte, begann dann erneut und diesmal sang er mit. Ganz leise zuerst, fast so, als flüstere er die Worte nur vor sich hin, doch dann wurde seine Stimme vor Freude immer lauter und kräftiger.

Hoch über den verschneiten Bergen des Winters,
Am grenzenlosen Himmel, der den Herbst tut kund,
Steht bleich der Mond, der dir sagt, mein Herz,
Ich kehre heim zur Abendstund'.

Erst am Ende dieser Strophe merkte er, dass er inzwischen alleine sang. Als der letzte Ton verebbte, konnte er beinahe körperlich spüren, wie sie zuhörte: Eine fast mit den Händen greifbare Spannung lag in der Luft. Die Frauenstimme flüsterte: »Wer ist da?«, und dann, mit ungläubiger Hoffnung: »Tal?« Er rutschte an dem Ast entlang, der bis über die Mauer reichte, verlor den Halt und landete in dem Korb mit den feuchten Wäschestücken, die seine Mutter gerade zum Trocknen aufhängen wollte.

22. Kapitel
Zurück im Nouldewood

Sie drückte ihn so fest an sich, dass er ihre bebenden Atemzüge hören konnte, als wären es seine eigenen. Als sie ihn endlich losließ, war es nur, um ihre Hände zärtlich um sein Gesicht zu legen und ihn anzuschauen.

»Was machst du hier? Wie bist du hergekommen? Du siehst gut aus, dir geht es gut, nicht wahr? Kümmert sich jemand um dich?« Dann die Frage, vor der er sich so gefürchtet hatte: »Wo ist Gaia?«

Als sie sah, wie sich sein Gesicht verfinsterte, rief sie entsetzt: »Nein! Tal, sie ist doch nicht …?«

»Ich weiß es nicht.« Er holte tief Luft, doch noch ehe er ihr mehr erzählen konnte, drang eine Stimme durch den Garten: »Mai?« Ein großes Mädchen in einer eisblauen Tunika kam um eine Hecke gerannt, die Tal und seine Mutter vor Blicken aus dem Haus schützte. Tal erkannte sie sofort: Sie war das Mädchen aus der Basilika. Sie war allerdings nicht so alt, wie er gedacht hatte, vermutlich in Gaias Alter, aber um einiges größer. Weil sie so groß und staksig war, waren ihre Bewegungen unbeholfen, fast tollpatschig. Sie ging keineswegs so würdevoll, wie er gestern gedacht hatte. Er war überrascht, wie unsicher, fast schüchtern, sie auf seine Anwesenheit reagierte. Bei ihrem Auftauchen hatte er sich umgedreht, schuldbewusst und erschrocken – schließlich hatte ihn niemand in diesen Garten gebeten

–, doch seltsamerweise war sie es, die verlegen wurde, errötete und sogar ein, zwei Schritte zurückwich.

»Entschuldigung«, stammelte sie und starrte auf ihre Füße. »Ich wollte nicht …« Unvermittelt hob sie den Kopf und ihr Blick wanderte von ihm zu Mai und wieder zurück. »Du bist Tal«, sagte sie ohne den geringsten Zweifel in der Stimme. »Sie hat mir erzählt, dass du singen kannst.«

»Was?«, sagte er argwöhnisch.

»Mai.« Sie strahlte seine Mutter an. »›Er hat eine wunderbare Stimme.‹ Das hat sie mir erzählt.« Sie deutete mit dem Kinn auf sein dunkelblaues Hemd. »Du bist Chorschüler, nicht wahr?« Dann fiel ihr etwas ein. »Wenn du an der Chorschule bist, kennst du bestimmt meinen Vetter. Gregory. Gregory Sallender.«

»Oh … ja.« Er bemühte sich um einen neutralen, höflichen Tonfall.

Sie grinste. »Du Armer«, sagte sie. Und plötzlich wurde sie wieder verlegen und unbeholfen. »Entschuldigt, dass ich euch gestört habe. Tut mir leid.« Nach diesen Worten drehte sie sich um und rannte – wie ein Stelzenvogel – durch den Garten zurück. An der Hecke drehte sie sich noch einmal um. »Mai«, rief sie herüber, »nimm dir heute frei. Geh mit ihm und hör dir an, wie er singt.« Dann verschwand sie.

Tal schaute seine Mutter verdutzt an. »Wer war denn das?«

»Das war Rachel«, sagte Mai lächelnd, mit dem liebevollen Blick, mit dem sie früher immer Jason angeschaut hatte. »Rachel Philemot.«

»Das war sehr nett von ihr«, sagte Mai, als sie die steile Straße zur Brücke hinuntergingen. Sie kamen an zwei Wachen vorbei, die gerade lebensgroße Plakate von Fossick und Scrimp an eine Hauswand klebten. *Raub im Verschlossenen Archiv* war unter jedem Bild zur Liste ihrer anderen Straftaten hinzugefügt worden. Mai hatte für die Plakate nur einen kurzen, gleichgültigen Blick übrig. »Mir ist es nicht schlecht ergangen«, sagte sie. »Abgesehen davon, dass ich Abend für Abend an den Nachthimmel geschaut und mich gefragt habe, wo du und Gaia wohl seid und was ihr macht. Irgendwie habe ich geahnt, dass ihr nicht zu Hause bleiben würdet.«

»Das war Gaias Idee.«

»Das ist mir klar«, sagte sie lachend. »Sie hat schon immer über den Rand geschaut, weißt du noch? Die Berge zu verlassen, fiel ihr sicher leichter als jedem anderen, aber ich wette, ohne dich hätte sie es nicht geschafft. Sie braucht jemanden, der sich um sie kümmert.« Sie legte ihm einen Arm um die Schultern und drückte ihn an sich.

»Aber ich habe leider versagt«, sagte er betrübt.

»Ach was, das sieht Gaia bestimmt nicht so«, versicherte sie ihm. »Da bin ich mir ganz sicher.«

Sie waren inzwischen in der Mitte der Brücke angekommen und er blieb stehen und beugte sich über die Brüstung. Nachdenklich blickte er auf das wirbelnde, gelbe Wasser des Flusses, dann auf die lange Mauer, an der entlang sie versucht hatten zu fliehen, und schließlich hinaus auf das Meer, auf dem sie verschwunden war, bis an den leeren Horizont. »Glaub mir!«, versicherte ihm Mai noch einmal. »Du kannst sie ja fragen, wenn ihr euch wiederseht.«

Es lag ihm auf der Zunge zu sagen, dass das sicher nie passieren würde. Aber anderseits … manchmal tauchten lang vermisste Menschen ja auch wieder auf. Er griff nach ihrer Hand und sie überquerten schweigend die Brücke.

Auf dem großen Platz kamen sie an einem Ausrufer vorbei, der eine hohe Belohnung für jeden Hinweis versprach, der zur Verhaftung von Scrimp und Fossick führen würde. »Einhundert Radianten«, sagte eine Frau in der Menge staunend. Was konnte man mit einhundert Radianten nicht alles machen – und was musste ein Verbrecher angestellt haben, damit sein Kopf so viel wert war? *»Einhundert Radianten!«* Sie hob einen der herumliegenden Zettel auf, die der Wind über den Platz wehte, strich ihn glatt und steckte ihn dann in ihre Tasche.

Die Stadtwache führte nach wie vor Kontrollen durch, hielt willkürlich Passanten an und durchsuchte sie. Als Tal und Mai auf die Basilika zugingen, streckte ein Wachmann den Arm aus und hinderte sie am Weitergehen.

»Was hast du in den Taschen, Kleiner?« Tal zeigte ein paar Renns, einen Stift, ein Stück Bindfaden und Gabriels Zettel vor.

»In Ordnung.« Der Mann musterte Tal prüfend. »Ah, du bist's! Hast ganz schön Glück gehabt gestern Abend, hm?«

Tal brummte etwas Unverständliches und der Wachmann winkte sie weiter. Sobald sie außer Hörweite waren, fragte Mai: »Was hat der Mann gemeint?«

»Ach, nichts.«

»Was sollte das heißen, dass du Glück gehabt hast?«

»Nichts, Mutter, wirklich. Du brauchst dir keine Sorgen zu machen. Alles in bester Ordnung.« Er lächelte sie an, mit seinem alten, beruhigenden Grinsen. Sie wollte noch etwas sagen, er spürte es genau, und deshalb fügte er hastig hinzu: »Komm, Mutter. Wenn wir uns nicht beeilen, komme ich zu spät zur Chorprobe. Und dann bekomme ich Ärger.«

Sie traten aus der gleißenden Helligkeit des großen Platzes in die Basilika. Der Chor versammelte sich bereits in der Apsis; Tal sah, dass Sam ihm zuwinkte. Doch Mai blieb unsicher stehen und zog nervös an seiner Hand.

»Meinst du wirklich, dass ich mitkommen darf?«

»Natürlich!« Er zog sie durch den Mittelgang. »Gabriel?«, rief er schon von Weitem. »Das ist …«

»Du brauchst sie nicht vorzustellen, Tal. Dass sie deine Mutter ist, sieht jeder.« Er streckte seine Hand aus. Sie zögerte, doch da Gabriel seine Hand nicht zurückzog, wagte sie es endlich, ihm auch ihre Hand zu reichen, die er erfreut schüttelte.

»Ich freue mich so, Euch kennenzulernen«, sagte er, und Tal sah ihrem Gesicht an, dass niemand, vielleicht mit Ausnahme von Rachel, seine Mutter in letzter Zeit so freundlich behandelt hatte. Und Gabriels Höflichkeit schien sie so weit zu ermutigen, dass sie sogar den Mund öffnete. »Ganz herzlichen Dank«, sagte sie mit ihrer alten Selbstsicherheit. »Vielen herzlichen Dank, dass Ihr Euch um meinen Sohn kümmert.«

Gabriel machte eine wegwerfende Handbewegung. »Aber das ist doch selbstverständlich. Er hat eine wunderbare Stimme.«

»Ich weiß.« Mai beäugte ihren Sohn voller Stolz.

»Bleibt doch bitte und hört Euch die Probe an«, sagte Gabriel.

Plötzlich wurde sie wieder nervös. »Geht das wirklich? Ist es erlaubt?«

»Aber natürlich. Kommt, ich besorge Euch einen Sitzplatz.« Er blickte über die Schar der versammelten Chorknaben. Ein schwer zu deutender Ausdruck flackerte in seinen Augen auf: Tal konnte nicht sagen, ob es Zorn war oder Schalk. »Gregory!«, rief Gabriel dann.

Gelangweilt drehte Sallender den Kopf. »Sir?«

»Holst du bitte einen Stuhl für Tals Mutter?«

Sallenders Augen wanderten von Gabriel zu Mai, deren eisblauer Streifen auf der ansonsten schäbigen Kleidung sie eindeutig als das kennzeichnete, was sie war. »Wie bitte?«, fauchte er und starrte Gabriel empört und ungläubig an.

Gabriel lächelte, doch sein stählerner Ton ließ keinen Raum für Zweifel. »Hol ihr bitte einen Stuhl, Gregory!«

»Aber …« Sallender biss vor Wut die Zähne aufeinander. »Aber sie ist … sie ist ei…«

Gabriel zog nur eine Augenbraue hoch. »Ein Gast, Gregory; ich denke, das ist der Begriff, nach dem du gesucht hast, richtig? Jawohl, sie ist ein Gast.«

Sallender warf ihm einen letzten, wütenden Blick zu. Dann erhob er sich widerwillig, nahm einen Stuhl von dem Stapel im Gang und knallte ihn unwillig vor Mais Füße. Sie bedankte sich, und er zuckte zusammen, als hätte er eine Ohrfeige bekommen.

Tal begab sich an seinen Platz neben Sam, der ihn mit einem breiten Grinsen begrüßte.

»*Nein!*«, brüllte Jason. »Nein, bitte!« Er schluchzte fast, als er sich unter dem kraftvollen Griff des Mannes wand und um sich trat. »Nein, bitte! Bitte, bringt mich nicht zurück …«

»Hey, hey, hey!« Der Fremde schüttelte ihn leicht. »Schon gut.« Er musste die Stimme heben, um Jasons Proteste zu übertönen. »Hör auf, herumzubrüllen! Sehe ich aus wie jemand, der Leute nach Hope's End zurückbringt?« Jason hob den Kopf. Der Mann hatte fröhliche schwarze Augen und einen schwarzen Vollbart, der die vertraute Doppelnarbe quer über seiner linken Wange nicht verbergen konnte. »Ich heiße übrigens Daniel«, sagte er lächelnd. »Du kannst mich duzen. Und keiner von uns wird dich zurückbringen, glaub mir, Kleiner.«

»Von *uns?*« Jason warf einen hastigen Blick über die Lichtung und sah etwas, was ihm bisher entgangen war. Im Schatten der Bäume standen die auf Hope's End gestohlenen Fuhrwerke. Die Pferde standen friedlich schlafend daneben und ihre Fahrer – wild aussehende, vernarbte Kerle in rauer Kleidung – hatten sich auf der nackten Erde ausgestreckt. Ein paar wenige von ihnen schliefen noch, doch die meisten waren bei dem Handgemenge aufgewacht und rieben sich schlaftrunken die Augen.

»Aber eines will ich dir sagen, mein Junge«, fuhr Daniel fort, »es war ganz schön riskant, wegzulaufen. Weißt du, was passiert wäre, wenn sie dich geschnappt hätten?«

»Ja.« Jason schüttelte sich. »Aber wir *mussten* fliehen. Wegen Gaia. Stearne hat behauptet, sie sei eine Hexe. Er wollte sie verbrennen.«

Der Lachen in den Augen des Mannes erstarb. *»Wer?«*, hakte er mit heiserer Stimme nach. Die Männer auf der anderen Seite der Lichtung starrten Jason inzwischen mit unverhohlenem Interesse an. »Von *wem* sprichst du?«, wiederholte Daniel entgeistert.

»Stearne«, sagte Jason beklommen. »Er ist der neue Oberaufseher und total verrückt und er wollte …«

»Ich meine nicht Stearne«, sagte der Mann ungeduldig. »Dass der ein Irrer ist, weiß jeder. Nein, deine Freundin. Wie hieß sie noch mal?«

»Gaia. Aber warum …?«

»Was ist los, Jason?« Polly kämpfte sich durch das dichte Unterholz und Gaia taumelte erschöpft neben ihr her. Daniels Kinnlade fiel herunter.

»Gaia«, stammelte er. Die Männer auf der anderen Seite der Lichtung rissen verblüfft Mund und Augen auf. Einer von ihnen schüttelte den letzten noch Schlafenden und sagte: »Wach endlich auf und schau dir das an, Christopher, du altes Murmeltier ...«

»Im Namen von allem, was wunderbar ist auf dieser Welt«, murmelte Daniel und wollte einen Schritt auf Gaia zu machen. Doch Jason warf sich ihm in den Weg.

»Fass sie ja nicht an! Ihr dürft ihr nichts tun!«

»Aber nein!«, sagte Daniel. »Niemals – für nichts auf der Welt!« Gaia, zitternd und mit Furcht in den Augen, wankte auf wackeligen Beinen beängstigend hin und her.

»Komm, mein kleiner Schwan«, sagte Daniel. »Komm, wir bringen dich nach Hause!«

Behutsam hob er sie hoch und legte sie auf die Ladepritsche eines der Karren. Nur am Rande bekam sie mit, dass Jason ihr den Beutel mit dem Amulett wieder um den Hals hängte und dann ihren Kopf auf seinen Schoß bettete. Sie schlief sofort ein. Sie fuhren schweigend, um sie ja nicht zu stören, und sie schlief und schlief, die ganze Tagesreise über, bis sie im schützenden Herz des Waldes ankamen. Sie schlief auch noch, als sie sie vom Fuhrwerk luden und zu einem Bett aus Blättern und groben Decken trugen. Sie schlief die graue Dämmerung hindurch und dann durch das sich verändernde gelbe und grüne Licht des nächsten Tages, bis sie schließlich in den Tiefen der Nacht wieder erwachte.

Der Mond stand hoch am Himmel und sein sanfter Schein fiel wie zarte Spitze auf sie, gefiltert durch das Blattwerk über ihrem Kopf. Sie hörte das Wispern der Bäume, den leisen Schrei eines Nachtvogels und das weiche Plätschern von Wasser. Ihr erster Gedanke war, dass sie in einem Hain liegen müsste, doch das Mondlicht beschien einen weißen Steinfußboden und auf beiden Seiten waren verfallene Steinmauern zu sehen. An der Wand über ihrem Kopf waren die Überreste eines Bilds erkennbar: Hände, Ausschnitte eines sich bauschenden Umhangs, ein Auge, die Füße eines Tiers und ein Rad. Sie starrte auf diese Fragmente, bis ihre Augenlider wieder schwer wurden, und die einzelnen Ausschnitte verschmolzen zu einem wirren Traum.

Als sie erneut aufwachte, hörte sie als Erstes Vogelgesang und spürte Wärme im Gesicht. Eine Weile lag sie so da, ohne die Augen zu öffnen. Genüsslich atmete sie den frischen Geruch von Blättern und Erde ein, spürte die leichte Brise, die durch die Äste über ihr rauschte und auch über ihre Wange strich. Der Wald umgab sie und hüllte sie ein. Als sie schließlich blinzelnd die Augen aufschlug, sah sie schräg auf sie herabfallende Sonnenstrahlen und ein gesprenkeltes Licht.

»Meinst du, es geht ihr gut?« Das war Pollys besorgtes Wispern.

»Aber ja.« Eine unbekannte Stimme antwortete ihr, die Stimme einer Frau, ruhig und sicher. »Sie braucht nur sehr viel Ruhe.«

Da erst schlug Gaia die Augen ganz auf. »Hallo, Polly.« Sie setzte sich hin und schlug die kratzigen Decken zurück. Die Frau, die vorhin gesprochen hatte, stand hinter Polly. Sie war groß, hatte kräftige Hände und ein breites Gesicht. Ihre langen, braunen Haare waren zu einem dicken Zopf geflochten, der ihr über den Rücken fiel. Ihre Augen, die Gaia neugierig und freundlich musterten, waren voller Licht und Farbe: graublau mit grünen und braunen Pünktchen.

»Das ist Kay«, sagte Polly. »Sie hat dich gepflegt.«

»Danke«, sagte Gaia zu der Frau »Und ich bin Gaia.«

»Ich weiß«, erwiderte Kay. Sie sagte es in einem etwas eigenartigen Ton, sehr ernst, als läge hinter ihrem »Ich weiß« einiges mehr als nur die Bestätigung, dass man den Namen eines anderen zur Kenntnis genommen hat. Doch das fiel Gaia kaum auf.

Der Steinfußboden und die Wände sowie die Bilder der Nacht waren kein Traum gewesen. Gaia erhob sich von ihrem rauen Lager und stellte fest, dass sie auf weißen Marmorfliesen stand. Sie waren unverkennbar sehr alt. Teilweise waren sie sogar zerbrochen, weil sich unter ihnen Baumwurzeln ausgebreitet hatten, und an etlichen Stellen wuchsen grünes Moos und Flechten. Stellenweise verfallene Wände aus weißen Steinen umgaben sie, in die die bruchstückhaften Bilder eingraviert waren, von denen sie letzte Nacht dachte, sie hätte sie nur geträumt. Langsam ging sie an einer der Wände entlang, wo die Bilder einen langen Fries bildeten. Hügel und Bäume waren zu sehen, ein Fluss, flüchtendes Wild und Hasen, eine Stadt auf einem Hügel, Pferde und Hunde, Männer und Frauen mit stolzen Gesichtern. Obwohl sie für immer in dem alten Stein eingefroren, lädiert und unvollständig waren, strahlten sie eine ungewöhnliche Vitalität aus. Man konnte die Atmosphäre dieses unbekannten Landes förmlich spüren, ebenso die Hast und den Lärm der Jagdszenen.

Schließlich kam sie zu einem Türbogen aus Stein. Die Tür selbst fehlte – wahrscheinlich war sie aus Holz gewesen und längst verfault – und Gaia spähte durch die Öffnung in einen großen Saal. Eine Decke gab es nicht mehr, die Fensterscheiben fehlten ebenfalls, und die Steinwände waren an einigen Stellen nach innen gestürzt. Gaia wandte sich wieder ab und ging an der gegenüberliegenden Wand des Korridors zu Kay und Polly zurück. Auf dieser Seite gab es vier Ausgänge, die alle auf einen großen Innenhof führten. Sie trat hinaus. Junge Bäume hatten sich durch die zerbrochenen Pflastersteine gekämpft. In der Mitte des Hofs stand ein zerbrochenes Marmorbecken, in dem sich Regenwasser angesammelt hatte. Schwimmende Schwäne waren in den Marmor gemeißelt worden, und darüber thronte ein Schwan mit weit ausgebreiteten Flügeln, ausgestrecktem

Hals und offenem Schnabel, aus dem früher sicher das Wasser in das Becken geflossen war.

Gaia schritt langsam alle vier Seiten des Hofs ab. Jede führte offenbar in einen Korridor, ganz ähnlich wie jener, in dem sie geschlafen hatte. Alle waren verfallen und ohne Decke und die Wände waren beschädigt durch das unermüdliche Wachstum der Bäume. Auf einer Seite war eine ganze Wand eingestürzt, der Schutt war ein Durcheinander von bruchstückhaften Reliefs. Sie hob eine der Scherben auf, auf der ein Vogelkopf abgebildet war, und fuhr mit einem Finger der anderen Hand staunend die kunstvollen Federn nach. Wie perfekt gezeichnet sie waren! Behutsam legte sie die Scherbe dann wieder an die Stelle, wo sie sie gefunden hatte, und kehrte zu Polly und Kay zurück.

»Kay, wo sind wir hier?«

»Oh, das ist eine lange Geschichte«, sagte Kay und lächelte sie an. »Aber lass uns zuerst frühstücken – du bist sicher am Verhungern.«

Die beiden Mädchen gingen mit Kay durch den langen Korridor, durch einen großen Raum am anderen Ende und dann in eine noch geräumigere Halle. Obwohl hier mehrere Räume angrenzten, führte sie wieder ins Freie, durch etwas, das früher vermutlich einmal eine sehr imposante Tür gewesen war, und auf eine große Terrasse. Breite, flache Stufen führten von hier aus auf eine weitere Steinterrasse hinunter, mit einer teilweise eingefallenen Balustrade, von der aus man auf den kleinen Fluss schauen konnte, den Gaia in der Nacht gehört hatte. Die Fußbodenplatten waren mit Moos und Gras überwuchert, doch die Bäume, die hier wuchsen, waren offenbar gefällt worden, sodass inmitten des dichten Waldes eine kleine, sonnige Lichtung entstanden war. In der Mitte dieser Terrasse brannte ein Feuer, dessen dünne Rauchwolke sich schwach im Sonnenschein abzeichnete. Etliche Personen hatten sich um das Feuer geschart und unterhielten sich lachend. Gaias erster Blick fiel auf Daniel, den sie von ihrem Treffen im Wald wiedererkannte. Und dann sah sie Jason.

Er hatte den scheußlichen braunen Mantel abgelegt und war hemdsärmelig, den Mantel hatte er nur lässig um die Schultern geworfen, doch das war nicht der Grund, warum er plötzlich größer wirkte. Seine alte Selbstsicherheit war wieder da, in seinen Augen funkelte die frühere Zuversicht und sein Lächeln war hell und klar, nicht mehr umschattet. Er hatte nicht nur *sie* gerettet, sondern auch sich selbst, wie Gaia unwillkürlich dachte, ehe sie überglücklich die Stufen hinunterrannte, um ihn zu begrüßen.

Er unterhielt sich gerade angeregt mit einem Mann, dessen Gesicht sie nicht sehen konnte, weil er ihr den Rücken zugewandt hatte, doch Jason verstummte, als er sie sah und rannte ihr entgegen. »Na endlich, Gaia! Du bist ja schlimmer als ein Murmeltier.« Dann nahm er sie in die Arme und schwang sie im Kreis, und Gaia konnte spüren, wie er vor Erleichterung und Freude zitterte.

»Jason …«, begann sie, doch er legte sich rasch einen Finger an die Lippen und zwinkerte ihr zu.

»Keine großen Reden.« Er drückte sie erneut an sich. Über seine Schulter hinweg konnte sie das Gesicht des Mannes sehen, mit dem er sich vorhin unterhalten hatte: Der Mann stand da und lächelte sie an. Sie zuckte überrascht zusammen und entwand sich Jasons Umarmung.

»Ihr habt … ich meine, du hast uns geholfen«, sagte sie zu dem Mann. »Mir und Tal, damals im Winter, als wir im Wald waren. Tut mir leid, dass wir weggelaufen sind. Es war Tals Idee.« Sie biss sich auf die Lippe: Das zu sagen war gemein, angesichts der Tatsache, dass Tal nicht da war, um sich zu verteidigen. Aber wo auf Erden mochte ihr Bruder inzwischen sein? Nun, da sie selbst in Sicherheit war, hatte sie plötzlich wieder die Kraft, auch an ihn zu denken, und sie starrte betreten auf den Boden.

Jason ergriff ihre Hand. »Es geht ihm bestimmt gut, du kennst Tal ja. Er kann gut für sich selbst sorgen.«

»Hoffen wir's.« Sie wandte sich wieder an den Fremden. »Er konnte nichts dafür. Aber wir hatten ein paar enttäuschende Begegnungen hinter uns. Wir wussten nicht mehr, wem wir vertrauen konnten und wem nicht.«

»Ich verstehe«, sagte er und nickte. »Ich bin übrigens Aldon.«

»Oh, was ist aus den Regeln des Waldes geworden?«, fragte sie mit einem spöttischen Grinsen. »Von wegen keine Namen nennen und so weiter?«

»Ach so«, erwiderte er. »Wir sind hier im Herzen des Waldes. Hier gibt es keine Geheimnisse mehr.« Er musterte sie prüfend, voller Verblüffung und Staunen. »Ich wusste ja gleich, dass ich dich schon mal gesehen hatte.«

»Wie meinst du das?«, fragte sie verständnislos.

Er warf einen kurzen Blick auf Kay. »Ach so, entschuldige. Hast du es ihr noch nicht gezeigt?«

»Mir *was* gezeigt?«, fragte Gaia ungeduldig, Doch Aldon wollte offenbar nicht weiter darüber reden. »Frag Kay. Sie kann besser erklären als ich.« Dann wandte er sich wieder an Jason und fragte: »Bist du bereit?«

»Bereit zu was?«, fragte Gaia.

»Zur Jagd«, sagte Jason. Mit einem verschmitzten Grinsen voller Vorfreude fügte er hinzu: »Wir sehen uns dann … na ja, ich weiß nicht wann. Keine Ahnung, wie lange es dauern wird.«

»Wie lange *was* dauern wird?«, fragte sie. Sie verstand inzwischen gar nichts mehr. Doch Aldon hatte sich bereits umgedreht und ging die Stufen hinauf, und Jason rannte ihm eifrig nach, drehte sich, oben angekommen, aber noch einmal um und winkte ihr zu, ehe er zwischen den Bäumen verschwand.

Verdutzt und ratlos ging sie zu Polly und Kay, die sich mit einigen anderen um das Feuer geschart hatten. Es roch herrlich nach frischem Brot und gegrilltem Fisch, und erst da merkte Gaia, wie hungrig sie war: richtiggehend hohl vor Hunger. Kay drückte ihr eine Scheibe Brot und einen Fisch in die zitternden Hände. Es konnte auf der ganzen Welt nichts Besseres geben als dieses süße, weiche, warme Brot und den saftigen, festen Fisch, dessen Öl ihr über die Finger tropfte. Sie aß wie eine Verhungernde, völlig hingerissen und weltentrückt.

»Sieht aus, als hättest du das gebraucht«, sagte Kay schmunzelnd.

»Gibt's noch mehr?« Gaia schaute zum Grill und sah, dass weitere Fische darauf lagen: fette Fische, die grün-braun gesprenkelt waren.

»Das sind doch hoffentlich keine Fische des Monarchenbunds, oder?«

Kay lachte auf. »Doch. Aber hier bei uns im Wald gibt es keine Lords. Wir essen, was wir wollen.«

»Oh ja!« Christopher rieb sich genüsslich die Hände. »Und heute Abend gibt's gebratene Tauben, falls ich genügend abschießen kann.«

»Du hast vorher aber noch etwas anderes zu tun«, sagte Daniel streng. »Stephen fährt mit Sally und Jim los, um die Swanhaven-Lieferungen zu verteilen. Ich habe ihm versprochen, dass wir ihnen helfen, die Sachen abzupacken.«

»Bin schon unterwegs.« Christopher salutierte grinsend und folgte Daniel die Stufen hinauf.

Gaia schluckte einen Bissen Fisch hinunter. »Was für Lieferungen?«

»Die Ernte von Hope's End«, erklärte ihr Kay. »Daniels Projekt: Er hat damit angefangen. Er war dort auch mal Gefangener, wie man ihm ansieht.« Kay fasste sich an die Wange. »Vor einigen Jahren konnte er fliehen, und genau wie ihr war er vernünftig genug, zu begreifen, dass der Wald der einzige Ort war, an dem er in Sicherheit ist. Nachdem er ein paar Tage lang durch den Wald gestreift war, stieß er zufällig auf diesen Ort hier. Eine Zeit lang schlug er sich ganz alleine durch, doch dann …« Sie lachte leise. »Dann sehnte er sich nach Gesellschaft. Außerdem war er inzwischen auf die Idee gekommen, die Erntekarren der Farm zu überfallen und die Sachen zu verteilen, und das ging nicht ohne Hilfe. Deshalb ließ er sich absichtlich wieder gefangen nehmen und wurde ins Lager zurückgebracht. Sobald er konnte, brach er wieder aus, diesmal aber mit einem Dutzend Mitgefangener. Seit damals überfallen sie die Karren von Hope's End, die nach Swanhaven unterwegs sind, und verteilen die Lebensmittel in den Dörfern der Umgebung. Sie legen sie mitten in der Nacht auf die Türschwellen. Ich glaube, manche Leute sind davon überzeugt, dass sie von Elfen besucht werden, aber das ist vermutlich die sicherste Möglichkeit. Unsere Leute dürfen auf keinen Fall gesehen werden.«

Gaia sagte nachdenklich: »Manche der Gemüsesorten der letzten Lieferung stammten aus meinen Beeten. Darüber bin ich froh. Ich meine, dass sie an Menschen gehen, die sie wirklich brauchen, nicht an …« Sie verstummte verlegen, doch Kay führte ihren Satz zu Ende.

»Nicht an die korrupten, diebischen, eigennützigen, tyrannischen

Mörder des Monarchenbunds, wolltest du sicher sagen.« Sie grinste. »Schon gut, Gaia. Hier im Wald haben nicht nur die Essensvorschriften keine Gültigkeit. Hier darf man auch aussprechen, was man denkt. Wir nehmen kein Blatt vor den Mund.«

Gaia lächelte sie erleichtert an und fragte dann: »Ihr kommt aber nicht alle aus Hope's End, oder?« Sie betastete die Narbe auf ihrer eigenen Wange. »Aldon hat das nicht. Du auch nicht. Wie seid ihr beide hier gelandet?«

»Aldon ist einfach ein Wilder«, antwortete Kay. »Er lebte schon seit Jahren allein im Wald, ehe er zu uns stieß. Er ist jetzt schon ewig bei uns, aber immer noch eher ein Einzelgänger. Und was mich betrifft ...« Sie deutete auf die zerbröckelnden Mauern, halb versteckt hinter den nahen Bäumen. »Ich kam deshalb hierher. Wegen dieses Orts und wegen einer Geschichte, die mir mein Vater erzählt hat.«

»Verrätst du mir endlich, wo wir hier eigentlich sind?«, fragte Gaia.

»Gut«, sagte Kay feierlich. »Dann fange ich mit der Geschichte meines Vaters an. Denn sie hat für mich den Stein ins Rollen gebracht.«

Sie verstummte kurz, um sich zu sammeln, und begann dann: »Vor langer Zeit ...«

»Vor *wie* langer Zeit?«, fiel Gaia ihr ins Wort. Sie konnte fast spüren, wie Tal ihr an den Knöchel trat, und die leise Stimme ihrer Mutter hören: *Die Geschichte sagt nicht, wann genau ...*, doch Kay lächelte nur und sagte: »Vor ungefähr fünfhundertfünfzig Jahren. Damals gab es in meiner Familie einen Mann namens Nicholas, der lesen und schreiben konnte. Und noch mehr: Er hatte ein besonderes Talent. Er schrieb schnell und fehlerfrei und hatte eine schöne, elegante Handschrift. Irgendwie kam das seinem Lord zu Ohren, der ihn als Schreiber einstellte. Dann, eines Tages, musste er einen Brief an den König schreiben …«

»Was?« Diesmal war es Polly, die sie verwirrt unterbrach. »Ein König ist doch nur eine Strohpuppe: die Puppe, die am Karneval verbrannt wird. Warum sollte jemand einen Brief an eine *Puppe* schreiben?«

Doch Kay antwortete: »Ein König ist keine Puppe. Na gut, heutzutage vielleicht; aber damals war der König ein Mensch. Der Mann, der das ganze Land regierte. Der Herrscher von Assalay. Manchmal war es auch eine Frau – eine Königin.« Polly öffnete den Mund, um zu widersprechen, doch Kay hob abwehrend eine Hand hoch. »Warte«, sagte sie. »Hör dir erst die ganze Geschichte an, sei so gut. Danach können wir darüber reden.« Polly zuckte die Schultern, doch ihr Gesichtsausdruck blieb halb verdutzt, halb entrüstet.

»Wie dem auch sei«, fuhr Kay fort. »Eines Tages diktierte der Lord Nicholas einen Brief, der für König Telemachus bestimmt war.« Gaia zuckte zusammen, öffnete spontan den Mund, besann sich dann aber und machte ihn wieder zu.

»Und der König war von seiner Schrift begeistert. Er rief ihn zu sich und ernannte ihn zu seinem Hofschreiber. Zu Nicholas' neuen Aufgaben gehörte es, den Sitzungen des Königs mit seinem Hofrat beizuwohnen. Der Hofrat bestand aus Adligen, den Oberhäuptern der bedeutendsten Familien des Königreichs. Sie berieten den König bei wichtigen Entscheidungen und beim Erlassen von neuen Gesetzen. Und nachdem solche Punkte beschlossen worden waren, musste Nicholas sie niederschreiben. Allerdings war er die meiste Zeit mehr am Zuhören und Warten als am Schreiben. Sie kamen nämlich nicht sehr gut miteinander aus, der König und sein Hofrat, und es gab immer wieder endlose Diskussionen.

Dann, eines Tages, nahm sich Nicholas ein paar Tage frei, um nach Hause zu fahren. Sein alter Vater war erkrankt und Nicholas in großer Sorge um ihn. Doch als er zu Hause ankam, stellte er fest, dass es seinem Vater schon sehr viel besser ging und er so brummig war wie eh und je. Da er jedoch ein paar Tage freibekommen hatte, blieb er zu Hause. Dann, am Ende seiner Urlaubstage, brach er sehr früh auf, um zum Palast zurückzureisen. Aus irgendwelchen Gründen wurde er unterwegs aufgehalten – warum, weiß inzwischen niemand mehr. Jedenfalls hat er sich verirrt und wurde auch überfallen und ausgeraubt. Doch wie dem auch sei: Er kam auf alle Fälle sehr viel später an als geplant. Er hätte bei Sonnenuntergang eintreffen sollen, doch nun war es bereits mitten in der Nacht.

Als Nicholas am Palast eintraf, stand dieser in hellen Flammen. Er konnte nichts mehr tun, obwohl er es natürlich versuchte. Er mochte den König und respektierte ihn, und wenn es in seiner Macht gestanden hätte, hätte er ihm das Leben gerettet. Doch es war leider nicht möglich. Die Flammen, der Rauch und die Hitze hielten ihn zurück und so konnte er nur dastehen und hilflos zuschauen.«

»Nein«, wisperte Gaia. »Nein, nein, nein.« Sie sprang auf, rannte mit wackligen Knien durch den Raum und taumelte dann zu der alten steinernen Balustrade der Terrasse oberhalb des Flusses. Sie beugte sich darüber, und ihr war so übel, dass sie sich übergeben musste.

»Gaia …« Kay und Polly waren ihr gefolgt und Kay legte ihr behutsam einen Arm um die Schultern. »Tut mir leid«, sagte Kay. »Wie unbedacht von mir. Wie konnte ich nur so dumm sein!«

Gaia, die in kurzen Zügen nach Luft schnappte, starrte zu den kühlen, grünen Bäumen am anderen Ufer des Flusses. Allmählich beruhigte sie sich wieder.

»Tut mir leid«, wiederholte Kay. »Vergessen wir diese Geschichte. Ich erzähle sie ein andermal zu Ende.«

Gaia wischte sich den Mund ab. »Nein, ich möchte sie lieber jetzt gleich zu Ende hören.« Sie setzte sich wieder, lehnte sich an die Ruinen und richtete ihren Blick auf das grüne Dickicht auf der anderen Seite des flachen Gewässers.

»Na gut«, nahm Kay den Faden wieder auf. »Nach dem großen Feuer war Nicholas so erschüttert, dass er nicht mehr wusste, was er tat. Er ging fort und wanderte durch das Land, viele Tage lang. Er hatte fast das halbe Reich durchquert, bis er vor Erschöpfung, Trauer und Verwirrung schließlich zusammenbrach. Als er wieder zu sich kam, stellte er fest, dass er von einer Familie aufgenommen und gepflegt worden war, die in einem kleinen Dorf an der Westküste lebte. Es dauerte lange, bis er wieder einigermaßen bei Kräften war. Erst dann erzählte ihm die Familie, was die offiziellen Ausrufer in der Zwischenzeit in ganz Assalay verbreitet hatten: Der König, die Königin und all ihre Kinder seien bei einem tragischen, verheerenden Brand ums Leben gekommen. Niemand habe überlebt, der einen Anspruch auf den Königsthron anmelden könnte: Die Linie der Athanasier sei erloschen. Und der königliche Hofrat habe beschlossen, dass keine einzelne Person würdig genug sei, den Platz des Königs einzunehmen. Niemand sei in der Lage, diese große Ehre zu übernehmen und sich zugleich diese schwere Last aufzubürden. Aus diesem Grund hat der Hofrat entschieden, dass seine Mitglieder gemeinschaftlich regieren würden. Sie sagten, es sei die beste Lösung für Assalay, wenn es von einem Monarchenbund von einander ebenbürtigen Lordschaften regiert werden würde.

Damit endet der erste Teil der Geschichte und auch Nicholas' persönliche Geschichte: mit einem trauernden Königreich und einem angeblich trauernden Rat von Adligen, die, so behaupteten sie, nur widerwillig die Regierungsverantwortung auf sich nahmen.« Sie machte eine kurze Pause. »Nicholas wurde nach einiger Zeit wieder ganz gesund, aber er hat nie versucht, in seine alte Welt zurückzukehren. Er blieb in dem kleinen Dorf und wurde Händler, heiratete die Tochter eines Händlers und bekam einen Sohn, der sein Geschäft übernahm. Doch er schrieb die Geschichte für seinen Sohn nieder, und sein Sohn fügte noch einige Sätze hinzu, denn bis er schließlich erwachsen war, lautete die offizielle Darstellung der Ereignisse plötzlich ganz anders. Der König sei ein Tyrann gewesen, wurde behauptet. Und das Feuer ein Segen für das Volk, eine Art Befreiung. Und um zu feiern, dass das Land diesen bösen König endlich los war, bauten sie eine neue Hauptstadt namens Freehaven …«

»… mit einem Platz, der Platz der Befreiung heißt«, wusste Gaia beizusteuern. »Und diese Karnevalsveranstaltung … das Verbrennen des Königs …«

»Und die Schwanenjagd«, fügte Kay hinzu. »Das Königreich hieß früher nämlich Schwanenreich.«

Polly konnte sich nicht länger beherrschen. Ungläubig schüttelte sie den Kopf und sagte: »Das habe ich noch nie gehört!«

»Du, Gaia?«, fragte Kay neugierig.

»Nein«, sagte Gaia nur, doch Polly sagte aufgebracht: »Wo hätte Gaia es denn hören sollen? Sie kommt aus einer ganz anderen Welt, aus den Bergen. Aber in meinem Dorf hat auch kein Mensch jemals etwas von einem Königreich oder einem König erzählt. Und mein Bruder Peter ging ein paar Jahre zur Schule. Dort hatten sie das Fach Geschichte und er hat mir davon erzählt. Aber auch da war nie die Rede von einem König.«

»Dafür gibt es einen guten Grund«, sagte Kay. »Die Geschichte wurde in meiner Familie nur hinter vorgehaltener Hand erzählt und mit der Warnung, sie ja nie an Außenstehende weiterzuerzählen. Wir erzählten sie uns nur, wenn wir abends ums Feuer saßen und hinter verschlossenen Türen. Denn nach wenigen Jahren ordnete der Monarchenbund an, dass niemand mehr vom früheren Königreich sprechen dürfe. Ich denke, die Lords waren zu dem Schluss gekommen, dass es besser und wesentlich sicherer für sie war, wenn das Volk glaubte, der Monarchenbund hätte das Land von Anfang an regiert.«

Sie machte eine kurze Pause, ehe sie weitererzählte, und plötzlich klang ihre Stimme ganz anders: bitter und traurig. »Ich dachte früher auch, die Sache mit dem Königreich sei nur ein Märchen, aber dann …«

Sie schluckte und starrte ins Leere.

»Was geschah dann?«, fragte Gaia leise.

Kay holte tief Luft. »Vor einigen Jahren fing mein Bruder, dieser dumme Angeber, der einfach nicht den Mund halten kann, damit an, die Geschichte im Dorf herumzuerzählen.« Gequält schloss sie kurz die Augen, ehe sie weitersprach. »Nicht lange, und Teredos Männer haben ihn geholt.« Ihre Stimme stockte. »Sie brachten ihn weg. Ich war an jenem Tag nicht zu Hause. Wir lebten immer noch im selben Dorf wie unsere Vorfahren und trieben entlang der Küste Handel und ich war damals mit dem Boot unterwegs. Als ich am Abend zurückkam, war er schon fort. Eine Nachbarin wartete am Hafen auf mich und warnte mich, dass noch ein Wächter vor unserem Haus stehe. Tom hatte ihnen versichert, ich sei tot. Aber ihr kennt den Monarchenbund ja. Sie gehen lieber auf Nummer sicher …«

»Was hast du da gemacht?«

»Ich habe sofort kehrtgemacht. Ich bin nach Osten gesegelt und hatte vor, Assalay für immer zu verlassen. Doch unterwegs kam ich ins Grübeln und sagte mir, Teredo ist kein Narr. Er würde niemanden verhaften lassen, nur weil er Märchen erzählt. Und dann kam ich nach Swanhaven und alles erschien mir so merkwürdig … na ja, ihr wart ja auch schon dort.«

»Ein riesiger Hafen. Und völlig verlassen«, sagte Gaia.

»Und voller steinerner Schwäne«, ergänzte Kay. »Ich blieb einen ganzen Tag lang dort, um mir alles anzusehen. Anfangs sagte ich mir, ich sollte möglichst schnell wieder auf mein Boot gehen und weiterfahren. Aber irgendwie wollte ich nicht von dort weg. Der Ort hat mich neugierig gemacht. Ich blieb, bis es Abend wurde. Und dann ging der Mond auf und ich sah diese endlose Reihe von weißen Steinen am Straßenrand. Ich folgte ihnen, ging die alte Straße entlang und landete hier. Inmitten dieser herrlichen Ruinen. Und ich wusste auf Anhieb, was sie sind.« Sie erhob sich und reckte sich. »Kommt mit! Ihr habt bisher ja noch kaum etwas vom Palast gesehen. Ich werde euch die wichtigsten Räume zeigen.«

Sie gingen die flachen Stufen hinauf und betraten den Palast durch das Hauptportal. Gaia blickte zu dem hohen, leeren Türbogen hinauf und stellte sich vor, wie die knisternden Flammen über die großen Holztüren hergefallen waren und sie zu Asche verbrannt hatten. Die Eingangshalle war zum Himmel hin offen, Zweige und Äste füllten inzwischen den Platz aus, wo sich früher sicher dicke Holzbalken befunden hatten, die verbrannt und heruntergestürzt waren. Kay führte sie von der Eingangshalle aus in einen weiteren großen Raum. Am anderen Ende gab es eine Art Podium, auf dem zwei riesige steinerne Sitze standen. Auch dieser Raum hatte kein Dach mehr, ein düsterer, grüner Lichtschein fiel durch das Blattwerk der Bäume herein. Am Sockel der Wand war ein Fries aus steinernen

Schwänen und darüber befanden sich in Stein gehauene Porträts. Polly ging an dieser Wand entlang und betrachtete die steinernen Gesichter, bis sie zu einem kam, bei dem sie nach Luft schnappte und rief: »Gaia! Sieh mal!«

Doch Gaia hörte sie gar nicht. Sie war die Stufen zu dem Podium hinaufgegangen, wie magisch angezogen von etwas an der Rückwand des Raums: ein großes Paneel, vom Alter gezeichnet, in das eine Vielzahl von Symbolen eingeritzt war. Zuerst dachte Gaia, die große Tafel sei aus Stein, doch beim Näherkommen sah sie, dass es Elfenbein war, eingelegt in einen steinernen Rahmen. Vorsichtig streckte sie die Hand aus, fuhr die Einkerbungen nach und begann am ganzen Leib zu zittern.

Am unteren Rand der Tafel hatte jemand ein kleines Viereck aus Elfenbein herausgeschnitten und sie legte ihre Handfläche auf diese Stelle. Sie wusste instinktiv, was es war: Es war, als würde ihre Haut es wiedererkennen.

»Das ist mein Amulett.«

23. Kapitel
Genesung

Sie holte die zerbrochenen Teile ihres Elfenbeinvierecks aus ihrem Beutel und legte sie an die leere Stelle des Paneels. Sie fügten sich so perfekt ein, dass die drei Bruchstücke von allein hielten und sie ihre Hand unbesorgt wegnehmen konnte.

Sie trat einen Schritt zurück. Das große Paneel mit dem Rahmen aus Stein wies wegen des Regens etliche graue Streifen auf und war mit grünen Flechten überwuchert, während ihr kleines Viereck in seiner Ecke sauber und frisch glänzte. Doch es gehörte dorthin, eindeutig – daran bestand kein Zweifel. Wie hatte Ambrose damals gesagt? »Es entfaltet seine Kräfte erst, wenn es am rechten Ort gelesen wird; hat zumindest mein Vater gesagt.« Obwohl sie sich sicher war, dass es keine magischen Kräfte hatte, bekam sie eine Gänsehaut und rechnete insgeheim fast damit, der Blitz würde einschlagen, Donnergrollen ertönen oder es würde ein Erdbeben geben. Doch nichts geschah. Die leichte Brise ließ die Wipfel der Bäume über den dachlosen Mauern weiter rascheln, die Vögel zwitscherten im Geäst und Kay sagte etwas zu ihr.

»Gaia«, flüsterte sie. Ihr Gesicht war leichenblass, weißer als das Elfenbein in dem grünlichen Licht. »Wo hast du das her?«

»Das hat mir mein Vater hinterlassen. Mutter schenkte es mir dieses Jahr, zu meinem dreizehnten Geburtstag.«

»Und wo hatte dein Vater es her?«

»Von seinem Vater. Es ist schon ewig lange im Besitz unserer Familie. Wie lange genau, weiß ich nicht.« Sie schaute Kay in die Augen, die im Lichtschein der Bäume blaugrün glänzten. »Kay, was ist denn los?«

»Etwas ganz Erstaunliches, glaube ich. Kann ich dir zeigen, was Polly vorhin entdeckt hat?«

»Wenn du meinst.« Etwas unwillig ließ sie sich von Kay durch den Saal ziehen. Sie blieben neben Polly stehen, die vor einem der in Stein gehauenen Porträts an der Wand stand. Es war das Porträt eines Mädchens, ungefähr in Gaias Alter und mit einem schmalen, etwas rastlos wirkenden Gesicht.

»Und? Was ist damit?«, fragte Gaia.

»Wann hast du dich zuletzt in einem Spiegel betrachtet, Gaia?«

»Was? Noch nie, glaube ich. Warum?« Widerwillig betrachtete sie das steinerne Gesicht und da schoss ihr eine Erinnerung von letztem Jahr durch den Kopf. Am Tag ehe der Drache gekommen war, war sie mit Tal und Jason schwimmen gewesen, in dem stillen, braunen Tümpel zwischen den Felsen. Und weil sie um die Wette zu diesem Tümpel gerannt waren, war sie verschwitzt gewesen und hatte den Kopf zur Abkühlung ins Wasser getaucht, sodass ihre normalerweise wirren Haare glatt an ihrem Kopf anlagen. Das Mädchen auf dem Bild hatte die Haare straff zurückgekämmt und deshalb lagen sie ebenfalls dicht an ihrem Kopf an.

»Gut«, sagte sie. »Es mag ja eine gewisse Ähnlichkeit geben. Na und?«

»Eine gewisse Ähnlichkeit?«, rief Polly empört. »Das könntest *du* sein!«

»Richtig«, behauptete auch Kay. »Deshalb hat Aldon damals im

Winter auch geglaubt, er hätte dich schon einmal gesehen. Woher er dich zu kennen glaubte, fiel ihm aber erst ein, als ihr schon weg wart. Weißt du, dass er versucht hat, euch einzuholen? Er hat einen ganzen Mond lang nach euch gesucht. Er nahm es sich schrecklich übel, dass er euch weglaufen ließ.« Sie zögerte. »Es geht allerdings nicht nur um dein Aussehen, sondern auch um deinen Namen. Wusstest du, dass Telemachus' älteste Tochter ebenfalls Gaia hieß?«

Polly fielen fast die Augen aus dem Kopf. »Da fällt mir auf … Oh, ich glaub es nicht! Wie hast du gesagt, wie dein Vater hieß, Gaia? Und dein Bruder?«

Aus irgendeinem Grund wollte Gaia die beiden Namen nicht aussprechen. Sie schwieg lange und starrte auf die sich bewegenden Muster des gefilterten, grünen Sonnenlichts auf dem Marmorfußboden. Erst nach einer geraumen Weile sagte sie leise: »Athanasius. Mein Vater hieß Athanasius. Und mein Bruder heißt Telemachus. Aber alle nennen ihn Tal. So habe ich ihn genannt, als er noch klein war. Telemachus war mir zu schwierig. Aber das ist sein richtiger Name.« Angestrengt starrte sie auf das Porträt. »Ich verstehe nicht … Was hat das alles zu bedeuten?«

Langsam und bedächtig begann Kay mit ihren Erklärungen: »Die meisten von uns – Daniel, Christopher und die anderen – waren, sobald du hier aufgetaucht bist, gleich davon überzeugt, dass du eine Tochter von königlichem Geblüt bist, die nach über fünf Jahrhunderten nach Assalay zurückgekehrt ist. Allein aufgrund deines Aussehens und deines Namens.« Sie lachte leise auf. »Ich dagegen habe behauptet, sie würden sich täuschen, weil das Ganze zu unmöglich klingt. Aber jetzt … ich weiß nicht: Plötzlich sehe ich ein, dass es noch mehr Punkte gibt, die dafürsprechen. Die Namen deines Vaters und deines Bruders, das fehlende Elfenbeinviereck. Gaia, ich weiß nicht mehr, was ich glauben soll. Das alles … Es sind zu viele Beweise, als dass es nur ein Zufall wäre. Es ist durchaus möglich, dass du die rechtmäßige Königin von Assalay bist.«

Behutsam fuhr Gaia mit den Fingern zuerst die Umrisse des steinernen Gesichts nach und dann voller Verblüffung ihr eigenes Gesicht.

»Sie sieht dir so ähnlich«, flüsterte Polly. »Du *musst* von ihrem Fleisch und Blut sein!«

»Aber sie ist gestorben.« Gaia blickte auf Kay. »Das hast du doch gesagt. Du hast uns erzählt, dass die ganze Königsfamilie bei dem großen Brand ums Leben kam …«

Sie bekam eine Gänsehaut, als sie im Geiste dieses Mädchen vor sich sah, wie es voller Panik hin und her rannte und überall nur auf eine Flammenwand stieß, wohin es auch fliehen wollte, bis es schließlich den Flammen zum Opfer fiel. Das junge Mädchen hatte in der Falle gesessen, genau hier, in diesem Palast, der plötzlich vom Prasseln und der unerträglichen Hitze eines gewaltigen Feuers erfüllt war, und sie war bei lebendigem Leibe verbrannt. Ruckartig riss Gaia ihre Hand von dem steinernen Gesicht weg.

»Das ist unmöglich«, sagte sie und ihr wurde fast wieder übel. »Es ist ausgeschlossen: Sie ist umgekommen. Es kann nicht sein … alle sind sie lebendigen Leibes verbrannt. Lasst mich gehen!« Schluchzend rannte sie an Kay und Polly vorbei durch den großen Saal und taumelte auf wackeligen Beinen ins Freie.

Sie rannte, als müsse sie vor den Flammen fliehen, die breiten Stufen hinunter und über die zum Fluss hin gelegene Terrasse. Das flache Wasser spritzte auf, als sie es wie benommen durchquerte und gleich darauf die steile, sandige Böschung am anderen Ufer hinaufrannte. Sie wollte nur noch weglaufen, rennen und rennen, bis sie ganz Assalay und diese brennenden Ruinen mitten im Wald hinter sich gelassen hätte. Doch ihre Angst, das lange Eingesperrtsein in diesem Erdloch und der Schock nun hatten sie all ihrer Kräfte beraubt. Sie rannte wie jemand, der in einem Albtraum zu rennen versucht, mit Beinen, schwer wie Blei. Und als sie erschöpft auf einen quer liegenden Baumstamm sank, war sie nicht weit gekommen und die Grundmauern des Palasts waren zwischen den Bäumen noch sichtbar.

»Gaia!«, hörte sie eine Stimme rufen. Polly. Sie gab keine Antwort.

»Gaia!« Polly rief erneut. Sie erreichte die kleine Lichtung und setzte sich neben Gaia auf den Baumstamm.

»Was ist mit dir?«

»Ich bleibe nicht hier«, schluchzte Gaia. »Ich kann nicht. Ich muss weggehen!«

»Warum?«

Gaia sah Flammen und den Tod vor sich und schlug sich die Hände vor die Augen. »Weil ich es hier nicht aushalte. Alle denken, ich hätte etwas mit diesem Mädchen zu tun, der Tochter des Königs, aber das stimmt nicht. Sie ist umgekommen. Alle sind tot. Ich kann nicht in die Palastmauern zurückkehren.«

»Und wohin willst du dann gehen?«

»Das weiß ich nicht.« Sie wischte sich die Nase ab. »Der Wald«, sagte sie dann entschlossen. »Ich bleibe hier im Wald.«

»Das kannst du nicht machen!«

»Oh doch, ich kann.« Sie wurde sich ihrer Sache immer sicherer. Hatte sie hier nicht schon einmal wunderbar überlebt? Und das im Winter, in der härtesten Jahreszeit. Aldon hatte ebenfalls allein hier gelebt, und das jahrelang! Das würde sie auch schaffen. Unter dem kühlen, grünen Licht der Bäume, umgeben von so vielen Pflanzen, die wuchsen und gediehen, würde sie irgendwann ihren inneren Frieden wiederfinden.

»Und was ist mit deinem Amulett? Du kannst es nicht einfach hierlassen.«

»Es ist mir egal. Ich will es nicht mehr.« Es stimmte. Sie hatte ihr Amulett geliebt, als es nur ein kleines Täfelchen aus altem Elfenbein gewesen war: ein hübscher, geheimnisvoller Gegenstand, der ihr das Gefühl gab, die Hand ihres Vaters in der ihren zu spüren. Doch nun hatte sich herausgestellt, dass es an diesen schrecklichen Ort hier gehörte, an dem ein junges Mädchen elendiglich ums Leben gekommen war. Oh ja, sie würde dieses Viereck frohen Herzens hierlassen.

Entschlossen erhob sie sich. »Tut mir leid, Polly. Aber ich kann nicht anders …« Sie umarmte die Freundin hastig, drehte sich dann um und überquerte die Lichtung.

»Noch eins«, rief Polly ihr nach. »Was ist mit Jason?«

Gaia blieb abrupt stehen und drehte sich wieder um.

»Wenn du jetzt einfach in den Wald hineinläufst, wie soll er dich dann jemals finden?«

Oh nein, wie dumm von ihr! Wie konnte sie nur so dumm sein! Daran hatte sie gar nicht gedacht. Aber natürlich: Jason war an diesem Morgen mit Aldon in den Wald gegangen, auf die Jagd. Und wenn sie jetzt wegrennen würde, könnte Jason sie nie mehr finden. Sie hatte ihn schon einmal verloren und anschließend hatte sie auch noch Mai und Tal verloren. Jason in Hope's End wiederzufinden, war wie ein Wunder gewesen, ein unerwartetes Geschenk und eine Freude in den schrecklichsten Tagen ihres Lebens. Der Gedanke, ihn noch einmal zu verlieren, war unerträglich.

Entmutigt ließ sie sich wieder auf den Baumstamm fallen. »Na gut, ich bleibe. Aber nur, bis Jason zurück ist.«

Noch nie fiel ihr etwas schwerer, als nun zu diesem verwunschenen Palast zurückzukehren. Sie brauchte einige Zeit, bis sie sich überhaupt dazu durchringen konnte. Deshalb hielt sie sich den ganzen Nachmittag über am gegenüberliegenden Ufer des Flusses auf. Erst in der Abenddämmerung schaffte sie es, wieder durch den Fluss zu waten und zur Terrasse hinaufzugehen. Doch kaum war sie dort angekommen, überfiel sie erneut diese unbeschreibliche Panik.

Zudem wurde sie auch wütend, weil alle sich eingefunden hatten, um sie willkommen zu heißen. Daniel machte eine tiefe, theatralische Verbeugung und sagte mit seiner kräftigen Stimme: »Die Rückkehr der wahren Königin von Assalay! Das größte Ereignis in der Geschichte dieses Landes seit fünfeinhalb Jahrhunderten und wir dürfen es miterleben! Was für ein Hochgefühl!« Lachend schlug er Christopher auf den Rücken. In Christophers Augen schimmerten Tränen, obwohl er über das ganze Gesicht strahlte. Sie alle strahlten sie an, wie Schwachköpfe.

»Hört auf damit!«, fauchte sie. In das betretene Schweigen hinein sagte sie: »Ich kann nicht die sein, die ihr glaubt! Damals kamen alle um!«

»Und was ist dann mit dem Elfenbeintäfelchen?«, fragte Daniel. »Es stammt eindeutig aus diesem alten Palast. Und nur eine wahre Königin konnte es haben, oder? Wie sonst wäre es jemals in den Besitz deiner Familie gekommen?«

»Ich weiß nicht«, sagte sie ratlos. Sie überlegte. »Na ja, es könnten zum Beispiel Schatzräuber gewesen sein, die den ausgebrannten Palast geplündert haben … ein Erinnerungsstück mitnehmen wollten … dann wurde es mehrmals eingetauscht und weitergereicht, bis es schließlich irgendwann bei einem Ziegenhirten in den Arimaspianischen Bergen gelandet ist. Das wäre doch möglich! Durchaus vorstellbar. Und es klingt wesentlich plausibler, als dass ein Mädchen, das bei einem Feuer ums Leben kam, es an seine Nachkommen weitergab, die es niemals haben konnte.«

Nach diesen Worten schwiegen alle betreten, mit Ausnahme von Christopher, der sagte: »Ich hoffe trotzdem, dass du ihre Nachfahrin bist. Weil der König und seine Familie nämlich gute Menschen waren. Damals waren bessere Zeiten. In den Palastruinen gibt es noch viele Bilder … Die Könige haben viel Gutes getan.«

»Warst du jemals in Freehaven, Christopher?«, fragte Gaia. »Nein? Nun, ich schon. In der Basilika. Dort stehen Statuen von jedem einzelnen Lord des Monarchenbunds. Und weißt du was? Sie haben angeblich auch alle viel Gutes getan. Bildern kannst du nicht glauben. Sonst wärst du dumm.« So etwas zu Christopher zu sagen, dem großen, lieben Christopher, dem das Leben so übel mitgespielt hatte, war gemein und sie erschrak fast selbst über ihre barschen Worte. Dennoch fuhr sie fort: »Du willst diese Könige zurück, aber du hast keine Ahnung, wie sie wirklich waren. Nicht die leiseste Ahnung. Vielleicht waren sie sogar schlimmer als die Lords des Monarchenbunds.« Wieder griff die nackte Angst nach ihrem Herzen. »Alles, was du weißt und mit Sicherheit sagen kannst, ist, dass sie alle tot sind.«

Nach diesen Worten drehte sie sich abrupt um und stieg die Stufen zum Palast hinauf. Eigentlich hatte sie vor, ins Bett zu gehen und sich dort zu verstecken, bis Jason zurückkäme, doch sie schaffte es nicht, die Schwelle zur Eingangshalle zu überschreiten. Vor dem hohen Türbogen erstarrte sie. Sie hatte das Gefühl, die dahinterliegende Halle stünde erneut in wild rasenden Flammen. Sie musste die Augen schließen und sich die Ohren zuhalten, denn irgendwo hörte sie jemanden schreien.

Das war sie selbst gewesen. Es dauerte eine Weile, bis sie Kays breite Hände auf ihren Schultern spürte und ihre ruhige Stimme sagen hörte: »Gaia, Gaia, alles ist gut.« Kay besänftigte sie, als wäre sie noch ein kleines Kind, so, wie ihre Mutter es getan hätte. Sie führte sie weg von dem Türbogen, weg vom Palast, zwischen die Bäume, wo sie sich mit ihr hinsetzte und sie in die Arme nahm. »Ich kann da nicht mehr hinein«, hatte Gaia ein ums andere Mal geschluchzt. »Ich schaffe es nicht. Ich kann nie mehr hineingehen. Bitte …« Endlich brachte sie eine einfache Bitte über die Lippen. »Bitte, wärst du so nett und bringst mir eine Decke heraus?«

Als sie am nächsten Morgen erwachte, spürte sie frische Luft und das Licht der Sonne im Gesicht. Am liebsten wäre sie den ganzen Tag allein hier zwischen den Bäumen geblieben, doch es gab etwas, das sie unbedingt wissen musste. Deshalb raffte sie sich auf und ging zu der kleinen Gruppe auf der Terrasse, trotz der neugierigen, hoffnungsvollen und enttäuschten Blicke.

»Ist Jason wieder da?«

Das war nicht der Fall, und sie setzte sich ein Stück abseits von der Gruppe und stellte fest, dass sie ihn mehr denn je vermisste. Ihren besten Freund. Und – was vielleicht noch wichtiger war – der einzige Mensch hier, für den sie nichts Außergewöhnliches war. Der einzige Mensch, für den sie einfach nur Gaia war, ein ganz normales Mädchen mit einem ganz normalen Namen. Gaia: tollpatschig, ungeschickt, verträumt, ganz clever, manchmal ziemlich anstrengend, streitsüchtig, ohne besondere Talente. Obwohl Letzteres nicht mehr stimmt, wie sie dachte, denn ausgerechnet an einem der trostlosesten Orte der Welt hatte sie entdeckt, worin sie wirklich gut war. Sie dachte an ihren kleinen Garten in Hope's End. Während sie ihr Frühstück verzehrte, schritt sie im Geiste noch einmal an ihren Beeten entlang und blieb immer wieder stehen, um jede der Pflanzen vorsichtig zu berühren.

Nach dem Frühstück verschwand sie wortlos. Irgendwann am Vormittag fragte Kay: »Wohin ist Gaia gegangen? Hat jemand von euch eine Ahnung?«

»Nein«, antwortete Daniel, »aber sie wollte ein paar Werkzeuge haben: eine Spitzhacke, einen Spaten und eine Grabegabel. Und sie sagte, wir sollen sie bitte in Ruhe lassen und nicht nach ihr suchen. Sie käme schon wieder zurück.«

Kay war sichtlich verwirrt. »Was hat sie wohl vor?« Was konnte sie vorhaben mit diesen Werkzeugen, fragte sie sich. Wollte sie das Elfenbeinpaneel in unlesbare Einzelteile zertrümmern und sie vergraben, damit sie nie mehr gefunden werden würden? Das Gesicht des gemeißelten Mädchenporträts zerschlagen?

Ich sollte besser mal nachschauen gehen, sagte sie sich. Doch der Thronsaal war leer und das Elfenbeinpaneel und das Mädchengesicht aus Stein waren so unbehelligt wie während der letzten Jahrhunderte.

Erst am Abend tauchte Gaia wieder auf: mit erhitztem Gesicht, verschwitzt, schmutzig und etwas ruhiger. »Ist Jason zurück?«

»Nein, noch nicht.«

Schweigend nahm sie diese Nachricht zur Kenntnis und ging zum Fluss, um an einer Stelle zu baden, wo das Wasser zwischen glatten Felsen etwas tiefer war. Zum Abendessen kam sie wieder, um wenig später zum Schlafengehen erneut zwischen den Bäumen zu verschwinden, ihre Decke hinter sich herziehend.

Tag um Tag verging auf diese Weise. Zum Frühstück und zum Abendessen tauchte sie immer kurz auf, wortlos, abgesehen von der Frage: »Ist Jason zurück?« Danach verschwand sie wieder: abends, um unter den Bäumen zu schlafen, und morgens – um das zu tun, was immer sie auch tat. Die anderen hatten keine Ahnung, was das war, doch sie konnten sehen, dass sie mit jedem Tag ruhiger und selbstsicherer wurde.

Dann, als sie eines Morgens wie üblich »Ist Jason zurück?« fragte und Polly diese Frage verneinte, schaute Gaia sie an und zum ersten Mal seit Tagen blickte sie ihr in die Augen. Polly war unglücklich, wie Gaia sah, ein verlorener und wehmütiger Ausdruck lag auf ihrem Gesicht und plötzlich dachte sie: Arme Polly. Ich habe sie die ganze letzte Zeit im Stich gelassen.

»Wo um alles in der Welt mag er stecken?«, sagte Gaia.

»Weiß nicht«, antwortete Polly überrascht. Es war ihre erste Unterhaltung seit neulich, als sie Gaia davon abgehalten hatte, in den Wald zu fliehen. »Er sagte doch, er wolle jagen gehen, erinnerst du dich?«

»Ja, schon. Aber kann eine Jagd wirklich so lange dauern?« Sie lächelte und Polly erwiderte ihr Lächeln zögernd.

»Alles in Ordnung mit dir, Gaia?«

»Ja, ich denke schon. Inzwischen ja.«

»Wo steckst du denn immer den ganzen Tag über?«

»Kannst du es dir nicht denken?«

Polly zuckte mit den Schultern. »Nein.«

»Dann komm einfach mal mit!« Sie hob den Kopf. Kay stand in ihrer Nähe, so nah, dass sie sicher alles mit angehört hatte.

»Du kannst auch mitkommen, wenn du magst«, sagte Gaia und fügte mit weicher Stimme hinzu: »Ich meine, ich möchte wirklich gern, dass ihr beide mitkommt. Bitte.«

Sie führte sie seitlich am Palast vorbei und auf einem zugewachsenen Trampelpfad in das dichte Unterholz des Waldes. Vor nicht allzu langer Zeit waren die wuchernden Bäume entlang dieses Pfads sicher einmal zurückgeschnitten worden. Die größeren Zweige, die den Weg versperrten, waren abgehackt worden, doch inzwischen wucherten schon wieder kleinere Äste und dornige Zweige quer über den Pfad. Nur mühsam kämpften sie sich zu einer Lichtung vor, die so groß war, dass es in dem Baldachin aus Blättern eine Lücke gab, durch die die Sonne herabscheinen konnte.

»Hier haben wir vor einigen Jahren ein paar Bäume gefällt«, sagte Kay. »Daniel hatte damals, in einem besonders harten Winter, beschlossen, dass die Dorfbewohner nicht nur Nahrungsmittel, sondern auch Feuerholz brauchten.« Sie runzelte die Stirn. »Als ich das letzte Mal hier war, war alles …«

Polly hatte es sofort gesehen und sie schmunzelte. Der Boden der Lichtung war gerodet worden. Alte Baumstümpfe und Wurzeln, kleine Bäume und Dornengestrüpp lagen fein säuberlich auf einem Haufen an einer Seite, die Erde war mit viel Geduld umgegraben worden. Vier lange Beete waren angelegt worden, die durch drei Trampelpfade unterteilt waren.

»Du hast einen Gemüsegarten angelegt?«

»Ja.«

»Warum?«, fragte Kay.

»Gaia ist eine sehr gute Gärtnerin«, erklärte Polly. »Bevor sie auf die Farm kam, hatte sie keine Ahnung, doch dann hat sie an der Gartenarbeit einen Narren gefressen, stimmt's, Gaia?«

Gaia nickte, aber das war nicht alles – es gab noch einen weiteren Grund. Es war ihr mehr darum gegangen, dass sie beim Bearbeiten des Erdbodens, beim sorgsamen Beobachten und Warten und bei der Pflege der wachsenden Pflänzchen zu sich selbst gefunden hatte. Wessen Tochter sie auch immer war – ob die eines Goldgräbers oder Ziegenhirten oder ob sie durch irgendeinen unmöglichen Zufall einem uralten Königsgeschlecht entstammte, und was immer das Leben auch aus ihr gemacht hatte: Flüchtling, Diebin oder Sklavin, egal, welches Blut auch immer durch die Adern floss: Es war hier, in direktem Kontakt mit Mutter Erde, dass sie ihren Platz auf der Welt gefunden und Frieden mit sich selbst geschlossen hatte.

Doch sie sagte nur knapp: »Ja, das bin ich. Ich bin keine Königin. Ich bin eine Gemüsegärtnerin.«

Während des ersten Halbmonds auf See war die *Seegans* kaum vorwärtsgekommen. Schon drei Tage nach Freehaven geriet sie in die erste Flaute. Die Segel des kleinen Boots hingen schlaff herunter und sie wurde von den Gezeiten einfach hin und her getrieben, ja, vermutlich wurde sie sogar ein Stück weit nach Freehaven zurückgetrieben. Brisling, ihr Kapitän, hatte kaum etwas zu tun. Er lag in seiner Hängematte, die er zwischen zwei Masten aufgespannt hatte, und starrte stundenlang an den Himmel, während er relativ gleichgültig auf einen Wetterwechsel wartete. Wozu sich Sorgen machen? Die regelmäßigen Regenfälle versorgten sie mit ausreichend Trinkwasser; Fische konnte man hier, unweit der Küste, in Hülle und Fülle fangen; und er hatte keine Eile, möglichst schnell an einen bestimmten Ort zu kommen. Scrimp und Fossick dagegen schritten ruhelos und nervös über das schmale Deck und drehten ständig den Kopf, um über das Achterschiff nach Freehaven zurückzuschauen. Immer und immer wieder stellten sie ihm die Frage: »Wann kommt endlich wieder Wind auf?«

Und jedes Mal bekamen sie von Brisling dieselbe, unbefriedigende

Antwort: »Abwarten, Leute!« Also blieb ihnen nichts anderes übrig, als wieder ungeduldig aufs Meer hinauszublicken.

Erst am ersten Tag von Idalia kam endlich eine leichte Brise auf, die den Wimpel am Mastkorb flattern ließ. Sie legte sich, frischte dann erneut auf und wurde kräftiger. Brisling schwang sich aus seiner Hängematte und scheuchte Scrimp und Fossick von Deck, damit er ungestört die Segel setzen konnte. In die überfüllte, feuchte Kabine eingezwängt, konnten die beiden Männer fühlen, wie sich das kleine Schiff in Bewegung setzte, und sie hörten, wie das Wasser gegen die Planken schwappte, als es endlich in einem flotten Tempo durch die Wellen pflügte.

Der Wind hielt an. Tag für Tag fuhr die *Seegans* von da an beständig weiter gen Osten, immer in Blickkontakt zur Küste. Und Abend für Abend, während der zunehmende Mond größer wurde, wechselten Fossick und Scrimp vielsagende Blicke, weil sie hofften, dass ihre Flucht nun endgültig geglückt war. Dann, eines Morgens, gelangten sie an eine Flussmündung und konnten aus der Ferne einen großen Hafendamm und gewaltige Werftbauten erkennen, doch erstaunlicherweise war weit und breit kein Schiff zu sehen.

»Was ist das für ein Ort?«, fragte Scrimp.

Brisling, der am Ruder stand, drehte nur kurz den Kopf. »Oh, das da? Das ist Swanhaven.«

Fossick, der untätig auf dem Achterschiff saß und sich die Sonne ins Gesicht scheinen ließ, das während der Tage auf See eine ungewohnte Röte angenommen hatte, sprang wie von der Tarantel gestochen auf und schaute blinzelnd zu der gewaltigen Hafenanlage hinüber. »*Was* habt Ihr da gesagt?«

»Dass es Swanhaven ist«, erklärte Brisling ungerührt.

»Könnt Ihr uns bitte an Land bringen? Ich möchte mir die Anlage näher anschauen.« Fossicks Stimme überschlug sich fast vor Aufregung.

»Da gibt es nichts zu sehen«, erklärte ihm Brisling. »Die ist uralt und wird schon lange nicht mehr benutzt. Na schön, abgesehen von den Sklavenschiffen: Irgendwo in der Nähe gibt es nämlich ein Straflager.«

»Egal«, sagte Fossick. »Ich möchte mir den Hafen trotzdem mal anschauen.«

Brisling beäugte ihn skeptisch. »Ich habe aber keine Zeit, einen ganzen Tag zu verplempern, nur weil ihr eine Besichtigungstour machen wollt«, gab er zu bedenken.

»Das versteht sich von selbst«, sagte Fossick. »Setzt uns einfach dort ab.«

»Ich dachte, ihr wolltet den ganzen Weg an der Küste entlang mitkommen …«

Fossick starrte über das Wasser auf die großen Gebäude. Nun, da sie näher waren, konnte er genau erkennen, dass sie verlassen waren, halbe Ruinen, bereits am Verfallen. »Kleine Programmänderung«, sagte er.

»Babbington …«, wollte Scrimp einwerfen, doch Fossick machte eine abwehrende Handbewegung. »Vertrau mir, Cosmo. Es wird sicher spannend werden.«

Brisling setzte sie an der vermoderten Landungsbrücke ab, wo sie einander stützten, als sie über die morschen Bretter balancierten. »Seltsames Paar«, murmelte er vor sich hin. »Warum sie ausgerechnet in Swanhaven aussteigen wollten … Merkwürdig.« Doch was kümmerte es ihn? Er schaute zu seinen sich mit Wind füllenden Segeln hinauf und zu der kleinen Flagge, die stolz am Mastkorb wehte, und grinste vor sich hin. Ja, so mochte er es. Er hatte nichts dagegen, hin und wieder ein paar Passagiere mitzunehmen, wenn der Preis stimmte (zufrieden tastete er nach Scrimps silbener Uhr in seiner Tasche). Doch am wohlsten fühlte er sich, wenn er mit seiner *Seegans* ganz allein unterwegs war, nur er und sie und das offene Meer.

»Babbington, erzähl mir endlich, warum wir hier sind!«

Bestürzt betrachtete Scrimp die Ruinen von Swanhaven. Ihre Koje an Bord der *Seegans* war unbequem genug gewesen: klein, immer etwas feucht, doch verglichen mit diesen leeren, kalten Ruinen der reinste Luxus. Selbst jetzt, mitten am Tag, strahlte der Ort etwas Düsteres und Trostloses aus, wie er bei einem prüfenden Blick über die halb verfallenen Gebäude am Ufer des dunklen Flusses feststellte. Wie man sich hier des Nachts fühlte, wollte er sich lieber gar nicht erst vorstellen, hatte aber das dumpfe Gefühl, dass er es bald am eigenen Leib erfahren würde. Denn weit und breit gab es offenbar keinen anderen Unterschlupf.

»Wegen des Namens«, sagte Fossick aufgeregt. »Wegen des Namens, Swanhaven, und der Tatsache, dass diese Anlage hier uralt ist.«

»Ich begreife nicht.« Verständnislos schüttelte Scrimp den Kopf.

»*Swan*haven«, wiederholte Fossick mit Nachdruck. »Der Schwan war das Wahrzeichen des Athanasischen Königsgeschlechts. Schau!« Er deutete auf die Gebäude. Etwa in Kopfhöhe konnte Scrimp undeutlich einen verwaschenen Fries von dahingleitenden Schwänen erkennen, eingemeißelt in einen dunklen Stein.

»Interessant«, sagte er. »Und weiter?«

Fossick streifte ihn mit einem vorwurfsvollen Blick, doch dann musste er lächeln. »Aber Cosmo! Denk doch mal nach! Wer sollte sich einen so großen Hafen meilenweit entfernt von seinem Wohnsitz bauen? Niemand. Der alte Palast, Cosmo: der alte Palast! Er kann nicht weit weg sein.«

Scrimp blickte sich beklommen um: auf die dichten Bäume am gegenüberliegenden Ufer und auf die leeren, sanften Hügel hinter den verlassenen Ruinen. »Und wie sollen wir ihn finden?«

Fossick drehte ihn behutsam um und deutete das breite Tal hinauf, wo die Straße neben dem Fluss verlief. »Ich denke, es dürfte nicht verkehrt sein, wenn wir mal diese Straße entlanggehen.«

Der alten Straße zu folgen, war anfangs kein Problem, doch nach einer Weile kamen sie an eine Stelle, wo rechts ein steiler Weg abzweigte, und ab da wurde das Gehen mühsamer. Es war, als sei der ganze Weg umgepflügt worden, und nur gelegentliche, halb in der Erde vergrabene, weiße Steine gaben ihnen einen Hinweis darauf, wo er ursprünglich verlief. Eine Zeit lang verloren sie ihn völlig aus den Augen und folgten stattdessen dem Fluss, bis ein weiterer der großen weißen Steine, der im Sonnenuntergang rosa schimmerte, sie wieder auf den Weg zurückbrachte. Wenig später kamen sie am Waldrand an und wechselten einen unsicheren Blick.

»Ich denke, es ist der Nouldewood«, sagte Scrimp nervös.

»Egal, wir gehen trotzdem hinein«, sagte Fossick entschlossen. Doch Scrimp zögerte.

»Komm schon, Cosmo!«, sagte Fossick. »Das ist doch *gar nichts*, verglichen mit dem Verschlossenen Archiv!« Aber auch er leckte sich nervös über die Lippen, als er zwischen die sich verdunkelnden Bäume spähte.

Widerwillig machte Scrimp einen ersten Schritt, doch da war der stille Abend plötzlich mit dem Donnern von Hufen angefüllt. In panischer Angst rannten sie davon, aber die Pferde kamen mit jedem Augenblick näher und näher …

»Wo ist Kay?«, wandte sich Gaia an die Gruppe auf der Terrasse, die noch beim Frühstück saß.

»Drin.« Träge deutete Daniel auf den Palast.

Sie nickte ihm dankend zu und sie und Polly gingen die breiten Stufen hinauf und durch den großen, leeren Torbogen. Inzwischen hatte Gaia ihre Panik, diese Schwelle zu überschreiten, verloren. Es war ein trauriger, tragischer Schauplatz, und sie streichelte oft mitleidig über das Gesicht des toten Mädchens, das ihr so ähnlich sah, doch sie sah nicht mehr ständig diese schrecklichen, alles verschlingenden Flammen vor sich, sobald sie einen Fuß in das Gebäude setzte. Kay saß im Thronsaal, auf den Stufen des Podiums, das Kinn auf die Hand gestützt. Als die Mädchen auf sie zukamen, schüttelte sie ihre Gedanken ab und fragte: »Keine Gartenarbeit heute?«

»Doch, schon gemacht«, sagte Gaia. Sie klang verwirrt und aufgewühlt.

»Was ist passiert?«

»Nichts, eigentlich … Aber ich denke, wir haben etwas entdeckt.«

»Wir hatten vor, den Garten zu vergrößern«, erklärte sie, während sie Kay über den zugewachsenen Trampelpfad zu der Lichtung führte. »Da stießen wir ein Stück weiter hinten auf eine überwucherte Stelle. Dort wachsen nur Büsche und Hecken und Efeus, aber keine großen Bäume. Deshalb dachten wir, wir könnten die Stelle problemlos lichten.« Sie traten aus dem Schatten der Bäume auf die sonnenbeschienene Lichtung.

»Da!« Gaia deutete auf eine Erhebung am Ende ihrer Beete: ein kleiner Hügel aus dunklen, verrottenden Blättern, der sich im Laufe der Jahrhunderte dort angesammelt hatte. Die Kletterpflanzen, dornigen Sträucher und Hecken, die darauf gewachsen waren, lagen bereits seitlich auf einem Haufen. »Zuerst dachte ich, es sei nur ein Erdhaufen«, sagte sie. »Doch dann wollten Polly und ich ihn abtragen und stellten fest, dass es nicht ging. Darunter ist etwas aus Stein. Etwas Künstliches, meine ich.«

Kay kniete sich auf die Erde. Die Mädchen waren auf einen dicken Steinquader gestoßen. Symbole waren hineingemeißelt, die den Zeichen auf dem Paneel im Thronsaal sehr ähnlich sahen. Der große viereckige Stein stand auf zwei weiteren Blöcken, einer auf jeder Seite, als würde er den oberen Abschluss einer Tür bilden, und darunter befand sich ein Hohlraum. Man konnte nicht erraten, wie groß oder tief das Innere war, nur die kalte, muffige Luft eines Orts, an dem lange niemand gewesen war, drang herauf.

»Was könnte das sein?«, wandte sich Gaia an Kay.

»Keine Ahnung …« Sie versuchte, durch die schmale Öffnung zu spähen. »Ich kann nichts sehen. Es ist zu dunkel. Und die Öffnung ist nicht groß genug für mich.« Sie erhob sich und wischte sich entschlossen die Erde von Knien und Händen. »Ich gehe Daniel und ein paar andere holen. Wäre vielleicht ganz nützlich, wenn wir dieses Gemäuer hier ausbuddeln.«

Das Ausgraben dauerte den ganzen Tag und auch den Großteil des nächsten Morgens, doch gegen Mittag hatten sie so viel der Mauerstrukturen freigelegt, dass sie einen gewissen Überblick hatten. Es war ein kleines, viereckiges Bauwerk, dessen niedrige Mauern höchstens bis in Bauchhöhe eines Erwachsenen aus dem Boden ragten und das mit einer großen Steinplatte bedeckt war. Auf drei

Seiten waren die Wände kahl, fensterlos und nicht dekoriert. Auf der vierten Seite, an der sich der niedrige Eingang befand, waren unleserliche Schriftzeichen angebracht. Unleserlich, aber vertraut: Sie sahen genauso aus wie die Schriftzeichen auf dem Amulett und dem Paneel im Thronsaal. Stirnrunzelnd beäugte Kay diese Zeichen. Während die Ausgräber ihre Arbeit fortsetzten, notierte sie die Zeichen sorgfältig auf dem weißen Rücken eines Stücks Rinde und verschwand dann damit.

»So«, sagte Daniel am frühen Nachmittag. »Das wäre erledigt, würde ich sagen.« Das Sonnenlicht fiel auf die ausgegrabenen Mauerblöcke, doch es konnte nicht bis in die Dunkelheit hinter der niedrigen Tür dringen, und was immer sich auch da drin befand, blieb unbekannt und geheim.

»Seid ihr fertig?« Kay war wieder aufgetaucht und stellte sich zu der kleinen Gruppe, die voller Unbehagen vor dem schmalen, niedrigen Eingang stand. »War schon jemand drin?«

»Noch nicht.« Daniel schüttelte sich leicht.

»Gaia«, sagte Kay. »Du hast es entdeckt. Du hast den Vortritt.«

»Nein«, sagte Gaia. »Nein. Ich will nicht hinein.«

»Wie du meinst. Niemand zwingt dich«, sagte Kay. Sie schaute in die Runde und ihre mehrfarbig gesprenkelten Augen glänzten vor Aufregung. »Darf ich dann?«

»Ja, geh ruhig vor«, antwortete Daniel. »Ich hab's nicht so eilig.« Kay kniete sich hin und kroch dann rückwärts in die kleine Öffnung.

»Da sind Stufen«, rief sie heraus. »Ich brauche allerdings etwas Licht.«

Wortlos schnürte Daniel ein paar Zweige zusammen, zündete sie an und bückte sich, um sie ihr hineinzureichen.

»Ich gehe jetzt die Stufen hinunter …« Ihre Stimme wurde leiser, es folgte Schweigen. Sie warteten lange, bis Daniel es schließlich nicht mehr aushielt. Er beugte sich vor und rief ihren Namen in die Dunkelheit. »Kay!« Seine Stimme hallte hohl in dem kleinen Innenraum wider. »Kay! Alles in Ordnung?«

»Ja!«, rief sie zurück. Sie hörten sie wieder die Stufen heraufkommen, gleich darauf kroch sie auf allen vieren durch die Öffnung. »Alles in Ordnung«, sagte sie. Dann blickte sie auf Gaia. »Da drin ist etwas, das du unbedingt sehen solltest.«

Auf den oberen Stufen musste man sich noch bücken und Gaia wurde von Erinnerungen an das schreckliche Erdloch übermannt. Sie bekam kaum noch Luft und heftete ihre Augen auf das flackernde, warme Licht der Fackel in Kays Hand. Nachdem sie jedoch die ersten paar Stufen hinter sich gebracht hatte, gab es so viel Platz, dass sie sich aufrichten und normal gehen konnte. Sie stellte fest, dass der Innenraum recht geräumig war, ganz anders als das Erdloch damals. Gaia beruhigte sich wieder einigermaßen und schaute sich um. Sie befand sich in einer viereckigen Kammer mit steinernen Vorsprüngen an den Wänden, auf denen lange, flache Steintruhen standen.

»Hier zuerst«, sagte Kay. Behutsam fasste sie Gaia an der Hand und führte sie zu den Steintruhen auf der rechten Seite. Es waren zwei direkt hintereinander, deren Deckel bereits weggeschoben waren, und Kay hob ihre Fackel höher und sagte: »Schau hinein!«

Gaia riskierte einen vorsichtigen Blick und stieß einen entsetzten Schrei aus. Knochen! Menschliche Knochen, eindeutig die eines Erwachsenen. Es waren zwei Körper, in jeder Truhe einer.

»Wer sind sie?«

»Ich bin mir nicht sicher«, sagte Kay, »aber die Inschriften außen auf der Grabkammer sind identisch mit den Worten am Ende des

Paneels im Thronsaal.« Sie zögerte. »Ich würde davon ausgehen, dass der letzte Name auf dem Paneel Telemachus lautet, meinst du nicht auch? Dann wäre das hier er und dahinter seine Königin: Aglaia.« Wieder stockte sie kurz, ehe sie fortfuhr: »Schau noch mal genau hin. Sehr genau!«

Gaia grub ihre Fingernägel in die Hände. Sie schaute in den Steinsarg und stieß erneut einen leisen Schrei aus.

»Ich weiß«, sagte Kay mit grimmiger Miene. »Höchst merkwürdig, dass jemand, der bei einem Feuer umgekommen ist, eine derartige Wunde aufweist.« Auf der Rückseite der Schädel befanden sich zwei identische, tiefe Wunden.

Gaia wurde richtiggehend übel. »Sie wurden *ermordet*!«

»Sieht ganz so aus, nicht wahr?« Wieder griff sie nach Gaias Hand. »Die Kinder wurden auf der anderen Seite beigesetzt.«

Gaia dachte an das Mädchen, wie es zu fliehen versuchte, dann aber in den Flammen umkam. »Oh nein«, stammelte sie. »Nein, bitte …«

Doch Kay sagte: »Vertrau mir! Schau hinein!«

Gaia folgte ihr mit äußerstem Widerwillen zur anderen Seite und schaute ängstlich in den ersten der kleinen Steinsärge. Sie stutzte, griff mit der Hand hinein und ließ das, was sie fand, durch ihre Finger rieseln. Sand. Körniger Sand, fast winzige Kieselsteine, schwarze, braune, graue … Sandkörner, genau wie jene, über die sie gelaufen war, als sie zum Schwimmen in den kleinen Fluss gegangen war.

Sie waren schließlich alle in die Grabkammer gegangen und wieder heraus und nun hatten sie sich auf der Terrasse versammelt. Eine aufgeregte Unterhaltung war in Gang gekommen und in Christophers Augen flackerte eine neue Hoffnung auf. Gaia wandte der lauten, lachenden Gruppe den Rücken zu und starrte bedrückt auf den Palast.

»Gaia?« Kay nahm ihren Arm und führte sie weg von den anderen. »Ich möchte dich etwas fragen. Begreifst du, warum wir alle glauben *wollten*, dass du eine Nachfahrin des königlichen Hauses der Athanasier bist, selbst als es noch vollkommen unwahrscheinlich zu sein schien?«

»Ich weiß nicht«, sagte Gaia, plötzlich wieder unwirsch. »Vermutlich, weil ihr alle dem hirnrissigen Traum nachhängt, aus Assalay wieder ein Königreich zu machen?«

Kay lächelte. »Zum Teil. Aber das ist nicht der wirkliche Grund.« Sie musste kurz überlegen. »Du hast Assalay gesehen, Gaia. Du weißt, wie sehr das Volk leidet. Du hast ebenfalls einiges mitgemacht.« Gaia erinnerte sich an die unfruchtbaren Felder und die leeren Farmhäuser, die verzweifelten Flüchtlinge vor den Stadtmauern von Freehaven, den stillen Kummer in Pollys Augen und an Kates Worte: »Verschollene Eltern, verschollene Kinder. Was für ein elendes Land.« Sie nickte.

»Es ist Zeit für eine Veränderung«, fuhr Kay fort. »Zeit, dass wir von Menschen regiert werden, die Verständnis für ihre Untertanen haben; Zeit, dass wir von jemandem regiert werden, der für Recht und Gerechtigkeit eintritt. Zeit, dass der Monarchenbund abgeschafft wird. Doch sich das vorzustellen, fällt Menschen schwer, die nie gehört haben, dass es auch einmal etwas anderes gab. Von allein kommen sie gar nicht auf die Idee, eine Gruppe von Männern zu stürzen, die behaupten, sie seien mit den Göttern verwandt … diesen ganzen Unsinn, von wegen sie seien die den Monden gesalbten Regenten. Doch wenn … wenn allgemein bekannt werden würde, dass der Monarchenbund nicht von Anbeginn der Zeiten an regiert hat, dass Assalay dereinst unter der Herrschaft der Monde von Königen und Königinnen regiert wurde, die einem uralten königlichen Geschlecht entstammten, und dass ihre Blutsverwandten noch heute unter uns leben … dann hätte das Volk jemanden, für den es kämpfen würde, etwas, das ihm ein Gefühl von Einheit und den Mut verleiht, den es braucht.« Sie lächelte. »Und deshalb war es für uns von Anfang an so verlockend, an das zu glauben, was eigentlich unmöglich war, Gaia. Du bist zu uns gekommen mit diesem Namen und diesem Gesicht und diesem kleinen Elfenbeintäfelchen aus der Vergangenheit und hast uns den Traum einer besseren Zukunft geschenkt. Und jetzt … jetzt sieht es so aus, als sei das alles möglich, nicht wahr? In diesen Sarkophagen liegt kein einziges totes Kind.«

»Das ist auch kein Beweis.«

Kay sah sie an. »Du zweifelst noch immer?«

»Ich weiß es nicht!«, schrie Gaia und fügte dann, kaum hörbar, ein »Nein« hinzu. »Eure einzigen Beweise sind doch nur ein paar Knochen, die nicht da sind, ein kleines Elfenbeinviereck und ein Mädchen mit einem komischen Namen. Wenn ich Lanneret wäre, könnte ich problemlos beweisen, dass ihr euch alles aus den Fingern gesaugt habt. Er würde behaupten, dass wir die Knochen beiseitegeschafft und das Elfenbeinviereck selbst herausgeschnitten haben. Und beim Rest handelt es sich nur um Geschichten. Selbst mein Name könnte frei erfunden sein. Für ihn bin ich nach wie vor Elsa Möwe. Es gibt keine Beweise.«

Kay schwieg, doch auf einmal wurde die Stille vom Getrappel näher kommender Pferde durchbrochen, deren Hufschläge gedämpft auf das Laub des Waldbodens eintrommelten. Wenig später tauchten Jim, Stephen und Sally aus den Bäumen auf, sprangen von ihren Pferden und schleppten zwei gefesselte Gestalten auf die Terrasse.

»Diese beiden hier haben wir am Waldrand aufgegabelt«, knurrte Stephen. »Wir haben sie eine Zeit lang beobachtet. Sie gingen die alte Straße entlang.«

Gaia bekam den Mund nicht mehr zu. »Das ist ja Mr Fossick!«, sagte sie. »Und Mr Scrimp. Kay, er ist Parhelions Schatzmeister.«

»Was?« Daniels Gesicht nahm einen gefährlichen Ausdruck an.

Doch Fossick lächelte Gaia entzückt an. »Gaia, wie schön!«, rief er. »Gaia Athanasius. Die letzte der wahren Königinnen von Assalay. Und schau, Cosmo! Schau, wo wir sind!« Mit großen, staunenden Augen schaute er an Gaia vorbei auf den Palast, dessen halb verfallene Mauern im Schein der Nachmittagssonne glänzten.

»Woher wisst Ihr das?«, fragte Kay. »Woher wisst Ihr, wer sie ist?«

»Wegen ihres Namens«, erklärte Fossick. »Weil sie einen verbotenen Gegenstand, ein Amulett, beschriftet mit den alten Schriftzeichen, bei sich hatte, das kein Bauernkind aus Arimaspia besitzen kann. Nachdem ich in Erfahrung gebracht hatte, dass sämtliche Kinder von Telemachus dem Feuer entkommen sind, war die Sache für mich klar.«

Kay stammelte: »Aber … das ist es, was wir auch glauben, nein, wir sind felsenfest davon überzeugt. Aber leider gibt es keinen stichhaltigen Beweis.«

»Oh doch, den gibt es«, erklärte Fossick im Brustton der Überzeugung. »Ihr Bruder hat ihn, wie ich hoffe.«

»Mein Bruder?«, fragte Gaia entgeistert. »Mein *Bruder*? Was wisst Ihr von meinem Bruder? Wie geht es ihm? Wo ist er?«

Da tauchte jemand oben auf den Stufen des Palasts auf. Aldon und Jason schleppten sich erschöpft vorwärts. Aldon und Jason und …

»Tal«, wisperte sie zuerst, ehe sie aus voller Kehle »TAL!« rief und die Stufen hinauf und direkt in seine Arme rannte.

24. Kapitel
Palamons Verurteilung

Tut mir leid«, sagte er, immer und immer wieder. »Es tut mir ja so leid.« Doch sie hielt ihm den Mund zu und strahlte ihn an.

»Tal, ich weiß«, sagte sie. »Alles ist gut.«

Er musterte sie zweifelnd. Ihr war es nicht gut ergangen, das sah er ihr an. Sie war dünn und ihr schmales Gesicht war spitzer denn je. Außerdem war da die grauenvolle Doppelnarbe auf ihrer Wange, bei der sich sein Magen vor Mitleid zusammenzog. Und auf ihrem schmutzigen Gesicht lagen die dunklen Schatten von jemandem, der nachts von Albträumen gequält wird. Obwohl ihre Augen im Moment vor Freude und Erleichterung strahlten.

»Ich hab dich ja so vermisst«, sagte sie, und er drückte sich stumm an sie, heftig, als wollte er sie nie mehr loslassen.

Unter ihnen, auf der Terrasse, versuchte Fossick sich aufzusetzen, was ihm wegen der Seile, mit denen seine Handgelenke und Knöchel zusammengeschnürt waren, erst nach mehreren Anläufen gelang. »Das ist ihr *Bruder*«, sagte er aufgeregt zu Kay. »Fragt ihn, ob er sie dabeihat. Ob er sie mitgebracht hat. Fragt ihn!«, wiederholte er ungeduldig.

»Von was immer Ihr auch sprecht«, sagte Kay, »es hat Zeit. Habt doch etwas Verständnis und lasst die beiden in Frieden!« Aber Fossick wollte nicht warten.

»Athanasius!«, rief er. Tal, der noch von Gaia umarmt wurde, drehte ihm den Kopf zu. »Hast du sie mitgebracht?«

Tal schaute in die erwartungsvollen Gesichter: Fossick, Scrimp, Kay – die nun doch etwas neugierig geworden war – und die Gruppe der wilden, zerlumpten Männer und Frauen in ihrer rauen Waldkleidung.

»Ja«, sagte er. »Ich habe sie dabei.« Einen Arm um Gaias Schultern gelegt, ging er die Stufen hinunter, zog eine lange, dünne Rolle aus seinem Beutel und streckte sie Fossick hin.

Fossicks Augen strahlten voller Vorfreude. Er sah aus wie ein Zauberer, der gleich seinen besten Trick vorführen würde. »Danke«, sagte er feierlich und fügte ein nachdrückliches »Hoher Lord« hinzu.

»Wie?«, fragte Tal verwirrt.

»Hoher Lord«, wiederholte Fossick. »So lautet der traditionelle Titel für den Bruder der Königin.«

»Ich verstehe nicht ...« Tal schaute auf Gaia. Alle Freude über sein überraschendes Auftauchen war aus ihrem Gesicht gewichen, und sie starrte auf die dünne Papierrolle, als sei von ihr nichts Gutes zu erwarten.

»Das ist der Titel, der dir zusteht«, sagte Fossick mit Nachdruck. »Und den Beweis dafür hältst du in der Hand.«

Tal hatte das Gefühl, als würde der Moment allgemeiner Verwirrung ewig andauern, doch in Wirklichkeit konnte es sich nur um Sekunden gehandelt haben, bis Kay die Hand ausstreckte und leise zu ihm sagte: »Darf ich mal sehen?«

Noch immer maßlos verwirrt, reichte er ihr die Rolle. Behutsam schnitt sie die Fäden durch, mit denen die Hülle zusammengeheftet war, und zog mit zitterigen Fingern eine Schriftrolle heraus. Ein paar wenige, winzige Fetzen des bröckeligen Papiers lösten sich an den Ecken, als sie das Pergament auseinanderrollte.

Alle standen reglos und schweigend da. Hastig überflog Kay das Schriftstück, ehe sie ratlos den Kopf hob und Fossick anschaute. In seinen Augen lag noch immer die triumphierende Vorfreude eines Zauberers.

»Darf ich mal?«

Er streckte seine gefesselten Handgelenke aus. Sie zerschnitt die Seile und übergab ihm die Schriftrolle.

Sie setzten sich um ihn herum, alle zusammen. Scrimp, Daniel, Christopher, Kay und die anderen, Aldon, Jason, Polly und natürlich auch Gaia und Tal. Sobald alle saßen, begann er vorzulesen:

Hiermit wird Zeugnis abgelegt über das Gerichtsverfahren gegen den Beklagten Palmyr Palamon, abgehalten am zweiundzwanzigsten Tag des Mondes Arctos im zweiten Jahr nach der Befreiung in Anwesenheit sämtlicher Vertreter des Monarchenbunds der Lords der Freiheit. Vorgenannter Palamon wird des Verrats und Betrugs an uns, seinen Mitbrüdern, angeklagt und für schuldig befunden, derweil er uns bei unserem großen Unternehmen seine Treue bis in den Tod geschworen hatte, seinen Schwur jedoch mutwillig und mit voller Absicht brach …

»Ich verstehe nicht«, fiel Jason ihm da ins Wort. »Was bedeutet: unser großes Unternehmen?«

»Wart's ab«, sagte Fossick ungehalten. »Die Geschichte geht noch weiter.«

Hier nun folgt das Zeugnis von Lord Baladin, abgelegt vor den ver-

sammelten Ratsmitgliedern, welches lautet: Uns ist noch allen in bester Erinnerung, wie damals, im vierzehnten Jahr der Regierung von König Telemachus …

»*Wer?*«, rief Tal.

»Würdet ihr endlich damit aufhören, mir ständig ins Wort zu fallen?«, fauchte Fossick.

»Aber so heiße ich doch auch«, sagte Tal irritiert. Ein nachsichtiges Lächeln huschte über Fossicks Gesicht, gefolgt von einer Art staunender Zufriedenheit. »Ja, natürlich«, sagte er. »Natürlich heißt du auch so. Wie sonst?« Er deutete eine leichte Verbeugung in Tals Richtung an, ehe er fortfuhr:

… große Not und Verzweiflung herrschte in unserem dereinst blühenden Land Assalay, derweil der König sich zunehmend mehr Macht anmaßte und immer weniger Respekt für die angestammten Rechte und Traditionen der adligen Familien des Königreichs zeigte. Aus diesem Grund beschlossen wir, uns im Geheimen zu versammeln und eine Vereinigung zu gründen, die wir den Monarchenbund der Lords der Freiheit nannten. Zweck unserer Vereinigung war es, die uns als ranghöchste Bürger dieses Landes zustehenden Privilegien zu beschützen und zu bewahren. Anwesend waren: Lord Teredo, Lord Anserin, Lord Querimon …

Fossick brach ab. »Hier folgte eine Liste sämtlicher Lords des Monarchenbunds. Alles wie gehabt, nicht weiter überraschend.« Er machte eine weitere kurze Pause und ließ seinen triumphierenden Blick kurz über die Zuhörer schweifen. »Nur in einem Punkt: Der Monarchenbund formierte sich aus dem Hofrat des Königs und dieser umfasste traditionell vierzehn – und keineswegs nur dreizehn – Mitglieder. In früheren Tagen gab es noch ein weiteres Mitglied: Lord Palamon, den Lordkanzler des Königs. Jedenfalls legten sie ihren Treueschwur ab und dann …«

Unsere Vereinigung ging zu König Telemachus und ließ ihn Folgendes wissen: »Erhabener König, wir sind die Ranghöchsten unter Euren Untertanen und genießen seit unzähligen Generationen allgemein bekannte Rechte und Privilegien und Befugnisse in diesem Reich, deren uns zu berauben kein König das Recht hat. Doch neuerdings mussten wir erleben, dass Euer Majestät versucht hat, diese unsere Rechte und Befugnisse zu beschneiden, was unweigerlich dazu führen wird, uns den Niedrigsten Eurer Untertanen gleich zu machen.« Und wir forderten vom König die Zusicherung ein, dergleichen Einschränkungen rückgängig zu machen und in Zukunft zu unterlassen. Denn andernfalls, so ließen wir ihn zu Recht wissen, wäre der König nicht länger ein König, sondern ein Tyrann. Und Telemachus versicherte uns, er würde über unsere Forderungen nachdenken …

»Alles klar so weit?«, wandte sich Fossick an seine Zuhörer.

Alle nickten.

»Lest weiter!«, sagte Kay ungeduldig.

Und bei Sonnenuntergang des nämlichen Tages rief der König uns wieder zusammen und sprach: »Ich schätze Euch alle als meine Brüder und meine klugen Berater, doch Euren Forderungen kann ich leider kein Gehör schenken.« Und er erging sich in törichten Worten, indem er sagte, dass viele der Untertanen seines Königreichs leiden und in großer Not leben würden, was er zu ändern gedenke. Und dass es eine Schande sei, dass so viele arm und schwach, während nur ein paar wenige reich und stark seien, es sei eine Schande, die dem guten Namen Assalays schade. Und er untersagte uns, jemals wieder mit einem derartigen Ansinnen auf ihn zuzukommen, und mit diesen schroffen Worten entließ er uns.

Gaia sah sie förmlich vor sich: zornige, verärgerte Männer, die ihren König nach außen hin respektvoll, innerlich aber vor Wut kochend verließen …

Daraufhin hielten wir eine geheime Sitzung ab und stellten uns die Frage: Was nun? Und Palamon ergriff das Wort und sprach: »Wir sollten noch einmal zu Telemachus gehen und ihm erneut unsere Forderungen unterbreiten.« Er versuchte sogar, einen kleinen Scherz zu machen, indem er sagte: »Ein Elefant ist ein schwerfälliges Geschöpf, das lange braucht, um sich umzudrehen, und unserem König ergeht es ähnlich.«

Doch der Adlige Lord Teredo war ganz anderer Meinung und er sagte: »Ihr Narren! Die Schreiber und Rechtsgelehrten des Königs haben sicher bereits damit begonnen, neue Gesetze niederzuschreiben, welche die früheren Gepflogenheiten in Assalay für immer verändern werden. Wenn wir noch länger zögern, werden wir feststellen müssen, dass uns unsere Armeen und unsere Steuereinnahmen, unsere Gerichtshöfe und selbst unsere Ländereien auf ein königliches Dekret hin entzogen werden. Wir dürfen keinen Augenblick länger warten und uns damit trösten, dass der König irgendwann auf uns hören wird.« Und er fügte noch hinzu: »Ein wahrer König wacht über die Gesetze und Gepflogenheiten seines Reichs, verteidigt die alten Bräuche. Ein König jedoch, der Veränderungen anstrebt und mit den alten Traditionen brechen will, ist nichts als ein Tyrann, und es gibt kein Gesetz, das verbieten würde, einen Tyrannen notfalls auch mit Gewalt aus dem Weg zu räumen …«

Sie hatten sich also erneut versammelt, dachte sich Gaia, in einem geheimen, abgeschlossenen Raum und es war zu einem Streit gekommen. Und da hatte Teredo einen frevlerischen Gedanken in ihre Köpfe eingepflanzt …

Da ergriff Lord Helminth das Wort und sprach voller Eifer: »Wie wahr, Euer Lordschaft, eine großartige Idee. Denn die Königstochter Gaia ist noch jung und eine junge Königin lässt sich gewiss bereitwillig durch den weisen Rat erfahrener Männer leiten.«

Doch Teredo sagte entschlossen: »Nein! Lasst uns die Könige in Assalay zur Gänze abschaffen. Ein König ist immer auch eine gefährliche Person: Er besitzt zu große Macht und kommt leicht auf dumme Gedanken, wie wir gesehen haben. Setzen wir dem Königsgeschlecht der Athanasier ein Ende. Und anschließend werden wir das Ruder der Macht im Lande übernehmen und dafür sorgen, dass die alten Traditionen und Bräuche respektiert werden.«

Daraufhin sprach Palamon: »Ihr wollt unseren edlen König ermorden? Damit will ich nichts zu tun haben.« Und er machte Anstalten, den Raum zu verlassen, doch Parhelion und Helminth zückten ihre Schwerter, versperrten ihm den Weg und sprachen: »Du hast einen Schwur abgelegt, Palamon. Du bist ein Mitglied unseres Monarchenbunds, und das unweigerlich bis zum Tode.« Da gab er seinen Widerstand auf und sprach: »Wie wahr. Ich werde mich meines Schwurs erinnern.«

Und somit konnten wir für den kommenden Tag einen Plan schmieden.

Doch als wir die Kammer verließen, kam Teredo zu mir und teilte mir leise mit: »Ich traue Lord Palamon nicht über den Weg.«

»Ich desgleichen, Euer Lordschaft«, erwiderte ich. Und er bat mich, in dieser Nacht vor Palamons Tür zu wachen, und er schickte Parhelion und Helminth vor Telemachus' Tür, um vor dieser mit gezogenen Schwertern Wache zu halten. Am nächsten Morgen trafen wir uns alle wieder und

Palamon sagte zu Teredo: »Um welche Stunde werden wir zuschlagen?« Und Lord Teredo entgegnete: »Noch heute Abend.«

Da sprach Palamon: »Dann erlaubt mir, den heutigen Tag mit Jagen zu verbringen, um mich an den Anblick von Blutvergießen zu gewöhnen. Bei Anbruch der Nacht kehre ich zurück.« Ich gab zu bedenken, dass wir ihn besser nicht ziehen lassen sollten, doch Teredo hob abwehrend die Hand und sprach: »Lasst ihn gehen. Wir brauchen ihn nicht.« Und Lord Parhelion und Lord Hallion lachten schallend und schlossen eine Wette ab, ob er überhaupt jemals zurückkehren würde …

»Typisch …«, brummte Scrimp.

… denn wir alle dachten, er wolle seinen Schwur der Gemeinschaft gegenüber brechen und flüchten. Doch das bereitete uns keine großen Sorgen, denn Helminth sagte, er sei ein Feigling und kein großer Verlust für das Land.

Am Abend suchten wir den König und die Königin in ihren Privatgemächern auf und sagten: »Eure Majestäten, nur auf ein Wort.« Und der überhebliche König beschied uns: »Falls es Euch immer noch um Eure Privilegien geht, meine Lordschaften, so lasst Euch sagen, dass ich in dieser Angelegenheit mein letztes Wort bereits gesprochen habe.« Da sagte Teredo: »Das habt Ihr in der Tat, Euer Majestät«, und er hob die Hand und erschlug ihn mit einem einzigen Schlag seines Schwerts, während Lanneret desgleichen mit Aglaia verfuhr. Danach sprach Teredo: »Führen wir das Werk dieser Nacht zu Ende – ein für alle Mal!« Und so begaben wir uns zu den Gemächern der Kinder. Deren Kinderfrau saß im Vorzimmer und wir fragten sie: »Sind die Kinder dort drinnen? Liegen sie alle in ihren Betten?«

Da erwiderte sie lachend: »Aber nein. Sie sind zu ihrem Vater gegangen.« Und sie führte uns ans Fenster und wir sahen am anderen Ende des Parks eine Schar Kinder in vornehmer Kleidung auf einen Bauern zulaufen und unter unseren verdutzten Augen sahen wir sie mit ihm in der Dämmerung verschwinden.

Da sprach Lord Parhelion: »Sind das etwa die Kinder, die ich den ganzen Tag über beobachtet habe?« Es war nämlich seine Aufgabe gewesen, dafür zu sorgen, dass wir an diesem Abend alle Kinder von Telemachus vollzählig in den Händen haben würden. Da erklärte die Kinderfrau voller Stolz: »Oh ja, den ganzen Tag über.«

»Typisch …«, murmelte Scrimp erneut.

Daraufhin stellte Teredo die Frage: »Wo sind dann Gaia und all ihre Brüder und Schwestern?« Und die Kinderfrau antwortete: »Fort. Sie sind in Sicherheit, an einem Ort, an dem Ihr sie niemals finden werdet. Ihr könnt die Blutslinie der Athanasier nicht auslöschen.« Da geriet Teredo in großen Zorn und sprach: »Das ist Palamons Werk!« Und er verfluchte sich selbst, weil er es versäumt hatte, auch Palamons Fenster bewachen zu lassen. Er befragte die Kinderfrau immer und immer wieder, doch sie verweigerte jede weitere Aussage. Da griff Lanneret nach seinem Schwert und durchbohrte sie in seinem Zorn und sie sank leblos zu Boden. Darüber war Teredo sehr ungehalten und er sprach: »Jetzt werden wir nie erfahren, was sie wusste …«

Fossick schwieg für einen Moment und dann sagte er mit ruhiger Stimme: »Das war's im Wesentlichen. Viel mehr gibt es nicht zu sagen. Sie suchten lange Zeit nach Palamon und den Kindern; viele, viele Monde lang. Doch bis zu dem Zeitpunkt seiner Verurteilung hatten sie ihn noch nicht gefunden. Sie konnten nur annehmen, dass er und die Kinder tot oder ins Ausland gegangen waren. Irgendwann gaben sie die Suche schließlich auf. Der Rest des Schriftstücks beschreibt nur, welches Urteil sie gegen Palamon fällten. Sie verurteilten ihn zum Tode, wie es Verrätern geziemt, für den Fall, dass sie ihn jemals finden sollten. Sie töteten seine ganze Familie und teilten seine Ländereien und Reichtümer zwischen sich auf. Und sie ordneten an, dass jede Erinnerung an ihn ausgelöscht werden sollte – keine Statue, kein Bild, keine Geschichte über ihn sollte überleben. Das ist alles.« Behutsam rollte er das Schriftstück zusammen.

»Da habt ihr ihn«, sagte er dann zu Kay, »euren Beweis. Geschrieben in ihren eigenen Worten, mit dem Siegel, das ihn als wahrheitsgetreue Aufzeichnung des Monarchenbunds ausweist.«

»Ja«, sagte sie. »Gaia?« Doch Gaia hatte sich die Hände vors Gesicht geschlagen und sah im Geiste die Flucht eines verängstigten Mädchens vor sich, das mit einer unvorstellbar schrecklichen Nachricht aus dem Schlaf gerissen worden war. Sie stellte sich vor, wie das Mädchen durch die Nacht zum vereinbarten Treffpunkt geeilt war und versucht hatte, ihre kleineren Brüder und Schwestern zu beruhigen. Voller Angst hatten sie sicher auf die Morgendämmerung gewartet und auf den Mann, der geschworen hatte, sie zu retten. Und dann der lange Fußmarsch im Winter, in ständiger Kälte und ständiger Furcht. Wie lange hatte das Mädchen wohl immer wieder ängstlich über die Schulter geblickt, um sich zu vergewissern, dass sie auch nicht verfolgt wurden? Wann hatte es sich endlich wieder in Sicherheit wiegen können?

»Was wohl aus Palamon geworden ist?«, sagte Kay nachdenklich.

»Das werden wir vermutlich nie erfahren«, sagte Fossick. »Hoffen wir, dass er ein langes, glückliches Leben hatte. Er hätte es wahrlich verdient gehabt.«

Eine unmögliche Wanderung, dachte sich Gaia, eine unmögliche Wanderung durch bitterste Kälte und mit ständiger Todesangst im Nacken. Irgendwie kam ihr dieser fast übermenschlich anstrengende Fußmarsch vertraut vor. Und da war noch etwas …

»Ihr sagtet etwas über Palamon«, wandte sie sich an Fossick. »Er hatte einen bestimmten Titel. Er war nicht nur Mitglied des Hofrats, sondern auch …?«

»Er war der Lordkanzler des Königs. Das bedeutet, dass er dem königlichen Haushalt vorstand, eine Art Verwalter, und …«

Doch sie hörte ihm nicht mehr zu. Es war also ein Titel, kein Name: Lordkanzler, nicht Lorkans. Mai hatte es falsch verstanden, vermutlich ebenso wie alle anderen Erzähler dieser Geschichte, vielleicht gleich von Anfang an. Und ohne dass sie es bemerkt hätte, kamen ihr plötzlich die Tränen, Tränen des Mitleids und tiefer Traurigkeit.

»Er hat nicht mehr lange gelebt.« Mit dem Handrücken wischte sie sich die Tränen ab und spürte Tals verwunderten Blick auf sich ruhen. »Es war Mutters Lieblingsgeschichte«, sagte sie. Die Geschichte, die Mai immer erzählte, wenn sie selbst entscheiden durfte. Die Geschichte, die sie auch an jenem Tag erzählt hatte, als der Sommerdrache erahnen ließ, dass ihnen ein ganz besonderes Jahr bevorstand …

»Lorkans«, sagte sie leise. »Natürlich!«

»Gaia, was sagst du da?«, fragte Kay.

Nun erzählte Gaia die Geschichte, die Mai Tal und ihr schon so oft erzählt hatte: die Geschichte von den Kindern, die, am Ende ihrer Kräfte, von den Schneebergen ins Dorf getaumelt kamen, und von dem sterbenden Mann, der sie geführt hatte, und von dem Gold, das aus dem Felsen gefallen war, auf den sie seinen toten Körper gelegt hatten. »Er brachte sie an den abgelegensten Ort, den er sich denken konnte«, sagte sie. »An einen Ort, an dem die Kinder völlig sicher waren. Doch das hat ihn das Leben gekostet.«

Danach war Gaia sehr schweigsam und sagte kaum ein Wort, als Kay die Neuankömmlinge durch den Palast führte. Fossick wollte unbedingt alles sehen und auch Tal und Jason folgten ihnen neugierig. Am halb aufgedeckten Sarkophag konnte Fossick die Inschrift mühelos entziffern: »*Gewidmet der ewigen Erinnerung an Telemachus, den letzten der Könige von Assalay, und seine Gemahlin, Königin Aglaia, sowie ihre Kinder. Mögen die Monde zwischen den Gestirnen über ihre Seelen wachen. Wir werden die Erinnerung an sie auf ewig in unseren Herzen tragen* … Puh!« Geistesabwesend starrte er auf den grün glänzenden, von der Sonne beschienenen Wald und fuhr fort, als würde er mit sich selbst reden: »Es war ein harter Winter, der härteste seit Menschengedenken. Es war, als würde sogar das Wetter Trauer tragen. Sie arbeiteten Tag und Nacht, mitten im Schnee, um diese Nekropole zu bauen, schlugen die Steine im Schein von Laternen. Die Hände der Arbeiter froren fast an ihren Werkzeugen fest. Und der Tag, an dem sie beigesetzt wurden, war noch schlimmer als alle anderen: Ein Schneesturm zerfetzte fast die Trauerkleidung der Adligen, die sich eingefunden hatten, um mit eigenen Augen zu sehen, wie sie endlich unter die Erde kamen …«

»Es klingt, als wärt Ihr dabei gewesen«, sagte Kay.

»Ich hatte mal ein Buch, in dem das alles beschrieben war.« Fossick funkelte Scrimp verärgert an, der prompt zu einer Entschuldigung ansetzen wollte, doch Fossick schnitt ihm das Wort ab.

»Egal«, sagte er unwirsch. »Es wird inzwischen zweifellos den Weg aller irdischen Dinge gegangen sein.« Seine Augen blitzten. »Aber das hier ist immer noch erhalten. Können wir hineingehen?«

Sie drängten sich in dem kleinen Raum zusammen und Tal betastete die vertrockneten Knochen des alten Königs und der alten Königin mit staunenden Fingern: trockene Knochen, von denen er selbst abstammte. Den Knochen haftete etwas von der glatten Wärme von Elfenbein an und bei diesem Gefühl fiel ihm plötzlich etwas ein: »Was ist aus deinem Amulett geworden, Gaia?«

Es war Kay, die auf seine Frage antwortete: »Ah, das ist das Verblüffendste an der Geschichte.«

Im Thronsaal stieg Tal die Stufen zum Podium hinauf und stand andächtig vor dem Elfenbeinpaneel. Das Amulett schimmerte blass im Licht des späten Nachmittags in seiner angestammten Ecke neben der steinernen Einfassung. »Endlich wieder da, wo es hingehört«, murmelte er.

»Wie meinst du das?«, fragte Kay überrascht.

»Na, das besagt die Geschichte doch.« Er warf einen Blick auf Gaia. »Die Geschichte erzählt, dass es der Familie Wohlstand, Ehre und Ruhm bringt, aber nur, wenn es am richtigen Ort gelesen wird.«

»Das hast du ja gar nie erwähnt«, sagte Kay zu Gaia, die mit den Füßen scharrte und ihrem Bruder einen finsteren Blick zuwarf. Hastig wechselte er das Thema. Er legte eine Hand auf das Elfenbeinpaneel und fragte Fossick: »Was ist das, Eurer Meinung nach?«

»Oh, das ist ziemlich eindeutig«, antwortete Fossick. »Es ist eine Namensliste: die Liste der Namen aller Könige und Königinnen von Assalay, seit Gründung der Dynastie. Namen und Daten in Großbuchstaben. Dein Amulett aber, Gaia, ist einem Satz aus Kleinbuchstaben entnommen, der am unteren Rand geschrieben ist. Ich kann noch nicht alles entziffern, aber es endet mit den Worten: … *um zu regieren in Demut und in Gerechtigkeit im Schein der Monde.*«

Allgemeines Schweigen trat ein, das Tal schließlich mit einer Frage auflöste. »Und was jetzt?«

»Abendessen, hoffe ich«, sagte Jason, doch niemand hörte auf ihn. Kay antwortete auf Tals Frage: »Das liegt ganz bei Gaia. Sie muss entscheiden, ob sie bereit ist, ihr Erbe anzutreten.«

Gaia hatte angestrengt auf den Fußboden gestarrt. Aber nun hob sie den Blick und schaute Kay an. »Mein Erbe ist mir egal«, sagte sie unwirsch. Doch das war das letzte Aufflackern von Zorn in ihr, der bereits erlosch, als sie weitersprach. »Ich will keine Königin sein. Es ist mir egal, wer mein Ururururgroßvater war. Ich will das Königreich nicht wieder einführen. Allerdings …«

Allerdings hatte, vor sehr, sehr langer Zeit, ein tapferer Mann es gewagt, sich gegen den Monarchenbund zu stellen, und nur aus diesem Grund war er gestorben und sie durfte heute leben. Und sie begriff auf einen Schlag, dass er in den letzten Stunden vor seinem Tod vermutlich genau darauf gehofft hatte. »Rettet sie und vielleicht werden eines Tages sie euch retten.« Die Dorfbewohner hatten immer geglaubt, damit hätte er das Gold gemeint, doch das war Unsinn: Wie hätte er davon wissen sollen? Nein. Er hatte nur gewusst, was aus Assalay unter der Herrschaft des Monarchenbunds werden würde, und er hatte sein Leben geopfert, um einen schwachen Hoffnungsschimmer für eine anders geartete Zukunft am Glimmen zu halten.

Und was sie selbst betraf: Sie wusste vielleicht noch nicht genau, was sie von dem längst untergegangenen Königreich halten sollte, doch über den Monarchenbund wusste sie genug. Das hatte sie vor vielen Monden schon zum Ausdruck gebracht, als sie – im einsamsten und verzweifeltsten Augenblick ihres Lebens – Lannerets Angebot, für ihn als Spionin zu arbeiten, abgelehnt hatte.

»Und, Gaia?«, fragte Kay leise.

Im Gerichtssaal von Freehaven hatte ihr der anerkennende Blick eines unglücklichen Jungen als Trost ausreichen müssen. Hier aber gab es einen ganzen Kreis von freundlichen, erwartungsvollen Gesichtern, die gespannt auf ihre Entscheidung warteten. Da waren Fossick und Scrimp, die unter Einsatz ihres Lebens nach der Wahrheit gesucht hatten. Da war Kay, die ruhige, geduldige, liebe Kay. Und da waren ihre beiden besten Freunde, Polly und Jason. Daniel und Christopher und Aldon und all die anderen. Und …

»Würdet ihr bitte kurz warten?«, sagte sie zu Kay. »Ich muss zuerst mit Tal reden.«

Mit ihrem Bruder zusammen verließ sie den Saal und den Palast und sie gingen an den Bäumen vorbei über den überwucherten Pfad zu ihrem kleinen Garten. Dort setzten sie sich auf einen umgestürzten Baumstamm und sie nahm seine Hände zwischen die ihren und schaute ihn traurig an.

»Du hast begriffen, worum es geht, nicht wahr? Was sie von mir erwarten?«

»Ja, ich glaube schon«, sagte er zögernd.

»Sie wollen gegen den Monarchenbund kämpfen.« Sie ordnete ihre Gedanken selbst erst, als sie sie nun aussprach. »Und das wollen sie tun, indem sie die wahre Geschichte unseres Landes verbreiten. Indem sie dem Volk erzählen, dass früher alles ganz anders war. Und weil die Dinge früher anders waren, könnten sie auch in Zukunft wieder so sein. Hauptsächlich deshalb, weil das alte Königreich noch nicht untergegangen ist.« Sie sagte das mit einer Art Trotz in der Stimme, und einen Augenblick lang sah er so etwas wie Stolz in ihren Augen aufblitzen, was sie für ihn fast zu einer Fremden machte. Doch gleich darauf war sie wieder nur seine Schwester. »Ich will eigentlich nicht Königin werden. Ich bin eine Gärtnerin: Es macht mir Spaß zu sehen, wie Pflanzen wachsen. Aber im Moment … liegt in diesem Land zu vieles im Argen.«

Er dachte kurz daran zurück, wie es ihm ergangen war. Der Winter voller Hunger, der Überfall auf ihr Dorf, Mutter. Besonders Mutter: Mutter, der es in dem neuen Haushalt zwar ganz gut ging, die aber nicht das Recht hatte, ihre lang verschollene Tochter zu besuchen. Und solange es den Monarchenbund noch gab, würde sich daran nichts ändern.

»Die Sache ist die …«, riss Gaia ihn nun aus seinen düsteren Gedanken. »Ich kann dieses schwere Amt nur übernehmen, wenn du einverstanden bist. Es wird sehr gefährlich werden, auch für dich. Wir sind vom selben Blut. Sie wollen dich genauso vernichten, wie sie mich vernichten wollen. Wenn du dagegen bist, werde ich es nicht tun.«

Schwere Wolken stauten sich am Himmel und die Bäume hoben sich in einem intensiven Grünton von dem Dunkelgrau ab. In das lange Schweigen hinein, bevor Tal eine Antwort gab, ertönte ein erstes Donnergrollen und dicke, schwere Tropfen fielen vom Himmel.

»Tu es«, sagte er. »Ich bin an deiner Seite. Bis zum Ende.«

Schweigend saßen sie dann da, während der Regen auf den Blätterbaldachin über ihren Köpfen einprasselte und große Tropfen zwischen den schützenden Blättern herunterplatschten. Nach einer Weile hörten sie Stimmen vom Pfad herüberdringen, die ihre Namen riefen. Es waren Polly und Jason, die sich Jasons alte Jacke schützend über den Kopf hielten, als sie miteinander auf die Lichtung gerannt kamen.

»Ihr werdet ja patschnass, ihr zwei. Außerdem gibt's gleich Abendessen!«

Sie lachten und schickten sich an, mit Polly und Jason zusammen die Lichtung zu verlassen. Doch plötzlich fiel Gaia etwas ein und sie blieb stehen und blickte zurück.

»Lattich.«

Der Lattich waren die einzigen Pflanzen, die in ihrem neuen Garten bisher gewachsen waren aus dem kümmerlichen Saatgut, das sie zwischen Fusseln in ihrer Jackentasche gefunden hatte. Sie waren prächtig gediehen, hatten sich kraftvoll und rasch durch den fruchtbaren Waldboden gekämpft. Nun glänzten sie in einem satten Grün vor der nassen, rötlichen Erde. In aller Eile pflückte Gaia sie und rannte dann den anderen nach.

Das Gewitter hatte alle bereits ins Innere getrieben. Sie hatten sich im Thronsaal versammelt, um ein großes, fröhlich knisterndes Feuer herum, das in der Mitte auf dem Fußboden brannte. Die wärmenden Flammen zischten hin und wieder auf, weil Regentropfen durch das Blätterdach tropften. Ein herrlicher Duft nach gegrilltem Fisch und Fleisch lag in der Luft und neben dem Feuer waren in Hülle und Fülle Früchte des Waldes aufgeschichtet. Gaia legte ihre Lattiche dazu.

»Das war vermutlich für eine Zeit lang das Letzte, was ich angebaut habe.«

Bei ihrem Eintreten waren alle verstummt und sie schauten sie nun gespannt an. Aber sie hatten sofort begriffen: Gaia sah die Freude und Aufregung, die sich wie ein Lauffeuer von einem Gesicht auf das andere ausbreitete. Kay und Daniel fielen ihr um den Hals und Daniel griff nach ihrer Hand und versuchte, sie zu einem der beiden Steinthrone zu ziehen.

»Nein«, sagte sie abwehrend. »Nein. Ich setze mich zu euch.« Sie ließ sich neben Tal in dem großen Kreis nieder, den sie um das Feuer herum gebildet hatten, und während oberhalb der Bäume Blitze zuckten und Donner grollten, unterhielten sie sich angeregt und aßen mit großem Appetit. Bruder und Schwester hatten sich so viel zu erzählen: von Gabriel, Sam, Sallender und dem Chor; von Fox, Stearne, Hope's End und der Gartenarbeit. Die Nacht war längst angebrochen, als sich Gaia satt und träge an Tal lehnte und den Gesprächen um sie herum lauschte, in denen es fast nur um die Zukunft ging. »Wir werden wieder Schafe züchten«, sagte Stephen zu Sally, »oben in den Bergen, eine riesige Herde …« – »Ich will wieder als Schmied arbeiten«, erklärte Daniel. »Du wirst mir doch helfen, Christopher, oder? Die Leute ziehen wieder aufs Land zurück, da brauchen sie sicher jede Menge Werkzeuge …« Polly, die neben ihr saß, erzählte aufgeregt, dass sie Pferde halten und möglichst schnell ihren Bruder Peter und ihre Eltern finden wollte. »Nein«, sagte Kay zu Fossick, »ich glaube nicht, dass ich wieder Handel treiben will. Viel lieber würde ich Geschichtsforscherin werden.«

Gaia schlief noch im Sitzen ein, von hoffnungsvollen Stimmen in den Schlaf gewiegt. Als sie am nächsten Morgen erwachte, hatte der heftige Regen den neuen Tag reingewaschen. Die Luft war frisch, der Himmel über dem Blätterdach von einem zarten Blau. Offenbar hatte sie sehr lange geschlafen, denn der Thronsaal war leer, doch irgendwo vor den zerfallenen Mauern hörte sie Tal singen. Es war keine Melodie, die sie gekannt hätte, sondern eine wundervolle neue Melodie, die keinen Zweifel daran ließ, dass die Welt wieder in Ordnung kommen würde.

Weil niemand da war, der sie gesehen hätte, stieg Gaia langsam die

Stufen des Podiums hinauf und setzte sich dann zögerlich auf einen der Steinthrone. Sie zog die Knie an die Brust, umschlang ihre Beine und stützte das Kinn auf die Knie. Irgendwo hinter den dahintreibenden Wolken der Zukunft glaubte sie ein freundliches Land zu sehen, ein Land voller Leben und Freude. Doch die Wolkendecke war so dicht, dass es unmöglich war, ganz genau zu sehen, was jenseits von ihr lag.

Ende des ersten Buches